HEYNE BÜCHER

W0341070

Das Buch

Von der wilden Pionierzeit Amerikas bis in die eleganten Ballsäle Londons im Jahre 1820 reicht die romantische Liebesgeschichte zweier grundverschiedener junger Menschen, die sich zufällig begegnen und nach verschlungenen Irrwegen endlich zueinander finden.

Die reizende und sehr temperamentvolle Sheridan Bromleigh, Lehrerin an einer amerikanischen Schule für wohlhabende Mädchen, läßt sich bangen Herzens auf das Abenteuer ein, ihre Schülerin Charise zu ihrem Verlobten Lord Burleton nach England zu begleiten. Doch als die reiche jungen Erbin auf der Überfahrt mit einem fremden Mann durchbrennt, kommt Sheridan ohne Braut in London an. Dann überschlagen sich die Ereignisse. Der attraktive Stephen Westmoreland, Graf von Langford, empfängt sie am Pier mit einer trauigen Nachricht. Bevor Sheridan den Irrtum aufklären kann, daß sie nicht Charise ist, trifft sie ein harter Gegenstand am Hinterkopf und raubt ihr das Gedächtnis. Als sie Tage später in der luxuriösen Villa des Grafen aus tiefer Ohnmacht erwacht, verliebt sie sich in den charmanten Fremden, dem alle Frauen Englands zu Füßen liegen.

Die Autorin

Mit einer Gesamtauflage von über 12 Millionen Büchern ist die amerikanische Bestsellerautorin Judith McNaught bereits eine Legende im Genre des romantischen Liebesromans. Sie lebt in Houston, Texas.

1

Stephen David Elliott Westmoreland, Earl of Langford, Baron von Ellingwood, Fünfter Viscount Hargrove und Viscount Ashbourne, schlüpfte in das zerknitterte Hemd, das er gestern abend achtlos über das Fußende des Bettes geworfen hatte. Angelehnt an einen Berg von Seidenkissen lag Helene Devernay zwischen zerwühlten Bettdecken und betrachtete mit anerkennendem Lächeln seinen gebräunten, muskulösen Oberkörper.

»Gehen wir nun nächste Woche ins Theater?« fragte sie.

Stephen griff nach seinem Halstuch und musterte sie dabei überrascht. »Natürlich.« Er blickte in den Spiegel über dem Kamin, während er gewandt das feine weiße Seidentuch um seinen Hals fältelte, und ihre Blicke trafen sich. »Warum fragst du?«

»Weil nächste Woche die Saison beginnt und Monica Fitzwaring in die Stadt kommt. Wir haben die gleiche Schneiderin. Sie hat es mir erzählt.«

»Und?« fragte er, wobei er sie mit unbewegtem Gesichtsausdruck aus dem Spiegel heraus ansah.

Seufzend drehte sich Helene auf die Seite und stützte sich auf einen Ellenbogen. Bedauernd, aber zugleich freimütig erklärte sie: »Man sagt, daß du ihr endlich den Antrag machen wirst, auf den sie und ihr Vater die vergangenen drei Jahre gewartet haben.«

»So, sagt man das?« erwiderte er beiläufig, brachte jedoch mit einem leichten Heben der Augenbrauen schweigend und äußerst wirkungsvoll sein Mißfallen darüber zum Ausdruck, daß Helene ein Thema angeschnitten hatte, das sie seiner Meinung nach nichts anging.

Helene bemerkte den unausgesprochenen Vorwurf und die darin enthaltene Warnung, aber sie blieb dem bemerkenswert offenen Umgangston treu, der ihre nun schon seit einigen Jahren andauernde – und höchst angenehme – Affäre immer geprägt hatte. »In der Vergangenheit hat es Dutzende von Gerüchten gegeben, du stündest kurz davor, der einen oder anderen hoffnungsvollen Schönheit einen Antrag zu machen«, entgegnete sie ruhig, »und bis heute habe ich dich nie gebeten, sie zu bestätigen oder zu dementieren.«

Schweigend wandte sich Stephen vom Spiegel ab und nahm sein Dinnerjackett von der geblümten Chaiselongue. Er schlüpfte hinein und trat zum Bett. Aufmerksam betrachtete er die Frau, die darin lag, und fühlte, wie sein Ärger verflog. Den Kopf sanft auf den Arm gestützt, bot Helene Devernay mit ihrem goldenen Haar, das sich über ihren nackten Rücken und ihre Brüste ergoß, einen hinreißenden Anblick. Sie war intelligent, geradeheraus und kultiviert, und erwies sich damit sowohl im Bett als auch außerhalb als eine äußerst angenehme Geliebte. Er wußte, daß sie zu realistisch dachte, um insgeheim die Hoffnung zu hegen, er könne ihr einen Heiratsantrag machen. Das kam für eine Frau ihrer Herkunft überhaupt nicht in Frage. Außerdem liebte sie ihre Unabhängigkeit zu sehr, um sich wirklich lebenslang an jemanden binden zu wollen – ein Charakterzug, der ihre Beziehung nur noch mehr festigte. Jedenfalls hatte er das angenommen. »Und jetzt soll ich bestätigen oder dementieren, daß ich beabsichtige, Monica Fitzwaring einen Antrag zu machen?« fragte er ruhig.

Helene schenkte ihm ein warmes, verführerisches Lächeln, auf das sein Körper normalerweise reagierte. »Ja.«

Stephen stemmte die Hände in die Hüften und schob dabei sein Jackett nach hinten. Er betrachtete sie kühl. »Und wenn ich es bestätigen würde?«

»Dann, Mylord, würde ich dir sagen, daß du einen großen Fehler begehst. Du magst sie, aber du empfindest keine Liebe, noch nicht einmal Leidenschaft für sie. Alles, was sie dir bieten kann, ist ihre Schönheit, ihre Herkunft und die Aussicht auf einen Erben. Sie hat weder deine Willensstärke noch deine Intelligenz, und sie wird dich zwar lieben, dich aber nie verstehen. Sie wird dich im Bett und auch sonst langweilen, und du wirst sie einschüchtern, verletzen und erzürnen.«

»Vielen Dank, Helene. Ich kann mich glücklich schätzen, daß du einen solchen Anteil an meinem Leben nimmst und mir so bereitwillig Ratschläge erteilst, wie ich es leben sollte.«

Angesichts der Zurechtweisung wurde ihr Gesichtsausdruck ernster, aber sie lächelte ihn immer noch an. »Siehst du?« erwiderte sie leise, »ich bin sofort gewarnt, wenn du diesen Ton anschlägst, Monica Fitzwaring jedoch wäre entweder am Boden zerstört oder zu Tode beleidigt.«

Sein Gesichtsausdruck wurde hart und seine Stimme nahm einen geradezu eisig höflichen Klang an. »Ich bitte um Verzeihung, Madame«, sagte er und deutete eine spöttische Verbeugung an, »wenn mein Ton Ihnen gegenüber jemals unkorrekt gewesen sein sollte.«

Helene richtete sich auf und griff nach seinem Jackett, um ihn dazu zu bewegen, sich neben sie zu setzen. Als der Versuch fehlschlug, ließ sie ihre Hand wieder sinken. Das Thema jedoch ließ sie nicht fallen, und sie lächelte ihn strahlend an, um seinen Zorn zu besänftigen. »Dein Tonfall anderen gegenüber ist nie unhöflich, Stephen. Im Gegenteil, je verärgerter du bist, desto ›höflicher‹ wirst du – bis du so außerordentlich höflich bist, so präzise und so korrekt, daß du äußerst beunruhigend wirkst. Man könnte sogar sagen … angsteinflößend!«

Sie schauderte, um ihre Worte zu unterstreichen, und Stephen mußte gegen seinen Willen grinsen.

»Genau das meinte ich«, sagte sie und lächelte ihn an. »Wenn du kalt und zornig wirst, weiß ich, wie –« Sie zog scharf die Luft ein, als seine große Hand unter die Decke glitt und liebkosend über ihre Brust streichelte.

»Ich möchte dich nur wärmen«, sagte er, als sie die Arme um seinen Nacken legte und ihn aufs Bett zog.

»Und mich ablenken.«

»Ich glaube, da täte ein Pelz bessere Dienste.«

»Um mich zu wärmen?«

»Um dich abzulenken«, erwiderte er. Sein Mund senkte sich auf ihren, und er begann mit der angenehmen Aufgabe, sie beide zu wärmen und abzulenken.

Es war fast fünf Uhr morgens, als er sich wieder anzog. »Stephen?« flüsterte sie schläfrig, während er sich über sie beugte und ihr einen Abschiedskuß auf die glatte Stirn drückte.

»Ja?«

»Ich muß dir ein Geständnis machen.«

»Keine Geständnisse«, erinnerte er sie. »Das haben wir von Anfang an so vereinbart. Keine Geständnisse, keine Vorwürfe, keine Versprechen. So haben wir es beide gewollt.«

Helene bestritt das zwar nicht, aber diesen Morgen konnte sie nicht anders. »Ich muß dir gestehen, daß ich ziemlich eifersüchtig auf Monica Fitzwaring bin.«

Stephen richtete sich mit einem ungeduldigen Seufzer auf und wartete. Er wußte, sie mußte sagen, was sie zu sagen hatte, aber er half ihr nicht dabei. Er blickte sie nur mit hochgezogenen Augenbrauen an.

»Ich weiß, daß du einen Erben brauchst«, begann sie und verzog ihre vollen Lippen zu einem entschuldigenden Lächeln, »aber könntest du nicht eine Frau heiraten, die ein bißchen schlechter aussieht als ich? Oder so richtig streitsüchtig ist? Eine Schreckschraube mit einer leichten Hakennase oder kleinen Augen würde mir gut gefallen.«

Stephen schmunzelte, aber er wollte das Thema ein für allemal beenden, deshalb entgegnete er: »Monica Fitzwaring stellt keine Bedrohung für dich dar, Helene. Zweifellos weiß sie von unserer Beziehung, und sie würde niemals versuchen, einzugreifen, selbst wenn sie glaubte, daß sie es könnte.«

»Was macht dich so sicher?«

»Sie hat es mir selbst gesagt«, erwiderte er rundheraus, und als Helene ihn immer noch ungläubig anblickte, fügte er hinzu: »Um deinen Sorgen und dem ganzen Thema ein Ende zu bereiten, bleibt mir nur zu sagen, daß ich den Sohn meines Bruders als durchaus akzeptablen Erben betrachte. Außerdem habe ich weder jetzt noch in Zukunft vor, mich an eine Ehefrau zu ketten, nur um einen legalen Erben zu zeugen.«

Während Stephen diese schonungslos offene Rede hielt, schwankte Helenes Gesichtsausdruck zwischen Überraschung und amüsierter Verwirrung. Ihre nächste Bemerkung erklärte ihren erkennbaren inneren Zweikampf. »Welchen anderen Grund, außer einen Erben zu zeugen, könnte denn ein Mann wie du zu einer Heirat haben?«

Stephens desinteressiertes Schulterzucken und sein kurzes Lächeln taten alle normalen Gründe für eine Ehe als banal, lachhaft oder absurd ab. »Für einen Mann wie mich«, erklärte er mit mildem Spott, der nur unzureichend seine tiefverwurzelte Verachtung für Ehewonnen und die Heiligkeit der Ehe verbarg – Illusionen, die sogar in der spröden, kultivierten Gesellschaftsschicht, der er angehörte, genährt wurden – »gibt es keinen einzigen zwingenden Grund, eine Ehe einzugehen.«

Helene musterte ihn aufmerksam, und langsam begannen sich auf ihrem Gesicht Neugier, Vorsicht und beginnendes Verständnis abzuzeichnen. »Ich habe mich immer gefragt, warum du Emily Lathrop nicht geheiratet hast. Man rühmt nicht nur ihr Aussehen und ihre Figur, sie ist auch eine der wenigen Frauen in England, die aufgrund ihrer Herkunft und Erziehung alle Voraussetzungen dafür hätten, in die Familie Westmoreland einzuheiraten und ihr einen Erben zu gebären. Jeder weiß, daß du dich wegen ihr mit ihrem Ehemann duelliert hast, aber du hast ihn weder getötet, noch hast du sie ein Jahr später, als der alte Lord Lathrop endlich ins Gras gebissen hat, geheiratet.«

Stephen zog bei dieser unverblümten Darstellung von Lathrops Tod amüsiert die Augenbrauen hoch, dem Duell aber stand er ebenso gleichgültig und emotionslos gegenüber wie sie.

»Lathrop hatte es sich in den Kopf gesetzt, Emilys Ehre zu verteidigen und allen Gerüchten über sie ein Ende zu bereiten, indem er einen ihrer angeblichen Liebhaber zum Duell forderte. Ich werde nie verstehen, warum der arme alte Mann gerade mich unter den unzähligen möglichen Kandidaten gewählt hat.«

»Gleichgültig warum er sich für diese Methode entschied, das Alter hatte ganz offensichtlich seinen Verstand getrübt.«

Stephen blickte sie neugierig an. »Warum sagst du das?«

»Weil sowohl deine Fähigkeiten im Umgang mit Pistolen als auch dein Können auf dem Duellplatz legendär sind.«

»Jedes zehnjährige Kind hätte ein Duell mit Lathrop gewinnen können«, erwiderte Stephen, ohne auf die Lobpreisung seiner Fähigkeiten einzugehen. »Er war so alt und gebrechlich, daß er seine Pistole kaum ausrichten, geschweige denn, sie ruhig halten konnte. Er brauchte dazu beide Hände.«

»Und deshalb mußte er Rockham Green ungerächt verlassen?«

Stephen nickte. »Ich hätte es unter diesen Bedingungen unhöflich gefunden, ihn zu töten.«

»Wenn man bedenkt, daß er dich durch eine Forderung vor Zeugen zu dem Duell gezwungen hat, war es sehr nett von dir, so zu tun, als hättest du ihn verfehlt, um seinen Stolz zu schonen.«

»Ich habe nicht so getan, als hätte ich ihn verfehlt, Helene«, informierte er sie und fügte betonend hinzu: »Ich habe danebengeschossen.«

Dieser Fehlschuß stellte eine Art Entschuldigung – und damit auch ein Schuldeingeständnis – dar. Sie überlegte, ob es eine andere Erklärung dafür geben könnte, zwanzig Schritte von seinem Gegner entfernt stehend freiwillig in die Luft zu feuern anstatt auf Lord Lathrop, und sagte dann langsam: »Heißt das, du warst wirklich Emily Lathrops Liebhaber? Du warst tatsächlich schuldig?«

»Wie die Sünde«, gab Stephen trocken zu.

»Darf ich dir noch eine Frage stellen, Mylord?«

»Du tust es bereits«, stellte er richtig, wobei er sich bemühte, seine wachsende Ungeduld mit ihrer noch nie dagewesenen und unwillkommenen Einmischung in sein Privatleben zu verbergen.

In einer seltenen Anwandlung weiblicher Unsicherheit blickte sie zur Seite, als müsse sie all ihren Mut zusammennehmen, dann sah sie mit einem entschuldigenden, verführerischen Lächeln zu ihm auf, das er unwiderstehlich gefunden hätte, wäre ihm nicht augenblicklich eine Frage gefolgt, die so unglaublich war, daß sie sogar seine sehr lockeren Standards, was die Umgangsformen zwischen den Geschlechtern betraf, verletzte. »Was hat dich an Emily Lathrop so angezogen, daß du unbedingt mit ihr schlafen mußtest?«

Sein spontaner Unmut über diese Frage wich einer noch negativeren Reaktion auf ihre nächste. »Ich meine, hat sie irgend etwas mit dir – oder für dich – gemacht, das ich nicht tue, wenn wir miteinander im Bett sind?«

»In der Tat«, erwiderte er gedehnt, »gab es etwas an Emily, das ich besonders an ihr schätzte.«

Helene war so begierig darauf, das Geheimnis einer anderen Frau zu ergründen, daß sie den Sarkasmus in seiner Stimme völlig überhörte. »Was hast du besonders an ihr gemocht?«

Er senkte den Blick vielsagend auf ihren Mund. »Soll ich es dir zeigen?« fragte er. Als sie nickte, stützte er sich mit den Händen zu beiden Seiten des Kopfkissens ab und beugte sich über sie, so daß sein Bauch und seine Hüften nur Millimeter von ihrem Kopf entfernt waren. »Bist du ganz sicher, daß ich es dir zeigen soll?« flüsterte er betont verführerisch.

Ihr nachdrückliches Nicken war so verspielt und einladend, daß sein Ärger zunehmend einer gewissen Erheiterung wich.

»Zeig mir, was du bei ihr besonders gern gehabt hast«, flüsterte sie und strich mit ihren Händen an seinen Armen entlang.

Und Stephen zeigte es ihr. Er legte seine rechte Hand fest über ihren Mund und erklärte ihr lächelnd diesen Anschauungsunterricht: »Sie stellte mir nie Fragen über dich oder sonst jemanden, und das mochte ich ganz besonders an ihr.«

Sie starrte ihn an. Ihre blauen Augen weiteten sich vor Enttäuschung, aber dieses Mal ignorierte sie die unmißverständliche Warnung in seiner täuschend sanften Stimme nicht.

»Verstehen wir uns, meine inquisitorische Schöne?«

Sie nickte, versuchte aber dennoch frech, die Situation zu ihren Gunsten zu beeinflussen, indem sie mit der Zunge zart über seine Handfläche fuhr.

Stephen schmunzelte über ihren Trick und bewegte seine Hand, er war jedoch jetzt nicht mehr in der Stimmung für sexuelle Spielchen oder eine Unterhaltung, und so drückte er ihr einen Kuß auf die Stirn und ging.

Draußen lag die Nacht in nassem, grauem Nebel, durchbrochen nur vom schwachen, unheimlichen Licht der Gaslaternen. Stephen nahm die Zügel von dem erleichterten Lakaien entgegen und redete beruhigend auf die beiden jungen Braunen ein, die vor die Kutsche gespannt waren. Sie stampften mit den Hufen und schüttelten die Mähnen. Sie befanden sich zum ersten Mal in der Stadt, und als Stephen die Zügel lockerte, damit sie in Trab fallen konnten, fiel ihm auf, daß das führende Pferd außerordentlich ängstlich auf den Nebel reagierte. Jede Kleinigkeit machte das Tier nervös, vom Geräusch der eigenen Hufe auf dem Kopfsteinpflaster bis hin zu den Schatten unter den Laternen. Als linkerhand eine Tür zugeschlagen wurde, scheute es und ging beinahe durch. Stephen zog automatisch die Zügel an und lenkte die Kutsche die Middleberry Street hinunter. Die Pferde trabten flott dahin und schienen sich nun ein wenig beruhigt zu haben. Plötzlich sprang eine Katze kreischend hinter einem Obstkarren hervor, und ein Berg von Äpfeln rollte auf die Straße. Zugleich schwang die Tür eines Pubs auf, und ein Lichtstrahl ergoß sich auf die Straße. Ein Inferno brach los: Hunde heulten, die Pferde gerieten ins Rutschen und bäumten sich in panischer Angst auf, da torkelte eine dunkle Gestalt aus dem Pub, verschwand zwischen zwei Kutschen, die am Straßenrand standen ... und tauchte direkt vor Stephens Kutsche wieder auf.

Stephens Warnruf kam zu spät.

2

Schwer auf seinen Stock gestützt, stand der hochbetagte Butler in dem schäbigen Salon und lauschte mit respektvollem Schweigen, während der erlauchte Besucher ihm mitteilte, daß sein Brotherr gerade ein verfrühtes Ende gefunden habe.

Erst als Lord Westmoreland seinen Bericht beendet hatte, erlaubte es sich der Diener, eine Reaktion zu zeigen, und selbst dann versuchte Hodgkin nur, die Sache herunterzureden. »Wie betrüblich für den armen Lord Burleton, Mylord, und auch für Sie. Aber nun ja – Unfälle geschehen eben, und Sie haben sich nichts vorzuwerfen. Ein Mißgeschick ist eben ein Mißgeschick, deshalb heißt es ja auch so.«

»Ich würde es kaum ein ›Mißgeschick‹ nennen, wenn man einen Mann überfährt und tötet«, erwiderte Stephen mit einer Bitterkeit, die er ausschließlich gegen sich selbst und nicht gegen den Bediensteten richtete. Obwohl an dem Unfall zur frühen Morgenstunde hauptsächlich der betrunkene junge Baron die Schuld trug, der vor Stephens Kutsche auf die Straße getorkelt war, hatte letztlich doch Stephen die Zügel gehalten, und er lebte und befand sich wohlauf, während der junge Burleton tot war. Abgesehen davon gab es anscheinend niemanden, der das Dahinscheiden Burletons betrauerte, und das erschien Stephen in diesem Moment als zusätzliche Ungerechtigkeit. »Ihr Arbeitgeber hat doch sicherlich irgendwo eine Familie – jemanden, dem ich persönlich über den Unfall Bericht erstatten kann?«

Hodgkin schüttelte nur den Kopf. Ihn beschäftigte im Augenblick allein die düstere Erkenntnis, daß er plötzlich wieder arbeitslos war und es wahrscheinlich den Rest seines Lebens auch bleiben würde. Er hatte diese Stelle nur bekommen, weil sich niemand sonst gefunden hatte, der freiwillig als Butler, Kammerdiener, Lakai und Koch arbeitete – zumal Burleton nur ein lächerlich niedriges Gehalt zahlen konnte.

Peinlich berührt von seinem kurzfristigen Anfall von Selbstmitleid und der daraus resultierenden Unhöflichkeit, räusperte sich Hodgkin und fügte hastig hinzu: »Lord Burleton hatte keine nahen lebenden Verwandten, wie ich – ich bereits gesagt habe. Und da ich erst seit drei Wochen in den Diensten des Barons stehe, kenne ich seine Bekannten nicht ...« Mit einem Ausdruck des Entsetzens hielt er inne. »Vor lauter Schreck habe ich ganz seine Verlobte vergessen! Noch diese Woche sollten die Hochzeitsfeierlichkeiten stattfinden.«

Eine neue Welle von Schuldgefühl überschwemmte Stephen, aber er nickte, und seine Stimme klang lebhaft und entschlossen. »Wer ist sie, und wo kann ich sie finden?«

»Ich weiß lediglich, daß sie eine amerikanische Erbin ist, die der Baron im Ausland kennengelernt hat, und daß sie morgen mit dem Schiff aus den Kolonien ankommt. Ihr Vater war zu krank, um die Reise anzutreten, deshalb nehme ich an, daß sie entweder mit einem Verwandten oder vielleicht in weiblicher Begleitung reist. Letzte Nacht hat Lord Burleton das Ende seiner Junggesellenzeit gefeiert. Das ist alles, was ich weiß.«

»Sie müssen doch ihren Namen kennen! Wie hat Burleton sie genannt?«

Hin- und hergerissen zwischen Nervosität angesichts Lord Westmorelands drängender Ungeduld und der Scham über sein nachlassendes Gedächtnis, sagte Hodgkin verteidigend: »Wie ich bereits sagte, stehe ich noch nicht lange in den Diensten des Barons, und er hat mich nicht ins Vertrauen gezogen. In meiner Gegenwart nannte er sie ›meine Verlobte‹ oder auch ›meine Erbin‹.«

»Denken Sie nach, Mann. Sie müssen doch wenigstens einmal gehört haben, wie er ihren Namen nannte!«

»Nein … Ich … Warten Sie, ja! Mir fällt etwas ein … Ich erinnere mich, daß ich bei ihrem Namen daran denken mußte, wie gerne ich als Junge nach Lancashire fuhr. Lancaster!« rief Hodgkin voller Entzücken aus. »Ihr Nachname ist Lancaster, und ihr Vorname ist Sharon … Nein, das stimmt nicht. Charise! Charise Lancaster!«

Hodgkin erhielt als Lohn für seine Mühen ein leichtes Nicken der Anerkennung, dann jedoch wurde sofort die nächste Frage auf ihn abgefeuert. »Wie heißt das Schiff, mit dem sie ankommt?«

Hodgkin war so ermutigt und stolz, als ihm die Antwort einfiel, daß er ausgelassen mit seinem Stock auf den Boden klopfte. »*Morning Star*!« krächzte er, errötete jedoch verlegen über seinen ungestümen Tonfall und sein unschickliches Betragen.

»Sonst noch etwas? Jedes Detail könnte hilfreich sein, wenn ich mit ihr spreche.«

»Ich erinnere mich noch an einige andere Dinge, aber ich möchte Sie nicht mit dummem Geschwätz behelligen.«

»Ich höre«, drängte Stephen ungewollt barsch.

»Die Lady ist jung und ›ein ganz hübsches kleines Ding‹, wie der Baron sagte. Ich habe auch mitbekommen, daß sie sehr verliebt in ihn war und die Verbindung unbedingt wollte, während für ihren Vater hauptsächlich der Titel des Barons von Interesse war.«

Stephens letzte Hoffnung, daß diese Ehe lediglich aus Vernunftgründen geschlossen werden sollte, schwand bei der Mitteilung, daß das Mädchen ›sehr verliebt‹ in ihren Verlobten war. »Und Burleton?« fragte er, während er seine Handschuhe anzog, »Warum wollte er sie heiraten?«

»Ich kann nur Vermutungen anstellen, aber anscheinend teilte er die Gefühle der jungen Dame.«

»Wunderbar«, murmelte Stephen grimmig und wandte sich zur Tür.

Erst als Lord Westmoreland gegangen war, erlaubte es sich Hodgkin, sich der Verzweiflung über sein eigenes Schicksal hinzugeben. Wieder stand er stellungslos und buchstäblich ohne einen einzigen Pfennig da. Noch vor einem Augenblick hatte er erwogen, Lord Westmoreland darum zu bitten, ja sogar anzuflehen, ihn jemandem zu empfehlen, aber das wäre unentschuldbar anmaßend und außerdem zwecklos gewesen. Es hatte zwei Jahre gedauert, bis Hodgkin endlich diese Stelle bei Lord Burleton bekommen hatte, und in dieser Zeit hatte er lernen müssen, daß niemand einen Butler, Kammerdiener oder Lakaien beschäftigen wollte, dessen Hände voller Altersflecken waren, und dessen Körper so alt und so gebeugt war, daß er weder gerade stehen noch rasch gehen konnte.

Verzweifelt ließ Hodgkin seine schmalen Schultern hängen. Seine Gelenke begannen entsetzlich zu schmerzen. Mühsam schlurfte er zu seinem Zimmer im rückwärtigen Teil der schäbigen Wohnung. Er hatte gerade die Hälfte der Strecke zurückgelegt, als das scharfe, ungeduldige Klopfen des Earls ihn veranlaßte, langsam zurück zur Haustür zu gehen. »Ja, Mylord?« fragte er.

»Ich wollte gerade gehen«, sagte Lord Westmoreland knapp und geschäftsmäßig, »als mir einfiel, daß Lord Burletons Tod Sie all Ihrer Einkünfte berauben wird. Mein Sekretär, Mr. Wheaton, wird dafür Sorge tragen, daß man Sie entschädigt.« Und bereits im Gehen fügte er hinzu: »In meinen Häusern benötige ich ständig erfahrene Bedienstete. Wenn Sie sich nicht gerade jetzt danach sehnen, sich zur Ruhe zu setzen, könnten Sie vielleicht Mr. Wheaton auch deshalb aufsuchen. Er wird alles Weitere mit Ihnen besprechen.« Und fort war er.

Hodgkin schloß die Tür, drehte sich um und starrte fassungslos in das schäbige Zimmer. Plötzlich strömten Kraft und Jugend wieder warm durch seine Adern. Man hatte ihm nicht nur eine Stellung angeboten, sondern auch noch eine im Haushalt eines der bewundertsten und einflußreichsten Adligen Europas!

Und diese Position hatte man ihm nicht aus Mitleid angeboten; dessen war sich Hodgkin beinahe sicher, denn der Earl of Langford galt nicht als ein Mann, der Dienstboten oder sonst jemanden verhätschelte. Eigentlich wurde eher gemunkelt, der Earl sei ein recht distanzierter, anspruchsvoller Mann, der an seine Haushalte und Bediensteten die höchsten Ansprüche stellte.

Allerdings konnte Hodgin das demütigende Gefühl, der Earl habe ihm vielleicht nur aus Mitleid eine Stelle angeboten, zunächst nicht ganz unterdrücken. Doch dann fiel ihm auf einmal etwas ein, das der Earl gesagt hatte, ein Wort, das Hodgkin mit Freude und Stolz erfüllte: Lord Westmoreland hatte ganz ausdrücklich gesagt, daß er Hodgkin für erfahren hielt. Genau dieses Wort hatte er gebraucht!

Erfahren!

Langsam drehte Hodgkin sich zu dem Spiegel im Flur und betrachtete, auf seinen schwarzen Stock gestützt, sein Spiegelbild. Erfahren …

Er richtete sich auf, obwohl die Anstrengung ihm ein wenig Schmerzen bereitete, dann straffte er die Schultern. Mit der freien Hand glättete er sorgfältig die Aufschläge seines fadenscheinigen schwarzen Jacketts. Nun ja, dachte er, er sah schließlich auch nicht so besonders alt aus – keinen Tag älter jedenfalls als dreiundsiebzig! Lord Westmoreland hielt ihn bestimmt nicht für gebrechlich oder nutzlos. Nein, ganz sicher nicht! Stephen David Elliott Westmoreland, Earl of Langford, hielt ihn, Albert Hodgkin, für eine würdige Bereicherung seiner Dienerschaft. Lord Westmoreland, der über Grundbesitz in ganz Europa sowie über Adelstitel verfügte, die ihm über seine Mutter und zwei Vorfahren, die ihn als Erben eingesetzt hatten, zugekommen waren, hielt ihn, Albert Hodgkin, für eine würdige Bereicherung eines seiner prächtigen Haushalte!

Hodgkin legte den Kopf schräg und versuchte, sich vorzustellen, wie er in der eleganten grüngoldenen Langford-Livree aussehen würde, aber irgend etwas trübte seinen Blick. Er hob die Hand und fuhr mit seinen langen, dünnen Fingern in die Augenwinkel, wo er ungewohnte Feuchtigkeit bemerkte. Er wischte die Tränen weg und verspürte plötzlich das verrückte Bedürfnis, seinen Stock hochzuwerfen und einen kleinen Freudentanz aufzuführen. Allerdings war Würde, das empfand Hodgkin zutiefst, einem Mann, der demnächst zur Dienerschaft von Lord Stephen Westmoreland gehören würde, sehr viel angemessener.

3

Die Sonne versank bereits im flammendroten Abendhimmel, als ein Seemann vom Dock herunterkam und zu der Kutsche trat, die dort seit dem Morgen wartete. »Da ist sie – die *Morning Star*«, sagte er zu Stephen, der an der Tür des Gefährts lehnte und gleichmütig einer Rauferei unter Betrunkenen vor dem nahegelegenen Pub zusah. Bevor der Seemann jedoch den Arm hob, um auf das Schiff zu zeigen, warf er noch einen vorsichtigen Blick auf die beiden Lakaien, die deutlich sichtbar Pistolen trugen und offensichtlich den Gefahren, die überall auf dem Kai lauerten, nicht so gleichgültig gegenüberstanden wie ihr Herr. »Da ist sie, genau da«, sagte er zu

Stephen und zeigte auf ein kleines Schiff, das gerade in den Hafen einlief. In der Dämmerung waren die Segel nur noch als schwache Silhouetten zu erkennen. »Und sie kommt nur ein bißchen zu spät.«

Stephen richtete sich auf und nickte einem der Lakaien zu, der dem Seemann eine Münze für seinen Dienst zuwarf. Dann ging er langsam das Dock hinunter. Er wünschte sich, seine Mutter oder seine Schwägerin stünden ihm bei, wenn Burletons Braut eintraf. Die Anwesenheit mitfühlender weiblicher Wesen hätte sicher den Schock mildern können, wenn er dem Mädchen die tragischen Nachrichten überbrachte, Nachrichten, die ihre Träume in einen Scherbenhaufen verwandeln würden.

»Das ist ein Alptraum!« schrie Sheridan Bromleigh dem verblüfften Steward entgegen, der bereits zum zweiten Mal gekommen war, um ihr zu sagen, ein Gentleman erwarte sie auf dem Pier – ein Gentleman, von dem sie natürlich annahm, er sei Lord Burleton. »Sagen Sie ihm, er soll warten. Sagen Sie ihm, ich sei gestorben. Nein, sagen Sie ihm, wir seien noch nicht fertig.« Sie schloß die Tür, schob den Riegel vor und lehnte sich mit dem Rücken gegen die Türfüllung. Sie blitzte ihre entsetzte Kammerzofe an, die auf einer Ecke des schmalen Bettes ihrer gemeinsamen Kabine kauerte und ein Taschentuch zwischen ihren plumpen Fingern zerknüllte. »Das ist ein Alptraum, und wenn ich morgen aufwache, ist er vorüber, oder, Meg?«

Meg schüttelte so heftig den Kopf, daß die Bänder an ihrer weißen Haube hüpften. »Das ist kein Traum. Sie müssen mit dem Baron reden und ihm etwas erzählen – etwas, das ihn nicht erzürnt, und vor allem etwas, das er glaubt.«

»Nun ja, damit ist die Wahrheit ja wohl ausgeschlossen«, erwiderte Sheridan grimmig. »Ich meine, vielleicht ärgert es ihn ja nur ein ganz kleines bißchen, wenn er hört, daß mir irgendwo an der englischen Küste seine Verlobte abhanden gekommen ist. In Wahrheit habe ich sie richtiggehend verloren!«

»Sie haben sie nicht verloren, sie ist ausgerissen! Miss Charise ist mit Mr. Morrison durchgebrannt, als wir im letzten Hafen anlegten.«

»Das bedeutet gar nichts in Anbetracht der Tatsache, daß sie meiner Obhut anvertraut war, und ich meine Pflicht ihrem Vater und dem Baron gegenüber versäumt habe. Mir bleibt nichts anderes übrig, als hinauszugehen und das dem Baron mitzuteilen.«

»Das dürfen Sie nicht«, beschwor Meg sie. »Er läßt uns auf der Stelle ins Gefängnis werfen. Außerdem müssen Sie dafür sorgen, daß er uns freundlich gesonnen ist, wir haben sonst niemanden, an den wir uns wenden und keinen Ort, wo wir bleiben könnten. Miss Charise hat das ganze Geld mitgenommen, und wir besitzen nicht einen Schilling, um die Heimfahrt zu bezahlen.«

»Ich werde irgendeine Arbeit finden.« Trotz ihrer zuversichtlichen Worte zitterte Sherrys Stimme vor Anspannung. Unbewußt nach einem Schlupfloch suchend, blickte sie sich in der winzigen Kabine um.

»Sie haben überhaupt keine Referenzen«, widersprach Meg mit tränenerstickter Stimme. »Und wir wissen nicht, wo wir heute nacht schlafen sollen, und Geld für eine Herberge haben wir auch nicht. Wir werden in der Gosse landen. Oder noch schlimmer.«

»Was könnte denn noch schlimmer sein?« fragte Sherry. Als Meg jedoch den Mund zu einer Erwiderung öffnete, hob sie die Hand und sagte mit einem Anflug ihres üblichen Humors: »Nein, nicht, ich bitte dich. Du darfst an ›weiße Sklaverei‹ nicht einmal denken.«

Meg wurde blaß und sperrte den Mund auf, ihre Stimme war nur noch ein verzagtes Flüstern. »Weiße ... Sklaverei.«

»Meg! Um Himmels willen, das war ein ... ein Scherz ... und ein geschmackloser noch dazu!«

»Wenn Sie hinausgehen und ihm die Wahrheit sagen, wird er uns beide auf der Stelle ins Gefängnis werfen lassen.«

»Warum«, explodierte Sherry, die einem Nervenzusammenbruch näher war als jemals zuvor in ihrem Leben, »faselst du eigentlich dauernd von Gefängnis?«

»Weil es hier Gesetze gibt, Miss, und Sie – wir – wir haben

ein paar davon übertreten. Nicht absichtlich natürlich, aber das wird niemanden interessieren. Hier wird man einfach ins Gefängnis geworfen – es werden keine Fragen gestellt und man will keine Antworten hören. Hier zählt nur eine Sorte von Menschen, und das ist die Oberschicht. Wenn er nun denkt, wir hätten sie umgebracht oder ihr Geld gestohlen oder sie verkauft – oder sonst etwas Schlimmes, was dann? Dann stünde sein Wort gegen Ihres, und Sie sind ein Niemand, deshalb wird das Gesetz auf seiner Seite sein.«

Sherry versuchte, etwas Humorvolles oder Beruhigendes zu erwidern, aber ihre physische und emotionale Verfassung hatten unter der wochenlangen Anstrengung und Anspannung gelitten. Sie war während der Reise krank gewesen, und dann war vor zwei Tagen auch noch Charise verschwunden. Auf diesen verrückten Handel hätte sie nie eingehen dürfen, das war ihr jetzt klar. Sie hatte ihre Fähigkeit, mit einer verwöhnten, albernen Siebzehnjährigen fertigzuwerden, überschätzt, und sich eingeredet, ihr gesunder Menschenverstand und ihre praktische Veranlagung, zusammen mit ihrer Erfahrung als Lehrerin an Miss Talbots Schule für junge Damen, die auch Charise besucht hatte, würden sie in die Lage versetzen, bewundernswert locker mit allen auf der Reise auftretenden Schwierigkeiten fertigzuwerden. Charises strenger Vater hatte sich von Sheridans frischem und kompetentem Auftreten so täuschen lassen, daß er sie, als sein Herzleiden ihn davon abhielt, selbst nach London zu reisen, vor einigen älteren und erfahreneren Mitbewerberinnen auserwählt hatte, seine Tochter auf der Reise nach England zu begleiten – Sheridan, die kaum drei Jahre älter war als Charise.

Natürlich hatte Charise zu dieser Entscheidung beigetragen – sie hatte so lange geschmeichelt, geschmollt und gebettelt, daß Miss Bromleigh sie begleiten solle, bis er schließlich nachgegeben hatte. Miss Bromleigh hätte ihr dabei geholfen, die Briefe an den Baron zu schreiben; Miss Bromleigh, so sagte sie ihm, wäre nicht so wie die anderen sauertöpfischen Anstandsdamen, die sich vorgestellt hatten; Miss Bromleigh würde eine amüsante Gesellschaft sein. Und Miss Bromleigh, so warnte sie ihn schlau, würde dafür sorgen, daß sie nicht vor lauter Heimweh sofort wieder zu ihrem Papa nach Amerika zurückkehren würde, statt den Baron zu heiraten!

Das stimmte in der Tat, dachte Sheridan unwillig. Miss Bromleigh trug wahrscheinlich die Verantwortung dafür, daß Charise mit einem nahezu Fremden durchgebrannt war, ein impulsiver Akt, der entfernt an die Handlung eines der Liebesromane erinnerte, die Sheridan mit Charise zusammen während der Überfahrt gelesen hatte.

Tante Cornelia mißbilligte diese Romane und die »albernen romantischen Ansichten«, die sie vertraten, so sehr, daß Sheridan sie für gewöhnlich nur insgeheim bei zugezogenen Vorhängen in ihrem Bett las. Dort konnte sie, ohne daß sie jemand störte, die herrliche Erregung auskosten, von eleganten, gutaussehenden Adligen, die ihr Herz mit einem Blick erobert hatten, geliebt und umworben zu werden. Danach konnte sie sich in die Kissen zurücklehnen, die Augen schließen und sich vorstellen, die blonde Heldin zu sein, die auf einem Ball in einem prächtigen Kleid und mit einer wunderbaren Frisur tanzt ... die im Park umherspaziert, ihre zarte Hand auf seinem Ärmelaufschlag, mit goldblondem Haar, das unter der Krempe ihres modischen Hutes hervorlugt. Sie hatte jeden einzelnen Roman so oft gelesen, daß sie ihre Lieblingsszenen aus dem Gedächtnis rezitieren konnte, wobei sie den Namen der jeweiligen Heldin durch ihren eigenen ersetzte.

Der Baron ergriff Sheridans Hand und preßte sie an seine Lippen. Er gelobte ihr ewige Treue. »Du bist meine einzige Liebe ...«

Der Earl war so überwältigt von Sheridans Schönheit, daß er die Beherrschung verlor und sie auf die Wange küßte. »Vergeben Sie mir, aber ich kann nicht anders! Ich bete Sie an!«

Und dann gab es noch ihre Lieblingsstelle ... die Textstelle, die sie sich am häufigsten und liebsten vorstellte:

Der Prinz riß sie in seine starken Arme und drückte sie an sein Herz. »Und wenn ich hundert Königreiche hätte, würde ich sie dennoch alle für dich aufgeben, meine teuerste Geliebte. Ich war nichts, bis du kamst.«

Im Bett variierte sie die Handlung der Romane, die Dialoge und sogar die Situationen und Örtlichkeiten, wie es ihr beliebte, niemals jedoch veränderte sie ihren imaginären Helden. Er, und nur er allein, blieb immer derselbe, und sie kannte jedes Detail an ihm, weil sie ihn sich selbst ausgedacht hatte: Er war stark, ungestüm und männlich, aber gleichzeitig freundlich, klug, geduldig und humorvoll. Er war groß und sah gut aus – mit dichtem dunklem Haar und wundervollen blauen Augen, die je nach Stimmung verführerisch oder durchdringend blickten, oder auch schalkhaft blitzten. Er würde gerne mit ihr lachen, und sie würde ihm amüsante Anekdoten erzählen, um ihn dazu zu bringen. Er würde gerne lesen und mehr wissen als sie, und vielleicht hätte er auch ein bißchen mehr Lebenserfahrung. Aber nicht zu viel, und er dürfte auch nicht zu stolz oder blasiert sein. Sie haßte Arroganz und Spießigkeit, und vor allem konnte sie es nicht leiden, wenn jemand tyrannisch über sie verfügte. So etwas akzeptierte sie zwar bei den Vätern ihrer Schülerinnen, aber sie wußte ganz genau, daß sie sich bei ihrem Ehemann mit einer so überheblichen männlichen Haltung nicht würde abfinden können. Ach ja, und ihr Held würde sie natürlich zu seiner Ehefrau erwählen. Er würde vor ihr niederknien, um ihre Hand anhalten und solche Sätze sagen wie: »Ich wußte nicht, was Glück war, bis ich dir begegnete ... Ich kannte die Liebe nicht, bis ich dich kennenlernte ... Ich war nur ein halber Mensch mit einem halben Herzen ... bis du kamst.« Ihr gefiel die Vorstellung, von ihrem imaginären Helden wirklich gebraucht und nicht nur um ihrer Schönheit willen geliebt zu werden. Und wenn er mit so zärtlichen, bezwingenden Worten um ihre Hand angehalten hatte, was blieb ihr dann anderes übrig, als seinen Antrag anzunehmen? Und dann würden sie, zur neidvollen Überraschung aller in Richmond, Virginia, heiraten. Danach würde er sie und Tante Cornelia in seine wunderschöne Villa auf dem Hügel mitnehmen, und dort würde er sich allein der Aufgabe widmen, sie glücklich zu machen, und ihre drängendste Sorge würde ihren Kleidern gelten. Er würde ihr auch helfen, ihren Vater zu finden, der dann ebenfalls bei ihnen wohnen würde.

Wenn sie allein in der Dunkelheit lag, spielte es keine

Rolle, daß sie einem solchen Mann nie begegnen würde und daß er ihr, sollte sie wider Erwarten doch auf so ein vollkommenes Exemplar stoßen, nicht auch nur den kleinsten Blick schenken würde. Morgens kämmte sie ihre dicken roten Haare aus der Stirn und schlang sie im Nacken zu einem praktischen Knoten zusammen. Und wenn sie dann zur Schule ging, wäre keiner je auf den Gedanken gekommen, daß die nüchterne Miss Bromleigh, die von ihren Schülerinnen bereits als alte Jungfer betrachtet wurde, tief in ihrem Herzen unheilbar romantisch fühlte.

Sie hatte jedem, sogar sich selbst, vorgetäuscht, ein Muster an Tüchtigkeit und Effizienz zu sein. Und jetzt würde Charise wegen Sheridans grenzenlosen Selbstvertrauens statt eines Lords einen ganz gewöhnlichen Mann heiraten, der ihr, wenn es ihm beliebte, das Leben zur Hölle machen konnte. Und wenn Charises Vater nicht an seinem Zorn und einem gebrochenen Herzen starb, dann würde er den Rest seines Lebens zweifellos damit zubringen, nach wirkungsvollen Methoden zu suchen, um Sheridan und Tante Cornelia das Leben schwer zu machen. Und die arme furchtsame Meg, die sich fünf Jahre lang als Charises Zofe aufgearbeitet hatte, würde sicher ohne Zeugnis hinausgeworfen werden und besäße damit kaum mehr eine Aussicht auf eine anständige Stelle in der Zukunft. Und das waren noch die günstigsten Perspektiven!

Als Voraussetzung dafür mußte es Meg und Sheridan irgendwie gelingen, nach Hause zurückzukehren. Wenn Meg jedoch recht hatte, und Sheridan teilte zumindest halbwegs ihre Überzeugung, dann würde Meg den Rest ihres Lebens in einem Gefängnis zubringen, mit Sheridan Bromleigh – der »vernünftigen, kompetenten« Sheridan Bromleigh – als ihrer Zellengenossin.

Tränen der Angst und des Schuldgefühls traten in Sherrys Augen, als sie an das Unheil dachte, das sie heraufbeschworen hatte. Das kam alles nur wegen ihres naiven Selbstvertrauens und des albernen Wunsches, das prächtige London und die vornehmen Aristokraten zu sehen, über die sie in ihren Romanen gelesen hatte. Sie hätte auf Tante Cornelia hören sollen, die ihr seit Jahren gepredigt hatte, daß ihre Sehnsucht nach derart sagenumwobenen Stätten nichts weiter war als ein Griff nach den Sternen, daß Stolz in den Augen des Herrn ebenso eine Sünde darstellte wie Habgier und Faulheit, und daß Männer Bescheidenheit bei einer Frau weit mehr schätzten als die bloße Schönheit.

Mit den ersten beiden Überzeugungen hatte Tante Cornelia sicher recht gehabt, stellte Sheridan nun verspätet fest. Sherry hatte versucht, auf die Warnungen ihrer Tante zu hören, aber zwischen ihnen beiden gab es einen großen Unterschied, der es für Sherry äußerst schwierig gestaltete, vor der Reise nach England auf ihre guten Ratschläge einzugehen: Tante Cornelia liebte das Vorhersehbare. Sie war eine glühende Verfechterin von Ritualen und schätzte es, wenn jeder Tag gleich ablief. Genau über diese Routine aber hätte Sheridan vor Verzweiflung manchmal weinen mögen.

4

Als sie nun in der winzigen Kabine blicklos auf die arme Meg starrte, wünschte Sherry sich inbrünstig, wieder zu Hause in Richmond zu sein, in dem kleinen Dreizimmerhaus, das sie mit ihrer Tante zusammen bewohnte, dieser gegenüber zu sitzen, an einer Tasse lauwarmen Tees zu nippen und die Aussicht auf ein ganzes Leben voll lauwarmem Tee und Langeweile vor sich zu haben.

Wenn allerdings Meg mit den britischen Gesetzen recht hatte … dann würde Sheridan niemals mehr nach Hause zurückkehren und ihre Tante nie mehr wiedersehen. Allein der Gedanke daran erfüllte sie mit Entsetzen.

Als sie vor sechs Jahren zu der älteren Schwester ihrer Mutter gezogen war, hätte die Aussicht, Cornelia Faraday nie mehr wiederzusehen, Sheridan entschieden fröhlich gestimmt, damals jedoch hatte ihr Vater ihr keine Wahl gelassen. Bis dahin war sie mit ihm zusammen kreuz und quer übers Land gefahren, in einem Wagen, der mit allen möglichen Handelswaren beladen war, von Pelzen und Parfüm bis hin zu Eisentöpfen und Mistgabeln, Luxus- und Gebrauchsgegenstände, die er in den Farmen und Hütten, die auf ihrer Reiseroute lagen, verkaufte oder tauschte.

Ihre Reiseroute legten sie spontan und nach Gutdünken fest – für gewöhnlich fuhren sie im Winter an der Ostküste entlang Richtung Süden und im Sommer in den Norden. Manchmal fuhren sie auch nach Westen, wenn ein besoders großartiger Sonnenuntergang lockte, oder sie wandten sich auch nach Südwesten, weil gerade ein gurgelnder Fluß in dieser Richtung verlief. Im Winter, wenn der Schnee die Weiterreise schwer oder unmöglich machte, gab es immer einen Farmer oder Ladenbesitzer, der Bedarf an zusätzlichen Aushilfskräften hatte, und ihr irischer Vater ließ sich seine Arbeit mit kostenloser Unterkunft für ein paar Nächte bezahlen.

Deshalb hatte Sheridan, als sie zwölf Jahre alt war, schon überall geschlafen – auf einer Decke in einem Heuschober genauso wie in einem Federbett in einem Haus voller fröhlich lachender Damen, die Satinkleider in lebhaften Farben und mit so tiefen Ausschnitten trugen, daß ihnen fast die Brüste herausfielen. Aber ob nun die Hausherrin in ihren Unterkünften eine kräftige Farmersfrau, eine strengblickende Predigersgattin oder eine Dame in purpurrotem Satin mit schwarzen Federn war, am Ende umschmeichelten alle Gastgeberinnen Vater Patrick und wachten mütterlich über Sheridan. Bezaubert von seinem unerschütterlichen Lächeln, seiner untadeligen Höflichkeit und seiner Bereitschaft, hart und ausdauernd für Unterkunft und Verpflegung zu arbeiten, begannen die Damen bald damit, extra große Portionen für ihn zu kochen, seine Lieblingssüßspeise zuzubereiten und seine Wäsche zu flicken.

Ihr Wohlwollen erstreckte sich auch auf Sheridan. Sie neckten sie liebevoll wegen ihres dicken, leuchtendroten Haars und lachten, wenn ihr Vater sie »meine kleine Karotte« nannte. Sie ließen sie auf einem Stuhl stehen, wenn sie freiwillig anbot, beim Abwasch zu helfen, und wenn sie am Ende wieder fortfuhren, schenkten sie ihr Stoffreste oder kostbare Nadeln, damit sie für ihre Puppe Amanda eine neue Decke oder ein Kleid nähen konnte. Sheridan umarmte sie und sagte, sie und Amanda dankten ihnen sehr, und sie lächelten, weil sie wußten, daß sie es auch so meinte. Sie küßten sie zum Abschied und flüsterten ihr zu, sie würde eines Tages eine sehr schöne Frau werden, und Sheridan lachte, weil sie glaubte, daß sie das unmöglich ernst meinen konnten. Dann sahen sie zu, wie Sheridan und ihr Papa in ihrem Wagen wegfuhren, winkten ihnen nach und riefen »Mit Gottes Segen« und »Kommt bald wieder«.

Manchmal erwarteten die Leute, bei denen sie wohnten, daß ihr Vater einer ihrer Töchter oder der Tochter des Nachbarn den Hof machte und sich hier niederließ, und dann blieb zwar das Lächeln auf seinem gutaussehenden irischen Gesicht, seine Augen jedoch verdunkelten sich, wenn er sagte: »Ich danke Ihnen, aber es geht nicht. Das wäre Bigamie, denn Sheridans Mama lebt immer noch in meinem Herzen.«

Nur wenn er über Sheridans Mama redete, erlosch das Lächeln in seinen Augen, und Sheridan verkrampfte sich, bis er wieder wie vorher war. Noch Monate, nachdem ihre Mama und ihr kleiner Bruder an einer Krankheit, die Influenza hieß, gestorben waren, hatte Papa sich wie ein stummer Fremder benommen, hatte in ihrer winzigen Hütte neben dem Feuer gesessen, Whisky getrunken und sich weder darum geschert, daß die Ernte auf dem Feld verfaulte, noch neu gesät. Er redete nicht, rasierte sich nicht, aß kaum etwas, und es schien ihm egal zu sein, ob ihr Maulesel Hunger hatte oder nicht. Sheridan war damals sechs Jahre alt, aber bereits daran gewöhnt, ihrer Mama zu helfen; daher versuchte sie, deren Pflichten zu übernehmen.

Ihr Vater schien von Sheridans Bemühungen genausowenig zu bemerken wie von ihren Mißgeschicken und ihrem Kummer. Dann, eines schicksalhaften Tages, verbrannte sie sich den Arm, als sie für ihn Eier braten wollte. Sie versuchte, die Tränen über die Schmerzen in ihrem Arm ebenso wie die Schmerzen in ihrem Herzen zu unterdrücken und ging mit der Wäsche und einem Stückchen übriggebliebener Laugenseife zum Fluß. Als sie sich ans

Ufer kniete und vorsichtig das Flanellhemd ihres Vaters ins Wasser tauchte, überfiel sie die Erinnerung an die glücklichen Zeiten, die sie an dieser Stelle verbracht hatte. Sie erinnerte sich daran, wie ihre Mama beim Waschen immer gesummt hatte, während Sheridan auf den kleinen Jamie aufpaßte, der im Wasser herumplantschte. Sie mußte daran denken, wie Jamie fröhlich brabbelnd im Fluß saß und mit seinen Patschhändchen in spielerischer Freude auf das Wasser schlug. Mama hatte so gerne gesungen; sie hatte Sheridan englische Lieder beigebracht, die sie dann gemeinsam bei der Arbeit sangen. Manchmal hörte sie auf zu singen und lauschte einfach nur Sheridans Gesang, mit geneigtem Kopf und einem seltsam stolzen Lächeln auf den Lippen. Oft zog sie dann Sheridan eng an sich und sagte etwas Wundervolles, wie »Deine Stimme ist so süß, etwas ganz Besonderes – genau wie du!«

Bei der Erinnerung an diese idyllischen Tage brannten Sheridans Augen, während sie am Fluß kniete. Die Worte von Mamas Lieblingslied gingen ihr durch den Kopf, und wie sie erst Jamie anlächelte, der gluckste und plantschte, und dann sie selbst, Sheridan, die für gewöhnlich ebenfalls ganz durchnäßt war. »Sing uns etwas vor«, hatte die Mutter so oft gebeten. »Sing für uns, mein Engel.«

Sheridan versuchte, dieser Aufforderung aus der Vergangenheit nachzukommen, aber ihre Stimme versagte, und ihre Augen füllten sich mit Tränen. Sie wischte sich mit dem Handrücken über die Augen, und entdeckte plötzlich mit Schrecken, daß das Hemd ihres Vaters mittlerweile flußabwärts und schon außerhalb ihrer Reichweite schwamm. In diesem Moment gab Sheridan den Kampf auf, tapfer und erwachsen zu sein. Sie zog die Knie an die Brust, barg ihr Gesicht in Mamas Schürze und schluchzte herzzerreißend. Inmitten von wilden Sommerblumen und dem Duft von frischem Gras wiegte sie sich vor und zurück und weinte, bis ihre Kehle schmerzte und die Worte nur noch als krächzende, flüsternde Laute kamen.

»Mama«, weinte sie, »ich vermisse dich, ich vermisse dich, ich vermisse dich. Ich vermisse Jamie. Bitte komm zu Papa und mir zurück. Bitte komm zurück, bitte komm zurück. O bitte. Ich schaffe es nicht alleine, Mama. Ich schaffe es nicht, ich schaffe es nicht ...«

Plötzlich wurde ihre kummervolle Litanei von der Stimme ihres Vaters unterbrochen – nicht von der monotonen, leblosen, erschreckend unvertrauten Stimme, die sie seit Monaten hören mußte, sondern von seiner alten Stimme, die nun rauh klang vor Sorge und Liebe. Er hockte sich neben sie und nahm sie in die Arme. »Ich schaffe es auch nicht alleine«, sagte er und wiegte sie fest in seinen Armen, »aber ich wette, zusammen könnten wir es schaffen, meine Süße.«

Später, als er ihre Tränen getrocknet hatte, sagte er noch: »Was hältst du davon, wenn wir von hier weggehen und ein wenig herumreisen, nur du und ich? Wir werden aus jedem Tag ein Abenteuer machen. Früher habe ich viele Abenteuer bestanden. So lernte ich auch deine Mama kennen: Ich erlebte gerade ein Abenteuer in England, in Sherwyn's Glen. Eines Tages werden wir beide nach Sherwyn's Glen zurückkehren. Allerdings nicht so, wie deine Mama und ich es verlassen haben. Wir werden in großem Stil zurückkehren.«

Bevor Sheridans Mama gestorben war, hatte sie ihr voller Heimweh von dem malerischen Ort in England erzählt, in dem sie geboren war, von der wunderschönen Landschaft, von den baumgesäumten Straßen und den Tanzveranstaltungen im Gemeindesaal, an denen sie stets teilgenommen hatte. Sie hatte Sheridan sogar nach einer Rosensorte benannt, die im Pfarrhausgarten blühte, einer ganz außergewöhnlichen roten Rose, die üppig am weißen Zaun um das Pfarrhaus herum wucherte.

Die Besessenheit von Sheridans Vater, nach Sherwyn's Glen heimzukehren, hatte anscheinend nach dem Tod ihrer Mutter begonnen. Allerdings fragte Sheridan sich lange Zeit verwirrt, warum Papa so unbedingt dorthin zurückgehen wollte, vor allem, da der wichtigste Mann im Ort angeblich ein böses, stolzes Ungeheuer namens Squire Faraday war, der sich jedem gegenüber als Herr aufspielte. Er würde sicher keinen guten Nachbarn abgeben, wenn ihr Vater seinen Plänen entsprechend direkt neben ihm sein Haus baute.

Sie wußte, daß ihr Papa Squire Faraday kennengelernt hatte, als er ein äußerst wertvolles Pferd aus Irland ablieferte, das der Squire für seine Tochter gekauft hatte, und sie wußte auch, daß ihr Vater, da er in Irland keine nahen Verwandten mehr besaß, beschlossen hatte, als Knecht und Pferdetrainer für den Squire zu arbeiten und in Amerika zu bleiben. Aber erst im Alter von elf Jahren erfuhr sie, daß der verstockte, kaltherzige, hassenswerte und hochmütige Squire Faraday in Wirklichkeit Mamas Vater war! Sie hatte sich immer gefragt, warum Papa ihre Mutter aus ihrem geliebten Heimatort weggeholt und bis nach Amerika gebracht hatte, zusammen mit Mutters älterer Schwester, die sich dann in Richmond niedergelassen und geweigert hatte, sich auch nur einen Fußbreit weiterzubewegen. Es war ihr immer ein bißchen seltsam vorgekommen, daß ihre Mutter neben ihren Kleidern und einem bißchen Geld nur ein Pferd namens »Ziellinie« besessen hatte – ein Pferd, das Mama so sehr liebte, daß sie sogar seine Überfahrt gezahlt hatte. Allerdings mußte sie es bald nach ihrer Ankunft in Amerika dann verkaufen.

Wenn ihre Eltern, selten genug, über ihr Weggehen aus England gesprochen hatten, hatten sie immer ein wenig hitzig und auch irgendwie unglücklich geklungen, aber Sheridan konnte die Gründe dafür nie verstehen. Leider war ihr Vater durchaus nicht bereit, ihren Wissensdrang in diesem Punkt zu befriedigen, und deshalb blieb ihr nichts anderes übrig, als ihre Neugier zu zügeln und zu warten, bis sie das Haus in Sherwyn's Glen gebaut hätten, um es selbst herauszufinden. Wenn sie erst einmal dort war, nahm sie sich vor, würde sie verdeckte Ermittlungen anstellen. Soviel sie wußte, wollte ihr Vater sein Vorhaben durch Karten- und Glücksspiel verwirklichen, und sooft sich ihm die Möglichkeit zu einem guten Spiel bot, steckte er jeden Cent hinein, den sie erübrigen konnten. Die Tatsache, daß er bei Glücksspielen keine besonders glückliche Hand hatte, war ihnen beiden bewußt, aber dennoch glaubte er fest daran, daß sich das eines Tages ändern würde. »Alles, was ich brauche, mein Liebling«, pflegte er grinsend zu sagen, »ist eine hübsche lange Glückssträhne am richtigen Tisch. Ich hatte früher schon ein paar davon, und meine Zeit kommt wieder. Das spüre ich.«

Da er sie nie anlog, glaubte Sherry ihm. Und so fuhren sie zusammen durch das Land, unterhielten sich über so profane Themen wie die Lebensgewohnheiten der Ameisen oder über so großartige Dinge wie die Erschaffung des Universums. Manchen Leuten kam ihr Vagabundenleben sicher seltsam vor. Seltsam und erschreckend hatte es auch Sherry zuerst gefunden, es dann aber bald lieben gelernt.

Bevor sie ihre Farm verlassen hatten, hatte sie wahrhaftig geglaubt, die ganze weite Welt sähe genauso aus wie ihr kleines Stück Wiese und außerhalb dieser Grenzen gäbe es kaum noch jemand anderen. Jetzt gab es hinter jeder Wegbiegung etwas Neues zu sehen und die ständige Vorfreude auf die Begegnung mit interessanten Menschen, die in die gleiche Richtung fuhren – Reisende, die aus so entfernten und exotischen Orten wie Mississippi, Ohio oder sogar Mexico kamen oder dorthin wollten!

Sie erzählten ihr wundersame Geschichten von entlegenen Orten, erstaunlichen Gebräuchen und seltsamen Lebensweisen. Und weil sie jeden so behandelte, wie ihr Papa es tat – freundlich, höflich und interessiert -, beschlossen viele von ihnen, sich dem Wagen der Bromleighs für ein paar Tage oder sogar Wochen anzuschließen. Und noch mehr lernte Sheridan unterwegs: Ezekiel und Mary, ein schwarzes Ehepaar mit einer Haut wie sanft schimmernde Kohle, krausem dunklem Haar und zurückhaltendem Lächeln erzählten ihr über ein Land namens Afrika, wo sie andere Namen gehabt hatten. Sie brachten ihr einen fremdartigen, rhythmischen Gesang bei, kein richtiges Lied, das sie dennoch aufheiterte und antrieb.

Ein Jahr, nachdem Mary und Ezekiel wieder ihrer Wege gegangen waren, tauchte an einem grauen Wintertag hinter einer Wegbiegung ein weißhaariger Indianer mit wettergegerbter, faltiger Haut wie getrocknetes Leder auf. Er saß auf einem wunderschönen gescheckten Pferd, das so jung und temperamentvoll war wie sein Reiter alt und müde. Sheridans Vater drängte ihn so lange, bis er schließlich sein Pferd hinten am Wagen anband und hinaufkletterte. Auf Sheridans Frage hin erwiderte er, sein Name sei Schlafender Hund. Als sie an diesem Abend am Lagerfeuer saßen, bat sie ihn, zu singen, und er trug ein indianisches Lied vor, das nur aus gutturalen Tönen bestand. Dazu klopfte er rhythmisch mit seinen Händen auf die Knie. Es klang so seltsam und unmelodisch, daß Sheridan ein Lächeln unterdrücken mußte, um seine Gefühle nicht zu verletzen, doch schien er ihre verwirrte Erheiterung bereits gespürt zu haben. Er brach abrupt ab und schaute sie mit zusammengekniffenen Augen an. »Jetzt«, sagte er in seiner abgehackten, befehlenden Art zu sprechen, »du singst ein Lied.«

Mittlerweile war Sheridan schon so daran gewöhnt, an Lagerfeuern zu sitzen und mit Freunden zu singen, wie sie daran gewöhnt war, mit ihnen zu sprechen. Also sang sie ein irisches Lied, das Papa ihr beigebracht hatte, über einen jungen Mann, der seine Geliebte verlor. Als sie zu der Stelle kam, wo der junge Mann in seinem Herzen um seine wunderschöne Geliebte weint, gab Schlafender Hund ein ersticktes Geräusch von sich, eine Mischung aus Grunzen und Lachen. Ein rascher Blick über das Feuer hinweg auf sein abweisendes Gesicht zeigte ihr, daß sie richtig gehört hatte, und dieses Mal brach Sheridan mitten im Ton ab.

»Weinen«, informierte sie der Indianer in hochmütigem Tonfall und zeigte mit dem Finger auf sie, »ist etwas für Frauen.«

»Oh«, erwiderte sie leicht verärgert, »ich glaube, irische Männer sind da, nun ja, anders, denn in dem Lied heißt es, er weint, und Papa hat's mir beigebracht, und er ist Ire.« Um Bestätigung heischend blickte sie ihren Vater an und fuhr zögernd fort: »Männer aus der alten Welt weinen, nicht wahr, Papa?«

Ihr Vater schüttete den Bodensatz seines Kaffees ins Feuer und erwiderte lachend: »Nun ja, mein Schatz, wenn ich jetzt sagen würde, ja, sie tun es, dann würde Mr. Schlafender Hund uns in dem Glauben verlassen, Irland sei ein trauriges Land mit lauter kummervollen Jungs, die sich tagein tagaus die Augen aus dem Kopf weinen und ihre Gefühle zur Schau tragen. Das wäre doch nicht gut, oder? Aber wenn ich sagen würde, sie tun es nicht, dann denkst du am Ende, daß das Lied und ich lügen, und das wäre auch nicht gut.« Mit einem verschwörerischen Augenzwinkern schloß er: »Was wäre, wenn du einfach behaupten würdest, daß du dich nicht mehr richtig an das Lied erinnert hast, und daß es in Wirklichkeit die Italiener sind, die immer weinen?«

Er hatte das Ganze so formuliert, als gehörte es zu ihrem Lieblingsspiel »Was wäre, wenn«, das sie erfunden und in den drei Jahren, die sie zusammen unterwegs waren, oft zum Zeitvertreib gespielt hatten. Manchmal ging es dabei um ernsthafte Probleme, wie zum Beispiel »Was wäre, wenn das Pferd lahmen würde?«, und manchmal einfach nur um Spaßfragen, wie »Was wäre, wenn eine Fee käme und wir einen Wunsch frei hätten?«. Ganz gleich jedoch, wie die Voraussetzungen lauteten, galt es stets, die bestmögliche Lösung in der kürzestmöglichen Zeit zu finden. Sheridan war darin so gut geworden, daß ihr Vater stolz erklärte, er müsse sich schon sehr anstrengen, um mit ihr mitzuhalten.

Sheridan zog ihre Augenbrauen einen kurzen Augenblick lang konzentriert zusammen, dann verkündete sie fröhlich kichernd ihre Lösung: »Am besten tust du so, als hättest du gerade etwas Wichtiges zu tun, damit du die Frage nicht beantworten mußt. Denn ganz gleich, was du sagst, du wirst dich immer damit in die Nesseln setzen.«

»Du hast recht«, erwiderte er lachend und befolgte ihren Rat, indem er Schlafender Hund höflich Gute Nacht wünschte. Das unbeschwerte Geplänkel entlockte dem stoischen Indianer nicht einmal den Anflug eines Lächelns, aber er blickte Sheridan über das Feuer hinweg lange und durchdringend an. Dann sprang er auf die Füße und verschwand ohne ein weiteres Wort, um die Nacht im Wald zu verbringen.

Am nächsten Morgen schlug Schlafender Hund ihr vor, sein Pferd zu reiten – ein Vorschlag, der, so vermutete Sheridan, seinem Wunsch entsprang, ohne große Ausreden im bequemeren Wagen mitfahren zu können, und so sein Gesicht zu wahren. Sheridan, die vorher immer nur auf dem alten, breitrückigen Pferd geritten war, das ihren Wagen zog, betrachtete das schöne, lebhafte Tier aufgeregt und ein wenig nervös. Sie wollte gerade ablehnen, als sie den herausfordernden Ausdruck im Gesicht des Indianers sah. Sorgfältig darauf bedacht, einen bedauernden Ton anzuschlagen, wies sie darauf hin, daß sie keinen Sattel hätten. Schlafender Hund schenkte ihr wieder einen seiner stolzen, überlegenen Blicke und erklärte ihr, Indianermädchen ritten immer ohne Sattel und im Herrensitz.

Sein durchdringender Blick und das Gefühl, daß er ihre Angst spürte, waren mehr, als Sheridan ertragen konnte. Bereit, eher Leib und Leben zu riskieren, als ihm einen Grund zu geben, schlecht von ihr und damit von allen irischen Kindern zu denken, trat sie zu ihm und nahm ihm die Zügel aus der Hand. Er bot ihr nicht an, ihr beim Aufsteigen zu helfen, also führte sie das Pferd zum Wagen, kletterte hinauf und verbrachte einige Minuten damit, das Pferd nahe genug an den Wagen zu bringen, um ein Bein über seinen Rücken zu schwingen.

Als sie schließlich oben saß, wünschte sie, sie hätte es lieber nicht geschafft. Vom Rücken des Pferdes aus war der Boden sehr weit entfernt und vor allem sehr, sehr hart. Sie fiel an diesem Tag fünfmal hinunter und konnte jedesmal förmlich spüren, wie der Indianer und sein widerspenstiges Pferd über sie lachten. Als sie sich zum sechsten Mal anschickte, hinaufzuklettern, war sie wütend und so wundgeritten, daß sie hart am Zügel zerrte, das Ohr des Pferdes packte und es einen Teufel nannte. Sie verwandte dafür das deutsche Wort. Ein deutsches Ehepaar, das auf dem Weg nach Pennsylvanien war, hatte es ihr beigebracht. Dann zog sie sich hoch und setzte sich ärgerlich zurecht. Nach ein paar Minuten stellte sie fest, daß Indianerpferde offensichtlich besser auf Härte als auf Furchtsamkeit reagierten: Das Tier hatte aufgehört, zu tänzeln und zu buckeln, und fiel in einen angenehmen Trab.

Als sie an diesem Abend am Lagerfeuer saß und zusah, wie ihr Vater das Abendessen bereitete, mußte sie ständig hin und her rutschen, um den Druck auf ihr wundes Hinterteil zu mildern. Ohne es zu wollen, begegnete sie dabei dem

Blick von Schlafender Hund, den sie tunlichst vermieden hatte, seit das Pferd wieder hinten am Wagen angebunden stand. Doch statt eine beschämende Bemerkung über ihre mangelnden Reitkünste im Vergleich zu indianischen Mädchen zu machen, blickte Schlafender Hund sie im flackernden Schein der Flammen ruhig an und stellte eine gänzlich unerwartete Frage: »Was bedeutet dein Name?«

»Was mein Name bedeutet?« wiederholte sie nach kurzem Stutzen.

Als er nickte, erklärte sie ihm, sie sei nach einer Blume benannt, die in England, dem Heimatland ihrer Mutter, in Küstennähe wachse. Er gab ein enttäuschtes Grunzen von sich, und Sheridan war so verblüfft, daß sie ihn fragte: »Wie sollte ich denn deiner Meinung nach heißen?«

»Du keine Blume«, sagte er und musterte ihr sommersprossiges Gesicht und ihre widerspenstigen Haare. »Du Feuer. Flammen. Brennen hell.«

»Was? Oh!« erwiderte sie lachend, als sie begriff. »Du meinst, meine Haare sehen wegen ihrer Farbe so aus, als stünden sie in Flammen?« Trotz seiner arroganten Art, seiner abrupten Sprechweise und seines widerspenstigen Pferdes brachen in Sheridan wie immer ihre natürliche Freundlichkeit und unstillbare Neugierde durch, die es ihr unmöglich machten, länger als eine Stunde böse auf jemanden zu sein. »Mein Papa nennt mich ›Karotte‹ wegen meiner Haare«, sagte sie lächelnd. »Eine Karotte ist eine orangefarbene Frucht ... so wie ... wie Getreide eine Frucht ist«, fügte sie hinzu. »Deshalb nennt er mich Karotte.«

»Weiße Männer geben nicht so gute Namen wie Indianer.«

Sie behielt höflicherweise den Hinweis für sich, daß es kaum besser war, nach einem Hund benannt zu werden als nach einer Frucht, und erwiderte nur: »Was für einen Namen würde ein Indianer mir denn geben?«

»Flammenhaar«, verkündete er. »Wenn du Junge wärst, dann ›Weise für Jahre‹.«

»Wie?« fragte Sheridan verständnislos.

»Du schon weise«, erklärte er ihr ungeschickt. »Weise, aber nicht alt. Jung.«

»Oh, es gefällt mir, weise genannt zu werden!« rief Sheridan aus. Ihr früheres Urteil über ihn zählte nun nicht mehr, und sie beschloß, ihn sehr gerne zu mögen.

»Weise für Jahre«, wiederholte sie und warf ihrem amüsierten Vater einen glücklichen Blick zu.

»Du Mädchen«, widersprach ihr Schlafender Hund und dämpfte ihr Entzücken mit seiner männlichen Überheblichkeit. »Mädchen nicht weise. Ich dich nennen Flammenhaar.«

Sheridan beschloß, ihn trotzdem zu mögen, und ihre beleidigte Antwort, ihr Papa halte sie im Gegenteil für äußerst klug, vorerst hinunterzuschlucken. »Flammenhaar ist ein sehr hübscher Name«, sagte sie statt dessen.

Da lächelte Schlafender Hund zum ersten Mal, ein wissendes Lächeln, das ihn um Jahrzehnte verjüngte. Ihr wurde klar, daß er sich ihres inneren Kampfes angesichts seiner Provokation bewußt war. »Du weise für Jahre«, sagte er schließlich mit breitem Grinsen und nickte ihrem Vater zu.

Ihr Vater nickte bestätigend zurück, und Sheridan fand, wie schon so oft, daß das Leben wirklich ganz wundervoll war, und daß die Menschen, wie unterschiedlich sie äußerlich auch aussehen mochten, sich doch im Inneren alle glichen wie ein Ei dem anderen. Sie lachten, redeten und träumten gern ... und sie taten dennoch so, als seien sie immer tapfer, litten niemals Schmerzen, und empfänden Kummer lediglich als eine vorübergehende schlechte Laune. Und für gewöhnlich stimmte das ja auch.

5

Beim Frühstück am nächsten Morgen machte ihr Vater Schlafendem Hund ein Kompliment auf den wundervoll geflochtenen und bestickten Gürtel, den er um seine hirschledernen Hosen trug, und erfuhr, daß der Indianer ihn selbst gemacht hatte. Innerhalb weniger Augenblicke trafen sie ein Übereinkommen: Schlafender Hund erklärte sich bereit, Gürtel und

Armbänder herzustellen, die ihr Vater dann auf der Reise verkaufen sollte.

Mit der Erlaubnis ihres neuen »Geschäftspartners« nannte Sheridan das Pferd »Läuft schnell«, und in den folgenden Tagen ritt sie es ständig. Während ihr Vater und Schlafender Hund eher bedächtig im Wagen dahinfuhren, galoppierte sie voraus und raste zu ihnen zurück, wobei sie sich tief über den Pferdehals beugte. Ihre wehenden Haare mischten sich mit der flatternden Pferdemähne, und ihr Lachen erscholl unter dem klaren, blauen Himmel. An dem Tag, als sie ihre Angst vor dem rasenden Galopp überwand, fragte sie Schlafender Hund stolz, ob sie jetzt bald so gut reiten könne wie ein Indianer*junge*. Er sah sie an, als hielte er dies für vollkommen absurd und unmöglich, dann warf er das Kerngehäuse des Apfels, den er gerade gegessen hatte, ins Gras neben dem Weg. »Kann Weise für Jahre das vom Rücken des laufenden Pferdes aufheben?« erwiderte er und wies auf das Apfelstück.

»Natürlich nicht«, sagte Sheridan verwirrt.

»Indianerjungen schon.«

In den folgenden drei Jahren lernte Sheridan neben diesem noch eine ganze Menge anderer Kunststücke – von denen manche ihren Vater zu besorgten Warnungen veranlaßten. Schlafender Hund begrüßte jeden ihrer Erfolge mit einem beiläufigen zustimmenden Grunzen, dem sofort eine neue, zunächst scheinbar unmögliche Herausforderung folgte. Früher oder später meisterte Sheridan sie alle. Durch die Kunstfertigkeit des Indianers wuchs ihr Einkommen, und da er hervorragend jagen und fischen konnte, aßen sie besser als jemals zuvor. Manche Leute fanden, sie bildeten ein seltsames Trio – der alte Indianer, das junge Mädchen, das hirschlederne Hosen trug und nicht nur ohne Sattel und im Herrensitz reiten, sondern auch in vollem Galopp rückwärts auf dem Pferd sitzen konnte, und der liebenswürdige, verbindliche Ire, der regelmäßig, jedoch mit vorsichtiger Zurückhaltung, spielte – aber das bemerkte Sherry gar nicht. Sie fand eher, daß die Leute, die in geschäftigen, belebten Städten wie Baltimore, Augusta und Charlotte wohnten, ein merkwürdiges und im Vergleich zu dem ihren sehr eingeschränktes Leben führten. Ihr machte es nicht das geringste aus, daß ihr Papa so lange brauchte, um genug Geld für das Haus in Sherwyn's Glen zusammenzubringen.

Genau das erwähnte sie einmal Raphael Benavente gegenüber, einem gutaussehenden, blauäugigen Spanier Mitte zwanzig, der seit ein paar Tagen auf seinem Weg von St. Augustine nach Savannah mit ihnen reiste.

»*Querida*«, antwortete er herzlich lachend, »gut, daß du keine Eile hast, denn dein Papa ist ein sehr schlechter Spieler. Ich habe ihm gestern bei einem kleinen Spiel in Madame Gertrudes Salon den ganzen Abend gegenübergesessen, und da wurde viel betrogen.«

»Mein Papa würde nie falschspielen«, protestierte sie und sprang peinlich berührt auf.

»Nein, das glaube ich auch nicht«, beruhigte er sie rasch und griff nach ihrem Handgelenk, als sie sich fortdrehte. »Er hat nur nicht gemerkt, daß die anderen falschspielten.«

»Du hättest …«, ihr Blick glitt zu der Pistole, die er an der Hüfte trug, und bei dem Gedanken, daß jemand ihren Papa um sein sauer verdientes Geld betrügen könnte, wurde sie noch zorniger, »du hättest sie erschießen sollen! Ja, sie alle erschießen, das wäre das einzig Richtige gewesen!«

»Das konnte ich nicht, *querida*«, stellte er amüsiert fest. »Weißt du, ich war nämlich selbst einer von den Falschspielern.«

Sheridan wand ihr Handgelenk aus seinem Griff. »Du hast meinen Papa betrogen?«

»Nein, nein«, erwiderte er und versuchte erfolglos, seinen Gesichtsausdruck unter Kontrolle zu halten. »Ich betrüge nur, wenn es unumgänglich ist – sprich, wenn andere falschspielen –, und ich betrüge auch nur die, die mich betrügen.«

Wie Sheridan später erfuhr, war Raphael so etwas wie ein Profispieler, den die eigene Familie, wie er selbst zugab, aus der großen Hacienda in Mexico hinausgeworfen hatte, als Strafe für seine »schlechten Angewohnheiten«, wie er es nannte.

Sheridan, die ihre kleine Familie liebte, war entsetzt, als

sie erfuhr, daß manche Eltern tatsächlich ihre Kinder davonjagen, und fragte sich erschüttert, welche unaussprechliche Missetat Raphael begangen haben könnte, um es so weit zu bringen. Als sie das Thema vorsichtig ihrem Vater gegenüber zur Sprache brachte, legte dieser ihr beruhigend den Arm um die Schultern und sagte, Raphael hätte ihm den wahren Grund für den Hinauswurf erzählt. Es ging dabei darum, daß er zuviel für eine Dame empfunden habe, die schon verheiratet gewesen sei.

Sheridan akzeptierte diese Erklärung ohne weitere Fragen, nicht nur, weil ihr Vater den Charakter der Männer, die längere Zeit mit ihnen unterwegs waren, immer überprüfte, sondern auch, weil sie nur das Beste von Raphael denken wollte. Obwohl sie erst zwölf Jahre alt war, hielt sie Raphael Benavente für den bestaussehenden und charmantesten Mann auf der ganzen Welt – außer ihrem Vater natürlich. Er erzählte ihr wunderbare Geschichten, neckte sie wegen ihrer jungenhaften Art und sagte ihr, sie würde später einmal eine wunderschöne Frau werden. Er behauptete, ihre Augen seien so kühl wie graue Sturmwolken, und Gott habe sie ihr geschenkt, damit sie zum Feuer ihrer Haare paßten. Bis dahin hatte sich Sheridan nicht im geringsten um ihr Aussehen gekümmert, aber sie hoffte zutiefst, daß Raphaels Prophezeiung ihrer zukünftigen Schönheit stimmte, und daß er vor allem noch so lange wartete, bis es soweit war. Bis dahin gab sie sich mit seiner bloßen Gesellschaft und damit, wie ein Kind behandelt zu werden, zufrieden.

Anders als die meisten Reisenden, denen sie unterwegs begegneten, hatte Rafe anscheinend immer genug Geld und kein besonderes Ziel. Er spielte öfter als ihr Vater und gab seine Gewinne nach Belieben aus. Eines Tages, als sie ihren Wagen am Rand von Savannah, Georgia, abgestellt hatten, verschwand er für vier Tage und Nächte. Als er am fünften Tag wieder auftauchte, roch er nach Parfüm und Whisky. Da Sherry vor einem Jahr Bruchstücke einer Unterhaltung zwischen verheirateten Frauen aufgeschnappt hatte, die mit ihren Männern in einem kleinen Treck nach Missouri zogen, reimte sie sich zusammen, daß Rafes Zustand bewies, daß er sich in Gesellschaft einer »Hure« befunden hatte. Obwohl sie nur eine unzureichende Vorstellung davon besaß, was eine Hure eigentlich ausmachte, wußte sie doch aus der gleichen Unterhaltung, daß sie keine anständige Frau war und irgendeine böse Macht besaß, durch die sie »einen Mann vom Pfad der Tugend abbringen« konnte. Zwar wußte Sheridan nicht genau, wie sich eine Frau verhalten mußte, damit sie als »anständig« galt, sie wußte jedoch genug, um instinktiv zu reagieren. Als Rafe an diesem Tag unrasiert und nach Huren riechend zurückkam, lag Sheridan auf den Knien, betete unbeholfen um seine Sicherheit und versuchte, ihre Angsttränen zurückzuhalten. Innerhalb weniger Augenblicke allerdings verwandelte sich ihre Furcht in eifersüchtige Empörung, und den Rest des Tages blieb sie distanziert und ärgerlich. Als seine Späße sie nicht erweichen konnten, zuckte er mit den Schultern und spielte den Gleichgültigen, aber am Abend darauf kam er mutwillig grinsend mit einer Gitarre ins Lager. Er tat so, als beachte er sie gar nicht, setzte sich ihr gegenüber ans Feuer und begann zu spielen.

Sheridan hatte auch früher schon Gitarrenspiel gehört, aber so wie Rafe spielte niemand. Unter seinen geschickten Fingern vibrierten die Saiten in einem fremdartigen, pulsierenden Rhythmus, der ihr Herz schneller schlagen ließ. Ihre Zehen in den Stiefeln wippten unwillkürlich im Takt mit. Dann änderte sich plötzlich das Tempo, und die Musik wurde unglaublich sehnsüchtig und so traurig, daß die Gitarre selbst zu schluchzen schien. Die dritte Melodie, die er spielte, war leicht und fröhlich. Er blickte sie über das Lagerfeuer hinweg an, nickte ihr zu, und begann den Text des Liedes zu murmeln, als ob er zu ihr spräche. Es ging um die Geschichte eines dummen Mannes, der die Dinge, die er besaß, und die Frau, die ihn liebte, nicht zu schätzen wußte, bis er alles verloren hatte. Noch bevor Sherry den Schock – und die Möglichkeiten, die dieses Lied andeutete – verarbeiten konnte, begann er, eine andere Melodie zu spielen, ein liebliches leises Lied, das sie kannte. »Sing mit mir, *querida*«, forderte er sie auf.

Singen stellte für viele Leute, die unterwegs waren, einen

beliebten Zeitvertreib dar, und so verhielt es sich auch bei der Bromleigh-Gruppe. An diesem Abend aber fühlte Sherry sich unendlich scheu und verlegen. Schließlich schloß sie die Augen und dachte nur noch an die Musik, den Himmel und die Nacht. Sie sang mit Rafe zusammen, und sein tiefer Bariton bildete den Kontrapunkt zu ihrer hohen Kinderstimme.

Als Applaus ertönte, öffnete sie die Augen wieder und sah erstaunt, daß eine kleine Gruppe von Leuten sich genähert hatte, um ihr zuzuhören.

Das war nur die erste von vielen Nächten, in denen sie sang und Rafe Gitarre spielte, und immer strömten Leute zusammen, um ihnen zuzuhören. Manchmal, wenn sie in einem Dorf oder einer Stadt waren, spendeten ihnen die Leute aus Begeisterung Essen oder sogar Geld. In den folgenden Monaten lehrte Rafe sie Gitarre spielen, was sie nie so gut beherrschte wie er, und er brachte ihr Spanisch bei, das sie schließlich fast so gut sprach wie er, und Italienisch, das keiner von ihnen besonders gut konnte. Auf Sheridans Bitte hin behielt er die Leute, mit denen ihr Vater am Spieltisch saß, genau im Auge, und die Gewinne ihres Vaters wurden höher. Rafe und Patrick begannen sogar, darüber zu reden, alle möglichen Unternehmungen als Partner gemeinsam durchzuführen. In Sheridans Ohren klangen diese Pläne immer schrecklich aufregend, wenngleich äußerst unwahrscheinlich, aber ihr Vater fand sie immer höchst interessant.

Der einzige, dem Rafes Anwesenheit nicht besonders zu gefallen schien, war Schlafender Hund, der den anderen Mann mit offenkundiger Mißbilligung betrachtete, und sich ihm gegenüber nie mehr als ein Grunzen abrang – und selbst das nur als Antwort auf eine hartnäckige direkte Frage. Auch Sherry gegenüber zog er sich mehr und mehr zurück, und als sie ihren Vater deshalb unglücklich um Rat fragte, meinte dieser, Schlafender Hund fühle sich sicher zurückgesetzt, weil sie sich jetzt nicht mehr so oft mit ihm unterhielt wie in der Zeit, bevor Rafe sich ihnen angeschlossen hatte. Danach achtete Sherry ganz besonders darauf, den Rat des Indianers einzuholen und im Wagen öfter neben ihm zu sitzen als neben Rafe.

Frieden und Eintracht hielten wieder Einzug in ihre kleine Truppe, und alles schien perfekt und beständig ... bis ihr Papa beschloß, Mamas unverheirateter Schwester in Richmond, Virginia, einen Besuch abzustatten.

6

Sheridan war begeistert davon gewesen, ihre einzige lebende Verwandte kennenzulernen, aber dann fühlte sie sich in Tante Cornelias kleinem, stickigem Haus fehl am Platz. Vor allem hatte sie Angst, eines der zerbrechlichen Nippesfigürchen kaputtzumachen oder die taschentuchgroßen Spitzendeckchen, die auf jedem freien Fleck lagen, zu beschmutzen. Trotz aller Vorsicht wurde Sherry das gräßliche Gefühl nicht los, daß ihre Tante sie nicht sehr mochte, und daß sie alles, was ihre Nichte sagte oder tat, aufs äußerste mißbilligte. Dieser Verdacht bestätigte sich, als sie zwei Tage nach ihrer Ankunft zufällig eine demütigende Unterhaltung zwischen ihrem Vater und ihrer Tante belauschte. Sherry hatte auf der Kante eines Hockers gesessen und auf die Straße hinuntergeschaut, als gedämpfte Stimmen im Nebenzimmer und die Erwähnung ihres Namens sie veranlaßten, sich überrascht und neugierig umzudrehen.

Sie stand auf und drückte ihr Ohr an die Tür. Schon nach kurzer Zeit bestätigte sich ihr Verdacht: Tante Cornelia, die an einer Schule für junge Mädchen aus reichen Familien Anstandsunterricht gab, war mit Sheridan Bromleigh überhaupt nicht zufrieden. Zornig schimpfte sie auf Patrick Bromleigh ein: »Man sollte dich mit der Reitgerte auspeitschen dafür, wie du dieses Kind aufgezogen hast.« In einem verächtlichen und respektlosen Tonfall, den Sheridans Vater normalerweise bei niemandem toleriert und schon gar nicht so schweigend erduldet hätte, wie er es jetzt offensichtlich tat, wütete Tante Cornelia weiter: »Sie kann nicht lesen, sie kann nicht schreiben, und als ich sie fragte, ob sie ihre Gebete kennt, teilte sie mir mit, daß sie ›nicht allzu viel vom Niederknien‹ hält. Und dann erklärte sie mir – ich zitiere –, daß ›der liebe Gott wahrscheinlich bibelfesten Predigern nicht lieber zuhört als Huren, die Männer vom Pfad der Tugend abbringen‹.«

»Nun ja, Cornelia –«, begann ihr Vater, und seine Stimme klang fast so, als müsse er ein Lachen unterdrücken. Das fand Cornelia Faraday offenbar auch, denn sie wurde fuchsteufelswild, wie Rafe es immer nannte:

»Versuch bloß nicht, mich mit deinem falschen Charme einzuwickeln, du – du Tagedieb! Du hast meine Schwester dazu gebracht, dich zu heiraten und mit dir um die halbe Welt zu ziehen, du, mit deinem dummen Geschwätz von einem neuen Leben in Amerika, und ich werde mir nie verzeihen, daß ich nicht versucht habe, sie daran zu hindern. Noch schlimmer, ich bin sogar mitgekommen! Aber dieses Mal werde ich nicht schweigen, nicht jetzt, wo du die einzige Tochter meiner Schwester zu einer – einer Witzfigur gemacht hast! Dieses Mädchen, das beinahe alt genug ist, um zu heiraten, benimmt sich nicht wie eine Frau, sie sieht noch nicht einmal aus wie eine Frau. Ich frage mich, ob sie überhaupt weiß, daß sie eine Frau ist! Sie hat nie etwas anderes als Hosen und Stiefel getragen, sie ist so braun wie eine Wilde, und sie flucht wie ein Heide! Ihre Manieren sind beklagenswert, sie äußert alle ihre Gedanken mit unglaublicher Impertinenz, sie trägt ihre Haare niemals in einer ordentlichen Frisur, und sie kennt nicht einmal die Bedeutung des Wortes ›feminin‹. Sie hat mir freimütig und unverschämt erklärt, sie denke jetzt noch nicht ans Heiraten, aber sie ›fände Gefallen‹ an jemandem namens Raphael Benavente, und wahrscheinlich würde sie *ihn* eines Tages bitten, sie zu heiraten. Diese junge Dame – und ich verwende diesen Ausdruck in Sheridans Fall nur im weitesten Sinn – beabsichtigt allen Ernstes, einem Mann die Heirat anzutragen, und um das Maß voll zu machen, ist der Gatte ihrer Wahl offenbar ein spanischer Vagabund, der, wie sie mir stolz berichtete, alles weiß, was wichtig ist – inklusive, wie man beim Kartenspiel betrügt! Und jetzt«, schloß Tante Cornelia und hob ihre Stimme in zornigem Triumph, »fordere ich dich auf, all das zu widerlegen.«

Sherry hielt den Atem an und wartete gespannt darauf, daß ihr Vater zu ihrer Verteidigung eine ebensolche Tirade auf diese hassenswerte, sauertöpfische Frau niederprasseln ließ. Sie hatte sich Sherrys Vertrauen mit ihren Fragen erschlichen und verwendete nun ihre aufrichtigen Antworten gegen sie.

»Sherry flucht nicht«, erwiderte ihr Vater ein wenig lahm, aber zumindest klang er so, als ob seine Geduld bald erschöpft wäre.

Tante Cornelia ließ sich jedoch nicht so leicht einschüchtern wie andere Leute, wenn Patrick Bromleigh das Temperament durchging. »Aber natürlich tut sie das«, gab sie zurück. »Sie hat sich heute morgen den Ellenbogen gestoßen, und daraufhin hat sie in zwei Sprachen geflucht. Ich habe es selbst gehört!«

»Ach, wirklich«, warf Patrick wütend ein, »und wie konntest du verstehen, was sie sagte?«

»Ich kann genug Latein, um ›*Madre Dios*‹ als Blasphemie zu übersetzen.«

»Das heißt ›Mutter Gottes‹«, verteidigte Patrick seine Tochter, aber er klang auf einmal schuldbewußt und nicht sehr überzeugend, als er hinzufügte: »Vielleicht wollte sie ja anfangen zu beten, obwohl du glaubst, sie täte es nicht.« Sheridan beugte sich vor und blickte durchs Schlüsselloch. Das Gesicht ihres Vaters war gerötet, entweder vor Verlegenheit oder vor Zorn, und er hatte die Fäuste in die Seiten gestemmt, aber Tante Cornelia stand so kalt und unbewegt vor ihm wie ein Fels.

»Das zeigt, wie wenig du sowohl vom Beten als auch von deiner Tochter weißt«, schleuderte sie ihm verächtlich entgegen. »Ich schaudere, wenn ich daran denke, mit welchen Leuten du sie Umgang pflegen läßt, aber ich habe eine so klare Vorstellung von ihnen, daß ich weiß, daß du sie Glücksspiel und Flucherei aussetzt, und daß du es schnapstrinkenden Falschspielern wie diesem Mr. Raphael gestattest, sie in unschicklicher Kleidung zu betrachten. Gott allein weiß, wie viele unzüchtige Gedanken sie bei ihm und jedem anderen Mann schon hervorgerufen hat, der sie mit ihrem roten Haar sehen konnte, das wie bei einem Flittchen um sie herumwallt. Und dabei habe ich ihren anderen Lieblingsgefährten noch nicht einmal erwähnt – einen Indianer, der mit Hunden schläft! Ein Wilder, der ...«

Sherry sah, wie sich die Kiefermuskeln ihres Vaters zornig spannten, als Tante Cornelia Schlafender Hund erwähnte, und für den Bruchteil einer Sekunde fürchtete Sherry fast – halb hoffte sie es allerdings auch -, daß er Tante Cornelia ins Gesicht schlagen würde für die gemeinen Dinge, die sie sagte. Statt dessen erwiderte er mit beißendem Hohn: »Du bist eine widerwärtige, boshafte alte Jungfer geworden, Cornelia – du hältst alle Männer für Tiere, die es nach jeder Frau gelüstet, die sie sehen, aber in Wahrheit bist du bloß wütend, weil kein Mann dich je begehrt hat! Und außerdem«, schloß er, und sein irischer Akzent wurde deutlicher, als er für einen Augenblick seine Ruhe und Beherrschung verlor, »mag Sherry vielleicht schon vierzehn sein, aber sie ist genauso unschuldig und flachbrüstig wie du. In der Tat, meine liebe Nelly«, beendete er triumphierend seine Rede, »sieht es eher so aus, als ob Sherry dir einmal ähnlich wird. Und da es nicht genug Schnaps auf Gottes Erdboden gibt, um einem Mann noch Lust auf dich zu machen, denke ich, wird ihr schon nichts passieren.«

Auf ihrem Lauschposten am Schlüsselloch merkte Sheridan nur, daß ihr Vater gerade »die widerwärtige, boshafte alte Jungfer« ordentlich beleidigt hatte, und sie preßte die Hand auf den Mund, um einen Freudenschrei zu unterdrücken. Leider reagierte Tante Cornelia auf die Beleidigungen ihres Schwagers nicht so fassungslos, wie Sherry es gerne gewollt hätte. Sie reckte ihr Kinn, sah ihm direkt in die Augen und erwiderte mit eisiger Verachtung: »Ich meine mich an eine Zeit erinnern zu können, in der du keinen Schnaps gebraucht hättest, nicht wahr, Patrick?«

Sherry hatte nicht die leiseste Ahnung, was Tante Cornelia damit meinte. Eine Sekunde lang wirkte auch ihr Vater verwirrt, dann jedoch wurde er wütend und auf einmal ... seltsam ruhig. »Gut pariert, Cornelia«, sagte er milde. »Genau, wie es Squire Faradays hochmütiger ältester Tochter gebührt.

Ich hatte fast vergessen, daß du so sein kannst, aber du wohl nicht, was?« Die letzten Spuren seines Zorns verrauchten, als er sich in dem tristen kleinen Zimmer umsah, und er schüttelte wehmütig lächelnd den Kopf. »Ganz gleich, ob du in einem Haus wohnst, das kaum größer ist als ein Besenschrank in der Faradayschen Villa, oder ob du dir deinen Lebensunterhalt damit verdienen mußt, den Kindern anderer Leute gutes Benehmen beizubringen, du bist und bleibst Squire Faradays Tochter, stolz und hochmütig wie eh und je.«

»Dann hast du sicher auch nicht vergessen«, fuhr Tante Cornelia in ruhigem, aber gleichzeitig scharfem Ton fort, »daß Sheridans Mutter meine einzige Schwester war. Und ich sage dir eines, Patrick: Wenn sie sehen könnte, daß du aus Sheridan eine Zielscheibe des Spotts gemacht hast, dann wäre sie entsetzt. Nein, mehr noch«, schloß Tante Cornelia entschieden, »sie würde sich ihrer schämen.«

Auf der anderen Seite der Tür erstarrte Sheridan vor Bestürzung. *Sich ihrer schämen?* Ihre Mama würde sich ihrer ganz bestimmt nicht schämen, sie hatte sie doch geliebt. Gedanken an ihre Mutter wirbelten ihr durch den Kopf ... ihre Mama, wie sie in einer sauberen, gestärkten Schürze, das Haar im Nacken zu einem Knoten geschlungen, das Abendessen auf den Tisch stellte ... ihre Mama, wie sie mit langen Strichen Sheridans Haare bürstete, bis sie knisterten ... ihre Mama, wie sie sich näher zur Lampe hin beugte, während sie Sheridan ein ganz besonderes Kleid nähte aus Spitzen- und Baumwollresten, die ihnen jemand geschenkt hatte.

Noch ganz in Gedanken an die gestärkte Schürze und die glänzenden Haare ihrer Mutter versunken, breitete Sheridan ihre Arme aus und blickte an sich hinunter. Sie trug ausgetretene und staubige Männerstiefel, weil sie etwas gegen Schnürsenkel hatte. Ihre lederne Hose war fleckig und zudem am Hinterteil schon beinahe durchgescheuert, und der geflochtene Gürtel um ihre Taille, den Schlafender Hund gemacht hatte, diente gleichzeitig dazu, ihre Hose wie auch ihre Jacke zusammenzuhalten. *Sich ihrer schämen ...*

Unwillkürlich trat sie näher an den kleinen Spiegel heran, der auf dem Waschtisch ihrer Tante stand, um sich ihr Gesicht und ihre Haare anzusehen. Das Bild im Spiegel ließ sie entsetzt zurückfahren; dann hielt sie inne, blinzelte und schüttelte den Kopf, um das Bild zu vertreiben. Einen Augenblick lang stand sie stocksteif da und wußte überhaupt nicht, wie sie ihr Bild schnell verbessern sollte. Schließlich jedoch versuchte sie, mit den Fingern, die lockige Masse ihrer »flittchenhaften« langen roten Haare durchzukämmen. Da ihr das nicht gelang, versuchte sie, die Haare zu bändigen, indem sie ihre Handflächen fest an den Kopf preßte. Dann trat sie zögernd wieder an den Spiegel. Ganz vorsichtig nahm sie ihre Hände weg. Sofort sprangen ihre Haare wieder in die ursprüngliche Form zurück. Sie sah überhaupt nicht aus wie ihre Mutter. Eigentlich sah sie überhaupt keinem weiblichen Wesen ähnlich – eine Tatsache, deren sie sich durchaus immer bewußt gewesen war, die sie aber bis jetzt nicht gestört hatte.

Tante Cornelia hatte gesagt, sie sähe aus wie eine … Witzfigur, und wenn Sheridan genauer darüber nachdachte, hatten die Leute in der letzten Zeit tatsächlich komisch auf sie reagiert, vor allem Männer. Sie hatten sie immer auf eine ganz besondere Art und Weise angestarrt. Begehrlich? Ihrem Vater war das offenbar nicht aufgefallen, aber im letzten Jahr war Sheridans Brust peinlich angeschwollen, und manchmal konnte man das sehen, auch wenn sie ihre Jacke noch so sorgfältig geschlossen hielt.

Tante Cornelia hatte gesagt, sie sähe wie ein Flittchen aus. Wie ein Flittchen? Sheridan krauste die Stirn und versuchte, sich zu erinnern, wann und in welchem Zusammenhang sie dieses Wort schon einmal gehört hatte. »Flittchen« hing irgendwie mit Hure zusammen, mit Wollust … ein wollüstiges Flittchen.

Das sollte Sheridan sein?

Gegen alle Gewohnheit stiegen ihr Tränen in die Augen, als ihr das klar wurde. Tante Cornelia hatte wahrscheinlich damit und mit allem anderen recht – und das schlimmste war, daß Sheridans Mama sich ihrer jetzt schämen würde.

Schämen!

Fassungslosigkeit überkam Sheridan, so daß sie nur unbeweglich dastand. Minuten später hörte sie, wie ihre Tante verlangte, Sheridan solle bei ihr bleiben, damit sie ein ordentliches Zuhause und eine anständige Erziehung bekäme. Sheridans Vater protestierte nur schwach. Als ihr das klar wurde, rannte sie los, stolperte in ihrer Eile über den dämlichen Hocker ihrer Tante und riß die Tür auf. »Nein, Papa, bitte nicht. Laß mich nicht hier! Bitte!«

Er sah gequält und erschöpft aus, und Sheridan nutzte seine Unentschlossenheit, um sich ihm in die Arme zu werfen. »Bitte, ich werde Damenschuhe tragen und mein flittchenhaftes Haar feststecken und alles andere, aber laß mich nicht hier.«

»Hör auf, mein Liebling«, war alles, was er darauf sagte, und sie spürte, daß sie den Kampf bereits verloren hatte.

»Ich möchte mit dir und Rafe und Schlafender Hund zusammensein. Ich gehöre zu euch, ganz gleich, was sie sagt.«

Dasselbe wiederholte Sheridan auch am nächsten Morgen, als er fortging. »Ich bin wieder zurück, noch bevor du merkst, daß ich überhaupt weg war«, erwiderte er fest. »Rafe hat ein paar gute Ideen. Wir werden einen Haufen Geld machen, und in einem Jahr sind wir alle wieder da – zumindest zwei von uns. Dann bist du schon erwachsen. Wir werden nach Sherwyn's Glen fahren, und ich baue uns ein großes Haus, so, wie ich es dir versprochen habe, mein Herz. Du wirst schon sehen.«

»Ich will kein großes Haus«, weinte Sheridan. Sie blickte zu Rafe, der gutaussehend und mit grimmiger Miene auf der Straße stand, und dann zu Schlafender Hund, dessen Gesichtsausdruck nichts verriet. »Ich will nur dich und Rafe und Schlafender Hund.«

»Ich bin wieder da, noch bevor du überhaupt gemerkt hast, daß ich fort gewesen bin«, versprach er ihr noch einmal, ohne auf ihr Schluchzen zu achten, und schenkte ihr sein warmes irisches Lächeln, das Frauen immer so anziehend fanden. In einem verunglückten Versuch, sie zu necken, fügte er hinzu: »Denk doch mal, wie sich Rafe wundern wird, wenn wir zurückkommen, und du bist eine reizende junge Dame, die Röcke trägt und ... und all die Dinge tut, die deine Tante dir beibringen wird.«

Bevor sie protestieren konnte, löste er sich aus ihrer Umarmung, setzte seinen Hut auf und trat einen Schritt zurück. »Ich schicke dir an Geld, was ich entbehren kann«, sagte er zu Cornelia.

Cornelia nickte leicht, als nähme sie Almosen von einem Bauern an. Sie erwiderte nichts, aber ihr Verhalten schien ihn nicht im mindesten zu stören.

»Wer weiß«, bemerkte er mit spitzbübischem Grinsen, »vielleicht nehmen wir dich sogar mit zurück nach England. Das würde dir gefallen, nicht wahr, Nelly – direkt vor Squire Faradays Nase zu wohnen und Hof zu halten in einem Haus, das größer ist als seins? Ich kann mich dunkel erinnern, daß der Salon immer voll von deinen hübschen Verehrern war.« Spöttisch lächelnd fügte er hinzu: »Allerdings war keiner von ihnen gut genug für dich, was, Nelly? Aber vielleicht sind sie ja mit dem Alter besser geworden.«

Sheridan, die tief durchatmete, damit sie nicht wie ein Baby weinte, sah, wie er gleichgültig mit den Schultern zuckte, als ihre Tante nicht antwortete. Dann wandte er sich um und drückte Sheridan noch einmal kurz an sich. »Schreib mir«, flehte sie ihn an.

»Ja, ganz bestimmt«, versprach er ihr.

Als er gegangen war, drehte Sherry sich langsam um und blickte in das ausdruckslose Gesicht der Frau, die ihr Leben zerstört hatte und die zugleich ihre einzige weibliche Verwandte war. Ihre grauen Augen brannten vor Tränen. Leise und sehr deutlich sagte Sherry: »Ich ... ich wollte, wir wären nie hierhergekommen. Ich wollte, ich hätte dich nie gesehen. Ich hasse dich!«

Statt sie zu schlagen, was sie, wie Sherry wußte, hätte tun dürfen, blickte Tante Cornelia ihr direkt in die Augen und erwiderte: »Ganz gewiß tust du das, Sheridan. Und ich vermute, du wirst mich noch viel mehr hassen, wenn das hier vorüber ist. Ich hingegen hasse dich nicht im geringsten. Sollen wir jetzt Tee trinken, bevor wir mit dem Unterricht beginnen?«

»Tee hasse ich auch«, verkündete Sheridan, hob entschlossen ihr Kinn und erwiderte den eisigen Blick ihrer Tante. Dieser Blick war ihr nicht nur angeboren, sondern auch noch identisch mit dem Cornelias. Ihrer Tante fiel die Ähnlichkeit auf, Sheridan jedoch bemerkte sie nicht. »Versuche nur nicht, mich mit diesem Blick herauszufordern, mein Kind. Ich beherrsche ihn seit langer Zeit bis zur Vollkommenheit und bin selbst völlig immun dagegen. Er würde dir in England, als Squire Faradays anerkannter Enkelin, gute Dienste leisten. Hier jedoch sind wir in Amerika, und da zählt unsere Verwandtschaft mit dem stolzen Squire nicht. Hier gelten wir bestenfalls als heruntergekommenes Volk, das vornehm tut. Und hier bringe ich den Kindern von Leuten, die ich früher als meine Untergebenen betrachtet habe, Benehmen bei, und ich bin glücklich, daß ich diese Arbeit habe. Ich danke meinem Schöpfer, daß mir dieses gemütliche kleine Haus gehört, und ich trauere auch der Vergangenheit nicht nach. Eine Faraday jammert nicht. Denk immer daran! Und ich bedauere keine Entscheidung, die ich in meinem Leben getroffen habe. Denn zumindest bin ich von niemandem mehr abhängig. Ich wache morgens nicht mehr mit der Furcht auf, was tagsüber an Unvorhergesehenem passieren könnte. Ich führe ein ordentliches, ruhiges und respektables Leben.«

Als sie diese Rede beendet hatte, trat sie einen Schritt zurück und musterte ihre Nichte mit einem Gesichtsausdruck, der beinahe erheitert wirkte. »Meine Liebe, am besten wirkt dieser eisige, überhebliche Blick, wenn du eine winzige Spur an deiner Nase vorbei auf mich blickst – ja, genau so. So würde ich es machen.«

Wenn sich Sheridan nicht so verlassen und traurig gefühlt hätte, hätte sie gelacht. Mit der Zeit lernte sie auch wieder, zu lachen – so wie sie sich Latein und damenhaftes Benehmen aneignete. Ihre Tante war eine unermüdliche Lehrerin und wild entschlosen, Sheridan alles beizubringen, was sie selbst wußte; und Sheridan merkte bald, daß sich unter ihrer formalen Strenge tiefe Sorge und sogar Zuneigung für ihre eigensinnige Nichte verbarg. Sheridan lernte rasch, als sie ihre Abneigung dagegen erst einmal überwunden hatte. Aus Büchern Dinge zu erfahren, so entdeckte sie, half einem dabei, die langweiligen Stunden zu überbrücken, die sie nun nicht mehr mit wilden Ritten auf gescheckten Pferden, den Klängen der Gitarre oder Gelächter unter dem Sternenhimmel verbrachte. Ein Mitglied des anderen Geschlechts auch nur mit einem Blick zu bedenken, galt bereits als tugendlos und war somit verboten; mit einem Fremden ein Gespräch zu beginnen, grenzte an kriminelles Verhalten. Gesang war nur in der Kirche zulässig, und niemals, unter keinen Umständen, durfte man irgendeine Art von Bezahlung dafür annehmen. An die Stelle ihrer früheren interessanten Unternehmungen war nun die zweifelhafte Herausforderung getreten, zu lernen, wie man Tee einschenkte und die Kanne dabei genau im richtigen Winkel hielt, oder wie es Messer und Gabel nach dem Essen auf die korrekte Art und Weise abzulegen galt – zweifelsohne triviale Dinge. Doch wie Tante Cornelia zu sagen pflegte: »Zu wissen, wie man sich richtig benimmt, ist unser größtes Vermögen und in unseren Umständen auch das einzige.«

Wie recht sie hatte, wurde offensichtlich, als Sheridan siebzehn wurde: In einem einfachen braunen Kleid, die Haare zu einem ordentlichen Knoten geschlungen und unter einer Haube verborgen, die sie selbst gehäkelt hatte, wurde Miss Sheridan Bromleigh Mrs. Adley Raeburn vorgestellt, der Direktorin der Schule, an der Tante Cornelia unterrichtete. Mrs. Raeburn, die auf Tante Cornelias Einladung zu ihnen nach Hause gekommen war, starrte den Bruchteil einer Sekunde lang auf Sheridans Haare und ihr Gesicht – wie es die Leute seit neuestem taten, vor allem die aus der Stadt. Vor ein paar Jahren noch hätte eine jüngere, weniger gut erzogene und gelassene Sheridan Bromleigh schuldbewußt auf ihre Stiefel geblickt, den Hut tief ins Gesicht gezogen oder vielleicht sogar gefragt, warum die Fremde sie so anstarrte.

Aber jetzt gab es eine neue Sheridan, eine junge Frau, die sich klargemacht hatte, daß sie eine finanzielle Belastung darstellte. Heute war sie entschlossen, ihr Geld selbst zu verdienen, nicht nur wegen ihrer Tante und für die Gegenwart, sondern für sich selbst und für alle Zeit.

In der Stadt hatte sie Armut und Hunger gesehen – Dinge, die es in diesem Land angeblich nur selten gab. Sheridan war nun eine seßhafte Stadtbewohnerin und würde es für den Rest ihres Lebens wohl auch bleiben. In den letzten beiden Jahren waren die Briefe ihres Vaters, die sie zuerst noch häufig bekommen hatte, ausgeblieben. Er würde sie hier nicht einfach vergessen, das wußte sie ganz sicher. An die unerträgliche Möglichkeit, daß er tot sein könnte, wollte sie besser gar nicht denken. Also blieb ihr keine andere Wahl, als für sich selbst zu sorgen und sich einzureden, daß es nur so lange sein müßte, bis ihr Vater und Rafe wieder zurückkämen. Das rief sie sich ins Gedächtnis, als Mrs. Raeburn förmlich zu ihr sagte: »Ich habe von Ihrer Tante sehr viel Gutes über Sie gehört, Miss Bromleigh.«

Und Sheridan Bromleigh, die früher einmal die Hände in den Hosenbund gesteckt und mit freimütiger Schüchternheit erwidert hätte, sie könnte sich kaum vorstellen, was damit gemeint sein sollte, streckte statt dessen ihre Hand aus und erwiderte ebenso formvollendet: »Ich von Ihnen ebenfalls, Mrs. Raeburn.«

Und nun befand sich Sherry auf der *Morning Star* und machte sich plötzlich bewußt, daß sie vielleicht nie wieder jemanden aus ihrem alten Leben sehen würde; weder Tante Cornelia, noch die kleinen Mädchen aus der Schule oder die anderen Lehrerinnen, mit denen sie sich angefreundet hatte und die sich jeden Samstagnachmittag zu Tee und Gesprächen bei ihr zuhause eingefunden hatten. Nie wieder würde sie in ihre lächelnden Gesichter blicken. Oder in Rafes Gesicht … oder in das ihres Vaters.

Ihr Mund war trocken und in ihren Augen brannten Tränen, als sie daran dachte, daß sie ihren Vater vielleicht nie mehr wiedersehen würde. Wenn er endlich zu Tante Cornelia käme und sich darauf freuen würde, sie wiederzusehen und ihr endlich den Grund für sein langes Schweigen zu erklären, würde sie nicht da sein … Vielleicht würde sie nie erfahren, wie es ihm ergangen war.

Sie schloß die Augen und konnte beinahe sehen, wie Rafe,

Schlafender Hund und ihr Vater in Tante Cornelias Wohnzimmer standen und vergeblich auf sie warteten. Und sie ganz allein war schuld daran, weil sie darauf bestanden hatte, Charise auf dieser Reise zu begleiten. Und dabei hatte noch nicht einmal Geld dafür den Ausschlag gegeben. Nein, wirklich nicht. Sie hatte an England denken müssen, seit sie mit diesen Liebesromanen angefangen hatte. Sie hatten ihre Sehnsucht nach Abenteuern geweckt und den verträumten Leichtsinn in ihr entzündet, den sie trotz ihrer eigenen Bemühungen sowie der ihrer Tante nicht vollständig hatte bekämpfen können.

Nun ja, jetzt hatte sie ihr Abenteuer! Statt in einem Klassenzimmer zu sitzen, umgeben von kleinen Mädchen, die ihr mit gespannter Aufmerksamkeit lauschten, während sie ihnen eine Geschichte vorlas oder ihnen erklärte, wie man sich anmutig bewegte, befand sie sich nun in einem fremden, unfreundlichen Land – in der Falle, wehrlos und vollkommen ihres Witzes und Muts beraubt, deren sie sich selbst immer gerühmt hatte. Sie bereitete sich darauf vor, einen Adligen kennenzulernen, den das britische Gesetz laut Meg nicht dazu zwang, seinen gerechten Zorn zu zügeln oder seine Rachegelüste aufzuschieben, wenn sie ihm mitteilte, was passiert war – was sie in ihrem Stolz hatte geschehen lassen.

Furcht, eine Schwäche, die Sheridan mehr als alles andere verachtete, überwältigte sie trotz aller Anstrengungen, sie zu unterdrücken, und beim Gedanken an all das Elend, das sie bei denen, die ihr vertrauten und die sie liebten, angerichtet hatte, begann sie unwillkürlich zu zittern. Sie war stets voller Optimismus und von robuster Gesundheit gewesen, doch nun fühlte sie sich plötzlich schwach, von panischer Angst erfüllt und schwindlig. Die Kabine begann sich um sie zu drehen, und sie griff nach einer Stuhllehne, um sich festzuhalten. Schließlich zwang sie sich, die Augen wieder zu öffnen, holte tief Luft und steckte ihre Haare wieder fest. Dann lächelte sie die verängstigte Zofe an und griff nach ihrem Umhang.

Bemüht darum, gelassen zu klingen, sagte sie: »Es ist an der Zeit, den bösen Baron kennenzulernen und mich meinem

Schicksal zu stellen.« Ernster fügte sie hinzu: »Du bleibst hier, damit dich keiner sieht. Wenn ich nicht sofort wieder zurückkomme, wartest du ein paar Stunden lang und verläßt dann so leise wie möglich das Schiff. Besser noch, bleib an Bord. Wenn du Glück hast, entdeckt dich niemand, bis das Schiff morgen früh wieder in See sticht. Es ist schließlich nicht nötig, daß wir beide verhaftet und eingesperrt werden, falls er sich dafür entscheidet.«

7

Nach der Stille in ihrer winzigen, dämmerigen Kabine wirkten der Lärm und der Betrieb auf dem von Fackeln erhellten Deck ohrenbetäubend. Träger mit Kisten und Fässern auf den Schultern wimmelten die Gangway hinauf und hinunter, luden Ladung ab und holten neue Vorräte für die Abreise der *Morning Star* am nächsten Tag. Seilwinden quietschten, als Lastnetze vom Schiff auf den Pier heruntergelassen wurden. Sherry ging vorsichtig die Gangway hinunter und suchte in dem Gedränge nach einem Mann, der ihrer Vorstellung von einem niederträchtigen englischen Adligen nahekam – einem dünnen, blassen, überzüchteten, wichtigtuerischen Mann mit einem Hang zur Grausamkeit. Bestimmt war er in eine seidene Kniehose gekleidet und mit Kette und anderem Ornat behängt, um seine Braut zu beeindrucken.

Doch dann sah sie einen großen, dunkelhaarigen Mann auf dem Pier, der ungeduldig mit seinen Handschuhen gegen die Hüfte schlug, und wußte sofort, daß er es war. Trotz der Tatsache, daß er lange dunkle Hosen statt Kniehosen trug, und daß, als der Wind seinen Umhang bauschte, weder eine glänzende Uhrkette noch goldenes Ornat zu sehen war, hatte er etwas an sich, das ihn von den anderen abhob, so als trüge er einen Stempel mit der Aufschrift »privilegiert« auf der Stirn. Sein kantiges Kinn zeugte von Entschlußkraft und jeder Zentimeter seiner breitschultrigen Erscheinung strömte selbstbewußte Stärke aus, bis hinunter zu den Spitzen seiner glänzenden Stiefel. Er runzelte schon die Stirn, als er sie näherkommen sah, und Sherrys Angst verwandelte sich prompt in Panik. In den vergangenen zwei Tagen hatte sie insgeheim auf ihre Fähigkeit vertraut, den beleidigten Bräutigam zur Vernunft zu bringen, aber der Mann, dessen dunkle Augenbrauen in grimmigem Mißfallen zusammengezogen waren, sah so unnachgiebig aus wie Granit. Er fragte sich zweifellos, wo zum Teufel seine Verlobte steckte, und warum Sheridan Bromleigh statt Charise Lancaster die Gangway herunterkam. Und er schien sichtlich verärgert.

Stephen war jedoch nicht verärgert, er war verblüfft. Er hatte erwartet, daß Charise Lancaster eine alberne Siebzehn- oder Achtzehnjährige mit hüpfenden Locken und rosigen Wangen wäre, gekleidet in Rüschen und Spitzen. Und statt dessen sah er im flackernden Schein der Fackeln eine gesittete, blasse junge Frau mit hohen Wangenknochen und außergewöhnlich großen, hellen Augen, umrahmt von auffallend langen Wimpern, über denen sich anmutig geschwungene braune Augenbrauen wölbten. Die Farbe ihrer Haare konnte er nicht erkennen, da sie sie straff aus der Stirn gekämmt und unter einer Haube versteckt hatte. Statt Rüschen trug sie einen zwar feinen, aber unattraktiven braunen Umhang. Er streckte die Hand aus, um sie zu begrüßen, und dabei schoß ihm durch den Kopf, daß Burleton entweder verrückt oder blind gewesen sein mußte, sie als ›ganz hübsches kleines Ding‹ zu bezeichnen.

Trotz ihrer blendenden Erscheinung wirkte sie äußerst angespannt und verängstigt, als ob sie bereits spürte, daß irgend etwas nicht in Ordnung war, deshalb änderte Stephen seinen ursprünglichen Plan und beschloß, den direkten Weg zu gehen, der die Qualen für beide verkürzte.

»Miss Lancaster«, sagte er, nachdem er sich rasch vorgestellt hatte, »es tut mir leid, aber es hat einen Unfall gegeben.« Seine Schuldgefühle überwältigten ihn fast, als er mit fester Stimme hinzufügte: »Lord Burleton wurde gestern getötet.«

Einen Augenblick lang starrte sie ihn einfach nur

schockiert und verständnislos an. »Getötet? Er ist gar nicht hier?«

Stephen hatte erwartet, daß sie zumindest in Tränen ausbrechen oder sogar einen Nervenzusammenbruch bekommen würde. Er hatte jedoch nicht damit gerechnet, daß sie ihre kalte Hand aus seiner zurückziehen und mit betäubter Stimme sagen würde: »Wie traurig. Übermitteln Sie bitte seiner Familie meine aufrichtige Anteilnahme.«

Sie drehte sich um und war bereits ein paar Schritte den Pier entlanggegangen, bevor er merkte, daß sie offensichtlich unter einem schweren Schock stand. »Miss Lancaster«, rief er, aber seine Stimme ging unter in einem Warnruf vom Schiff. Ein mit Kisten beladenes Lastnetz schaukelte vom Ladebaum aus herunter: »Treten Sie beiseite! Passen Sie auf!«

Stephen sah die Gefahr kommen und versuchte, Sheridan noch zu erreichen, aber er war nicht schnell genug – das Ladenetz schwenkte aus und traf sie am Hinterkopf. Sie stürzte zu Boden. Stephen schrie nach seinen Lakaien, warf sich neben ihr zu Boden und hob sie hoch. Ihr Kopf fiel schlaff nach hinten, und aus einer großen Wunde an ihrem Hinterkopf rann Blut.

8

»Wie geht es unserer Patientin denn heute?« fragte Dr. Whitticomb, als der Butler auf Westmoreland ihn in das Arbeitszimmer des Earls geführt hatte. Trotz seines munteren Tonfalls war er allerdings hinsichtlich ihrer Genesungschancen genauso pessimistisch wie Stephen Westmoreland, der in einem Sessel am Kamin saß, den Kopf in den Händen vergraben.

»Unverändert«, erwiderte der Earl und rieb sich müde mit den Händen das Gesicht. Dann blickte er auf. »Sie ist so still wie der Tod. Ihre Kammerzofen haben Order, ständig mit ihr zu reden, wie Sie es vorgeschlagen haben. Vor ein paar Minuten habe ich selbst versucht, mit ihr zu sprechen, aber sie hat nicht reagiert. Das geht jetzt schon seit drei Tagen so.« Seine Stimme hob sich vor hilfloser Ungeduld. »Können wir denn gar nichts tun?«

Dr. Whitticomb wandte seinen Blick von den sorgenvollen Zügen des Earls ab und unterdrückte den Impuls, ihm selbst ein wenig Ruhe zu verordnen. Er wußte, es würde vergeblich sein, und so sagte er statt dessen: »Sie steht in Gottes Hand, nicht in meiner. Aber ich gehe jetzt hinauf und sehe nach ihr.«

»Was soll das denn schon bewirken«, rief seine Lordschaft ihm hinterher.

Hugh Whitticomb ignorierte diesen adligen Zornesausbruch. Er stieg die weite Treppe hinauf und wandte sich oben nach links.

Als er einige Zeit später ins Arbeitszimmer zurückkehrte, saß der Earl dort immer noch wie vorher, aber Dr. Whitticombs Miene hatte sich beträchtlich aufgehellt.

»Offensichtlich«, sagte er trocken, »hat mein Besuch doch etwas bewirkt. Vielleicht aber mag sie auch nur meine Stimme lieber als die der Kammerzofe.«

Stephen hob ruckartig den Kopf und blickte den Arzt an. »Ist sie bei Bewußtsein?«

»Sie schläft jetzt, aber zuvor lag sie wach und konnte sogar ein paar Worte zu mir sagen. Gestern hätte ich keinen Penny auf ihr Leben gewettet, aber sie ist jung und stark, und ich denke, sie wird durchkommen.«

Nachdem er seine Diagnose zu diesem Fall gestellt hatt, sah sich Dr. Whitticomb die tief eingegrabenen Linien der Übermüdung und Erschöpfung um Stephens Augen und seinen Mund an, und kam auf sein zweites Thema. »Sie hingegen sehen vollständig erschöpft aus, Mylord«, äußerte er mit der unverblümten Freimütigkeit eines langjährigen Freundes der Familie. »Ich wollte schon vorschlagen, daß wir nach dem Abendessen gemeinsam zu ihr hinaufgehen – vorausgesetzt natürlich, Sie laden mich zum Abendessen ein –, aber Ihr Anblick könnte sie so erschrecken, daß sie einen Rückfall bekommt, wenn Sie nicht zuerst schlafen und sich rasieren.«

»Ich brauche keinen Schlaf«, erwiderte Stephen bestimmt, der sich vor Erleichterung wie von neuem Leben erfüllt fühlte.

Er erhob sich, ging zu einem Silbertablett und nahm den Stöpsel von einer Kristallkaraffe. »Über die Rasur möchte ich mich allerdings nicht mit Ihnen streiten«, sagte er mit einem leichten Lächeln, während er zwei Gläser mit Brandy einschenkte und eines davon dem Doktor anbot. Er prostete ihm mit seinem Glas zu und fuhr fort: »Auf Ihre Fähigkeiten, sie gesund zu machen.«

»Das lag nicht an meinen Fähigkeiten, es war eher ein Wunder«, erwiderte der Arzt und zögerte, den Brandy zu trinken.

»Dann auf wundersame Genesungen«, sagte Stephen und hob sein Glas zum Mund. Als Whitticomb jedoch wiederum den Kopf schüttelte, setzte er es wieder ab.

»Ich … ich habe nicht gesagt, sie sei geheilt, Stephen. Ich sagte, sie sei bei Bewußtsein und könne sprechen.«

Dem Earl entging das Zögern in seiner Stimme nicht, und seine durchdringenden blauen Augen verengten sich, als er Dr. Whitticomb in Erwartung einer Erklärung scharf musterte. Leise seufzend kam der Arzt der stummen Aufforderung nach.

»Ich hatte sehr gehofft, Ihnen dies erst sagen zu müssen, wenn Sie sich ein wenig ausgeruht hätten. Es gibt in der Tat noch ein gewisses Problem, selbst wenn die junge Lady sich körperlich erholt, und selbst das vermag ich noch nicht zu versprechen. Eine Komplikation. Natürlich kann sie auch nur vorübergehender Natur sein. Möglicherweise aber auch nicht.«

»Was zum Teufel meinen Sie damit?«

»Sie hat ihr Gedächtnis verloren.«

»Sie hat was?«

»Sie kann sich an nichts mehr erinnern, was geschehen ist, bevor sie ihre Augen oben im Bett aufgeschlagen hat. Sie weiß weder, wer sie ist, noch warum sie sich in England befindet. Sie konnte mir noch nicht einmal ihren Namen sagen.«

9

Dr. Whitticomb legte eine Hand auf den verzierten Messingtürknauf und blieb kurz stehen, bevor sie das Schlafzimmer seiner Patientin betraten. Mit leiser Stimme gab er Stephen einige Anweisungen und Warnungen. »Kopfverletzungen sind oft äußerst unberechenbar. Machen Sie sich keine Sorgen, wenn sie sich nicht mehr daran erinnert, daß sie noch vor ein paar Stunden mit mir geredet hat. Andererseits kann es jedoch auch sein, daß sie mittlerweile ihr Gedächtnis vollständig wiedererlangt hat. Ich habe mit einem Kollegen gesprochen, der mehr Erfahrung mit ernsthaften Kopfverletzungen besitzt als ich, und wir waren beide der Ansicht, daß man ihr keinesfalls Laudanum geben sollte, ganz gleich, wie stark ihre Kopfschmerzen werden. Es würde zwar die Schmerzen lindern, sie aber gleichzeitig schläfrig machen, und wir halten es beide für sehr wichtig, sie bei Bewußtsein und am Sprechen zu halten.«

Stephen nickte, aber Whitticomb war noch nicht fertig. »Heute nachmittag wurde sie sehr zornig und ängstlich, als sie sich an nichts erinnern konnte, also sagen Sie bitte nichts, absolut nichts, was ihre Angst steigern könnte. Wenn wir jetzt hineingehen, versuchen Sie, beruhigend und zuversichtlich zu wirken, und sorgen Sie dafür, daß sich die Dienstboten genauso verhalten. Wie ich bereits sagte, Kopfverletzungen sind äußerst gefährlich und unberechenbar, und wir wollen schließlich nicht, daß sie stirbt.«

Zufrieden darüber, alles Nötige gesagt zu haben, drehte er den Türknauf.

Sheridan spürte, daß sich Menschen in dem abgedunkelten Zimmer befanden. Sie schwebte in einem tröstlichen Dämmerzustand, aus dem sie von Zeit zu Zeit erwachte, und sie empfand weder Furcht noch Sorge, lediglich leichte Verwirrung. Sie klammerte sich an diesen angenehmen Zustand, weil sie so den namenlosen Ängsten und quälenden Fragen, die in ihrem Unterbewußtsein bohrten, entkommen konnte.

»Miss Lancaster?«

Die Stimme war ganz nah an ihrem Ohr, sie klang freundlich, aber eindringlich und vage vertraut.

»Miss Lancaster?«

Jemand redete mit ihr. Sie zwang sich dazu, die Augen aufzuschlagen, und blinzelte vor Anstrengung, ihn klar zu erkennen, aber sie sah ihr Umfeld nur seltsam verschwommen und vor allem doppelt.

»Miss Lancaster?«

Sie blinzelte wieder, und das Bild teilte sich in zwei Männer, einer davon in mittlerem Alter und grauhaarig, mit einer drahtgefaßten Brille und einem sauber gestutzten Schnauzbart. Er sah freundlich und vertrauenerweckend aus, und so klang er auch. Der andere Mann war viel jünger. Gutaussehend. Nicht so freundlich. Auch nicht so vertrauenerweckend. Aber besorgt.

Der ältere Mann lächelte sie an und fragte: »Erinnern Sie sich an mich, Miss Lancaster?«

Sheridan wollte nicken, aber von der Bewegung schmerzte ihr Kopf so heftig, daß ihr unwillkürlich Tränen in die Augen traten.

»Miss Lancaster, erinnern Sie sich an mich?«

Sorgfältig darauf bedacht, ihren Kopf beim Sprechen nicht zu bewegen, beantwortete sie seine Frage: »Doktor.« Ihre Lippen waren trocken und gesprungen, aber ihre Kopfschmerzen wurden vom Sprechen anscheinend nicht schlimmer. Als ihr das klar wurde, drängte es sie, selbst Fragen zu stellen. »Wo bin ich?«

»Sie sind in Sicherheit.«

»Wo?« beharrte sie.

»Sie sind in England. Sie kamen mit dem Schiff aus Amerika.«

Aus irgendeinem Grund bereitete ihr diese Antwort Unbehagen und Traurigkeit.

»Warum?«

Die beiden Männer wechselten einen Blick, dann antwortete der Doktor beruhigend: »Das wird Ihnen zu gegebener Zeit alles wieder einfallen. Machen Sie sich jetzt deswegen keine Gedanken.«

»Ich … ich will es wissen«, beharrte sie. Ihr Flüstern klang rauh vor Anspannung.

»Nun gut, mein Kind«, stimmte er sofort zu und tätschelte ihren Arm. Mit einem zögernden Lächeln, als überbrächte er ihr eine freudige Nachricht, sagte er: »Sie sind hierhergekommen, um ihren Verlobten zu treffen.«

Einen Verlobten. Offensichtlich war sie jemandem versprochen ... dem anderen Mann, mutmaßte sie, weil er sie so besorgt ansah. Besorgt und erschöpft. Sie blickte zu dem jüngeren Mann und lächelte ihn schwach und tröstend an, aber er blickte mit gerunzelter Stirn auf den Arzt, der aus irgendeinem Grund warnend den Kopf schüttelte. Das Stirnrunzeln beunruhigte sie ebenso wie der warnende Blick des Arztes, aber sie wußte nicht, warum. Es paßte zwar nicht recht, aber in diesem Augenblick, wo sie weder wußte, wer, noch wo sie war oder wie sie hierhergekommen war, fiel ihr spontan ein, daß man sich immer dafür entschuldigen sollte, wenn man anderen Unannehmlichkeiten bereitet. Sie kannte dieses Gesetz der Höflichkeit, als sei es tief in ihr verankert – instinktiv, unumgänglich und drängend.

Sherry erlag diesem überwältigenden Drang, und als ihr Verlobter zu ihr hinsah, sagte sie mit leiser, zitternder Stimme: »Es tut mir leid.«

Er zuckte zusammen, als täten ihre Worte ihm weh, und dann hörte sie, zum ersten Mal, wie sie meinte, seine Stimme – tief, vertrauenerweckend und unglaublich sanft. »Entschuldigen Sie sich nicht. Alles wird gut werden. Sie brauchen nur ein bißchen Zeit und Ruhe.«

Das Sprechen strengte sie immer mehr an. Erschöpft schloß Sherry die Augen und hörte, wie die Männer sich anschickten, zu gehen. »Warten Sie ...«, gelang es ihr zu sagen. Plötzlich überfiel sie eine ganz irrationale Angst bei dem Gedanken, allein zu bleiben und wieder in die dunkle Leere, die schon an ihr zerrte, zu versinken und nie wieder daraus auftauchen zu können. Sie sah die beiden Männer an und richtete dann ihren flehenden Blick auf ihren Verlobten. Er war der Stärkere der beiden, jünger, vitaler – er würde die Dämonen in ihrem Kopf mit seiner Willenskraft in Schach halten, wenn sie wieder zurückkommen sollten, um sie zu quälen. »Bleiben Sie«, flüsterte sie mit letzter Anstrengung. »Bitte.«

Als er zögernd den Doktor ansah, benetzte Sherry ihre aufgesprungenen Lippen und preßte nach einem angestrengten Atemzug alle Gedanken und Gefühle, die in ihr tobten, in einem einzigen Wort heraus: »Angst.«

Ihre Augenlider waren schwer wie Blei und schlossen sie, ohne daß sie es wollte, wieder von der Welt der Lebenden aus. Panik stieg in ihr auf und raubte ihr die Luft.

Doch dann hörte sie das scharfe Kratzen von Stuhlbeinen auf dem polierten Holzboden, und sah, wie ein schwerer Sessel neben das Bett geschoben wurde.

»Sie brauchen keine Angst zu haben«, sagte ihr Verlobter.

Sherry streckte ihre Hand auf der Bettdecke ein wenig nach vorne, wie ein Kind, das blindlings Zuflucht bei den Eltern sucht. Eltern, an die sie sich nicht einmal erinnern konnte. Lange, männliche Finger schlossen sich mit beruhigendem Griff um ihre Hand. »Hasse … Angst«, murmelte sie.

»Ich werde Sie nicht allein lassen. Ich verspreche es.«

Sheridan klammerte sich an seine Hand, seine Stimme und sein Versprechen und nahm sie mit in ihren tiefen, traumlosen Schlaf.

Stephens Brust schmerzte vor Schuldgefühlen und Angst, während er zusah, wie sie immer tiefer in Schlummer sank. Ihr Kopf war komplett einbandagiert und ihr Gesicht leichenblaß, am stärksten aber erschütterte ihn, wie klein sie in diesem großen Bett zwischen all den Kissen und Decken aussah.

Sie hatte sich entschuldigt, und dabei hätte er sich entschuldigen müssen, nicht nur für den Tod ihres Verlobten und das Ende ihrer Träume, sondern auch für diese mißliche Lage. Er kannte die Gefahren auf einem Pier, und doch hatte er sich, und damit auch sie, direkt unter eine Seilwinde gestellt. Und um das Maß vollzumachen, hatte er so ausschließlich auf ihre Reaktion auf Burletons Tod geachtet, daß er das Ladenetz, das direkt auf sie zuschwang, gar nicht gesehen hatte. Zudem hatte er nicht rechtzeitig auf den Warnruf des Schauermanns reagiert. Und wenn er ihr seine Mitteilung nicht so unverblümt und tölpelhaft gemacht hätte, daß sie einen solchen Schock erlitt, dann hätte sie selbst reagieren können, und ihr wäre nichts passiert.

So wie die Dinge lagen, hatte er sie in Gefahr gebracht. Er hatte nicht nur als Beschützer versagt, sondern zudem auch noch verhindert, daß sie sich selbst schützte. Wenn sie starb, war das ganz allein seine Schuld, und er wußte, daß er mit diesem Bewußtsein nicht würde weiterleben können. Dabei quälten ihn ohnehin schon Tag und Nacht Schuldgefühle, weil er den Tod des jungen Burleton verursacht hatte.

Ihre Atmung veränderte sich plötzlich, und Angst ergriff ihn. Er hielt den Atem an, bis ihr Brustkob sich wieder in einem ruhigeren Rhythmus hob und senkte. Dann erst atmete er wieder aus und blickte auf die Hand, die vertrauensvoll in seiner lag. Ihre Finger waren lang, anmutig und weich, die Nägel jedoch sehr kurz geschnitten – eine aristokratische Hand, die offensichtlich einer jungen Dame mit einer Neigung zu Ordnung und zum Praktischen gehörte.

Er hob den Blick zu ihrem Gesicht, und wäre er nicht halb verrückt vor Angst und halb tot vor Übermüdung gewesen, hätte er gelächelt. Er fragte sich, wie sie wohl bei ihrer nüchternen und praktischen Veranlagung ihr eigenes Gesicht einschätzte. An diesem weichen, großzügigen Mund war nichts Nüchternes, und an diesen unglaublich langen, gebogenen Wimpern, die wie Schatten auf ihren Wangen lagen, war nichts Praktisches. Er kannte zwar weder die Farbe ihrer Haare noch die ihrer Augen, ihre hohen Wangenknochen jedoch waren perfekt geformt und ihre elfenbeinfarbene Haut schimmerte fast durchscheinend. Im Gegensatz zu ihren Gesichtszügen, die ein Musterbeispiel für zerbrechliche Weiblichkeit zu sein schienen, deutete ihr festes, kleines Kinn auf Willensstärke hin. Nein, verbesserte sich Stephen, es zeugte wahrscheinlich mehr von Mut. Sie hatte trotz Angst und Schmerzen bislang nicht geweint; ihre Aussage, Angst zu hassen, bedeutete, daß sie dieses demütigende Gefühl eher bekämpfte als daß sie ihm nachgab.

Sie besaß zweifellos Mut, entschied er, und sie war freundlich – jedenfalls freundlich genug, um sich dafür zu entschuldigen, daß sie ihm Sorgen bereitete. Mut und Freundlichkeit – eine bemerkenswerte Kombination bei jeder Frau, vor allem jedoch bei einer so jungen.

Aber sie war auch schrecklich verletzlich, stellte er mit erneuter Panik fest, als ihr Brustkorb sich plötzlich wieder keuchend hob und senkte. Er drückte ihre Hand fester, sah, wie sie nach Luft rang, und Entsetzen schnürte ihm die Kehle zu. O Gott! Sie lag im Sterben! »Bitte nicht!« flüsterte er drängend. »Bitte stirb nicht!«

10

Helles Sonnenlicht flutete durch die grünen Vorhänge am anderen Ende des Zimmers, als Sherry wieder die Augen aufschlug. Ihr Verlobter saß in einem Sessel neben dem Bett. Er schlief fest, hielt aber immer noch ihre Hand. Irgendwann in der Nacht hatte er wohl seine Jacke und sein Halstuch abgelegt und seinen Kragen geöffnet. Dann war er mit dem Kopf auf den Armen eingeschlafen. Sein Gesicht lag direkt vor ihr, und Sherry drehte vorsichtig den Kopf auf dem Kissen. Als die leichte Bewegung nicht sofort wieder das Hämmern in ihrem Schädel auslöste, seufzte sie erleichtert auf.

In der friedlichen Benommenheit, die sie nach dem tiefen Schlaf erfüllte, studierte sie träge den Mann, mit dem sie verlobt war. Er hatte einen leicht braunen Teint, stellte sie fest, als ob er sich häufiger im Freien aufhielte. Sein dichtes Haar war tief dunkelbraun und so genau geschnitten, daß es an den Seiten flach anlag und kaum bis an den Hemdkragen reichte. Jetzt standen seine Haare vom Schlaf zerwühlt kreuz und quer, und wie er so dalag, mit langen schwarzen Wimpern, die bis an seine Wangen stießen, hatte er etwas liebenswert Jungenhaftes an sich. Sonst war allerdings absolut nichts an ihm jungenhaft, und bei dieser Entdeckung verspürte sie eine Mischung aus Faszination und unerklärlichem Unbehagen. Dunkle Stoppeln bedeckten sein kantiges Kinn, das sogar im Schlaf hart und resolut wirkte. Er hatte seine geraden, dunklen Brauen in einem finsteren Gesichtsausdruck zusammengezogen, der irgend jemandem in seinen Träumen nichts Gutes verhieß. Der feine weiße Stoff seines Hemdes spannte sich über breiten Schultern und muskulösen Armen. Gekräuseltes dunkles Haar lugte aus dem offenen Kragen und bedeckte leicht seine Unterarme. Der ganze Mann bestand aus Ecken und Kanten, von seiner fein modellierten Nase bis hin zu seinem energischen Kinn und den langen Fingern. Er sah unnachgiebig und kompromißlos aus, fand sie.

Und er sah gut aus.

Lieber Himmel, er sah unwahrscheinlich gut aus.

Zögernd löste sie den Blick von seinem Gesicht und musterte zum ersten Mal ihre Umgebung. Ihre Augen weiteten sich erstaunt und ungläubig, als sie die prachtvolle Einrichtung des grüngoldenen Raums wahrnahm. Blasse, apfelgrüne Seide bedeckte Wände und Fenster und fiel in üppigen Falten vom Betthimmel herunter, zusammengehalten von glänzenden, goldenen Kordeln mit Quasten. Sogar der riesige Kamin am anderen Ende des Zimmers war aus grünem Marmor. Messingbeschläge verzierten ihn prunkvoll, und an all seinen Ecken thronten prächtige goldene Vögel. Vor dem Kamin standen zwei geschwungene, mit blaßgrüner Seide bezogene Sofas einander gegenüber und dazwischen ein niedriger, ovaler Tisch.

Sie richtete ihre Aufmerksamkeit wieder auf den dunklen Kopf, der neben ihrer Hüfte ruhte, und ihre Stimmung hob sich ein wenig. Offenbar hatte das Glück sie begünstigt, denn ihr Verlobter war nicht nur ein äußerst gutaussehender Mann, sondern noch dazu sehr, sehr reich. Und außerdem hatte er die ganze Nacht bei ihr verbracht, in dieser schrecklich unbequemen Haltung geschlafen und all die Zeit über ihre Hand nicht losgelassen. Er mußte sehr verliebt in sie sein.

Anscheinend hatte er ihr den Hof gemacht und sie gebeten, ihn zu heiraten. Sie schloß die Augen und versuchte, sich an ihn oder ihre Vergangenheit zu erinnern, aber in ihr lag nur dunkle Leere. Eine Frau konnte es doch unmöglich vergessen, daß sie von einem solchen Mann umworben und geliebt wurde. Sie würde sich gleich daran erinnern, befahl sie sich streng und kämpfte gegen die aufsteigende Panik an. In Gedanken spielte sie Sätze durch, die er zu ihr gesagt haben könnte: »*Wollen Sie mir die Ehre erweisen, meine Frau zu werden, Miss ...?*« Miss Wer? Miss WER?

»Bleib ruhig«, warnte Sheridan sich verzweifelt. »Konzentrier dich auf andere Dinge ... auf liebe Worte, die er gesagt haben muß.« Sie bemerkte gar nicht, daß sie schneller atmete und seine Hand so fest packte, daß ihre Nägel sich hineindrückten, sie versuchte nur, nachzudenken und sich an ihre gemeinsame Zeit zu erinnern. Er hatte sie doch bestimmt höflich behandelt ... und ihr sicher Blumen gebracht und ihr gesagt, sie sei klug, charmant und wunderschön. Das mußte sie ja sein, da sie das Herz eines so außerordentlichen Mannes erobert hatte.

Sie versuchte, sich etwas Kluges auszudenken, aber ihr Kopf war leer.

Sie bemühte sich, einen bezaubernden Satz zu erfinden, aber ihr Kopf blieb leer. Um ruhig zu bleiben, zwang sie sich, sich einfach nur ihr Gesicht vorzustellen. Ihr Gesicht ...

Sie hatte kein Gesicht.

SIE HATTE KEIN GESICHT!

Zwar riet ihr ihr Instinkt, die Ruhe zu bewahren, aber die Panik hatte schon von ihr Besitz ergriffen. Sie konnte sich nicht an den eigenen Namen erinnern. Sie konnte sich nicht an seinen Namen erinnern. Sie konnte sich nicht an ihr eigenes Gesicht erinnern.

Stephen hatte das Gefühl, seine Hand sei in einen Schraubstock geraten, der ihm das Blut aus den Fingern preßte. Er versuchte, sich aus dem schmerzhaften Griff zu befreien, aber es gelang ihm nicht. Nach drei Tagen ohne Schlaf gelang es ihm nur mit übermenschlicher Anstrengung, seine Augen wenigstens so weit zu öffnen, daß er unter schweren Lidern auf das blinzeln konnte, was seine Hand quetschte und taub werden ließ. Statt eines Werkzeugs sah er jedoch eine Frau neben sich liegen. Da diese Situation allerdings nicht so ungewöhnlich für ihn war, um ihn schlagartig aus seiner betäubten Starre zu erwecken, drehte er einfach seine Hand, um sie ein wenig zu befreien und wieder einschlafen zu können. Allerdings hatte man ihm die Höflichkeit dem anderen Geschlecht gegenüber seit seiner Kindheit eingeschärft, und da die Frau wirklich panisch aussah, bemühte er sich, kurz bevor seine Augen wieder zufielen und er endgültig wieder einschlief, eine höfliche Frage zu formulieren: »Was ist los?«

Ihre Stimme klang entsetzt. »Ich weiß nicht, wie ich aussehe.«

Stephen hatte schon häufig erlebt, daß Frauen ständig mit ihrem Ausssehen beschäftigt waren, aber die Besorgnis dieser Frau – in einem schwach beleuchteten Schlafzimmer mitten in der Nacht – grenzte ans Lächerliche. Deshalb fühlte er sich auch nicht verpflichtet, die Augen zu öffnen, als ihre Hand seine wieder fester packte, und sie ihn ängstlich flehend fragte: »Wie sehe ich aus?«

»Bezaubernd«, murmelte er. Sein ganzer Körper schmerzte, was, wie er beiläufig feststellte, daran lag, daß sie im Bett lag und er nicht. Er wollte sie gerade bitten, zur Seite zu rücken, als er das unmißverständliche Geräusch unterdrückten Weinens hörte. Er drehte den Kopf von dem Geräusch weg und überlegte irritiert, was er getan hatte, um sie zum Weinen zu bringen. Wheaton sollte ihr, beschloß er, ein hübsches Schmuckstück schicken, um ihre merkwürdige Aufwallung zu besänftigen – eine Rubinbrosche oder etwas in der Art. Der unterschwellige Grund für die meisten weiblichen Tränenausbrüche war der Wunsch nach einem teuren Schmuckstück, das wußte Stephen sogar im Schlaf.

Ihr Weinen steigerte sich jetzt zu einem ernsthaft verängstigten Schluchzen. Wie auch immer er zu diesem Ausbruch beigetragen hatte, es mußte mehr dahinterstecken, als nur ein vergessenes Kompliment über ihr Kleid oder eine nicht eingehaltene Verabredung ins Theater. Dieser Tränenausbruch kostete ihn mindestens ein Diamantencollier.

Stoßweises Schluchzen erschütterte ihren Körper und das gesamte Bettzeug.

Und ein dazu passendes Armband.

Erschöpft, wie er war, trieb er wieder tiefer in den Schlaf, aber etwas, das sie gesagt hatte, hielt ihn zurück und ließ ihn nicht los. *»Ich weiß nicht, wie ich aussehe … ich weiß nicht … weiß nicht.«*

Stephen schlug die Augen auf und sah sie an. Sie hatte ihr Gesicht abgewandt und preßte die linke Hand auf den Mund, um ihr Weinen zu unterdrücken, aber ihr Körper wurde immer noch von einzelnen Schluchzern geschüttelt. Aus den geschlossenen Augen tropften die Tränen beständig unter ihren langen nassen Wimpern auf ihre blassen Wangen hinunter. Sie weinte sich das Herz aus dem Leibe, aber sie war wach und bei klarem Bewußtsein, und seine Erleichterung überwog sein Schuldgefühl über ihre Tränen.

»Ich war noch nicht richtig wach eben, deshalb habe ich Ihre Frage nicht verstanden«, sagte er rasch. »Es tut mir leid.«

Ihr Körper versteifte sich beim Klang seiner Stimme, und er sah, wie sie um Beherrschung kämpfte, bevor sie den Kopf auf dem Kissen zu ihm drehte und ihn ansah.

»Was ist los?« fragte er vorsichtig in einem, wie er hoffte, beruhigenden Tonfall.

Sheridan schluckte. Betroffen registrierte sie, wie müde er immer noch aussah und wie erleichtert. Er hat sich bestimmt seit Tagen um mich zu Tode geängstigt, dachte sie, und kam sich nun albern und undankbar vor, weil sie wie ein Kleinkind über etwas geweint hatte, was doch in Wirklichkeit nur eine zeitweilige Unpäßlichkeit darstellte. Eine bizarre, angsteinflößende Unpäßlichkeit, gewiß, aber schließlich war sie weder verkrüppelt noch gelähmt oder vom Tod gezeichnet. Geleitet von dem instinktiven Wunsch, die schwierige Situation bestmöglich in den Griff zu bekommen, holte sie zitternd Luft und lächelte ihn entschuldigend an. »Ich ... es klingt absurd, aber ich weiß nicht, wie ich aussehe, und es ...« Sie brach ab, weil sie ihn nicht unnötig damit aufregen wollte, wie angsteinflößend das für sie war. »Es bedeutet ja eigentlich nicht viel, aber da Sie schon einmal wach sind, könnten Sie mich bitte ein bißchen beschreiben?«

Stephen merkte, daß sie versuchte, ihre Angst zu unterdrücken und ihn zugleich zu beruhigen – und tiefe Anerkennung für ihre rührende Tapferkeit überkam ihn. »Sie beschreiben ...«, begann er langsam, um Zeit zu gewinnen. Er kannte ihre Haarfarbe nicht und fürchtete sich vor ihrer Reaktion, wenn sie sich unvorbereitet im Spiegel sehen würde, deshalb versuchte er, das Ganze scherzhaft anzugehen. »Im Augenblick sind Ihre Augen rot und geschwollen«, sagte er lächelnd, während er schnell noch einmal hinschaute, um mehr Informationen zu bekommen. »Aber sie sind ... sehr groß und ... grau«, schloß er, selbst überrascht.

Sie hatte in der Tat faszinierende Augen, stellte Stephen fest – ein helles Silbergrau, umrandet von einer dünnen schwarzen Linie, und dazu noch diese unglaublich langen Wimpern.

»Grau?« erwiderte Sheridan enttäuscht. »Ich glaube nicht, daß mir das gefällt.«

»Jetzt, wo sie feucht sind, sehen sie aus wie flüssiges Silber.«

»Na ja, vielleicht sind sie nicht ganz so schlimm. Wie steht es mit dem Übrigen?«

»Nun, Ihr Gesicht ist blaß und tränenüberströmt, aber es ist trotzdem ein recht hübsches Gesicht.«

Ihr Gesichtsausdruck schwankte zwischen Entsetzen, Tränen und Lachen, doch zu seiner Erleichterung und Überraschung entschied sie sich für das Lachen. »Welche Farbe hat mein Haar?«

»Im Moment«, wich er aus, »liegen Ihre Haare unter einem großen, weißen ... hm ... Turban verborgen. Es gilt neuerdings als der letzte Schrei, im Bett einen Turban zu tragen, wissen Sie.« Am Abend des Unfalls war es bereits dunkel gewesen, so daß er ihre Haarfarbe unter der Haube nicht hatte erkennen können, und später hatte Blut die Haare verdeckt. Immerhin ließen sich ihre braunen Wimpern erkennen, also bestand Grund zu der Annahme, daß ihre Haare dieselbe Farbe hatten. »Ihre Haare sind braun«, sagte er entschlossen. »Dunkelbraun.«

»Dazu haben Sie jetzt aber lange gebraucht.«

Verwirrt, nicht mißtrauisch sah sie ihn an.

»Ich bin kein guter Beobachter – in manchen Dingen jedenfalls«, erwiderte er, ziemlich geistlos, wie er fand.

»Kann ich bitte einen Spiegel haben?«

Stephen befürchtete eine Schreckensreaktion von ihrer Seite, sofern sie ihr Gesicht auch im Spiegel nicht wiedererkannte. Außerdem wußte er nicht, ob sie in Panik geraten würde, sobald sie ihren bandagierten Kopf und die blutverkrustete Wunde an der Schläfe sah. Er wußte jedoch ganz genau, daß er Whitticomb dabeihaben wollte, wenn sie sich zum ersten Mal im Spiegel betrachtete, für den Fall, daß sie Medikamente brauchte. »Ein anderes Mal«, sagte er deshalb. »Vielleicht morgen. Oder bei der Entfernung des Verbands.«

Sheridan spürte, warum er ihrem Wunsch nicht nachkommen wollte, aber da ihr nicht nach einem weiteren Tränenausbruch zumute war und sie außerdem davor zurückschreckte, ihm die Situation noch weiter zu erschweren, kam sie auf seine Bemerkung über Turbane zurück. »Ich finde, Turbane sind recht praktisch. Sie ersparen einem das Bürsten und Kämmen und so weiter.«

»Genau«, erwiderte Stephen, der sie für die Anmut und Tapferkeit bewunderte, mit der sie die enorme Anspannung bewältigte. Er war so dankbar, daß sie sprechen konnte, und so gerührt von ihrer starken Haltung, daß es ihm ganz normal und angemessen vorkam, seine Hand auf die ihre zu legen, in diese faszinierenden, silbergrauen Augen zu lächeln und sanft zu fragen: »Haben Sie starke Schmerzen? Wie geht es Ihnen?«

»Ich spüre nur ein bißchen Kopfweh«, erklärte sie und erwiderte sein Lächeln, als sei es auch für sie ganz natürlich und angemessen. »Sie brauchen sich keine Sorgen zu machen. Mir geht es nicht so schlecht, wie ich aussehe.«

Ihre Stimme war weich und sanft, ihr Gesichtsausdruck jedoch offen und direkt. Sie hatte weibliche Besorgnis über ihr Äußeres gezeigt, dann jedoch ruhig akzeptiert, daß sie zur Zeit nicht so gut aussah, und jetzt machte sie sogar Witze darüber. Ihr Verhalten vermittelte Stephen den Eindruck, daß ihr Verstellung und Anmaßung gänzlich fremd waren. Was das betraf – und vielleicht auch, was andere erfreuliche Dinge betraf –, wirkte sie erfrischend einzigartig.

Leider führte diese Feststellung sofort zu einer weiteren, die seine Freude schwächte und dazu führte, daß er seine Hand wegzog. Was er tat und wie er an sie dachte, war keineswegs natürlich oder angemessen. Er war nicht ihr Verlobter, wie sie glaubte, sondern ausgerechnet der Mann, der die Schuld für den Tod ihres Verlobten trug. Anstand und Achtung vor dem jungen Mann, den er getötet hatte, und ganz einfach guter Geschmack verlangten, daß er körperlich und geistig Abstand von ihr hielt. Er besaß als allerletzter Mensch auf Erden das Recht, sie zu berühren oder auch nur irgendwie für sich persönlich an sie zu denken.

In der Hoffnung, dem Ende seines Besuches eine heitere Note zu geben, stand er auf und lockerte mit kreisenden Bewegungen seine schmerzenden Schultern. Er griff ihre letzte Äußerung über ihr Aussehen auf und meinte abschließend: »Alles in allem würde ich sagen, wenn ich Sie jetzt beschreiben müßte, Sie sehen aus wie eine aufgeputzte Mumie.«

Sie kicherte leise, aber er merkte, daß sie schon wieder müde wurde. »Ich schicke Ihnen das Mädchen mit dem Frühstück. Versprechen Sie mir, etwas zu essen.« Sie nickte, und er wandte sich zum Gehen.

»Danke«, sagte sie ruhig. Er drehte sich verwirrt um.

»Für was?«

Sie schaute ihn mit ihren hellen Augen an. Ihr Blick ging so tief, daß Stephen flüchtig den Eindruck hatte, er könne mit der Zeit direkt in seine schwarze Seele dringen. Bis jetzt hatte sie ihn jedoch anscheinend noch nicht durchschaut, denn ihre weichen Lippen verzogen sich zu einem warmen Lächeln. »Dafür, daß Sie die ganze Nacht über bei mir geblieben sind.«

Ihre Dankbarkeit erhöhte nur seine Schuldgefühle, und er kam sich vor wie ein Schuft, weil er zuließ, daß sie in ihm den edlen weißen Ritter statt des schwarzen Schurken sah, der er in Wirklichkeit war. Er neigte den Kopf zu einer spöttisch angedeuteten Verbeugung, grinste sie frech an und erlaubte ihr einen Einblick in seinen wahren Charakter. »Zum ersten Mal hat sich eine wunderschöne Frau dafür bedankt, daß ich die Nacht mit ihr verbracht habe.«

Sie blickte ihn nur verwirrt, nicht erschreckt an, was jedoch Stephens Gefühl der Erleichterung nicht minderte. Er hatte dieses heikle Geständnis über seine wahre Natur nicht gemacht, weil er Absolution suchte oder brauchte, oder weil er Buße tun wollte. Für ihn zählte in diesem Augenblick nur, daß er sich ihr gegenüber aufrichtig gezeigt hatte, und das versöhnte ihn ein wenig mit sich selbst.

Während er den breiten Korridor zu seinem Zimmer entlangging, fühlte sich Stephen zum ersten Mal seit Wochen, nein Monaten, vollkommen glücklich: Charise Lancaster würde wieder völlig gesund werden. Da war er sich ganz sicher. Sie würde überleben, und das bedeutete, daß er nun ihren Vater von dem Unfall verständigen und ihm gleich versichern konnte, daß sie wieder gesund würde. Zuerst müßte er ihn natürlich noch ausfindig machen, aber diese Aufgabe konnte er Matthew Bennett und seinen Leuten übertragen.

11

Stephen blickte von dem Brief auf, den er gerade las, und nickte dem blonden Mann Anfang dreißig, der auf ihn zukam, grüßend zu. »Es tut mir leid, daß ich Ihre Ferien in Paris unterbrechen mußte«, sagte er zu Matthew Bennett, »aber die Angelegenheit ist dringend und so delikat, daß sie Ihre persönliche Anwesenheit erfordert.«

»Ich freue mich, wenn ich Ihnen helfen kann, Mylord«, erwiderte der Anwalt ohne Zögern. Der Earl wies auf einen Ledersessel vor seinem Schreibtisch, und Matthew setzte sich. Er war weder beleidigt noch überrascht, daß der Mann, der ihn aus seinem wohlverdienten Urlaub geholt hatte, ihn jetzt warten ließ, während er seine Post zu Ende durchlas. Seit Generationen besaß Matthews Familie das Privileg, die Westmorelands anwaltlich zu vertreten, und Matthew wußte, daß diese Ehre und die damit verbundenen hohen Einkünfte die Verpflichtung mit sich brachten, zur Verfügung zu stehen, wann immer der Earl of Langford es wünschte.

Obwohl Matthew nur als Juniorpartner in dem Familienunternehmen arbeitete, war er mit den geschäftlichen Angelegenheiten der Westmorelands vertraut. Vor einigen Jahren hatte man ihn sogar damit beauftragt, einen ungewöhnlichen und privaten Fall für den Bruder des Earls, den Duke of Claymore, zu behandeln. Damals war Matthew ein wenig eingeschüchtert und unsicher gewesen, als ihn der Herzog zu sich bestellt hatte, und als er von der Art seines Auftrags erfuhr, hatte er einen peinlichen Mangel an Haltung bewiesen. Mittlerweile jedoch war er älter und klüger, und er fühlte sich ziemlich sicher, mit jeder noch so »delikaten« Angelegenheit des Earls umgehen zu können, ohne auch nur die geringste Überraschung zu zeigen.

Und so wartete er völlig gelassen darauf, zu erfahren, welche so dringende Angelegenheit seine persönliche Anwesenheit erforderte, bereit, einen Ratschlag wegen eines Vertrags oder vielleicht sogar einer Testamentsänderung zu erteilen. Da das Wort »delikat« gefallen war, handelte es möglicherweise um eine Angelegenheit persönlicher Natur – vielleicht wollte der Earl seiner derzeitigen Geliebten eine Geldsumme und Grundbesitz überschreiben oder ihr ein vertrauliches, großzügiges Geschenk machen.

Um Bennett nicht länger warten zu lassen, legte Stephen den Brief seines Besitzverwalters in Northumberland beiseite. Er lehnte sich in seinem Sessel zurück und betrachtete zerstreut die mit Fresken verzierte Stuckdecke über seinem Kopf. Seine Gedanken wanderten vom Brief seines Verwalters hin zu dem komplizierteren Problem Charise Lancaster. Er wollte gerade anfangen zu sprechen, als der zweite Butler, ein älterer Mann, den Stephen als Burletons ehemaligen Bediensteten erkannte, mit einem höflichen Hüsteln unterbrach und ein wenig verzweifelt sagte: »Miss Lancaster besteht darauf, sich zu erheben, Mylord. Was sollen wir ihr sagen?«

Stephen wandte seinen Blick dem Butler zu und lächelte ein bißchen – offensichtlich ging es ihr viel besser. »Sagen Sie ihr, ich hätte nicht die Absicht, sie noch im Lauf dieser Woche aus dem Bett zu lassen. Und sagen Sie ihr, ich käme nach dem Essen zu ihr.« Unempfindlich gegenüber der Mischung aus Schockiertheit, Bewunderung und Bestürzung, die sich auf Matthews normalerweise ausdruckslosem Gesicht zeigte, oder gegenüber den falschen Schlußfolgerungen, die der andere Mann aus seiner lächelnden Bemerkung ziehen konnte, beschloß Stephen, das Problem direkt anzugehen. »Es sieht so aus, als hätte ich eine Verlobte«, begann er.

»Meinen aufrichtigsten Glückwunsch!« rief Matthew aus.

»Sie ist aber nicht meine Verlobte, sondern Arthur Burletons.«

Nach einer längeren Pause, in der Matthew sich bemühte, eine passende Antwort auf diese Enthüllung zu formulieren, erwiderte er: »In diesem Fall überbringen Sie bitte meine ... äh ... Glückwünsche diesem Gentleman.«

»Das geht nicht. Burleton ist tot.«

»Wie bedauerlich.«

»Ich habe ihn getötet.«

»Das ist allerdings schlimm«, erwiderte Matthew unwillkürlich. Duelle standen unter Strafe, und die Gerichte gingen in der letzten Zeit streng dagegen vor. Zudem entschärfte die offenkundige Anwesenheit der Verlobten des Toten im Bett des Earls die Lage nicht eben. Im Geiste überschlug der Anwalt bereits die bestmögliche Argumentation zur Verteidigung. Dann fragte er: »Säbel oder Pistolen?«

»Nein, es war eine Kutsche.«

»Bitte?«

»Ich habe ihn überfahren.«

»Das ist nicht so direkt wie Säbel oder Pistolen«, erwiderte Matthew geistesabwesend, »und man kann es auf jeden Fall leichter verteidigen.« Zu besorgt, um den seltsamen Blick, den der Earl ihm zuwarf, zu bemerken, fuhr er gedankenverloren fort: »Das Gericht läßt sich vielleicht davon überzeugen, daß Sie ein Duell gewählt hätten, wenn Sie ihn wirklich hätten umbringen wollen. Schließlich sind Ihre Schießkünste weithin bekannt. Wir können Dutzende von Zeugen aufrufen, die das gerne bestätigen. Theodore Kittering wäre in dieser Hinsicht wirklich ein hervorragender Zeuge – er galt selbst als ein ausgezeichneter Schütze, bevor Sie ihn an der Schulter trafen. Nein, wir lassen ihn besser aus der Sache heraus, er mag Sie nicht sonderlich, und außerdem käme dann bei der Verhandlung ein Duell zur Sprache. Auch ohne Kitterings Aussage sollten wir das Gericht davon überzeugen können, daß Sie Burletons Tod nicht absichtlich herbeigeführt haben, sondern daß er rein zufällig zustandekam und daher, im weitesten Sinn, ein Unfall war.« Höchst zufrieden mit seiner Logik blickte Matthew den Earl nun endlich direkt an. Dieser sagte sehr deutlich und sehr langsam: »Auf die Gefahr hin, daß Sie mich für hoffnungslos begriffsstutzig halten: Dürfte ich Sie bitten, mir zu erklären, wovon zum Teufel Sie reden?«

»Wie bitte?«

»Verstehe ich richtig, daß Sie glauben, ich hätte ihn absichtlich überfahren?«

»Ich hatte diesen Eindruck, ja.«

»Und darf man fragen«, sagte seine Lordschaft gedehnt, »aus welchem Grund ich eine solche Tat begehen sollte?«

»Ich nahm an, das hätte etwas zu tun mit ... nun, stünde in direkter Beziehung zu ... hm ... der Anwesenheit einer gewissen jungen Dame, der es nicht erlaubt ist, Ihr ... äh ... Schlafzimmer zu verlassen.«

Der Earl lachte laut auf. Es klang ein wenig eingerostet, so als sei er nicht daran gewöhnt zu lachen.

»Natürlich«, sagte Stephen. »Wie dumm von mir. Sie mußten ja so etwas annehmen.« Er richtete sich in seinem Sessel auf und fuhr rasch und geschäftsmäßig fort. »Letzte Woche kam die junge Dame oben – Charise Lancaster – aus Amerika in England an. Sie war mit Burleton verlobt, und ihre Hochzeit sollte am nächsten Tag mit Sondergenehmigung stattfinden. Da ich für seinen Tod die Verantwortung trug, und es sonst niemanden gab, der ihr die traurigen Geschehnisse mitteilen konnte, fuhr ich natürlich selbst zum Hafen und überbrachte ihr die schlimme Nachricht. Ich sprach gerade auf dem Pier mit ihr, als irgendein Idiot die Kontrolle über ein volles Ladenetz verlor, so daß es an ihren Kopf schlug. Da nur ihre Zofe sie auf der Reise begleitet hat und Miss Lancaster zu krank ist, um England in der nächsten Zeit verlassen zu können, möchte ich Sie bitten, ihre Familie davon zu unterrichten, und jeden ihrer Angehörigen, der nach England kommen möchte, hierher zu begleiten. Außerdem muß ich Burletons Angelegenheiten regeln. Stellen Sie ein möglichst vollständiges Dossier über ihn zusammen, damit ich sehen kann, wo ich am besten anfange. Das mindeste, was ich tun kann, ist, seinen Namen von den Schulden zu befreien, die er nicht mehr rechtzeitig selbst hat regeln können.«

»Oh, ich verstehe«, sagte Matthew mit einem erleichterten Lächeln, das der Earl erfreulicherweise erwiderte.

»Gut.«

Matthew griff nach Feder und Papier auf dem Schreibtisch und fragte mit gespitzter Feder: »Wo wohnt ihre Familie und wie heißen ihre Verwandten?«

»Das weiß ich nicht.«

»Das wissen Sie nicht?«

»Nein.«

»Vielleicht«, schlug Matthew äußerst vorsichtig und respektvoll vor, »könnten wir die junge Dame fragen?«

»Das könnten wir«, erwiderte Stephen trocken, »aber sie wird Ihnen nicht viel erzählen können.« Mitleid mit dem Anwalt überkam ihn, deshalb fügte er hinzu: »Ihre Kopfverletzung war so schwer, daß sie ihr Gedächtnis verloren hat. Dr. Whitticomb hält es für eine vorübergehende Erscheinung. Ihre Gesundheit ist zwar mittlerweile fast wieder völlig hergestellt, das Gedächtnis hat sie jedoch leider noch nicht wiedererlangt.«

»Das tut mir leid«, bedauerte Matthew aufrichtig. Es kam ihm so vor, als habe die Sorge um die junge Dame den üblichen Scharfsinn des Earls ein wenig beeinträchtigt, deshalb schlug er diplomatisch vor: »Vielleicht könnte ihre Zofe uns helfen?«

»Das könnte sie sicher. Wenn ich wüßte, wo sie ist.« Mit heimlicher Erheiterung beobachtete Stephen, wie der Anwalt mit aller Macht versuchte, seinen Gesichtsausdruck unter Kontrolle zu halten. »Ich habe ein paar Minuten nach dem Unfall jemanden in ihre Kabine geschickt, aber die Zofe ließ sich nicht auffinden. Eines der Mannschaftsmitglieder vermutete, sie sei Engländerin gewesen und möglicherweise nach Hause zu ihrer Familie gefahren.«

»Ich verstehe«, erwiderte Matthew, immer noch nicht allzu besorgt. »In diesem Fall werden wir mit unseren Nachforschungen auf dem Schiff beginnen.«

»Das ist bereits am nächsten Tag wieder in See gestochen.«

»Oh. Nun gut, wie steht es mit ihrem Gepäck? Befand sich irgend etwas darin, das uns einen Anhaltspunkt auf ihre Familie geben könnte?«

»Möglicherweise. Leider reiste ihr Gepäck zusammen mit dem Schiff wieder ab.«

»Sind Sie sicher?«

»Absolut. Direkt nach dem Unfall galt meine erste Sorge ihrer ärztlichen Versorgung. Am nächsten Morgen schickte ich nach ihrem Gepäck, aber die *Morning Star* war bereits ausgelaufen.«

»Dann werden wir mit unserer Suche im Schiffsbüro beginnen. Sie müssen eine Aufstellung über die Passagiere und die Fracht haben, und sie werden uns sagen können, welche Häfen das Schiff in Amerika anlief.«

»Beginnen Sie im Schiffsbüro«, stimmte Stephen zu. Er beendete das Gespräch, indem er aufstand. Auch Matthew erhob sich, in Gedanken bereits bei den Nachforschungen, die er jetzt anstellen mußte.

»Ich war erst einmal in den Kolonien«, sagte er. »Gegen einen zweiten Besuch hätte ich nichts einzuwenden.«

»Es tut mir leid, daß ich Ihren Urlaub unterbrochen habe«, erwiderte Steven. »Es gibt jedoch noch einen weiteren Grund zur Eile. Whitticomb macht sich langsam Sorgen, weil sie ihr Gedächtnis immer noch nicht wiedererlangt hat. Ich hoffe, es hilft ihr, wenn sie Menschen aus ihrer Vergangenheit sieht.«

12

Wie versprochen, ging Stephen später an diesem Abend nach oben, um nach Sheridan zu sehen. Er hatte es sich zur Gewohnheit gemacht, sie zweimal am Tag aufzusuchen, und obwohl er seine Besuche kurz und unpersönlich hielt, merkte er, wie sie sich darüber freute. Er klopfte an ihre Tür, und als keine Antwort kam, klopfte er nach kurzem Zögern erneut. Wieder keine Antwort. Offenbar hatte man seine Anweisung, daß immer ein Mädchen bei ihr wachen sollte, nicht befolgt. Oder das Mädchen war im Dienst eingeschlafen. Beide Möglichkeiten verärgerten ihn, hauptsächlich jedoch machte er sich Sorgen um seinen Gast. Sie hatte aufstehen wollen. Was, wenn sie nun beschlossen hatte, es trotz seiner Anordnungen alleine zu versuchen und dabei zusammengebrochen war, ohne daß ihr jemand zu Hilfe kommen oder ihre Hilferufe hören konnte... Oder wenn sie nun wieder bewußtlos geworden war...

Er drückte die Tür auf und trat ins Zimmer – in ein leeres Zimmer.

Verblüfft und verärgert blickte er auf das ordentlich gemachte Bett. Offensichtlich hatte die kleine Idiotin es nicht für nötig gehalten, seine Anweisungen zu befolgen, und das Mädchen anscheinend genausowenig.

Ein leises Geräusch ließ ihn herumfahren. Und erstarren.

»Ich habe Sie nicht hereinkommen hören«, sagte sein Gast, der gerade aus dem Ankleidezimmer kam. Sie trug einen weißen Morgenmantel, der ihr zu groß war, hielt eine Haarbürste in der Hand und hatte ein blaues Handtuch lose um den Kopf drapiert. Barfuß und unbefangen und anscheinend überhaupt nicht schuldbewußt, weil sie seinen Anordnungen nicht Folge geleistet hatte, stand sie vor ihm.

Da er gerade einige entsetzlich angstvolle Momente hinter sich hatte, flackerte zuerst Zorn in Stephen auf, der jedoch sofort in Erleichterung und hilflose Erheiterung umschlug. Sie hatte sich eine goldene Vorhangkordel um die Taille geschlungen, um den weißen Morgenmantel zusammenzuhalten, und mit den nackten Zehen, die unter dem Stoff hervorlugten und dem hellblauen Handtuch, das wie ein Schleier um ihren Kopf lag, erinnerte sie ihn an die barfüßige Madonna. Statt des süßen Lächelns jedoch, das die echte Muttergottes zur Schau trug, sah diese Madonna verwirrt, anklagend und entschieden unglücklich aus. Den Grund dafür teilte sie ihm auf der Stelle mit.

»Entweder sehen Sie nicht richtig hin, Mylord, oder Ihr Blick ist getrübt.«

Da er nicht wußte, wovon sie redete, sagte Stephen vorsichtig: »Ich verstehe nicht ganz, was Sie meinen.«

»Ich meine meine Haare«, erwiderte sie kläglich und zeigte anklagend mit dem Finger auf das, was unter dem Handtuch verborgen lag.

Er erinnerte sich, daß ihre Haare voller Blut gewesen waren, und nahm an, daß die Wunde in der Kopfhaut auch noch geblutet hatte, nachdem Whitticomb sie genäht hatte. »Das kann man bestimmt wieder auswaschen«, versicherte er ihr.

»Das glaube ich nicht«, entgegnete sie geheimnisvoll. »Das habe ich schon versucht.«

»Ich verstehe nicht ...«, begann er.

»Meine Haare sind nicht braun«, erklärte sie und riß das Handtuch weg. Um das Problem zu verdeutlichen, nahm sie eine der Strähnen des Anstoßes in die Hand. »Sehen Sie doch! Sie sind rot!«

Sie klang empört, aber Stephen war sprachlos, vollkommen hingerissen von der üppigen Flut leuchtender, flammendroter Locken, die sich in Wellen und Strömen über ihre Schultern und den Kragen des Morgenmantels ergossen. Sie spreizte die Finger, mit denen sie die Strähne gepackt hielt, und die Haare glitten durch ihre Hand wie flüssiges Feuer. »Jesus ...« Er schnappte nach Luft.

»Es ist so ... so auffällig!« kommentierte sie unglücklich.

Stephen merkte auf einmal, daß ihr wirklicher Verlobter nicht dastehen und auf etwas starren würde, das er schon seit langem kannte, deshalb löste er widerstrebend seinen Blick von der wundervollsten und ungewöhnlichsten Haarpracht, die er je gesehen hatte. »Auffällig?« wiederholte er belustigt.

Sie nickte und schob ungeduldig ein paar kupferfarbene Locken, die über ihre Stirn und ihr linkes Auge gefallen waren, zur Seite.

»Sie mögen es nicht«, faßte er zusammen.

»Natürlich nicht. Wollten Sie mir deshalb nicht die wahre Farbe verraten?«

Stephen übernahm die Ausrede, die sie ihm ungewollt geboten hatte, und nickte, wobei sein Blick wieder zu den aparten Haaren glitt. Sie bildeten den vollkommenen Rahmen zur Betonung ihrer zarten Züge und ihres Porzellanteints.

Sheridan wurde langsam klar, daß sein Mienenspiel keineswegs Abscheu ausdrückte. Eigentlich blickte er beinahe ... bewundernd? »Mögen Sie es denn?«

Stephen mochte es. Er mochte alles an ihr. »Ja«, sagte er beiläufig. »Wahrscheinlich ist rotes Haar in Amerika nicht so gefragt?«

Sheridan öffnete den Mund, um zu antworten, mußte aber feststellen, daß sie die Antwort nicht kannte. »Ich ... ich glaube nicht. Und ich glaube auch nicht, daß es in England anders ist.«

»Wie kommen Sie darauf?«

»Weil das Mädchen, das mir half, auf mein Drängen hin zugegeben hat, sie hätte in ihrem ganzen Leben noch nie Haare in dieser Farbe gesehen. Sie war vollkommen fassungslos.«

»Wessen Meinung zählt mehr?« widersprach er ihr sanft.

»Nun ja, wenn Sie es so sehen ...«, meinte Sheridan zögerlich. Angesichts seines warmen Lächelns fühlte sie sich schüchtern, und sie spürte Hitze in sich aufsteigen. Er war so schön – auf eine dunkle, männliche Art –, daß es ihr schwerfiel, ihn nicht dauernd anzustarren, und noch schwerer fiel es ihr, zu glauben, daß er bei all den Frauen in seinem eigenen Land gerade sie ausgesucht hatte. Sie befand sich gern in seiner Gesellschaft, sie liebte seinen Humor und die nette Art, wie er sie behandelte. Sie zählte die Stunden zwischen seinen Besuchen und freute sich auf jeden einzelnen, aber bisher waren die Besuche immer nur sehr kurz und unergiebig ausgefallen. Und deshalb wußte sie immer noch nichts über sich, über ihn oder ihre frühere Beziehung. Sie wollte nun nicht länger in dieser Ungewißheit leben und darauf warten, daß ihr launenhaftes Erinnerungsvermögen zurückkam und ihr all die Antworten gab.

Sie teilte Lord Westmorelands Ansicht, sie solle ihre Gesundheit nicht in Gefahr bringen, indem sie ihr Gedächtnis überstrapazierte, aber ihr Körper war jetzt geheilt. Sie war aufgestanden, hatte gebadet und sich die Haare gewaschen, und dann den Morgenmantel angezogen, um ihm zu beweisen, daß es ihr gut genug ging, um Fragen zu stellen und

Antworten zu bekommen. Sie stand ein bißchen unsicher auf den Beinen, aber das konnte an ihrem langen Krankenlager liegen, oder, noch wahrscheinlicher, an der Nervosität, die sie manchmal in seiner Gegenwart verspürte.

Mit einem Nicken wies sie auf die zwei einladenden, mit blaßgrüner Seide bezogenen Sofas neben dem Kamin. »Würde es Ihnen etwas ausmachen, wenn wir uns setzten? Ich habe leider so lange im Bett gelegen, daß meine Beine ganz geschwächt sind.«

»Warum haben Sie denn nichts gesagt?« fragte Stephen und trat beiseite, damit sie ihm vorausgehen konnte.

»Ich war nicht sicher, ob das erlaubt ist.«

Sie kuschelte sich auf das Sofa, zog ihre bloßen Füße unter sich und drapierte den Morgenmantel sorgfältig darum. Ganz offensichtlich hatte sie vergessen, stellte Stephen fest, daß sich wohlerzogene junge Damen – außer mit ihren Ehemännern – nicht mit Herren in ihrem Schlafzimmer unterhielten. Stephen hingegen war sich dessen ebenso bewußt wie seiner eigenen Grenzübertretung bei dieser Angelegenheit. Er beschloß, beides zugunsten seines eigenen Verlangens zu vergessen. »Warum sagten Sie, Sie seien sich nicht sicher, ob Sie sich hinsetzen dürften?«

Ihr verlegener Blick glitt zum Kamin, und Stephen empfand eine schon lachhafte Enttäuschung darüber, daß er so ihr Gesicht nicht mehr betrachten konnte. Auf genauso absurde Weise freute er sich, als sie es ihm wieder zuwandte. »Constance – das Mädchen – hat mir gesagt, daß Sie ein Earl sind.«

Sie sah ihn an, als hoffte sie, er würde es abstreiten – und das machte sie für ihn zur ungewöhnlichsten Frau, die er je kennengelernt hatte.

»Und?« fragte er, als sie nicht weiterredete.

»Und daß ich Sie korrekterweise mit ›Mylord‹ anreden müßte.« Als er nur gespannt die Augenbrauen hob, fuhr sie fort: »Zu den wenigen Dingen, die ich anscheinend noch weiß, gehört, daß man sich in der Gegenwart eines Königs erst dann hinsetzen darf, wenn er einen dazu auffordert.«

Stephen mußte an sich halten, um nicht in lautes Lachen auszubrechen. »Ich bin aber kein König, nur ein Earl.«

»Ja, schon, aber ich war mir nicht sicher, ob dafür nicht das gleiche gilt.«

»Das tut es nicht, und da wir schon einmal von dem Mädchen reden, wo zum Teufel steckt sie eigentlich? Ich habe ausdrücklich angeordnet, Sie zu keiner Zeit allein zu lassen.«

»Ich habe sie weggeschickt.«

»Wegen ihrer Reaktion auf Ihre Haare«, vermutete er laut. »Ich verstehe, daß …«

»Nein, sondern weil sie seit dem Morgengrauen bei mir war und so erschöpft aussah. Sie hatte schon das Zimmer aufgeräumt, und ich wollte ganz bestimmt nicht gebadet werden wie ein Kleinkind.«

Stephen hörte ihr überrascht zu, aber sie steckte schließlich auch voller Überraschungen, wie er bei ihrer nächsten Äußerung feststellen mußte, die sie mit großer Entschlußkraft und nur einem leisen Zittern der Unsicherheit vortrug. »Ich habe heute einige Entscheidungen getroffen.«

»So, haben Sie das«, sagte er und mußte über ihren entschlossenen Gesichtsausdruck lächeln. In ihrer Position konnte sie gar keine Entscheidungen fällen, aber er sah sich nicht veranlaßt, sie darauf hinzuweisen.

»Ja, ich habe beschlossen, daß ich am besten mit meinem Gedächtnisverlust zurechtkomme, wenn ich daran glaube, daß es nur eine vorübergehende Unzulänglichkeit ist. Am besten gehen wir alle so damit um.«

»Ich halte das für eine ausgezeichnete Idee.«

»Ich möchte Sie jedoch ein paar Dinge fragen.«

»Was wollen Sie wissen?«

»Oh, das Übliche«, antwortete sie lachend. »Wie alt bin ich? Habe ich einen zweiten Vornamen?«

Stephens Verteidigung brach zusammen, und er war hin- und hergerissen zwischen dem wilden Bedürfnis, über ihren wundervollen, tapferen Sinn für Humor zu lachen, und dem noch wilderen Bedürfnis, sie vom Sofa zu reißen, mit seinen Händen in diese Flut leuchtenden Haares einzutauchen und seine Lippen auf ihre zu drücken. Sie war ebenso reizend wie unschuldig, und in diesem Gewand und der Vorhangschnur wirkte sie verführerischer als jede seiner prächtig angezogenen – beziehungsweise ausgezogenen – Mätressen.

Burleton muß ganz verrückt danach gewesen sein, sie in sein Bett zu bekommen, dachte er. Kein Wunder, daß er sie gleich am Tag nach ihrer Ankunft heiraten wollte ...

Stephens angenehme Betrachtung ihrer körperlichen Reize wurde abrupt durch Schuldgefühle unterbrochen, und Scham fraß an ihm wie Säure. Burleton, nicht er, sollte ihr eigentlich gegenübersitzen. Burleton sollte diesen intimen Moment mit ihr genießen und sie so sehen, barfuß auf das Sofa gekuschelt. Burleton allein stand es zu, sie im Geiste zu entkleiden und daran zu denken, mit ihr ins Bett zu gehen. Wahrscheinlich hatte er an kaum etwas anderes gedacht, während er auf die Ankunft ihres Schiffes wartete.

Und statt dessen lag ihr glühender junger Liebhaber in einem Sarg, und der Mörder genoß den Abend mit seiner Braut. Nein, berichtigte Stephen sich mit wütendem Abscheu vor sich selbst, er genoß nicht nur einen angenehmen Abend mit ihr, er begehrte sie sogar. Sein Verlangen nach ihr war obszön! Es war krank! Wenn er Zerstreuung brauchte, konnte er unter den schönsten Frauen Europas wählen. Klug oder naiv, witzig oder ernsthaft, ausgelassen oder schüchtern, blond, brünett oder rothaarig – er brauchte nur mit den Fingern zu schnippen. Es gab keinen Grund für sein wildes Verlangen nach dieser Frau, keinen Grund dafür, daß er reagierte wie ein stürmischer Jugendlicher oder wie ein alternder Wüstling.

Ihre ruhige Stimme riß ihn aus seinen wütenden Selbstvorwürfen, aber das Ekelgefühl gegen sich blieb. »Was auch immer es sein mag«, sagte sie halb im Ernst, »ich glaube nicht, daß es noch sehr lange zu leben hat.«

Stephen blickte sie erstaunt an. »Wie bitte?«

»Was auch immer Sie in der letzten Minute über meine linke Schulter hinweg angestarrt haben – ich hoffe, es hat Beine und kann sehr schnell laufen.«

Er lächelte sie kurz und humorlos an. »Meine Gedanken sind abgeschweift. Ich bitte um Entschuldigung.«

»Oh, bitte, Sie brauchen sich nicht zu entschuldigen«,

sagte sie mit einem nervösen Lachen. »Ich bin äußerst erleichtert, daß Sie mit dieser finsteren Miene über etwas anderes nachdenken als über meine Fragen.«

»Es tut mir leid, aber ich habe die Fragen völlig vergessen.«

»Mein Alter«, schlug sie hilfreich vor, wobei sie ihre feingeschwungenen Augenbrauen hob. »Habe ich einen zweiten Vornamen?« Trotz ihres unbeschwerten Tonfalls merkte Stephen, daß sie ihn sehr genau beobachtete. Es beunruhigte ihn, wie ihr Blick den seinen suchte, und er zögerte kurz, weil er immer noch darum kämpfen mußte, seine Aufmerksamkeit auf das gewünschte Thema zu richten. Sie brach das Schweigen vor ihm, indem sie einen komischen tiefen Seufzer der Bestürzung ausstieß und ihn mit übertrieben düsterer Stimme warnte: »Dr. Whitticomb sagte mir, meine Krankheit hieße Amnesie und sei nicht ansteckend. Es würde mich sehr betrüben, wenn Sie sie auch hätten, dann wäre ich nämlich nichts Besonderes mehr. Sollen wir mit etwas Einfacherem beginnen? Vielleicht könnten Sie mir Ihren vollen Namen sagen? Ihr Alter? Lassen Sie sich Zeit, denken Sie in aller Ruhe über Ihre Antworten nach.«

Stephen hätte gelacht, wenn er sich nicht so sehr dafür gehaßt hätte. »Ich bin dreiunddreißig«, sagte er, »Mein Name ist Stephen David Elliott Westmoreland.«

»Da haben wir doch schon die Erklärung«, scherzte sie. »Bei so vielen Namen ist es ja kein Wunder, daß Sie so lange brauchen, bis sie Ihnen alle einfallen.«

Stephen mußte unwillkürlich grinsen, versuchte es jedoch zu unterdrücken, indem er sie so streng wie möglich zurechtwies: »Sie impertinenter Fratz, ich wäre Ihnen dankbar, wenn Sie mir ein bißchen mehr Respekt erweisen würden.«

Ohne jedes Zeichen von Reue und Bußfertigkeit legte sie den Kopf schräg und fragte neugierig: »Weil Sie ein Earl sind?«

»Nein, weil ich größer bin als Sie.«

Ihr Lachen ertönte glockenhell und wirkte so ansteckend, daß Stephens Gesicht vor lauter Anstrengung, eine gleichgültige Miene zur Schau zu stellen, schmerzte.

»Da wir jetzt festgehalten haben, daß ich impertinent bin

und Sie größer sind als ich«, sagte sie mit einem fröhlichen, unschuldigen Blick, »darf ich dann korrekterweise auch annehmen, daß Sie älter sind als ich?«

Stephen nickte, weil er seiner Stimme nicht traute.

Sofort hakte sie nach. »Um wie viele Jahre?«

»Hartnäckiges kleines Ding«, sagte er, schwankend zwischen Erheiterung und Bewunderung dafür, wie geschickt sie das Thema wieder auf ihre Fragen gebracht hatte.

Sie musterte ihn nun ernst. Ihre grauen Augen zogen ihn magisch an. »Sagen Sie mir bitte, wie alt ich bin. Sagen Sie mir, wie mein zweiter Vorname lautet. Oder wissen Sie es nicht?«

Er wußte es natürlich nicht. Andererseits kannte er auch das Alter oder den zweiten Vornamen vieler anderer Frauen nicht, die mit ihm das Bett geteilt hatten. Da sie wohl nur wenig Zeit mit ihrem Verlobten verbracht hatte, schien es ihm am sichersten und auch am vernünftigsten, ihr die Wahrheit zu sagen. »Eigentlich haben wir über keines dieser Themen je gesprochen.«

»Und meine Familie – wie ist sie?«

»Ihr Vater ist Witwer«, sagte Stephen, der sich an das erinnerte, was er von Burletons Butler erfahren hatte. Dieses Thema konnte er endlich bewältigen. »Sie sind sein einziges Kind.«

Sie nickte, dachte darüber nach und lächelte ihn an. »Wie haben wir uns kennengelernt?«

»Ich denke, Ihre Mutter hat Sie ihm kurz nach Ihrer Geburt vorgestellt.«

Sie lachte, weil sie dachte, er hätte nur einen Witz gemacht. Er runzelte die Stirn, weil er Fragen wie diese nicht vorausgesehen hatte. Er konnte sie weder beantworten noch umgehen, und ganz gleich, was er tat oder sagte, er war und blieb ein Betrüger.

»Ich meine, wie haben wir beiden uns kennengelernt?«

»Auf die übliche Art«, antwortete er ausweichend.

»Und die wäre?«

»Wir wurden einander vorgestellt.« Er stand auf, um den verwirrten, prüfenden Blick in ihren großen grauen Augen nicht mehr ertragen zu müssen, und ging hinüber zur Anrichte, auf der er eine Karaffe hatte stehen sehen.

»Mylord?«

Er blickte über die Schulter, während er den Stöpsel aus der Karaffe zog und sie zum Einschenken hob. »Ja?«

»Lieben wir uns sehr?«

Der halbe Brandy rann ihm über den Daumen am Glas vorbei auf das goldene Tablett. Er fluchte im stillen, weil er sich bewußt machte, daß sie sich, ganz gleich, was er jetzt erwiderte, immer betrogen fühlen würde, sobald sie ihr Gedächtnis wiedererlangte. Wegen der Lügen und der Tatsache, daß er auch noch den Tod des Mannes, den sie liebte, verschuldet hatte, würde sie ihn hassen, wenn erst einmal alles aufgekommen war. Allerdings nicht so sehr, wie er sich selbst haßte, vor allem für das, was er jetzt gleich tun würde. Er schüttete den Schluck Brandy, der schließlich im Glas gelandet war, in einem Zug herunter, dann drehte er sich um und sah sie an. Er hatte keine Wahl, deshalb gab er ihr eine Antwort, die die gute Meinung, die sie von ihm hatte, notwendigerweise zerstören würde. »Wir sind hier in England, nicht in Amerika …«, begann er.

»Ja, ich weiß. Dr. Whitticomb hat es mir gesagt.«

Innerlich wand sich Stephen bei dem Gedanken, daß man ihr sogar sagen mußte, in welchem Land sie sich befand. Auch dafür trug er die Schuld. »Wir sind hier in England«, wiederholte er schroff. »In England heiraten die Paare der Oberschicht aus vielerlei Gründen, und die meisten davon sind praktischer Natur. Anders als in Amerika gilt es hier nicht als angebracht oder wünschenswert, seine Gefühle zur Schau zu tragen, und wir reden auch nicht ständig über dieses zarte Gefühl, das man Liebe nennt. Das überlassen wir den Bauern und den Dichtern.«

Sie sah ihn an, als hätte er ihr eine Ohrfeige gegeben, und Stephen stellte sein Glas heftiger ab als beabsichtigt. »Ich hoffe, ich habe Sie mit meiner Offenheit nicht verärgert«, sagte er, wobei er sich vorkam wie ein Schuft. »Es ist spät, und Sie brauchen Ruhe.«

Er verbeugte sich knapp, um anzudeuten, daß das Gespräch vorüber sei, und wartete, daß sie aufstand. Als der Morgenmantel sich teilte und den Blick auf eine wohlgeformte Wade freigab, sah er weg. Er hatte bereits eine Hand am Türknauf, als sie endlich redete.

»Mylord?«

»Ja?« antwortete er, ohne sich umzudrehen.

»Sie haben aber doch eins, oder?«

»Ein was?«

»Ein Herz.«

»Miss Lancaster«, hob er an, wütend über sich und sein Schicksal, das ihn in diese untragbare Situation gebracht hatte. Er drehte sich um. Sie stand am Fußende des Bettes, eine Hand lag anmutig auf dem Pfosten.

»Mein Name ist ...«, sie zögerte, und wieder überfiel ihn ein unerträgliches Schuldgefühl, weil sie sich sogar ihren

Namen ins Gedächtnis rufen mußte, »Charise. Ich wünschte, Sie würden mich so nennen.«

»Sicher«, erwiderte er, obwohl er keineswegs die Absicht dazu hatte, »und nun entschuldigen Sie mich. Ich habe noch zu arbeiten.«

Sheridan wartete, bis sich die Tür hinter ihm geschlossen hatte, dann griff sie auch mit der anderen Hand nach dem Pfosten. Schwindel und Übelkeit überfielen sie. Vorsichtig ließ sie sich auf die Satin-Überdecke sinken. Ihr Herz hämmerte vor Schwäche und Angst.

Was für ein Mensch mochte sie sein, daß sie einen Mann heiraten wollte, der so dachte? Was für ein Mensch war er? Ihr Magen krampfte sich zusammen, als sie daran dachte, wie kalt er sie angesehen und wie geringschätzig er über Liebe gesprochen hatte.

Was hatte sie sich bloß dabei gedacht, sich in jemanden wie ihn zu verlieben? Wie konnte sie nur, fragte Sheridan sich bitter.

Aber sie fand die Antwort von selbst: Es mußte etwas mit dem wunderlichen Gefühl zu tun haben, das sie verspürte, wenn er sie anlächelte.

Nur hatte er nicht gelächelt, als er gegangen war. Er war ihrer überdrüssig gewesen, weil sie dauernd über Liebe geredet hatte. Wenn er morgen früh kam, wollte sie sich entschuldigen. Oder das Thema einfach nicht mehr erwähnen und nur versuchen, eine heitere Gesellschaft zu sein.

Sie schlug die Decke zurück, kletterte ins Bett und zog die Decke bis ans Kinn hinauf. Hellwach, die Kehle zugeschnürt von Tränen, starrte sie zum Betthimmel empor. Sie befahl sich selbst, nicht zu weinen. Dieser Abend hatte ihrer Beziehung sicher keinen irreparablen Schaden zugefügt. Sie waren schließlich verlobt. Er würde über ihren falschen Standpunkt sicher hinwegsehen. Dann fiel ihr ein, daß sie ihn gefragt hatte, ob er überhaupt ein Herz besäße, und der Tränenkloß in ihrer Kehle schwoll faustgroß an.

Morgen sieht alles viel freundlicher aus, sagte sie sich. Sie fühlte sich immer noch schwach und war müde von der Anstrengung des Badens, Haarewaschens und Anziehens. Aber morgen würde er sie besuchen kommen, und alles würde wieder in Ordnung sein.

13

Drei Tage später war Stephen gerade dabei, seinem Sekretär einen Brief zu diktieren, als Whitticomb eintraf. Stephen bemerkte, daß er lächelte, während der Butler ihn an der Flügeltür zum Arbeitszimmer vorbeiführte. Eine halbe Stunde später, als er nach der Visite bei seiner Patientin wieder herunterkam, wirkte er nicht mehr so erfreut. »Ich möchte gerne mit Ihnen unter vier Augen reden, wenn sie ein paar Minuten erübrigen könnten«, sagte er und gab dem erschrockenen Butler, der in der Tür stand und ihn ankündigen wollte, ein Zeichen zu gehen.

Stephen hatte eine unbehagliche Vorahnung dessen, was er zu hören bekommen würde. Mit einem irritierten Seufzer entließ er seinen Sekretär, schob seine Korrespondenz beiseite und lehnte sich in seinem Stuhl zurück.

Hugh Whitticomb begann, kaum daß sich die Tür hinter dem Sekretär geschlossen hatte. »Ich erinnere mich ganz deutlich, Ihnen gesagt zu haben, daß Miss Lancaster unter gar keinen Umständen erregt werden darf. Der Spezialist, den ich wegen des Gedächtnisverlusts zu Rate gezogen habe, hatte mich ausdrücklich darauf hingewiesen, und ich habe es an Sie weitergeleitet. Können Sie sich an dieses Gespräch erinnern?«

Der Ton des Arztes reizte Stephen sehr zu einer scharfen Erwiderung, aber er antwortete nur: »Ja.«

»Wollen Sie mir dann bitte erklären«, fragte Dr. Whitticomb, der den warnenden Unterton bei seinem Gesprächspartner bemerkt hatte und sich ein wenig mäßigte, »warum Sie seit drei Tagen nicht hinaufgegangen sind, um sie zu besuchen? Ich habe Ihnen doch gesagt, wie wichtig Zerstreuung für sie ist, um sie von ihren Sorgen abzulenken.«

»Sie haben es mir gesagt, und ich habe für alle möglichen Arten weiblicher Zerstreuung gesorgt, die ich mir nur vorstellen kann, von Büchern über Modeblätter bis hin zu Stickrahmen und Aquarellfarben.«

»Aber eine ›weibliche Zerstreuung‹ haben Sie ihr nicht geboten, und zwar eine, die sie mit Fug und Recht erwarten kann.«

»Und die wäre?« fragte Stephen, obwohl er die Antwort bereits kannte.

»Sie haben ihr nicht die geringste Unterhaltung mit ihrem Verlobten geschenkt.«

»Ich bin nicht ihr Verlobter!«

»Nein, aber Sie sind unfreiwillig verantwortlich für die Tatsache, daß sie keinen mehr hat. Es erstaunt mich, daß Sie das vergessen haben.«

»Ich überhöre diese Beleidigung«, versetzte Stephen in eisigem Ton, »weil ein alter und derzeit überreizter Freund der Familie sie ausgesprochen hat.«

Dr. Whitticomb merkte, daß er nicht nur die falsche Taktik verfolgt hatte, sondern auch zu weit gegangen war. Er hatte vergessen, daß der kühle, kompromißlose Adlige, der hinter dem Schreibtisch saß, nicht mehr der mutwillige kleine Junge war, der sich mitten in der Nacht zu den Ställen schlich, um einen neuen Hengst zu reiten, und dann tapfer keine Tränen vergoß, als Hugh seinen gebrochenen Arm richtete und ihm einen Vortrag darüber hielt, daß nur ein Verrückter die Gefahr herausforderte.

»Sie haben ganz recht«, sagte er milde. »Ich bin durcheinander. Darf ich mich setzen?«

Sein Gegenüber nahm die Entschuldigung mit einem leichten Nicken an. »Sicher.«

»Wir ... alten Knaben neigen dazu, rasch zu ermüden«, fügte er hinzu und stellte erleichtert fest, daß sich auf Stephens Gesicht eine Spur von Erheiterung abzeichnete. Um Zeit zu gewinnen, wies Hugh auf die Zigarrenkiste aus Messing, die auf dem lederbespannten Tischchen neben seinem Sessel stand. »Ab und zu überkommt mich das dringende Bedürfnis nach einer ausgezeichneten Zigarre. Darf ich?«

»Natürlich.«

Als Hugh schließlich die Zigarre angezündet hatte, war ihm eine bessere Methode eingefallen, Stephen davon zu überzeugen, wie ernst sich Charise Lancasters Situation darstellte. Er freute sich, daß nun genug Zeit verstrichen war, um eine etwaige Aufwallung von Feindseligkeit, die Stephen wegen Hughs ungeschicktem Versuch möglicherweise empfunden hatte, zu zerstreuen. »Als ich eben oben war«, begann er und blickte dem dünnen weißen Rauchfaden nach, der sich aus der Zigarre in seiner Hand kräuselte, »warf sich unsere Patientin jammernd im Bett hin und her.«

Alarmiert wollte Stephen aufspringen, aber der Arzt hob eine Hand und fügte hinzu: »Sie schlief, Stephen. Sie träumte. Aber sie fühlte sich ein wenig fiebrig an«, erklärte er nicht ganz wahrheitsgetreu, schließlich wollte er sein Ziel erreichen. »Mir wurde auch gesagt, daß sie nicht gut ißt. Sie fühlt sich so einsam und sucht so verzweifelt nach Antworten, daß sie mit den Mädchen, den Kammerdienern – einfach mit jedem spricht, der ihr etwas über dieses Haus, über sie selbst oder über Sie, ihren Verlobten, sagen kann.«

Stephens Schuldgefühl wurde übermächtig bei diesem lebhaft gezeichneten Bild von Charise Lancasters Leiden, aber das machte ihn nur noch unnachgiebiger. »Ich bin nicht ihr Verlobter. Ich bin der Mann, der die Verantwortung für seinen Tod trägt! Zuerst bringe ich ihn um, und dann nehme ich auch noch seinen Platz ein«, knurrte er sarkastisch. »Die ganze Sache ist obszön!«

»Sie haben ihn nicht umgebracht«, beruhigte Hugh, erschüttert über das Ausmaß von Stephens Schuldgefühl. »Er hat nicht aufgepaßt und ist Ihnen vor die Kutsche gelaufen. Es war ein Unfall. So etwas kann passieren.«

»Sie könnten es nicht so einfach abtun, wenn Sie dabeigewesen wären«, schoß Stephen wütend zurück. »Sie haben ihn ja schließlich nicht unter den Pferden hervorgezogen. Er hatte sich den Hals gebrochen, seine Augen standen offen, und er versuchte, zu flüstern und Luft zu holen. Mein Gott, er war noch so jung! Er sah so aus, als bräuchte er sich noch nicht einmal zu rasieren. Er versuchte mir dauernd etwas zu sagen, aber ich verstand nicht, was er meinte. Erst am nächsten Tag kam es mir dann, daß er mit seinem letzten Atemzug von seiner bevorstehenden Heirat geredet hatte. Wenn Sie dagewesen wären, ihn gesehen und das gehört hätten, dann würde es Ihnen nicht so verdammt leichtfallen, mich dafür zu entschuldigen, daß ich ihn überfahren habe und jetzt seine Verlobte begehre.«

Hugh hatte auf das Ende von Stephens Selbstanklage gewartet, um ihn darauf hinzuweisen, daß Burleton offensichtlich einen Hang zu Leichtsinn, Trunkenheit und Glücksspielen gehabt hatte – Neigungen, die ihn nicht gerade zu einem angenehmen Ehemann für Miss Lancaster gemacht hätten, wenn er am Leben geblieben wäre. Aber der letzte, aufschlußreiche Satz Stephens verbannte alles andere aus seinen Gedanken. Das erklärte die für Stephen uncharakteristische Grausamkeit, sie oben allein zu lassen.

Hugh lehnte sich in seinem Sessel zurück und blickte den ärgerlichen Earl über die Zigarre hinweg mit amüsiertem Interesse an. »Sie gefällt Ihnen also?«

»Genau das«, schnappte Stephen zurück.

»Jetzt verstehe ich, warum Sie sie gemieden haben.« Hugh kniff die Augen wegen des Rauchs zusammen und dachte über die Situation nach. Dann fuhr er fort: »Eigentlich ist es kein Wunder, Stephen, daß Sie sich von ihr angezogen fühlen. Ich finde sie selbst höchst erfrischend und äußerst entzückend.«

»Hervorragend«, erwiderte Stephen sarkastisch. »Dann sagen Sie ihr doch, Sie seien in Wirklichkeit Burleton, und heiraten Sie sie. Das würde alles wieder ins Lot bringen.«

Der letzte Satz war so bemerkenswert, daß Hugh die Zigarre aus dem Mund nahm, sie zwischen den Fingerspitzen hin und her drehte und sie angelegentlich studierte. »Das ist ein höchst interessanter Gedankengang, vor allem für Sie«, bemerkte er. »Ich möchte sogar sagen, ein höchst aufschlußreicher Gedankengang.«

»Wovon reden Sie?«

»Von ihrer Bemerkung, daß alles wieder ins Lot käme, wenn jemand sie heiraten würde.« Ohne eine Antwort abzuwarten, fuhr er fort: »Sie fühlen sich verantwortlich für Burletons Tod und ihren Gedächtnisverlust, und gleichzeitig körperlich von ihr angezogen. Trotzdem – oder eher, genau deswegen – wehren Sie sich hartnäckig dagegen, etwas so Einfaches und therapeutisch Richtiges zu tun, wie vorzugeben, Sie seien ihr Verlobter, nicht wahr?«

»Wenn Sie es so sehen wollen, ja.«

»Dann haben wir es doch«, sagte Hugh, schlug sich aufs Knie und lächelte zufrieden. »So fügt sich das ganze Puzzle richtig zusammen.« Er wartete gar nicht erst ab, bis sein verärgertes Gegenüber eine Erklärung verlangte, sondern lieferte sie gleich von selbst. »Miss Lancaster hat ihren Verlobten in einem Unfall verloren, für den Sie, wenn auch unbeabsichtigt, verantwortlich waren. Wenn Sie jetzt vorgäben, ihr Bräutigam zu sein, und wenn sie deswegen eine tiefe Zuneigung zu Ihnen fassen würde, dann dürfte sie mit Fug und Recht erwarten, daß Sie die Täuschung in Wirklichkeit verwandeln. Bedenkt man Ihre frühere Einstellung zum weiblichen Geschlecht – die übrigens Ihre Mama in tiefe Verzweiflung gestürzt hat, weil sie sich fragen mußte, ob Sie überhaupt jemals heiraten würden -, so hätte Miss Lancaster nicht die geringste Chance, Sie bei der Stange zu halten. Aber Sie können Miss Lancaster nicht so leicht fallenlassen wie die anderen. Sie finden sie körperlich begehrenswert, fürchten jedoch auch, daß Sie bei näherer Bekanntschaft noch mehr in ihren Bann gerieten, denn sonst würden Sie sich wegen ihrer bloßen Anwesenheit schwerlich in Ihrem eigenen Haus verstecken. Und Sie würden auch nicht jemanden, der so offensichtlich Ihre Gesellschaft und Aufmerksamkeit braucht, absichtlich meiden.

Wenn Sie nichts zu fürchten hätten, würden Sie ihr nicht aus dem Weg gehen. So einfach ist das. Aber Sie haben etwas zu fürchten: Zum ersten Mal in Ihrem Leben droht ihnen die Gefahr, daß Sie Ihr geliebtes Junggesellendasein aufgeben müssen.«

»Sind Sie fertig?« fragte Stephen kühl.

»Im großen und ganzen. Was halten Sie von meiner Sicht der Dinge?«

»Meiner Meinung nach ist es die eindrucksvollste Kombination von Unwahrscheinlichkeiten und falscher Logik, die ich in meinem ganzen Leben gehört habe.«

»Wenn es sich tatsächlich so verhält, Mylord«, sagte Dr. Whitticomb freundlich lächelnd und blickte ihn über den Rand seiner Brille an, »warum entziehen Sie ihr dann den Trost Ihrer Anwesenheit?«

»Darauf kann ich im Moment nicht antworten. Anders als Sie habe ich bislang noch nicht alle meine Befürchtungen erfolgreich analysiert.«

»Dann gestatten Sie mir, Ihnen eine zusätzliche Motivation dafür zu geben, alle Befürchtungen, die Sie vielleicht hegen oder auch erfinden, zu überwinden«, sagte Hugh, dessen Stimme nun fest und energisch klang. »Ich habe einige Artikel über Gedächtnisverlust gelesen und mich mit Kollegen beraten, die damit einige Erfahrung haben. Anscheinend kann er nicht nur durch eine Kopfverletzung, sondern auch durch Hysterie entstehen, und im schlimmsten Fall durch eine Kombination von beidem. Je verzweifelter sich also Miss Lancaster darum bemüht, ihr Gedächtnis wiederzuerlangen, desto zorniger, depressiver und hysterischer wird sie werden, wenn es ihr nicht gelingt. Und je größer ihre Erregung, desto schwerer wird es ihr fallen, sich an etwas zu erinnern.«

Befriedigt sah er, wie der jüngere Mann sorgenvoll die Stirn runzelte. »Wenn sie sich umgekehrt sicher und glücklich fühlt, besteht die begründete Annahme, daß ihr Gedächtnis sehr viel schneller zurückkommt. Das heißt, wenn es überhaupt jemals wiederkehrt.«

Dunkle Brauen zogen sich über alarmiert blickenden blauen Augen zusammen. »Was meinen Sie damit, wenn es überhaupt jemals wiederkehrt?«

»Genau das, was ich sagte. Es gibt Fälle von dauerndem Gedächtnisverlust. Ich kannte einen Fall, in dem der arme Teufel sogar erst wieder lernen mußte, zu sprechen, zu lesen und zu essen.«

»Mein Gott!«

Dr. Whitticomb nickte bekräftigend, dann fuhr er fort: »Wenn Sie noch irgendwelche Zweifel daran haben, so vorzugehen, wie ich es vorgeschlagen habe, bedenken Sie dies als zusätzlichen Vorteil: Ich habe der jungen Dame klargemacht, daß sie nicht viel Zeit mit ihrem Verlobten verbrachte, bevor sie hierherkam. Und sie weiß auch, daß sie nie bei ihm zuhause gewesen ist, ja, noch nicht einmal in seinem Land, weil ich ihr auch das versichert habe. Weil sie also damit rechnet, unter fremden Menschen und in einer ihr unbekannten Umgebung zu sein, ängstigt sie sich bis jetzt noch nicht, wenn sie nichts und niemanden wiedererkennt. Anders liegt die Sache aber, wenn ihre Familie zu einem Zeitpunkt eintrifft, in dem sie ihr Gedächtnis noch nicht wiedererlangt hat. Wenn sie sich an ihre eigenen Angehörigen bei deren Anblick nicht erinnern kann, wird sie geistig und körperlich einen Rückfall erleiden. Nun, sind Sie bereit, das Risiko auf sich zu nehmen, um sie vor diesem Schicksal zu bewahren?«

»Auf jeden Fall«, antwortete Stephen entschlossen.

»Ich wußte, Sie würden so reagieren, wenn Sie die wahre Tragweite der Situation erfahren. Im übrigen habe ich Miss Lancaster erlaubt aufzustehen, vorausgesetzt, sie setzt sich noch etwa eine Woche lang keinen weiteren Anstrengungen aus.«

Hugh Whitticomb zog seine Uhr heraus, klappte den Deckel auf und erhob sich. »Ich muß gehen. Ihre reizende

Mutter hat mir übrigens eine Nachricht geschickt. Sie plant, zusammen mit Ihrem Bruder und Ihrer Schwägerin die Saison hier zu verbringen. Ich freue mich schon sehr darauf, alle in einer Woche wiederzusehen.«

»Ich auch«, erwiderte Stephen geistesabwesend. Whitticomb war bereits auf dem Weg nach draußen, als Stephen einfiel, daß er dann auch noch seine Familie in das groß inszenierte Täuschungsmanöver mit einbeziehen mußte. Aber das war noch nicht alles, stellte er fest, während er seine Papiere in die Schreibtischschublade räumte. Wenn in einer Woche seine Familie für die Saison in London eintraf, würden auch alle anderen kommen, und Hunderte von Einladungen zu Bällen und all den anderen gesellschaftlichen Ereignissen würden, zusammen mit einem Strom von Besuchern, in seinem Haus eintreffen.

Er schloß die Schreibtischschublade ab und lehnte sich stirnrunzelnd in seinem Sessel zurück, während er die Alternativen bedachte: Wenn er alle Einladungen ausschlüge, was er nur zu gern tun würde, wäre das Problem damit nicht gelöst. Seine Freunde und Bekannten würden solange vorsprechen, bis sie ihn endlich zu Gesicht bekämen, und zudem herauszufinden versuchen, warum er zur Saison nach London gekommen war und sich dann wie ein Eremit benahm.

Stirnrunzelnd überlegte Stephen, daß seine einzige Chance darin bestand, Miss Lancaster aus der Stadt und auf eines seiner Landgüter zu bringen – und zwar auf das entfernteste. Das würde jedoch bedeuten, daß er sich bei seiner Schwägerin und seiner Mutter entschuldigen mußte, auf deren Drängen er in erster Linie zur Saison nach London gekommen war. Sie hatten ihm liebevoll und sehr überzeugend dargelegt, daß sie ihn in den letzten zwei Jahren kaum gesehen hatten, obwohl sie seine Gesellschaft sehr schätzten. Stephen wußte, daß sie das durchaus ernst meinten. Ihren dritten Beweggrund hatten sie allerdings nicht erwähnt: Sie wollten ihn nämlich verheiraten, am liebsten mit Monica Fitzwaring, ein Projekt, das sie schon seit einiger Zeit mit erheiternder – und wachsender – Hartnäckigkeit vorantrieben.

Wenn seine Mutter und Whitney erst einmal den wahren Grund kannten, warum er aus London fortmußte, würden sie ihm zwar sofort verzeihen, daß er ihre Pläne durchkreuzte, aber bestimmt auch enttäuscht sein.

14

Da Stephen nun wußte, warum Whitticomb darauf bestand, daß er den Part des ergebenen Verlobten spielte, beschloß er, sofort Maßnahmen zu ergreifen. Vor Miss Lancasters Tür blieb er kurz stehen und wappnete sich gegen den unvermeidlichen Tränenausbruch und die Vorwürfe, die zweifellos auf ihn niederprasseln würden, sobald sie ihn sah. Dann klopfte er und bat um Einlaß.

Sheridan zuckte beim Klang seiner Stimme zusammen; als jedoch das Mädchen ihm eilig die Tür öffnen wollte, wandte sie sich wieder dem Artikel in der Londoner Zeitung zu, den sie gerade las, und sagte mit fester Stimme: »Sagen Sie seiner Lordschaft bitte, ich sei indisponiert.«

Als die Zofe diese Nachricht überbrachte, runzelte Stephen besorgt die Stirn und überlegte, wie krank sie durch seine Vernachlässigung wohl geworden sein mochte. »Sagen Sie ihr, ich würde sie gerne besuchen und käme in einer Stunde wieder.«

Sheridan gestattete sich nicht die leiseste Spur von Freude oder Erleichterung darüber, daß er beabsichtigte, wiederzukommen. Sie hatte besseres zu tun, als sich von ihm abhängig zu machen. Dr. Whitticomb war über den Zustand, in dem er sie heute morgen vorgefunden hatte, so beunruhigt gewesen, daß seine Besorgnis sich auf sie übertragen und sie aus ihrem betäubten Elend gerissen hatte. Wenn sie wieder ganz gesund werden wollte, hatte er sie gewarnt, sei es absolut unabdingbar, daß sie körperlich auf sich achtete und ihren Geist aktiv erhielte.

Er hatte eine nicht sehr überzeugende – und, wie Sherry vermutete, unaufrichtige – Erklärung für die Vernachlässigung seitens ihres Verlobten gemurmelt, in der Wendungen wie »aufgehalten von dringenden Geschäften«, »Verpflichtungen aufgrund seiner Stellung« und »Probleme mit der Verwaltung eines seiner Landsitze« vorkamen. Er hatte sogar indirekt darauf hingewiesen, daß es dem Earl in letzter Zeit nicht gut gegangen sei. Je mehr jedoch der freundliche Arzt Lord Westmorelands unentschuldbares Desinteresse für seine Verlobte zu erklären versuchte, desto offensichtlicher wurde es leider für Sheridan, daß ihre Anwesenheit und ihre Krankheit den Earl anscheinend weniger interessierten als die kleinsten Einzelheiten seiner Geschäfte und seines gesellschaftlichen Lebens. Und zudem bestand Grund für die Annahme, er wolle sie eigentlich bestrafen oder ihr eine grausame Lektion erteilen, weil sie die Frechheit besessen hatte, das Thema Liebe anzuschneiden.

Tagelang hatte sie sich damit gequält und sich Vorwürfe gemacht, weil sie ihn gefragt hatte, ob er ein Herz hätte. Als sie jedoch Dr. Whitticombs Vortrag über ihre Gesundheit gehört und den sorgenvollen Ausdruck in seinem Gesicht gesehen hatte, waren ihre Schuldgefühle und ihre Verletztheit schließlich gerechtem Zorn gewichen. Sie war nicht mit dem Arzt verlobt, aber er hatte sich Sorgen um sie gemacht. Er hatte die Mühe einer weiten Reise auf sich genommen, nur um sie zu besuchen. Wenn Liebe für blasierte englische Adelige ein albernes, verbotenes Gefühl darstellte, dann hätte der Earl sie zumindest für ihr verlorenes Gedächtnis entschädigen sollen!

Sheridan konnte sich überhaupt nicht vorstellen, welcher Teufel sie geritten hatte, den Earl heiraten zu wollen. Seine einzige positive Eigenschaft schien zu sein, daß er bemerkenswert gut aussah, und das war sicher kein ausreichender Grund für eine Eheschließung. Und wenn sie sich, sobald ihr Gedächtnis zurückkehrte, nicht an Dinge erinnerte, die ihre Meinung von ihm vollständig änderten, beabsichtigte sie ernsthaft, ihm zu sagen, er solle seinen Heiratsantrag zurückziehen und ihn einer anderen Frau machen, einer, die über die Ehe genauso kalt und unpersönlich dachte wie er. Sie konnte sich jedenfalls kaum vorstellen, daß sie in gesundem

Zustand anders über die Ehe gedacht haben sollte als sie es jetzt tat. Vielleicht hatte ja ihr Vater geglaubt, der Earl wäre ein guter Ehemann für sie, und darauf bestanden, daß sie ihn heiratete. In diesem Fall würde sie ihrem Vater erklären, warum sie sich nun dagegen entschied. Wann immer sie in den letzten Tagen versucht hatte, an ihren Vater zu denken, hatte sie sich zwar kein Gesicht vorstellen können, aber ein schwaches Gefühl von freundlicher Wärme und liebevoller Nähe gespürt, ein Gefühl von Verlust, als ob sie ihn schrecklich vermißte. Ein Vater, der solche Gefühle weckte, würde sicher seine Tochter niemals zwingen, einen Mann zu heiraten, den sie nicht im geringsten bewunderte.

Genau eine Stunde später klopfte Stephen wieder an die Tür.

Sheridan blickte zu der Uhr auf dem Kaminsims und stellte ärgerlich fest, daß er zumindest pünktlich war, aber das sollte ihre Entscheidung nicht beeinflussen. Sie studierte weiter die Zeitung, die sie auf dem Sekretär am Fenster ausgebreitet hatte, und sagte zu der Zofe: »Richten Sie seiner Lordschaft bitte aus, ich hätte mich hingelegt.« Sie war stolz auf sich, als sie das sagte. Sie wußte zwar nicht viel über Charise Lancaster, aber zumindest mangelte es ihr nicht an Charakter oder Entschlußkraft.

Auf der anderen Seite der Tür wurde Stephens Schuldgefühl von beginnender Sorge überdeckt. »Ist sie krank?« fragte er das Mädchen. Die Zofe blickte flehend zu Sheridan hinüber, aber die schüttelte den Kopf, und so antwortete sie ihm verneinend.

Als Stephen eine Stunde später wieder an die Tür klopfte, wurde ihm mitgeteilt, sie nähme ein Bad.

Eine weitere Stunde später war er nicht mehr besorgt, sondern verärgert. Er klopfte laut, und dieses Mal hieß es, die Miss schlafe gerade.

»Sagen Sie der Miss«, befahl er in unheilverkündendem, warnendem Tonfall, »daß ich in genau einer Stunde wiederkommen werde, und daß ich sie dann anzutreffen wünsche. Und zwar sauber, ausgeruht und bereit dazu, zum Abendessen herunterzukommen. Wir essen um neun.«

Als der Earl eine Stunde später an die Tür klopfte, war Sheridan äußerst zufrieden mit sich. Lächelnd sank sie tiefer in das warme Schaumbad, das beinahe das Marmorbadezimmer überschwemmte. »Sagen Sie seiner Lordschaft, ich zöge es vor, heute abend auf meinem Zimmer zu essen«, wies sie die Zofe an, die ihr beinahe schon leid tat, weil sie aussah, als ob sie lieber verprügelt würde – oder Angst hätte, verprügelt zu werden.

Stephen stieß die Tür auf, noch bevor die Zofe ihren Satz beendet hatte, und rannte das Mädchen auf seinem Weg ins Schlafzimmer fast über den Haufen. »Wo ist sie?« herrschte er sie an.

»Im … im Bad, Mylord.«

Er wandte sich zu dem kleinen Flur, der in das Marmorbadezimmer führte, das er vor einigen Jahren an das Schlafzimmer hatte anbauen lassen. Als er jedoch den entsetzten Gesichtsausdruck des Mädchens sah, änderte er die Richtung. Er trat zu dem Sekretär am Fenster und blickte auf die aufgeschlagene Zeitung. Daneben lag ein beschriebenes Blatt Papier. »Miss Lancaster«, sagte er, wobei er seine Stimme hob und einen Ton anschlug, bei dem die arme Zofe erbleichte, »wenn Sie nicht in genau zehn Minuten im Salon stehen, werde ich heraufkommen und Sie höchstpersönlich herunterschleifen, ganz egal, ob Sie bekleidet sind oder nicht. Haben Sie verstanden?«

Ungläubig registrierte er, daß diese Göre sein Ultimatum nicht einmal einer Antwort würdigte! Stephen fragte sich, wem sie wohl schreiben mochte, und griff nach dem Blatt Papier. Sarkastisch dachte er, daß der junge Burleton tot wahrscheinlich besser dran sei, weil Charise Lancaster ihm das Leben mit ihrem Eigensinn und ihrem Temperament sicher zur Hölle gemacht hätte. Er hob das Blatt Papier hoch und inspizierte ihre Arbeit. In präziser, eleganter Handschrift hatte sie Fakten aus der *Morning Post* abgeschrieben, Fakten, die sie früher wohl gewußt hatte, die sie aber jetzt erst wieder neu lernen mußte. Seinetwegen.

König von England – George IV., geboren 1762.

Der Vater von George IV. war George III. Starb vor zwei Jahren.

Von den Engländern »Farmer George« genannt.

Der König mag Frauen, elegante Kleidung und exzellente Weine.

Nach dieser Faktensammlung hatte sie versucht, ähnliche Informationen über sich selbst aufzulisten, aber dort, wo normalerweise die Antworten hätten stehen müssen, gähnten nur leere Stellen.

Ich bin 18 …? geboren.

Der Name meines Vaters ist …?

Ich mag …?

Schuldgefühle und Kummer übermannten Stephen, und er schloß die Augen. Sie wußte weder ihren eigenen Namen noch den ihres Vaters oder ihr Geburtsjahr. Schlimmer noch, wenn ihr Gedächtnis zurückkäme, würde sie den schwersten Schlag zu verarbeiten haben – den tragischen Tod ihres Verlobten. Und all das seinetwegen.

Er ließ das Blatt Papier fallen, als habe er sich die Finger verbrannt, dann holte er zitternd Luft und wandte sich zum Gehen. Er würde nie wieder die Geduld mit ihr verlieren, ganz gleich, was sie sagte oder tat, gelobte er sich. Er hatte kein Recht dazu, verärgert oder frustriert zu sein; er hatte kein Recht dazu, etwas anderes als Schuldgefühl und Verantwortung zu empfinden.

Entschlossen, alles Menschenmögliche zu tun, um die Kränkung zu heilen, die er ihr mit seiner Vernachlässigung zugefügt hatte – und ihr noch zufügen würde, wenn sie erfuhr, daß ihr wirklicher Verlobter tot war –, wandte Stephen sich zur Tür. Da er jedoch mit seinem Wiedergutmachungsprogramm erst beginnen konnte, wenn sie das Badezimmer verlassen hatte, warnte er sie mit höflicher, aber fester Stimme:

»Sie haben noch acht Minuten Zeit.«

Er hörte, wie das Badewasser ablief, nickte zufrieden und ging. Als er durch die obere Halle zur Treppe ging, überlegte er, daß er ihr für seine Vernachlässigung mehr als nur eine Entschuldigung würde bieten müssen; es galt, eine Erklärung zu finden, die sie akzeptierte. Bevor sie ihr Gedächtnis verlor, hatte Charise Lancaster offenbar jugendlich-idealistische Vorstellungen über Liebe und Ehe gehegt, sonst hätte sie ihn kaum so geradeheraus gefragt, ob sie »sehr verliebt« seien. Innerlich zuckte Stephen beim bloßen Gedanken an das Wort zusammen. Wie er mit zunehmendem Alter und Erfahrung entdeckt hatte, waren nur sehr wenige Frauen wirklich zu Empfindungen oder zu einem Verhalten fähig, das diesem zarten Gefühl halbwegs nahekam, obwohl fast alle Frauen davon redeten, als gehöre es zu ihrem Geschlecht wie das Atmen. Instinktiv mißtraute er dem Wort »Liebe« und jeder Frau, die es in den Mund nahm.

Helene teilte seine diesbezüglichen Ansichten, und nicht zuletzt deswegen schätzte er ihre Gesellschaft so sehr. Darüber hinaus blieb sie ihm auch noch treu, was er von den meisten seiner weiblichen Bekannten nicht behaupten konnte. Als Gegenleistung dafür ermöglichte er ihr einen Lebensstil, der der legitimen Ehefrau eines Adeligen zugestanden hätte. Sie besaß ein wunderschönes Stadthaus in London, zahlreiche Bedienstete, Schränke voll mit Kleidern und Pelzen, und eine prächtige, silbern lackierte Kutsche mit fliederfarbenen Samtpolstern – eine Farbkombination, die als Helene Devernays Markenzeichen galt. Wenige außer ihr konnten diese Farben tragen, und denen, die es versuchten, gelang es nie, darin auch nur annähernd so reizend auszusehen wie sie. Sie war klug und sinnlich; und sie kannte die Regeln und verwechselte Sex nicht mit Liebe.

Jetzt, wo er darüber nachdachte, kam ihm, daß noch keine Frau, einschließlich jener, mit denen er lange genug zusammen gewesen war, um Heiratsgerüchten Nahrung zu geben, es je versucht hatte, ihn in ein Gespräch über Liebe zu verwickeln. Und keine hatte je von ihm erwartet, daß er ihr seine Liebe gestand.

Charise Lancaster jedoch war dafür offenbar weder praktisch noch vernünftig genug. Sie erwartete ganz klar von ihrem Verlobten, daß er – und wahrscheinlich auch noch in aller Ausführlichkeit – mit ihr darüber redete, und das wollte Stephen um ihrer beider Seelenheil willen vermeiden. Wenn ihr Gedächtnis erst einmal zurückgekehrt war, würde sie ihn ohnehin für alle Täuschungen hassen. Aber dieser Haß wäre nur noch stärker, wenn er sie mit falschen Beteuerungen unsterblicher Liebe, die er nicht empfand, demütigte.

Als er den Salon erreichte, traten zwei Lakaien vor und öffneten die Türen. Mit gedankenvoll gerunzelter Stirn ging Stephen an ihnen vorbei direkt zur Anrichte. Hinter ihm schlossen sich leise die Türen, und er richtete seine Aufmerksamkeit auf das dringlichste Problem. Innerhalb der nächsten ein oder zwei Minuten mußte er eine wirklich plausible Erklärung für sein eklatant liebloses Verhalten an dem Abend finden, an dem sie zum letzten Mal miteinander geredet hatten, und ebenso für die Tatsache, daß er sie seitdem gemieden hatte. Als er vorhin nach oben gegangen war, um sie zu besuchen, hatte er vorgehabt, sich zu entschuldigen und sie mit ein paar vagen Platitüden zu besänftigen. Jetzt jedoch, wo er ihr Temperament besser kennengelernt hatte, beschlich ihn der unbehagliche Verdacht, daß sie sich damit nicht zufriedengeben würde.

15

Aufgeregt und eilig knöpfte Sheridan das Vorderteil des langen lavendelfarbenen Kleides im Laufen zu, während sie die Halle vor ihrem Schlafzimmer durchquerte, vorbei an verblüfften Lakaien, die sich alle mit offenem Mund nach ihr umdrehten. Gerade, als sie dachte, daß sie jetzt endlich im Wohnbereich des Hauses angekommen sein mußte, erreichte sie einen Treppenabgang mit einem weißen Marmorgeländer, das sich in einer weiten, anmutigen Spirale noch zwei Stockwerke bis zu einer riesigen Eingangshalle hinunterwand.

Sie raffte ihr Kleid und eilte die Treppe hinunter, vorbei an gerahmten Porträts von mindestens sechzehn Generationen von Vorfahren des arroganten Earls. Sie hatte nicht die leiseste Ahnung, wo er war, noch wie er sich vorstellte, daß sie ihn finden sollte. Das einzige, was sie neben all seinen anderen Charaktereigenschaften mit Sicherheit von ihm zu sagen wußte, war, daß er mit ihr geredet hatte, als sei sie seine Leibeigene, und daß er die Androhung, sie wie einen Sack Mehl vor seinen Bediensteten die Treppe hinunterzuschleifen, sicher wahr machen würde, wenn sie sein Ultimatum nicht einhielt.

Um ihm dieses Vergnügen nicht zu gönnen, hätte sie alles getan. Sie wunderte sich darüber, wie sie bei gesundem Verstand zugestimmt haben konnte, sich lebenslang an einen solchen Mann zu binden. Sobald ihr Vater hierherkäme, würde sie die Verlobung auflösen und ihn bitten, sie sofort mit nach Hause zu nehmen.

Sie mochte den Earl nicht, und sie war sich vollkommen sicher, daß sie auch seiner Mama nicht ähnelte. Die Zofe hatte gesagt, das Kleid gehöre der Mutter des Earls. Die Vorstellung erschreckte Sherry, daß eine ältere Matrone wie seine Mutter oder sonst eine respektable Frau auf Bällen und vor Besuchern in diesem hauchdünnen, frivolen violetten Kleid herumstolzieren konnte, dessen Mieder nur von Silberbändern zusammengehalten wurde. Sie war so ärgerlich und so mit ihrem Kummer beschäftigt, daß sie der Pracht der großen Halle mit ihren vier riesigen Kronleuchtern, die wie Diamanten glitzerten, den exquisiten Fresken an den Wänden und den Stuckdecken nicht einmal einen flüchtigen Blick schenkte.

Als sie sich der untersten Stufe näherte, sah sie einen älteren Mann im schwarzen Anzug mit weißem Hemd, der in einen Raum zur Linken der Haupthalle eilte. »Sie haben geläutet, Mylord?«, hörte sie ihn sagen. Einen Augenblick später kam er rückwärts wieder heraus, verbeugte sich ehrfürchtig und schloß die Türen. »Entschuldigen Sie …«, begann Sherry ungeschickt. Dabei trat sie auf den Saum ihres Kleides und mußte sich an der Wand abstützen, um das Gleichgewicht wiederzuerlangen.

Er drehte sich um, sah sie und erstarrte. In seinem Gesicht zuckte es, als stünde er unter Schock.

»Mir geht es sehr gut«, versicherte Sheridan ihm hastig. Sie richtete sich wieder auf und zog den Saum unter ihrem linken Fuß hervor. Da er immer noch ein bißchen erstaunt aussah, streckte Sheridan ihm die Hand entgegen und sagte: »Dr. Whitticomb meinte, ich sei wieder so gesund, daß ich herunterkommen kann. Wir haben uns noch nicht kennengelernt, aber ich bin Charise … hm … Lancaster«, erinnerte sie sich nach einer peinlichen Pause. Er hob ihr die Hand entgegen, und da er nicht zu wissen schien, was er als nächstes tun sollte, ergriff sie sie und fragte höflich lächelnd: »Und Sie sind …?«

»Hodgkin«, antwortete er, wobei er klang, als stecke ihm ein Kloß im Hals. Dann räusperte er sich und sagte noch einmal: »Hodgkin.«

»Ich freue mich, Sie kennenzulernen, Mr. Hodgkin.«

»Nein, Miss, nur ›Hodgkin‹.«

»Ich kann Sie doch nicht nur mit Ihrem Nachnamen anreden. Das wäre nicht besonders respektvoll«, sagte Sheridan geduldig.

»Das ist hier so Brauch«, erwiderte er. Er wirkte beunruhigt.

Sheridan griff mit der linken Hand nach dem Vorderteil ihres Kleides. »Das sieht diesem arroganten Ungeheuer ähnlich, einem alten Mann die Würde zu versagen, mit ›Mister‹ angeredet zu werden.«

Hodgkins Gesicht verzerrte sich wieder, und er reckte den Hals, als bekäme er keine Luft. »Ich weiß absolut nicht, von wem Sie sprechen, Miss.«

»Ich spreche von …« Sheridan mußte erst nachdenken, um sich an die Antwort der Zofe zu erinnern, als sie sie nach dem Namen des Earls gefragt hatte. Es kam ihr so vor, als habe das Mädchen eine ganze Litanei von Namen heruntergebetet, aber sein Familienname lautete … Westmoreland! Das war es! »Ich spreche von Westmoreland!« sagte sie und versagte auch seinem Namen die Würde des Titels. »Jemand hätte ihm das Hinterteil versohlen und ihm die Grundregeln der Höflichkeit beibringen sollen.«

Auf dem darüberliegenden Stockwerk fuhr ein Lakai, der mit einer vorbeikommenden Zofe geflirtet hatte, herum und spähte in die Eingangshalle hinunter, während ihn das Mädchen vor lauter Eifer, sich über die Brüstung zu lehnen, um besser sehen zu können, beiseite drückte. Ein paar Meter von Sheridan entfernt stießen vier Lakaien, die in einer akkuraten Reihe hintereinander mit Silbertabletts zum Speisezimmer gingen, plötzlich zusammen, weil der erste Lakai abrupt stehengeblieben war. Ein weiterer weißhaariger Mann, jünger als Hodgkin, aber ganz genauso angezogen wie er, tauchte aus dem Eßzimmer auf und blickte sich finster um, als der Deckel einer Wärmepfanne mit lautem Knallen zu Boden fiel und bis vor sein Bein rollte. »Wer ist verantwortlich für …«, verlangte er zu wissen, aber da sah er Sheridan. Während sein Blick über ihre Haare, ihr Gewand und ihre bloßen Zehen glitt, schien auch er für einen Augenblick die Kontrolle über seine Gesichtszüge zu verlieren.

Ohne auf das Chaos um sie herum zu achten, lächelte Sheridan Hodgkin an und sagte freundlich: »Wissen Sie, es ist für die meisten von uns nie zu spät, unsere Irrtümer einzusehen. Ich werde zu einem geeigneten Zeitpunkt dem Earl gegenüber erwähnen, daß er einen Mann Ihres Alters korrekter mit ›Mr. Hodgkin‹ anreden sollte. Ich könnte ihm vielleicht vorschlagen, er solle sich einmal in Ihre Lage versetzen und sich vorstellen, er sei so alt wie Sie …«

Sie hielt verwirrt inne, weil der alte Mann die weißen Brauen fast bis zum Haaransatz hochzog und ihm die trüben Augen beinahe aus den Höhlen traten. Der Zorn über den Earl hatte ihr Taktgefühl überwogen, aber nun merkte Sheridan, daß der alte Mann offensichtlich Angst hatte, durch ihr Eingreifen seine Stelle zu verlieren. »Das war dumm von mir, Mr. Hodgkin«, sagte sie kläglich. »Ich werde kein Wort darüber verlieren, ich verspreche es.«

Im Stockwerk über ihnen und in der Halle atmeten die Dienstboten kollektiv auf, aber der Seufzer der Erleichterung brach abrupt ab, als Hodgkin die Türen zum Salon öffnete und sie hörten, wie das amerikanische Mädchen in arrogantem und keineswegs servilem Ton zu ihrem Herrn sagte: »Sie haben geläutet, Mylord?«

Stephen fuhr herum, als er ihre Worte hörte, und erstarrte mitten in der Bewegung. Er unterdrückte ein halb entsetztes, halb bewunderndes Lachen und starrte sie einfach nur an.

Sie stand vor ihm, ihre Nase keck in die Luft gereckt, und funkelte ihn mit ihren großen grauen Augen an. In scharfem Kontrast zu ihrem eisigen Gesichtsausdruck und ihrer hochmütigen Haltung stand der weiche, wogende Frisiermantel aus üppig fallender, lavendelfarbener Seide, der ihre bloßen Schultern verführerisch zur Geltung brachte. Sie hielt ihn vorne zusammengerafft, so daß man unter dem hochgezogenen Saum ihre nackten Zehen sehen konnte. Ihr tizianrotes Haar, noch feucht in den Spitzen, fiel über ihren Rücken und ihre Brust, als wäre sie ein Aktmodell von Botticelli. Eigentlich biß sich das blasse Violett mit ihrer Haarfarbe, aber ihre milchweiße Haut wirkte so durchscheinend, daß sie eine eher dramatische als unangenehme Wirkung erzielte. In seiner Benommenheit brauchte Stephen zunächst einen Augenblick, um sich klarzumachen, daß sie Helenes Frisiermantel nicht absichtlich ausgesucht hatte. Sie trug ihn nicht aus dem erniedrigenden Wunsch heraus, die guten Sitten zu mißachten oder ihn zu verärgern, sondern weil sie nichts anderes zum Anziehen hatte. Er hatte vergessen, daß ihre Koffer ja auf dem Schiff geblieben waren. Wenn allerdings dieser häßliche braune Umhang, den sie getragen hatte, etwas über ihren Geschmack in Kleiderfragen aussagte, dann zog er es vor, sie in Helenes Peignoir zu sehen. Die Dienstboten würden natürlich seine liberalen Ansichten nicht teilen, deshalb notierte er sich im Geiste, gleich als erstes morgen früh ihr Kleiderproblem zu lösen. Im Augenblick konnte er nur dankbar sein, daß der Frisiermantel sie mit ausreichender Schicklichkeit bedeckte.

Er unterdrückte ein bewunderndes Lächeln und beobachtete, wie sie sich bemühte, ihre frostige Fassade unter seinem prüfenden Blick aufrechtzuerhalten. Es faszinierte ihn außerordentlich, wieviel sie ihm vermitteln konnte, ohne sich zu bewegen oder etwas zu sagen. Sie stand in ihrer Unschuld an der Schwelle zum Frausein, und verlockte ohne von Weisheit oder Vorsicht behindert zu sein. Stephen stellte sich plötzlich vor, wie ihr leuchtendes Haar sich über seine Brust ergoß, aber er schüttelte den Gedanken rasch wieder ab. Sie brach das Schweigen als erste: »Haben Sie mich genug angestarrt?«

»Eigentlich habe ich Sie bewundert.«

Sheridan hatte sich beim Herunterkommen auf eine Konfrontation vorbereitet, und eigentlich sehnte sie sich sogar danach. Einen ersten Rückschlag hatte sie jedoch bereits erlitten, als er sie mit diesem äußerst schmeichelhaften Blick in seinen kühnen blauen Augen ansah; als zweiter folgte sein lächelndes Kompliment. Sie rief sich ins Gedächtnis, daß er ein kaltherziges, diktatorisches Ungeheuer war, mit dem sie sich niemals verheiraten würde, ganz gleich, wie er sie ansah oder wie süß er mit ihr redete, deshalb sagte sie: »Ich nehme an, Sie hatten einen Grund, mich zu sich zu bitten, Euer Gnaden?«

Zu ihrer Überraschung reagierte er nicht auf ihren Ton. Eigentlich sah er sogar äußerst erheitert aus, als er mit einer leichten Verbeugung antwortete: »In der Tat, ich hatte einige Gründe.«

»Und die wären?« fragte sie frostig.

»Zuerst«, sagte Stephen, »möchte ich mich entschuldigen.«

»Tatsächlich«, entgegnete sie schulterzuckend. »Und wofür?«

Stephen gab es auf, sein Lächeln zu unterdrücken. Sie hatte Charakter, das mußte man ihr lassen. Charakter ... und Stolz. Er kannte keinen Mann, geschweige denn eine Frau, die es wagte, ihn so niederzustarren und ihn mit Worten anzugreifen, wie sie es tat. »Für das abrupte Ende unseres Gesprächs vor ein paar Tagen und dafür, daß ich danach nicht mehr hinaufgekommen bin, um Sie zu besuchen.«

»Ich nehme Ihre Entschuldigung an. Kann ich jetzt wieder hinaufgehen?«

»Nein«, sagte Stephen, der sich auf einmal wünschte, sie besäße ein bißchen weniger Mut. »Ich muß ..., nein, ich möchte ... Ihnen meine Handlungsweise erklären.«

Sie blickte ihn mit gerunzelter Stirn an. »Also, versuchen Sie es.«

Mut stellte bei einem Mann eine bewundernswerte Eigenschaft dar. Bei einer Frau, fand er, war er reichlich überflüssig. »Ich bin ja schon dabei«, warnte er sie.

Da sie es geschafft hatte, ihn etwas aus der Fassung zu bringen, fühlte sich Sheridan schon sehr viel besser. »Also«, ermunterte sie ihn. »Ich höre.«

»Wollen Sie sich nicht setzen?«

»Vielleicht. Das hängt davon ab, was Sie mir zu sagen haben.«

Er zog die Brauen zusammen, und seine Augen wurden schmal, aber seine Stimme hatte er völlig unter Kontrolle, als er mit seiner Erklärung begann. »An dem Abend kam es Ihnen wohl so vor ..., als ob ich ... als ob die Dinge zwischen uns nicht so stünden ... wie Sie das unter Verlobten erwartet hätten.«

Sheridan bestätigte die Richtigkeit dieser Aussage mit einem leichten königlichen Nicken, das nur mildes Interesse bekundete.

»Es gibt eine Erklärung dafür«, fuhr Stephen fort, halb aus der Fassung gebracht durch ihr herablassendes Verhalten. Dann lieferte er die einzige der erfundenen Begründungen ab, die ihm logisch und akzeptabel erschien. »Als wir das letzte Mal zusammen waren, haben wir uns gestritten. Ich dachte nicht mehr an unseren Streit, solange Sie krank waren, aber als Sie sich an diesem Abend wieder auf dem Wege der Besserung befanden, merkte ich, daß es wieder in mir nagte. Deshalb wirkte ich vielleicht so ...«

»Kalt und lieblos?« warf sie hilfreich ein, wobei ihre Stimme jedoch eher verwirrt und verletzt klang als ärgerlich.

»Genau«, stimmte Stephen zu. Sie setzte sich, und er stieß innerlich einen Seufzer der Erleichterung aus, weil das Geplänkel und die Lügen nun vorüber waren. Seine Erleichterung hielt jedoch nicht lange an.

»Worüber haben wir uns gestritten?«

Er hätte wissen müssen, daß ein mißtrauischer amerikanischer Rotschopf mit unvorhersehbaren Launen und ohne Respekt vor adligen Titeln oder Kleidungsregeln darauf bestehen würde, Unstimmigkeiten auszudiskutieren, statt seine Entschuldigung zu akzeptieren und das Thema höflich fallenzulassen. »Wir haben uns über Ihren Charakter gestritten«, gab Stephen ruhig zurück.

Verwirrte graue Augen blickten ihn an. »Meinen Charakter? Was stimmte damit nicht?«

»Ich fand Sie ... streitsüchtig.«

»Ich verstehe.«

Stephen konnte fast hören, wie sie sich innerlich fragte, ob er ihr aus lauter Kleinlichkeit wegen eines Streits böse sein konnte, wo sie doch so krank gewesen war. Doch als ob es ihr plötzlich schwerfiele, ihn anzusehen, blickte sie auf ihre Hände, die ordentlich gefaltet in ihrem Schoß lagen, und fragte enttäuscht und zögernd: »Bin ich denn so gräßlich?«

Stephen blickte auf ihren gesenkten Kopf und die hängenden Schultern, und fühlte wieder die besondere Zärtlichkeit in sich aufsteigen, die sie anscheinend immer zu unerwarteten Zeiten in ihm weckte. »Das würde ich so nicht sagen«, erwiderte er mit einem unterdrückten Lächeln in der Stimme.

»Ich habe festgestellt«, gab sie kläglich zu, »daß mein Charakter in den letzten Tagen ein wenig – ungefestigt – war.«

Whitticomb hatte gesagt, er fände sie ganz entzückend, und Stephen entschied für sich, daß das bei weitem noch untertrieben war. »Das ist unter diesen Umständen völlig verständlich.«

Sie hob ihren Kopf, und ihre Augen suchten die seinen, als wolle auch sie ihn noch einmal neu beurteilen. »Würden Sie mir bitte genau sagen, worüber wir uns gestritten haben, als wir das letzte Mal zusammenwaren?«

Ertappt wandte sich Stephen zum Tablett mit den Getränken und griff nach einer Kristallkaraffe mit Sherry, wobei er sich rasch eine Antwort ausdachte, die sie besänftigen und beruhigen würde. »Ich hatte das Gefühl, Sie schenkten einem anderen Mann zuviel Aufmerksamkeit«, sagte er, weil es ihm gerade einfiel. »Ich war eifersüchtig.« Eifersucht hatte er als Gefühl in seinem Leben noch nicht erfahren, aber es gefiel Frauen immer, wenn sie es in einem Mann weckten. Er blickte über die Schulter und sah erleichtert, daß Charise Lancaster sich in dieser Hinsicht nicht von ihren Schwestern unterschied. Sie sah amüsiert und geschmeichelt aus. Er verbarg sein Lächeln und goß Sherry in ein kleines Kristallglas.

Als er sich umdrehte, um es ihr zu reichen, blickte sie immer noch auf ihre Hände.

»Sherry?« fragte er.

Sheridan hob ruckartig den Kopf. Ein unerklärliches Glücksgefühl weitete ihre Brust. »Ja?«

Er hielt ihr das Glas hin, aber sie bemerkte es gar nicht, sondern blickte ihn erwartungsvoll an. »Möchten Sie etwas Wein?« erklärte Stephen.

»Nein, danke.«

Er stellte das Glas auf den Tisch. »Ich dachte, Sie hätten ja gesagt.«

Sie schüttelte den Kopf. »Ich dachte, Sie redeten mit mir, da – Sherry!« rief sie aus und sprang mit strahlendem Gesicht auf. »Ich glaubte, Sie hätten mich damit angesprochen, ich meine: mit Namen angesprochen. Bestimmt bin ich früher so gerufen worden ...«

»Ich verstehe«, sagte Stephen freundlich. Er war mindestens genauso erleichtert wie sie. Sie standen auf Armeslänge voreinander, lächelten einander an und erlebten gemeinsam einen Augenblick des Triumphs, der sie miteinander zu verbinden schien und sie das gleiche denken ließ. Stephen verstand plötzlich, warum Burleton »so verliebt« in sie gewesen war, wie Hodgkin behauptete. Und Sherry sah in seinen lächelnden blauen Augen eine Wärme und einen Charme, der sie auf einmal verstehen ließ, warum sie seinen Antrag angenommen hatte. Und in ihrem Kopf bildeten sich auf einmal seltsame Sätze, Sätze, die vorschlugen, was als nächstes passieren sollte ...

Der Baron ergriff ihre Hand und preßte sie an seine Lippen. Er gelobte ihr ewige Liebe. »Du bist meine einzige Liebe ...«

Der Prinz riß sie in seine starken Arme und drückte sie an sein Herz. »Und wenn ich hundert Königreiche hätte, würde ich sie alle für dich aufgeben, meine teuerste Geliebte. Ich war nichts, bis du kamst ...«

Der Earl war so überwältigt von ihrer Schönheit, daß er die Beherrschung verlor und sie auf die Wange küßte. »Vergeben Sie mir, aber ich kann nicht anders! Ich bete Sie an!«

Stephen sah die sanfte Aufforderung in ihren Augen, und in

diesem überraschenden Augenblick vollkommener Übereinstimmung schien es ihm richtig, darauf einzugehen. Er hob ihr Kinn und berührte ihre Lippen mit seinem Mund. Sie zog keuchend die Luft ein, und ihr Körper spannte sich. Verwirrt von ihrer außergewöhnlich starken Reaktion löste er sich von ihr und wartete darauf, daß sie die Augen wieder öffnete. Nach einer für seine Begriffe ziemlich langen Zeit schlug sie ihre schönen Wimpern schließlich wieder auf und sah ihn verwirrt und erwartungsvoll, ja sogar ein wenig enttäuscht an. »Ist irgend etwas nicht in Ordnung?« fragte er vorsichtig.

»Nein, keineswegs«, antwortete sie höflich, machte jedoch den Eindruck, als sei eher das Gegenteil der Fall.

Stephen wartete schweigend, eine Taktik, die normalerweise den anderen dazu brachte, weiterzureden. Auch bei seiner »Verlobten« wirkte sie.

»Ich habe mir irgendwie etwas anderes erhofft«, erklärte sie.

Er sagte sich, daß er ihr schließlich nur dabei half, ihr Gedächtnis wiederzuerlangen, und fragte: »Was haben Sie denn erwartet?«

Kopfschüttelnd runzelte sie die Stirn und sah ihn an. »Ich weiß nicht.«

Ihre zögernden Worte und ihr offener Blick bestätigten nur seinen Verdacht, daß ihr wirklicher Verlobter seiner Leidenschaft freieren Lauf gelassen hatte. Stephen blickte in ihre einladenden silbergrauen Augen und beschloß auf der Stelle, daß es geradezu seine Pflicht darstellte, ihrer Erinnerung an Burleton zu entsprechen. Sein Gewissen schrie, es gäbe einen anderen, egoistischeren Grund für sein Handeln, aber Stephen ignorierte es. Er hatte Whitticomb schließlich versprochen, ihr das sichere Gefühl des Geliebtseins zu geben.

»Vielleicht haben Sie so etwas erwartet«, sagte er leise, legte ihr den Arm um die Taille und berührte mit seinen Lippen ihr Ohr.

Sein warmer Atem in ihrem Ohr ließ Sheridan erschauern, und sie drehte ihr Gesicht weg. Das führte unweigerlich dazu, daß ihre Lippen sich trafen. Stephen hatte vorgehabt, sie so zu küssen, wie Burleton es getan hätte, aber als sich ihre weichen Lippen in einem zitternden Atemzug teilten, dachte er nicht mehr an seine ursprüngliche Absicht.

Sheridan wußte in dem Augenblick, als sein Arm sie fester umschlang und sein Mund drängend ihre Lippen suchte, daß sie das nicht erwartet haben konnte ... nicht diese stürmische Gefühlsaufwallung. Sie keuchte, drängte sich enger an ihn und öffnete ihre Lippen seiner suchenden Zunge. Seine Finger glitten durch ihre Haare, er zog ihren Mund noch näher an sich heran, und ihr Herz schlug heftig, während ihr Körper mit seinem verschmelzen wollte.

Stephen spürte, wie sie sich an ihn drängte, und verfiel ihr hilflos. Als es ihm schließlich gelang, seinen Mund von ihrem zu lösen, hob er den Kopf und blickte auf ihr gerötetes Gesicht hinunter. Er wunderte sich, wie stark er selbst auf ein paar jungfräuliche Küsse von einem unerfahrenen Mädchen reagierte, das anscheinend nicht die leiseste Ahnung hatte, wie man einen Kuß erwiderte. Sie hob die Lider, und er blickte in ihre verschleierten Augen, ein wenig verärgert darüber, daß er die Beherrschung verloren hatte, und doch erheitert von der Tatsache, daß ein unerfahrenes Mädchen die Schuld daran trug.

Mit seinen dreiunddreißig Jahren gab er leidenschaftlichen, erfahrenen und klugen Frauen den Vorzug, die wußten, wie man Vergnügen schenkt und bekommt. Die Vorstellung, daß ihn eine Kindfrau, die im Moment in einen schlechtsitzenden Frisiermantel gehüllt war, der seiner derzeitigen Geliebten gehörte, so gewaltig erregt hatte, amüsierte ihn beinahe. Andererseits hatte sie sich in den letzten Minuten als eifrige und willige Schülerin in seinen Armen erwiesen und gar keine Anzeichen mädchenhafter Schüchternheit gezeigt. Auch jetzt lag sie in seinen Armen und erwiderte ruhig seinen Blick.

Wahrscheinlich, überlegte er, war Charise Lancaster gar nicht unerfahren, sondern von Burleton und seinen Vorgängern nur falsch unterwiesen worden. Bei der Vorstellung, daß er selbst also die Rolle des Naiven spielte, mußte Stephen grinsen. Er hob die Augenbrauen und sagte: »Entsprach das eher Ihren Erwartungen?«

»Nein«, erwiderte sie und schüttelte so entschlossen den Kopf, daß ihr leuchtendrotes Haar über ihre rechte Schulter fiel. Ihre Stimme zitterte, aber sie blickte ihm geradewegs in die Augen, als sie leise bekannte: »Ich hätte sicher nie etwas vergessen können, das sich so anfühlt.«

Stephens Erheiterung schwand, und er verspürte einen ungewohnten Schmerz in der Brust. Unbewußt legte er seine Hand an ihre Wange und strich über ihre unglaublich zarte Haut. »Ich frage mich«, überlegte er laut, »ob Sie tatsächlich auch in Wirklichkeit so süß sind, wie sie wirken.«

Er hatte nicht beabsichtigt, diesen Gedanken laut auszusprechen, und erwartete deshalb keine Erwiderung, schon gar nicht die erstaunliche Antwort, die sie ihm gab. Als ob sie ihm ein schreckliches Geheimnis gestünde, sagte sie: »Ich glaube, ich bin keineswegs süß, Mylord. Vielleicht haben Sie es noch gar nicht bemerkt, aber ich glaube, ich bin ziemlich rebellisch.«

Stephen gab einen glucksenden Laut von sich und bemühte sich, ernst zu bleiben, aber sie mißverstand sein Schweigen als mangelnde Zustimmung. »Anscheinend«, flüsterte sie mit zitternder Stimme, und ihr Blick senkte sich schuldbewußt auf seine Hemdbrust, »konnte ich das ziemlich gut verbergen, als mein Gedächtnis noch funktionierte.«

Als er nicht antwortete, starrte Sheridan auf die winzigen Rubinknöpfe auf seiner schneeweißen Hemdbrust. Sie genoß es, von einem starken Männerarm umfaßt zu werden, und doch hatte sie das verschwommene Gefühl, daß sie nicht ganz richtig handelte. Sie konzentrierte sich auf das Gefühl, versuchte, es deutlicher werden zu lassen und ihm Gestalt zu geben, aber nichts geschah. Offenbar war es genauso unzuverlässig wie ihre Reaktionen auf ihren Verlobten. In der einen Minute haßte sie ihr Kleid, ihren Verlobten und ihren Gedächtnisverlust und sehnte sich danach, alles auf einmal loszuwerden, und dann wieder konnte er alles ändern, mit einem warmen Lächeln, einem bewundernden Blick oder … einem Kuß. Mit einem einzigen Lächeln schenkte er ihr das Gefühl, ihr Kleid sei für eine Prinzessin gemacht, sie sei wunderschön und ihr Gedächtnisverlust schlicht großartig. Sie verstand das alles nicht, vor allem nicht, daß es flüchtige Momente gab, an denen sie sich an gar nichts erinnern *wollte*. Und, lieber Himmel, wie er sie küßte! Ihr ganzer Körper schien dabei zu schmelzen und zu brennen, und sie liebte diese Empfindung, obwohl sie sich zugleich dabei unbehaglich, schuldbewußt und unsicher fühlte. Um ihm all das zu erklären und vielleicht sogar seinen Rat zu erbitten, holte Sheridan zitternd Luft und gestand seiner Hemdbrust: »Ich weiß nicht, was für eine Person Sie in mir sehen, aber anscheinend besitze ich ... ziemlich viel Temperament. Man könnte sogar sagen, ich habe einen ... einen völlig unberechenbaren Charakter.«

Stephen war so bezaubert von ihrer Aufrichtigkeit, daß er ihr Kinn hochhob und sie zwang, ihn anzusehen. »Das habe ich gemerkt«, sagte er rauh.

Ihre ausdrucksvollen Augen suchten seine. »Und das stört Sie nicht?«

Es gab einiges, das Stephen in diesem Moment »störte«, aber ihr Temperament gehörte sicher nicht dazu. Er spürte ihre vollen Brüste, ihr Haar streichelte seine Hand, die auf ihrem Rücken lag, und sie hatte weiche, volle Lippen, die zum Küssen einluden. Der Name »Sherry« paßte perfekt zu ihr. Sie brachte Gefahr und machte süchtig. Sie war nicht seine Verlobte und nicht seine Geliebte, sie verdiente seinen Respekt und seinen Schutz, nicht sein Verlangen. Vom Verstand her wußte er das, aber sein Gehirn schien hypnotisiert von ihrem Lächeln und ihrer Stimme, und seinen Körper beherrschte eine Erregung, die beinahe schmerzte. Entweder begriff sie nicht, woher seine Steifheit kam, oder sie hatte sie nicht bemerkt. Vielleicht kümmerte sie sich gar nicht weiter darum – wie auch immer: Er war mit dem Ergebnis zufrieden. »Sie ›stören‹ mich sehr«, sagte er.

»Inwiefern ...«, setzte Sherry an, doch dann sah sie, wie sein Blick auf ihren Mund fiel. Ihr Herz raste.

»Das werde ich Ihnen zeigen«, murmelte er heiser, und seine Lippen senkten sich mit heftiger Zärtlichkeit auf die ihren.

Er küßte sie langsam, und dieses Mal drängte er sie, mitzumachen und sich nicht nur zu ergeben. Sherry spürte die leise Aufforderung. Mit der einen Hand streichelte er sanft ihren Nacken, während er mit der anderen in einer endlosen Liebkosung ihren Rücken hinauf- und hinunterstrich. Seine geöffneten Lippen drängten die ihren, sich ebenfalls zu öffnen, und unsicher gab Sheridan nach. Sie paßte sich den streichelnden Bewegungen seiner Lippen an und erforschte mit der Zunge deren warme Konturen. Seine Hand drückte sich fester an ihren Rücken.

Sheridan stellte sich auf die Zehenspitzen, ließ ihre Hände über seine harten Brustmuskeln und seine Schultern gleiten und preßte sich enger an ihn ... und plötzlich hielten seine Arme sie wie in Eisenklammern und sein Kuß wurde hart und fordernd. Seine Zunge liebkoste die ihre und drang noch tiefer in ihren Mund ein. Durch Sheridans Körper rannen Schauer wilder Lust. Sie preßte sich enger an ihn und erwiderte seine Küsse. Seine Hände glitten hoch zu ihren Brüsten und begannen sie zu liebkosen.

Instinktiv löste Sheridan sich von seinem Mund und schüttelte fast panisch den Kopf, obwohl ein Teil von ihr verzweifelt wünschte, er möge sie weiterküssen.

Stephen lockerte widerstrebend seinen Griff und ließ die Arme fallen. Mit einer Mischung aus Unglauben und Erheiterung blickte er auf die unendlich schöne junge Frau hinunter, die seine Sinne und seinen Verstand benebelt hatte. Ihr Gesicht war gerötet, ihre Brust hob und senkte sich bei jedem Atemzug und ihre dunkelbewimperten Augen hatten sich geweitet vor Verwirrung und Verlangen. Sie sah so aus, als wüßte sie nicht, was sie tun sollte. »Ich glaube, es ist an der Zeit, daß wir uns mit etwas anderem beschäftigen«, sagte er und traf damit die Entscheidung für sie beide.

»Woran denken Sie?« fragte sie bebend.

»Woran ich denke«, erwiderte Stephen trocken, »und was wir tun werden, ist Welten voneinander entfernt.« Er beschloß, ihr die Grundzüge des Schachspiels beizubringen.

Das war ein Fehler. Sie schlug ihn zweimal hintereinander, weil er offensichtlich seine Gedanken nicht beim Spiel hatte.

16

Am folgenden Tag vermied Stephen sorgfältig jeden Gedanken an sie, aber als sein Kammerdiener ihm die Kleider für den Abend zurechtlegte, entdeckte er, daß er sich auf das Abendessen mit Sheridan freute wie auf keine andere Mahlzeit seit langem. Er hatte bei Helenes Schneiderin anständige Kleider für sie bestellt und darauf bestanden, daß ihr zumindest ein Kleid heute schon geliefert würde und die anderen sofort nach Fertigstellung. Als die Modistin ihn hysterisch darauf hingewiesen hatte, daß der Saisonbeginn bevorstand und alle ihre Näherinnen ohnehin schon Tag und Nacht arbeiteten, hatte Stephen sie nur höflich gebeten, ihr Bestes zu tun. Da Helene bei ihren Einkäufen in dem exklusiven Geschäft astronomische Summen ließ, vertraute er darauf, daß die Schneiderin ihm eine ordentliche Garderobe zusammenstellen würde. Die Eile würde sich eben in einer exorbitanten Rechnung niederschlagen.

Innerhalb von ein paar Stunden kamen drei Näherinnen ins Haus, und obwohl er nicht so naiv war, anzunehmen, daß man seinen Gast in dieser kurzen Zeit in die neueste Mode kleiden könnte, malte er sich doch neugierig aus, wie sie wohl in einem richtigen Kleid aussähe. Während er seinen Kopf zurücklehnte, damit sein Kammerdiener ihn unter dem Kinn einseifen konnte, dachte Stephen, daß Charise Lancaster wohl alles mit der ihr eigenen Ausstrahlung tragen würde, ob es nun eine goldene Vorhangkordel oder ein Ballkleid war.

Seine Erwartung wurde nicht enttäuscht. Der Abend versprach Außerordentliches, als sie das Eßzimmer betrat. Das tizianrote Haar fiel über ihre Schultern und umrahmte ihr lebhaftes Gesicht, und in ihrem hellblauen Wollkleid mit tiefem eckigem Ausschnitt und enganliegendem Mieder, das die vollen Brüste und die schlanke Taille betonte und schließlich in einfachen Falten bis auf den Boden floß, sah sie zugleich exotisch und unschuldig aus. Schüchtern wich sie Stephens offen bewunderndem Blick aus und nickte statt dessen freundlich den Lakaien zu, die auf Instruktionen wartend an der Anrichte standen, machte Komplimente über die edlen Blumenschalen und die Silberkandelaber auf dem Tisch, dann schlüpfte sie anmutig auf ihren Stuhl ihm gegenüber. Erst jetzt hob sie ihr Gesicht und lächelte ihn so warm, so offenherzig und so voller geheimer Versprechungen an, daß Stephen erst nach einer Weile merkte, daß sie ihm nur für das Kleid dankte. » … Sie haben jedoch einen viel zu extravaganten Stil gewählt«, schloß sie ruhig und gelassen.

»Das Kleid ist überhaupt nicht extravagant und nicht im mindesten so reizend wie die Frau, die es trägt«, erwiderte Stephen. Sie blickte zur Seite, als mache er sie wirklich verlegen, und Stephen mußte sich nachdrücklich ins Gedächtnis rufen, daß sie keineswegs beabsichtigte, ihn mit ihrem schmelzenden Lächeln, dem anmutigen Schwung ihrer Hüften oder ihren schwellenden weichen Brüsten zu verführen. Außerdem war dies weder die Zeit noch der Ort, um an leuchtend tizianrotes Haar auf Satinkissen oder volle Brüste, die sich in seine Hände schmiegten, zu denken. Also wandte er seine Gedanken unverfänglicheren Themen zu und fragte sie, wie sie heute ihren Tag verbracht hätte.

»Ich habe Zeitung gelesen«, erwiderte sie, und während das Kerzenlicht auf ihrem Haar schimmerte und sich in ihren lachenden Augen widerspiegelte, begann sie, ihn mit einem vergnügten Kommentar über die überschwenglichen Berichte zu unterhalten, die sie im hinteren Teil der Zeitungen über das Treiben der Gesellschaft während der Londoner Saison gelesen hatte. Ursprünglich hatte sie dabei nur beabsichtigt, so erklärte sie, soviel wie möglich aus den Zeitungen über seine Bekannten und die anderen Angehörigen der Gesellschaft zu lernen, bevor er sie ihnen vorstellte. Stephens Gewissen regte sich, weil sie überhaupt niemanden kennenlernen würde, aber, so beruhigte er sich, immerhin schien sie die Aufgabe erheitert und unterhalten zu haben, und deshalb fragte er sie, was sie denn bis jetzt schon gelernt habe.

Ihre Antworten und ihr lebhafter Gesichtsausdruck zerstreuten und belustigten ihn, und diese Stimmung hielt das ganze zehngängige Mahl über an. Bei den außergewöhnlichsten Frivolitäten und Exzessen, über die sie gelesen hatte, rümpfte sie so mißbilligend ihre Stupsnase oder verdrehte die Augen in so amüsiertem Unglauben, daß er unwillkürlich lachen mußte. Und während er noch versuchte, seine Erheiterung zu verbergen, wurde sie plötzlich nachdenklich und stellte ihm leise eine Frage, die ihn völlig aus der Fassung brachte. Ihr schadhaftes Gedächtnis wies anscheinend weiße Flecken auf, wenn es darum ging, zu verstehen, wie und warum Menschen seiner sozialen Schicht – und auch ihrer in Amerika – Dinge auf eine besondere Art taten, und so stellte sie Fragen, die ihm Sitten, die er für selbstverständlich gehalten hatte, in einem neuen Licht erscheinen ließen.

»Die *Gazette* schreibt«, informierte sie ihn lachend, während die Lakaien ihnen eine köstliche Ente servierten, »daß das Hofkleid der Gräfin von Evandale mit dreitausend Perlen bestickt gewesen sei. Halten Sie das für eine korrekte Meldung?«

»Ich glaube fest an die journalistische Integrität der Gesellschaftsreporter der *Gazette*«, witzelte Stephen.

»Wenn das stimmt«, sagte sie mit ansteckendem Lächeln, »dann kann es sich entweder nur um sehr kleine Perlen gehandelt haben, oder aber die Gräfin ist sehr dick.«

»Warum das denn?«

»Wenn die Perlen sehr dick wären und sie nicht, dann hätte sie sicher eine Seilwinde gebraucht, um nach ihrem Hofknicks vor dem König wieder hochzukommen.«

Stephen grinste immer noch über das Bild der würdigen und ziemlich rundlichen Gräfin, wie sie hochgehievt und vom Thron wegbefördert wurde, als Sherry plötzlich vom Frivolen zu ernsteren Themen wechselte. Sie stützte ihr Kinn in beide Hände, sah ihn über den Tisch hinweg an und fragte: »Wenn sich im April jedermann von Bedeutung für die Saison nach London begibt und bis Juni hierbleibt, was machen die Leute dann mit ihren Kindern?«

»Sie bleiben mit ihren Kindermädchen, Gouvernanten und Lehrern auf dem Land.«

»Und das gleiche gilt im Herbst während der kleinen Saison?«

Als Stephen nickte, legte sie den Kopf schief und sagte ernst: »Wie einsam englische Kinder während dieser langen Monate sein müssen.«

»Sie sind ja nicht allein«, führte Stephen äußerst geduldig aus.

»Einsamkeit hat nichts mit Alleinsein zu tun. Nicht für Kinder und Jugendliche.«

Stephen bemühte sich so sehr, dieses schwierige Thema zu vermeiden, das, wie er fürchtete, geradewegs zu einer Diskussion über ihre eigenen Kinder führen würde, daß er gar nicht merkte, wie kühl sein Tonfall geworden war und daß seine Bemerkungen sie in ihrem verletzlichen Zustand wie Pfeilspitzen treffen mußten. »Sprechen Sie denn aus Erfahrung?«

»Ich … ich weiß nicht«, antwortete sie.

»Leider werden Sie es morgen abend sein.«

»Allein?«

Als er nickte, blickte sie rasch auf die delikate, mit Pastete gefüllte Teigmuschel, die sich auf ihrem Teller befand, dann holte sie tief Luft, als müsse sie ihren ganzen Mut zusammennehmen, und sah ihn direkt an. »Gehen Sie aus, weil ich das jetzt eben gesagt habe?«

Er kam sich bei dieser Frage vor wie ein Ungeheuer, und so antwortete er nachdrücklich: »Ich habe diese Verabredung schon vor längerer Zeit getroffen und konnte sie nicht mehr absagen.«

Und als wäre sein Bedürfnis, sich in ihren Augen freizusprechen, nicht schon absurd genug, fügte er auch noch hinzu: »Es erleichtert Sie vielleicht, zu erfahren, daß meine Eltern meinen Bruder und mich während der Londoner Saison mindestens einmal alle vierzehn Tage nach London haben kommen lassen. Mein Bruder und seine Frau und einige ihrer Freunde bringen ihre Kinder und sogar deren Gouvernanten während der Saison mit.«

»Oh, das ist reizend«, rief sie aus und lächelte, als ginge die Sonne auf. »Es erleichtert mich wirklich, daß es in der Gesellschaft so liebevolle Eltern gibt.«

»Die meisten Mitglieder der Gesellschaft«, informierte er

sie trocken, »finden soviel elterliche Zuneigung eher erheiternd.«

»Ich finde nicht, daß man sein eigenes Handeln von der Meinung anderer abhängig machen sollte«, sagte sie stirnrunzelnd.

Das waren gleich drei Treffer auf einmal, und Stephen schwankte zwischen Lachen, Mitleid und Ärger. Ob sie es nun merkte oder nicht, Charise Lancaster fragte ihn aus und beurteilte seine Qualitäten als zukünftiger Ehemann sowie als Vater ihrer Kinder – beides Rollen, die er nicht zu übernehmen gedachte. Und das war gut so, weil er in ihrer Achtung nicht sehr hoch zu stehen schien, und weil zudem ihr Desinteresse an der Meinung anderer sie sicher innerhalb einer Woche aus der feinen Gesellschaft herauskatapultieren würde, falls sie dort überhaupt jemals Aufnahme finden sollte. Stephen hatte sich nie um die Meinung anderer gekümmert, aber er war ein Mann, keine Frau, und sein Reichtum und sein illustrer Name gaben ihm das Recht, ungestraft das zu tun, was ihm beliebte. Leider würden die gleichen aufrechten Gesellschaftsmatronen, die ihn nur zu gerne als Ehemann einer ihrer Töchter sähen und dafür bereit waren, seine Laster und Ausschweifungen zu übersehen, Charise Lancaster auf der Stelle für das kleinste soziale Vergehen an den Pranger stellen – ganz zu schweigen von einem größeren Vergehen, wie etwa alleine mit ihm zu Abend zu essen, was sie gerade tat.

»Finden Sie, daß man sein eigenes Handeln von der Meinung anderer Menschen abhängig machen sollte?« wiederholte sie.

»Nein, absolut nicht«, erwiderte er ernsthaft.

»Es freut mich, das zu hören.«

»Das habe ich befürchtet«, sagte Stephen und unterdrückte ein Grinsen.

Seine gute Laune hielt während des ganzen Essens und auch danach im Salon an. Als es jedoch Zeit wurde, ihr gute Nacht zu wünschen, stellte er fest, daß er sich höchstens trauen durfte, ihr einen brüderlichen Kuß auf die Wange zu drücken.

17

»Was auch immer Sie getan haben, es hat zweifellos Wunder gewirkt«, verkündete Hugh Whitticomb früh am nächsten Abend. Er hatte den Kopf in den Salon gesteckt, wo Stephen auf das gemeinsame Abendessen mit Sheridan wartete.

»Es geht ihr also gut?« erwiderte Stephen erfreut und erleichtert darüber, daß seine leidenschaftliche und willige »Verlobte« wegen der Freiheiten, die er sich gestern abend herausgenommen hatte, keinen Anfall jungfräulichen Schuldbewußtseins erlitten und Whitticomb alles gestanden hatte. Stephen war den ganzen Tag beschäftigt gewesen, zuerst mit einem seiner Verwalter und dann mit dem Architekten, der einen seiner Landsitze renovieren sollte, und hatte sie deshalb nicht zu Gesicht bekommen. Allerdings hatten die Dienstboten ihn über Sherrys Tun in dem großen Stadthaus auf dem laufenden gehalten und ihm berichtet, sie sei guter Dinge. Nun erwartete er einen äußerst angenehmen Abend, zuerst mit Sheridan und später mit Helene. Auf welchen Teil des Abends er sich mehr freute, konnte er jetzt noch nicht sagen, aber das kümmerte ihn nicht.

»Es geht ihr sogar ausgezeichnet«, bemerkte der Arzt. »Ich würde sagen, glänzend. Sie trug mir auf, Ihnen zu sagen, sie käme gleich hinunter.«

Stephens Vorfreude auf den Abend wurde etwas beeinträchtigt durch die Tatsache, daß der Arzt nun uneingeladen – und unerwünscht – ins Zimmer trat und Stephen mit offenkundigem Interesse musterte, was bei einem so genauen Beobachter wie ihm äußerst störend wirkte. »Was haben Sie getan, um eine so wundersame Veränderung herbeizuführen?«

»Genau das, was Sie vorgeschlagen haben«, erwiderte Stephen sanft und ging zu dem Kaminsims, auf dem er sein Glas abgestellt hatte. »Ich gab ihr das Gefühl ... nun ... sicher und beschützt zu sein.«

»Könnten Sie sich vielleicht etwas deutlicher ausdrücken? Meine Kollegen – die ich wegen Miss Lancasters Amnesie konsultiert habe – wären an Ihrer Behandlungsmethode sicher sehr interessiert. Sie wirkt erstaunlich gut.«

Statt einer Antwort stützte Stephen sich mit dem Ellenbogen auf das Kaminsims und blickte den hartnäckigen Arzt mit spöttisch hochgezogenen Augenbrauen an. »Ich möchte Sie nicht von Ihren Terminen abhalten«, bemerkte er trocken.

Der deutliche Hinweis, daß er gehen solle, führte Hugh Whitticomb zu der Schlußfolgerung, daß Stephen den Abend gern allein mit ihr verbringen wollte. Entweder das, oder er wollte einfach nur keinen Zeugen bei dem Verwirrspiel haben, das er als ihr liebender Verlobter spielen mußte. Da er insgeheim auf das erstere hoffte, sagte er freundlich: »Zufällig bin ich heute abend frei. Vielleicht könnte ich mit Ihnen zusammen zu Abend essen, und ihre Methode bei Miss Lancaster aus erster Hand erfahren.«

Stephen blickte den Arzt genauso ausdruckslos an wie dieser ihn, aber seine Antwort sprach Bände. »Auf gar keinen Fall.«

»Ich habe mir beinahe gedacht, daß Sie so etwas sagen würden«, erwiderte Dr. Whitticomb grinsend.

»Ein Glas Madeira vielleicht?« schlug der Earl vor, wobei sein Tonfall so ausdruckslos war wie sein Gesichtausdruck.

»Ja, bitte. Ich glaube, ich nehme gern eins«, sagte Dr. Whitticomb, der sich mittlerweile nicht mehr so sicher über Stephens Motive war. Der Earl nickte schweigend einem Lakaien zu, der neben dem Schrank mit Karaffen und Gläsern stand, und sofort wurde dem Doktor ein Glas Wein gereicht.

Dr. Whitticomb wollte gerade fragen, was er mit seinem Gast zu tun gedachte, wenn nächste Woche alle zur Saison nach London kämen, als der Earl plötzlich seinen Blick zur Tür wandte und sich aus seiner nachlässigen Haltung am Kamin aufrichtete. Dr. Whitticomb drehte sich um und sah Miss Lancaster das Zimmer betreten. Sie trug ein enganliegendes gelbes Kleid mit einem dazu passenden breiten Band, das sie durch ihre Locken geschlungen hatte. Als sie ihn erblickte, kam sie direkt auf ihn zu, wie es der gute Ton und sein Alter geboten. »Dr. Whitticomb«, rief sie mit erfreutem Lächeln aus, »Sie haben mir gar nicht gesagt, daß Sie noch hier sein würden, wenn ich herunterkäme.«

In einer Geste, die für ein gut erzogenes englisches

Mädchen viel zu vertraulich bei einer so kurzen Bekanntschaft gewesen wäre, streckte sie ihm beide Hände entgegen. Hugh ergriff sie und beschloß, daß er ihre ungekünstelte Wärme und Spontaneität liebte, gute Sitten hin oder her. Er mochte sie wirklich sehr. »Sie sehen reizend aus«, sagte er gefühlvoll und trat einen Schritt zurück, um ihr Kleid zu betrachten. »Wie eine Butterblume«, fügte er hinzu, obwohl das Kompliment eigentlich nicht schmeichelhaft genug klang.

Es machte Sheridan so nervös, ihrem Verlobten gegenüberzutreten, daß sie den Augenblick hinauszögerte. »Aber ich sehe doch genauso aus wie eben, als Sie bei mir waren. Natürlich hatte ich da kein Kleid an«, fügte sie hinzu. Als der Earl daraufhin ein unterdrücktes Lachen hören ließ, schämte sie sich in Grund und Boden.

»Ich wollte sagen«, sagte sie rasch und blickte in Lord Westmorelands lächelndes Gesicht, »ich hatte nicht dieses Kleid an.«

»Ich weiß, was Sie sagen wollten«, erwiderte Stephen, der den rosigen Schimmer auf ihren Wangen und die porzellanweiße Haut über dem eckigen Ausschnitt des Kleides bewunderte.

»Ich kann Ihnen für die entzückenden Kleider nicht genug danken«, sagte sie ihm. Sie hatte das Gefühl, in den Tiefen seiner blauen Augen ertrinken zu können. »Ich muß gestehen, ich war sehr erleichtert, als sie ankamen.«

»Waren Sie das?« fragte Stephen und grinste grundlos. Vielleicht lag es daran, daß er ein solches Vergnügen empfand, wenn sie sein Zimmer betrat ... oder wenn sie ihn mit so unverhülltem Entzücken ansah wegen einer so trivialen Sache wie ein paar hastig genähten, einfachen Kleidern. »Warum waren Sie erleichtert?« fragte er, wobei er feststellen mußte, daß sie ihm im Gegensatz zu Dr. Whitticomb nicht die Hände reichte.

»Das habe ich mich auch gerade gefragt«, meinte Dr. Whitticomb, und Sheridan riß sich verlegen und zögernd von Lord Westmorelands hypnotischem Blick los. »Ich fürchtete, sie wären alle so, wie das Kleid, das ich vor zwei Tagen abends getragen habe«, erklärte sie dem Arzt. »Ich meine, es war wirklich entzückend, aber ... nun ja ... so luftig.«

»Luftig?« wiederholte Dr. Whitticomb verständnislos.

»Ja, wissen Sie – es umfloß mich so, und ich kam mir vor, als trüge ich einen lavendelfarbenen Schleier statt eines richtigen Kleides. Ich fürchtete beständig, eines dieser Silberbänder würde aufgehen, und ich stünde ...« Sie hielt inne, weil sich die Aufmerksamkeit des Arztes völlig dem Earl zugewandt hatte. »Es war lavendelfarben, sagen Sie?« fragte er und blickte dabei den Earl an. »Und dünn?«

»Ja, aber in England ist es völlig in Ordnung, so etwas zu tragen«, versicherte sie ihm rasch, da sie die wachsende Mißbilligung spürte, mit der der ältere Mann den Earl ansah.

»Wer hat Ihnen das gesagt, meine Liebe?«

»Das Mädchen – Constance.« Da sie nicht wollte, daß er ihren Verlobten falsch beurteilte, der trotz des finsteren Blicks des Doktors leicht amüsiert dreinsah, fügte sie bestimmt hinzu: »Dr. Whitticomb, das Mädchen hat mir versichert, es passe als Klischee. Genau das waren ihre Worte – als Klischee.«

Aus irgendeinem Grund bewog ihre Erklärung die beiden Männer, ihr Blickduell abzubrechen und sich ihr zuzuwenden. »Wie bitte?« fragten sie unisono.

Sheridan wünschte, sie hätte das Thema nie angeschnitten. Sie holte tief Luft und erklärte den beiden Männern geduldig noch einmal: »Die Zofe sagte, das lavendelfarbene Kleid sei passend als Klischee. Nun, ich hatte nichts anderes zum Anziehen, und da ich mich in den hiesigen Sitten nicht so auskenne, habe ich ...« Sie brach ab, als sie merkte, daß dem Earl plötzlich eine Erkenntnis dämmerte und er sich um ein ernstes Gesicht bemühte. »Habe ich etwas Komisches gesagt?«

Dr. Whitticomb blickte Stephen an und fragte leicht gereizt: »Was meint sie?«

»Sie meint ›Negligé‹. Die Zofe hatte wohl Probleme mit der französischen Aussprache.«

Dr. Whitticomb hatte sofort begriffen, um was es ging, schien das Ganze jedoch keineswegs lustig zu finden.

»Ich hätte es mir ja denken können. Das habe ich bereits bei der Beschreibung des lavendelfarbenen Kleides vermutet. Ich hoffe, Sie finden bald eine geeignetere Zofe für Miss Lancaster und schaffen Abhilfe für das Kleiderproblem, damit ein solches Mißverständnis nicht wieder vorkommt.«

Dr. Whitticomb leerte sein Glas und gab es dem Lakaien, der mit einem Silbertablett neben ihm aufgetaucht war. Erst jetzt fiel ihm auf, daß sein Gastgeber noch gar nicht geantwortet hatte. Er drehte sich zu Stephen um, um eine Antwort zu verlangen, und stellte fest, daß Stephen offensichtlich nicht nur die Frage, sondern auch Hughs Anwesenheit vergessen hatte. Statt am Gespräch teilzunehmen, grinste er Charise Lancaster an und sagte leicht tadelnd: »Sie haben mir noch keinen guten Abend gewünscht, Mademoiselle. Ich bin schon ganz niedergeschmettert.«

»Ja, das sehe ich«, lachte Sheridan über die gewaltige – aber schmeichelhafte – Übertreibung. Wie er da am Kamin lehnte, mit seinen blauen Augen, die sie anfunkelten, und einem trägen Lächeln auf seinem gutaussehenden Gesicht, strahlte Stephen Westmoreland männliches Selbstvertrauen und Kraft aus. Trotzdem wirkte seine neckende Galanterie und die Wärme in seinen Augen seltsam erheiternd auf sie, und ihr Lächeln vertiefte sich, als sie mit einer Grimasse zugab: »Ich wollte Sie sofort begrüßen, aber da ich vergessen habe, wie ich mich dabei verhalten muß, wollte ich Sie zuerst danach fragen.«

»Was meinen Sie?«

»Muß ich einen Knicks machen?« fragte sie mit einem unsicheren kleinen Lachen, das Stephen bezaubernd fand. Er bewunderte ihre unglaublich mutige Aufrichtigkeit, mit der sie lächelnd ihr großes Problem und alle daraus resultierenden Hindernisse anpackte. Stephen hätte es vorgezogen, wenn sie ihm wie Hugh Whitticomb beide Hände zum Gruß gereicht hätte, oder besser noch, ihm den Mund zum Kuß geboten hätte, aber da beides jetzt fehl am Platze schien, nickte er bestätigend auf ihre Frage und sagte beiläufig: »Das ist so Sitte.«

»Das habe ich mir beinahe gedacht«, erwiderte sie und sank

mühelos in einen anmutigen Knicks. »War das akzeptabel?« fragte sie und legte, als sie sich erhob, ihre Hand in Stephens.

»Mehr als akzeptabel«, entgegnete er lächelnd. »Wie haben Sie Ihren Tag verbracht?«

Aus den Augenwinkeln beobachtete Hugh Whitticomb, wie warm der Earl lächelte, wie selbstvergessen er sie ansah, als sie seine Frage beantwortete, und wie nahe er bei ihr stand – viel näher, als nötig oder schicklich gewesen wäre. Wenn er wirklich nur eine Rolle spielte, dann genoß er sie sichtlich. Und wenn er nicht nur Theater spielte …

Dr. Whitticomb beschloß, die letztere Möglichkeit zu prüfen, und wandte sich den beiden in leichtem, scherzendem Tonfall zu. »Ich ließe mich glatt überreden, zum Essen zu bleiben, wenn Sie mich einladen sollten –«

Charise Lancaster drehte sich nach ihm um, Stephen jedoch würdigte ihn keines Blickes. »Keine Chance«, sagte er trocken. »Gehen Sie.«

»Es soll keiner sagen, ich verstünde einen Wink mit dem Zaunpfahl nicht«, antwortete Dr. Whitticomb. Was er gesehen hatte, hatte ihn so ermutigt und entzückt, daß er an der Eingangstür beinahe die ausgestreckte Hand des Butlers, der ihm Hut und Stock reichte, geschüttelt hätte.

»Tun Sie mir den Gefallen und passen Sie ein wenig auf die junge Dame auf«, sagte er statt dessen mit einem verschwörerischen Zwinkern. »Das bleibt unser kleines Geheimnis.« Er war schon halb die Vordertreppe hinuntergegangen, als ihm auffiel, daß es sich bei dem Butler gar nicht um Colfax, sondern einen anderen, viel älteren Mann gehandelt hatte.

Aber das spielte keine Rolle. Nichts konnte in diesem Augenblick seine gute Laune beeinträchtigen.

Seine Kutsche wartete an der Straßenecke, aber der Abend war so schön, und er befand sich in einer solchen Hochstimmung, daß er beschloß, zu Fuß zu gehen. Seinem Kutscher befahl er, ihm zu folgen. Seit Jahren hatten er und die Familie Westmoreland hilflos und konsterniert zugesehen, wie sich die verschiedensten Frauen Stephen an den Hals warfen. Ihre Gier nach seinem Titel, seinem Reichtum und einer Verbindung mit der Familie Westmoreland hatten Stephen, der früher ein charmanter und warmherziger junger Mann gewesen war, mittlerweile hart und zynisch werden lassen.

Er war bei jeder Gastgeberin und jeder potentiellen Schwiegermutter gern gesehen, und man behandelte ihn mit dem ehrerbietigen Respekt, der seinem unermeßlichen Reichtum und dem Einfluß seiner Familie in der Gesellschaft zukam. Und er wurde begehrt – aber nicht für das, was er war, sondern dafür, wer er war und was er besaß.

Als scheinbar ewiger Junggeselle stellte er eine immer größere Herausforderung für verheiratete und unverheiratete Frauen dar, bis es schließlich soweit gekommen war, daß er einen Ballsaal nicht mehr betreten konnte, ohne bei den weiblichen Gästen einen wahren Aufruhr auszulösen. Er bemerkte das natürlich und durchschaute die Gründe, und je stärker sein eigenes Ansehen wuchs, um so tiefer sanken die Frauen in seiner Achtung. Mittlerweile verhielt er sich dem weiblichen Geschlecht gegenüber so abgestumpft und geringschätzig, daß er in der Öffentlichkeit die Gesellschaft seiner Geliebten der jeder angesehenen Frau aus seiner Schicht vorzog. Selbst wenn er zur Saison nach London kam, was er schon seit zwei Jahren nicht mehr getan hatte, erschien er bei keinem der größeren gesellschaftlichen Ereignisse, sondern zog es vor, seine Abende entweder mit Freunden am Spieltisch oder mit Helene Devernay in der Oper oder im Theater zu verbringen. Er zeigte sich so offen mit ihr vor der beleidigten Gesellschaft, daß es schon an einen Skandal grenzte – was seiner Mutter und seiner Schwägerin sehr zu Herzen ging.

Bis vor ein oder zwei Jahren hatte er die Frauen, die sich ihm an den Hals warfen, zumindest toleriert und sie lediglich mit amüsierter Geringschätzung behandelt, aber in letzter Zeit brachte er offenbar auch dazu die Geduld nicht mehr auf. Nun konnte es passieren, daß er einen niederschmetternden Verweis oder eine beißende Unhöflichkeit von sich gab, die die geschmähte Dame unweigerlich in Tränen ausbrechen ließen und ihre Verwandten aufs äußerste erzürnten, wenn sie davon hörten.

Und doch ... heute abend hatte er Charise Lancaster sein warmes Lächeln von früher geschenkt. Wahrscheinlich resultierte seine Haltung zum Teil daraus, daß er sich verantwortlich für ihre mißliche Lage fühlte – und das war er ja auch. Sie brauchte ihn gerade jetzt ganz besonders. Aber nach Dr. Whitticombs Meinung brauchte Stephen sie auch.

Freundlichkeit und Liebreiz fehlten in seinem Leben, und vor allem brauchte er endlich die Erkenntnis, daß es noch unverheiratete Frauen auf der Welt gab, die mehr von ihm wollten und brauchten als nur seinen Titel, sein Geld und seinen Besitz.

Selbst in ihrem verletzlichen Zustand schien Charise Lancaster seinem Titel oder der Größe und Eleganz seines Heims keine Bedeutung zuzumessen. Sie ließ sich weder von ihm noch von seinem Vermögen einschüchtern, und auch seine Aufmerksamkeit flößte ihr keine Scheu ein. Heute abend hatte sie Hugh mit einer natürlichen Wärme begrüßt, die er unwiderstehlich fand, und sie hatte laut über Stephens galante Worte gelacht. Sie war erfrischend freimütig und überhaupt nicht eingebildet, und gleichzeitig doch so lieb und sanft, daß Stephens Vernachlässigung sie niedergeschmettert hatte. Sie gehörte zu den seltenen jungen Frauen, die zuerst an die Bedürfnisse anderer dachten und die Beleidigungen offensichtlich anmutig und großzügig verziehen. Als sie in den ersten Tagen ihrer Genesung noch ans Bett gefesselt gewesen war, hatte sie Hugh ständig gebeten, »dem Earl« zu versichern, sie würde wieder gesund werden und ihr Gedächtnis wiedererlangen, damit er sich keine unnötigen Sorgen machte. Zudem war sie einfühlsam – und scharfsinnig – genug gewesen, um zu merken, daß er sich die Schuld an ihrem Unfall gab. Abgesehen davon bezauberte Hugh ihre freundliche, ungekünstelte Herzlichkeit jedem gegenüber, von den Dienstboten über ihn selbst bis hin zu ihrem Verlobten.

Monica Fitzwaring war eine nette junge Frau aus gutem Hause und von hervorragendem Charakter, und Hugh schätzte sie sehr, aber nicht als Ehefrau für Stephen. Sie verhielt sich stets liebenswürdig, freundlich und gelassen – wie man es ihr beigebracht hatte –, aber eben wegen ihrer Erziehung besaß sie weder das Verlangen noch die Fähigkeit, tiefe Gefühle bei einem Mann zu wecken, und vor allem nicht bei Stephen. Nicht ein einziges Mal bei all den Gelegenheiten, bei denen Hugh Stephen mit ihr zusammen gesehen hatte, hatte Stephen sie mit einer so freundlichen Wärme angesehen wie in der vergangenen Stunde Charise Lancaster. Monica Fitzwaring würde eine ausgezeichnete Gastgeberin und eine charmante Begleitung zum Dinner abgeben, niemals jedoch Stephens Herz berühren.

Vor nicht allzulanger Zeit hatte Stephen seine ganze Familie mit der Ankündigung in Alarm versetzt, er beabsichtige weder Monica Fitzwaring noch je irgendeine andere Frau zu heiraten, nur um einen Erben zu bekommen. Hugh fand das eher beruhigend als erschreckend. Er hielt nichts von diesen modernen Vernunftehen, die in der Gesellschaft gang und gäbe waren – nicht bei jemandem, den er gern hatte, und die Westmorelands hatte er sehr gern. Für Stephen wollte er eine Ehe, wie Clayton Westmoreland sie führte, eine Ehe, wie Hugh sie selbst geführt hatte, als seine Margaret noch lebte. Seine Margaret …

Selbst jetzt, als er an den vornehmen Stadthäusern der Upper Brook Street vorbeiging, mußte er beim Gedanken an sie lächeln. Charise Lancaster erinnerte ihn an seine Margaret. Nicht im Aussehen natürlich, aber in ihrer Freundlichkeit und ihrem Mut.

Bei näherer Betrachtung gelangte Hugh zu der Überzeugung, daß das Schicksal Stephen Westmoreland endlich das zugestand, was er verdiente. Natürlich wünschte sich Stephen das gar nicht, und auch Charise Lancaster würde wahrscheinlich nicht besonders beglückt sein, wenn sie erfuhr, daß ihr angeblicher Verlobter und ihr eigener Arzt sie getäuscht hatten. Trotzdem fühlte sich Hugh als Verbündeter des Schicksals, und er sah sich selbst als treibende Kraft, wenn es nötig sein würde, einzugreifen.

»Liebste Maggie«, sagte er laut. Obwohl seine Frau bereits seit zehn Jahren tot war, hatte er immer noch das Gefühl, sie sei ihm sehr nahe, und er redete gerne mit ihr, um sich dieses

Gefühl zu erhalten. »Ich glaube, wir landen den größten Coup aller Zeiten. Was meinst du?«

Er schwang seinen Stock, legte den Kopf schräg und lauschte, und dann begann er zu schmunzeln, weil er ihre vertraute Antwort fast hören konnte. »Ich meine, du solltest mich Margaret nennen, Hugh Whitticomb, nicht Maggie.«

»Ach, liebste Maggie«, flüsterte Hugh grinsend, weil sie immer dasselbe antwortete, »du bist meine Maggie gewesen von dem Tag an, als du rücklings von diesem Pferd gerutscht und mir direkt in die Arme gefallen bist.«

»Ich bin nicht heruntergerutscht, ich bin abgestiegen. Lediglich ein bißchen ungeschickt.«

»Maggie«, flüsterte Hugh, »ich wünschte, du wärst hier.«

»Ich bin hier, mein Liebling.«

18

Stephen hatte vorgehabt, den Abend mit Helene zu verbringen, zuerst im Theater und später dann im Bett. Aber drei Stunden, nachdem er gegangen war, stand er schon wieder vor seiner eigenen Haustür. Er runzelte die Stirn, weil ihm auf sein Klopfen nicht geöffnet wurde. In der Eingangshalle sah er sich nach einem Butler oder Lakaien um, aber alles lag wie ausgestorben da, obwohl es noch relativ früh war. Er warf seine Handschuhe auf einen Tisch und trat in den großen Salon. Kein Butler erschien, um ihm aus dem Mantel zu helfen, also schlüpfte er selbst heraus und warf ihn über einen Stuhl. Dann klappte er seine Uhr auf, um nachzuprüfen, ob sie stehengeblieben war.

Sie zeigte halb elf an, ebenso wie die Bronzeuhr auf dem Kaminsims. Normalerweise kehrte er von einem Abend mit Helene oder im Club immer erst in den frühen Morgenstunden zurück, und selbst dann stand immer noch ein schläfriger Lakai in der Halle, um ihn zu begrüßen.

Seine Gedanken wanderten zu dem Abend, den er gerade mit Helene verbracht hatte, und er rieb sich langsam mit der

Hand über den Nacken, als könne er so das Mißvergnügen und die Langeweile fortwischen, die er die ganze Zeit über empfunden hatte. Er hatte neben Helene in der Theaterloge gesessen und der Darbietung auf der Bühne kaum Beachtung geschenkt, und wenn, dann nur, um an den Schauspielern, den Musikern, dem Bühnenbild oder an dem Parfüm der ältlichen Matrone, die in der Loge neben ihnen saß, herumzukritisieren. In seiner Ruhelosigkeit schien ihn alles entweder zu langweilen oder zu ärgern.

Die ungewöhnlich freundliche Stimmung, in der er sich zuvor befunden hatte, als Sherry mit ihm zu Abend gegessen und ihn mit ihren witzigen – und oft scharfsinnigen – Beobachtungen über ihre jüngsten Entdeckungen in den Zeitungen unterhalten hatte, war wie fortgeblasen gewesen, sobald er das Haus verlassen hatte.

Gegen Ende des ersten Akts hatte Helene sein Mißvergnügen gespürt, und sie hatte, einladend hinter ihrem Fächer hervorlächelnd, geflüstert: »Sollen wir jetzt nicht lieber gehen und unseren eigenen ›zweiten Akt‹ in einer angenehmeren Umgebung aufführen?«

Stephen war ihrem Vorschlag bereitwillig gefolgt und mit ihr ins Bett gestiegen, aber seine Darbietung dort war genauso unbefriedigend wie die, die er im Theater gesehen hatte. Kaum hatte er sich seiner Kleider entledigt, merkte er bereits, daß ihm heute nicht nach dem langen Vorspiel zumute war, das er normalerweise so sehr genoß; er wollte sich einfach nur in ihr ergießen. Er wollte körperliche Erleichterung, nicht sinnliches Vergnügen. Er holte sich das, was er brauchte, und gab ihr nichts dafür.

Helene entging das natürlich nicht, und als er die Bettdecke wegschob, um aufzustehen, stützte sie sich auf einen Ellenbogen und sah ihm beim Ankleiden zu. »Wo bist du heute abend nur mit deinen Gedanken?«

Schuldbewußt und frustriert beugte Stephen sich nieder und drückte ihr einen entschuldigenden Kuß auf die gerunzelte Stirn. Dann erwiderte er: »Ich muß immerzu an eine Situation denken, die so kompliziert und ärgerlich ist, daß ich dich damit nicht beunruhigen will.« Das war eine Ausrede, und beide wußten es, genauso wie sie beide wußten, daß eine Geliebte für gewöhnlich keinen Anspruch auf Erklärungen und kein Recht zu Vorwürfen hatte; allerdings handelte es sich bei Helene Devernay auch keineswegs um eine gewöhnliche Geliebte. Sie wurde ebenso begehrt und bewundert wie jede Societyschönheit. Sie suchte sich ihre Liebhaber nach eigenem Gusto aus, und sie besaß eine reichliche Auswahl an gutsituierten Adligen, die nur auf die Gelegenheit warteten, um ihr ihre Protektion anzubieten, so wie Stephen es tat, und die im Gegenzug dafür das exklusive Recht auf ihr Bett und ihre Gesellschaft erhalten wollen.

Sie lächelte bei seiner Ausrede nur und fuhr mit den Fingerspitzen den tiefen V-Ausschnitt seines offenen Hemdes entlang. Dann fragte sie mit vorgetäuschter Unschuld:

»Ich hörte von einer Näherin bei Madame LaSalle, daß du dringend einige Kleider brauchtest, die mit ungewöhnlicher Eile für einen Gast in dein Haus geliefert werden mußten. Was ist das für eine … Situation?« schloß sie taktvoll.

Stephen richtete sich auf und betrachtete sie mit einer Mischung aus Erheiterung, Irritation und Bewunderung für ihre Auffassungsgabe. »Die Situation«, gab er offen zu, »ist ›ärgerlich‹ und ›kompliziert‹.«

»Das habe ich mir beinahe gedacht«, erwiderte sie mit einem wissenden Lächeln, aber Stephen hörte den Kummer in ihrer Stimme heraus. Die Anwesenheit einer fremden Frau in seinem Haus machte ihr offenbar Sorgen, und das verwirrte ihn. In seinen gesellschaftlichen Kreisen wirkte sich üblicherweise noch nicht einmal das Vorhandensein einer Ehefrau auf die Entscheidung eines Mannes aus, eine Geliebte zu haben. Bei den oberen Zehntausend fanden Heiraten im allgemeinen zwischen zwei ähnlich erzogenen Fremden statt, die auch genau das füreinander bleiben wollten, sobald erst einmal der erforderliche Erbe zur Welt gekommen war. Von keinem der beiden erwartete man eine Änderung des Lebensstils, um sich dem anderen anzupassen, und Affären waren bei Frauen wie bei Männern an der Tagesordnung. Diskretion, nicht Moral zählte bei einer Ehe in der High Society. Da sowohl Helene als auch er das wußten, und da er außerdem gar nicht verheiratet war, wunderte Stephen sich, daß sie an einen weiblichen Gast seines Hauses auch nur einen Gedanken verschwendete. Er beugte sich vor, küßte sie auf den Mund und streichelte ihre bloße Hüfte. »Du machst dir zuviel Gedanken darüber. Sie ist ein heimatloses Kind, das sich bei mir von einem Unfall erholt, während wir auf die Ankunft ihrer Familie warten.«

Aber als Stephen das Haus, das er für Helene gekauft hatte, verließ, mußte er sich widerstrebend der Tatsache stellen, daß es sich bei Charise Lancaster keineswegs um ein bemitleidenswertes, obdachloses Kind handelte. In Wirklichkeit war sie mutig, intelligent, spontan, witzig, natürlich sinnlich und durch und durch unterhaltsam. Die überraschende, irritierende Wahrheit lautete, daß er ihre Gesellschaft am heutigen Abend weit mehr genossen hatte, als die Zeit mit Helene im Theater oder im Bett. Sherry genoß seine Gesellschaft auch. Sie redete gern mit ihm, und sie lag gern in seinen Armen ...

Diese Gedanken führten zu einer im Grunde unglaublichen Möglichkeit, die er erwog, während die Kutsche sich seinem Haus an der Upper Brook Street näherte: Burleton hätte ihr nichts bieten können außer einem unbedeutenden Adelstitel und der Achtbarkeit der Ehe, aber sie und ihr Vater waren bereit gewesen, darauf einzugehen. Bereits Stunden nach Burletons Tod hatte Stephen die Beerdigung organisiert und begonnen, Nachforschungen über die finanziellen Verhältnisse des jungen Mannes anzustellen, um herauszufinden, ob noch irgendwelche Vorkehrungen getroffen werden mußten. Er hatte erfahren, daß der junge Burleton ein Spieler war. Erst heute morgen hatte Matthew Bennetts Kanzlei ihm ein vollständiges Dossier geschickt, und seitdem wußte Stephen, daß Burleton sein ererbtes kleines Vermögen vollständig aufgebraucht hatte. Außer einer kleineren Summe an Spielschulden, die Stephen einzulösen gedachte, hinterließ Burleton nichts – weder ein Haus noch Familienschmuck und noch nicht einmal eine Kutsche. Seiner Spielleidenschaft war schon, bevor er Charise Lancaster einen Heiratsantrag gemacht hatte, viel Geld zum Opfer gefallen.

Innerhalb von ein oder zwei Jahren hätte Sherry in tiefster Armut gelebt, so wie Burleton zur Zeit seines Todes. Die Ehe hätte ihr, abgesehen von dem Adelstitel, der nicht im mindesten auch nur einem der Titel entsprach, die Stephen führte, nichts gebracht. Stephen beabsichtigte zwar nicht, sie zu heiraten, aber er konnte – und wollte vielleicht sogar – ihr die Welt zu Füßen legen, vorausgesetzt, sie verbrachten auch die kommenden Wochen gerne miteinander und sie akzeptierte das Arrangement und seine Bedingungen.

Vorausgesetzt, sie akzeptierte das Arrangement und seine Bedingungen …

Die Erkenntnis, wie niederträchtig er dachte, traf ihn wie ein Schlag, und ihm wurde übel. Charise Lancaster war eine naive Jungfrau und keine Kurtisane. Selbst wenn sie den Hintergrund und die Erfahrung gehabt hätte, um die Folgen einer solchen Beziehung zu verstehen, was zweifellos nicht zutraf, dann war sie immer noch viel zu jung für ihn – und er zu verdorben für sie.

Glücklicherweise ging seine Verdorbenheit und Langeweile jedoch nicht so weit, ihr ein Arrangement vorzuschlagen, das sie ihrer Tugend und aller Chancen auf ein respektables Leben beraubt hätte. Er konnte selbst kaum glauben, daß er so unmoralisch und so gemein war, daß er einen jungen Mann vor seiner Hochzeit umbrachte, und noch nicht einmal zwei Wochen später daran denken konnte, aus seiner Verlobten eine ausgehaltene Geliebte zu machen. Das war nicht nur schandbar, das war Wahnsinn. Zwar wußte er, daß er über die Jahre alle Ideale verloren hatte, aber an den Verlust seines Verstandes hatte er bislang nicht geglaubt.

Da er sich wie ein kompletter Idiot vorkam, beschloß Stephen, seine Rolle als zeitweiliger Beschützer Sherrys von nun an zu erfüllen und nur noch auf ganz distanzierte Art und Weise an sie zu denken. Er würde dafür sorgen, daß es ihr nicht nur gut ginge und sie sich geborgen fühlte, sondern daß ihr in Zukunft auch seine Zudringlichkeiten erspart blieben.

Sie mochte vielleicht denken, sie seien miteinander verlobt, aber er wußte es schließlich verdammt nochmal besser, und in Zukunft würde er es nicht vergessen! Eine Person mit schadhaftem Gedächtnis war genug!

Er wünschte sich inbrünstig, sie möchte schnell wieder gesund werden, sein Schuldgefühl dafür, daß er sie ihres Verlobten beraubt hatte, ließ jedoch langsam nach. Sie verdiente jemand Besseren als den jungen Burleton. Er war zu unreif, zu verantwortungslos und zu arm, um zu ihr zu passen. Ihr kam es zu, in Pelze gehüllt zu werden und ein Leben in Luxus zu führen.

Tief im Inneren wußte er, daß die Verantwortung, einen solchen Mann für sie zu finden, bei ihm lag, aber darüber wollte er im Moment nicht nachdenken. Es minderte sein Vergnügen, und er wollte den Rest des Abends für sie beide noch so angenehm wie möglich gestalten.

Jetzt stand Stephen im leeren Salon und grübelte über die Frage nach, seit wann er eine solche Schwäche für junge Mädchen in Schwierigkeiten nährte – und vor allem eine so bizarre Vorliebe für junge Damen mit flammendrotem Haar.

Er fühlte sich bereit, seine Pflicht als Beschützer zu tun, indem er seinen Gast unterhielt. Allerdings ruhte das Haus so still und verlassen wie ein leeres Grab.

Er steckte die Hände in die Taschen und drehte sich langsam um, wobei er immer noch halb erwartete, daß Sherry oder ein Diener plötzlich aus irgendeiner Ecke der leeren Halle auftauchen würde. Als nichts geschah, trat er ein paar Schritte vor, unentschlossen, ob er zu Bett gehen oder seine sonst so effiziente Dienerschaft, die auf einmal eine derartige Pflichtvergessenheit an den Tag legte, aufscheuchen sollte. Er wollte gerade die Glocke läuten, als er gedämpfte Stimmen hörte, die irgendwo hinten im Haus gleichzeitig sprachen. Dann verklang das Geräusch wieder.

Verwirrt wandte Stephen sich in die Richtung, aus der der Lärm gekommen war. Seine Stiefel klangen dumpf auf dem Boden der Säulenhalle. Er durchquerte sie und ging einen langen Flur entlang, der zum rückwärtigen Teil des Hauses führte. Am Ende des Korridors blieb er wieder stehen und lauschte mit schräggelegtem Kopf in die Stille. Sherry war wahrscheinlich schon vor Stunden zu Bett gegangen, dachte er und ärgerte sich über sich selbst. Da eilte er aus den einladenden Armen seiner Geliebten nach Hause, um sich ihr wie ein übereifriges Kindermädchen anzudienen!

Er wollte sich gerade angewidert zum Gehen wenden, als plötzlich aus der Küche Sherrys fröhliche Stimme durch den Flur erschallte. »In Ordnung, dann wollen wir es alle noch einmal versuchen – nur Sie, Mr. Hodgkin, müssen direkt neben mir stehen und lauter singen, damit ich nicht wieder den Text durcheinanderbringe. Fertig?« fragte sie.

Und plötzlich brach ein Chor von Dienstbotenstimmen mit einem munteren Weihnachtslied los, das alle englischen Kinder seit dem Mittelalter singen konnten. Stephen ging auf die Küche zu, und sein Ärger wuchs bei dem Gedanken, daß Sherry in der Küche bei seinen pflichtvergessenen Dienstboten war, statt daß sie sich um ihn kümmerten. Auf der Türschwelle zu dem großen, gefliesten Raum jedoch blieb er wie angewurzelt stehen. Amüsiert und ungläubig blickte er auf das Bild, das sich ihm bot.

Fünfzig Dienstboten in ihren unterschiedlichen Livreen standen in fünf Reihen vor Sherry und dem alten Hodgkin. Normalerweise galt beim Personal eine strenge, jahrhundertealte Hierarchie, an deren Spitze der erste Butler und die Haushälterin standen, aber Stephen sah auf einen Blick, daß Sherry sie ohne Ansehen ihres Rangs oder ihrer Würde angeordnet hatte, sondern wahrscheinlich nur nach ihren sängerischen Qualitäten. Der arme Colfax, Stephens vornehmer Oberbutler, stand hinten in einer Reihe zwischen einem Zimmermädchen und einer Wäscherin, während sein Erzrivale um den ersten Rang im Haushalt, Stephens Kammerdiener Damson, es geschafft hatte, einen wichtigeren Platz in der ersten Reihe einzunehmen. Damson, ein äußerst streng auf Formen bedachter Gentleman, der selten geruhte, mit irgend jemand anderem als mit Stephen zu sprechen, hatte den Arm um die Schultern eines Lakaien gelegt, und die beiden strahlten vor Vergnügen, die verzückten Blicke zur Decke gerichtet, wobei ihre Köpfe sich beinahe berührten.

Einen solchen Anblick hätte sich Stephen in seinen wildesten Träumen nicht vorstellen können, und so blieb er einige

Minuten lang stehen und sah und hörte zu, wie Pferdeknechte, Türsteher und Lakaien in voller Livree in demokratischer Harmonie mit Kammerzofen, Wäscherinnen und molligen Küchenmädchen in gestärkten weißen Schürzen sangen.

Dirigiert wurden sie von einem gebeugten, hochbetagten Unterbutler, der die Arme schwenkte, als dirigiere er ein Symphonieorchester.

Stephen war so gebannt von der Szene, daß er erst nach einiger Zeit merkte, wie hübsch Damson und der Lakai und auch ein paar von den anderen sangen, und es dauerte sogar noch ein bißchen länger, bevor ihm auffiel, daß er diese Amateurdarbietung in seiner Küche weit mehr genoß als die professionelle Aufführung im Theater.

Er überlegte gerade, warum sie ein Weihnachtslied mitten im Frühjahr sangen, als plötzlich Sherry in den Chor einstimmte. Der liebliche Klang ihrer Stimme zwischen all diesen Möchtegern-Tenören und hoffnungsvollen Baritonen verschlug Stephen fast den Atem. Die tiefen Töne schlug sie mit einer unbeschwerten Sinnlichkeit an, die ihren Behelfschor zum Strahlen brachte, und wenn die Melodie in die Höhe kletterte, sang sie mit einer mühelosen Leichtigkeit, die jeden Winkel des Raumes mit der Süße ihrer Stimme zu erfüllen schien.

Als das Lied mit einem rauschenden Akord abschloß, trat ein ungefähr siebenjähriger Page vor und wies auf seinen verbundenen Unterarm. Er lächelte Sherry schüchtern an und sagte: »Meiner Hand würd's noch viel besser gehen, Ma'am, wenn ich noch'n fröhliches Lied hören könnte.«

Stephen straffte sich und wollte dem Jungen gerade befehlen, sie nicht zu belästigen, als schon Damson vorsprang. Stephen dachte, er wolle einen ähnlichen Befehl aussprechen, statt dessen jedoch sagte der Kammerdiener: »Ich bin sicher, ich spreche für uns alle, Miss, wenn ich sage, daß Sie uns diesen Abend zu einem unvergeßlichen Erlebnis gemacht haben, indem Sie uns mit Ihrer Anwesenheit und mit Ihrer – darf ich so kühn sein zu sagen – exzeptionellen Stimme beglückt haben.«

Diese lange, blumige Rede entlockte Sherry ein zögerndes,

verwirrtes Lächeln. Sie beugte sich nieder, um den Verband um den Arm des kleinen Jungen zurechtzurücken. »Mr. Damson meint«, übersetzte Colfax, der Butler, mit einem verächtlichen Blick auf den Kammerdiener, »daß wir alle diesen Abend außerordentlich genossen haben, Miss, und daß wir es sehr zu schätzen wüßten, wenn Sie noch ein bißchen länger blieben.«

Der kleine Junge verdrehte bei diesen Worten die Augen zunächst zum Butler, dann zum Kammerdiener, und strahlte schließlich Sherry an, die auf seiner Augenhöhe hockte und stirnrunzelnd die Wunde unter dem Verband betrachtete. »Die beiden meinen, ob wir bitte noch ein Lied singen, Miss?«

»Oh«, lachte Sherry, und Stephen sah, wie sie dem Butler und dem Kammerdiener verstohlen zublinzelte. Sie richtete sich auf und fragte: »Haben Sie das gemeint?«

»In der Tat«, erwiderte der Kammerdiener und sah den Butler finster an.

»Ich zumindest habe das gemeint«, antwortete der Butler.

»Nun, können wir?« beharrte der kleine Junge.

»Ja«, sagte sie, setzte sich an den Küchentisch und zog ihn auf ihren Schoß, »aber dieses Mal höre ich Ihnen zu, damit ich noch eins von Ihren Liedern lernen kann.« Sie sah Hodgkin an, der sie anstrahlte und auf weitere Vorschläge wartete.

»Am liebsten dieses erste Lied, Mr. Hodgkin, das Sie mir alle vorgesungen haben, über den Pferdeschlitten mit den Glocken.«

Hodgkin nickte, hob die Hände, damit es still wurde, schwenkte dramatisch die Arme, und sofort erscholl ein ausgelassener Chor. Stephen hörte kaum zu. Er blickte wie gebannt auf Sherry, die den kleinen Jungen auf ihrem Schoß anlächelte und ihm etwas zuflüsterte. Dann hob sie ihre Hand an seine Wange und bettete sein schmutziges Gesicht liebevoll an ihre Brust. Das Bild, das sie boten, strahlte so viel liebevolle Mütterlichkeit und Zärtlichkeit aus, daß Stephen aus seiner Erstarrung erwachte und in unerklärlicher Angst, das Bild aus dem Gedächtnis zu verlieren, vortrat. »Ist denn schon Weihnachten?« sagte er und brach mitten in die heimelige Szene.

Wenn er in beiden Händen geladene Gewehre gehalten hätte, hätte sein Erscheinen keine lähmendere Wirkung auf die fröhliche Versammlung im Raum erzielen können. Fünfzig Dienstboten hörten schlagartig auf zu singen und begannen, sich rückwärts aus der Küche zu drängen, wobei sie sich in ihrer panischen Eile gegenseitig umrannten. Selbst das Kind auf Sherrys Schoß entwischte, bevor sie es festhalten konnte. Nur Colfax, Damson und Hodgkin zogen sich würdevoller – allerdings auch äußerst vorsichtig – zurück und verbeugten sich dabei die ganze Zeit.

»Sie haben ziemliche Angst vor Ihnen, nicht wahr?« fragte Sherry. Sie freute sich so sehr über seine frühe Rückkehr, daß sie ihn anstrahlte.

»Offenbar nicht genug, um auf ihren Posten zu sein«, erwiderte Stephen, mußte dann aber doch lächeln, weil sie so schuldbewußt aussah.

»Das war meine Schuld.«

»Das habe ich auch angenommen.«

»Woher wußten Sie es?«

»Ich kann hervorragend kombinieren«, sagte er mit einer übertriebenen Verbeugung. »Bis heute abend habe ich sie weder singen hören, noch bin ich jemals in ein leeres Haus gekommen.«

»Ich fühlte mich einsam und beschloß deshalb, das Haus ein wenig zu erkunden. Als ich hier hereinkam, hatte Ernest – der kleine Junge – sich gerade den Arm an einem der Kessel verbrannt.«

»Und Sie stellten alle Dienstboten zu einem Chor zusammen, um ihn aufzumuntern?«

»Nein, das habe ich getan, weil sie anscheinend alle ein bißchen Aufmunterung gebrauchen konnten. Ich übrigens auch.«

»Ging es Ihnen nicht gut?« fragte Stephen besorgt und musterte sie prüfend. Sie sah gut aus. Sehr gut. Reizend und lebenssprühend – und verlegen.

»Nein, ich war ...«

»Ja?« hakte er nach, als sie zögerte.

»Ich war traurig, weil Sie weg waren.«

Sein Herz machte einen Satz bei ihrer aufrichtigen Antwort. Er empfand Überraschung und noch etwas anderes, das er im Moment nicht näher bestimmen konnte. Er wollte es auch gar nicht erst versuchen. Andererseits stand sie schließlich zur Zeit als seine Verlobte vor ihm, und so schien es ihm angebracht und angenehm zugleich, sich herunterzubeugen und einen Kuß auf ihre gerötete Wange zu drücken – und das, obwohl er noch vor ein paar Minuten gelobt hatte, von nun an nur noch eine völlig platonische Beziehung zu ihr zu unterhalten. Auch daß der Kuß zu ihren Lippen herabglitt und seine Hände ihre Schultern packten und sie für einen Moment näher zu ihm heranzogen, schien vollkommen harmlos. Weder angebracht noch harmlos allerdings war die sofortige Reaktion seines Körpers, als sie sich an ihn schmiegte und ihre Hand an seine Brust drückte, und auch nicht der zärtliche Gedanke, der ihm auf einmal durch den Kopf schoß ... *Ich habe dich heute abend vermißt.*

Stephen ließ sie los, als hätte er sich die Hände verbrannt, und trat einen Schritt zurück. Er machte ein ausdrucksloses Gesicht, damit sie seine Verwirrung und seinen Ärger nicht sah, aber das kostete ihn solche Mühe, daß er automatisch zustimmte, als sie vorschlug, er solle warten, bis sie ihnen etwas zu trinken bereitet hatte.

Mit einem Tablett, auf dem Tassen und eine Kanne standen, kehrte Sheridan an den Tisch zurück und setzte sich ihm gegenüber. Sie stützte ihr Kinn auf die Hand und studierte ihn mit leisem Lächeln, während Stephen zusah, wie der Feuerschein auf ihrem Haar schimmerte und ihre Wangen zum Glühen brachte. »Es muß große Anstrengung kosten, ein Earl zu sein«, bemerkte sie. »Wie sind Sie überhaupt einer geworden?«

»Ein Earl?«

Sie nickte, schaute auf die Kanne und stand rasch auf. »Gestern abend nach dem Essen erwähnten Sie, Sie besäßen einen älteren Bruder, der Herzog ist, und dann sagten Sie, Sie hätten Ihre Titel ohne eigenes Zutun geerbt.«

»Ich hatte einfach nur Glück«, antwortete Stephen beiläufig, da seine Aufmerksamkeit von ihren raschen, anmutigen

Bewegungen gefesselt wurde, mit denen sie alles ausführte, was sie anpackte. »Mein Bruder erbte den Herzogstitel und einige andere von unserem Vater. Meine Titel habe ich von einem Onkel. Aufgrund eines Freibriefs und eines besonderen Erbrechts, das einem meiner Vorfahren vor Generationen gewährt wurde, durften die Earls of Langford einen Erben für ihre Titel benennen, wenn sie kinderlos blieben.«

Sie lächelte ihn zerstreut an und nickte, und Stephen mußte feststellen, daß sie für das Thema, das normalerweise jedes unverheiratete weibliche Wesen in seiner Bekanntschaft höchst faszinierend fand, kein besonderes Interesse aufbrachte.

»Die Schokolade ist fertig«, sagte sie und ergriff ein schweres Tablett, beladen mit einer Kanne, Tassen, Löffeln und ein paar delikaten Gebäckstücken, die sie offenbar in einer Anrichte entdeckt hatte.

»Ich hoffe, sie schmeckt Ihnen. Ich weiß anscheinend noch ganz genau, wie ich sie zubereiten muß«, sagte sie und überreichte ihm das Tablett, als sei es für ihn die natürlichste Sache der Welt, mit einem Tablett herumzulaufen. »Ich weiß allerdings nicht, ob ich sie gut gemacht habe.« Sie schien erfreut darüber, daß sie sich daran erinnern konnte, wie sie das Getränk zubereiten mußte, aber Stephen fand es ein bißchen seltsam, daß sie eine Aufgabe beherrschte, die eigentlich immer nur von Dienstboten ausgeführt wurde. Andererseits war sie Amerikanerin, und vielleicht kannten sich amerikanische Frauen mit Küchen besser aus als ihre englischen Schwestern.

»Ich hoffe, sie schmeckt Ihnen«, wiederholte sie zweifelnd, während sie zum vorderen Teil des Hauses gingen.

»Bestimmt«, erwiderte Stephen unaufrichtig. Heiße Schokolade hatte er das letzte Mal getrunken, als er noch im Laufstall gesessen war. Heutzutage zog er um diese Uhrzeit eher ein Glas alten Brandy vor.

Aus Sorge, sie könne seine Gedanken erraten, fügte er betont begeistert hinzu: »Sie riecht köstlich. All diese Lieder über Schnee und Weihnachten haben mir wahrscheinlich Appetit darauf gemacht.«

19

Stephen trug das verzierte Silbertablett den Gang entlang in den Salon, vorbei an drei gaffenden Lakaien. Colfax stand auf seinem üblichen Posten an der Eingangstür und eilte mit der offenkundigen Absicht herbei, ihm das Tablett abzunehmen, aber Stephen hinderte ihn daran mit der spöttischen Bemerkung, sie hätten sich bereits ohne jede Hilfe selbst versorgt, und er sähe keinen Grund, das jetzt, wo die meiste Arbeit bereits getan sei, zu ändern.

Sie hatten den Salon fast erreicht, als der Türklopfer mehrmals fest und nachdrücklich betätigt wurde. Stephen hatte Anweisung gegeben, allen Besuchern mitzuteilen, er sei nicht zu Hause, und schenkte deshalb dem Geräusch keine Beachtung. Einen Augenblick später jedoch hörte er einen Chor fröhlicher Stimmen, und sein Herz sank.

»Er muß zu Hause sein, Colfax«, sagte Stephens Mutter zum Butler. »Als wir vor zwei Stunden in London ankamen, fanden wir eine Nachricht von ihm vor, er habe die Absicht, sich aufs Land zurückzuziehen. Wenn wir nicht ein paar Tage früher angekommen wären, wäre er schon weg gewesen. Also, wo steckt er?«

Leise fluchend drehte sich Stephen genau in dem Augenblick um, als sein Bruder, seine Schwägerin und einer ihrer Freunde zusammen mit seiner Mutter den Salon betraten – eine ganze Flotte, die entschlossen in den Kampf gegen sein gesellschaftsfeindliches Verhalten, wie sie es nannten, segelte.

»Ich dulde das nicht länger, mein Liebling!« verkündete seine Mutter und trat auf ihn zu, um ihm einen Kuß auf die Wange zu drücken. »Du bist zuviel ...« Ihr Blick fiel auf Sherry, und lahm beendete sie ihren Satz, » ... allein.«

»Absolut zuviel!« erklärte Whitney Westmoreland, die mit dem Rücken zum Zimmer stand, da Colfax ihr gerade aus dem Mantel half. »Clayton und ich beabsichtigen, dich zu jedem wichtigen Ball und Ereignis in den nächsten sechs Wochen mitzuschleppen«, fuhr sie fort und hakte sich bei ihrem Ehemann ein. Nach zwei Schritten blieben sie stehen.

Stephen sah Sherry, die vollkommen verwirrt und verständnislos dreinblickte, entschuldigend an und flüsterte: »Keine Angst. Sie werden Sie schon mögen, wenn sie sich erst einmal von ihrer Überraschung erholt haben.« Innerhalb weniger angespannter Sekunden bedachte Stephen in Windeseile jede plausible und unplausible Methode, das anscheinend unvermeidliche Desaster abzuwenden. Da er Sherry jedoch nicht bitten konnte, den Raum zu verlassen, während er alles erklärte – das hätte sie nur gedemütigt und aufgeregt –, blieb ihm nur die Wahl, zu improvisieren und die Farce in Gegenwart seiner Familie vorläufig aufrechtzuerhalten. Später, wenn Sherry zu Bett gegangen war, würde er ihnen dann die Wahrheit erklären.

Mit diesem Plan im Kopf schickte Stephen einen warnenden Blick zu seinem älteren Bruder, damit dieser ihn unterstützte, aber Claytons amüsierte Aufmerksamkeit war auf Sherry und das vergessene Tablett in Stephens Händen gerichtet. »Sehr hausfräulich, Stephen«, bemerkte Clayton trocken.

Ungeduldig stellte Stephen das Tablett ab und blickte zur Tür, wo Colfax stand und auf Anweisungen für Getränke wartete. Er nickte ihm nachdrücklich zu, sie sofort zu bringen. Dann wandte er sich an die wartende Gruppe und begann mit der Vorstellung. »Mutter, darf ich dir Miss Charise Lancaster vorstellen?«

Sherry sah ihre zukünftige Schwiegermutter an, merkte dann, daß sie gerade einer Herzogin vorgestellt wurde, und geriet prompt in Panik, weil ihr nicht einfiel, was sie sagen sollte. Sie warf Stephen einen entsetzten Blick zu und flüsterte durchdringend in der erwartungsvollen Stille des Zimmers: »Genügt ein gewöhnlicher Knicks?«

Stephen legte seine Hand unter ihren Ellenbogen, teils, um ihr zu Hilfe zu kommen, teils, um sie nach vorne zu schieben, und lächelte sie beruhigend an. »Ja.«

Sherry sank mit zitternden Knien in einen Knicks, dann raffte sie mehr Mut zusammen, als sie überhaupt gedacht hatte zu besitzen, und richtete sich wieder auf. Sie erwiderte den durchdringenden Blick der älteren Frau und sagte liebenswürdig: »Ich freue mich sehr, Ihre Bekanntschaft zu machen, Ma'am, ich meine Euer Gnaden.« Dann wandte sie sich zu Stephen um und wartete darauf, daß er sie seiner Schwägerin vorstellte, einer gutaussehenden Brünetten, die er mit Whitney anredete, und deren grüne Augen Sherry mit kaum verhüllter Verwirrung musterten. Noch eine Herzogin! dachte Sherry entsetzt. Sie war älter als sie, aber nicht viel. Knicksen oder nicht knicksen? Als ob die andere Frau ihre Unsicherheit spürte, streckte sie die Hand aus und sagte mit zögerndem Lächeln:

»Sehr erfreut, Miss Lancaster.«

Sherry dankte ihr innerlich für den Hinweis, und nachdem sie der jungen Frau die Hand geschüttelt hatte, wandte sie sich dem Herzog zu, um ihm vorgestellt zu werden. Er war ein großer, dunkelhaariger Mann, der ihrem Verlobten hinsichtlich des Gesichts, der Größe und seiner breitschultrigen Erscheinung sehr ähnlich sah. »Euer Gnaden«, murmelte sie und knickste noch einmal.

Das vierte Mitglied der Gruppe, ein gutaussehender Mann Mitte dreißig namens Nicholas DuVille, drückte einen galanten Kuß auf ihren Handrücken und sagte, er sei »entzückt«, sie kennenzulernen. Dabei lächelte er sie so herzlich an, daß sie sich vorkam, als hätte er ihr gerade ein riesengroßes Kompliment gemacht.

Als die Vorstellung beendet war, wartete sie darauf, daß Stephens Verwandte sie in der Familie willkommen heißen oder sie zumindest beglückwünschen würden, aber anscheinend brachte niemand ein Wort heraus. »Miss Lancaster ist krank gewesen«, sagte ihr Verlobter und drei Augenpaare richteten sich auf sie, als fürchteten sie, sie könne in Ohnmacht fallen, was sie in der Tat am liebsten getan hätte.

»Nicht eigentlich krank«, korrigierte Sherry. »Es war ein Unfall – ein Schlag auf den Kopf.«

»Warum setzen wir uns eigentlich nicht?« schlug Stephen vor. Er verfluchte das Schicksal, das aus einer ohnehin schwierigen Situation eine noch schlimmere machte. Sherry wußte offensichtlich nicht, was seine Familie dachte, aber dafür wußte Stephen es umso besser. Als sie hereingekommen waren, hatte er sich gerade in seinem Haus mit einer

Frau ohne Anstandsdame unterhalten, was ihre Moral äußerst fragwürdig erscheinen ließ. Ganz zu schweigen von seiner eigenen Moral: Schließlich hatte er eine solche Frau in sein Haus gebracht, und das zu einer Uhrzeit, zu der Besucher eintreffen konnten. Und da es sich anscheinend bei ihr um ein leichtes Mädchen handelte, mit dem er herumschäkerte, hatte er einen unverzeihlichen Fauxpas begangen, indem er sie seinen weiblichen Verwandten vorstellte. Allerdings glaubten sie wohl nicht, daß er etwas Derartiges tun würde, deshalb warteten sie nun geduldig auf eine Erklärung, wer sie war … oder wo ihre Anstandsdame steckte … oder was er sich dabei gedacht hatte.

Um Zeit zu gewinnen, stand Stephen auf, als der Butler mit einem Tablett voller Gläser und Karaffen hereinkam. »Ah, da ist ja Colfax«, sagte er mit grimmiger Verzweiflung. »Mutter, was möchtest du trinken?«

Sein Tonfall trug ihm einen erstaunten Blick seiner Mutter ein, aber sie spürte wohl, daß er auf ihre bedingungslose Unterstützung hoffte, und ging sofort darauf ein. Mit höflichem Lächeln schüttelte sie den Kopf angesichts des Tabletts, das der Butler auf den Tisch vor das Sofa gestellt hatte, und blickte statt dessen zu dem Tablett, das Stephen bereits dort abgestellt hatte. »Rieche ich da heiße Schokolade?« fragte sie heiter, und ohne die Antwort abzuwarten, wies sie den Butler an: »Ich glaube, ich ziehe die Schokolade vor, Colfax.«

»An deiner Stelle nähme ich Sherry«, riet ihr Stephen nachdrücklich.

»Nein, ich möchte lieber Schokolade«, beharrte seine Mutter. Dann demonstrierte sie ihre legendäre Gewandtheit in schwierigen Situationen und zog Sherry ins Gespräch. »Mir ist aufgefallen, daß Sie einen amerikanischen Akzent haben, Miss Lancaster«, sagte sie höflich. »Wie lange sind Sie schon in England?«

»Ein bißchen länger als eine Woche«, erwiderte Sherry, deren Stimme vor Verwirrung und Unsicherheit angespannt klang. Niemand in diesem Zimmer schien etwas von ihr zu wissen, obwohl sie mit einem Mitglied der Familie verlobt war. Irgend etwas Seltsames – erschreckend Seltsames – ging vor.

»Ist das Ihr erster Besuch hier?«

»Ja«, preßte Sherry heraus und blickte Stephen verzweifelt an. Vor Angst und irrationalen Vorahnungen schnürte sich ihr die Kehle zusammen.

»Und was bringt Sie hierher?«

»Miss Lancaster ist nach England gekommen, weil sie mit einem Engländer verlobt ist«, eilte Stephen Sherry zu Hilfe. Er betete darum, daß seine Mutter ein starkes Herz hatte.

Der ganze Körper der Herzoginwitwe schien sich zu entspannen, und ihr Gesichtsausdruck wurde herzlich. »Wie reizend«, sagte sie. Sie hielt inne, um stirnrunzelnd den Butler zurechtzuweisen, der ihr trotz ihrer Bitte nach Schokolade ein Glas Sherry eingeschenkt hatte und es ihr hinhielt. »Colfax, hören Sie auf, mit diesem Wein unter meiner Nase herumzuwedeln. Ich hätte gerne heiße Schokolade.« Sie lächelte Sherry an, während Colfax den anderen Gästen Gläser mit Wein anbot. »Mit wem sind Sie verlobt, Miss Lancaster?« fragte sie freundlich, während sie sich selbst eine Tasse Schokolade einschenkte.

»Sie ist mit mir verlobt«, sagte Stephen trocken.

Schweigen breitete sich im Raum aus. Wenn die Situation nicht so ernst gewesen wäre, hätte Stephen über die vielfältigen Reaktionen auf seine Ankündigung gelacht. »Mit ... dir?« fragte seine Mutter wie betäubt. Ohne ein weiteres Wort setzte sie die Tasse Schokolade ab und griff nach einem Glas Sherry. Zu Stephens Rechten sah ihn sein Bruder erstaunt und ungläubig an, und seine Schwägerin war völlig verstummt. Sie hielt ihr vergessenes Glas Sherry in der ausgestreckten Hand, als wolle sie gerade einen Toast aussprechen. Colfax richtete sein ängstliches Mitgefühl abwechselnd auf Stephens Mutter und auf Sherry, während Nicholas DuVille angelegentlich den Ärmel seines Mantels studierte und ganz offensichtlich wünschte, er wäre ganz woanders.

Für den Augenblick kümmerte Stephen sich nicht um ihre Probleme, sondern sah Sherry an, die mit schamrotem Kopf auf ihren Schoß starrte. Ihr mußte es so vorkommen, als zeigten ihre zukünftigen Verwandten einen beleidigenden Mangel an Enthusiasmus. Stephen ergriff ihre Hand, tätschelte sie beruhigend und gab ihr die erstbeste Erklärung, die ihm einfiel. »Sie wollten meine Familie noch vor der Eröffnung, daß wir miteinander verlobt sind, kennenlernen«, log er und setzte dabei ein, wie er hoffte, überzeugendes Lächeln auf. »Deshalb wirken sie so überrascht.«

»Wir wirken überrascht, weil wir überrascht sind«, tadelte seine Mutter streng und sah ihn an, als habe er den Verstand verloren. »Wann habt ihr euch kennengelernt? Wo habt ihr euch kennengelernt? Du warst doch gar nicht in ...«

»In ein paar Minuten werde ich alle deine Fragen beantworten«, unterbrach Stephen seine Mutter in einem knappen Tonfall, der sie zum Schweigen brachte, bevor sie aussprechen konnte, daß er seit Jahren nicht mehr in Amerika gewesen war. Er wandte sich an Sherry und meinte liebevoll: »Sie sind ganz blaß. Möchten Sie nicht lieber nach oben gehen und sich hinlegen?«

Sherry wäre nur zu gerne aus diesem Zimmer mit all seiner unterschwelligen Anspannung geflohen, aber die ganze Situation schien ihr so befremdlich, daß sie lieber ausharren wollte.

»Nein, ich – ich glaube, ich bleibe lieber hier.«

Stephen blickte in ihre verletzten silbergrauen Augen und dachte daran, wie dieser Augenblick für sie gewesen wäre, wenn er ihren echten Verlobten nicht getötet hätte. Sicher, Burleton war nicht gerade der Hauptgewinn, aber sie hatten einander geliebt, und Burletons Familie, wenn er eine gehabt hätte, hätte ihr sicher keine so demütigend schwache Reaktion gezeigt. »Wenn Sie lieber hierbleiben würden«, neckte er sie, »dann gehe ich nach oben und lege mich hin, und Sie können meiner Familie erklären, was ich für ein ... ein sentimentaler Idiot war ..., weil ich zugelassen habe, daß Sie mich um den Finger gewickelt und mich davon überzeugt haben, daß wir ihnen erst nach dem Kennenlernen von unserer Verlobung erzählen sollten.«

Es schien, als fiele Sherry ein riesengroßer Stein vom Herzen. »Oh«, sagte sie verlegen lachend und blickte in die Runde, »ist das so gewesen?«

»Wissen Sie das nicht?« platzte die Herzoginwitwe heraus. Soweit sich Stephen erinnern konnte, hatte sie damit zum ersten Mal in ihrem Leben die Fassung verloren.

»Nein – wissen Sie, ich leide unter einem kompletten Gedächtnisverlust«, erwiderte Sherry so süß und tapfer, daß es Stephen vor Bewunderung fast das Herz zerriß. »Das ist natürlich gerade jetzt schrecklich unangenehm, aber zumindest kann ich Ihnen versichern, daß es sich dabei um keine Erbkrankheit handelt. Er ergab sich lediglich durch einen dummen Unfall, der auf dem Dock neben dem Schiff passiert ist ...«

Ihre Stimme versagte, und Stephen sah ein weiteres peinliches Kreuzfeuer von Fragen auf sie zukommen. Deshalb stand er auf und nahm die Dinge selbst in die Hand. »Sie sind erschöpft, und Hugh Whitticomb bringt mich um, wenn Sie morgen früh bei seiner Ankunft nicht rosig und gesund aussehen«, sagte er liebevoll zu ihr. »Ich bringe Sie zu Ihrem Schlafzimmer. Sagen Sie bitte gute Nacht zu allen. Ich bestehe darauf.«

»Gute Nacht«, murmelte Sherry gehorsam mit verwirrtem Lächeln. »Sie wissen ja sicher, daß Lord Westmoreland schrecklich fürsorglich ist.« Als sie sich zum Gehen wandte, stellte sie fest, daß alle sie äußerst befremdet anschauten, bis auf Nicholas DuVille. Er betrachtete sie mit einem schwachen Lächeln, als fände er sie eher interessant als hoffnungslos absonderlich.

Sherry nahm die Erinnerung an diesen ermutigenden Blick bis zur Tür ihres Schlafzimmers mit. Als sie sich auf das Bett setzte, dröhnte ihr Kopf vor entsetzlichen Zweifeln und unlösbaren Fragen.

20

Als Stephen einen Augenblick später wieder in den Salon zurückkam, blickten ihm vier Augenpaare erwartungsvoll entgegen. Seine Familie wartete kaum, bis er sich hingesetzt hatte, bevor sie anfing, ihn mit Fragen zu bombardieren. Er hatte den Stuhl noch nicht ganz berührt, da redeten schon beide Frauen gleichzeitig.

Seine Mutter fragte: »Was für ein Unfall?«

Seine Schwägerin sagte: »Was für ein Schiff?«

Stephen wartete darauf, daß sein Bruder seine erste Frage stellte, aber Clayton sah ihn nur mit hochgezogenen Augenbrauen an und sagte trocken: »Ich komme nicht über die umwerfende Entdeckung hinweg, daß du nicht nur ›ein sentimentaler Idiot‹, sondern auch noch ›schrecklich fürsorglich‹ bist.«

Nicholas DuVille enthielt sich höflich jeder Frage, obwohl Stephen das Gefühl nicht loswurde, daß seine Eröffnung den Franzosen stark erheitert hatte. Er überlegte, ob er DuVille unaufgefordert eine Kutsche zur Verfügung stellen sollte, damit er heimfahren konnte, aber der Mann war ein alter Freund von Whitney, und außerdem würde seine Gegenwart Stephens würdevolle Mutter davon abhalten, den ersten hysterischen Anfall ihres Lebens zu bekommen.

Da die Gruppe jetzt bereit war, die Wahrheit zu hören, lehnte Stephen sich in seinem Sessel zurück, richtete den Blick zur Decke und begann in beherrschtem Tonfall zu reden. »Die Szene, die ihr gerade zwischen Charise Lancaster und mir erlebt habt, ist eigentlich eine gewaltige Farce. Das ganze Debakel begann vor über einer Woche mit einem von mir verschuldeten Kutschenunfall, der eine Kette von Ereignissen nach sich zog, die ich euch jetzt erzählen werde. Die junge Frau, die ihr eben kennengelernt habt, ist genauso ein Opfer der Ereignisse wie ihr verstorbener Verlobter, ein junger Baron namens Arthur Burleton.«

Aus der anderen Ecke des Zimmers ertönte Whitneys erschreckte Stimme. »Arthur Burleton ist – war ein absoluter Taugenichts.«

»Wie dem auch sei«, erwiderte Stephen seufzend, »auf jeden Fall liebten sie sich und wollten heiraten. Wie ihr gleich erfahren werdet, ist Charise Lancaster, die ihr alle entweder für völlig durchgedreht oder aber für eine berechnende Mitgiftjägerin haltet, die mir irgendwie das Eheversprechen entlockt hat, eigentlich ein völlig unschuldiges und äußerst bemitleidenswertes Opfer meiner eigenen Nachlässigkeit und Unredlichkeit ...«

Als Stephen seinen Bericht beendet und alle Fragen beantwortet hatte, wurde es still im Zimmer. Jeder dachte nach. Stephen leerte sein Weinglas, als ob der Wein die Bitterkeit und das Bedauern, das er empfand, wegspülen könnte.

Sein Bruder redete als erster. »Wenn Burleton so betrunken war, daß er auf einer öffentlichen Straße im Nebel vor deine Pferde lief, dann trägt er auf jeden Fall selbst die Verantwortung für seinen Tod.«

»Ich bin dafür verantwortlich«, erwiderte Stephen knapp. Er lehnte Claytons gutgemeinten Versuch, ihn freizusprechen, ab.

»Ich lenkte unerfahrene Pferde und hätte mit ihnen fertigwerden müssen.«

»Wenn ich deiner Logik folge, fühlst du dich vermutlich auch für das Ladenetz verantwortlich, das Charise Lancaster verletzte?«

»Natürlich«, schnappte Stephen. »Ihr wäre nichts passiert, wenn wir nicht beide so mit Burletons Tod beschäftigt gewesen wären. Wäre ich bei beiden Gelegenheiten aufmerksamer gewesen, dann wäre Charise Lancaster heute abend eine gesunde und stolze Gattin eines englischen Barons, und das Leben läge vor ihr, wie sie es geplant hatte.«

»Da du dich schon selbst verurteilt hast«, entgegnete Clayton, der einen Augenblick lang DuVilles Anwesenheit vergaß, »hast du auch schon deine Strafe festgelegt?«

Jeder im Zimmer wußte, daß Clayton nur aus Hilflosigkeit und Kummer über die bitteren Selbstvorwürfe, die in Stephens Stimme mitschwangen, so geredet hatte, doch es war Nicholas DuVille, der die gespannte Atmosphäre reinigte, indem er humorvoll einwarf: »Darf ich, um ein häßliches Duell im Morgengrauen zwischen Ihnen beiden zu verhindern, das mich zwingen würde, zu einer sehr unbequemen und unzivilisierten Zeit aufzustehen, um Ihnen zu sekundieren, respektvoll vorschlagen, daß Sie lieber Ihren scharfen Verstand dazu nutzen, die Probleme zu lösen, statt auf der Ursache herumzureiten?«

»Nicholas hat ganz recht«, murmelte die Herzoginwitwe in ihr leeres Glas. Ihre Miene war finster und besorgt. Sie hob den Kopf und fügte hinzu: »Obwohl es unfair ist, Sie in unsere Familienangelegenheiten hineinzuziehen, können Sie offensichtlich klarer denken, weil Sie nicht direkt beteiligt sind.«

»Danke, Euer Gnaden. Darf ich Ihnen meine Überlegungen zu dem Thema mitteilen?« Als beide Frauen nachdrücklich nickten und keiner der Männer einen Einwand hatte, sagte Nicki: »Wenn ich alles richtig verstanden habe, war Miss Lancaster offenbar mit einem bettelarmen Taugenichts verlobt, für den sie zwar zärtliche Gefühle hegte, der ihr aber nichts anderes als einen Adelstitel bieten konnte. Stimmt das soweit?«

Stephen nickte, sorgfältig bedacht darauf, neutral zu wirken.

»Und«, fuhr Nicki fort, »aufgrund zweier Unfälle, für die sich Stephen verantwortlich fühlt, hat Miss Lancaster nun keinen Verlobten und kein Gedächtnis mehr. Ist das richtig?«

»Richtig«, bestätigte Stephen.

»Soweit ich es verstanden habe, glaubt ihr Arzt, daß sie ihr Gedächtnis zu gegebener Zeit wiedererlangen wird. Stimmt auch das?«

Als Stephen nickte, folgerte Nicki: »Also ist der einzige ständige Verlust, den sie erlitten hat – und für den Sie sich möglicherweise verantwortlich fühlen sollten –, der eines Verlobten, der einen bedeutungslosen Titel und einige sehr widerwärtige Angewohnheiten besaß. In diesem Fall –«, er erhob sein Glas zu einem spöttischen Toast auf seine eigenen Geistesgaben – »könnten Sie Ihre Schuld abtragen, indem Sie einfach für sie einen anderen Verlobten finden, der Burletons Platz einnimmt. Und wenn der Verlobte, den Sie aussuchen, auch noch ein netter Kerl ist, der ihr einen angemessenen Lebensstil zu bieten vermag, dann wären Sie nicht nur Ihr Schuldgefühl los, sondern könnten auch noch mit jeder Berechtigung Stolz darüber empfinden, sie vor einem Leben voller Qualen und Erniedrigung bewahrt zu haben.« Er blickte Whitney und dann Stephen an. »Wie war ich bis jetzt?«

»Nicht schlecht«, erwiderte Stephen mit schwachem Lächeln. »Ich hatte schon einmal eine ähnliche Idee. Jedoch«, fügte er hinzu, »fällt es leichter, über diesen Plan nachzudenken, als ihn tatsächlich auszuführen.«

»Oh, ich weiß aber, daß wir es schaffen könnten, wenn wir uns anstrengen!« rief Whitney aus, ängstlich darauf bedacht, jede Lösung zu verfolgen, die Stephens Schuldgefühle abbaute und ihnen allen einen Ausweg aufzeigte. »Wir müssen nur dafür sorgen, daß sie einige der in Frage kommenden Männer kennenlernt, die während der Saison hier sein werden.« Hilfesuchend sah sie ihre Schwiegermutter an und wurde mit einem zuversichtlichen Lächeln bedacht, das die unausgesprochenen Sorgen Lügen strafte.

»Es gibt ein oder zwei kleinere Probleme bei diesem Vorhaben«, sagte Stephen trocken. Er wollte jedoch ihren Enthusiasmus nicht dämpfen. Außerdem kam ihm der Plan jetzt, wo die beiden Frauen in der Familie so begeistert ihre Unterstützung zusagten, viel durchführbarer vor als in den letzten Tagen. »Warum überdenken wir das ganze Projekt nicht alle noch einmal und besprechen die verschiedenen Aspekte morgen – um ein Uhr hier?« schlug er vor. Als alle zustimmten, warnte er abschließend: »Um Sherrys willen ist es wichtig, daß wir Probleme vorhersehen und im Vorfeld ausräumen. Denkt daran, wenn ihr über das Ganze nachdenkt. Ich werde Hugh Whitticomb eine Nachricht schicken und ihn bitten, an dem Gespräch teilzunehmen, damit wir sicher sein können, daß wir ihrer Genesung keinen Schaden zufügen.«

Als alle aufstanden, sah er seine Mutter und Whitney an und sagte: »Wenn ich mich nicht sehr irre, liegt Sherry nun hellwach und quält sich, wahrscheinlich ohne Antworten zu finden, wegen der Reaktion auf sie heute abend.«

Er brauchte seine Bitte nicht erst auszusprechen. Beide Frauen wandten sich schon zur Tür, um seine zeitweilige Verlobte für alles Elend, das sie verursacht hatten, zu entschädigen.

21

Sherry stand am Fenster und blickte in die Nacht, die so dunkel und leer war wie ihr Gedächtnis. Sie fuhr herum, als es leise an die Tür ihres Schlafzimmers klopfte, und bat die Besucher einzutreten.

»Wir möchten Sie um Verzeihung bitten«, sagte Stephens Mutter und trat zu ihr ans Fenster. »Wir wußten ja nichts – von ihrer Verlobung und ihrem Unfall und allem anderen –, bis Stephen es uns erzählte.«

»Ich bin so froh, daß Sie noch wach sind«, sagte Stephens wunderschöne Schwägerin. In ihren grünen Augen stand ein seltsames Mitleid, als sie Sherry anblickte. »Ich hätte an Ihrer Stelle sicher auch nicht schlafen können, nachdem wir sie unten so schlecht behandelt haben.«

Da Sherry im Moment nicht einfiel, was die gesellschaftlichen Gepflogenheiten bei einer Entschuldigung von zwei noblen Herzoginnen vorschrieben, scherte sie sich nicht um das Protokoll und tat, was sie konnte, um ihnen ihr offensichtliches Unbehagen abzunehmen. »Bitte machen Sie sich keine Gedanken«, erwiderte sie sanft und aufrichtig. »Ich weiß gar nicht, was in mich gefahren ist, daß ich die Verlobung geheimhalten wollte. Aber mir kommt es manchmal so vor, als ob ich in Wirklichkeit vielleicht ein bißchen … exzentrisch sei.«

»Ich glaube«, sagte Whitney Westmoreland, die aussah, als versuche sie zu lächeln, obwohl sie in Wahrheit nur Traurigkeit verspürte, »Sie sind sehr tapfer, Miss Lancaster.« Und als hätte sie erst jetzt daran gedacht, streckte sie die Hände aus und rief lächelnd: »Ach ja – und willkommen in der Familie. Ich – ich habe mir schon immer eine Schwester gewünscht!«

Die gezwungene, verzweifelte Begeisterung in ihrer Stimme löste bei Sherry sämtliche Alarmglocken aus, und ihre Hände zitterten, als sie sie ihrer zukünftigen Schwägerin entgegenstreckte. »Danke.« Das klang so unzureichend, daß eine peinliche Stille entstand, und Sherry mußte ein nervöses Lachen unterdrücken, als sie erklärte: »Ich kann mich tatsächlich nicht erinnern, ob ich mir auch immer eine

Schwester gewünscht habe ... Aber ich bin mir ganz sicher, daß dem so war. Und ich erhoffte mir bestimmt immer eine so reizende Schwester wie Sie.«

»Das haben Sie hinreißend gesagt«, kommentierte die Herzoginwitwe mit stockender Stimme. Dann zog sie Sherry in eine kurze, fast fürsorgliche Umarmung und befahl ihr, sofort zu Bett zu gehen, als sei Sherry ein Kind.

Sie verließen sie mit dem Versprechen, sie morgen wieder besuchen zu kommen, und Sherry blickte ihnen verblüfft nach, bis sich die Tür hinter ihnen geschlossen hatte. Die Verwandten ihres zukünftigen Ehemanns waren genauso unberechenbar wie er – in der einen Minute kühl, distanziert und unerreichbar, und dann wieder warmherzig, liebevoll und freundlich. Sherry sank auf ihr Bett und runzelte verwirrt die Stirn, während sie nach einer Erklärung für dieses wechselhafte Verhalten suchte.

Aus verschiedenen Artikeln, die sie in der letzten Woche in der *Post* und in der *Times* gelesen hatte, wußte sie, daß die Engländer Amerikaner oft nicht sehr schmeichelhaft beurteilten – die Kommentare reichten von »lächerlich schlecht erzogene Kolonisten« bis hin zu »ungehobelte Barbaren«. Wahrscheinlich hatten sich beide Herzoginnen gefragt, wie Lord Westmoreland darauf gekommen war, eine Amerikanerin zu heiraten – das würde die negative Reaktion bei ihrer ersten Begegnung erklären. Offenbar hatte Lord Westmoreland ihnen dann etwas erzählt, das sie beruhigte, aber was ... Müde der endlosen Fragen, die in jedem wachen Moment in ihrem Kopf kreisten, strich sich Sherry die Haare aus der Stirn und warf sich auf den Rücken. Nachdenklich starrte sie zum Betthimmel empor.

Die Herzogin von Claymore rollte sich auf die Seite und betrachtete im Licht einer einzelnen Kerze, die neben ihrem Bett stand, die sorgenzerfurchte Miene ihres Ehemannes. Ihre eigenen sorgenvollen Gedanken jedoch galten Stephens »Verlobter«.

»Clayton?« flüsterte sie und fuhr geistesabwesend mit ihrer Fingerspitze seinen Arm hinunter. »Bist du wach?«

Seine Augen blieben geschlossen, seine Lippen jedoch verzogen sich zu einem trägen Lächeln, als ihre Fingerspitze den Weg zurück zu seiner Schulter fand. »Möchtest du das?«

»Ich glaube schon.«

»Laß es mich wissen, wenn du dir sicher bist«, murmelte er.

»Ist dir an Stephens Verhalten heute abend irgend etwas Seltsames aufgefallen – ich meine, an der Art, wie er Miss Lancaster und die Verlobung und all das behandelt hat?«

Er öffnete seine Augen gerade so weit, daß er ihr einen schiefen Blick zuwerfen konnte. »Was kann denn schon ›seltsam‹ sein am Verhalten eines Mannes, der zeitweilig mit einer Frau verlobt ist, die er nicht kennt, nicht liebt und nicht heiraten möchte – und die ihn für jemand anderen hält?«

Whitney seufzte lächelnd über seine Aufzählung, griff aber sofort ihren Gedankengang wieder auf. »Ich meinte, einen weichen Zug an ihm zu entdecken, den ich seit Jahren nicht mehr bemerkt habe.« Als er ihr nicht sofort antwortete, fuhr sie fort: »Würdest du sagen, Miss Lancaster sei äußerst attraktiv?«

»Ich würde fast alles sagen, wenn ich dich damit bewegen könnte, mich entweder mit dir schlafen oder aber alleine weiterschlafen zu lassen.«

Sie beugte sich über ihn und küßte ihn liebevoll auf den Mund, aber als er sich ihr zuwandte, drückte sie die Hand gegen seine Brust und wiederholte lachend: »Findest du, daß Miss Lancaster äußerst attraktiv ist – auf eine unkonventionelle Art und Weise?«

»Wenn ich ja sage, darf ich dich dann küssen?« neckte er sie, hielt aber bereits ihr Kinn so, daß er sie küssen konnte.

Als er fertig war, holte Whitney tief Luft, um ihre Gedanken noch auszusprechen, bevor sie dem sinnlichen Zauber erlag, den er so unweigerlich auf sie ausübte. »Glaubst du, Stephen könnte sie mögen?« flüsterte sie.

»Ich glaube«, neckte er sie, während seine Hand zu ihrer Brust glitt, »du gibst dich einem Wunschdenken hin. Es ist wahrscheinlicher, daß DuVille sich in sie verliebt als Stephen – was mir beinahe genauso gut gefallen würde.«

»Warum würde dir das gefallen?«

»Weil«, antwortete er, stützte sich auf einen Ellenbogen und drückte sie in die Kissen zurück, »DuVille mit einer anderen Frau aufhören würde, sich nach meiner zu verzehren.«

»Nicki ›verzehrt‹ sich nicht im mindesten nach mir. Er ...«

Whitney vergaß den Rest ihres Protests, als er mit seinem Mund zuerst ihre Worte und dann ihre Gedanken erstickte.

22

Sherry streckte sich auf Zehenspitzen vor einem der Bücherschränke in der Bibliothek und fischte ein Buch über Amerika heraus. Dann trug sie es zu einem der polierten Mahagonitische, die im Raum verteilt standen, und setzte sich. Auf der Suche nach etwas, das ihrem Gedächtnis nachhelfen könnte, blätterte sie durch die Seiten und hielt Ausschau nach Informationen, die sie vielleicht wiedererkennen würde. Sie stieß auf einige komplizierte Zeichnungen von Häfen voller Schiffe und von weitläufigen Stadtstraßen mit einem Gewühl von Kutschen, aber nichts davon wirkte auch nur im entferntesten vertraut. Da der schwergewichtige Band alphabetisch angeordnet war und sie hoffte, daß Bilder ihrem Gedächtnis besser nachhelfen würden als das geschriebene Wort, blätterte sie wieder zum Anfang und schlug langsam Seite für Seite um, bis sie zur ersten Zeichnung kam. Unter ›A‹ wie Ackerbau fand sie die Illustration von grünenden Weizenfeldern vor sanften Hügeln. Sie wollte die Seite gerade wieder umblättern, als ein anderes Bild in ihrem Gedächtnis aufblitzte. Flüchtig sah sie ein Feld, auf dem Pflanzen mit dicken weißen Dolden standen. Das Bild verblaßte sofort wieder, aber ihre Hand zitterte, als sie weiter umblätterte. Bei der Abbildung einer Kohlenmine regte sich nichts in ihr, und auch die anderen Illustrationen sagten ihr nichts, bis sie auf die eines Mannes stieß mit einem wettergegerbten Gesicht, einer großen Nase und lang herunterhängendem, dunklem Haar. »Amerikanischer Indianer« las sie über dem Bild, und Sherry spürte, wie in ihren Schläfen das Blut zu pochen begann, als sie angestrengt das Gesicht musterte. Ein vertrautes Gesicht ... oder nicht? Sie hielt die Augen fest geschlossen und versuchte, sich auf die Bilder zu konzentrieren, die in ihrem Kopf herumwirbelten und wieder verblaßten. Felder ... und Wagen ... und ein alter Mann, dem ein Zahn fehlte. Ein häßlicher Mann, der sie angrinste.

»Sherry?«

Sherry unterdrückte einen erschreckten Aufschrei. Sie drehte sich in ihrem Stuhl herum und starrte den gutaussehenden Mann an, dessen Stimme sie normalerweise beruhigte – oder auch erregte.

»Was ist los?« fragte Stephen alarmiert, als er ihr betroffenes, blasses Gesicht sah, und kam auf sie zu.

»Nichts, Mylord«, log sie mit einem nervösen Lachen und stand auf. »Sie haben mich erschreckt.«

Stirnrunzelnd legte Stephen ihr die Hände auf die Schultern und blickte forschend in ihr blasses Gesicht. »Sonst nichts? Was haben Sie eben gelesen?«

»Ein Buch über Amerika«, sagte sie. Sie genoß das Gefühl, von seinen starken Händen gehalten zu werden. Manchmal kam es ihr fast so vor, als ob er sie wirklich liebte.

Ein anderes Bild kam ihr in den Sinn, viel verschwommener als die anderen ... aber tröstlich und so süß: Ein gutaussehender, dunkelhaariger Mann, der vielleicht der Earl war, kniete vor ihr und rief aus: *Ich war nichts, bis du kamst ... nichts, bis du mir deine Liebe gegeben hast ... nichts, bis du ... bis du ...*

»Soll ich Whitticomb verständigen?« fragte Stephen laut und schüttelte sie leicht.

Seine Stimme riß sie aus ihren Träumen, und sie schüttelte lachend den Kopf. »Nein, natürlich nicht. Ich habe mich nur an etwas erinnert. Vielleicht habe ich mir auch nur eingebildet, daß es wirklich passiert ist.«

»Was war es denn?« fragte Stephen. Er löste seine Hände von ihren Schultern, aber sein Blick hielt sie immer noch umfangen.

»Das würde ich lieber nicht sagen«, erwiderte sie errötend.

»Was war es?« wiederholte er.

»Sie würden doch nur lachen.«

»Lassen Sie es darauf ankommen«, sagte er.

Sherry verdrehte in gespieltem Entsetzen die Augen und lehnte sich an den Bibliothekstisch, auf dem das aufgeschlagene Buch lag. »Mir wäre es lieber, Sie würden nicht darauf bestehen.«

»Ich bestehe aber darauf«, beharrte Stephen, der vergeblich versuchte, dem ansteckenden Lächeln auf ihren weichen Lippen zu widerstehen. »Vielleicht handelt es sich um eine echte Erinnerung und nicht nur um Ihre Einbildung.«

»Das können nur Sie wissen«, gab sie zu und studierte angelegentlich ihren Daumennagel. Scheu blickte sie ihn unter ihren langen Wimpern hervor an und fragte: »Als Sie mich baten, Sie zu heiraten, haben Sie da zufällig erwähnt, daß Sie nichts waren, bevor Sie mich kennenlernten?«

»Wie bitte?«

»Allein der Gedanke scheint Ihnen so zu widerstreben«, sagte Sherry ohne jeden Groll, »daß ich vermute, Sie haben auch nicht vor mir gekniet, als Sie mir Ihren Antrag machten?«

»Kaum«, erwiderte Stephen trocken. Die Vorstellung, daß er eine so alberne Haltung eingenommen haben sollte, ärgerte ihn so sehr, daß er ganz vergaß, daß er ihr überhaupt nie einen Antrag gemacht hatte.

Sherrys Enttäuschung über seine Antworten wurde aufgewogen durch seine wachsende Enttäuschung über ihre Fragen. »Was war mit Blumen? Haben Sie mir zufällig einen Strauß Blumen hingehalten, als Sie sagten, ›Ich war nichts, bis Sie mir Ihre Liebe schenkten, Sherry? Überhaupt nichts, bis Sie in mein Leben traten‹?«

Stephen stellte fest, daß sie sein Unbehagen anscheinend genoß. Er packte sie unter dem Kinn. »Freche Göre«, sagte er leichthin, wobei ihm auffiel, daß sie anscheinend nie Angst vor ihm hatte. »Ich wollte Sie gerade in mein Arbeitszimmer bitten. Meine Familie wird jeden Moment zu einer Art Besprechung dort eintreffen.«

»Was für eine Besprechung?« fragte Sheridan. Sie klappte das Buch zusammen und stellte es wieder in den Bücherschrank.

»Eigentlich eine Besprechung über Sie – über die beste Methode, Sie in die Gesellschaft einzuführen«, erwiderte Stephen zerstreut. Er beobachtete sie, wie sie sich auf Zehenspitzen hochreckte und versuchte, nicht das Gleichgewicht zu verlieren, und bemerkte, wie reizend sie aussah in einem eigentlich einfachen pfirsichfarbenen Kleid mit hohem Stehkragen und eng geschnittenem Oberteil, das jede ihrer einladenden Kurven geschickt hervorhob, ohne auch nur das kleinste bißchen Haut zu zeigen.

Nachdem er die ganze Nacht durchgeschlafen hatte, fühlte er sich heute morgen bezüglich ihrer Probleme zuversichtlicher als jemals zuvor, seit Sherry auf dem Dock vor seinen Augen zusammengebrochen war. Mit Hilfe seiner Familie, die ihm gern ihre Mitarbeit und Unterstützung angeboten hatte, schien die Idee, während der Saison einen geeigneten Ehemann für sie zu finden, nicht nur eine ideale, sondern auch eine durchführbare Lösung zu sein. Er zeigte sich in der Tat so begeistert davon, daß er allen heute früh eine Nachricht geschickt hatte, sie möchten zwei Listen mitbringen: eine mit den Namen der in Frage kommenden Männer und eine weitere, auf der die Dinge verzeichnet standen, die bei ihrer richtigen Einführung sonst noch bedacht werden mußten.

Da er nun ein fest umrissenes Ziel vor Augen hatte, sah Stephen keinen Grund, warum er es nicht mit der gleichen Effizienz und Entschiedenheit angehen sollte, mit der er seine anderen Geschäftserfolge zu erreichen pflegte. Wie sein Bruder und ein paar wenige andere Adlige zog es auch Stephen vor, seine Geschäfte und Finanzangelegenheiten selbst zu regeln, und er hatte sich mit seiner Fähigkeit und Kühnheit einen guten Ruf erworben. Im Gegensatz zu vielen anderen Adligen, die sich immer mehr verschuldeten, weil sie geschäftliche Angelegenheiten für eine Sache der Kaufleute und damit für unter ihrer Würde hielten, vermehrte Stephen sein an sich schon großes Vermögen ständig. Natürlich tat er es aus Vernunftgründen, daneben aber auch, weil er die Herausforderung, sein Urteilsvermögen und sein Timing zu prüfen, überaus genoß; er liebte die Befriedigung nach einem erfolgreichen Kauf oder der guten Anlage eines Vermögenswertes.

Er beabsichtigte, Sherry so zu behandeln, als sei sie ein weiterer, äußerst wünschenswerter ›Vermögenswert‹, den er anlegen wollte. Die Tatsache, daß es sich bei Sherry um eine Frau und nicht um ein seltenes Kunstwerk oder ein Lager voller kostbarer Gewürze handelte, spielte für sein Denken oder seine Strategie keine Rolle, abgesehen davon, daß er auf jeden Fall sicherstellen wollte, daß ihr Erwerber ihrer würdig und verantwortungsbewußt war. Das einzige Problem bestand darin, ihr Einverständnis zu bekommen, daß derart über sie verfügt wurde.

Über dieses delikate Problem hatte er während seines morgendlichen Bades nachgedacht. Als Damson schließlich ein elegantes hellbraunes Jackett aus einem der Schränke geholt und es Stephen zur Begutachtung vorgelegt hatte, war er zu der besten – und einzigen – Lösung gekommen. Anstatt ihr einfach eine weitere Lüge aufzutischen, würde Stephen ihr einen Teil der Wahrheit erzählen. Aber erst, nachdem er sich mit seiner Familie beraten hatte.

Sherry stellte die übrigen Bücher, die sie durchsehen wollte, zurück, ebenso wie Feder und Papier, die sie aus einer Schreibtischschublade geholt hatte. Dann drehte sie sich um, und er bot ihr seinen Arm. Die Geste war so galant und das Lächeln in seinen Augen so warm, daß sie vor Stolz und Freude fast platzte. In seinem hellbraunen Rock, mit den langen Beinen in kaffeebraunen Hosen und glänzenden braunen Stiefeln sah Stephen Westmoreland aus wie der Mann ihrer Träume – groß, breitschultrig und atemberaubend schön.

Als sie die Treppe hinuntergingen, warf sie verstohlen einen weiteren Blick auf sein scharf gezeichnetes Profil. Sie bewunderte den Stolz und die Stärke, die sein schönes, gebräuntes Gesicht ausstrahlte. Mit diesem trägen, vertraulichen Lächeln und diesen tiefblauen, durchdringenden Augen mußte er seit Jahren Frauenherzen in ganz Europa gebrochen haben. Zweifellos hatte er viele dieser Frauen auch geküßt, denn das verstand er gut, und schließlich hatte er auch nicht im geringsten gezögert, sie zu küssen. Tausende von Frauen in ganz Europa hatten ihn wahrscheinlich genauso unwiderstehlich gefunden wie sie, und doch hatte er, aus irgendeinem ihr unverständlichen Grund, sie allen anderen vorgezogen. Das kam ihr so unwahrscheinlich, so unfaßbar vor, daß es ihr Unbehagen bereitete. Statt sich jedoch Zweifeln und Ungewißheit hinzugeben, griff Sherry das unbeschwerte Gespräch, das sie in der Bibliothek geführt hatten, wieder auf.

Als sie sich den offenen Türen seines Arbeitszimmers näherten, lächelte sie ihn neckend an. »Da ich mich an Ihren Antrag nicht erinnern kann, hätten Sie wenigstens vorgeben können, Sie hätten mir einen richtigen Antrag gemacht – auf den Knien. Angesichts meines geschwächten Gesundheitszustandes wäre das ritterlicher gewesen.«

»Ich bin kein besonders ritterlicher Mann«, erwiderte Stephen ungerührt grinsend.

»Dann hoffe ich zumindest, daß ich soviel Verstand hatte, Sie sehr lange warten zu lassen, bevor ich Ihren ungalanten Antrag annahm«, gab sie streng zurück und blieb auf der Türschwelle stehen. Sie zögerte und fragte dann mit einem hilflosen Lachen über ihre Unfähigkeit sich zu erinnern: »Habe ich Sie warten lassen, Mylord?«

Ganz bezaubert von dieser neuen, neckischen Seite an ihr paßte Stephen sich automatisch ihrem Ton an. »Ganz gewiß nicht, Miss Lancaster. Sie warfen sich mir sogar zu Füßen und weinten vor Dankbarkeit, daß ich Ihnen meine glänzende Person antrug.«

»Von allen arroganten, unehrenhaften …«, sagte sie mit einem erstickten entsetzten Auflachen, »das habe ich ganz bestimmt nicht getan!« Nach Bestätigung suchend blickte sie Colfax an, der eine der Türen zum Arbeitszimmer offenhielt und vergeblich versuchte, so zu tun, als hörte – und genösse – er ihr Geplänkel nicht. Ihr Verlobter wirkte so selbstzufrieden und sein Gesichtsausdruck war so selbstgefällig und unbewegt, daß Sherry den schrecklichen Verdacht hegte, er habe die Wahrheit gesagt. »Das habe ich nicht wirklich getan«, fragte sie schwach, »oder?«

Stephens Schultern bebten vor unterdrückter Erheiterung,

als er den entsetzten Ausdruck auf ihrem Gesicht wahrnahm, dann schüttelte er den Kopf und erlöste sie aus ihrem Elend. »Nein«, antwortete er und merkte gar nicht, daß er vor den Augen seiner gebannten Dienerschaft und seiner faszinierten Familie nebst Freunden, die gekommen waren, während er sich mit Sherry in der Bibliothek aufhielt, flirtend mit ihr in einer offenen Tür stand und glücklicher aussah als jemals zuvor. »Wenn Sie alle begrüßt haben, schicke ich Sie zu einer Ausfahrt in den Park, damit Sie sich die Umgebung ansehen und etwas frische Luft schnappen können, während wir die Arrangements besprechen ...« Er brach ab, weil eine leichte Bewegung im Arbeitszimmer seine Aufmerksamkeit erregte, und als er sich ganz umdrehte, sah er, daß Sherry und er vor einem ganzen Zimmer voller Menschen standen, die seltsamerweise kein Geräusch von sich gegeben hatten, um ihn auf ihre Anwesenheit hinzuweisen.

Stephen führte ihr Schweigen auf Verlegenheit wegen des anstehenden Themas zurück und geleitete Sherry ins Arbeitszimmer. Er wartete geduldig, während sie alle mit der gleichen warmen, ungezwungenen Herzlichkeit begrüßte, die sie jedem entgegenzubringen schien, von den Dienstboten bis hin zu ihrem Arzt. Aus Sorge, er könnte den Zweck des Treffens verraten, unterbrach er Hugh Whitticomb, der gerade begeistert von Sherrys glänzender Regenerierung und ihrer Tapferkeit erzählte, und sagte: »Da ihr alle anwesend seid, könnt ihr eigentlich schon beginnen, zu besprechen, wie wir Sherry die Aufnahme in die Gesellschaft erleichtern. Ich gehe noch einmal mit ihr hinaus und bringe sie zur Kutsche.« Zu Sherry gewandt, fügte er hinzu: »Ich warte auf Sie, während Sie sich einen leichten Umhang holen, dann gehen wir hinaus und sprechen mit dem Kutscher über die Strecke, die er fahren soll.«

Sherry spürte, wie er sie mit seiner Hand an ihrem Ellenbogen entschlossen von den anderen wegzog. Sie wäre gerne noch länger geblieben, tat jedoch, was er sagte und verabschiedete sich.

Hinter ihnen gab Dr. Whitticomb Colfax ein Zeichen, die Türen zu schließen. Dann blickte er in die Runde und stellte fest, daß alle geistesabwesend und nachdenklich aussahen. Die Szene, die er vor ein paar Augenblicken erlebt hatte, als Stephen und Charise Lancaster vor der Tür standen, hatte ihm nur bestätigt, was er bereits vermutete, und er war sich beinahe sicher, daß die anderen im Raum die gleiche erfreuliche Veränderung bei Stephen bemerkt hatten wie er.

Zögernd entschloß er sich, vorsichtig herauszufinden, ob die anderen wirklich das gleiche dachten wie er. So beiläufig wie möglich wandte er sich an die Herzoginwitwe. »Reizendes Mädchen, nicht wahr?«

»Reizend«, stimmte Stephens Mutter ohne Zögern zu. »Stephen geht sehr fürsorglich mit ihr um, wie ich festgestellt habe. Ich habe ihn niemals vorher eine Frau so behandeln sehen.«

Ihr Lächeln wurde nachdenklich. »Sie scheint ihn auch sehr zu mögen. Mir wäre es fast am liebsten, er wünschte gar keinen Ehemann für sie zu finden. Vielleicht könnte er ja mit der Zeit ...«

»Genau das denke ich auch«, erwiderte Hugh so nachdrücklich, daß sie ihn verblüfft ansah. Zufrieden damit, ihre unabsichtliche Unterstützung zu haben, wandte Hugh sich an Stephens Schwägerin. »Was denken Sie, Euer Gnaden?« Whitney Westmoreland lächelte ihn an – mit einem tiefen, wissenden Lächeln, das sein Herz wärmte und ihm ihre volle Mitarbeit versprach. »Ich finde sie äußerst entzückend, und ich glaube, Stephen auch, ich bezweifle allerdings, daß er das zugeben würde.«

Hugh unterdrückte das absurde Verlangen, ihr zuzuzwinkern, und sah Nicholas DuVille an. Bis zu diesem Zeitpunkt war Hugh der einzige Außenstehende gewesen, den die Familie Westmoreland als Vertrauten betrachtet hatte. DuVille gehörte nicht zur Familie und noch nicht einmal zu ihrem engen Freundeskreis. Er hatte sich als Claytons Rivale um Whitneys Hand bemüht, und obwohl Whitney ihn als lieben, engen Freund ansah, bezweifelte Hugh, daß Clayton ihm ebenfalls herzliche Gefühle entgegenbrachte. Hugh wußte nicht genau, warum man DuVille aufgefordert hatte, an dieser streng privaten Familiendiskussion teilzunehmen.

»Charmant«, sagte der Franzose mit einem stillen Lächeln. »Und einzigartig, vermute ich. Nach dem, was ich eben gesehen habe, glaube ich nicht, daß Stephen ihren Reizen gleichgültig gegenübersteht.«

Zufrieden, daß er von allen die erhoffte Unterstützung bekommen hatte, sah Hugh zu Clayton Westmoreland, dem einzigen Mitglied der Gruppe, der jedes Eingreifen verhindern konnte und es auch tun würde, wenn er nicht einverstanden war. »Euer Gnaden?« forderte er ihn auf.

Der Herzog blickte ihn fest an und sagte laut und deutlich ein einziges Wort: »Nein.«

»Nein?«

»Was auch immer Sie im Sinn haben, vergessen Sie es. Stephen wird es nicht dulden, daß wir uns in sein Privatleben einmischen.« Ohne darauf zu achten, daß seine Frau tief Luft holte, als wolle sie anfangen, mit ihm zu streiten, fuhr er fort: »Außerdem ist die Lage, in der er mit Miss Lancaster steckt, schon völlig verfahren und durch Betrug belastet.«

»Aber du magst sie doch, oder?« warf Whitney ein wenig verzweifelt ein.

»Wenn man bedenkt, wie wenig ich von ihr weiß«, erwiderte Clayton nachdrücklich, »mag ich sie sehr gern. Ich denke jedoch auch an ihre Interessen. Wir alle sollten daran denken, daß sie Stephen nicht mehr annähernd so gern haben wird, wenn sie ihr Gedächtnis wiedererlangt und feststellt, daß er für den Tod ihres Verlobten verantwortlich war und daß er sie seitdem in jeder Hinsicht angelogen hat. Sie wird in der Tat wahrscheinlich von keinem von uns eine besonders hohe Meinung mehr haben, wenn dieser Tag kommt.«

»Wahrscheinlich wird sie peinlich berührt und verärgert sein, wenn sie sich erstmals klarmacht, daß sie Stephen bis vor kurzem noch nie gesehen hat«, gab Dr. Whitticomb zu. »Sie sorgte sich jedoch schon um Stephen, als sie selbst noch in großer Gefahr schwebte. Sie bat mich ständig, ihn nicht zu beunruhigen und so weiter. Ich meine, das zeigt ein bemerkenswertes Verständnis: Sie würde wohl rasch begreifen, warum alle sie angelogen haben.«

»Wie ich bereits sagte«, erwiderte Clayton fest, »Stephen wird es nicht zulassen, daß wir uns in sein Privatleben einmischen. Wenn irgend jemand aus der Familie versuchen will, ihn davon abzubringen, für sie einen Ehemann zu finden, oder ihn auf irgendeine Art zu ihren Gunsten beeinflussen möchte, dann sollte das offen geschehen. Heute. Danach sollten wir die Sache Stephen, Miss Lancaster und dem Schicksal überlassen.«

Überrascht, daß seine Frau nichts einzuwenden hatte, wandte Clayton sich zu ihr, um sie wegen der für sie so uncharakteristischen schweigenden Zustimmung zu necken, aber sie blickte stirnrunzelnd zu DuVille, der äußerst erheitert wirkte. Er dachte noch über diesen stillschweigenden Austausch nach, als Stephen beschwingt ins Arbeitszimmer trat.

23

»Sherry ist sicher außer Hörweite und aus dem Haus«, verkündete Stephen, während er sorgfältig die Türen des Arbeitszimmers hinter sich schloß. »Es tut mir leid, daß ich euch habe warten lassen, aber ihr wart pünktlicher, als ich dachte.« Er ging zu seinem Schreibtisch hinüber, setzte sich und ließ seinen Blick über seine Komplizen schweifen, die im Halbkreis vor dem Schreibtisch saßen. Dann kam er direkt zur Sache.

»Anstatt uns mit den kleineren Komplikationen und Details von Sherrys Eintritt in die Gesellschaft zu befassen«, sagte er in herzlichem, aber geschäftsmäßigem Ton, »sollten wir direkt zu den möglichen Ehemännern kommen. Habt ihr eure Listen von Bekannten, die für diesen Zweck geeignet wären, mitgebracht?«

Ein Rascheln ertönte, als die Damen in ihren Retiküls kramten und Whitticomb in seine Tasche griff, um die Listen herauszuholen, die sie auf seine Anweisung hin heute morgen vorbereitet hatten. Seine Mutter beugte sich vor und reichte ihm ein gefaltetes Stück Papier, wies jedoch zugleich auf ein größeres Hindernis hin. »Ohne Mitgift ist Miss Lancaster arg im Nachteil, ganz gleich, wie begehrenswert sie sein mag. Wenn ihr Vater – wie du vermutest – nicht allzu vermögend ist ...«

»Ich werde ihr eine großzügige Mitgift mitgeben«, erwiderte Stephen, während er das Papier entfaltete. Er warf einen kurzen Blick auf die ersten Namen auf der Liste, und sein Entsetzen wandelte sich in Heiterkeit. »Lord Gilbert Reeves?« wiederholte er und sah sie an. »Sir Frances Barker? Sir John Teasdale? Mutter, Reeves und Barker sind fünfzig Jahre älter als Sherry. Und Teasdales Enkel war mit mir zusammen auf der Universität. Diese Männer sind uralt!«

»Nun ja, ich bin auch uralt«, verteidigte sie sich. »Du hast gesagt, wir sollten jeden unverheirateten Bekannten aufschreiben, für den wir uns persönlich verbürgen könnten, und das habe ich getan.«

»Ich verstehe dich ja«, erwiderte Stephen, der mit aller Macht versuchte, ernst zu bleiben. »Vielleicht könntest du dich, während ich die anderen Listen durchschaue, auf ein paar jüngere Männer mit gutem Ruf konzentrieren, mit denen du nicht ganz so persönlich bekannt bist?« Sie nickte zustimmend, und Stephen wandte sich an seine Schwägerin. Lächelnd griff er nach ihrer Liste.

Sein Lächeln erlosch jedoch schnell, als er auf die lange Liste mit Namen blickte.

»John Marchmann?« sagte er stirnrunzelnd. »Marchmann ist ein besessener Sportler. Wenn Sherry ihn jemals zu Gesicht bekommen wollte, müßte sie durch alle Flüsse Schottlands und Englands paddeln und den Rest ihres Lebens auf der Jagd verbringen.«

Whitney blickte ihn gespielt unschuldig und verwirrt an. »Er sieht aber wirklich gut aus, und er ist zudem sehr amüsant.«

»Marchmann?« wiederholte Stephen ungläubig. »Er hat schreckliche Angst vor Frauen! Der Mann ist schon fast vierzig und errötet immer noch, wenn er ein hübsches Mädchen sieht.«

»Trotzdem wirkt er sehr freundlich und nett.«

Stephen nickte abwesend, wandte sich dem nächsten Namen zu und blickte sie dann wieder an. »Der Marquis de Salle kommt überhaupt nicht in Frage. Er ist ein gewohnheitsmäßiger Don Juan und außerdem extrem genußsüchtig.«

»Vielleicht«, räumte Whitney gnädig ein, »aber er hat Charme, Vermögen und eine gute Herkunft.«

»Crowley und Wiltshire sind zu unreif und heißblütig für sie«, fuhr er fort, während er die beiden nächsten Namen studierte. »Crowley zählt ja schon nicht zu den Hellsten, aber sein Freund Wiltshire ist ein kompletter Schwachkopf. Vor ein paar Jahren haben sie sich duelliert, und Crowley hat sich dabei in den Fuß geschossen.« Whitney fing an zu kichern, aber er achtete gar nicht darauf und fügte verächtlich hinzu: »Ein Jahr später wollten sie einen weiteren Streit auf dem Feld der Ehre austragen, und Wiltshire hat einen Baum angeschossen.« Er warf seiner lachenden Schwägerin einen tadelnden Blick zu und sagte: »Es war keineswegs lustig. Die Kugel aus Crowleys Pistole prallte vom Baum ab und traf Jason Fielding, der dorthin geeilt war, um die beiden aufzuhalten. Wenn Jason nicht im rechten Arm getroffen worden wäre, hätte Crowley das Treffen schwerlich überlebt. Wenn Sherry einen von den beiden heiraten sollte, würden sie sie vermutlich eigenhändig zur Witwe machen, glaub mir.«

Er blickte auf die nächsten beiden Namen und sah Whitney stirnrunzelnd an. »Warren ist ein affektierter Stutzer! Serangley ist sterbenslangweilig! Ich kann nicht glauben, daß du diese Männer für passende Kandidaten hältst, schon gar nicht für eine intelligente, vernünftige junge Frau.«

In den nächsten zehn Minuten lehnte Stephen jeden Namen auf der Liste aus einer Vielzahl von Gründen ab. Ihm erschienen sie alle sehr einleuchtend, aber langsam bekam er das ärgerliche Gefühl, daß die Gruppe, die um seinen Schreibtisch versammelt war, seine Einwände gegen jeden Bewerber amüsant fand.

Beim letzten Namen auf Whitneys Liste zog er die Augenbrauen zusammen und sein Lächeln erlosch. »Roddy Carstairs!« rief er empört aus. »Ich würde Sherry nicht einmal in die Nähe dieses affektierten, egoistischen, scharfzüngigen kleinen Schwätzers kommen lassen. Er hat nie geheiratet, weil er keine Frau finden konnte, die er seiner für würdig hält!«

»Roddy ist nicht klein«, entgegnete Whitney entschieden. »Ich gebe ja zu, daß er auch nicht besonders groß ist, aber er zählt zu meinen ganz besonderen Freunden.« Sie biß sich auf die Lippen, um ihr Lächeln zu unterdrücken. »Du bist äußerst wählerisch, Stephen.«

»Ich habe nur praktisch gedacht.«

Er legte diese Liste beiseite und griff nach der von Hugh Whitticomb. Stirnrunzelnd blickte er darauf und legte sie dann ebenfalls weg. »Offensichtlich haben Sie und meine Mutter ziemlich viele gemeinsame Freunde.« Mit einem irritierten Seufzer stand er auf und ging ruhelos um seinen Schreibtisch herum. Er lehnte sich mit der Hüfte auf die Kante, verschränkte die Arme über der Brust und sah seinen Bruder frustriert und zugleich hoffnungsvoll an. »Ich sehe, daß du keine Liste mitgebracht hast, aber du weißt offensichtlich jemanden, der richtig für sie wäre.«

»In der Tat«, erwiderte sein Bruder mit einem Anflug von ironischer Erheiterung, »habe ich darüber nachgedacht, als ich zuhörte, wie du alle Kandidaten eliminiert hast.«

»Und?«

»Und ich stelle fest, daß ich tatsächlich jemanden kenne. Er entspricht zwar nicht all deinen erhabenen Kriterien, ich bezweifle jedoch nicht, daß er der richtige Mann für sie ist.«

»Gott sei Dank! Wer ist es?«

»Du.«

Das Wort schwebte im Raum, während in Stephen eine seltsame, irrationale Bitterkeit aufwallte. »Ich bin kein Kandidat«, erwiderte er kühl.

»Hervorragend –« Nicholas DuVille lenkte mit seinem amüsierten Ausruf sofort die Aufmerksamkeit aller auf sich. Er zog ein Blatt Papier, das sein Familienwappen trug, aus der Tasche. »In diesem Fall habe ich meine Zeit nicht vergeudet, indem ich eine eigene Liste aufgestellt habe. Ich nahm an«, fügte er hinzu, während Stephen langsam nach dem Papier griff, »daß ich, da Sie mich heute auch hierher baten, ebenfalls eine Liste erstellen sollte.«

»Nett von Ihnen, daß Sie sich der Mühe unterzogen haben«, erwiderte Stephen, der sich fragte, warum er es zugelassen hatte, daß die absurde Eifersucht seines Bruders auch seine eigene Einschätzung DuVilles beeinflußte. Nicholas DuVille war nicht nur ein gutaussehender, gebildeter und wohlerzogener Mann, er war auch geistreich und außerdem verdammt nett. Stephen faltete die Liste auf und blickte auf den einzelnen Namen, der quer über die Seite gekritzelt war. Er hob den Kopf und blickte DuVille aus zusammengekniffenen Augen an. »Halten Sie das für witzig?«

»Ich hatte nicht erwartet, daß Sie den Vorschlag lachhaft finden«, entgegnete DuVille sanft.

Da Stephen sich nicht vorstellen konnte, daß der andere es ernst meinte, musterte er ihn in kühlem Schweigen. Zum ersten Mal fiel ihm auf, daß eine ärgerliche Arroganz von diesem Mann, seinem Lächeln, und selbst der Art und Weise, wie er auf dem Stuhl saß und seine Reithandschuhe lässig in einer Hand hielt, ausging. Da er merkte, daß niemand wußte, wovon die Rede war, gelang es Stephen, das Thema zu erläutern und gleichzeitig DuVilles Integrität herauszufordern. »Sie wollen allen Ernstes als Bewerber für Charise Lancaster angesehen werden?«

»Warum nicht?« entgegnete Nicki, der das Unbehagen des anderen Mannes sichtlich genoß. »Ich bin weder zu alt noch zu klein, noch habe ich mir selbst jemals in den Fuß geschossen. Ich hasse Angeln, ich verspüre keine besondere Neigung zur Jagd, und obwohl ich ein paar Laster aufweise, hat noch keiner mir vorgeworfen, ich sei affektiert, scharfzüngig oder ein Schwätzer.«

... aber Egoismus haben sie dir schon vorgeworfen! dachte Stephen feindselig. *Und Abgestumpftheit.* Er sah im Geiste, wie der verbindliche Franzose Sherry leidenschaftlich umarmt hielt und ihre Haare wie seidiges Feuer über seinen Arm fielen. Seine Feindseligkeit wuchs. Ihre Wärme und Unschuld, ihr rebellischer, lebhafter Charakter, ihr Mut und ihre Nachdenklichkeit würden DuVille gehören, und er würde ...

Sie heiraten.

Stephens unerklärlicher Grimm wich auf einmal gesundem Menschenverstand und der Feststellung, daß das Schicksal ihm gerade die ideale Lösung all seiner Probleme gezeigt hatte. DuVille war perfekt. Die feine Gesellschaft betrachtete ihn als großartigen Ehekandidaten.

»Darf ich Ihr Schweigen als Zustimmung betrachten?« fragte DuVille. Er sah so aus, als wisse er ganz genau, daß Stephen gegen seine Bewerbung keinerlei Einwände haben könnte.

Stephen besann sich auf seine Umgangsformen. Er brachte es zwar nicht übers Herz, dem anderen Mann Herzlichkeit entgegenzubringen, nickte jedoch und sagte mit ausgesuchter Höflichkeit: »Gewiß. Sie haben meinen Segen als ihr ...« Er hatte Vormund sagen wollen, hielt aber inne, weil er nicht ihr gesetzlicher Vormund war.

»Als ihr ungewollter Verlobter?« schlug Nicki vor. »Der der Verpflichtung enthoben werden möchte, sie selbst heiraten zu müssen, damit er sein Junggesellendasein ohne die unangenehme Last eines schuldbeladenen Gewissens wegen ihrer Ehelosigkeit fortführen kann?«

Whitney sah, wie sich Stephens Kiefernmuskeln spannten und wie seine zu schmalen Schlitzen zusammengezogenen blauen Augen zu funkeln begannen. Sie wußte, daß Stephen in einer solchen Stimmung Nicki bei lebendigem Leib zerreißen könnte und würde, ungeachtet der Tatsache, daß er ihr Freund und zudem Gast in seinem Haus war. Ihre Furcht wurde bestätigt, als Stephen seine Arme wieder verschränkte und Nicki von Kopf bis Fuß verächtlich musterte. Sie öffnete den Mund, bereit einzugreifen, sollte Stephen Nicki in die Falle gehen und sagen, er würde Sherry selbst heiraten. Statt dessen näselte Stephen beleidigend: »Ich denke, wir sollten noch ein wenig ausführlicher über Ihre Qualifikationen oder deren Fehlen sprechen, DuVille. Bei der Ablehnung eines der anderen Kandidaten fiel, glaube ich, das Wort ›Wüstling‹ ...«

»Nein, das fiel nicht!« brach es so verzweifelt aus Whitney heraus, daß Stephen sie ansah. Er verlor für einen Augenblick den Faden, und sie sagte wütend: »Stephen, bitte, laß deine Frustration nicht an Nicki aus. Er möchte nur helfen.« Sie blickte rasch zu Nicki hinüber, der seit Stephens Ausbruch nichts mehr gesagt hatte. Im Augenblick sah er eher so aus, als dächte er über Mord nach statt über Heirat. Ihr Ehemann brachte sie zur Verzweiflung, weil er dasaß und so wirkte, als würde er sich über den Streit der beiden Männer freuen, aber er reagierte auf ihre stumme Bitte und griff ein. »Wirklich, Stephen, so kannst du doch deinen Schwiegersohn in spe nicht behandeln«, sagte er trocken und versuchte, die Situation durch Humor zu entspannen.

»Meinen was?« fragte Stephen empört.

Clayton erwiderte spöttisch grinsend: »Da du nicht nur eine Mitgift in Aussicht gestellt hast, sondern wörtlich sogar noch eine ›großzügige‹, repräsentierst du hier meiner Meinung nach so etwas wie den Vater. Da jedoch DuVille sich nur als möglicher Bewerber und nicht als Ehemann angeboten hat, würde ich vorschlagen, du wartest bis nach der Hochzeit, ehe du ihn dir zum Feind machst.«

Die Absurdität dieses Szenarios leuchtete beiden Streithähnen ein. Sie entspannten sich sichtlich, aber Whitney hielt trotzdem den Atem an, bis Stephen Nicki endlich versöhnlich die Hand entgegenstreckte. »Willkommen in der Familie«, sagte er ironisch.

»Danke«, erwiderte Nicki und ergriff die ausgestreckte Hand. »Wie groß wird die Mitgift sein, die ich erwarten kann?« scherzte er.

»Nachdem wir diese Hürde überwunden haben«, erklärte Stephen und setzte sich wieder hinter seinen Schreibtisch, »sollten wir uns mit den Problemen befassen, die sich uns stellen, wenn wir Sherry in die Gesellschaft einführen.«

Whitney überraschte ihn mit einem sofortigen Einwand. »Das brauchen wir doch nicht. Nicki hat sich ja schon als möglicher Kandidat angeboten.«

Stephen warf ihr einen beschwichtigenden Blick zu, während er ein Blatt Papier von seinem Schreibtisch nahm. »Ich möchte gerne, daß Sherry mehr als nur einen Bewerber hat, damit sie eine Wahl treffen kann, und das bedeutet, daß sie sich in der Gesellschaft bewegen muß. Außerdem sollte sie schon zu jemandem Zuneigung gefaßt haben, wenn ihr Gedächtnis zurückkehrt, so das überhaupt möglich ist. Das wird ihr helfen, die Trauer über Burletons Tod zu überwinden.«

DuVille wandte ein: »Das hieße aber, zuviel in einer zu kurzen Zeit zu erhoffen.«

Stephen schüttelte ablehnend den Kopf. »Nicht in diesem Fall. Sie kannte Burleton kaum. In der knappen Spanne, die er mit ihr zusammen in Amerika verbrachte, kann er unmöglich der Mittelpunkt ihres Universums geworden sein.«

Die Logik dieser Aussage wollte niemand bestreiten, aber von diesem Punkt an entwickelte sich eine endlose Debatte über alles, was etwas mit Sherrys Einführung in die Gesellschaft zu tun hatte. Stephen lauschte mit wachsender Enttäuschung auf die vielfältigen möglichen oder absurden Schwierigkeiten und Probleme, die auftreten könnten, wenn Sherry während der Saison in die Gesellschaft eingeführt würde.

24

Nach einer Stunde, als Stephen bereits vor lauter Ungeduld jeden Einwand gegen seinen Plan vom Tisch fegte, beschloß Hugh Whitticomb schließlich, als Sherrys Arzt seine professionelle Meinung zu äußern. »Es tut mir leid, aber ich kann das nicht erlauben«, erklärte er.

»Würden Sie mir bitte Ihre Gründe erläutern?« fragte Stephen sarkastisch, als der Arzt so tat, als sei damit bereits alles gesagt.

»Gewiß. Ihre Auffassung, daß der Gesellschaft Miss Lancasters Unwissen über unser Vorhaben nicht auffallen wird, weil sie aus Amerika stammt, trifft teilweise zu. Miss Lancaster jedoch ist zu empfindsam, um nicht sofort zu bemerken, daß ihr gewisse gesellschaftliche Kenntnisse fehlen, und deshalb wird wahrscheinlich sie selbst ihre strengste Kritikerin sein. Dadurch wird der extreme Streß, unter dem sie jetzt bereits steht, noch verstärkt, und das kann ich nicht zulassen.

Die Saison beginnt in ein paar Tagen, und das ist viel zu kurz für sie, um alles zu lernen, was sie für ein vollständiges Debut wissen müßte, so intelligent sie auch ist.«

»Selbst wenn das kein Hinderungsgrund wäre«, fügte Whitney hinzu, »könnten wir sie auf keinen Fall in dieser kurzen Zeitspanne für die ganze Saison mit Kleidung ausstatten. Man müßte schon sehr viel Druck auf Madame La-Salle oder eine andere annehmbare Modistin ausüben, um sie dazu zu bewegen, an einer Garderobe für Miss Lancaster zu arbeiten, schließlich haben sie schon genug mit der Arbeit für ihre regulären Kundinnen zu tun.«

Stephen ließ dieses Problem für den Moment außer acht und wandte sich statt dessen an Whitticomb. »Wir können sie nicht vor allen verstecken. Dann vermag sie ja keine möglichen Bewerber kennenzulernen, und außerdem würden die Leute anfangen zu reden und sich fragen, warum wir sie verstecken wollen. Wichtiger noch, Sherry selbst würde sich darüber Gedanken machen, und vermutlich daraus die Schlußfolgerung ziehen, wir schämten uns ihrer.«

»Das hatte ich nicht bedacht«, gab Whitticomb zu, den diese Möglichkeit zutiefst betrübte.

»Ich schlage einen Kompromiß vor«, sagte Stephen, der sich fragte, warum sich alle anscheinend nur mit den Problemen statt mit den Lösungen befaßten. »Wir beschränken ihre gesellschaftlichen Auftritte auf ein Minimum. Solange einer von uns an ihrer Seite ist, wann immer sie ein Fest besucht, können wir sie vor zu vielen Fragen abschirmen.«

»Sie können sie nicht vollständig abschirmen«, behauptete Whitticomb. »Wie wollen Sie denn die Leute darüber informieren, wer sie ist und wie sie ihr Gedächtnis verloren hat?«

»Wir werden ihnen die Wahrheit sagen, ohne allerdings zu sehr ins Detail zu gehen. Wir werden sagen, daß sie einen Unfall gehabt hat, und daß wir uns zwar alle für ihre Herkunft und ihren Charakter verbürgen, sie aber einfach eine Zeitlang keine Fragen beantworten kann.«

»Sie wissen doch, wie grausam die Leute oft sind! Sie könnten ihr ihren Mangel an Wissen als Dummheit auslegen.«

»Dummheit?« spottete Stephen mit einem rauhen Auflachen. »Wie lange ist es her, seit Sie das letzte Mal auf einem Debütantinnenball waren und versucht haben, mit einem der Gänschen, die debütieren, eine vernünftige Unterhaltung zu führen?« Er wartete die Antwort gar nicht erst ab, sondern fuhr fort: »Ich kann mich noch an mein letztes Mal erinnern – die Hälfte von ihnen konnte über nichts anderes als die neueste Mode und das Wetter reden. Und die andere Hälfte lächelte nur affektiert und errötete. Sherry ist äußerst intelligent, und das wird jeder, der selbst genügend Verstand besitzt, um ihn an anderen zu erkennen, merken.«

»Ich glaube auch nicht, daß irgend jemand sie für dumm halten wird«, warf Whitney ein. »Wahrscheinlich finden sie sie eher wunderbar geheimnisvoll, vor allem die jüngeren Galane.«

»Dann ist es also beschlossen«, stellte Stephen mit unerbittlicher Endgültigkeit fest, die jede weitere Diskussion im Keim erstickte. »Whitney, du und Mutter, ihr seht zu, daß sie angemessen ausgestattet wird. Wir werden sie unter unserer Schirmherrschaft in die Gesellschaft einführen und dann sicherstellen, daß zumindest einer von uns immer bei ihr ist. Für den Anfang gehen wir mit ihr in die Oper, wo sie zwar alle sehen, aber nicht so leicht ansprechen können. Danach ein Konzert und ein paar Teegesellschaften. Sie sieht so außergewöhnlich aus, daß sie wahrscheinlich beträchtliche Aufmerksamkeit erregen wird, und es macht sie nur noch geheimnisvoller, wenn sie nicht gleich auf allen Bällen auftaucht. Und Whitney hat ja bereits darauf hingewiesen, daß das eigentlich unser Vorteil ist.« Befriedigt über die Lösung aller wichtigen Probleme blickte Stephen in die Runde und sagte abschließend: »Gibt es noch irgend etwas, das besprochen werden müßte?«

»Eine Sache«, erwiderte seine Mutter mit Nachdruck. »Sie kann unmöglich noch eine weitere Nacht unter einem Dach mit dir bleiben. Wenn es herauskommt, daß sie allein und ohne Anstandsdame in diesem Haus war, dann kann nichts, was wir tun oder sagen, ihren Ruf retten oder ihr eine passende Partie ermöglichen. Es grenzt schon an ein Wunder, daß die Dienstboten noch nicht getratscht haben.«

»Die Dienstboten beten sie an. Sie würden sie unter keinen Umständen kränken wollen.«

»Das mag vielleicht so sein, aber sie reden ja vielleicht auch mit den Dienstboten anderer Leute ohne die Absicht, ihr zu schaden. Bis die Gerüchte in der ganzen Stadt bekannt sind, hat man schon deine Geliebte aus ihr gemacht, und diese Art von Klatsch dürfen wir uns nicht leisten.«

»Clayton und ich könnten sie einladen, bei uns zu wohnen«, meinte Whitney zögernd, weil sie den Eindruck hatte, Stephen erwarte dieses Angebot von ihr. Allerdings gefiel ihr diese Lösung überhaupt nicht. Sie wollte Sherry eigentlich nicht aus Stephens direkter Umgebung entfernen. Wenn erst einmal die gesellschaftlichen Aktivitäten mit ihren Menschenmassen einsetzten, dann sah Stephen sie vielleicht tagelang überhaupt nicht mehr oder höchstens einmal für ein paar Minuten.

»Gut«, stimmte Stephen zufrieden zu, »dann wohnt sie bei euch.«

Hugh Whitticomb setzte seine drahtgefaßte Brille ab und begann, die Gläser mit seinem Taschentuch zu putzen. »Es tut mir leid, aber ich kann diesen Plan nicht gutheißen.«

Stephen versuchte mit übermenschlicher Anstrengung, seine Ungeduld mit dem störrischen Arzt zu zügeln. »Wie meinen Sie das?«

»Ich kann nicht zulassen, daß sie in einer ungewohnten Umgebung bei Menschen wohnt, die sie nicht kennt.« Als Stephens Augenbrauen sich schon wieder bedrohlich zusammenzogen und er den Mund zu einer Entgegnung öffnete, blickte Hugh Whitticomb in die Runde und erklärte warnend: »Miss Lancaster glaubt, sie sei mit Stephen verlobt und er liebe sie sehr. Er hat an ihrem Bett gesessen, als sie mit dem Tode rang, und er ist derjenige, auf den sie sich verläßt.«

»Ich werde ihr erklären, daß sie gesellschaftliche Ächtung riskiert, wenn sie hierbleibt«, verkündete Stephen energisch. »Sie wird schon verstehen, daß es einfach nicht angebracht ist.«

»Sie hat nicht die leiseste Vorstellung von der Bedeutung angebrachten Verhaltens, Stephen«, widersprach Whitticomb ihm sanft. »Wenn sie es hätte, hätte sie an dem Abend, als ich sie besuchen wollte, nicht in einem lavendelfarbenen Frisiermantel hier unten gestanden.«

»Stephen!« rief seine Mutter aus.

»Sie war vollständig bedeckt«, rechtfertigte er sich mit einem beiläufigen Schulterzucken. »Und sie hatte nichts anderes anzuziehen.«

Nicki DuVille mischte sich in die Debatte ein. »Sie kann nicht ohne Anstandsdame hierbleiben. Ich werde es nicht erlauben.«

»Sie haben darüber gar nichts zu bestimmen«, wies ihn Stephen zurecht.

»Das denke ich doch. Ich möchte nicht, daß der Ruf meiner zukünftigen Frau besudelt wird. Ich habe schließlich auch eine Familie, die sie erst einmal akzeptieren muß.«

Stephen lehnte sich in seinem Stuhl zurück, legte seine Hände aneinander und betrachtete sie einen Augenblick lang mit unverhohlenem Mißfallen. Dann bemerkte er in einem Tonfall, der seinem Blick an Kälte in nichts nachstand: »Ich kann mich nicht daran erinnern, daß Sie um ihre Hand angehalten haben, DuVille.«

Nicki zog spöttisch eine Augenbraue hoch. »Möchten Sie, daß ich es jetzt auf der Stelle tue?«

»Ich sagte bereits, daß sie eine gewisse Auswahl an Bewerbern haben sollte«, gab Stephen drohend zurück. Er fragte sich, wie sein Bruder solch einen arroganten Bastard in der nächsten Umgebung seiner Frau ertragen konnte. »Bisher sind Sie nur ein möglicher Bewerber um ihre Hand. Wenn Sie sich diesen Status noch mindestens sechzig Sekunden lang erhalten möchten, würde ich vorschlagen …«

»Ich könnte hier bei Miss Lancaster bleiben«, warf die Herzoginwitwe verzweifelt ein.

Die beiden Männer beendeten zögernd ihr Blickduell und sahen zu Hugh Whitticomb hinüber, damit dieser eine Entscheidung träfe. Statt sofort zu antworten, begann Hugh jedoch, sein anderes Brillenglas zu putzen. Er überlegte, welch dämpfende Wirkung die Gegenwart der Herzoginwitwe wahrscheinlich auf eine knospende Romanze haben würde.

Sie war zwar bereits Ende fünfzig, aber immer noch eine königliche, imposante Frau und dabei viel zu scharfsinnig, um die romantische Atmosphäre zuzulassen, die Hugh zwischen Stephen und Sherry Lancaster erhalten sehen wollte. Außerdem würde sie Sherry einschüchtern, auch wenn sie sich um das Gegenteil bemühte. Er überdachte rasch die überzeugendsten Argumente gegen ihren Vorschlag und sagte dann: »Im Interesse Ihrer eigenen Gesundheit, Euer Gnaden, bin ich der Ansicht, Sie sollten sich nicht mit den Verantwortlichkeiten einer ständigen Anstandsdame belasten. Ich möchte nicht, daß das Problem vom letzten Jahr wieder auftaucht.«

»Aber Sie haben mir doch gesagt, es sei nichts Ernstes gewesen, Hugh«, protestierte sie.

»Das schien mir angebrachter.«

»Er hat recht, Mutter«, kam Stephen ihm zur Hilfe. Er hatte langsam das Gefühl, seine Familie schon genug mit seinen Problemen belastet zu haben. »Wir müssen jemanden finden, der die ganze Zeit bei ihr sein kann, eine Anstandsdame mit untadeligem Charakter und Ruf, die ihr auch als Gesellschafterin dienen könnte.«

»Vielleicht Lucinda Throckmorton-Jones«, schlug die Herzoginwitwe nach kurzem Überlegen vor. »Niemand würde den Lebenswandel und Charakter einer jungen Dame, die unter ihrem Schutz steht, in Frage stellen.«

»Du lieber Himmel, nein!« rief Hugh so vehement aus, daß ihn alle anstarrten. »Dieser scharfgesichtige Drachen mag ja von einigen unserer vornehmsten Familien gerne als Anstandsdame genommen werden, aber sie würde Miss Lancaster sofort wieder aufs Krankenlager bringen. Diese Frau ist mir buchstäblich nicht von der Seite gewichen, als ich einmal einem ihrer Schützlinge Salbe auf einen verbrannten Daumen strich. Sie hat sich aufgeführt, als wolle ich das alberne Gör verführen.«

»Und, haben Sie einen besseren Vorschlag?« knurrte Stephen, der allmählich die Geduld mit dem störrischen, wenig hilfreichen Arzt verlor.

»Überlassen Sie die Sache mir«, erwiderte Hugh zur allgemeinen Überraschung. »Vielleicht kenne ich genau die richtige Dame für diese Aufgabe – vorausgesetzt, ihre Gesundheit erlaubt es ihr. Sie ist recht einsam und fühlt sich in letzter Zeit etwas überflüssig.«

Die Herzoginwitwe blickte ihn interessiert an. »Wen meinen Sie denn?«

Da er das Risiko nicht eingehen wollte, daß die scharfsinnige Lady ihr sofortiges Veto einlegte, beschloß Hugh, die Dinge selbst in die Hand zu nehmen, um später alle vor vollendete Tatsachen zu stellen. »Lassen Sie mich noch ein wenig darüber nachdenken, bevor ich die Wahl auf eine einzige Person einschränke. Ich bringe sie morgen vielleicht mit. Eine weitere Nacht in Stephens Haus kann Sherry schließlich nicht mehr schaden, als bis jetzt schon geschehen.«

Sie brachen ab, da Colfax an die Tür klopfte und sagte, Miss Lancaster käme gerade mit der Kutsche zurück.

»Ich denke, wir haben soweit alles besprochen.« Stephen stand auf und beendete die Sitzung.

»Alles, bis auf zwei kleine Details«, erklärte Clayton. »Wie stellst du dir die Mitarbeit deiner Verlobten an deinem Plan vor, einen anderen Ehemann für sie zu finden, ohne ihr das Herz zu brechen oder sie zu demütigen? Und was willst du tun, wenn sie jemandem erzählt, sie sei mit dir verlobt? Ganz London wird sie auslachen.«

Stephen öffnete den Mund, um noch einmal darauf hinzuweisen, daß er nicht ihr Verlobter war, gab aber dann auf. »Das kläre ich heute abend oder morgen«, sagte er statt dessen.

»Seien Sie taktvoll«, warnte Hugh ihn. »Regen Sie sie nicht auf.«

Whitney erhob sich und zog ihre Handschuhe an. »Ich glaube, ich spreche am besten gleich persönlich bei Madame LaSalle vor. Es wird schon ein kleines Wunder nötig sein, um sie dafür zu gewinnen, alles andere stehen und liegen zu lassen und eine komplette neue Garderobe herzustellen, jetzt, wo die Saison schon fast angefangen hat.«

»Es wird nicht so sehr ein Wunder, als vielmehr eine ganze Menge von Stephens Geld nötig sein«, schmunzelte ihr Mann. »Ich fahre dich auf meinem Weg zu White's bei der LaSalle vorbei.«

»White's liegt in der entgegengesetzten Richtung, Claymore«, verwies Nicki ihn. »Wenn Sie mir erlauben würden, Ihre Frau zu der Modistin zu begleiten, könnte sie mir vielleicht auf dem Weg dorthin schon ein paar Ratschläge geben, wie sich Miss Lancasters Vertrauen gewinnen ließe.«

Da Clayton kein Grund einfiel, ihm das zu verbieten, nickte er kurz, und DuVille bot Whitney, die noch rasch einen Kuß auf Claytons Wange drückte, seinen Arm. Als das Paar ging, blickten beide Brüder mit dem gleichen skeptischen Gesichtsausdruck hinter DuVille her.

»Wie oft«, fragte Stephen zynisch, »hättest du DuVille am liebsten schon die Zähne eingeschlagen?«

»Nicht so oft wie du es vermutlich noch tun wirst«, erwiderte Clayton trocken.

»Was meinst du, Nicki?« fragte Whitney, nachdem sie hinter sich geblickt hatte, um sicherzugehen, daß Stephens Butler die Tür geschlossen hatte und sie nicht belauschen konnte.

Er lächelte sie von der Seite an, während er nach seiner Kutsche winkte. »Ich glaube, in diesem Augenblick sehnen sich dein Ehemann und dein Schwager nach einem Vorwand, um mich umbringen zu dürfen.«

Whitney unterdrückte ihr Lachen, weil ein Lakai vorsprang, um die Treppe herunterzuklappen. Sie stieg in die Kutsche. »Stephen ist wahrscheinlich der eifrigere.«

»Ein beunruhigender Gedanke«, schmunzelte Nicki. »Schließlich ist er der heißblütigere, und er hat den Ruf eines Meisterschützen.«

Whitney wurde wieder ernster. »Nicki, mein Mann vertrat vorhin ganz klar die Vorstellung, daß wir uns besser nicht einmischen. Ich dachte, du hättest die Warnung, die ich dir zukommen ließ, verstanden. Du solltest dich nicht freiwillig als Miss Lancasters Bewerber anbieten, und bei der ersten Gelegenheit ziehst du dich lieber wieder zurück. Clayton verbietet mir selten etwas, und wenn er es schon einmal tut, möchte ich mich ihm nicht widersetzen.«

»Du bist es ja nicht, die sie widersetzt, *chérie*, sondern ich. Außerdem hat er nur gesagt, daß die ›Familie‹ sich nicht einmischen solle. Zu meinem unendlichen Bedauern gehöre ich jedoch nicht zu eurer Familie.«

Er grinste sie an, um seinen Worten die Ernsthaftigkeit zu nehmen, und Whitney wußte, daß er nur flirtete. »Nicki ...«

»Ja, mein Liebes?«

»Nenn mich nicht so.«

»Ja, Euer Gnaden«, neckte er sie.

»Erinnerst du dich noch daran, wie schrecklich naiv und linkisch ich war, als du beschlossen hast, mir bei meiner Einführung in die Gesellschaft zu helfen, indem du mich zu meinem Debutball begleitetest und mir besondere Aufmerksamkeit schenktest?«

»Du warst niemals linkisch, *chérie*. Du warst erfrischend unschuldig und unkonventionell.«

»Charise Lancaster«, beharrte sie, »ist genauso unerfahren wie ich damals. Noch mehr sogar. Laß nicht zu, daß sie deine Aufmerksamkeit für echte Zuneigung hält. Ich meine, sie darf sich nicht zu sehr in dich verlieben. Ich könnte es nicht ertragen, wenn sie durch unsere Schuld noch mehr verletzt wird.«

Nicki streckte seine langen Beine aus, musterte sie nachdenklich und wandte sich schließlich mit einem Lächeln zu ihr. »Bei deinem Debut warnte ich dich, du dürftest einen harmlosen Flirt nicht mit etwas Bedeutenderem verwechseln. Als ich dir das sagte, achtete ich darauf, dich nicht zu verletzen. Kannst du dich daran noch erinnern?«

»Ja.«

»Und am Ende warst du diejenige, die mich abwies.«

»Woraufhin du dein ›gebrochenes Herz‹ mit einer endlosen Reihe williger Damen getröstet hast.«

Er stritt das nicht ab, erwiderte jedoch: »Charise Lancaster hat mich vom ersten Augenblick an an dich erinnert. Ich kann nicht sagen, warum ich sie für so außergewöhnlich halte oder wie weit die Ähnlichkeit mit dir geht, aber ich freue mich schon auf die Entdeckung.«

»Ich möchte sie für Stephen, Nicki. Sie ist die Richtige für ihn. Ich weiß, daß Dr. Whitticomb genauso denkt. Du solltest ihr nur soviel Aufmerksamkeit schenken, um Stephen ein bißchen eifersüchtig zu machen ...«

»Ich glaube, dazu muß ich mich nicht einmal so sehr anstrengen«, lachte er leise.

» ... damit Stephen sieht, wie begehrenswert sie ist, und daß er Gefahr läuft, sie an jemand anderen zu verlieren.«

»Wenn du dich dem Diktat deines Ehemanns unterwerfen und dich nicht einmischen willst, dann mußt du die Methoden leider mir überlassen. Einverstanden?«

»Einverstanden.«

25

Während ein Lakai sie in das Arbeitszimmer des Earls führte, wünschte Sherry allen Bediensteten, denen sie in der oberen Halle begegnete, fröhlich einen guten Morgen. Vor einem Spiegel mit Goldrahmen blieb sie stehen, um zu überprüfen, ob ihre Haare in Ordnung waren, und um den Rock ihres neuen zitronenfarbenen Kleides glattzustreichen. So präsentierte sie sich Hodgkin, der an den geöffneten Türen zum Arbeitszimmer stand und die Lakaien überwachte, die die Tische mit Bienenwachs einrieben und Silberkandelaber polierten. »Guten Morgen, Hodgkin. Sie sehen heute besonders gut aus. Ist das ein neuer Anzug?«

»Ja, Miss. Danke, Miss«, erwiderte Hodgkin, der erfolglos versuchte, seine Freude darüber zu verbergen, daß es auch ihr auffiel, wie gut er in der neuen Livree aussah, die ihm gemäß seines Anstellungsvertrages zweimal im Jahr zustand. Er straffte seine Schultern so weit wie möglich und vertraute ihr an: »Er ist erst gestern direkt vom Schneider gekommen.«

»Ich habe auch ein neues Kleid«, teilte sie ihm ebenso vertraulich mit. Stephen hatte beim Geräusch ihrer Stimme aufgeblickt, und sah nun, wie sie mit beiden Händen leicht den Rock raffte und vor dem Unterbutler eine langsame Pirouette drehte. »Ist es nicht reizend?« hörte er sie fragen.

Die Szene war so ungekünstelt bezaubernd, daß Stephen lächelte und ihr noch vor dem Unterbutler antwortete.

»Wirklich reizend«, erwiderte er, woraufhin Hodgkin nervös zusammenzuckte und Sherry ihren Rock fallen ließ. Sie lächelte ihn jedoch mit ihrem gewinnenden Lächeln an, als sie mit leicht schwingenden Hüften zu seinem Schreibtisch kam. Den meisten Frauen, die Stephen kannte, war genau beigebracht worden, wie sie gehen und sich bewegen mußten, so daß sie sich mit der eingedrillten Präzision einer Turnmannschaft bewegten. Sherry hingegen hatte eine mühelose Anmut an sich, so daß ihr Gang ganz ungekünstelt wirkte, und auf natürliche Weise weiblich.

»Guten Morgen«, sagte sie. Sie wies auf den Stapel von Dokumenten und Korrespondenz auf seinem Schreibtisch und fügte hinzu: »Ich hoffe, ich störe Sie nicht. Ich dachte, Sie wollten mich sofort sehen –«

»Sie stören mich nicht«, beruhigte Stephen sie. »Ich habe sogar meinen Sekretär weggeschickt, damit wir uns unter vier Augen miteinander unterhalten können. Nehmen Sie doch bitte Platz.« Er nickte Hodgkin einen stummen Befehl zu, damit dieser die Türen schloß. Während die großen Eichentüren leise zuschwangen, rückte Sherry ihren Rock zurecht. Sie achtete mit besonderer Sorgfalt auf ihr neues Kleid, stellte Stephen fest, glättete hier und da eine Falte mit der Hand und vergewisserte sich, daß sie nicht mit der Schuhspitze auf dem Saum stand. Als alles zu ihrer Zufriedenheit arrangiert war, blickte sie ihn mit ihren hübschen Augen erwartungsvoll und fragend an. Und vertrauensvoll.

Sie vertraute ihm bedingungslos, dachte Stephen, und er wollte ihr Vertrauen mißbrauchen, indem er sie manipulierte. Als das Schweigen zwischen ihnen sich bis an die Grenze der Peinlichkeit ausdehnte, stellte er fest, daß er diesen Augenblick mehr gefürchtet hatte als erwartet – so hatte er das Thema auch gestern abend nicht angeschnitten, damit sie ihr gemeinsames Essen genießen konnten. Jetzt jedoch konnte er es nicht weiter aufschieben, obwohl er gerade das im Augenblick versuchte.

Da ihm so rasch kein anderes Gesprächsthema einfiel, überbrückte er das Schweigen mit der ersten Bemerkung, die ihm in den Sinn kam. »Hatten Sie einen angenehmen Morgen?

»Das kann ich Ihnen jetzt noch nicht sagen«, erwiderte sie ernsthaft. Ihre Augen jedoch lachten ihn an. »Wir haben erst vor einer Stunde gefrühstückt.«

»War das erst vor einer Stunde? Es kommt mir länger vor«, entgegnete Stephen linkisch. Er kam sich so ungeschickt und albern vor wie ein unerfahrener Jugendlicher, der zum ersten Mal mit einer Frau allein ist. »Nun ja, was haben Sie denn seitdem gemacht?« hakte er nach.

»Ich war in der Bibliothek und habe etwas zu lesen gesucht, als sie nach mir schickten.«

»Sie wollen doch damit nicht sagen, daß Sie alle diese Magazine, die ich für Sie habe kommen lassen, schon ausgelesen haben! Der Stapel ging mir bis zu Taille.«

Sie biß sich auf die Lippen und sah ihn lachend an. »Haben Sie sich diese Magazine schon einmal angesehen?«

»Nein, warum?«

»Ich glaube nicht, daß Sie sie sehr erbaulich finden würden.«

Stephen hatte keine Ahnung von Frauen-Magazinen, außer daß alle Frauen sie getreulich lasen, aber da er das Gespräch aufrechterhalten wollte, fragte er höflich nach den Titeln der Magazine, die sie erhalten hatte.

»Also, da war eins mit einem sehr langen Namen. Wenn ich mich recht erinnere, hieß es *Das Monatsmuseum der Damen oder Erbauliche Sammlung der Erheiterung und des Wissens: eine Zusammenstellung dessen, was der Phantasie gefällt, den Geist schult oder den Charakter der britischen Damen erhebt*.«

»Und all das in einem Magazin?« neckte Stephen. »Ein ganz schön ehrgeiziges Unterfangen!«

»Das fand ich auch, bis ich mir die einzelnen Artikel ansah. Wissen Sie, worüber einer war?«

»Wenn ich mir Ihren Gesichtsausdruck ansehe, traue ich mich kaum zu raten«, erwiderte er schmunzelnd.

»Er handelte von Rouge«, verriet sie ihm.

»Was?«

»Der Artikel handelte davon, wie man Rouge auf die Wangen aufträgt. Es war unglaublich aufschlußreich! Was meinen Sie, fällt das unter die Überschrift ›den Geist schulen‹

oder ›den Charakter erheben‹?« fragte sie mit gespieltem Ernst, während Stephens Schultern schon vor hilflosem Lachen über ihren Witz zuckten.

»In manchen Magazinen standen allerdings Artikel von weit größerer Bedeutung. In einem zum Beispiel, namens *Versammlung der Schönen oder Das Modemagazin für die Damen* wurde darüber informiert, wie eine Dame ihre Röcke korrekt hält, wenn sie knickst. Ich war hingerissen! Ich hatte nie darüber nachgedacht, daß man besser nur den Daumen und den Zeigefinger benutzt, um die Röcke hochzuhalten, statt alle Finger, die Gott uns gegeben hat. Gezierte Vollkommenheit ist das Ideal, das jede Frau anstreben muß, wissen Sie?«

»Ist das Ihre Theorie oder die des Magazins?« fragte Stephen grinsend.

Sie schenkte ihm einen lachenden Blick, der ein Wunder an unbeschwerter Respektlosigkeit war. »Was denken Sie?«

Stephen dachte, daß er ihre muntere Ungeniertheit jeden Tag seines Lebens der gezierten Vollkommenheit vorziehen würde. »Ich denke, wir sollten diesen Unsinn aus Ihrem Schlafzimmer entfernen lassen.«

»O nein, das dürfen Sie nicht. Das dürfen Sie wirklich nicht. Ich lese die Artikel jeden Abend im Bett.«

»Tatsächlich?« fragte Stephen, weil sie ihn vollkommen ernst ansah.

»Aber ja. Ich lese eine Seite und nicke sofort ein. Das ist viel wirkungsvoller als ein Schlaftrunk.«

Stephen löste widerstrebend seinen Blick von ihrem bezaubernden Gesicht und sah zu, wie sie ihre Haare aus der Stirn strich und sie ungeduldig nach hinten schüttelte, so daß ein Schleier von kupferfarbenen Locken über ihre Schulter glitt.

Es hätte ihm besser gefallen, wenn es so geblieben wäre wie vorher, nämlich kunstlos über ihre rechte Brust fließend. Verärgert darüber, daß seine Gedanken schon wieder eine so unmögliche Richtung nahmen, sagte Stephen abrupt: »Da wir Rouge und Knicksen jetzt abgehakt haben, wofür interessieren Sie sich denn noch?«

Für dich, dachte Sherry. *Ich interessiere mich für dich. Ich in-*

teressiere mich dafür, warum du gerade jetzt einen unbehaglichen Eindruck machst. Ich interessiere mich dafür, warum du mich manchmal anlächelst, als sähst du nur mich und als sei ich alles, was für dich zählt. Ich interessiere mich dafür, warum ich zu anderen Zeiten spüre, daß du mich am liebsten überhaupt nicht sehen würdest, selbst wenn ich direkt vor dir stehe. Ich interessiere mich für alles, was mit dir zu tun hat, weil ich dir so gerne etwas bedeuten würde. Ich interessiere mich für Geschichte. Deine Geschichte. Meine Geschichte. »Geschichte. Mich fasziniert Geschichte«, erklärte sie ihm munter nach kurzem Nachdenken.

»Was mögen Sie sonst noch?«

Da sie sich an sonst nichts erinnern konnte, gab sie ihm die einzige Antwort, die ihr einfiel. »Ich glaube, ich mag Pferde sehr gern.«

»Warum sagen Sie das?«

»Als Ihr Kutscher mich gestern durch den Park gefahren hat, habe ich Frauen reiten sehen, und das stimmte mich … glücklich. Aufgeregt. Ich glaube, ich kann reiten.«

»In diesem Fall müssen wir ein geeignetes Pferd für Sie finden. Ich schicke eine Nachricht zu Tattersall's, damit sie Ihnen eine hübsche, freundliche kleine Stute aussuchen.«

»Tattersall's?«

»Das ist ein Auktionshaus.«

»Kann ich nicht hingehen und zusehen?«

»Das würde einen Aufstand geben.« Er lächelte, als sie ihn verwirrt ansah. »Frauen sind bei Tatt's nicht zugelassen.«

»Ach, ich verstehe. Mir wäre es eigentlich lieber, Sie würden kein Geld für ein Pferd ausgeben. Vielleicht stellt sich ja heraus, daß ich gar nicht reiten kann. Sollte ich nicht zunächst eines von Ihren Pferden benutzen, um das herauszufinden? Ich könnte Ihren Kutscher fragen …«

»Auf gar keinen Fall«, warnte Stephen sie in scharfem Ton. »Ich besitze kein Pferd, daß für Sie oder irgendeine andere Frau geeignet wäre, ganz gleich, wie gut Sie reiten können. Meine Tiere taugen nicht für einen beschaulichen Ausritt im Park.«

»Ich glaube, das habe ich mir gestern auch nicht vorgestellt. Ich hatte eher das Gefühl, ich wollte galoppieren und den Wind auf meinem Gesicht spüren.«

»Kein Galopp«, verfügte er. Und sollte sie eine noch so geübte Reiterin sein – sie war schließlich kein grobknochiges Bauernmädchen, sondern zart und zerbrechlich. Zudem hatte sie gar nicht die Kraft, mit einem galoppierenden Pferd fertigzuwerden. Als sie ihn bestürzt und aufsässig ansah, erklärte er brummig: »Ich möchte nicht, daß man Sie ein zweites Mal bewußtlos nach Hause trägt.«

Er unterdrückte ein Schaudern bei dem Gedanken an ihren leblosen Körper in seinen Armen, und das erinnerte ihn an einen anderen Unfall – noch ein lebloser Körper, der zu einem jungen Baron gehörte, der das Leben noch vor sich hatte, und auf den ein wunderschönes Mädchen wartete, um ihn zu heiraten. Die Erinnerung verbannte endgültig seinen Wunsch, das eigentliche Thema ihres Besuches noch weiter hinauszuzögern.

Er lehnte sich also in seinem Stuhl zurück, schenkte ihr ein, wie er hoffte, warmes, freudiges Lächeln und begann, seinen Plan für ihre Zukunft durchzuführen. »Ich freue mich, Ihnen sagen zu dürfen, daß meine Schwägerin die beste Modistin in ganz London dazu überreden konnte, ihr Geschäft in der auftragsstärksten Zeit zu verlassen und mit ihren Näherinnen im Gefolge hierherzukommen, um Ihnen eine Garderobe für die Festlichkeiten der Saison zu entwerfen.« Statt begeistert zu sein, runzelte sie bei dieser Nachricht leicht die Stirn. »Das mißfällt Ihnen doch wohl nicht?«

»Nein, natürlich nicht. Aber ich brauche keine weiteren Kleider mehr. Ich besitze noch zwei, die ich noch gar nicht getragen habe.«

Sie nannte insgesamt fünf gewöhnliche Tageskleider ihr eigen und dachte wirklich, das sei eine Garderobe. Stephen entschied, ihr Vater müsse ein egoistischer Geizhals gewesen sein. »Sie brauchen noch eine Menge anderer Dinge neben diesen wenigen Sachen.«

»Warum?«

»Weil man für die Londoner Saison eine aufwendige Garderobe benötigt«, erwiderte er unbestimmt. »Ich wollte Ihnen auch mitteilen, daß Dr. Whitticomb heute nachmittag mit einer seiner Bekannten kommt, einer älteren Dame, die, wie ich seiner Nachricht entnommen habe, willens und erfahren genug ist, um eine akzeptable Anstandsdame für Sie abzugeben.«

Das erregte augenblicklich ihre Heiterkeit. »Ich brauche keine Gesellschafterin«, lachte sie, »ich *bin* eine …« Sherrys Magen drehte sich um und und sie konnte auf einmal nicht mehr weitersprechen. Der Gedanke, der ihr gekommen war, verschwand im Nichts.

»Sie sind was?« drang Stephen in sie. Er bemerkte ihre Erregung und sah sie aufmerksam an.

»Ich …« sie rang um die Worte, um eine Erklärung, aber der Gedanke entzog sich ihr weiter und ließ sich von ihrem Verstand bereits nicht mehr fassen. »Ich – ich weiß nicht.«

Da er unbedingt den unangenehmen Teil des Gesprächs hinter sich bringen wollte, schob Stephen das Thema beiseite. »Machen Sie sich keine Gedanken darüber. Zu gegebener Zeit fällt Ihnen alles schon wieder ein. Da ist noch etwas anderes, über das ich mit Ihnen sprechen möchte …«

Als er zögerte, sah sie ihn mit ihren großen silbrigen Augen an und lächelte ein bißchen, wie um ihm zu versichern, sie habe sich schon wieder in der Gewalt. »Was wollten Sie gerade sagen?«

»Ich wollte gerade sagen, daß ich einen Entschluß gefaßt habe, der auch von meiner Familie voll getragen wird.« Nachdem er ihr mit dieser Versicherung, daß die Familie hinter ihm stand, einen Einspruch unmöglich gemacht hatte, stellte ihr Stephen in sorgfältig gewählten Worten sein Ultimatum. »Ich möchte, daß Sie die Gelegenheit haben, die Saison und die Aufmerksamkeit anderer Männer zu genießen, bevor wir unsere Verlobung verkünden.«

Sherry fühlte sich, als habe ihr jemand ins Gesicht geschlagen. Sie wünschte keine Aufmerksamkeit von fremden Männern, und sie konnte sich nicht vorstellen, warum er das wollte. Mit mühsam beherrschter Stimme fragte sie: »Darf ich fragen, warum?«

»Ja, natürlich. Eine Heirat ist ein sehr großer Schritt, der nicht leichtfertig unternommen werden sollte ...« Stephen hielt inne und verfluchte sich insgeheim, weil er idiotisch über eine Zeremonie philosophierte. Also schaltete er auf eine seiner Meinung nach überzeugendere Erklärung um, die sie nicht durchschauen konnte. »Da wir uns nicht besonders gut kannten, bevor Sie nach England kamen, denke ich, Sie sollten die Gelegenheit haben, sich andere Bewerber in London anzusehen, bevor Sie sich für mich als Ehemann entscheiden. Aus diesem Grund möchte ich auch, daß unsere Verlobung eine Zeitlang unser Geheimnis bleibt.«

Sherry spürte, wie etwas in ihr zerbrach. Er wollte, daß sie jemand anderen fand. Er versuchte, sie loszuwerden, das konnte sie spüren, und warum auch nicht? Ohne Gedächtnisstütze konnte sie sich noch nicht einmal an ihren eigenen Namen erinnern, und sie war ganz anders als die fröhlichen, wunderschönen Frauen, die sie gestern im Park gesehen hatte. Sie durfte sich nicht einmal im entferntesten mit seiner Schwägerin oder seiner Mutter vergleichen, mit ihrem selbstbewußten Auftreten und ihrer königlichen Art. Offensichtlich wollten sie sie auch nicht in der Familie haben, und das bedeutete, daß ihre Herzlichkeit ihr gegenüber nur vorgetäuscht gewesen war.

Tränen der Demütigung brannten in ihren Augen, und sie sprang hastig auf, um die Fassung wiederzugewinnen. Verzweifelt versuchte sie, ihren angeschlagenen Stolz zu wahren. Sie konnte ihm nicht ins Gesicht sehen, sie konnte aber auch nicht aus dem Zimmer laufen, ohne ihre Gefühle preiszugeben, also drehte sie ihm den Rücken zu und trat an die Fensterfront, die zur London Street blickte. »Ich halte das für eine ausgezeichnete Idee, Mylord«, sagte sie mit unsicherer Stimme und starrte blind aus dem Fenster. Sie hörte, wie er aufstand und zu ihr kam. Sie schluckte und holte tief Luft, bevor sie fortfuhr: »Genauso wie Sie hatte auch ich ... einige Vorbehalte hinsichtlich dessen, ob wir zueinander passen ... seitdem ich hier bin.«

Stephen dachte, er hörte ihre Stimme brechen, und sein Gewissen regte sich. »Sherry«, begann er und legte ihr die Hände auf die Schultern.

»Nehmen Sie bitte Ihre Hände ...«, sie hielt inne, um erneut zitternd Luft zu holen, »von mir.«

»Drehen Sie sich um und hören Sie mir zu.«

Sherry spürte, daß sie die Fassung verlor, und obwohl sie ihre Augen fest geschlossen hielt, rannen ihr heiße Tränen über die Wangen.

Wenn sie sich jetzt umdrehte, würde er sehen, daß sie weinte, und sie würde eher sterben, als diese Demütigung zu ertragen. Da ihr kein anderer Ausweg blieb, senkte sie den Kopf und gab vor, gedankenverloren mit dem Finger die Rahmen der Bleiglasscheiben entlangzufahren.

»Ich möchte doch nur Ihr Bestes«, sagte Stephen und unterdrückte das Verlangen, sie in die Arme zu schließen und um Verzeihung zu bitten.

»Natürlich. Es war ja auch unwahrscheinlich, daß Ihre Familie mich als passende Partie für Sie ansehen würde«, gelang es ihr nach einer Weile in einer relativ normalen Stimme zu sagen. »Und ich weiß überhaupt nicht, wie mein Vater auf die Idee kommen konnte, Sie wären der richtige Mann für mich.«

Sie klang so gefaßt, daß Stephen sie beinahe hätte gehen lassen. Da sah er auf einmal, daß Tränen auf den Ärmel ihres Kleides tropften, und es war mit seiner Zurückhaltung vorbei.

Er packte sie an den Schultern, drehte sie zu sich herum und zog sie in die Arme. »Bitte weine nicht«, flüsterte er in ihr duftendes Haar. »Bitte nicht. Ich möchte doch nur dein Bestes.«

»Dann lassen Sie mich los«, entgegnete sie leidenschaftlich, aber sie weinte so heftig, daß ihre Schultern bebten.

»Ich kann nicht«, erwiderte er. Seine Hände hielten ihren Kopf, und er drückte ihre heiße Wange an sein Hemd, durch das er die Nässe spürte. »Es tut mir leid«, flüsterte er und küßte sie auf die Schläfe. »Es tut mir leid.« Sie fühlte sich so weich an. Sie war zu stolz, um sich zu wehren, und zu niedergeschmettert, um mit dem Weinen aufzuhören, deshalb stand sie steif in seiner Umarmung, während sich ihr Körper in stummen Schluchzern schüttelte. »Bitte«, wisperte er rauh. »Ich möchte dir nicht weh tun.« In einem hilflosen Versuch, sie zu beruhigen, streichelte er ihren Nacken und ihren Rücken. »Laß es nicht zu, daß ich dir weh tue.« Ohne zu überlegen, was er tat, hob er ihr Kinn und drückte einen zarten Kuß auf ihre tränenfeuchte Wange. Außer in der Nacht, als sie das Bewußtsein wiedererlangt hatte, hatte sie keine einzige Träne über ihren Gedächtnisverlust oder die schlimmen Schmerzen ihrer Verletzung vergossen, aber jetzt weinte sie in stummer Inbrunst, und plötzlich verlor Stephen die Beherrschung. Er glitt mit seinem Mund über ihre zitternden Lippen, schmeckte ihre salzige Zartheit, und zog sie näher zu sich heran. Seine Zunge umspielte sanft ihre Lippen und drängte sie, sich zu öffnen. Aber statt ihm ihren Mund zu bieten, wie sie es schon einmal getan hatte, versuchte sie, ihr Gesicht abzuwenden. Er empfand ihre Zurückweisung wie einen Schlag ins Gesicht und verdoppelte seine Anstrengungen, damit sie sich ihm ergab. Er küßte sie hungrig und sah im Geiste vor sich, wie sie ihn noch vor wenigen Minuten angelächelt hatte, wie sie den Dienstbotenchor in der Küche dirigiert und gestern mit ihm geflirtet hatte: *Ich hoffe, ich hatte soviel Verstand, Sie sehr lange warten zu lassen, bevor ich Ihren ungalanten Antrag annahm*, hatte sie gescherzt. Jetzt wies sie ihn unerbittlich zurück, und tief im Innern stieß Stephen einen wehmütigen Schrei aus, eine Klage um den Verlust ihrer Zärtlichkeit, Leidenschaft und Wärme. Seine Hände glitten in ihre Haare, er hob ihr Gesicht so, daß sie ihn ansehen mußte, und blickte in verwundete, feindselige silbergraue Augen. »Sherry«, flüsterte er erstickt, während sein Mund sich ihren Lippen näherte, »küß mich.«

Sie konnte ihr Gesicht nicht wegdrehen, also verteidigte sie sich mit steifer, unbeweglicher Gleichgültigkeit gegen ihn, aber Stephen kämpfte um sie. Er warf all die sexuelle Erfahrung, die er in zwei Jahrzehnten voller Liebeleien mit dem anderen Geschlecht erworben hatte, in die Waagschale und durchbrach unbarmherzig die Abwehr einer unerfahrenen, jungfräulichen Zwanzigjährigen. Leidenschaftlich hielt er sie an sich gepreßt, und bestürmte und betörte sie mit seinen

Händen, seinem Mund und seiner Stimme. »Da du mich mit deinen anderen Galanen vergleichen wirst«, flüsterte er, ohne zu merken, daß er damit alles zunichte machte, was er eigentlich erreichen wollte, »solltest du doch wenigstens wissen, wen du vergleichst.«

Und Sherry gab seinen Worten nach, nicht der Verführung seiner Hände oder seines Mundes. Ein schützender weiblicher Instinkt warnte sie, sie dürfe ihm nie wieder trauen, sie dürfe nie wieder zulassen, daß er sie berührte oder küßte, nur dieses eine Mal noch ... nur noch dieses eine Mal wollte sie sich dem fordernden Mund ergeben, der ihre Lippen in Besitz genommen hatte ...

Ihre Lippen öffneten sich unmerklich, und mit dem Gespür des Jägers wußte Stephen, daß er gewonnen hatte – mit Zärtlichkeit als einziger Waffe.

Endlich forderte die Wirklichkeit wieder ihr Recht. Stephen löste seinen Mund von ihren Lippen und ließ die Arme sinken. Schwer atmend trat sie einen Schritt zurück. Dann lächelte sie ihn eine Spur zu strahlend an. »Danke für die Demonstration, Mylord. Ich werde mich bemühen, Sie gerecht zu bewerten, wenn die Zeit für Vergleiche kommt.«

Stephen hörte kaum, was sie sagte, und er versuchte auch nicht, sie aufzuhalten, als sie sich auf dem Absatz herumdrehte und ihn einfach stehenließ. Er legte seine Hand auf den Fensterrahmen und starrte blind auf das Alltagsgeschehen vor seinem Haus. »Mistkerl!« flüsterte er grimmig.

Sorgfältig darauf bedacht, jedem Dienstboten, an dem sie vorbeikam, zuzulächeln, damit sie nicht merkten, wie sie sich fühlte, ging Sherry die Treppe hinauf. Ihre Lippen waren geschwollen und wund von den ungestümen Küssen, die sie zerstört und ihm nichts bedeutet hatten.

Sie wollte nach Hause.

Wie ein Gebet wiederholte sie diesen Satz bei jedem vorsichtigen Schritt, den sie tat, bis sie endlich die Sicherheit und Abgeschiedenheit ihres Zimmers erreicht hatte. Dort rollte sie sich auf dem Bett zusammen, die Knie an die Brust gezogen und die Arme fest darumgeschlungen. Sie hatte das Gefühl, in tausend Stücke zu zerbrechen, wenn sie losließe. Sie preßte ihr Gesicht in die Kissen, um ihr Schluchzen zu unterdrücken. Sheridan weinte um eine Zukunft, die sie nicht haben, und um eine Vergangenheit, an die sich nicht erinnern konnte. »Ich will nach Hause«, schluchzte sie. »Ich will nach Hause. Papa«, weinte sie, »warum brauchst du so lange, um zu mir zu kommen?«

26

Ein wundervolles geschecktes Pferd graste in der Nähe, und übermütig schwang sich Sherry auf seinen Rücken. Sie ritten im Mondlicht davon, und der Wind trug ihr Lachen zurück. Das Pferd und sie flogen … flogen … »Du wirst dir den Hals brechen, *querida*«, rief der jüngere Mann, der ihr mit seinem Pferd dicht auf den Fersen war, und sie lachten beide und flogen über die Wiese …

»Miss Lancaster!« Eine andere, weibliche Stimme rief sie von weiter weg. »Miss Lancaster!« Eine Hand berührte sie an der Schulter und schüttelte sie leicht, und Sherry fand sich in der harten Wirklichkeit wieder. »Es tut mir leid, daß ich Sie wecken muß, Ma'am«, sagte das Mädchen, »aber Ihre Gnaden sind mit den Näherinnen im Nähzimmer, und sie fragte, ob Sie nicht auch dorthin kommen möchten.«

Sherry hätte sich am liebsten in die Bettdecke eingerollt wie in einen schützenden Kokon und versucht, ihren Traum wiederzufinden, aber wie konnte man den Näherinnen oder, noch schlimmer, der Herzogin sagen, sie solle weggehen, damit man weiterträumen könne, zumal dann, wenn man selbst nichts war als die unerwünschte Verlobte ihres Sohnes. Zögernd erhob sich Sherry, wusch ihr Gesicht und folgte dem Mädchen nach oben in einen großen, sonnigen Raum.

Es stellte sich heraus, daß die wartende Herzogin die Schwägerin des Earls, nicht seine Mutter war.

Da Sherry ihre Gefühle auf keinen Fall preisgeben wollte,

entbot sie ihr einen äußerst höflichen, weder kalten noch warmen Gruß.

Falls Whitney Westmoreland eine Veränderung in Sherrys Verhalten auffiel, so ließ sie sich nichts anmerken. Ohnehin überwog ihre Begeisterung darüber, Sherry »nach der neuesten Mode« gekleidet zu sehen.

Während Whitney Westmoreland lächelnd über Bälle, Empfänge und venezianische Frühstücke plauderte und die Näherinnen wie Mücken um sie herumschwirrten, stand Sherry – eine Ewigkeit, wie ihr schien – auf einer erhöhten Plattform in dem riesigen Zimmer. Sie wurde ausgemessen, mit Nadeln besteckt, geschoben, gezogen und umgedreht. Dieses Mal wollte sie nicht so naiv sein zu glauben, Whitneys warmes Lächeln und ihre ermutigenden Kommentare seien aufrichtig. Whitney wünschte sie doch einfach nur loszuwerden, möglichst, indem Sherry sich mit jemand anderem verlobte, und offenbar war eine neue Garderobe der erste Schritt zu diesem Ziel. Sherry verstand das, sie hatte jedoch ihre eigenen Pläne. Sie wollte wieder nach Hause, wo immer das auch sein mochte, und es konnte ihr gar nicht schnell genug gehen. Sie plante, das der Herzogin so schnellstmöglich mitzuteilen, sobald dieses absurde Getue wegen der Kleidung erst einmal vorbei wäre. Aber als die Näherinnen ihr endlich erlaubten, von der Plattform herunterzukommen und sich einen Morgenmantel anzuziehen, bedeutete dies noch lange nicht das Ende der Prozedur. Statt dessen begannen sie, Kisten zu öffnen und Stoffballen über die Möbel, die Fensterbänke und die Teppiche zu verteilen, bis das ganze Zimmer wie in einem Farbenrausch in jeder nur vorstellbaren Schattierung erstrahlte, von smaragdgrün über saphirblau und sonnengelb bis hin zu den blassesten Rosa- und Cremetönen.

»Was meinen Sie?« fragte Whitney sie.

Sherry blickte auf die verwirrende Ansammlung aus kostbarer Seide und zarten Batiststoffen, hauchdünnen Chiffons und feinen Linons. Flotte gestreifte Stoffe lagen zwischen Seidenstoffen, die reich mit Gold und Silber verziert waren, und Batistballen, die gestickte Blumen aller Arten und Farben zur Schau trugen. Whitney Westmoreland wartete lächelnd darauf, daß Sherry ihre Freude oder ihre Präferenzen zum Ausdruck brächte. Nervös versuchte Sherry, sich eine Meinung zu bilden. Sie hob ihr Kinn und sah die Frau an, die Madame LaSalle hieß, mit einem französischen Akzent sprach und sich benahm wie ein General, und dann sprach sie aus, was sie am liebsten hatte, obwohl sie nicht wußte, woher es kam. »Haben Sie etwas in Rot?«

»Rot!« keuchte die Frau, wobei ihr fast die Augen aus dem Kopf traten. »Rot! Nein, nein, nein, Mademoiselle, nicht bei Ihrem Haar.«

»Ich mag Rot«, beharrte Sherry.

»Dann sollen Sie es haben«, erwiderte Madame LaSalle, die zu ihrer üblichen Diplomatie zurückgefunden hatte, ohne allerdings auch nur einen Fußbreit nachzugeben. »Sie können Möbel damit beziehen oder es an die Fenster hängen, aber es ist keine Farbe, die Sie an Ihrem reizenden Körper tragen dürfen, Mademoiselle. Gott hat Ihnen bereits Haare in einem sehr seltenen Rotton geschenkt, und es wäre eine Sünde, wenn Sie etwas trügen, das diesem besonderen Geschenk nicht schmeichelte.«

Diese blumige Rede war so absurd, daß Sherry ein mattes Lächeln unterdrückte. Sie sah, daß auch die Herzogin darum rang, Fassung zu bewahren. Sie vergaß für einen Augenblick, daß Whitney Westmoreland nur vorgab, ihre Freundin zu sein, ohne irgend etwas für sie zu empfinden, und sagte: »Das soll wohl bedeuten, daß es schrecklich an mir aussehen würde?«

»Ja«, erwiderte Madame mit Nachdruck.

»Und nichts auf der Welt könnte sie dazu bewegen, mir eine rote Robe zu schneidern, auch wenn ich noch so sehr darauf bestünde«, fuhr Sherry fort.

Die Herzogin erwiderte Sherrys lachenden Blick und sagte: »Madame würde sich eher in die Themse stürzen.«

»Ja!« erklärten alle Näherinnen im Chor, und eine Zeitlang war das Zimmer erfüllt von dem Gelächter von acht Frauen mit einem gemeinsamen Ziel.

In den nächsten Stunden stand Sherry meistens abseits, während die Herzogin und Madame endlos über korrekte

Stilrichtungen und Stoffe debattierten. Gerade als sie dachte, daß nun alles besprochen sei, begannen sie, über Verzierungen zu reden, und es folgte eine Debatte über Schleifen, Spitzen und Satineinfassungen. Als sie schließlich merkte, daß die Näherinnen tatsächlich im Haus bleiben und Tag und Nacht in diesem Zimmer arbeiten würden, griff Sherry entschlossen ein. »Ich habe schon fünf Kleider – fast eines für jeden Tag der Woche.«

Das Gespräch verstummte und alle Blicke wandten sich ihr zu. »Ich fürchte«, sagte die Herzogin lächelnd, »Sie werden Ihre Kleider fünfmal am Tag wechseln müssen.«

Stirnrunzelnd bedachte Sherry, wieviel Zeit das wohl in Anspruch nahm, aber sie schwieg, bis sie das Nähzimmer verließen. Da sie vorhatte, sich in die Einsamkeit ihres Zimmers zurückzuziehen, sobald sie der Herzogin mitgeteilt hatte, daß sie keinerlei Absichten hegte, in die Familie einzuheiraten, ging sie an der Seite der Herzogin in diese Richtung. »Ich kann wirklich nicht fünfmal am Tag ein anderes Kleid anziehen«, begann Sherry. »Das wäre ja die reine Verschwendung ...«

»Nein, das ist es nicht«, erklärte Whitney mit vertraulichem Lächeln, das jedoch nicht erwidert wurde. Sie überlegte besorgt, warum Sherry Lancaster heute so reserviert und distanziert schien, und fuhr fort: »Während der Saison braucht eine gutgekleidete Dame Ausfahrkleider, Kleider für den Spaziergang, Reitkleidung, Dinnerkleidung, Abendroben und Morgenkleider. Und das ist nicht mehr als das absolut notwendige. Von Stephen Westmorelands Verlobter wird erwartet werden, daß sie Kleider für die Oper, Kleider für das Theater ...«

»Ich bin weder seine Verlobte, noch spüre ich das Verlangen danach«, unterbrach Sherry sie unversöhnlich. Sie standen bereits vor ihrem Schlafzimmer, und sie hatte die Hand am Türgriff. »Ich habe zu jeder Zeit und auf jede nur erdenkliche Art versucht, deutlich zu machen, daß ich all diese Kleider nicht haben will. Wenn Sie nicht planen, meinen Vater dafür bezahlen zu lassen, muß ich Sie bitten, alles wieder abzubestellen. Wenn Sie mich jetzt entschuldigen wollen ...«

»Was soll das heißen, Sie sind nicht seine Verlobte?« fragte Whitney alarmiert und legte ihre Hand auf den Arm der anderen Frau. »Was ist geschehen?« Eine Wäscherin kam mit einem Armvoll Leinen durch die Halle, und Whitney schlug vor: »Können wir in Ihrem Zimmer miteinander reden?«

»Ich möchte nicht unhöflich sein, Euer Gnaden, aber da gibt es nichts zu bereden«, entgegnete Sherry fest, stolz darauf, daß ihre Stimme nicht zitterte und ihr Tonfall nicht klagend war.

Zu ihrer Überraschung schien die Herzogin das nicht als Affront zu empfinden. »Dieser Meinung bin ich nicht«, erwiderte sie mit einem hartnäckigen Lächeln und drückte die Tür auf. »Ich glaube, wir haben einiges zu besprechen.«

Gefolgt von der Herzogin trat Sherry ins Schlafzimmer, wobei sie insgeheim erwartete, einen verdienten Vorwurf wegen ihrer Unhöflichkeit oder Undankbarkeit zu hören zu bekommen. Aber sie wollte nicht nachgeben oder sich entschuldigen, und so drehte sie sich um und wartete schweigend auf das, was kommen würde.

Sekundenschnell überlegte Whitney, warum Sherry ihre Verlobung ableugnete, stellte fest, daß sie ihre normale, unaffektierte Wärme gänzlich verloren hatte, und kam zu dem Schluß, ihre stolze Gleichgültigkeit müsse eine Fassade sein, hinter der sie eine tiefgehende Verletzung verbarg. Da nur Stephen die Macht besaß, sie so sehr zu verletzen, war er wahrscheinlich die Ursache des Problems.

Bereit, so lange nachzufragen, bis sie dahintergekommen war, welchen Schaden ihr dummer Schwager bei dieser Frau angerichtet hatte, die doch offensichtlich wie für ihn bestimmt war, fragte Whitney vorsichtig: »Warum sagen Sie, Sie seien mit Stephen nicht verlobt und möchten es auch nicht sein?«

»Bitte, hören Sie auf!«antwortete Sherry mit mehr Gefühl, als sie eigentlich preisgeben wollte. »Ich weiß zwar nicht, wer ich bin oder wo ich geboren wurde, aber ich weiß ganz genau, daß sich tief in mir etwas zur Wehr setzt gegen die Lügen und die Verstellungen, die mir erzählt wurden. Und wenn ich jetzt noch mehr davon hören muß, fange ich bestimmt an zu schreien. Es ist absolut zwecklos, daß Sie vorgeben, Sie wollten mich als Schwägerin, also lassen Sie es bitte!«

»Nun gut«, entgegnete die Herzogin ohne Groll, »keine Lügen mehr.«

»Danke.«

»Sie haben keine Vorstellung davon, wie sehr ich hoffe, daß Sie meine Schwägerin werden.«

»Und ich nehme an, Sie werden jetzt versuchen, mich davon zu überzeugen, daß Lord Westmoreland ebenfalls ganz erpicht darauf ist, mein Bräutigam zu werden.«

»Das könnte ich noch nicht einmal aufrichtig sagen«, gab die Herzogin fröhlich zu, »geschweige denn überzeugend.«

»Was?« stammelte Sherry überrascht und verständnislos.

»Stephen Westmoreland hat äußerst lebhafte Vorbehalte gegen die Ehe, vor allem mit Ihnen. Und das aus ein paar sehr guten Gründen.«

Sherrys Schultern bebten vor hilflosem Lachen. »Ich glaube, Sie sind alle ziemlich verrückt.«

»Ich kann es Ihnen nicht zum Vorwurf machen, daß Sie das annehmen«, seufzte Whitney ungestüm. »Würden Sie sich bitte setzen? Dann erzähle ich Ihnen – soweit ich es kann – alles, was ich über den Earl of Langford weiß. Aber zuerst muß ich Sie fragen, was er heute früh zu Ihnen gesagt hat, so daß Sie auf den Gedanken kamen, er wolle Sie nicht heiraten.«

Das Angebot, etwas über einen Mann zu erfahren, der für sie ein völliges Rätsel darstellte, fand Sherry beinahe unwiderstehlich, sie wußte jedoch nicht sicher, warum ihr dieses Angebot gemacht worden war, und ob sie es überhaupt annehmen konnte. »Warum wollen Sie in all das hineingezogen werden?«

»Ich will hineingezogen werden, weil ich Sie sehr gerne mag. Und weil ich mir wünsche, daß Sie mich auch mögen. Aber hauptsächlich deshalb, weil ich aufrichtig glaube, daß Sie die Richtige für Stephen sind, und weil ich schreckliche Angst habe, daß Sie das beide unter Umständen erst dann herausfinden, wenn sich der angerichtete Schaden nicht mehr gutmachen läßt. Sagen Sie mir also bitte, was geschehen ist, und dann erzähle ich Ihnen alles, was ich kann.« Zum zweiten Mal vermied Whitney sorgfältig, ihr zu sagen, sie würde ihr alles erzählen. Die Wendung, die sie gebraucht hatte, war irreführend, aber zumindest keine weitere Lüge.

Sherry zögerte und forschte in Whitneys Gesicht nach irgendwelchen Anzeichen von Bosheit, sie sah jedoch nur Ernsthaftigkeit und Besorgnis. »Vermutlich kann es nicht schaden – außer vielleicht meinem Stolz«, sagte sie mit einem schwachen Versuch zu lächeln. Mit relativ unbeteiligter Stimme gelang es ihr, wiederzugeben, was an diesem Morgen im Arbeitszimmer des Earls passiert war.

Whitney bewunderte die einfache und kluge Methode, die Stephen angewandt hatte, um Sherrys Kooperation zu erreichen, es beeindruckte sie jedoch gleichermaßen, daß ein naives Mädchen, das in einem fremden Land, umgeben von Fremden und ohne jede Erinnerung an seine Vergangenheit lebte, diese geschickt geschmiedete List durchschaut hatte. Zudem war Sherry offensichtlich klug und stolz genug gewesen, nichts dagegen einzuwenden. Das, dachte Whitney, insgeheim lächelnd, war wohl hinter Stephens finsterer Miene gestanden, als sie ihn bei ihrer Ankunft begrüßt hatte. »Ist das alles?«

»Nicht ganz«, erwiderte Sherry ärgerlich und sah verlegen zur Seite.

»Was ist sonst noch passiert?«

»Nachdem er mir diesen ganzen Sermon von wegen, er wolle, daß ich die Wahl hätte, vorgesetzt hatte, fühlte ich mich sehr ärgerlich und verwirrt, ich – ich reagierte sehr emotional.«

»Wenn ich an Ihrer Stelle gewesen wäre, hätte ich mir wahrscheinlich einen schweren Gegenstand herbeigesehnt, um ihn nach ihm zu werfen.«

»Unglücklicherweise«, erklärte Sherry mit einem zittrigen Lachen, »habe ich nichts Passendes gefunden, und außerdem fühlte ich so ein – so ein dummes Bedürfnis zu weinen, also ging ich zum Fenster und versuchte, meine Fassung wiederzuerlangen.«

»Und dann?« half Whitney nach.

»Und dann besaß er die Kühnheit, die Arroganz, die – die Unverschämtheit, mich küssen zu wollen!«

»Haben Sie es ihm erlaubt?«

»Nein. Nicht ausdrücklich.« Das entsprach nicht ganz der Wahrheit, und in hilflosem Elend blickte sie wieder zur Seite. »Ich wollte *zuerst* nicht«, gab sie zu. »Aber wissen Sie, er kann das sehr gut, und …« Sie hielt inne. Ihr war ein Gedanke gekommen, und wütend sprach sie ihn aus: »Er kann es sehr gut, und das weiß er auch! Deshalb wollte er mich unbedingt küssen, als ob dadurch alles wieder ins Lot käme. Und irgendwie hat er gewonnen, weil ich am Ende nachgegeben habe. Oh, er wird sehr stolz auf sich sein«, schloß sie mit schneidender Verachtung.

Whitney brach in Gelächter aus. »Das bezweifle ich. Tatsächlich hatte er bei meiner Ankunft die schlechteste Laune, die man sich vorstellen kann. Für einen Mann, der eine Verlobung auflösen möchte und allen Grund hat zu glauben, er sei auf dem besten Wege, das auch zu erreichen, machte er nicht gerade einen fröhlichen Eindruck.«

Von dieser Äußerung ein wenig aufgeheitert, lächelte Sherry; dann jedoch erlosch ihr Lächeln wieder und sie schüttelte den Kopf. »Ich verstehe das alles nicht. Vielleicht wird mir sogar das Verständnis dafür fehlen, wenn ich wieder im Vollbesitz all meiner geistigen Fähigkeiten bin.«

»Ich halte Sie für erstaunlich scharfsinnig!« rief Whitney voller Gefühl. »Und für tapfer. Und auch für sehr, sehr warmherzig.« Sie sah Unsicherheit in den ausdrucksvollen grauen Augen aufflackern, und sie wünschte sich verzweifelt, sie könnte Charise Lancaster die ganze Wahrheit erzählen, jedes kleinste Detail, angefangen von Burletons Tod und Stephens Anteil daran. Stephen hatte ja erwähnt, daß Sherry Burleton kaum gekannt hatte, und zudem war es offensichtlich, daß sie starke Gefühle für Stephen hegte.

Andererseits hatte Dr. Whitticomb ausdrücklich darauf hingewiesen, wie gefährlich es wäre, sie zu sehr aufzuregen, und Whitney hatte schreckliche Angst, daß die Nachricht von Burletons Tod und Stephens Verwicklung darin genau das bewirken würde.

Also schickte sie sich an, ihr alles außer dieser Sache zu erzählen, und meinte mit einem traurigen Lächeln: »Ich werde Ihnen jetzt die Geschichte eines ganz besonderen Mannes erzählen, den Sie zunächst vielleicht gar nicht wiedererkennen werden. Als ich ihn vor vier Jahren kennenlernte, wurde er wegen seines unglaublichen Charmes und seiner reizenden Umgangsformen überall bewundert. Die Männer respektierten seine Fähigkeiten am Spieltisch und beim Sport, und er sah so gut aus, daß die Frauen ihn regelrecht anstarrten. Seine Mutter und ich regten uns regelmäßig über die Wirkung auf, die er auf sie ausübte, und das nicht nur auf unschuldige junge Mädchen in ihrer ersten Saison, sondern auch auf erfahrene Frauen. Ich weiß, daß er ihre Reaktion auf sein Gesicht überaus albern fand, aber trotzdem zeigte er sich stets untadelig galant zu allen. Und dann traten drei Ereignisse ein, die ihn von Grund auf veränderten – und das Seltsame daran ist, daß zwei Ereignisse eigentlich positiv waren: Zunächst beschloß Stephen, sich mehr um seine Geschäfte und Anlagen zu kümmern, die vorher mein Mann zusammen mit den unseren verwaltet hatte. Stephen begann sofort mit großen und gefährlichen Unternehmungen, die mein Mann nie in Betracht gezogen hätte – auf jeden Fall nicht mit dem Geld eines anderen. Ständig nahm er große Risiken auf sich, und ständig machten sie sich mit riesigen Gewinnen bezahlt. Und in dieser Zeit geschah noch etwas, das entscheidend zu seinem Wandel von freundlicher Galanterie zu kaltem Zynismus beitrug: Stephen erbte drei Titel von einem älteren Cousin seines Vaters, und einer davon war der des Earl of Langford. Normalerweise fallen Titel an den ältesten Sohn, außer unter bestimmten Umständen, und diese waren hier eingetreten. Manche Titel der Familie Westmoreland gehen über dreihundert Jahre zurück, sie stammen noch von König Heinrich VII. Unter anderem hat er drei Titel verliehen, die, auf die Bitte des ersten Duke of Claymore hin, Ausnahmen in der normalen Erbfolge darstellen. Als Besonderheit gestatteten sie dem Inhaber des Titels, seinen Erben selbst zu bestimmen, falls er kinderlos bleiben sollte, und solange es sich bei dem Erben um einen direkten Nachfahren von einem der Dukes of Claymore handelte.

Die Titel, die Stephen erbte, waren zwar alt und angesehen, das Land und das Vermögen jedoch, die sich daran knüpften, unbedeutend. Stephen allerdings – und das ist der Punkt, an dem alles anfing, sich ins Schlechte zu kehren – hatte sein Vermögen bereits verdoppelt und verdreifacht. Er liebt Architektur, die er auch an der Universität studiert hat, und so kaufte er ein unvorstellbar schönes Stück Land von fünzigtausend Acres und begann, ein Haus zu entwerfen, das sein Hauptsitz werden sollte. Während dieses Haus noch gebaut wurde, kaufte er drei weitere hübsche alte Anwesen in verschiedenen Teilen Englands und ließ sie restaurieren. Sehen Sie das Bild vor sich? Ein Mann, der immer schon wohlhabend und gutaussehend gewesen war und aus einer der bedeutendsten Familien in England stammt, und der, ganz plötzlich, drei Titel erbte, ein unermeßliches Vermögen anhäufte und vier prächtige Anwesen erwarb. Können Sie sich vorstellen, was als nächstes geschah?«

»Ich nehme an, er bezog eines seiner neuen Häuser.«

Whitney starrte sie lachend vor Entzücken an. Ihr gefiel ihre geradlinige Art und der Mangel an Arglist. »Das tat er«, erwiderte sie, »aber darum geht es nicht.«

»Ich verstehe nicht.«

»Auf einmal wollten tausend Familien nichts anderes als einen adligen Ehemann für ihre Töchter – und auch die Töchter wollten nichts anderes –, und sie alle setzten Stephen Westmoreland plötzlich auf ihre Liste erstrebenswerter Ehemänner. Das heißt, um genauer zu sein, an die Spitze dieser Liste. Schon nach kürzester Zeit wurde Stephen so offenkundig begehrt und umworben, daß es fast erschreckende Ausmaße annahm. Weil er damals fast dreißig war, glaubte man, er müsse bald heiraten, und das gab der Jagd noch eine zusätzliche Verzweiflung und Dringlichkeit. Ganze Familien stürzten sich auf ihn, sobald er einen Raum betrat, Töchter wurden ihm in den Weg geschoben – subtil natürlich –, wo er ging oder stand.

Die meisten Männer mit Titeln oder Vermögen werden damit geboren, wie mein Mann zum Beispiel, und sie lernen, das alles zu akzeptieren und zu ignorieren – obwohl mein

Mann mir gestanden hat, daß er sich oft wie Jagdwild vorkam. In Stephens Fall passierte das alles sozusagen über Nacht. Wäre es anders gelaufen, hätte die Veränderung nicht so plötzlich und drastisch eingesetzt, dann hätte Stephen sich vielleicht geduldiger, oder zumindest toleranter, in die Situation gefügt. Und vielleicht wäre es sogar noch so gekommen, wenn er sich nicht mit Emily Kendall eingelassen hätte.«

Sherrys Magen zog sich bei der Erwähnung einer Frau, mit der er sich »eingelassen« hatte, zusammen, zugleich jedoch konnte sie ihre Neugier nicht beherrschen. »Was geschah?« fragte sie, als Whitney zögerte.

»Bevor ich es Ihnen erzähle, müssen Sie mir versprechen, daß sie nie jemandem ein Wort davon verraten.«

Sherry nickte.

Whitney stand auf und ging unruhig hinüber zum Fenster, dann drehte sie sich um und lehnte sich gegen den Fensterrahmen, die Hände auf dem Rücken, und begann mit ernstem Gesicht: »Stephen lernte Emily zwei Jahre, bevor er seine Titel erbte, kennen. Sie war die schönste Frau, die ich je gesehen habe, und zugleich eine der geistreichsten und amüsantesten ... und der hochnäsigsten. Ich zumindest fand sie hochnäsig. Auf jeden Fall war gut die Hälfte aller Junggesellen in England verrückt nach ihr, und das ließen sie sie auch spüren. Sie schaffte es auf eine ganz erstaunliche Art, daß alle Männer ihr zu Füßen lagen; nur Stephen wollte sich ihr nicht beugen, und vermutlich machte das seinen Reiz für sie aus. Er bedeutete eine Herausforderung für sie. In einem Augenblick geistiger Umnachtung – anders kann ich es mir nicht vorstellen –, bat er sie, ihn zu heiraten. Sie war außer sich.«

»Weil er sie liebte?« fragte Sherry.

»Weil er es wagte, um ihre Hand anzuhalten.«

»Was?«

»Mein Mann, der die Geschichte direkt von Stephen erfuhr, hat mir erzählt, daß Emily zuerst schockiert und dann verärgert reagierte, weil er sie in eine solch unmögliche Lage gebracht hatte. Sie war – ist – die Tochter eines Herzogs, und anscheinend hätte ihre Familie einer Heirat mit einem Mann ohne Adelstitel nie zugestimmt. Vierzehn Tage später sollte sie mit William Lathrop getraut werden, dem Marquis von Glengarmon, einem alten Mann, dessen väterlicher Besitz an den von Emilys Vater grenzt. Bis dahin wußte noch niemand von dem Verlöbnis, weil es gerade erst beschlossen worden war. Emily brach in Tränen aus und sagte zu Stephen, daß sie, bevor er ihr seinen Antrag gemacht hatte, sich mit der Heirat mit Lord Lathrop zumindest noch hätte abfinden können. Nun aber würde ihr Leben unerträglich werden. Stephen erzürnte sich darüber, daß sie an einen erbärmlichen alten Mann ›vergeudet‹ werden sollte, aber sie überzeugte ihn davon, daß es sinnlos sei, mit ihrem Vater darüber zu streiten – was er eigentlich tun wollte, obwohl er sehr genau wußte, daß es zu den Pflichten einer Tochter gehört, nach dem Willen der Familie zu heiraten.«

Sie hielt inne, lächelte Sherry verlegen an und fügte hinzu: »Ich selbst hielt mich allerdings nicht daran, als mein Vater das Recht beanspruchte, einen Ehemann für mich auszusuchen.« Dann kehrte sie zu ihrer Geschichte zurück und fuhr fort: »Als Stephen trotzdem darauf beharrte, mit ihrem Vater zu sprechen, sagte Emily zu ihm, er würde sie schlagen, wenn er erführe, daß sie sich bei Stephen über ihr Schicksal oder ihre Gefühle Lord Lathrop gegenüber beklagt habe.«

»Und dann gingen sie auseinander?« warf Sherry ein, als Whitney zu zögern schien.

»Hätten sie das nur getan! Statt dessen überzeugte Emily ihn davon, daß sie jetzt, wo sie wüßte, daß er sie liebte, ihr Schicksal nur ertragen könnte, wenn sie ihre … Freundschaft … nach ihrer Hochzeit … fortsetzen würden.« Sherry runzelte die Stirn. Es bereitete ihr Qualen zu hören, wie sehr er die andere geliebt hatte. Whitney mißdeutete ihr Stirnrunzeln als Mißbilligung und beeilte sich, das, was nicht zu verteidigen war, zu verteidigen, teils aus Loyalität Stephen gegenüber, und teils, damit Sherry ihn nicht sofort verdammte. Leider befand sie sich damit innerhalb weniger Augenblicke auf äußerst unsicherem Grund, als sie nämlich versuchte, ihr nur einen Teil der Informationen zu geben und ihr die volle Wahrheit vorzuenthalten. »Das ist nicht so ungewöhnlich und noch nicht einmal besonders skandalös. In der Gesellschaft gibt es viele Frauen, die sich nach ... der Aufmerksamkeit und der Begleitung eines attraktiven Mannes sehnen, den sie kennen ... äh ... sie finden das ... sehr, nun ja ... sehr unterhaltsam ... in mancherlei Hinsicht«, schloß Whitney außer Atem. »Natürlich spielt sich das alles sehr diskret ab.«

»Sie meinen, sie müssen ihre Freundschaft geheimhalten?«

»So könnte man es sagen«, erwiderte Whitney. Ihr dämmerte, daß Sherry sich Gott sei dank überhaupt nicht klarmachte, daß Stephen während Emilys Ehe sehr viel mehr als nur ihren »Freund« dargestellt hatte, und daß hier überhaupt nicht von Freundschaften die Rede war. Rückblickend stellte Whitney fest, daß sie auch nichts anderes hatte erwarten können. Guterzogene englische Mädchen besaßen oft keine klare Vorstellung davon, was sich bei Paaren im Schlafzimmer abspielte, aber für gewöhnlich hatten sie Gespräche ihrer älteren Schwestern oder anderer verheirateter Frauen belauscht. Wenn sie dann in Sherrys Alter waren, vermuteten sie zumindest, daß etwas mehr passierte als freundliches Händeschütteln.

»Was geschieht, wenn die Wahrheit herauskommt?«

Da sie ihr nun schon bis hierhin ungestraft die Wahrheit hatte erzählen können, blieb Whitney für den Rest ihrer Fragen bei der gleichen Methode. »Dann ist der Ehemann für gewöhnlich ungehalten, vor allem, wenn es Anlaß zu Gerede gegeben hat.«

»Und wenn er ungehalten ist, besteht er dann darauf, daß sich seine Frau von da an nur noch auf weibliche Gesellschaft beschränkt?«

»Ja, aber gelegentlich findet auch ein Gespräch mit dem Gentleman statt.«

»Was für ein Gespräch?«

»Die Art, die im Morgengrauen auf zwanzig Schritte Entfernung stattfindet.«

»Ein Duell?« rief Sherry aus. Ihrer Meinung nach war das eine heftige Überreaktion auf etwas, das man im schlimmsten Fall als eine unschicklich enge Freundschaft zwischen den Geschlechtern bezeichnen konnte.

»Ein Duell«, bestätigte Whitney.

»Und war Lord Westmoreland einverstanden damit, weiter Emily Kendalls ...« Sie hielt inne und verwarf das Wort »Verehrer« wieder, weil es albern klang, wenn die Dame schon verheiratet war, »enger Freund zu sein«, improvisierte sie, da dieser Ausdruck korrekt schien, »auch als sie schon verheiratet war?«

»Ja, über ein Jahr lang, bis ihr Ehemann es herausfand.«

Sherry holte tief Luft. Sie fürchtete sich beinahe, zu fragen. »Und gab es ein Duell?«

»Ja.«

Da Lord Westmoreland noch äußerst lebendig war, vermutete Sherry, daß Lord Lathrop äußerst tot war. »Er hat ihn umgebracht«, sagte sie gepreßt.

»Nein, das tat er nicht, obwohl das sehr gut hätte passieren können. Vielleicht hatte Stephen die Absicht, ihn zu töten. Er war sehr verliebt in Emily und ihr blind ergeben. Er verachtete Lord Lathrop, und er haßte ihn, weil er Emily als erster einen Antrag gemacht hatte und weil er ein abscheulicher alter Wüstling war, der ihr die Jugend und das Leben gestohlen hatte, und dabei noch zu alt war, um ihr Kinder zu schenken. Am Morgen des Duells sagte Stephen ihm die Meinung, allerdings bin ich sicher, daß er sich eloquenter ausdrückte.«

»Und was geschah dann?«

»Der alte Marquis starb beinahe, aber aus Schock und nicht durch eine Pistolenkugel. Anscheinend hatten Emily und ihr Vater die Heirat betrieben, nicht er. Unsere Emily wollte eine Herzogin sein, und das wäre sie nach dem Tod von Lathrops Vater auch geworden, wenn Lathrop den Titel geerbt hätte. Am Morgen des Duells glaubte Stephen Lord Lathrop. Er sagte, kein Mensch auf Erden hätte so eine verblüffte Reaktion auf Stephens Anschuldigungen vortäuschen können. Außerdem besaß Lathrop keinen Grund zu lügen.«

»Haben sie sich trotzdem duelliert?«

»Ja und nein. Stephen schoß daneben, was einer Entschuldigung gleichkommt. Damit gab er dem älteren Mann die Satisfaktion, die dieser von ihm erwarten konnte. Emilys Vater schickte seine Tochter noch in derselben Woche nach Spanien, und dort blieb sie über ein Jahr lang, bis Lord Lathrop gestorben war. Sie kam als ganz neue Frau zurück – schöner denn je, aber auch gelassener und weniger hochnäsig.« Whitney hatte eigentlich beabsichtigt, die Geschichte an dieser Stelle zu beenden, um zu erklären, was sie damit sagen wollte, aber Sherrys Frage zwang sie, sie ganz zu Ende zu erzählen. »Haben sie einander jemals wiedergesehen?«

»Ja, und in der Zwischenzeit hatte Stephen seinen Titel geerbt. Seltsamerweise – oder vielleicht auch überhaupt nicht seltsam, wenn man die Zeitplanung bedenkt –, besuchte Emilys Vater Stephen als einer der ersten. Er sagte Stephen, Emily liebe ihn und habe ihn immer schon geliebt, was sie auf ihre egoistische Weise wohl auch getan hatte. Er bat Stephen, zumindest mit ihr zu reden.

Stephen stimmte zu, und ich bin ziemlich sicher, daß ihr Vater ihn in der glücklichen Erwartung verließ, alles würde sich regeln und seine Tochter Countess of Langford werden. In der Woche darauf besuchte Emily Stephen und gestand ihm alles, von ihrer Selbstsucht bis zu ihrer Täuschung. Sie bat ihn um Verzeihung und flehte ihn an, ihr eine Chance zu geben, ihm zu beweisen, daß sie ihn aufrichtig liebte, und ihm zu zeigen, wie sehr sie sich verändert hatte.

Stephen sagte ihr, er würde darüber nachdenken. Am nächsten Tag kam ihr Vater ganz ›zufällig‹ bei Stephen vorbei und schnitt das Thema Verlobungsvertrag an. Stephen bot großzügig an, einen aufsetzen zu lassen, und ihr Vater verließ ihn in der Überzeugung, Stephen sei der großmütigste und nachsichtigste aller Männer.«

»Er wollte sie heiraten nach all dem, was sie getan hatte?« warf Sherry ungläubig ein. »Das kann ich mir nicht vorstellen! Er muß für den Moment seinen klaren Kopf verloren haben.« Sie sprudelte die Worte hervor, noch bevor sie merkte, daß sie zumindest genauso viel Eifersucht wie aufrichtige Empörung verspürte. »Und was passierte dann?« fragte sie ruhiger.

»Emily und ihr Vater besuchten ihn, wie sie es vereinbart hatten, aber das Papier, das Stephen ihnen aushändigte, war kein Verlobungsvertrag.«

»Was war es dann?«

»Eine Vorschlagsliste mit zweiten Ehemännern für sie. Jeder Mann darauf besaß einen Titel, und jeder war zwischen sechzig und zweiundneunzig. Damit beleidigte er nicht nur beide ganz absichtlich; er zog sogar einen doppelten Schlußstrich, weil er Emily absichtlich in dem Glauben gelassen hatte, er würde ihr einen Verlobungsvertrag aushändigen.«

Sherry mußte das erst eine Weile verdauen. »Er kann nicht gut verzeihen, nicht wahr? Vor allem, wo Sie doch zu Anfang sagten, es sei überhaupt nicht ungewöhnlich, daß verheiratete Damen sich so verhalten, wie sie es tat.«

»Stephen konnte ihr nicht verzeihen, daß sie Lathrop nur um seines Titels willen geheiratet hatte. Er konnte ihr nicht verzeihen, daß sie ihn angelogen hatte. Aber vor allem konnte er ihr nicht verzeihen, daß sie zugelassen hatte, daß er ihren Ehemann beinahe im Duell getötet hätte.

Wenn Sie das, was ich Ihnen erzählt habe, überdenken, werden Sie allmählich verstehen, warum er seinem eigenen Urteil Frauen gegenüber mißtraut und warum er ihre Motiven beargwöhnt. Vielleicht erkennen Sie auch, daß sein Wunsch, Sie sollten andere Männer kennenlernen, bevor Sie sich endgültig für ihn entscheiden, nicht so falsch oder grausam ist. Ich behaupte nicht, daß er richtig handelt«, fügte Whitney hinzu, weil in ihrem Gewissen zorniger Protest aufstieg. »Das weiß ich nicht, und meine Meinung zählt hierbei auch gar nicht. Ich bitte Sie nur – ich schlage Ihnen vor –, auf Ihr Herz zu hören und selbst zu entscheiden, und zwar auf der Grundlage dessen, was ich Ihnen erzählt habe. Und es gibt noch etwas, das ich Ihnen sagen kann und das Ihnen bei Ihrer Entscheidung helfen wird.«

»Und zwar?«

»Weder mein Mann noch ich haben jemals erlebt, daß Stephen eine Frau so angesehen hat wie Sie, so freundlich, liebevoll und humorvoll.« Das war alles, was Whitney ihrer Meinung nach zur Lösung des Problems beitragen konnte, und so ging sie hinüber zum Sofa, um ihre Sachen zu holen. Sherry stand auf.

»Sie waren sehr freundlich, Euer Gnaden«, erklärte Sherry aufrichtig.

»Bitte, sagen Sie Whitney zu mir«, erwiderte die Herzogin und ergriff ihren Retikül. Sie lächelte Sherry von der Seite an und fügte hinzu: »Und sagen Sie nicht, ich sei ›freundlich‹, denn dann muß ich gestehen, daß ich Sie aus einem äußerst selbstsüchtigen Grund in der Familie haben möchte.«

»Und was ist das für ein selbstsüchtiger Grund?«

Die Herzogin drehte sich ganz zu ihr um und antwortete leise und aufrichtig: »Ich glaube, Sie wären meine beste Chance, jemals eine Schwester zu haben, und wahrscheinlich meine einzige Chance, eine Schwester zu haben, mit der ich vollkommen glücklich wäre.«

Diese Worte und das sanfte Lächeln, das sie begleitete, hatten auf Sherry in einer Welt, in der ihr alles unvertraut und verdächtig erschien, eine tiefe Wirkung. Sie lächelten einander an, und Sherry streckte die Hand aus, um die Hand der Herzogin zu schütteln. Zugleich trat die Herzogin vor, und irgendwie wurde aus dem höflichen Händeschütteln ein fester Druck der Ermutigung, der einen Augenblick länger als nötig dauerte. Und dann wurde eine Umarmung daraus. Sherry wußte nicht, wer den ersten Schritt getan hatte, aber es spielte auch keine Rolle. Als sie sich aus der Umarmung lösten, lächelten sie beide ein wenig verlegen über ein so unschickliches Betragen zwischen zwei Fremden, die sich mindestens noch ein Jahr lang als »Miss Lancaster« und »Euer Gnaden« hätten anreden müssen. Aber das spielte jetzt alles keine Rolle mehr, und außerdem ließ sich die Zeit nun sowieso nicht mehr zurückdrehen. Sie hatten das Band zwischen sich gefühlt und nun auch akzeptiert. Die Herzogin stand einen Moment ganz still da, ein winziges, amüsiertes Lächeln spielte um ihre Mundwinkel, und sie schüttelte den Kopf, als sei sie erfreut und verwirrt. »Ich mag Sie sehr«, sagte sie einfach, und dann war sie in einem Wirbel modischer kirschroter Röcke verschwunden.

Kurz nachdem sie die Tür hinter sich geschlossen hatte, öffnete sie sie noch einmal und steckte, immer noch lächelnd, den Kopf herein. »Übrigens«, flüsterte sie, »Stephens Mutter mag Sie auch. Wir sehen Sie dann beim Essen.«

»Oh, wie schön.«

Whitney nickte und erwiderte mit einem unwiderstehlichen Lächeln: »Ich gehe jetzt hinunter und überzeuge Stephen davon, daß es seine Idee ist.«

Und damit war sie weg.

Sherry ging zum Fenster und blickte auf die Upper Brook Street hinunter. Mit verschränkten Armen sah sie abwesend zu, wie elegant gekleidete Männer und Frauen in Kutschen vorbeifuhren oder die Straße entlangschlenderten und den milden Nachmittag genossen.

Immer wieder überdachte sie das Gehörte, und der Earl zeigte sich ihr in ganz neuem Licht. Sie konnte sich vorstellen, wie es sein mußte, wegen seines Besitzes und nicht wegen seiner Person begehrt zu werden. Die Tatsache, daß er diese Art von Aufmerksamkeit und Schmeichelei nicht schätzte, bewies, daß er nicht eitel war.

Und die Tatsache, daß er die Freundschaft mit der Frau, die er liebte, nicht aufgegeben hatte, als sie für ihn schon verloren schien, bewies unwiderlegbar, daß er beständig und loyal war. Und die Tatsache, daß er sich bereit gezeigt hatte, sein Leben in einem Duell aufs Spiel zu setzen ... das war einfach nur edel.

Und im Gegenzug hatte Emily Lathrop ihn getäuscht, benutzt und betrogen. Insofern nahm es kaum wunder, daß er ganz sicher gehen wollte, nicht noch einmal einen Fehler zu machen, wenn er eine Frau wählte.

Sherry rieb sich müßig mit den Händen die Ellbogen und beobachtete eine Kutsche mit hohem Bock, die langsam zwischen den Fußgängern die Straße entlangzuckelte. Sie mußte daran denken, wie er sich an der Frau, die er offenbar einmal geliebt hatte, gerächt hatte.

Er war nicht eitel oder hochmütig ...

Er konnte aber auch nicht verzeihen.

Sie wandte sich vom Fenster ab und ging hinüber zu ihrem Schreibtisch. Unaufmerksam blätterte sie die Seiten der Morgenzeitung um und versuchte, sich von einer weiteren Wahrheit abzulenken: Weder heute noch an irgendeinem anderen Tag hatte sie irgend etwas erfahren, das ihr Aufschluß über seine Gefühle ihr gegenüber gab.

Er küßte sie gerne, aber irgendwo in den Tiefen ihres Gedächtnisses spürte Sherry, daß dies nicht zwangsläufig Liebe bedeutete. Er befand sich gern in ihrer Gesellschaft, manchmal jedenfalls. Und er lachte gerne mit ihr, und das immer. Das konnte sie spüren.

Sie wünschte sich inbrünstig, ihr Gedächtnis möge zurückkehren und ihr all die Antworten geben, die sie brauchte.

Unruhig bückte sie sich und hob einen Fetzen Papier vom Teppich auf. Sie versuchte zu entscheiden, wie sie sich von jetzt an ihm gegenüber verhalten sollte. Der Stolz erforderte, daß sie sich von der niederschmetternden Ankündigung unten scheinbar unberührt zeigte. Ihr Instinkt sagte ihr, sie solle ihm keine zweite Gelegenheit geben, sie zu verletzen.

Sie würde sich so natürlich verhalten wie möglich, beschloß sie, und gerade so reserviert, daß er auf Distanz blieb.

Und sie würde einen Weg finden, um nicht mehr daran zu denken, wie seine Hände über ihren Rücken und ihre Schultern streichelten, wenn er sie küßte … oder wie er die Finger in ihren Haaren vergrub und seine Lippen so fest auf die ihren preßte, als könne er nicht genug bekommen. Sie durfte nicht mehr daran denken, wie hungrig diese Küsse waren oder wie es sich anfühlte, wenn sein Arm sie umschlang. Und unter gar keinen Umständen sollte sie sich weiter mit dem Gedanken an sein Lächeln aufhalten … dieses träge, verwirrende Lächeln, das langsam über sein gebräuntes Gesicht glitt und bei dem ihr Herz aussetzte … oder an die Falten, die sich in den Winkeln seiner dunkelblauen Augen bildeten, wenn er lächelte …

Angewidert von sich selbst, weil sie genau das tat, was sie sich doch verbieten wollte, setzte Sherry sich an ihren Schreibtisch und versuchte, sich auf die Zeitung zu konzentrieren.

Er hatte Emily Lathrop geliebt.

Frustriert schloß Sherry die Augen, als könne sie ihn damit aus dem Gedächtnis verbannen. Er hatte Emily Lathrop unsäglich geliebt, und obwohl sie wußte, daß es albern war, schmerzte diese Erkenntnis schrecklich, weil sie ihn liebte.

27

Sheridan kämpfte noch mit dieser Erkenntnis, als sie gebeten wurde, zu Dr. Whitticomb und ihrer zukünftigen Anstandsdame zu kommen.

Zwar sehnte sich Sherry nach mehr Zeit, um über das, was sie heute erfahren hatte, nachdenken zu können, und die Aussicht, unter dem eisigen Blick einer wachsamen Engländerin leben zu müssen, deprimierte sie zutiefst, dennoch eilte sie gehorsam in den Salon, wo Dr. Whitticomb neben einer ältlichen Lady auf dem Sofa saß. Statt einer grimmig dreinschauenden englischen Amazone, wie Sherry sie sich vorgestellt hatte, erwartete sie jedoch eine Anstandsdame, die mehr aussah wie eine winzige, rundliche Porzellanpuppe mit ihren rosigen Wangen und silberweißen Haaren, die ordentlich unter einer rüschenverzierten Haube hervorlugten.

Im Augenblick war sie gerade eingenickt, und ihr Kinn ruhte auf ihrem Busen.

»Das ist Miss Charity Thornton«, flüsterte Dr. Whitticomb Sherry zu, als sie neben ihm stand. »Die unverheiratete Schwester des Duke of Stanhope.«

Sherry unterdrückte ein verblüfftes Kichern über die Lächerlichkeit dieser winzigen, schlafenden Person, die auf sie aufpassen sollte. Auch sie senkte ihre Stimme zu einem Flüstern und erwiderte höflich: »Es ist sehr nett von ihr, daß sie sich um mich kümmern will.«

»Oh, sie war begeistert, als ich sie gefragt habe.«

»Ja«, witzelte Sherry hilflos, »man sieht ihr an, daß sie ganz aufgeregt ist.«

Weiter links, außerhalb von Sherrys Blickfeld, lehnte Stephen an einem geschnitzten Satinholztisch und beobachtete die Zusammenkunft. Er lächelte bei ihrer treffenden Bemerkung.

»Ihre jüngere Schwester, Hortense, wollte sie begleiten«, vertraute Dr. Whitticomb ihr in gedämpftem Ton an, »aber sie streiten sich ständig, sogar über ihr Alter, und ich wollte Ihren Frieden nicht gefährden.«

»Wie alt ist ihre Schwester?«

»Achtundsechzig.«

»Ich verstehe.« Sherry biß sich auf die Unterlippe, um ihre Belustigung zu verbergen, und wisperte: »Meinen Sie, wir sollten sie aufwecken?«

Da schaltete sich Stephen aus seiner Zimmerecke in normaler Lautstärke in die Unterhaltung ein. »Entweder das«, scherzte er, »oder wir können sie gleich da begraben, wo sie sitzt.«

Sherry zuckte vor Schreck über seine Anwesenheit zusammen, und Miss Charity wurde so schlagartig wach, als habe jemand eine Kanonenkugel neben ihrem Ohr abgefeuert. »Du liebe Güte, Hugh!« rief sie streng aus. »Warum haben Sie mich nicht geweckt?« Sie blickte Sherry an und streckte lächelnd ihre Hand aus. »Ich freue mich so sehr, daß ich Ihnen helfen kann, meine Liebe. Dr. Whitticomb hat mir erzählt, daß Sie sich von einer Verletzung erholen und daß Sie eine Anstandsdame von untadeliger Reputation brauchen, während Sie hier bei Langford wohnen.« Sie runzelte verwirrt ihre glatte Stirn. »Es fällt mir jedoch nicht mehr ein, um was für eine Verletzung es sich handelte.«

»Eine Kopfverletzung«, kam Sherry ihr zur Hilfe.

»Ja, genau.« Mit ihren hellblauen Augen musterte sie einen Moment lang Sherrys Kopf. »Es sieht so aus, als sei sie verheilt.«

Dr. Whitticomb schaltete sich ein. »Die Verletzung ist verheilt«, erinnerte er sie, »aber es gibt noch eine betrübliche Nachwirkung. Miss Lancaster hat ihr Gedächtnis immer noch nicht wiedererlangt.«

Miss Charitys Gesicht verzog sich mitleidig. »Mein armes Kind. Wissen Sie, wer Sie sind?«

»Ja.«

»Wissen Sie, wer ich bin?«

»Ja, Ma'am.«

»Wer bin ich?«

Am Rande eines Lachanfalls sah Sherry zur Seite und kämpfte um Haltung. Dabei begegnete sie ungewollt dem Grinsen und mitfühlenden Augenzwinkern des Earls. Entschlossen, sein freundliches Entgegenkommen zu ignorieren, bis sie mehr Zeit gehabt hätte, sich über ihre eigenen Gefühle klar zu werden, richtete sie den Blick wieder auf ihre Anstandsdame und beantwortete gehorsam die offensichtlich als Test gemeinte Frage. »Sie sind Miss Charity Thornton, die Schwester des Duke of Stanhope.«

»Das will ich doch meinen«, rief die alte Dame erleichtert aus.

»Ich g-glaube, ich kl-klingele nach T-Tee«, erwiderte Sherry und floh schnell aus dem Zimmer. Sie hatte die Hand vor den Mund geschlagen und ihre Schultern bebten vor unterdrücktem Lachen.

Hinter ihr äußerte Miss Charity traurig: »Ein wunderschönes Kind, aber wenn ich gerade wirklich ein Stottern gehört habe, werden wir einige Zeit darauf verwenden müssen, eine gute Partie für sie zu finden.«

Hugh tätschelte ihr beruhigend die Schulter. »Dafür sind Sie genau die Richtige, Charity.«

»Ich werde ihr zeigen, wie man sich in der Gesellschaft bewegt«, erklärte Charity gerade, als Sherry zurückkam. Jetzt, wo die alte Dame ganz wach war, wirkte sie bemerkenswert rüstig und geistig beweglich. Sie strahlte Sherry an und klopfte einladend auf den Platz neben sich. »Wir werden eine wunderbare Zeit miteinander haben«, versprach sie, als Sherry die Einladung annahm und sich neben sie setzte. »Wir werden Soireen, Levers und Bälle besuchen, wir werden in der Bond Street einkaufen gehen und im Hyde Park und entlang der Pall Mall ausfahren. Oh, und Sie müssen sofort zu einem Ball in Almack's Assembly Rooms gehen. Kennen Sie Almack's?«

»Nein, Ma'am, leider nicht«, erwiderte Sherry, die sich fragte, woher ihre Anstandsdame auf einmal die ganze Energie nahm.

»Sie werden es lieben«, prophezeite ihr Charity und klatschte hingerissen in die Hände. »Es ist der siebte Himmel der eleganten Welt und wichtiger als eine Vorstellung bei Hof. Die Bälle finden jeden Mittwochabend statt, und sie sind so exklusiv, daß Sie, wenn Sie erst einmal eine Eintrittskarte haben, praktisch an jedem gesellschaftlichen Ereignis teilnehmen können. Der Earl wird sie beim ersten Mal begleiten, das wird Ihnen den Neid aller Frauen eintragen und Ihnen das besondere Interesse aller anwesenden Männer sichern. Almack's ist genau das richtige für Ihren ersten Auftritt in der Gesellschaft-« Sie hielt inne und blickte besorgt den Earl an. »Langford, hat sie Eintrittskarten für Almack's?«

»Es tut mir leid, aber ich habe nie einen Gedanken an Almack's verschwendet«, erwiderte Stephen und wandte sich ab, um den Widerwillen zu verbergen, den er für diesen Ort empfand.

»Ich werde mit Ihrer Mama über die Eintrittskarten sprechen. Sie wird ihren ganzen Einfluß aufwenden müssen, um welche zu bekommen, aber sie kann sich zumindest bei den Schirmherrinnen Geltung verschaffen.« Ihre blauen Augen glitten mißbilligend über die elegante bordeauxrote Jacke und die Hose des Earls, und sie warnte ihn beunruhigt: »Man wird Sie bei Almack's nicht zulassen, wenn Sie nicht korrekt gekleidet sind, Langford.«

»Ich werde meinen Kammerdiener vor den entsetzlichen gesellschaftlichen Konsequenzen warnen, falls es ihm nicht gelingt, mich korrekt auszustatten«, versprach Stephen mit ernstem Gesicht.

»Sagen Sie ihm, Sie müßten eine formelle schwarze Jacke mit langen Schößen tragen«, betonte sie, da sie offensichtlich an der Kompetenz des hervorragenden Damson zweifelte.

»Ich werde diese Information wortwörtlich weitergeben.«

»Und natürlich eine formelle weiße Weste.«

»Natürlich.«

»Und ein weißes Halstuch.«

»Selbstverständlich«, erwiderte er vollkommen ernst und neigte den Kopf zu einer leichten Verbeugung.

Zufrieden, daß er nun ausreichend vorgewarnt war, wandte Miss Charity sich Sherry zu und vertraute ihr an: »Die Schirmherrinnen haben einmal sogar den Duke of Wellington abgewiesen, weil er in diesen schrecklichen Hosen erschien, die die Männer heutzutage statt der formellen Kniehosen tragen.« Unvermittelt das Thema wechselnd fragte sie: »Sie können doch tanzen, oder?«

»Ich …« Sherry zögerte und schüttelte den Kopf. »Ich bin mir nicht sicher.«

»Dann müssen wir sofort einen Tanzlehrer für Sie engagieren. Sie haben Menuett, ländliche Tänze, Cotillon und Walzer zu lernen. Walzer dürfen Sie allerdings nicht überall tanzen, bevor die Schirmherrinnen dem zugestimmt haben.« Warnend fügte sie hinzu: »Wenn Sie es täten, wäre das schlimmer, als wenn Langford nicht korrekt angezogen aufträte, denn ihm würde einfach nur der Eintritt verwehrt und niemand würde es merken, während Sie als ›zu schnell‹ geächtet würden. Langford wird den ersten Tanz mit Ihnen tanzen, und dann vielleicht noch einen, aber mehr nicht. Selbst zwei Tänze könnten schon als besondere Bevorzugung gelten, und das wollen wir ja nun wirklich nicht. Langford«, wandte sie sich an Stephen und riß ihn aus seiner Betrachtung von Sherrys makellosem Profil, »hören Sie auch zu?«

»Ich habe jedes einzelne Wort mitbekommen«, erwiderte Stephen. »Ich glaube jedoch, Nicholas DuVille möchte sich die Ehre vorbehalten, Miss Lancaster zu begleiten und mit ihr den ersten Tanz zu eröffnen.« Unmerklich beugte er sich ein wenig vor, um Sherrys Reaktion auf diese Äußerung und seinen nächsten Satz besser beobachten zu können. »Nächsten Mittwoch habe ich leider bereits eine anderweitige Verpflichtung und werde mich deshalb an diesem Abend mit einem späteren Platz auf ihrer Tanzkarte begnügen müssen.« Ihr Gesichtsausdruck veränderte sich nicht. Sie blickte auf ihre Hände, die in ihrem Schoß lagen, und er hatte den Eindruck, das Gespräch darüber, wie sie Bewerber anlocken solle, sei ihr peinlich.

»Pünktlich um elf werden die Türen geschlossen, und danach würde nicht einmal mehr der Herrgott eingelassen«, warnte Miss Charity, und während Stephen noch ihre Fähigkeit bewunderte, sich an manche Dinge zu erinnern und andere einfach zu vergessen, fragte sie: »DuVille? Ist das derselbe junge Mann, der früher einmal eine Schwäche für Ihre Schwägerin hatte?«

»Ich glaube«, wich Stephen vorsichtig aus, »jetzt zeigt er sich ganz entzückt von Miss Lancaster.«

»Exzellent! Abgesehen von Ihnen stellt er die beste Partie in ganz England dar.«

»Er wird ganz begeistert sein, das zu hören«, erwiderte Stephen und beglückwünschte sich im Stillen zu seinem unvermittelten klugen Entschluß, DuVille zu zwingen, Sherry zu Almack's zu begleiten, und zwar Stunden, bevor Stephen ankam. Allein die Vorstellung, daß der verbindliche Franzose wie ein gestelltes Wild von eifrigen Debütantinnen und ihren habgierigen Müttern umringt würde, die ihn wie eine Lieblingsmahlzeit begutachten, seinen finanziellen Wert abschätzen und wünschen würden, er besäße einen dazu passenden Titel, vermittelte ihm süße Rachegefühle. Stephen hatte seit über einem Jahrzehnt keinen Fuß mehr auf den »Heiratsmarkt« gesetzt, aber er erinnerte sich nur zu gut: Im Vorraum spielte man zu meist lachhaft geringen Einsätzen, und das Essen war so langweilig wie die Spielchen – schwacher Tee, warme Limonade, geschmacklose Kuchen und Sandwiches. Wenn DuVille erst einmal seine zwei Tänze mit Sherry getanzt hätte, würde der Rest des Abends für ihn das reinste Fegefeuer sein.

Stephen dagegen hatte vor, Sherry am nächsten Abend in die Oper zu begleiten. Sie liebte Musik – das wußte er seit dem Abend, als er sie singend mit dem Dienstbotenchor vorgefunden hatte – und sie würde »Don Giovanni« sicher genießen.

Mit verschränkten Armen sah er zu, wie Charity Thornton Sherry belehrte. Als er hereingekommen war, um die neue Anstandsdame kennenzulernen, hatte er sich beim ersten Blick auf Charity Thornton gefragt, ob Whitticomb den Verstand verloren hätte. Aber als er ihrem fröhlichen Plaudern zuhörte, kam ihm, daß der Arzt eigentlich eine hervorragende Wahl getroffen hatte, die jedem, einschließlich ihm selber, zusagen würde. Wenn sie nicht gerade döste oder schweigend über irgend etwas nachsann, das ihr auf einmal entfallen war, überzeugte sie als eine heitere Gesellschafterin. Sie würde Sherry zumindest amüsieren und auf gar keinen Fall einschüchtern oder aufregen. Er hing gerade diesen Gedanken nach, als er merkte, daß die Frau jetzt über Sherrys Haare redete.

»Rot ist natürlich überhaupt nicht gefragt, wissen Sie, aber wenn meine hervorragende Kammerzofe Ihnen die Haare geschnitten und Sie frisiert hat, sieht man nicht mehr sehr viel davon.«

»Hören Sie auf!« befahl Stephen, unfähig, sich zurückzuhalten oder seinen Ton zu mäßigen. Die anderen starrten ihn erschreckt an.

»Aber Langford«, protestierte Charity, »heutzutage tragen Mädchen ihre Haare kurz.«

Stephen wußte, daß er sich besser heraushalten sollte und es ihm schlecht anstand, sich in ein so vollkommen weibliches Thema wie die Frisur einzumischen, aber der Gedanke, Sherrys schweres, glänzendes Haar läge in einem seidigen Haufen auf dem Fußboden, schien ihm unerträglich. »Schneiden Sie ihr die Haare nicht ab«, erklärte er in einem so schneidenden Befehlston, daß die meisten Menschen geflüchtet wären.

Seltsamerweise brachte sein Tonfall Whitticomb zum Lächeln.

Charity dagegen sah aus wie geprügelt.

Und Sherry überlegte augenblicklich, ob sie ihre Haare nicht bis auf Nackenlänge abschneiden lassen sollte.

28

Whitney lächelte, während sie zusah, wie die Zofe letzte Hand an Sherrys Frisur legte. Unten wartete Nicki darauf, Sherry und Charity Thornton zu Almack's zu begleiten, wo Sherry ihren ersten offiziellen Auftritt in London haben sollte. Stephen wollte später zu ihnen stoßen, und dann würden die vier zu dem Ball der Rutherfords aufbrechen, wo Whitney, Clayton und die Herzoginwitwe ihre Protektion und ihren Einfluß geltend machen wollten, damit auf dem wichtigsten Eröffnungsball der Saison nichts schiefging. »Stephen hatte völlig recht, als er Sie anflehte, sich die Haare nicht abschneiden zu lassen.«

»Eigentlich hat er mich nicht angefleht«, erklärte Sherry, »er hat es mir verboten.«

»Ich muß ihm zustimmen«, fiel Stephens Mutter ein. »Es wäre ein Verbrechen gewesen, so außergewöhnliches Haar abzuschneiden.«

Sherry lächelte sie unsicher an. Sie konnte dem nichts entgegensetzen, teils aus Höflichkeit, hauptsächlich jedoch, weil sie in den drei Tagen seit Lord Westmorelands Anweisung, sie solle auch andere Bewerber prüfen, Whitney Westmoreland und die Herzoginwitwe liebgewonnen hatte. Sie waren fast ständig bei ihr gewesen, hatten sie auf ihren Besichtigungs- und Einkaufsausflügen begleitet, ihr während ihrer Tanzstunden zugesehen und ihr amüsante Geschichten über Leute, die sie kennenlernen würde, erzählt. An den Abenden hatten sie zusammen mit dem Earl und seinem Bruder gegessen.

Gestern hatte Whitney ihren dreijährigen Sohn Noel in das Haus des Earls mitgebracht. Sherry bekam im Ballsaal gerade ihre Tanzstunde von einem humorlosen Tanzlehrer, der besser General geworden wäre. Whitney, mit dem kleinen Noel auf dem Schoß, und die Herzoginwitwe sahen zu, wie Sheridan versuchte, Tanzschritte zu meistern, die sie anscheinend noch nie getanzt hatte. Als die scharfen Befehle des Tanzlehrers Whitney zu ärgern begannen, stand sie auf und stellte sich freiwillig zur Verfügung, mit dem Tanzlehrer zu tanzen, damit Sherry sich die Schritte einprägen konnte. Glücklich über die Unterbrechung tauschte Sherry mit ihr den Platz und hielt den kleinen Noel auf dem Schoß. Kurz darauf beschloß die Herzoginwitwe, Whitney und Sherry ein paar von den Tänzen zu zeigen, die man in ihrer Jugend getanzt hatte, und am Ende der Stunde bogen sich alle drei Frauen vor Lachen über die indignierte Miene des Tanzlehrers, als sie miteinander zu tanzen begannen.

Beim Abendessen unterhielten sie dann die beiden Männer mit lustigen Schilderungen der Stunde und des Tanzlehrers. Sherry hatte sich vor diesem ersten Essen mit ihrem zurückhaltenden Verlobten gefürchtet, aber die Anwesenheit der Herzoginwitwe, Whitneys und des Herzogs wirkte besänftigend und ablenkend, wobei Sherry überzeugt davon war, daß sie genau aus dieser Absicht am Abendessen teilnahmen. Und sollte dies ihr Plan gewesen sein, so erwies er sich als effektiv, denn am Ende dieses ersten Abends fühlte sich Sherry in der Lage, die Anwesenheit des Earls zu ertragen und ihn höflich zu behandeln, nicht mehr und nicht weniger. Manchmal hatte sie das befriedigende Gefühl, es irritiere ihn, daß sie ihn so behandelte, denn wenn sie mit seinem Bruder lachte, runzelte der Earl die Stirn, als ärgere ihn etwas. Manchmal beschlich Sherry auch das Gefühl, Clayton Westmoreland sei sich über den unberechenbaren Charakter seines Bruders völlig im klaren und fände ihn aus irgendwelchen Gründen höchst erheiternd. Was Sherry betraf, so hielt sie den Duke of Claymore für den freundlichsten, liebenswertesten und charmantesten Mann, den sie je kennengelernt hatte. Das sagte sie auch dem Earl am nächsten Morgen, als er sie damit überraschte, daß er zeitig zum Frühstück hinunterkam. In der Hoffnung, ihm nicht zu begegnen, hatte sie sich schon recht früh im Frühstückszimmer eingefunden, und sie war ganz überrascht, als er hereinspazierte, als würde er immer dort statt in seinem prächtigen Eßzimmer speisen. Genauso überraschte es sie, daß die Laune des Earls plötzlich umschlug, als sie den Charakter und das Verhalten seines Bruders pries. Sarkastisch entgegnete er: »Es freut mich, daß Sie Ihrem Ideal eines vollkommenen Mannes begegnet sind.« Damit stand er vom Tisch auf, obwohl er sein Frühstück noch nicht beendet hatte, murmelte eine knappe Entschuldigung über dringende Arbeiten und ließ Sherry, die ihm verblüfft hinterherschaute, alleine am Tisch sitzen. Gestern abend nach dem Essen war er mit einem Freund ins Theater gegangen und den Abend davor zu einer anderen späten Veranstaltung, und Hodgkin hatte gesagt, er käme immer erst im Morgengrauen wieder.

Kurz darauf waren Whitney und seine Mutter eingetroffen und hatten sie am Tisch sitzend vorgefunden, wie sie über der Frage grübelte, ob ihn wohl der Schlafmangel so unausstehlich machte. Als sie den beiden Frauen von seiner schlechten Laune und dem Vorhergegangenen erzählte, sahen Whitney und die Herzogin einander an und riefen wie aus einem Mund: »Er ist eifersüchtig!« Diese Möglichkeit war zwar relativ unwahrscheinlich, faszinierte sie aber so sehr, daß sie, als Nicholas DuVille sie am Nachmittag zu einer kurzen Ausfahrt in den Park einlud, abends im Salon vor dem Essen auch seine Eigenschaften als fröhlicher und liebenswerter Gesellschafter zur Sprache brachte. Die Reaktion des Earls war dieselbe wie am Morgen, er wählte lediglich seine Worte anders. »Es ist anscheinend nicht schwer, Ihnen zu gefallen«, spottete er.

Da Whitney und die Herzoginwitwe sie darum gebeten hatten, sie über alles, was Stephen sagte oder tat, auf dem laufenden zu halten, erzählte ihnen Sherry am nächsten Morgen von seinem Kommentar, und wieder sagten sie im Chor: »Er ist eifersüchtig!«

Sherry wußte nicht genau, ob sie erfreut sein sollte oder nicht. Sie spürte nur, daß sie Angst davor hatte zu glauben, er liebe sie wirklich, während ein anderer Teil von ihr nicht von der Hoffnung lassen konnte.

Sie wußte, daß er heute abend zu Almack's kommen und sie auffordern würde, weil Charise Thornton glaubte, daß dies Sherrys sofortige Popularität zur Folge haben würde. Sherry war gar nicht interessiert an Popularität, sie wollte nur, daß sie, seine Familie oder er sich ihrer nicht schämen mußten. Sie fühlte sich schon den ganzen Nachmittag nervös wegen des Abends, aber dann erschien unerwartet Whitney, um ihr Gesellschaft zu leisten, während sie sich für den Abend umzog – eine so zeitraubende Aktivität, daß sie sich mittlerweile danach sehnte, schon auf dem Weg zu sein.

An der Seite stand eine Näherin und hielt eine aufsehenerregende Robe, die gerade erst vor wenigen Minuten fertig geworden war, hoch. Sherry blickte schon wieder auf die Uhr. »Ich lasse Monsieur DuVille warten«, sagte sie nervös.

»Ich bin absolut sicher, daß Nicholas darauf eingestellt ist«, erwiderte Whitney trocken, aber Sherry machte sich in Wirklichkeit keine Gedanken über Nicholas DuVille. Lord Westmoreland stand ebenfalls unten, und sie hoffte, daß die endgültige Wirkung der ganzen Vorbereitung sich auffällig in der Art, wie er sie anblickte, niederschlagen würde.

»Alles fertig – nein, sehen Sie noch nicht hin«, sagte Whitney, als Sherry sich zum Spiegel drehen wollte, um ihre neue Frisur zu betrachten. »Warten Sie, bis Sie Ihr Kleid anhaben, dann können Sie sich in voller Pracht bewundern.« Verklärt lächelnd fügte sie hinzu: »Ich befand mich mit meiner Tante und meinem Onkel in Paris, als ich in dem Alter für meinen ersten Auftritt in der Gesellschaft war. Ich hatte mich selbst nie zurechtgemacht, in einer richtigen Robe gesehen, bis zu dem Augenblick, als meine Tante es zuließ, daß ich mich umdrehte und in den Spiegel sah.«

»Wirklich?« fragte Sherry und überlegte, ob das wohl stimmen konnte, wo doch nach allem, was sie bisher gehört und gelesen hatte, reiche englische Mädchen von Kindesbeinen an ausstaffiert wurden wie Prinzessinnen.

Aus Höflichkeit unterdrückte sie diese Frage, aber Whitney bemerkte ihren zweifelnden Gesichtsausdruck und lachte. »Ich war eine Art Spätentwickler.«

Sheridan konnte sich überhaupt nicht vorstellen, daß die wunderschöne Frau, die dort auf der Bettkante saß, auch nur jemals einen peinlichen Augenblick in ihrem Leben erlebt hatte, und das sagte sie ihr auch.

»Bis kurz vor diesem Abend in Paris waren meine zwei größten Ziele im Leben, Meisterin in der Anwendung einer Steinschleuder zu werden und einen Jungen aus dem Ort dazu zu bringen, sich rettungslos in mich zu verlieben. Deshalb«, schloß sie mit einem vertraulichen Lächeln, »wurde ich auch nach Frankreich geschickt. Sie wußten sich nicht mehr anders zu helfen, um mich daran zu hindern, mich bloßzustellen.«

Sherrys scherzende Antwort erklang nur noch gedämpft, da die Zofe und die Näherin vorsichtig die Robe über ihren Kopf zogen. Hinter ihr betrat die Herzoginwitwe das Schlafzimmer. »Ich wollte doch zu gerne jetzt schon sehen, wie Sie aussehen. Ich konnte nicht mehr warten, bis Sie zu den Rutherfords kommen«, gestand sie, wobei sie stehenblieb und der Ankleideprozedur zusah.

»Ist Monsieur DuVille ärgerlich, weil es so lange dauert?« erkundigte sich Sherry. Sie ließ ihre Arme sinken und drehte sich gehorsam herum, damit ihre Helferinnen die winzigen Häkchen im Rücken des Kleides schließen konnten.

»Nicht im mindesten. Er trinkt ein Glas Sherry mit Stephen, und – oh!« entfuhr es ihr, als Sherry sich herumdrehte.

»Bitte, sagen Sie mir nicht, daß irgend etwas nicht in Ordnung ist«, bat Sherry. »Ich ertrage es keine Sekunde mehr, noch weiter aufgeputzt zu werden.«

Da Stephens Mutter anscheinend zu keiner Antwort in der Lage war, wandte sich Sherry an Whitney, die sich langsam erhob, wobei sich ein Lächeln auf ihrem Gesicht ausbreitete.

»Ich wünschte, jemand würde etwas sagen«, murmelte Sherry ängstlich.

»Zeigen Sie Miss Lancaster, wie sie aussieht«, forderte Whitney die Zofe auf. Sie freute sich schon auf Stephens Reaktion, wenn er die Verwandlung zu Gesicht bekam. »Nein, warten Sie – zuerst die Handschuhe und den Fächer.« Zu Sherry gewandt erklärte sie: »Sie sollen den Gesamteindruck sehen, finden Sie nicht auch?«

Sherry hatte keine Ahnung, ob sie das auch fand. Mit einer unerklärlichen Mischung aus Vorfreude und bösen Vorahnungen zog sie sich die ellenbogenlangen elfenbeinfarbenen Handschuhe über, griff nach dem Fächer aus Elfenbein und Gold, den das Mädchen ihr hinhielt, und dann drehte sie sich um und hob langsam ihren Blick zu dem großen Spiegel, den die Zofe vor sie gestellt hatte.

Ihre Lippen teilten sich vor Freude und Erstaunen über die prächtig gekleidete Frau, die ihr entgegenblickte.

»Ich sehe ... sehr hübsch aus!« rief sie aus.

Stephens Mutter schüttelte ungläubig den Kopf. »Das ist eine Untertreibung.«

»Ein Meisterwerk an Untertreibung«, bestätigte Whitney, die so begierig darauf war, Stephens Reaktion zu sehen, daß sie sich beherrschen mußte, um nicht einfach Sherrys Hand zu ergreifen und die jüngere Frau die Treppe hinunter in den Salon zu ziehen, wo er mit Nicki und Miss Charity wartete.

29

Ursprünglich hatte Stephen der Gedanke erheitert, daß er Nicholas DuVille zwingen würde, einen großen Teil des Abends bei Almack's zu verbringen – und das unter den wachsamen Augen von Charity Thornton –, aber jetzt, wo der Moment des Aufbruchs nahte, gefiel ihm sein Scherz immer weniger. Als er im Salon saß und zuhörte, wie Miss Thornton und DuVille miteinander plauderten, während sie auf Sherry warteten, fiel Stephen auf, wie die alte Glucke an DuVilles Lippen hing und ihn bei jedem Wort zustimmend anstrahlte – ein Verhalten, das Stephen bei einer Anstandsdame nicht nur völlig unangebracht, sondern absolut unverständlich fand, wenn man bedachte, daß DuVilles Ruf als Schürzenjäger legendär war.

»Da sind sie!« rief Charity Thornton aufgeregt aus und deutete mit dem Kopf in Richtung Halle. Mit einer Begeisterung und Energie, wie sie sie die ganze Woche über nicht gezeigt hatte, sprang sie auf die Füße. »Wir werden einen so wundervollen Abend verbringen! Kommen Sie, Monsieur DuVille«, rief sie und ergriff ihren Schal und ihr Handtäschchen.

Stephen folgte ihnen in die Eingangshalle, wo DuVille stehengeblieben war und wie gebannt auf die Treppe starrte. Ein zustimmendes Lächeln breitete sich auf seinem Gesicht aus. Stephen folgte seinem Blick, und was er sah, erfüllte ihn mit unendlichem Stolz. In einer goldbestickten Robe aus elfenbeinfarbenem Satin kam die gleiche Frau die Treppe hinunter, die mit ihm in einem zu großen Frisiermantel und mit bloßen Füßen zu Abend gegessen hatte. Wenn er bedachte, wie hinreißend sie damals ausgesehen hatte, lag es im Grunde auf der Hand, daß sie in einer Abendrobe sensationell aussehen würde – aber irgendwie war er darauf nicht vorbereitet gewesen. Ihr Haar war aus der Stirn gekämmt und mit schmalen Perlenschnüren zu einer Krone aufgetürmt und fiel von da aus in seidigen Locken und Wellen über ihre Schultern. Sie raubte ihm den Atem.

Das erkannte sie wohl auch, stellte Stephen fest, denn

obwohl sie in den letzten vier Tagen meistens durch ihn hindurchgeblickt hatte, als sei er unsichtbar, sah sie ihn jetzt doch an … natürlich nur kurz. Nur ein flüchtiger Blick, um seine Reaktion zu sehen, die er ihr auch nicht vorenthielt.

»Madam«, sagte er, »nach dem heutigen Abend werde ich eine Armee von Anstandsdamen einstellen müssen.«

Bis zu diesem Moment war es Sherry beinahe gelungen zu vergessen, daß der einzige Zweck dieses teuren Spiels darin bestand, Bewerber anzulocken, damit er sie an einen anderen abgeben konnte, sein unverhülltes Vergnügen jedoch bei dem Gedanken, sie würde beträchtliche Aufmerksamkeit erregen, erinnerte sie quälend daran. Es schmerzte so tief – weil es genau in dem Moment kam, als sie gedacht hatte, sie sähe hübsch aus, und gehofft hatte, er fände das auch –, daß sie innerlich erstarrte. Während sie ihm ihre Hand zu Kuß bot, sagte sie mit ruhiger, aber unmißverständlicher Entschlossenheit: »Ich werde mein Bestes geben, damit Sie genau das tun müssen.«

Unerklärlicherweise zog er daraufhin seine dunklen Brauen mißbilligend zusammen. »Bemühen Sie sich nur nicht zu sehr; so entsteht ein schlechter Ruf.«

30

»Was war los, Damson?« Stephen blickte seinen Kammerdiener im Spiegel an, während er heftig am letzten einer ganzen Reihe von Knoten in seinem weißen Halstuch zog, dann beugte er sich vor und fuhr mit der Hand über sein Kinn, um die Vollkommenheit seiner Rasur zu überprüfen.

»Mr. Hodgkin meinte, Sie sollten diesen Brief bekommen, bevor Sie gehen, für den Fall, daß er wichtig sei«, erwiderte Damson und legte die zerknitterte Botschaft auf das Bett. Dann widmete er sich der dringlicheren Aufgabe, darauf zu achten, daß der Earl für einen Abend bei Almack's korrekt gekleidet war. Er holte eine formelle schwarze Jacke mit langen Schößen aus einem der Schränke, klopfte sie ab und schüttelte nicht vorhandene Falten heraus. Dann hielt er Stephen die Jacke hin und wartete, bis er in die Ärmel geschlüpft war. Er fuhr mit den Händen glättend über die Schultern, richtete die Vorderseite und trat zurück, um die exzellenten Ergebnisse seiner Sorgfalt und Aufmerksamkeit zu begutachten.

»Hat Hodgkin gesagt, von wem der Brief ist?« fragte Stephen und rückte seine Manschetten und die Saphirmanschettenknöpfe zurecht.

»Lord Burletons früherer Vermieter hat ihn vorbeigeschickt. Er ist an die alte Adresse des Barons geschickt worden.«

Stephen nickte ohne besonderes Interesse. Er hatte Burletons Rechnung bei dessen Vermieter beglichen und den Mann gebeten, alle Post Burletons an ihn weiterzuleiten. Bis jetzt waren nur Briefe von Geschäften eingetroffen, in denen Burleton etwas gekauft hatte, ohne zu bezahlen. Da er Burleton seines Lebens und damit der Möglichkeit, seine Schulden selbst zu begleichen, beraubt hatte, fühlte Stephen sich moralisch verpflichtet, dies an seiner Stelle zu tun.

»Geben Sie ihn meinem Sekretär«, sagte Stephen, der möglichst bald aufbrechen wollte. Er hatte seinem Bruder versprochen, mit ihm im ›The Strathmore‹ ein paar Runden Karten oder Faro zu spielen, und er war bereits spät dran.

Nach einer oder zwei Stunden Spiel mit hohem Einsatz wollte er zum Almack's fahren und Sherry so schnell wie möglich vom »Heiratsmarkt« entführen und mit ihr zu Lord Rutherfords Ball gehen, der für sie beide weit erfreulicher sein würde. DuVille, beschloß er mit amüsierter Befriedigung, konnte sich damit begnügen, Charity Thornton zu den Rutherfords zu begleiten.

»Ich schlug Mr. Hodgkin vor, den Brief Ihrem Sekretär zu geben, Mylord«, erwiderte Damson, während er energisch einige unsichtbare, aber beleidigende Fussel wegbürstete, die sich anscheinend unbotmäßig auf der makellosen Person seiner Lordschaft niederlassen wollten. »Er bestand jedoch darauf, daß Sie ihn sehen müßten, falls er wichtige Neuigkeiten enthalte. Er ist in Amerika aufgegeben worden.«

Da er dachte, er könnte womöglich eine Rechnung für etwas enthalten, das Burleton während seines Aufenthalts dort gekauft hatte, griff Stephen nach dem Brief und riß ihn auf, während er die Treppe hinuntereilte.

»McReedy steht mit der Kutsche vor der Tür«, teilte Colfax ihm mit und hielt ihm seine Handschuhe hin, aber Stephen sah und hörte ihn nicht.

Seine ganze Aufmerksamkeit galt dem Inhalt des Briefs, den der Anwalt von Charise Lancasters Vater an Burleton geschickt hatte.

Colfax bemerkte, wie besorgt und mit welch finsterem Gesichtsausdruck sein Herr den Brief las und befürchtete gleich, der Inhalt des Briefes könnte den Earl dazu bewegen, seine Pläne für den heutigen Abend zu ändern. »Miss Lancaster sah zweifellos ganz großartig aus, als sie zu Almack's ging – und als ob sie sich sehr auf ihren Abend freute, wenn ich so sagen darf«, bemerkte er betont. Es war die Wahrheit, zugleich jedoch auch Colfax' vorsichtig formulierte Erinnerung an den Earl, wie dringend er bei Almack's erscheinen mußte.

Stephen faltete den Brief langsam wieder zusammen und sah durch den Butler hindurch. Offensichtlich beschäftigten sich seine Gedanken mit etwas ganz anderem als mit Almack's – und es waren düstere Gedanken. Ohne ein Wort zu sagen, ging er mit langen, entschlossenen Schritten am Butler vorbei zu seiner wartenden Kutsche.

»Ich fürchte, es waren unangenehme Nachrichten, Hodgkin«, sagte Colfax zu dem Unterbutler, der sich besorgt in einer Ecke der Halle herumgetrieben hatte. »In der Tat sehr unangenehme.«

Er zögerte, da er das Gefühl hatte, Mutmaßungen seien unter seiner Würde, aber seine Sorge um das reizende amerikanische Mädchen überwog schließlich die Sorge um seine Würde. »Die Botschaft war an Lord Burleton adressiert ... vielleicht bezog sie sich ja nur auf ihn und hatte überhaupt nichts mit Miss Lancaster zu tun.«

31

Am St. James's Square lag hinter einem dunkelgrünen Baldachin, der sich von der Eingangstür bis zur Straße erstreckte, das Strathmore. Es diente einer relativ kleinen, ausgewählten Gruppe von Adligen als Quartier, die in einer luxuriöseren Umgebung als im gleißenden Licht lärmender Spielsäle wie etwa dem White's spielen und ein besseres Essen genießen wollten als den geschmacklosen gekochten Truthahn, die Beefsteaks und den Apfelkuchen, der im White's und im Brook's serviert wurden.

Im Gegensatz zu Brook's, White's und Watier's war das Strathmore von seinen hundertfünfzig illustren Mitgliedern selbst gegründet worden, und es gehörte auch ihnen statt einem außenstehenden Eigentümer. Die Mitgliedschaft wurde von Generation zu Generation weitergegeben und war strengstens auf die Nachkommen der einstigen Gründer beschränkt. Der Club sollte keinen Gewinn abwerfen, sondern eine uneinnehmbare, komfortable Festung bieten, in der die Mitglieder überwältigende Vermögen beim Kartenspiel verlieren konnten, sich ungestört zu unterhalten vermochten, ohne schreien zu müssen, und ein hervorragendes Essen serviert bekamen, das französische oder italienische Chefköche zubereiteten. Diskretion wurde von jedem Mitglied erwartet und ebenso jedem gewährt. Gerüchte über gigantische Verluste und Gewinne verbreiteten sich von den Spieltischen bei White's und Brook's wie ein Lauffeuer durch ganz London. Im Strathmore, wo die Einsätze im Vergleich dazu astronomisch hoch waren, gelangte nicht ein Wort über den grünen Baldachin hinaus. Innerhalb der Grenzen des Clubs jedoch wurden Gerüchte von Mitglied zu Mitglied und von Raum zu Raum mit erstaunlicher Schnelligkeit und beträchtlichem männlichem Vergnügen weitergereicht.

Gäste hatten über die Marmorsäulen hinaus, die die Eingangstür flankierten, keinen Zutritt, auch nicht, wenn sie von Mitgliedern begleitet wurden. Diese Entdeckung hatte schon Beau Brummel in Wut versetzt, als er in den Tagen, in dem er in jedem anderen eleganten Herrenclub in London Erfolge feierte, versuchte, Zutritt zu erlangen.

Man hatte sogar dem jungen Prinzen die Mitgliedschaft verweigert, weil er kein Nachfahre der Gründer war. Der damalige Prinzregent reagierte darauf mit ebenso heftigem Zorn wie Brummel, aber mit uncharakteristisch gesundem Menschenverstand und Voraussicht: Er gründete seinen eigenen Club, setzte zwei der königlichen Küchenchefs ein, und nannte ihn Watier's, nach einem seiner Köche. Der Prinzregent konnte jedoch die Aura stiller Würde, äußerster Exklusivität und unauffälliger Eleganz, die die weitläufigen Räume durchdrang, nicht wiederholen.

Stephen nickte dem Geschäftsführer, der ihn mit einer Verbeugung an der Tür begrüßte, abwesend zu und ging durch die großen eichengetäfelten Räume. Dabei schenkte er den Mitgliedern, die in bequemen, hochlehnigen dunkelgrünen Ledersesseln saßen und sich unterhielten oder sich um Spieltische gruppierten, kaum mehr Aufmerksamkeit als den Clubangestellten. Der dritte Raum, in den er kam, war völlig menschenleer, was ihm ausgezeichnet paßte, und so setzte er sich an einen Tisch mit drei leeren Stühlen. Wie gebannt starrte er in den leeren Kamin, überdachte den ernsten Inhalt des Briefes und die bedeutsamste Entscheidung seines Lebens.

Je mehr er über das Problem, das der Brief geschaffen hatte, nachdachte, desto offensichtlicher wurde die Lösung für ihn … und desto besser ging es ihm. Innerhalb einer halben Stunde wechselte Stephens Laune von Groll über Nachdenklichkeit und philosophische Gedanken schließlich bis hin zu Fröhlichkeit. Allerdings wußte er ganz genau, daß er letztendlich auch ohne den Brief das getan hätte, was er nun im Begriff stand zu tun. Der Unterschied lag darin, daß der Inhalt des Briefes ihn sozusagen dazu verpflichtete, was bedeutete, daß er nach seinem Wunsch verfahren konnte und dabei alle Ansprüche auf Ehre und Schicklichkeit wahrte. Er hatte es von Anfang an bedauert, Sherry gesagt zu haben, sie solle sich auch andere Bewerber ansehen. Er hatte seine Eifersucht kaum beherrschen können, als sie DuVille lobte, und er wußte nicht, wie weit er gegangen wäre, wenn andere Galane an seiner Tür aufgetaucht wären. Und es wäre zweifellos bald der Tag gekommen, an dem irgendein törichter Galan den Mut aufgebracht hätte, Stephen um ihre Hand zu bitten, und sich sehr plötzlich rücklings auf der Straße wiedergefunden hätte.

Wenn sie sich mit ihm in einem Zimmer befand, konnte Stephen den Blick nicht von ihr lösen, und wenn sie miteinander allein waren, kostete es ihn all seine Überwindung, die Hände von ihr zu lassen. War sie fort, mußte er immerzu an sie denken. Sherry wollte ihn auch. Das hatte er vom ersten Augenblick an gewußt, und sie hatte ihre Meinung nicht geändert, auch wenn sie versuchte, sich so zu benehmen, als sei er nur ein entfernter Bekannter, mit dem sie wenig verband. Wenn er sie länger in den Armen halten könnte, würde sie wieder dahinschmelzen, da war er sich ganz sicher.

Die scherzende Bemerkung seines Bruders ließ Stephen überrascht aufblicken. »Ich hege die Befürchtung, daß ich in ein kompliziertes Gespräch eindringe, das du mit dir selber führst«, näselte Clayton. »Würde es dir etwas ausmachen, mich einzubeziehen, oder möchtest du lieber Karten spielen?« Vor ihm auf dem Tisch stand ein halbleeres Glas, und als Stephen sich im Zimmer umblickte, stellte er fest, daß es sich seit seiner Ankunft beträchtlich gefüllt hatte.

Während Clayton mit hochgezogenen Augenbrauen auf eine Äußerung wartete, lehnte sich Stephen in seinem Sessel zurück und überdachte zum letzten Mal die Entscheidung, die er getroffen hatte, und wie wünschenswert es war, daß er sofort handelte. Da er genau dies tun wollte, sah er nur die Vorteile der Eile und ignorierte jeden Nachteil. »Ich würde mich lieber unterhalten«, sagte er. »Ich bin nicht in der Stimmung zum Kartenspielen.«

»Das habe ich schon bemerkt. Und es ist auch Wakefield und Hawthorne aufgefallen, die uns, während du in Gedanken verloren warst, aufgefordert haben, uns ihnen anzuschließen.«

»Ich habe gar nicht gemerkt, daß sie hier sind«, gab Stephen zu und blickte über die Schulter nach den beiden

Freunden, die er, ohne es zu wollen, beleidigt hatte. »Wo sind sie denn?«

»Sie pflegen ihre gekränkte Eitelkeit am Farotisch.«

Trotz seiner beiläufigen Art war sich Clayton sehr bewußt, daß Stephen in Gedanken etwas äußerst Wichtigem nachhing. Geduldig wartete er eine Weile auf eine Erklärung und sagte schließlich: »Schwebt dir ein bestimmtes Gesprächsthema vor, oder soll ich eins vorschlagen?«

Anstatt einer Antwort griff Stephen in seine Tasche und zog den Brief hervor, den der Anwalt von Charises Vater geschickt hatte. »Im Augenblick schwebt mir dieses Thema vor«, erwiderte er und reichte seinem Bruder den Brief, zusammen mit dem bescheidenen Scheck, der beigelegen hatte.

Clayton entfaltete den Brief und begann zu lesen.

Liebe Miss Lancaster,

ich schicke diesen Brief an Ihren Gatten, damit dieser Sie auf die Nachrichten, die dieser Brief enthält, vorbereiten kann.

Mit tiefer persönlicher Anteilnahme muß ich Ihnen den Tod meines Freundes, Ihres Vaters, anzeigen. Ich war bei ihm bis zu seinem Ende, und ich muß Ihnen zu Ihrem eigenen Nutzen berichten, daß er Bedauern über seine zahlreichen Fehler in Ihrer Erziehung ausdrückte, einschließlich der Tatsache, daß er Sie verwöhnt hat, indem er Ihnen alles und zuviel von allem gegeben hat.

Er wollte, daß Sie die besten Schulen besuchen und eine brillante Ehe eingehen. Alle diese Ziele hat er erreicht, aber weil das so war, und weil er Ihnen eine so große Mitgift mitgab, mußte er buchstäblich alles, was er besaß, flüssig machen und den Rest mit Hypotheken belasten. Der Scheck, den ich beigelegt habe, stellt den vollen Wert seines Vermögens, soweit es mir bekannt ist, dar.

Ich weiß, daß Sie und Ihr Vater in vielen Dingen nicht übereinstimmten, Miss Lancaster, ich hege jedoch die große Hoffnung – so wie er –, daß Sie eines Tages seine Bemühungen für Sie schätzen werden und das Beste aus Ihren Möglichkeiten machen. Wie Sie war auch Cyrus eigensinnig und heißblütig. Vielleicht liegt es an dieser Ähnlichkeit, daß Sie beide nie zu einem besseren Verständnis füreinander gelangt sind.

Vielleicht bewirkt die Entfremdung im Augenblick, daß Sie die Nachricht von seinem Tod besser ertragen, als es sonst der Fall gewesen wäre. Wahrscheinlich werden Sie eines Tages ein tiefes Bedauern verspüren, wenn Sie merken, daß es zu spät ist, um die Dinge zu tun und zu sagen, die die Kluft zwischen Ihnen verringert hätten.

In seinem Wunsch, Ihnen solche schmerzlichen Gedanken zu ersparen, hat Ihr Vater mich angewiesen, Ihnen zu sagen, daß er sie liebte, obwohl er es vielleicht nicht gezeigt hat, und wenngleich auch Sie es ihm nie zeigten, ist er in dem Glauben gestorben, Sie liebten ihn auch.

Als er mit der Lektüre fertig war, gab Clayton den Brief zurück, wobei sein düsterer Gesichtsausdruck die gleiche Anteilnahme und Sorge zeigte, die Stephen für Sherry empfand – und die gleiche Verwirrung über einiges, was er gelesen hatte. »Tut mir leid wegen ihres Vaters«, sagte er. »Sie hat wirklich eine ziemliche Pechsträhne. Obwohl es wahrscheinlich ein Glück ist, daß sie sich nicht so nahestanden.« Nach kurzem Zögern runzelte er die Stirn und fügte hinzu: »Was hältst du von dem Ton des Anwalts? Die junge Frau, an die er sich in diesem Brief wendet, scheint mir eine ganz andere als die, die ich bisher kennengelernt habe.«

»Ganz meine Meinung«, bestätigte Stephen. »Abgesehen von ihrer Willensstärke und ihrem Temperament«, korrigierte er sich mit einem schiefen Lächeln. »Ich kann mir nur vorstellen, daß ihr Vater – und auch sein Anwalt – verwandte Seelen hinsichtlich der Erziehung von Mädchen gewesen sein müssen und wahrscheinlich jede Spur von Charakter als unerträgliche Auflehnung angesehen haben.«

»Zu dem Schluß bin ich auch gekommen, zumal, wenn ich mir meinen Schwiegervater ansehe.«

»Lancaster muß ein ganz schöner Pfennigfuchser gewesen sein, wenn er diesen häßlichen, zweckdienlichen, braunen Umhang, den sie auf dem Schiff trug, als ›ihr alles geben‹ ansah«, bemerkte Stephen. Er streckte seine langen Beine aus, kreuzte sie an den Knöcheln und setzte sich bequemer im Sessel zurecht. Er schob die Hände in die Tasche und hielt über seine Schulter Ausschau nach einem Bediensteten. »Champagner«, bestellte er.

Nachdem gerade so schlechte Nachrichten mit so schlimmen Folgen für Sherry eingetroffen waren, fand Clayton Stephens nachlässige Haltung und seine Bitte um Champagner ziemlich seltsam. Er wartete darauf, daß er ihm mitteilte, wann und wie er ihr die Nachricht beibringen wollte, aber Stephen sah aufmerksam zu, wie der Diener Champagner in zwei Gläser goß und sie auf den Tisch stellte.

»Was hast du als nächstes vor?« fragte Clayton schließlich.

»Ich werde einen Toast ausbringen.«

»Um es präziser auszudrücken«, sagte Clayton, der langsam die Geduld mit der absichtlichen Begriffsstutzigkeit seines Bruders verlor, »wann beabsichtigst du, ihr von dem Brief zu erzählen?«

»Wenn wir verheiratet sind.«

»Wie bitte?«

Statt seine Antwort zu wiederholen, zog Stephen amüsiert eine Augenbraue hoch, ergriff das Glas und erhob es zu einem spöttischen Toast. »Auf unser Glück«, sagte er trocken.

In dem Augenblick, den Stephen brauchte, um das Champagnerglas zu leeren, fand Clayton seine Fassung wieder. Er verbarg sorgfältig seine Freude über den Lauf der Ereignisse und machte es sich in seinem Sessel bequem. Er griff nach seinem Glas Champagner, statt jedoch daraus zu trinken, drehte er es geistesabwesend in den Händen hin und her, während er seinen Bruder mit deutlicher Erheiterung ansah.

»Fragst du dich gerade, ob ich im Begriff bin, einen Fehler zu begehen?« fragte Stephen schließlich.

»Keineswegs. Ich frage mich nur, ob du dir darüber klar bist, daß sie eine gewisse, wir wollen mal sagen, milde Aversion dir gegenüber entwickelt zu haben scheint.«

»Sie würde mich nicht gerade löschen, wenn ich in Flammen stünde«, gab Stephen zu. »Zumindest nicht, wenn sie mir dabei nahe kommen müßte.«

»Und denkst du, sie würde deswegen vielleicht deinen großzügigen Heiratsantrag nicht annehmen?«

»Vielleicht«, erwiderte Stephen schmunzelnd.

»Und wie willst du dann vorgehen, damit sie dich doch noch akzeptiert?«

»Eigentlich«, log Stephen ungerührt, »habe ich vor, ihr darzulegen, wie falsch es von ihr war, meinen Absichten und meiner Integrität zu mißtrauen, und dann werde ich es ihr beweisen, indem ich ihr einen Antrag mache. Danach stelle ich ihr in Aussicht, daß eine Bitte um Verzeihung bei mir nicht auf taube Ohren stoßen würde.«

Er wirkte so überzeugend, daß sein Bruder ihn mit sarkastischem Abscheu ansah. »Und was glaubst du, wird dann geschehen?«

»Dann werde ich ein paar Tage und Nächte in der angenehmen Abgeschiedenheit meines Hauses verbringen.«

»Mit ihr vermutlich«, spottete Clayton.

»Nein, mit Kompressen auf beiden Augen.«

Clayton stimmte in sein Lachen ein, und die beiden Männer hörten erst auf, als Jordan Townsende, der Duke of Hawthorne, und Jason Fielding, Marquess of Wakefield, zurückkamen. Da Stephen nichts mehr mit seinem Bruder zu besprechen hatte, forderte er sie auf, zu bleiben, und die vier Freunde widmeten sich dem ernsten Geschäft des Kartenspiels mit hohem Einsatz.

Es fiel Stephen jedoch schwer, sich zu konzentrieren, da seine Gedanken ständig zu Sherry und ihrer unmittelbaren Zukunft abschweiften. Obwohl er über die Art, wie er ihr einen Antrag machen wollte, Witze gerissen hatte, wußte er beim besten Willen nicht, was er wirklich sagen wollte. Es schien aber auch nicht wichtig zu sein. Letztendlich zählte nur, daß sie zusammen sein würden. Endlich könnte sie seine Frau werden, und zwar ohne den Makel der lebenslangen Schuld, der Stephen davon abgehalten hatte, die Verlobte des jungen Burleton zu heiraten. Der Tod ihres Vaters machte es zwingend erforderlich, daß sich jemand um sie kümmerte, wenn sie davon erfuhr.

Stephen sah mittlerweile auch ein, daß sie sowieso irgendwann geheiratet hätten. Irgendwo tief im Innern hatte er es von dem Moment an gewußt, wo sie im Morgenmantel mit der goldenen Vorhangschnur und mit dem Handtuch über dem Kopf vor ihm gestanden und ihn an die barfüßige Madonna erinnert hatte – eine Madonna mit einem entsetzlichen Problem. *»Meine Haare – sie sind rot!«*

Nein, dachte Stephen, er hatte sogar schon vorher etwas für sie empfunden ... schon an dem Morgen, als er neben ihrem Bett aufgewacht war und sie ihn gebeten hatte, ihr Gesicht zu beschreiben. Er hatte in diese faszinierenden grauen Augen geblickt und soviel Mut und Sanftheit darin gesehen. Damals hatte es angefangen und sich dann durch alles, was sie sagte oder tat, verstärkt. Er liebte ihren respektlosen Witz, ihre Intelligenz und ihre ungekünstelte Wärme gegenüber jedem, dem sie begegnete. Er liebte das Gefühl, sie in den Armen zu halten, und den Geschmack ihrer Lippen. Er liebte ihr Temperament, ihr Feuer und ihre Sanftheit. Und vor allem ihre Aufrichtigkeit.

Nach einer Jugend, in der er von Frauen umgeben gewesen war, die ihre Habgier hinter einladendem Lächeln und ihren Ehrgeiz hinter verführerischen Blicken verbargen, und die vorgaben, Leidenschaft für einen Mann zu empfinden, obwohl die einzige Leidenschaft, derer sie fähig waren, Besitzgier war, hatte Stephen Westmoreland endlich eine Frau gefunden, die nur ihn wollte.

Und er fühlte sich so verdammt glücklich, daß er sich nicht entscheiden konnte, was er ihr zuerst kaufen sollte. Juwelen, beschloß er, während er innehielt, um seinen Einsatz zu bestimmen. Kutschen, Pferde, Roben, Pelze, aber zuerst einmal Juwelen ... Großartige Juwelen, die ihr hinreißendes Gesicht betonten, und weitere, um sie in ihre glänzenden Haare zu flechten. Roben verziert mit ... Perlen! beschloß Stephen innerlich lachend, wobei er sich an ihren lustigen Kommentar über das Kleid der Countess of Evandale erinnerte. Eine Robe, bestickt mit dreitausend und einer Perle. Sherry hatte offenbar nicht so großes Interesse an Kleidern, aber diese besondere Robe würde ihrem Sinn für Humor entsprechen, und sie würde sie mögen, weil er sie ihr geschenkt hatte.

Weil er sie ihr geschenkt hatte ...

Er wußte, daß sie so empfinden würde, so sicher, wie er wußte, daß Sherry ihn wollte. Von dem Augenblick an, als sein Mund ihre Lippen berührt und gefühlt hatte, wie sie bebten, und als ihr Körper sich instinktiv enger an seinen gedrängt hatte, hatte er gewußt, daß sie ihn wollte. Sie war zu unerfahren, um ihre Gefühle zu verbergen, zu ehrlich, um etwas vorzutäuschen.

Sie wollte ihn, und er wollte sie. In wenigen Tagen würde er zum ersten Mal mit ihr ins Bett gehen, und dann würde er ihr die Freuden des »Besitzens« beibringen.

Jason Fielding rief ihn beim Namen, und Stephen blickte auf. Er stellte fest, daß alle auf seinen Einsatz warteten, und so warf er noch mehr Chips auf den Haufen in der Mitte des Tisches.

»Das hast du bereits gewonnen«, näselte Jason amüsiert. »Möchtest du es nicht lieber erst einmal wegräumen, damit du einen hübschen neuen Stapel von unserem Geld gewinnen kannst?«

»Wo auch immer du mit deinen Gedanken sein magst, Stephen«, bemerkte Jordan Townsende und musterte ihn neugierig, »es muß dort verdammt fesselnd sein.«

»Eben hast du einfach durch mich hindurchgesehen«, fügte Jason Fielding hinzu und begann, Karten auszuteilen. »Mein schlimmstes Erlebnis seit Jahren.«

»Stephen denkt wirklich an etwas äußerst Spannendes«, scherzte Clayton.

Er hatte den Satz kaum ausgesprochen, als William Baskerville, ein Junggeselle mittleren Alters, sich an ihren Tisch gesellte, eine zusammengefaltete Zeitung in der Hand, und müßig ihrem Spiel zusah.

Da Stephens Werbung um Sherry morgen schon in aller Munde sein würde und bis Ende der Woche alle von seiner Verlobung erfahren hätten, sah Stephen keinen Grund, seine Gedanken zu verheimlichen. »In der Tat ...«, begann er, als ihm plötzlich einfiel, er müsse einmal auf die Uhr schauen. Drei Stunden waren bereits vergangen. »Ich komme zu spät!« rief er aus. Verblüfft sahen die anderen zu, wie er seine Karten auf den Tisch legte und abrupt aufstand. »Wenn ich vor elf nicht bei Almack's bin, sind die verdammten Türen geschlossen!«

Drei verwirrte Männer sahen ihm nach, wie er eilig aus dem Club stürmte – und das offenbar, um sich an einen Ort zu begeben, in den kein kultivierter oder reifer Mann freiwillig jemals einen Fuß setzte, und schon gar nicht mit einer solchen Eile. Der Gedanke, daß Stephen Westmoreland aus freien Stücken den dortigen Ballsaal voller errötender junger Mädchen betrat, die frisch von der Schulbank kommend nur eines im Kopf hatten, nämlich, einen passenden Ehemann zu ergattern, war höchst lächerlich. Baskerville fand als erster die Sprache wieder. »Mein Gott!« stieß er hervor und sah entgeistert in die Runde. »Sagte Langford, er müsse zu *Almack's*?«

Der Marquess of Wakefield wandte widerstrebend seinen amüsierten Blick von der Tür ab und blickte die anderen an. »Das habe ich jedenfalls so verstanden.«

Der Duke of Hawthorne nickte und sagte trocken: »Ich habe nicht nur verstanden, daß er Almack's sagte, sondern ich habe auch gemerkt, daß er es ziemlich eilig hatte, dorthin zu gelangen.«

»Wenn er Glück hat, kommt er auch lebend wieder heraus«, witzelte Jason Fielding.

»Und als Junggeselle«, stimmte Jordan Townsende grinsend zu.

»Der arme Teufel!« sagte Baskerville düster. Kopfschüttelnd ging er zu ein paar Bekannten am Hasardtisch, um ihnen die höchst interessante Mitteilung zu machen, daß der Earl of Langford eilig aufgebrochen sei, um noch in den »Heiratsmarkt« hineinzukommen, bevor die Türen geschlossen wurden. Die allgemeine Meinung unter den Hasardspielern, die auf langen Tischen mit hohen Holzrahmen würfelten, war, daß Stephen damit dem letzten Wunsch einer dahinscheidenden Großtante entsprach, wegen irgendeines jungen Mädchens, mit dem die Sterbende verwandt war, bei Almack's aufzutauchen.

An den mit grünem Filz bezogenen Farotischen, wo die Herren Einsätze darauf abgaben, welche Karte der Geber mit dem Bild nach oben aus einer Kiste ziehen würde, herrschte die Meinung vor, der arme Earl of Langford habe eine Wette verloren, und müsse deshalb zur Strafe einen Abend im Almack's verbringen.

Die Herren, die Roulette spielten und auf die Zahlen setzten, die wahrscheinlich herauskommen würden, wenn das Rouletterad zum Stillstand kam, erklärten übereinstimmend, Baskerville sei taub geworden.

Die Whistspieler, die sich auf die Karten konzentrierten, die sie gerade in der Hand hielten, waren der Meinung, Baskerville habe den Verstand verloren.

Aber so unterschiedlichen Meinungen die Clubmitglieder auch anhängen mochten, die Reaktion war bei allen dieselbe: Belustigung. In allen Räumen des Strathmore wurde die gedämpfte Atmosphäre wiederholt von schallendem Gelächter und herzhaften Heiterkeitsausbrüchen gestört, als von Mitglied zu Mitglied und von Tisch zu Tisch die Information weitergegeben wurde, daß Stephen Westmoreland, Earl of Langford, heute abend zu Almack's gegangen war.

32

Fünf Minuten nach elf ging Stephen eilig an zwei betrübten jungen Stutzern vorbei, die zu ihren Kutschen zurückkehrten, nachdem Lady Letitia Vickery sie nicht eingelassen hatte, weil sie zu spät gekommen waren. Die Schirmherrin wollte gerade die Tür wieder schließen, als Stephen laut und warnend ausrief: »Letty, wag es bloß nicht, mir die verdammte Tür vor der Nase zuzuschlagen!«

Empört blinzelte sie in die Dunkelheit hinter dem beleuchteten Eingang. »Wer auch immer Sie sein mögen, Sie kommen zu spät.«

Stephen schob seinen Fuß in die Tür, um sie aufzuhalten. »Ich glaube, du solltest einmal eine Ausnahme machen.«

Ihr geringschätziges Gesicht tauchte in dem Lichtstrahl zwischen Rahmen und Türkante auf. »Wir machen keine Ausnahmen, Bursche!« Dann erkannte sie ihn, und ihre eisige, hochmütige Miene wurde kurzfristig von komischer Ungläubigkeit erschüttert. »Langford, bist du das?«

»Natürlich bin ich das, mach jetzt die Tür auf«, befahl Stephen seelenruhig.

»Du kannst nicht mehr reinkommen.«

»Letty«, erklärte er mit erzwungener Geduld, »ich möchte dich nur ungern an Zeiten erinnern, wo du mich an weniger passenden Orten als diesem empfangen hast – und das, obwohl dein armer Gatte praktisch in Hörweite war.«

Sie öffnete die Tür, stellte sich aber in die Öffnung. Stephen erwog einen Augenblick lang, sie einfach bei den Schultern zu packen und aus dem Weg zu räumen, aber sie flehte ihn flüsternd an: »Stephen, um Gottes Willen, sei doch vernünftig! Ich kann dich nicht hereinlassen. Die anderen Schirmherrinnen reißen mir den Kopf ab!«

»Sie werden dir die Füße küssen, weil du in meinem Fall eine Ausnahme gemacht hast«, erwiderte er leise. »Denk doch nur daran, was für einen Zulauf ihr morgen haben werdet, wenn es bekannt wird, daß ich mich zum ersten Mal seit fünfzehn Jahren wieder von dieser langweiligen Versammlung unschuldiger Mädchen anlocken ließ.«

Zögernd wog sie diese offensichtliche Wahrheit gegen das Gewitter ab, das sich sicherlich über ihrem Haupt entladen würde, dann gab sie zu: »Jeder ledige Mann in London wird eine Eintrittskarte wollen, damit er selbst sehen kann, welche Frau so schön ist, daß sie dich hierhergelockt hat.«

»Genau«, bestätigte Stephen sardonisch grinsend. »Ihr werdet so viele ledige Männer hier haben, daß ihr noch zusätzlich warme Limonade und Sandwiches bestellen müßt.«

Sie begeisterte sich so an der Hoffnung, für all die glänzenden Partien in ihrer Saison als Schirmherrin gelobt zu werden, daß sie seine häßlichen Bemerkungen über die geheiligten Hallen von Almack's, das Essen und die Gäste überhörte. »Nun gut. Du darfst hereinkommen.«

Der Abend war nicht so ein Desaster gewesen, wie Sherry es befürchtet hatte. Sie hatte getanzt, und man hatte ihr das Gefühl gegeben, willkommen zu sein. Von wenigen unangenehmen Ausnahmen abgesehen war der Abend sogar äußerst erfreulich gewesen, aber bis vor wenigen Minuten die Uhr elf schlug, hatte sie angespannt gewartet. Jetzt jedoch, wo die Möglichkeit, der Earl of Langford könne kommen, nicht mehr bestand, war sie unglaublich enttäuscht, untersagte sich aber jede Gefühlsäußerung. Sie hatte gespürt, daß er nicht begeistert darüber war, hierherkommen zu müssen, und es war albern von ihr, zu erwarten, daß er sich ihretwegen einer solchen Zumutung unterzog. Das würde ja bedeuten, daß er sich um sie sorgte oder Zuneigung für sie empfand, und mittlerweile glaubte sie sicher, daß dies nicht der Fall war. Whitney und seine Mutter hatten sich getäuscht. Entschlossen, sich den Abend nicht durch Gedanken an ihn verderben zu lassen, konzentrierte sie sich auf die Gespräche der jungen Damen und ihrer Mütter, die in einem Kreis mit ihr standen und sich zwar untereinander unterhielten, sie aber höflich miteinbezogen.

Die meisten Mädchen waren jünger als sie und äußerst liebenswert, wenn auch nicht gerade mit Intelligenz gesegnet. Dennoch zeigten sie sich erstaunlich gut informiert über das Einkommen, die Aussichten und die Herkunft jedes Junggesellen im Saal, und sie mußte nur zweimal einen Mann ansehen, und sie – oder ihre Mamas und Anstandsdamen – scharten sich sofort um sie und teilten ihr gewissenhaft all ihre Kenntnisse mit. Das Übermaß an Information irritierte Miss Charity, während es Sherry abwechselnd verwirrte und erheiterte.

Die Duchess of Clermont, eine strenge ältere Dame, die ihre Enkelin einführte, eine weitere Amerikanerin namens Dorothy Seaton, deutete mit dem Kopf auf einen gutaussehenden jungen Mann, der Sherry um die Ehre eines zweiten Tanzes gebeten hatte, und warnte sie: »Wenn ich Sie wäre, würde ich dem jungen Makepeace gegenüber gerade nur höflich sein. Er ist nur ein Baronet, und sein Einkommen beträgt nicht mehr als fünftausend.«

Nicholas DuVille, der die meiste Zeit des Abends im Kartenzimmer verbracht hatte, hörte die Bemerkung, als er gerade wieder an Sherrys Seite trat. Er beugte sich zu ihr und sagte leise und amüsiert: »Sie sehen ganz verwirrt aus, *chérie*.

Erstaunlich, nicht wahr, daß in einem Land, das sich so viel auf seine kultivierten Umgangsformen einbildet, solche Dinge in aller Öffentlichkeit besprochen werden.«

Die Musiker, die eine kurze Pause gemacht hatten, kehrten zu ihren Instrumenten zurück, und Musik erfüllte den Ballsaal wieder. »Miss Charity sieht erschöpft aus«, sagte Sherry laut, damit er sie über die Musik und die Gespräche hinweg verstehen konnte.

Miss Charity hörte ihren Namen und blickte streng auf. »Ich bin nicht erschöpft, mein liebes Kind. Ich bin nur äußerst verärgert, daß Langford nicht wie versprochen erschienen ist, und ich beabsichtige, ihn ordentlich auszuschelten, weil er Sie so schlecht behandelt.«

Überall um sie herum begannen sich Köpfe zu drehen und wurden Gespräche unterbrochen, und dann steigerten sich die Geräusche zu heftigem Geflüster, Sherry jedoch merkte nichts davon. »Es hat nichts zu bedeuten, Ma'am. Ich habe mich sehr gut ohne ihn amüsiert.«

Miss Charity war jedoch nicht zu beruhigen. »Ich kann mich nicht entsinnen, in den letzten dreißig Jahren so beleidigt worden zu sein! Und wenn ich mich tatsächlich an die ganzen letzten dreißig Jahre erinnern könnte, fiele mir sicher dennoch nichts so Beleidigendes ein!«

Neben ihnen blieb die Duchess of Clermont stehen und lauschte Charity Thorntons zornigem Monolog. Als sie aufsah, blieb ihr Blick an etwas in der anderen Ecke des Saals hängen. »Ich traue meinen Augen nicht«, stieß sie hervor. Überall entstanden hektische Gespräche. Sie beugte sich vor und befahl ihrer Enkelin mit lauter Stimme, damit sie in dem Lärm gehört wurde: »Dorothy, richte dein Haar und dein Kleid. Dies ist eine Chance, die du vielleicht nie wieder haben wirst.« Der barsche Befehl lenkte Sherrys Aufmerksamkeit auf Dorothy, die sich gehorsam erhoben hatte, um ihre Frisur zu richten, wie auch die Hälfte der anderen Debütantinnen in Sherrys Blickfeld. Die Mädchen, die sich nicht um ihre Haare kümmerten, glätteten zumindest ihre Röcke. Diejenigen, die nicht bereits mit ihren Partnern auf der Tanzfläche standen, strömten in Scharen zum Ruheraum, und auch sie zupften und glätteten dabei. »Was ist los?« fragte sie mit einem verwirrten Blick Nicki, der ihr die Sicht versperrte.

Sein Blick glitt über die blonden und dunklen Köpfe, und er registrierte gerötete Wangen und gierige Blicke. Ohne sich die Mühe zu machen, sich umzusehen, antwortete er: »Entweder ist auf der Tanzfläche ein Feuer ausgebrochen, oder aber Langford ist gerade eingetroffen.«

»Das kann nicht sein! Es ist schon nach elf, und die Türen sind versperrt.«

»Nichtsdestotrotz würde ich ein kleines Vermögen darauf verwetten, daß Langford dahintersteckt. Die Jagdinstinkte der weiblichen Spezies haben den Höhepunkt erreicht, und das bedeutet, die begehrteste Beute liegt im Blickfeld. Soll ich mich umsehen und nachschauen?«

»Aber bitte nicht so auffällig.«

Er versprach es, drehte sich herum und bestätigte ihr dann: »Er ist gerade stehengeblieben, um die Schirmherrinnen zu begrüßen.«

Sherry reagierte völlig anders, als sie ursprünglich vorgehabt hatte. Sie duckte sich um Nicki herum und zog sich hastig in den Ruheraum zurück – jedoch freilich nicht, um ihre Kleidung zu richten oder ihr Aussehen zu überprüfen. Nur, um die Fassung wiederzugewinnen. Und sich dann vielleicht doch ein bißchen zurechtzumachen.

Während sie in der Schlange vor dem Ruheraum wartete, entdeckte sie, daß ihr Verlobter Stadtgespräch war. Die Dinge, die sie hörte, waren ebenso aufschlußreich wie peinlich für sie. »Meine ältere Schwester fällt in Ohnmacht, wenn sie hört, daß Langford heute abend da war und sie nicht«, erzählte eines der Mädchen ihren Freundinnen. »Im letzten Herbst hat er sie auf Lady Millicents Ball bevorzugt aufgefordert und sie dann völlig fallengelassen. Seitdem hegt sie eine Schwäche für ihn.«

Ihre Freundinnen blickten sie schockiert an. »Aber letzten Herbst«, stellte eine von ihnen richtig, »hatte Langford doch vor, Monica Fitzwaring einen Antrag zu machen.«

»Oh, das kann ich mir unmöglich vorstellen. Ich habe zugehört, wie meine Schwestern darüber redeten, und sie bezeugten alle, er habe ...«, sie legte eine Hand über den Mund, und Sherry mußte ganz genau hinhören, »letzten Herbst eine heiße Affäre mit einer gewissen verheirateten Dame gehabt.«

»Hast du schon einmal seine *chère amie* gesehen?« fragte eine andere, und die Mädchen vor ihnen drehten sich um. »Meine Tante hat sie vorgestern miteinander im Theater gesehen.«

»*Chère amie*?« entschlüpfte es Sherry, ohne daß sie es wollte. Er war mit einer Frau im Theater gewesen, direkt nachdem er mit Sherry und seiner Familie zu Abend gegessen hatte.

Die Mädchen, denen man sie zu Beginn des Abends vorgestellt hatte, waren glücklich, daß sie Sherry mit all den Informationen versorgen konnten, die ein Neuling in ihrem Kreis, und dazu noch eine Amerikanerin, brauchte, um die Feinheiten von Klatschgeschichten voll zu schätzen.

»*Chère amie* ist eine Kurtisane, eine Frau für die niederen Bedürfnisse eines Mannes. Helene Devernay ist die schönste Kurtisane von allen.«

»Ich habe eines Abends ein Gespräch meiner Brüder belauscht, und sie sagten, Helene Devernay sei das himmlischste Geschöpf auf der Welt. Sie liebt blasses Violett, wißt ihr ... und Langford hat für sie eine silberne Kutsche mit lavendelfarbenen Samtpolstern bauen lassen.«

Lavendelfarben. Dieses durchsichtige lavendelfarbene Kleid, das Dr. Whitticomb abgelehnt hatte, als er so betont zu dem Earl gesagt hatte, *»Lavendelfarben war es also«*. Es gehörte der Frau, die seine »niederen Bedürfnisse« befriedigte. Sherry verstand unter Leidenschaft nur Küssen. Sie wußte nicht, was »niedere Bedürfnisse« waren, spürte aber instinktiv, daß es um intensive und irgendwie skandalöse persönliche Gefühle ging. Und all das teilte er mit einer anderen Frau, nur Stunden, nachdem er mit seiner ungeliebten Verlobten zu Abend gegessen hatte.

Obwohl Miss Charity nun wußte, daß Lord Westmoreland sich irgendwo im Ballsaal aufhielt, war sie noch genauso ärgerlich auf ihn, als Sherry zurückkehrte, wie vorher. »Ich werde seiner Mama von Langfords Betragen berichten, gleich morgen früh! Sie wird ihm schon den Kopf waschen für das, was er sich heute abend geleistet hat!«

Stephens amüsierte Stimme ließ Sherry vor ärgerlichem Erschrecken erstarren. Er stand auf einmal hinter ihnen. »Für was wird meine Mutter mir den Kopf waschen, Ma'am?« fragte er Miss Charity, wobei ein schwaches, ausdrucksloses Lächeln seinen Mund umspielte.

»Dafür, daß Sie zu spät gekommen sind, Sie böser Junge!« antwortete sie, aber jede Spur von Beleidigung schwand aus ihrer Stimme, als er ihr sein hinreißend attraktives Lächeln schenkte. »Dafür, daß Sie zu lange bei den Schirmherrinnen stehengeblieben sind! Und dafür, daß Sie absolut zu gut aussehen! Nun«, schloß sie und verzieh ihm vollständig, »küssen Sie mir ordentlich die Hand und führen Sie Sherry auf die Tanzfläche.«

Nicki hatte sie abgeschirmt, indem er mit dem Rücken zum Saal stand, aber jetzt blieb ihm nichts anderes übrig, als beiseite zu treten. Sherrys Ärger wuchs, als sie hörte, wie leicht er Miss Charity um den Finger wickelte, und er verstärkte sich noch, als sie sich zögernd umdrehte und sich mit zwei amüsierten blauen Augen und einem Lächeln von einer Wärme konfrontiert sah, daß es einen Eisberg hätte schmelzen lassen. Da ihr bewußt war, daß alle im Ballsaal in ihre Richtung blickten, streckte Sherry widerstrebend ihre Hand aus, weil es die Schicklichkeit erforderte. »Miss Lancaster«, sagte er, drückte ihr einen kurzen Kuß auf den Handrücken, hielt jedoch ihre Hand weiter fest, trotz ihrer Bemühungen, sie ihm wieder zu entwinden, »darf ich Sie um das Vergnügen des nächsten Tanzes bitten?«

»Lassen Sie meine Hand los«, bat Sherry mit vor Ärger bebender Stimme. »Alle sehen herüber!«

Stephen musterte ihr gerötetes Gesicht und die blitzenden Augen und wunderte sich, daß er noch nie bemerkt hatte, wie großartig sie aussah, wenn sie ärgerlich war. Wenn er in den letzten Tagen gewußt hätte, daß schon eine kleine Verspätung ihre Gleichgültigkeit in Zorn verwandeln konnte, wäre er zu jeder Mahlzeit zu spät erschienen.

»Lassen Sie meine Hand los!«

Unwillkürlich grinsend, weil er glücklich und sie offenbar so unglücklich über sein Zuspätkommen war, neckte Stephen sie: »Wollen Sie, daß ich Sie auf die Tanzfläche schleife?«

Seine Befriedigung darüber schwand, als sie ihre Hand freibekam und ihn anfauchte: »Ja.«

Für den Augenblick besiegt, trat Stephen zur Seite, als ein junger Dandy sich an ihm vorbeidrängte und sich vor Sherry verbeugte. »Ich glaube, der nächste Tanz gehört mir, wenn es Ihnen nichts ausmacht, Mylord.« Da ihm keine andere Wahl blieb, trat er zurück. Sie machte eine hübschen Knicks vor ihm und schlenderte zur Tanzfläche. Neben ihm bemerkte DuVille amüsiert: »Mir scheint, Sie haben gerade eine vernichtende Niederlage erlitten, Langford.«

»Da haben Sie recht«, erwiderte er leutselig und lehnte sich an eine Säule hinter ihm. Er war so glücklich, daß ihm sogar ein freundlicher Austausch mit DuVille amüsant anmutete.

»Ich nehme an, es gibt nichts Alkoholisches zu trinken?« fragte er, während er zusah, wie Sherry mit ihrem Partner tanzte.

»Überhaupt nichts.«

Zur tiefen Enttäuschung aller anderen im Saal schien weder Lord Westmoreland noch Nicholas DuVille geneigt zu sein, jemand anderen als das amerikanische Mädchen zum Tanzen aufzufordern. Als Sherry zu einem zweiten Tanz mit dem gleichen jungen Mann auf der Tanzfläche blieb, fragte Stephen stirnrunzelnd: »Hat sie niemand gewarnt, daß es ein Fehler ist, eine besondere Neigung zu zeigen, indem man zweimal mit dem gleichen Partner tanzt?«

»Sie klingen langsam wie ein eifersüchtiger Galan«, bemerkte Nicki und warf ihm einen amüsierten Blick aus den Augenwinkeln zu.

Stephen ignorierte ihn. Er blickte in all die hungrigen, gierigen, erwartungsvollen, hoffnungsvollen weiblichen Gesichter, die ihn beobachteten, und fühlte sich wie eine menschliche Mahlzeit, die kultivierten, elegant gekleideten

Kannibalen zum Fraß vorgesetzt wurde. Als die Musik endlich zum Ende kam, fragte Stephen: »Wissen Sie zufällig, ob auch ihr nächster Tanz vergeben ist?«

»All ihre Tänze sind vergeben.«

Stephen sah, wie Sherrys Partner sie höflich zu Charity Thornton zurückbegleitete, und beobachtete, wie die anderen Männer die Tanzfläche überquerten, um ihre Partnerinnen zu dem Walzer aufzufordern, der gerade einsetzte. DuVille stieß sich von der Säule ab, an der sie gemeinsam gelehnt hatten. »Ich glaube, dieser Tanz gehört mir«, sagte er.

»Leider nicht«, verwies ihn Stephen freundlich. »Und wenn Sie versuchen, darauf zu bestehen«, fügte er in einem Tonfall hinzu, der DuVille auf der Stelle stoppte, »werde ich ihr erzählen müssen, daß meine Schwägerin Sie dazu ausersehen hat, den galanten Verehrer zu spielen.« Ohne sich noch einmal umzublicken, löste sich Stephen von der Säule und trat auf seine unwillige Partnerin zu.

»Der nächste Tanz gehört Nicki«, informierte Sherry ihn von oben herab, wobei sie absichtlich die vertraute Form der Anrede wählte, um dem Earl zu zeigen, wie sehr sie sich schon mit »Nicki« angefreundet hatte.

»Er hat mir dieses Privileg überlassen.«

Etwas in seinem ruhigen Tonfall veranlaßte Sherry, ihre frühere Entscheidung zu verwerfen. Es war wahrscheinlich klüger, den Tanz mit Anstand hinter sich zu bringen, statt ihn aufzuschieben, abzulehnen oder dem Earl irgendeine Szene zu machen. »Oh, sehr gut.«

»Genießen Sie den Abend?« fragte Stephen, als die Musik einsetzte. Sie bewegte sich hölzern in seinen Armen und nicht mehr mit der Anmut, die er beim letzten Tanz an ihr beobachtet hatte.

»Ich *habe* den Abend genossen, vielen Dank.«

Stephen sah auf ihre glänzende Haarpracht hinunter und erhaschte einen Blick auf ihr vorwurfsvolles Profil. Der Brief in seiner Tasche hatte einen weiten Weg hinter sich und vertrieb nun seinen Ärger über ihr Verhalten. »Sherry«, sagte er mit ruhiger Entschlossenheit.

Sherry hörte, daß seine Stimme seltsam weich klang, und traute sich nicht, aufzublicken. »Ja?«

»Ich möchte mich entschuldigen, wenn ich je etwas gesagt oder getan habe, was Sie verletzt hat.«

Damit bezeugte er seine Einsicht, sie verletzt zu haben, und gleichzeitig seinen Glauben, er könne es weiter tun. Das war mehr, als ihr gequälter Stolz ertragen konnte. Ihr Temperament flammte auf und ging mit ihr durch. »Sie brauchen keinen Gedanken daran zu verschwenden«, erklärte sie, wobei es ihr gelang, so zu klingen, als langweile sie das Thema und als verachte sie ihn. »Ich glaube sicher, daß ich am Ende der Woche einige passende Heiratsanträge haben werde, und ich bin äußerst glücklich, daß Sie mir die Gelegenheit gaben, anderen Gentlemen vorgestellt zu werden. Bis heute abend«, fuhr sie fort, und ihre Stimme begann vor wütender Feindseligkeit, die sie in diesem Augenblick wirklich empfand, zu beben, »nahm ich selbstverständlich an, alle Engländer seien tyrannisch, launenhaft, eitel und unfreundlich, aber jetzt weiß ich, daß sie nicht so sind. *Sie* sind so.«

»Unglücklicherweise«, stellte Stephen fest, den die offensichtliche Tiefe ihre Ärgers wegen seiner Verspätung verblüffte, »sind Sie zufällig schon mit mir verlobt.«

Sherry wurde von einer Woge triumphierender Verachtung hinweggetragen, und diese Bemerkung besänftigte sie nicht im geringsten. »Die Gentlemen, die ich heute abend kennengelernt habe, sind nicht nur die Liebenswürdigkeit selbst, sondern zudem auch noch begehrenswerter als Sie!«

»Tatsächlich?« antwortete er mit einem trägen Grinsen. »In welcher Hinsicht?«

»Zumindest sind sie jünger«, schoß Sherry zurück. Am liebsten hätte sie dieses arrogante, unerträgliche Lächeln aus seinem Gesicht geschlagen. »Sie sind viel zu alt für mich. Das habe ich heute abend gemerkt.«

»Ach, wirklich?« Sein Blick senkte sich bedeutsam auf ihre Lippen. »Soll ich Sie vielleicht daran erinnern, daß es Zeiten gab, in denen Sie mich äußerst begehrenswert fanden?«

Sherry riß sich widerwillig von seinem Blick los. »Hören Sie auf, mich so anzusehen! Es ist unschicklich, und die

Leute reden schon! Sie starren uns alle an!« zischte sie und versuchte sich ihm zu entwinden, aber er legte seinen Arm nur noch fester um sie und hielt sie mit aufreizender Leichtigkeit.

In einem eher für die Erörterung der letzten Gerüchte geeigneten Plauderton sagte er: »Können Sie sich vorstellen, was passieren wird, wenn ich meiner Neigung folge und Sie entweder über die Schulter werfe und sie hinaus trage oder Sie mitten in diesem Tanz einfach auf den Mund küsse? Sie würden auf der Stelle für jeden anständigen Mann hier im Saal unantastbar. Mir dagegen könnte es gar nichts ausmachen, da ich doch ein so ›tyrannischer, eitler, unfreundlicher Mann‹ bin ...«

»Das würden Sie nicht wagen«, brauste sie auf.

Ihre Augen blitzten ihn an, als sie ihm erklärte, er bluffe nur, während alle Paare um sie herum aus dem Takt kamen, weil sie so begierig dem Streit lauschten, der anscheinend zwischen dem geheimnisvollen amerikanischen Mädchen und dem Earl of Langford stattfand. Stephen blickte in ihr gerötetes, bezauberndes, rebellisches Gesicht, und ein zögerndes Lächeln spielte um seine Mundwinkel. »Du hast recht, Liebes«, sagte er weich, »ich würde es nicht wagen.«

»Wie können Sie es wagen, mich mit einem Kosenamen anzureden, nach allem, was Sie mir angetan haben!«

Für einen Augenblick vergaß sie, daß sie bei diesem Flirt, der in Stephens Gesellschaftsschicht an der Tagesordnung war, den kürzeren ziehen würde. Stephen senkte seinen Blick vielsagend auf ihre runden Brüste, die sich verführerisch unter dem eckigen Ausschnitt ihres Mieders abzeichneten, und warnte sie mit einem trägen, anzüglichen Lächeln: »Sie haben keine Ahnung, was ich mir Ihnen gegenüber alles gern herausnehmen würde. Habe ich Ihnen übrigens schon Komplimente wegen Ihres Kleides gemacht?«

»Sie können mit Ihren Komplimenten und am besten auch mit sich selbst direkt zur Hölle fahren«, flüsterte sie außer sich vor Wut, wand sich aus seinen Armen und ließ ihn mitten auf der Tanzfläche stehen.

»O mein Gott!« flüsterte Makepeace zu seiner Partnerin.

»Haben Sie das gesehen? Miss Lancaster hat gerade Langford auf der Tanzfläche stehengelassen.«

»Sie muß wahnsinnig sein«, erwiderte seine Partnerin betroffen.

»Da bin ich nicht Ihrer Meinung«, erklärte der junge Baronet stolz. »Miss Lancaster hat mich überhaupt nicht schlecht behandelt. Sie ist äußerst höflich und freundlich.« Als der Tanz vorüber war, stürmte er zu seinen Freunden, um sicherzugehen, daß auch sie bemerkt hatten, daß die erstaunliche rothaarige Amerikanerin seine Aufmerksamkeiten denen des hochnäsigen Earl of Langford vorzog.

Diese verblüffende Tatsache war schon den meisten Herren im Ballsaal aufgefallen. Viele von ihnen hatte es sehr gewurmt, daß Langford in ihrer Arena aufgetaucht war, und es tröstete sie, daß zumindest eine Frau im Saal soviel Geschmack und Voraussicht besaß, daß sie Makepeace Westmoreland vorzog.

Innerhalb weniger Minuten gewann Makepeace bei seinen Geschlechtsgenossen beträchtlich an Ansehen. Das reizende amerikanische Mädchen, das ihn – und damit eigentlich sie alle! – ganz offensichtlich dem weithin beliebten Earl of Langford vorzog, wurde augenblicklich zu ihrer Heldin.

Wütend über ihren unangemessenen Temperamentsausbruch stand Stephen an der Seite und beobachtete, wie eine ganze Mauer von Junggesellen direkt auf seine Verlobte zuströmte. Sie drängten sich um sie, baten sie um Tänze und schmeichelten ihr so übertrieben, daß sie einen hilfesuchenden Blick in seine Richtung warf. Allerdings nicht zu ihm, wie Stephen, der immer ärgerlicher wurde, feststellte, sondern zu DuVille.

Nicki stellte sein Glas mit Limonade ab und ging auf sie zu, aber die Männer drängten sich so dicht um sie, daß sie langsam zurückwich. Dann drehte sie sich um und flüchtete in Richtung des Ruheraums. Da ihm nichts anderes übrigblieb, lehnte sich Nicki wieder gegen die gleiche Säule, an der er schon vorher mit Stephen zusammen gestanden hatte, und verschränkte die Arme, wie es Stephen auch gerade getan hatte. Ohne zu merken, daß sie beinahe wie Zwillinge aussahen, standen sie dort Seite an Seite, zwei dunkelhaarige, gutaussehende, weltgewandte Männer in makellos geschneiderten schwarzen Abendanzügen, beide mit dem gleichen Ausdruck gelangweilter Höflichkeit im Gesicht. »Dadurch, daß sie Sie verschmäht hat, ist sie gerade für jeden Mann hier in diesem Ballsaal zur Heldin geworden«, stellte Nicki fest.

Stephen, der zum gleichen Schluß gekommen war, fühlte sich ein wenig getröstet, weil DuVille fast genauso frustriert klang, wie er selbst sich fühlte. »Morgen«, fuhr DuVille fort, »wird meine Verlobte unweigerlich von jedem affektierten Stutzer und jedem jungen Mann von Welt zum Original, zur Unvergleichlichen und zur Johanna von Orleans erklärt werden. Sie haben meine Werbung um Wochen zurückgeworfen.«

»Ich habe Ihre Werbung abgelehnt«, gab Stephen mit schaler Befriedigung zurück. Er wies mit dem Kopf auf die Debütantinnen und ihre Mütter, die auf der entgegengesetzten Seite des Saales Aufstellung genommen hatten, und sagte: »Aber erlegen Sie sich bitte keinen Zwang auf und schenken Sie Ihre Aufmerksamkeit irgendeiner dieser hoffnungsvollen jungen Damen. Ich bin sicher, daß Sie heute abend jeder von Ihnen einen Antrag machen und schon morgen mit dem Segen ihrer Familie und einer Sondergenehmigung heiraten könnten.«

Nicki folgte automatisch seinem Blick, und für einen kurzen Augenblick vergaßen die beiden Männer ihre Feindseligkeit und genossen gemeinsam ihre Beobachtungen vor dem Hintergrund, daß sie beide als brillante Partien galten. »Haben Sie auch manchmal das Gefühl, sie sehen Sie als verlockend angerichtete Forelle auf einer Silberplatte?« fragte Nicki, während er einer jungen Dame, die ihm einladend mit ihrem Fächer zuwedelte, höflich und distanziert zulächelte.

»Ich glaube, sie betrachten mich mehr als einen Blankoscheck mit Beinen«, erwiderte Stephen, wobei er Lady Ripley, die heftig auf ihre Tochter einflüsterte und ihm lockende Blicke zuwarf, wenig ermutigend anstarrte. Er neigte seinen Kopf unmerklich vor Lady Ripleys äußerst hübscher Tochter, einer der wenigen Frauen im Saal, die weder schüchtern so tat, als seien die beiden Männer gar nicht vorhanden, noch sie sehnsüchtig anstarrte. »Zumindest hat die kleine Ripley genug Taktgefühl und Stolz, um uns zu ignorieren.«

»Erlauben Sie mir, sie Ihnen vorzustellen, damit Ihr Abend wenigstens nicht gänzlich vergeudet ist«, bot sich Nicki an. »Ich bin leider schon an eine bezaubernde Rothaarige vergeben, die in erstaunlich kurzer Zeit eine Schwäche für mich entwickelt zu haben scheint.«

»DuVille?« schnarrte Stephen mit stählerner Stimme, die in lebhaftem Kontrast zu der ausdruckslos höflichen Miene stand, die er angesichts der faszinierten Zuschauer beibehielt.

»Langford?«

»Verziehen Sie sich!«

Nicki spürte Westmorelands eisigen Blick und verbarg seine Erheiterung hinter einer Maske wohlerzogener Gelassenheit. »Darf ich annehmen, daß sich Ihre Gefühle geändert haben und Sie nicht länger frei von Ihrer Verpflichtung Miss Lancaster gegenüber sein möchten?« spottete er.

»Haben Sie ein solch brennendes Verlangen danach, mich im Morgengrauen auf einer netten, einsamen Lichtung zu treffen?« schnappte Stephen.

»Nicht so besonders, obwohl ich zugeben muß, daß die Vorstellung langsam für mich an Reiz gewinnt«, antwortete DuVille, trat von der Säule weg und ging ins Kartenzimmer.

Sherry bemerkte, daß sich ihr Status auch bei ihrem eigenen Geschlecht geändert hatte – und welcher Grund dahintersteckte, als sie den überfüllten Ruheraum betrat. Alle Gespräche brachen sofort ab, und man lächelte ihr neugierig zu, aber niemand sagte ein Wort, bis ein grobknochiges Mädchen mit freundlichem Lächeln begann: »Wir fanden es äußerst unterhaltsam, daß Sie dem Earl so eine unvorhergesehene Niederlage bereitet haben, Miss Lancaster. Ich bin sicher, daß er noch niemals in dieser Form abgewiesen worden ist.«

»Ich dagegen bin völlig sicher, daß es ihm noch Dutzende Male passieren wird«, erwiderte Sherry. Sie bemühte sich, vollkommen ruhig zu wirken, obwohl sie ärgerlich und verwirrt war.

»Hunderte Male«, erklärte das Mädchen fröhlich. »Aber er sieht doch so gut aus und ist so männlich, finden Sie nicht?«

»Nein«, log Sherry. »Ich ziehe blonde Männer vor.«

»Sind blonde Männer in Amerika in Mode?«

Da Sherry sich daran nicht erinnern konnte, antwortete sie: »Sie sind typisch amerikanisch.«

»Ich hörte, Sie hätten kürzlich bei einem Unfall einen Gedächtnisverlust erlitten?« fragte ein anderes Mädchen mit einer Mischung aus Sympathie und Neugier.

Sherry setzte ein abweisendes Lächeln auf. Miss Charity hatte ihr versichert, das würde eher geheimnisvoll als hirnlos wirken. Dann gab sie die Antwort, die Whitney ihr vorgeschlagen hatte. »Es ist nur vorübergehend.« Da man anscheinend noch mehr von ihr erwartete, setzte sie leichtfertig hinzu: »In der Zwischenzeit ist es ganz nett, mit dem Gefühl zu leben, absolut sorgenfrei zu sein.«

Als Sherry wieder in den Ballsaal zurückging, hatte sie zahlreiche neue Dinge über Stephen Westmoreland erfahren, und sie fand jedes einzelne Detail ihres neuerworbenen Wissens und die Schlußfolgerungen, die sie daraus zog, abscheulich. Entgegen dem, was Whitney dachte, war Stephen Westmoreland offensichtlich ein Wüstling, ein Lebemann, ein Genußmensch und ein notorischer Schürzenjäger. Seine Liebesaffären waren Legion, und die Society, die ihn anscheinend vergötterte, duldete stillschweigend seine Ausschweifungen. Jeder – absolut jeder – dachte offenbar, daß ein Heiratsantrag von ihm direkt nach der Krone von England kam! Und, noch schlimmer, obwohl er mit ihr verlobt war, hatte er eine Geliebte – und zwar keine gewöhnliche Geliebte, sondern eine Dame aus der eleganten Kurtisanenwelt, die den Berichten zufolge mit atemberaubender Schönheit glänzte.

Und so kam sich Sherry unbedeutend, erschreckt und gedemütigt vor, als sie in den Ballsaal zurückkehrte. Mit wütender Ausgelassenheit begann sie, ihre bis dahin brachliegenden Flirtfähigkeiten zu erproben. Sie lächelte den Gentlemen, die sich in Scharen um eine aufgeregte Miss Charity, die auf ihre Rückkehr wartete, drängten, fröhlich zu, und in den nächsten beiden Stunden versprach sie mindestens zwei Dutzend Tänze an Herren, die ebenfalls noch zu Rutherfords Ball eingeladen waren. Ihr Verlobter kam weder näher, noch schien er ihre Flirttriumphe wahrzunehmen. Er stand einfach nur da und beobachtete sie von der Seite her mit gleichgültiger, ungerührter Miene.

Er wirkte in der Tat so vollkommen unbeteiligt, daß sie keinerlei Bedenken hatte, als er schließlich zu ihr kam und erklärte, es sei nun an der Zeit, zu den Rutherfords zu gehen, und es schien ihm auch nichts auszumachen, mit Nicholas DuVille und Miss Charity auf die Kutschen zu warten, die sie dorthin bringen sollten. Er lächelte sogar freundlich, als Miss Charity ganz aufgeregt bemerkte: »Sherry hatte soviel Erfolg, Langford. Ich kann es gar nicht abwarten, Ihrer Mama und Ihrer Schwägerin heute abend noch zu erzählen, wie wundervoll alles gelaufen ist.«

Nicholas DuVille hatte sie in einem eleganten Landauer mit offenem Verdeck abgeholt, aber als die luxuriöse Stadtkutsche des Earl of Langford vorfuhr, weiteten sich Sherrys Augen. Ein Gespann von sechs nahezu identischen, außerordentlich schönen Grauschimmeln in silbernem Geschirr zog eine glänzend schwarz lackierte Kutsche mit dem Wappen des Earls auf dem Schlag. Sherry hatte die Kutscher und Lakaien in der Küche des Hauses in der Upper Brook Street kennengelernt, aber heute abend trugen sie die formelle Livree mit weißen Lederbreeches, flaschengrün gestreiften Westen und flaschengrünen Jacken mit goldenen Knöpfen und Tressen. Mit ihren glänzenden schwarzen Stiefeln, den weißen Hemden, schneeweißen Halstüchern und weißen Handschuhen sahen sie nach Sherrys Meinung mindestens genauso elegant aus wie die Gentlemen im Almack's, und das sagte sie ihnen auch.

Ihr aufrichtiges Kompliment brachte ihr ein stolzes Lächeln von den Bediensteten und einen erschreckten Blick von Miss Charity ein, da jedoch der Gesichtsausdruck des Earls sich nicht im geringsten veränderte, verspürte Sherry das leise Prickeln einer unbehaglichen Vorahnung. Als sie dann merkte, daß er beabsichtigte, mit ihr allein zu dem Ball der Rutherfords zu fahren, sträubte sie sich. »Ich möchte lieber mit Miss Charity und Monsieur DuVille fahren«, äußerte sie bestimmt und wandte sich schon zu deren Kutsche.

Zu ihrem Entsetzen schloß sich seine Hand wie ein Schraubstock um ihren Ellenbogen, und er zwang sie zu der offenen Tür seiner Kutsche. »Steigen Sie ein!« herrschte er sie in einem gräßlichen Tonfall an. »Bevor Sie ein noch größeres Schauspiel aus sich machen, als Sie es heute abend bereits getan haben.«

Sherry merkte erst jetzt, daß Stephen Westmoreland hinter der glatten Fassade ungerührter Blasiertheit rasend zornig war, und sie warf Miss Charity und Nicholas DuVille, die bereits einstiegen, einen ängstlichen Blick nach. Da noch einige andere Gruppen aus dem Almack's auf ihre Kutschen warteten, wollte sie keine sinnlose Szene machen und stieg ein.

Er kletterte nach ihr hinein und knurrte dem Lakai, der die Stufen hochklappte, einen Befehl zu: »Fahren Sie den langen Weg, durch den Park.«

Sherry saß ihm gegenüber und drückte sich unbewußt tiefer in die luxuriösen silbernen Samtpolster. In gespanntem Schweigen wartete sie auf den unvermeidlichen Wutausbruch. Er starrte mit zusammengepreßtem Kiefer aus dem Fenster, und sie wünschte, er würde endlich anfangen. Als er sich jedoch endlich mit eisigem Blick zu ihr wandte und mit einer wilden, leisen Stimme zu reden begann, hätte sie das spannungsgeladene Schweigen sofort wieder vorgezogen. »Wenn Sie mich jemals wieder«, knurrte er, »so beleidigen, werde ich Sie vor allen Leuten übers Knie legen und Ihnen die Tracht Prügel verabreichen, die Sie verdienen. Ist das klar?«

Sie schluckte hörbar und antwortete mit zitternder Stimme: »Das ist klar.«

Sie dachte, damit sei es erledigt, aber er schien gerade erst angefangen zu haben. »Was wollten Sie eigentlich damit erreichen, daß Sie wie wild mit jedem Kerl, der mit Ihnen tanzen wollte, geflirtet haben?« fragte er mit leiser, unheilverkündender Stimme. »Daß Sie mich mitten auf der Tanzfläche stehengelassen haben? Daß Sie sich an DuVilles Arm geschmiegt und an seinen Lippen gehangen haben?«

Der Vorwurf wegen ihres Verhaltens auf der Tanzfläche schien ihr berechtigt, aber der Rest seiner Strafpredigt wegen ihres Benehmens dem anderen Geschlecht gegenüber war so ungerecht, so kleinlich und machte Sherry so wütend, daß ihr Temperament aufflammte. »Was außer schlechtem Betragen würden Sie von einer Frau erwarten, die so dumm war, sich mit jemandem wie Sie zu verloben?« schleuderte sie ihm entgegen und merkte mit Genugtuung, daß seine Maske der Wut für einen Moment von Schock durchbrochen wurde. »Ich habe heute abend den ganzen abscheulichen Klatsch über Sie gehört, über Ihre Eroberungen, Ihre *chère amie* und Ihre Affären mit verheirateten Frauen! Wie können Sie es wagen, mir Anstand beibringen zu wollen, wenn Sie selbst der größte Wüstling in ganz England sind!«

Die Gerüchte, die sie heute abend gehört hatte, hatten sie so gedemütigt und zornig gemacht, daß sie nicht bemerkte, wie die Muskeln an seinem Kiefer zu zucken begannen. »Kein Wunder, daß Sie nach Amerika gehen mußten, um eine Braut zu finden«, spottete sie wütend. »Es überrascht mich nur, daß Sie Ihr lasterhafter Ruf dort nicht eingeholt hat, Sie – Sie unglaublicher Wüstling! Sie hatten die Frechheit, sich mit mir zu verloben, während jedermann bei Almack's erwartete, Sie würden Monica Fitzwaring und einem halben Dutzend anderer Frauen einen Antrag machen. Wahrscheinlich haben Sie jeder armen Frau, auf die Sie ein Auge geworfen haben, vorgemacht, Sie würden um ihre Hand anhalten. Es würde mich nicht überraschen, wenn Sie bei allen genau dasselbe getan hätten wie bei mir – sich mit ihnen ›im Geheimen‹ zu verloben und ihnen dann vorschlagen, sie sollten sich jemand anderen suchen! Nun«, schloß sie in atemlosem, wütendem Triumph, »ich betrachte mich nicht mehr als Ihre Verlobte. Hören Sie, Mylord? Ich löse unsere Verlobung hier und jetzt. Von nun an werde ich flirten, mit wem ich will, wann immer es mir gefällt, und da dann Ihr Name nicht mehr im Spiel ist, können Sie nichts dagegen sagen. Ist *das* klar?« verspottete sie ihn mit seinem eigenen Satz. Dann wartete sie in ärgerlichem Triumph auf seine Reaktion, aber er sagte kein Wort.

Ungläubig sah sie, wie er die Augenbrauen hochzog und sie eine endlose, unbehagliche Zeit lang aus rätselhaften blauen Augen ungerührt anblickte. Dann beugte er sich vor und streckte die Hand aus.

Völlig außer Fassung wich Sherry zurück, weil sie dachte, er wolle sie schlagen, aber dann merkte sie, daß er ihr ganz zwanglos die Hand bot – offenbar ein Handschlag, um das Ende ihrer Verlobung zu besiegeln. Sie war sich der Tatsache, daß er dagegen nicht im mindesten protestiert hatte, demütigend bewußt, ihr Stolz jedoch zwang sie, ihm direkt in die Augen zu schauen und ihm ihre Hand zu geben.

Seine langen Finger schlossen sich freundlich um ihre Hand, doch dann drückte er sie plötzlich wie eine Schraubzwinge zusammen und riß Sherry von ihrem Sitz hoch. Sie schrie erstickt auf, als sie halb liegend in einer unbequemen Haltung auf dem Sitz neben ihm landete. Ihre Schultern waren an die Tür gedrückt, und seine glitzernden Augen kamen ihr ganz nahe, als er sich über sie beugte. »Ich bin ernsthaft versucht, Ihnen die Röcke hochzuheben und Ihnen ein wenig Verstand einzuprügeln«, sagte er mit erschreckend sanfter Stimme. »Also passen Sie gut auf und ersparen Sie uns beiden diese schmerzliche Notwendigkeit: Meine *Verlobte*«, betonte er, »wird sich anständig betragen, und meine *Frau*«, fuhr er mit eisiger Arroganz fort, »wird meinen Namen oder den ihren niemals in Verruf bringen.«

»Wer auch immer sie sein mag«, gab Sherry zurück und verbarg ihr Entsetzen hinter Spott, während sie erfolglos versuchte, sich unter seinem Gewicht herauszuwinden, »sie hat mein tiefstes Mitgefühl! Ich ...«

»Sie unverschämte Göre!« schimpfte er außer sich vor Zorn, und dann packte er ihren Kopf, damit sie sich ihm nicht entziehen konnte, und küßte sie so hart, als wolle er sie bestrafen und unterwerfen. Sherry wehrte sich wütend, und schließlich gelang es ihr, den Kopf zur Seite zu drehen. »Nicht!« schrie sie. Sie haßte sich für das Entsetzen und das Flehen in ihrer Stimme. »Bitte nicht … bitte!«

Stephen hob den Kopf, ohne seinen Griff zu lockern, aber als er ihr blasses, verzerrtes Gesicht sah und merkte, daß seine Hand auf ihrer Brust lag, schämte er sich, daß er die Kontrolle über sich verloren hatte. Ihre Augen waren weit aufgerissen vor Angst, und unter seiner Hand konnte er spüren, wie ihr Herz raste. Er hatte sie nur zähmen, sie nur seinem Willen unterwerfen und sie zwingen wollen, Vernunft anzunehmen, aber er hatte nicht darauf abgezielt, sie zu demütigen oder zu erschrecken. Er wünschte ihren erstaunlichen Willen doch gar nicht zu brechen. Selbst jetzt, wo sie unter ihm lag und ihm völlig ausgeliefert war, entdeckte er noch Spuren stürmischer Rebellion in diesen grauen Augen mit den langen Wimpern und an diesem eigensinnigen Kinn, einen tapferen Widerstand, der in den Augenblicken, in denen er sich nicht gerührt hatte, wieder gewachsen war. Selbst in ihrer Auflehnung erschien sie ihm wunderschön, als er die flammendroten Locken betrachtete, die auf ihren Wangen lagen. Unverschämt, stolz, lieblich, mutig, klug … all das war sie.

Und sie würde die Seine werden. Dieses entzückende, stürmische Mädchen mit den Tizianhaaren in seinen Armen würde seine Kinder gebären, an seinem Tisch sitzen und ohne jeden Zweifel ihren Willen mit seinem messen, aber sie würde ihn niemals langweilen – weder im Bett noch außerhalb. Das wußte er wegen seiner jahrzehntelangen Erfahrung aus intimen Verbindungen mit dem anderen Geschlecht. Die Tatsache, daß sie nicht wußte, wer sie war oder wer er war, und daß sie ihn sicher nicht mögen würde, wenn sie erst einmal ihr Gedächtnis wiedererlangt hatte, bereitete ihm keine übermäßigen Sorgen.

Von dem Augenblick an, als sie ihre Hand in seine gelegt hatte und eingeschlafen war, hatte es ein Band zwischen ihnen gegeben, und nichts, was sie heute abend gesagt oder getan hatte, konnte ihn überzeugen, daß sie wirklich die Verlobung lösen wollte, oder daß sie nicht genauso nach ihm verlangte, wie er nach ihr. Das war nur eine Überreaktion auf den Klatsch, den sie über ihn gehört hatte, weil sie nicht wußte, daß selten mehr als nur ein Körnchen Wahrheit – wenn überhaupt – darin steckte.

All das ging ihm in Sekundenbruchteilen durch den Kopf, es dauerte jedoch lange genug für seine Verlobte, um zu spüren, daß sein Zorn verraucht war. In genau der richtigen Mischung aus Bitte und Festigkeit sagte sie ruhig: »Lassen Sie mich los.« Stephen fügte ihren zahlreichen anderen begehrenswerten Eigenschaften »scharfe Auffassungsgabe« hinzu, schüttelte jedoch den Kopf. Er blickte sie fest an und meinte ruhig und gelassen: »Es tut mir leid, aber wir müssen zu einer Verständigung finden, bevor Sie diese Kutsche verlassen.«

»Was gibt es da zu verstehen?« brauste sie auf.

»Das«, erwiderte Stephen, fuhr mit einer Hand durch ihr Haar und ergriff mit der anderen ihr Kinn. Er drehte ihr Gesicht zu sich und senkte langsam wieder seinen Mund auf ihre Lippen.

Sherry sah das Glitzern in seinen Augen und holte tief Luft. Wieder versuchte sie, den Kopf wegzudrehen, aber sie entkam seinem Griff nicht. Sie wappnete sich gegen einen weiteren strafenden Anschlag, aber nichts geschah. Statt dessen berührte er mit großer Zärtlichkeit ihre Lippen und begann, ihre sorgfältig errichtete Verteidigungshaltung zu durchbrechen. Sein Mund streichelte über ihre Lippen, erforschte sie und fuhr die Umrisse entlang, während seine Hand aus ihrem Haar tiefer glitt und zart ihren Nacken streichelte. Er küßte sie endlos, als ob er alle Zeit auf der Welt hätte, um jeden Winkel ihres Mundes zu erforschen und zu genießen. Sherrys Puls begann vor Angst zu rasen, aber dann brach ihr Widerstand in sich zusammen. Der Mann, der sie küßte, wandelte sich plötzlich in den besorgten Verlobten, der in einem Sessel neben ihrem Bett schlief, als sie krank war; in den Verlobten, der sie mit seinen Scherzen zum Lachen gebracht und sie bis zur Bewußtlosigkeit geküßt hatte; nur gab es jetzt einen leichten Unterschied, der seine Küsse noch wirkungsvoller machte: Sein suchender Mund war so drängend, daß es ihr den Atem raubte, und in der Art, wie er sie hielt und küßte, lag wildes

Begehren. Aber worin auch immer der Unterschied bestand, ihr treuloses Herz fand ihn vollkommen unwiderstehlich. Sie lag geborgen in seinen starken Armen, sein Mund liebkoste ihren und sein Daumen streichelte langsam über ihren Nacken. Sogar das leichte Schwingen der Kutsche wirkte wie eine Verführung. Seine Zunge fuhr an der bebenden Linie zwischen ihren Lippen entlang, liebkoste sie, damit sie sich öffneten, aber Sherry widerstand seinem Drängen mit dem letzten bißchen an Willen, das sie noch besaß. Statt sie zu zwingen, löste er seinen Mund von ihren Lippen und änderte seine Taktik, küßte die Rundung ihrer Wange bis zur Schläfe und dem Augenwinkel. Seine Hand legte sich fester um ihren Nacken – um sie festzuhalten oder sie zu stützen –, während seine Zunge zum Ohrläppchen wanderte und dort langsam jeden Winkel erforschte. Schauer der Lust durchrieselten sie. Als ob er spürte, daß der Sieg winkte, glitt er mit seinem Mund rauh über ihre Wange, und als seine Lippen suchend und einladend leicht ihre Mundwinkel berührten, ergab sich Sherry und bot ihm zitternd ihr Gesicht. Unter dem Druck seiner Lippen öffnete sich ihr Mund, und seine Zunge glitt in einem kurzen, sinnlichen Vorstoß leicht über ihre.

Stephen spürte, wie ihre Hand an seiner Brust hochglitt, fühlte, wie sie sich enger an ihn drängte. Er forderte seinen Sieg ein, neckte und quälte sie mit seinen Küssen, und Sherry reagierte instinktiv. Das Feuer, das ihre stürmische Rebellion entzündet hatte, brannte nun heiß und hell vor Leidenschaft, und sie küßte ihn wild und erotisch. Stephen konnte sich nicht mehr beherrschen. Seine Hand glitt über ihre Brust und umfaßte sie. In süßer Hemmungslosigkeit drängte sie sich ihm entgegen und bot ihm ihren Mund. Er befahl sich, aufzuhören, küßte sie aber nur um so leidenschaftlicher. Sie stöhnte leise, und als sie ihn wieder küßte und mit ihrer Zunge leicht über seine Lippen fuhr, keuchte er auf. Seine Finger wühlten in ihrem dichten Haar, und das Perlenband, das sie zusammenhielt, riß, so daß ein Perlenregen und ein leuchtender Wasserfall von roten Strähnen sich über seine Hände und Arme ergoß. Er küßte sie, bis sie beide fast besinnungslos waren, und seine Hand streichelte über ihre Brust.

Er wollte sich zwingen, sie ruhig zu halten, schließlich befanden sie sich in einer Kutsche auf einer öffentlichen Straße auf dem Weg zu einem Ball ... aber ihre volle Brust füllte seine Hand aus, und er zog das Mieder ihres Kleides herunter, um sie zu entblößen. Erschreckt griff sie nach seinem Handgelenk, als sie merkte, was er getan hatte, doch er ignorierte sie und beugte seinen Kopf mit einem lachenden Aufstöhnen über ihre Brust ...

33

Noch ganz erschöpft vom Wirrwarr ihrer eigenen Gefühle, ließ Sherry die Hand von seiner Schulter auf seine Brust sinken. Sein Herz schlug heftig und schnell, was bedeutete, daß auch er von ihren Küssen bewegt worden war. Dieses Wissen und das zarte Streicheln seiner Hand auf ihrem Rücken wog letztendlich stärker als ihr Gefühl, daß er sie besiegt hatte. Irgend etwas an ihm schien anders heute abend, irgendwie zärtlicher. Und autoritärer. Sie wußte nicht warum, aber sie war ganz sicher, daß sie den Grund für etwas zweites entdeckt hatte. Sie lehnte ihre Stirn an seine Brust und sprach es laut aus:

»Was wir gerade getan haben – das ist der wahre Grund, warum ich Sie heiraten wollte, nicht wahr?«

Sie klang so jämmerlich, so niedergeschlagen wegen ihrer erstaunlichen Leidenschaft, daß Stephen in ihr Haar lächelte. »Es ist der Grund, warum Sie mich heiraten werden«, berichtigte er sie nachdrücklich.

»Wir passen überhaupt nicht zusammen.«

»Wirklich nicht?« flüsterte er, umschlang ihre schmale Taille und zog sie näher an sich heran.

»Nein, überhaupt nicht. Es gibt eine Menge Dinge, die ich an Ihnen überhaupt nicht schätze.«

Stephen unterdrückte sein Lachen. »Sie können sich Zeit lassen und meine ganzen Verfehlungen am Samstag aufzählen.«

»Warum am Samstag?«

»Wenn Sie eine zänkische Ehefrau werden wollen, sollten Sie bis nach der Hochzeit warten.«

Er spürte, wie sich ihr Körper versteifte. Langsam hob sie den Kopf und sah ihn an. Ihr Blick war immer noch verhangen, aber ihre Weigerung zeigte schon wieder eine Spur von Stärke. »Ich kann Sie am Samstag nicht heiraten.«

»Dann am Sonntag«, gab er großzügig nach. Irrtümlich nahm er an, sie habe etwas gegen den Tag aus weiblicher Sorge, mit der Ausstattung nicht fertig zu werden.

»Auch da nicht«, warnte sie ihn, aber die Verzweiflung in ihrer Stimme zeigte ihm, daß sie keineswegs überzeugt war. »Ich möchte erst mein Gedächtnis wiedererlangen, bevor ich so einen unwiderruflichen Schritt tue.«

Stephen bezweckte natürlich das genaue Gegenteil. »Leider kann ich solange nicht warten.«

»Warum um alles in der Welt nicht?«

»Erlauben Sie mir, es zu demonstrieren«, sagte er und küßte sie hart und fordernd. Als er fertig war, blickte er sie mit hochgezogenen Brauen an, damit sie ihre Meinung äußerte.

»Nun ja, das ist eines«, gab sie zu, und Stephen hätte bei ihrem Tonfall und ihrem Gesichtsausdruck beinahe laut aufgelacht, »aber das ist kein Grund für eine so übermäßige Eile.«

»Sonntag«, wiederholte er unerbittlich.

Sie schüttelte den Kopf und blickte ihn mit erstaunlicher Willensstärke an, obwohl er merkte, daß sie bereits schwankte.

»Noch unterstehe ich nicht Ihren Gefühlen, Mylord, deshalb würde ich vorschlagen, Sie schlagen mir gegenüber besser nicht diesen Ton an. Er ist äußerst herrisch, und irgendwie weckt er meine Angriffslust. Ich bestehe darauf, eine Wahl zu haben – was machen Sie da?« fuhr sie auf, als seine Hand in ihr Mieder und über ihre Brust glitt. Er streichelte ihre Brustwarze, bis sie sich zu einer festen Knospe aufrichtete.

»Ich lasse Ihnen die Wahl«, erwiderte Stephen. »Sie können entweder zugeben, daß Sie mich wollen, und zulassen, daß ich am Sonntag eine ehrbare Frau aus Ihnen mache, oder Sie können es ablehnen ...«

Er ließ den Satz im Raum stehen, damit sie unruhig wurde.

»Und wenn ich es ablehne ...«, wandte sie leise ein.

»Dann werden wir nach Hause fahren, anstatt auf den Ball der Rutherfords, und ich werde dort weitermachen, wo wir vor ein paar Minuten aufgehört haben, bis ich Sie überzeugt habe oder Sie zustimmen. Das Ergebnis wird allerdings auf jeden Fall die Hochzeit am Sonntag sein.«

Unter seinem samtenen Bariton lag eine solch stählerne Entschlossenheit, ein so arrogantes Selbstvertrauen, daß er in allem, was er vorhatte, erfolgreich sein würde, daß Sherry sich noch hilfloser und verwirrter vorkam. Sie wußte, daß er sie dazu bringen konnte, zuzustimmen. Er würde sie innerhalb weniger Minuten mit seinen Küssen um den Verstand bringen. »Gestern waren Sie noch nicht so wild darauf zu heiraten, ja, Sie wollten noch nicht einmal mit mir verlobt sein«, verwies sie ihn. »Woher kommt denn Ihr plötzliche Sinneswandel?«

Dein Vater ist tot, und du hast auf der ganzen Welt nur noch mich, dachte Stephen, aber er wußte, daß es auch noch einen anderen Grund gab, der zwar nicht ganz stimmte, dafür aber viel bezaubernder klang. »Gestern war mir noch nicht ganz klar, wie sehr wir einander begehren.«

»Ja, aber heute abend bei Almack's fühlte ich mich vollkommen sicher, Sie überhaupt nicht zu begehren. Warten Sie, ich habe einen Vorschlag ...«, sagte sie, und Stephen mußte beim Anblick ihres Gesichts, das sich plötzlich aufhellte, grinsen, obwohl er ganz genau wußte, daß er ihren Vorschlag weder mögen noch ihm zustimmen oder irgendeine Änderung seiner Pläne zulassen würde. Fünfhundert Jahre unverfälschten Adels flossen durch seine Adern, und mit der echten Arroganz seiner illustren Vorfahren hatte Stephen David Elliott Westmoreland bereits entschieden, daß allein sein Wille in dieser Angelegenheit ausschlaggebend war. Ihm schien nur bedeutsam, daß sie ihn begehrte, und er sie. Und darüber hinaus drängte er nur deswegen so zur Eile, damit ihr noch eine genußvolle Zeit als seine Frau blieb, bevor sie vom Tod ihres Vaters erfuhr.

»Wir könnten so weitermachen wie bisher, und wenn Sie nicht unleidlich werden und wenn wir uns weiter gerne küssen, dann sollten wir heiraten.«

»Ein verführerischer Vorschlag«, log Stephen höflich, »aber zufällig habe ich weit mehr im Sinn, als Sie nur zu küssen, und ich bin ... unbehaglich begierig darauf ... uns beide in diesem Punkt zufriedenzustellen.«

Ihre Antwort auf diese Bemerkung bewies ihm, daß sie mehr als nur ihren eigenen Namen und den Namen ihres Verlobten vergessen hatte. Oder vielleicht hatte man ihr auch, wie vielen wohlerzogenen englischen Mädchen, nie gesagt, was in der Hochzeitsnacht eigentlich vor sich ging. Sie zog ihre rötlichen Augenbrauen über fragenden grauen Augen zusammen und bestätigte diese Vermutung: »Ich weiß nicht, was Sie meinen, oder was genau Sie im Sinn haben, aber wenn ich Ihnen Unbehagen bereite, ist das kein Wunder. Ich sitze praktisch auf Ihrem Schoß.«

»Wir werden meine Motive und das, was ich meine, später erörtern«, versprach er ihr. Seine Stimme war ganz rauh über das Vergnügen, das sie ihm bereitete, als sie sich von seinem Schoß wand.

»Wann werden wir darüber reden?« beharrte sie eigensinnig, als sie ihm schließlich wieder gegenüber saß.

»Sonntagabend.«

Da sie nicht die Kraft aufbrachte, weiter mit ihm zu streiten, und auch nicht seinem herausfordernden Blick begegnen wollte, lüpfte Sherry den Vorhang am Seitenfenster und blickte hinaus. Zwei Dinge trafen sie wie ein Schlag: Zum einen standen sie vor einem Haus, auf dessen Eingangstreppe auf jeder Stufe Lakaien standen, die Fackeln in den Händen hielten, um die Trauben prächtig gewandeter Gäste zu begrüßen, die in einem beständigen Strom hineinfluteten, wobei sie neugierige Blicke zurück auf die Tür der Kutsche warfen. Aber schlimmer noch: Wenn das Spiegelbild im Fenster der Kutsche sie auch nur halbwegs korrekt widerspiegelte, dann war Sherrys raffinierte Frisur den marodierenden Fingern ihres Verlobten zum Opfer gefallen. »Meine Haare«, flüsterte sie entsetzt, griff sich an den Kopf und stellte fest, daß ihre Locken ihr wirklich über die Schultern hingen, in, wie Stephen insgeheim fand, entzückender kunstloser Unordnung. Als sie jedoch ihre Aufmerksamkeit auf ihre Haare richtete, setzte sofort seine übliche Phantasie ein, und er stellte sich vor, wie sich diese Locken über seine bloße Brust ringelten. »Ich kann nicht hineingehen, so wie ich aussehe. Die Leute werden denken ...« Ihre Stimme erstarb in verlegenem Schweigen. Stephen verzog die Lippen.

»Was werden sie denken?« hakte er nach. Und während er ihre geröteten Wangen und ihre rosigen Lippen betrachtete, war ihm verdammt klar, daß zumindest einige von ihnen das Richtige vermuten würden.

»Nicht der Rede wert«, erwiderte sie schulterzuckend. Sie zog die Haarnadeln aus der leuchtenden Pracht und ließ sie über die Schultern fallen.

Sherry fuhr mit dem Kamm durch ihre Haare, wobei sie sich in steigendem Maße dessen bewußt wurde, daß er jeder ihrer Bewegungen mit liebevollen Blicken folgte, was nur noch zu ihrer Verwirrung beitrug. »Sehen Sie mich bitte nicht so an«, stammelte sie.

»Sie anzusehen war eine meiner Lieblingsbeschäftigungen von dem Moment an, in dem Sie mich gebeten haben, Ihnen Ihr Gesicht zu beschreiben«, erwiderte er ernst und blickte ihr direkt in die Augen.

Die samtene Rauhheit seiner Stimme und seine erstaunlichen Worte wirkten verführerischer als jeder Kuß. Sherry spürte, wie all ihr Widerstand gegen eine Heirat mit ihm zu schwinden begann, aber ihr Stolz und ihr Herz verlangten, daß sie ihm mehr bedeuten müsse, als er ihr bisher gezeigt hatte. »Bevor Sie weiter über eine Hochzeit am Sonntag nachdenken«, sagte sie zögernd, »sollten Sie wissen, daß ich eine wunderliche Abneigung gegenüber etwas hege, das englische Ladies nicht im mindesten zu stören scheint. Ich habe erst heute abend entdeckt, wie stark diese Abneigung ist.«

Verblüfft antwortete Stephen: »Gegen was hegen Sie eine solche Abneigung?«

»Gegen Lavendelfarbe.«

»Ich verstehe.« Stephen war erstaunt über ihre Kühnheit und unwillkürlich beeindruckt von ihrem Mut.

»Denken Sie bitte sehr sorgfältig darüber nach, bevor Sie entscheiden, ob wir noch weiter verlobt bleiben sollen.«

»Das werde ich tun«, erwiderte er.

Er hatte nicht so reagiert, wie sie gehofft hatte, aber zumindest war er nicht ärgerlich, und er hatte sie ernst genommen. Sherry gab sich damit zufrieden und versuchte, ihre Haare noch etwas mehr in Ordnung zu bringen. Unter seinem bewundernden Blick sagte sie unsicher mit einem hilflosen Lächeln: »Ich kann das nicht, wenn Sie mir dabei zusehen.«

34

Widerstrebend wandte Stephen seinen Blick ab, aber als sie dann mit ihm an der Brüstung entlangging und die Stufen in den überfüllten Ballsaal der Rutherfords hinuntertrat, hingen alle Blicke an ihr. Sie hielt den Kopf hoch erhoben, ihre Lippen waren rosig von seinen Küssen und ihre weiche Haut schien von innen her zu leuchten. Im Gegensatz zu dem Bild ruhiger Gelassenheit, das ihre kühle elfenbeinfarbene Robe vermittelte, floß ihr Haar offen über ihre Schultern und ihren Rücken wie ein seidiger Mantel aus anmutigen Wellen und Locken.

Sherry schien es eine Ewigkeit zu dauern, bis sie sich einen Weg durch die Gäste gebahnt hatten, die den Earl an der Brüstung, auf der Treppe und im Ballsaal aufhielten, um mit ihm zu reden – was ihr nicht das Geringste ausgemacht hätte, wenn nicht alle Gespräche mit scherzenden Anspielungen durchsetzt gewesen wären, die sie schrecklich peinlich berührten. »Ach, Langford«, sagte ein Gentleman im Vorraum lachend, kaum daß der Butler ihre Namen angekündigt hatte, »ich hörte, daß Sie seit neuestem eine Vorliebe für die Bälle im Almack's entwickelt haben!«

Der Earl sah ihn in komischem Entsetzen an, aber das war nur der erste von vielen Scherzen gewesen. Einen Augenblick später griff ein anderer Mann ein, als ein Diener Stephen und Sherry gerade die letzten beiden Gläser Champagner auf seinem Tablett anbieten wollte. »Nein, nein, nein!« sagte er zu dem verwirrten Diener, nahm die beiden Gläser vom Tablett und stellte sie außerhalb ihrer Reichweite ab. »Seine Lordschaft zieht neuerdings Limonade vor. Oh, und achten Sie bitte darauf, daß sie schön warm ist«, wies er den Diener an, »genauso, wie sie im Almack's serviert wird.«

Der Earl beugte sich vor und sagte etwas zu dem Mann, worauf dieser in schallendes Gelächter ausbrach. Und während sie langsam ihren Weg die Treppe hinunter fortsetzten, hörten die Frotzeleien nicht auf ...

»Langford, stimmt das wirklich?« scherzte ein Mann im mittleren Alter, als sie endlich den Ballsaal erreicht hatten. »Hat dich bei Almack's wirklich so ein rothaariges Ding mitten auf der Tanzfläche stehengelassen?« Stephen wies mit dem Kopf bedeutungsvoll auf Sherry, womit er zugab, daß es stimmte, und daß sie »das rothaarige Ding« war. Umgeben von zahlreichen weiteren Gästen, die ihnen zusahen, bat der andere Mann darum, vorgestellt zu werden. Dann grinste er sie breit an. »Meine liebe junge Dame, es ist mir eine Ehre, Sie kennenzulernen«, erklärte er und ergriff ihre Hand, um sie galant zu küssen. »Bis heute abend habe ich nicht geglaubt, daß es auch nur eine Frau auf Erden gäbe, die dem Charme dieses Teufelskerls nicht erliegt.«

Wenige Augenblicke später sagte ein älterer Mann, der sich schwer auf seinen Stock stützte, mit meckerndem Lachen: »Habe gehört, Ihre Tanzkünste sind auch nicht mehr das, was sie mal waren, Langford. Wenn Sie morgen vorbeikommen wollen, gebe ich Ihnen ein paar Stunden Unterricht.« Überwältigt von seinem eigenen Witz klopfte er mit seinem Stock nachdrücklich auf den Fußboden und kicherte vor Vergnügen.

Der Earl ertrug alles mit amüsierter Nachsicht und fand auf die meisten Einwürfe eine Antwort, Sherry jedoch wahrte nur mit größter Anstrengung eine äußerlich gelassene Miene. Sie war entsetzt darüber, wie aufmerksam er beobachtet wurde und wie schnell sich Gerüchte über ihn verbreiteten. Jeder, aber auch wirklich jeder schien über alle seine Schritte in den letzten Stunden informiert zu sein, und sie hatte die entsetzliche Vision von Leuten, die sich die Nase an den Fenstern ihrer Kutsche plattdrückten und hinter ihnen herspionierten.

Allein der Gedanke daran, was sie gesehen haben könnten, brachte ihre Wangen zum Glühen. Das fiel auch Miss Charity auf, als sie sie in der Menge ausfindig gemacht hatten. Sie stand mit Whitney und Clayton in einer Gruppe von Freunden der Westmorelands. »Meine Güte«, rief sie fröhlich aus, »Sie haben aber eine gute Farbe, meine Liebe. Wie Erdbeeren und Sahne, so kommen Sie mir im Moment vor. Die Fahrt in der Kutsche mit dem Earl muß Ihnen äußerst gutgetan haben! Als wir bei Almack's wegfuhren, waren Sie noch ganz blaß.«

Sherry begann, heftig ihr Gesicht zu fächeln, und erst dann merkte sie, daß einige Mitglieder der Westmoreland-Enklave sich herumgedreht hatten, weil sie darauf warteten, vorgestellt zu werden, und daß sie alles hörten. Auch ihr Verlobter hatte es gehört, er trat näher an sie heran und blickte mit einem wissenden Lächeln auf sie hinunter. »Hat es Ihnen äußerst gutgetan, meine Süße?« fragte er.

Trotz ihrer beschämenden, mißlichen Lage mußte sie lachen. »Sie Schuft!« flüsterte sie und schüttelte verweisend den Kopf.

Leider zog diese Bewegung Charity Thorntons Aufmerksamkeit auf etwas, das sie vorher übersehen hatte. »Aber Ihre Haare waren doch hochgesteckt, als wir bei Almack's wegfuhren!« rief sie besorgt aus. »Haben sich die Haarnadeln gelöst, meine Liebe? Ich werde noch heute nacht ein ernstes Wort mit meiner Zofe reden wegen ihrer schludrigen Arbeit.«

Sherry hatte das Gefühl, als höre die ganze Gruppe nur noch den aufschlußreichen Kommentaren der Frau zu, deren Aufgabe es doch eigentlich darstellte, den Ruf zu schützen, den sie gerade zerstörte. Der Duke of Claymore schenkte Sherry ein verschworenes, wissendes Lächeln, das dem Stephens so ähnlich war, daß sie ganz vergaß, sich von ihm eingeschüchtert zu fühlen, und statt dessen als Antwort die Augen verdrehte. Er brach in Lachen über ihre Unverfrorenheit aus und stellte sie den beiden Paaren vor, die ihm am nächsten standen – dem Duke und der Duchess of Hawthorne und dem Marquess und der Marchioness of Wakefield.

Beide Paare begrüßten sie mit solcher Wärme und Herzlichkeit, daß sie sie augenblicklich mochte. »Ich nehme an, Sie waren die Attraktion, die Stephen zu Almack's lockte?« fragte der Duke of Hawthorne, und seine Frau fügte lächelnd hinzu: »Wir waren alle ganz gespannt darauf, endlich einen Blick auf Sie werfen zu können. Und jetzt, wo wir Sie kennengelernt haben«, erklärte sie, wobei sie die Wakefields ansah und sie so in ihre schmeichelhafte Bemerkung mit einbezog, »wundert es mich überhaupt nicht mehr, daß er wie ein Wilder aus dem Strathmore stürmte, als er merkte, daß das Almack's gleich die Türen schließen würde.«

Miss Charity schenkte diesem Gespräch keine Aufmerksamkeit, sondern konzentrierte sich auf ein halbes Dutzend junger Männer aus dem Almack's, die sich entschlossen ihren Weg durch den überfüllten Ballsaal bahnten. Das war auch Stephen nicht entgangen. »Langford, gehen Sie bitte zur Seite!« wandte sie sich an ihn. »Diese jungen Männer kommen direkt auf Sherry zu, und Sie vertreiben sie, wenn Sie beabsichtigen, hier stehenzubleiben mit diesem – mit diesem höchst ablehnenden Ausdruck auf ihrem Gesicht!«

»Ja, Stephen«, neckte ihn Whitney und hängte sich fröhlich bei ihm ein. Ihr Lächeln verriet ihm, daß Clayton ihr schon gesagt hatte, daß eine Hochzeit unmittelbar bevorstand. »Kannst du dich nicht dazu überwinden, etwas freundlicher dreinzuschauen, wenn einige von Londons begehrenswertesten Junggesellen Sherry umringen?«

»Nein«, erwiderte er knapp. Kurzfristig löste er das Problem, indem er Sherrys Arm ergriff und sie ihrem Gastgeber vorstellte.

Marcus Rutherford war ein großer, imposanter Mann mit einem herzlichen Lächeln, dessen entspannte Freundlichkeit und unerschütterliches Selbstvertrauen seinem privilegierten Lebensstil und einem so illustren Stammbaum, wie ihn nur wenige vorweisen konnten, entsprang. Sherry mochte ihn sofort und bedauerte, daß sie sich wieder umdrehen und die Herren vom Almack's in Empfang nehmen mußte, die sich vor ihr aufgebaut hatten, um mit ihr zu reden und sie zum Tanzen aufzufordern.

»Du hast ziemlich viele Konkurrenten, Stephen, und das ist auch kein Wunder«, bemerkte Rutherford, als Makepeace Sherry mit sich auf die Tanzfläche zog. Miss Charity winkte ihnen geziert hinterher und strahlte dem Paar zustimmend zu.

»Und zudem«, schmunzelte Clayton und beobachtete Charity Thorntons befriedigten Gesichtsausdruck, während sie dem Paar auf der Tanzfläche zusah, »hat das Objekt deiner Aufmerksamkeiten eine Anstandsdame, die nicht gerade vor Freude überwältigt zu sein scheint, dich in der Nähe zu haben.«

Stephen hörte zwar zu, aber in seinem Kopf formte sich eine Idee, die ihm hervorragend gefiel, eine Idee, die jeden Schaden, den Sherrys Anstandsdame ihrem Ruf zugefügt haben könnte, sofort ungeschehen machen würde.

»Man sagt, Nicki DuVille fände sie ganz außergewöhnlich«, kommentierte Rutherford und hob sein Champagnerglas an die Lippen. »Jedenfalls so sehr, daß auch er zu Almack's gegangen ist. Es heißt, ihr beide habt nebeneinander an der gleichen Säule gestanden, als ihr nicht nahe genug an die junge Dame herankommen konntet wegen ihrer anderen Verehrer. Das muß ein Anblick gewesen sein«, fuhr Rutherford mit vor Erheiterung zuckenden Schultern fort. »Du und DuVille im Almack's, und das am gleichen Abend. Zwei Wölfe in einem Saal voller Lämmer. Wo ist Nicki übrigens?« fragte Rutherford und blickte suchend in die Menge.

»Er pflegt sein gebrochenes Herz, hoffe ich«, erwiderte Stephen und setzte seine Idee in die Tat um.

»DuVille?« lachte Rutherford wieder. »Das kann ich mir ebensowenig vorstellen wie euch beide im Almack's. Warum sollte er ein gebrochenes Herz haben?«

Stephen zog spöttisch die Augenbrauen hoch und antwortete amüsiert lächelnd: »Weil das Objekt seiner Zuneigung einen anderen heiraten wird.«

»Wirklich?« fragte Rutherford fasziniert und blickte mit neuem Respekt auf Makepeace, der immer noch mit Sherry tanzte. »Du meinst doch nicht etwa Makepeace. Bitte sag mir, daß diese Schönheit sich nicht an den jungen Bengel verschwendet.«

»Sie heiratet nicht Makepeace.«

»Wen denn?«

»Mich.«

Schock, Entzücken und komische Vorfreude wechselten in Rutherfords Mienenspiel. Er wies mit seinem Glas auf den Ballsaal und fragte: »Würdest du in Erwägung ziehen, daß ich es heute abend verkünde? Ich würde zu gern ihre Gesichter sehen, wenn sie die Neuigkeit erfahren.«

»Ich würde es in Erwägung ziehen.«

»Hervorragend!« erwiderte Rutherford. Dann warf er Whitney einen strengen Blick zu und fügte an: »Wenn Sie sich erinnern, Euer Gnaden, habe ich einmal versucht, Ihre Verlobung zu verkünden, aber Sie hatten es sich an dem Abend in den Kopf gesetzt, sie geheimzuhalten.«

Diese anscheinend unschuldige Bemerkung veranlaßte ihren Mann und ihren Schwager, ihr zugleich amüsierte und verweisende Blicke zuzuwerfen, weil sie auf eine Art gegen die Heirat mit ihrem Mann aufbegehrt hatte, die Aufruhr in London verursacht hatte. »Hört auf, alle beide«, bat Whitney verlegen lachend. »Darf ich das denn nie vergessen?«

»Nein«, erwiderte ihr Mann mit zärtlichem Grinsen.

Sherry stand zum ersten Mal seit einer Stunde neben Stephen und genoß die freundliche Unterhaltung mit seinen Freunden, als sich Lord Rutherford plötzlich von der Gruppe entfernte. Sie sah, wie er sich durch die Menge einen Weg zum Orchester bahnte, schenkte dem aber keine Beachtung, bis auf einmal die Musik zu einem gewaltigen Crescendo anschwoll und dann völlig erstarb in der klassischen musikalischen Bitte um Aufmerksamkeit. Alle Gespräche brachen ab und die erstaunten Gäste drehten sich langsam um und suchten nach dem Grund für die seltsame Unterbrechung.

»Meine Damen und Herren«, rief Stephens Freund mit einer überraschend weit tragenden Stimme, »ich habe die große Ehre, heute abend eine wichtige Verlobung bekanntzugeben, bevor sie formell in der Zeitung stehen wird ...« Sherry blickte sich um wie viele der Gäste und fragte sich, wer das frischverlobte Paar sein mochte. In ihrer Neugier sah sie nicht, daß Lord Westmoreland sie zärtlich erheitert anlächelte, während er beobachtete, wie sie aufmerksam die Menge musterte und zu raten versuchte. »Ich weiß, daß gerade diese Verlobung eine große Erleichterung für zahlreiche Junggesellen in diesem Saal darstellen wird, die dankbar dafür sein können, daß ihnen dieser Gentleman endlich nicht mehr in die Quere kommt. Ah, ich sehe, ich habe Ihre Neugier geweckt«, fuhr er fort, und er genoß offensichtlich seine Rolle, während er auf Hunderte von amüsierten und neugierigen Gesichtern herunterblickte.

»Angesichts dieser Tatsache werde ich Sie noch ein wenig länger auf die Folter spannen, und statt Ihnen die Namen der Verlobten zu nennen, werde ich sie bitten, mir die Ehre zu erweisen, ihre erste formelle Aufgabe als zukünftiges Ehepaar wahrzunehmen und unseren Ball offiziell zu eröffnen.« Von Gemurmel und Gelächter begleitet verließ er die Tanzfläche, aber niemand blickte ihm nach. Als der Dirigent einen Walzer anstimmte und die ersten Takte der Musik ertönten, blickten alle sich um und musterten sich sogar gegenseitig mißtrauisch. »Was für eine wundervolle Art, eine Verlobung bekanntzugeben«, gestand Sherry ihren amüsierten zukünftigen Verwandten.

»Ich bin sehr froh, daß Sie auch dieser Meinung sind«, sagte Stephen, legte seine Hand auf ihre und führte sie langsam zur Tanzfläche – damit sie besser sehen konnten, wie Sherry glaubte. Aber als sie dort angekommen waren, trat er vor sie und versperrte ihr die Sicht. »Miss Lancaster«, sagte er ruhig, als sie versuchte, an ihm vorbeizusehen.

»Ja?« erwiderte Sherry und lächelte über die unerklärliche Erheiterung in seinen Augen.

»Darf ich Sie um die Ehre des nächsten Tanzes bitten?«

Sie hatte keine Zeit für Lampenfieber, noch nicht einmal

Zeit zu reagieren, denn schon lag sein Arm um ihrer Taille und zog sie vorwärts, und dann wirbelte er mit ihr über die Tanzfläche. Als die Menge merkte, wer den Tanz eröffnete, ertönten Gelächter und Hochrufe und wuchsen zu einem ohrenbetäubenden Brausen.

Über ihnen glitzerten und leuchteten Kristallüster mit fünfzigtausend Kerzen, während die verspiegelten Wände das Bild eines Paares widergaben, das ganz allein tanzte – ein großer dunkelhaariger Mann, der sich anmutig im Walzertakt drehte, den Arm besitzergreifend um eine junge Frau in einem elfenbeinfarbenen Kleid gelegt. Sherry sah ihr Spiegelbild in den Spiegeln, spürte den berauschenden, romantischen Zauber des Augenblicks und hob den Blick. Irgendwo in den Tiefen dieser wissenden blauen Augen, die sie anlächelten, sah sie einen anderen romantischen Zauber entstehen … etwas Tiefes und Stilles. Er hielt sie gefangen, versprach ihr etwas … bat sie … lud sie ein.

Ich liebe dich, dachte sie.

Sein Arm schloß sich fester um ihre Taille, als ob er sie gehört hätte. Und da merkte sie, daß sie es laut gesagt hatte.

Vom Balkon über dem Ballsaal blickte die Herzoginwitwe von Claymore auf das Paar herab und lächelte vergnügt. Sie dachte schon an die prächtigen Enkelkinder, die sie bekommen würde. Sie wünschte, ihr Mann könnte bei ihr sein und zusehen, wie sein Sohn mit der Frau tanzte, die sein Leben teilen sollte. Robert wäre mit Sherry einverstanden gewesen, dachte sie. Unbewußt rieb sie mit dem Daumen über den Ehering, den Robert ihr vor fast vier Jahrzehnten an den Finger gesteckt hatte. Zärtlich sah Alicia zu, wie ihr Sohn mit seiner Braut Walzer tanzte, und sie konnte beinahe spüren, daß Robert neben ihr stand. »Sieh sie dir an, Liebster«, flüsterte sie ihm in ihrem Herzen zu. »Er ist so wie du, Robert, und sie erinnert mich in vielerlei Hinsicht an mich.« Alicia konnte fast spüren, wie Roberts Hand um ihre Taille glitt, er sich zu ihr hinunterbeugte und ihr lächelnd ins Ohr flüsterte: »In diesem Fall, mein Liebling, wird Stephen alle Hände voll zu tun haben.«

Ein stolzes Lächeln spielte um ihre Lippen, als sie an ihren eigenen Beitrag zu diesem Augenblick dachte. Ihre Augen funkelten, als sie an die Namen der Bewerber auf ihrer Liste, die sie auf Stephens Geheiß angelegt hatte, dachte und an seine erregte Reaktion auf ihre Kandidaten. Sie waren alle so alt gewesen, daß es Stephen nicht einmal aufgefallen war, daß sie auch gebrechlich waren. »Ich habe es geschafft!« dachte sie.

Neben ihr genoß Hugh Whitticomb den gleichen Anblick und dachte an die lange vergangenen Abende, an denen Alicia und seine Maggie Robert und ihn bis zum Morgengrauen auf der Tanzfläche festgehalten hatten. Während er Sherry und Stephen beim Tanzen zusah, schmunzelte er vor Vergnügen darüber, wie erfolgreich er die Situation manipuliert hatte. Sicher, es würden noch stürmische Zeiten kommen, wenn sie erst einmal ihr Gedächtnis wiedererlangt hatte, aber sie liebte Stephen Westmoreland und er liebte sie. Hugh wußte es. »Ich hab's geschafft, Maggie«, sagte er in seinem Herzen zu ihr. Ihre Antwort kam sofort. »Ja, du hast es geschafft, mein Liebling. Und jetzt fordere Alicia zum Tanzen auf. Das ist ein ganz besonderer Moment.«

»Alicia«, fragte er zweifelnd, »möchten Sie tanzen?«

Sie lächelte ihn strahlend an und legte ihre Hand auf seinen Arm. »Danke, Hugh! Was für eine wundervolle Idee! Wir haben schon seit Jahren nicht mehr zusammen getanzt!«

Auf einer Seite der Tanzfläche schlug Miss Charity Thornton mit dem Fuß den Takt zum Zauber des Walzers, und ihre matten blauen Augen blitzten vor Vergnügen, während sie zusah, wie der Earl of Langford seine erste offizielle Pflicht als Sherrys zukünftiger Ehemann wahrnahm. Als die anderen Paare schließlich auf die Tanzfläche strömten, flüsterte Nicholas DuVille etwas in ihr Ohr und sie wandte sich ihm überrascht zu. »Miss Thornton«, fragte er lächelnd, »würden Sie mir die Ehre erweisen, mit mir zu tanzen?«

Überwältigt vor Freude, daß er sie bei dieser bedeutsamen Gelegenheit ausgewählt hatte, strahlte sie ihn an und legte ihre kleine Hand auf seinen Ärmel. Sie fühlte sich wie ein junges Mädchen, als einer der bestaussehenden Männer im

Saal sie zur Tanzfläche führte. »Der arme Makepeace«, vertraute sie ihm voller Mitgefühl an, »er sieht ganz niedergeschlagen aus.«

»Ich hoffe, Sie sind nicht niedergeschlagen«, erwiderte Nicki besorgt, und als sie ihn verwirrt ansah, fügte er freundlich hinzu: »Ich hatte den Eindruck, Sie unterstützten *meine* Werbung.«

Sie sah reizend verwirrt aus, während er sie immer weiter herumwirbelte, wobei er seine Schritte ihrer winzigen Gestalt anpaßte.

»Nicholas«, fragte sie, »darf ich Ihnen etwas gestehen?«

»Sicher, alles, was Sie möchten.«

»Ich bin alt, und ich nicke ein, wenn ich auf gar keinen Fall schlafen möchte, und manchmal bin ich schrecklich vergeßlich ...«

»Das ist mir gar nicht aufgefallen«, erwiderte Nicki galant.

»Aber, mein lieber Junge«, fuhr sie streng fort, ohne seine Zwischenbemerkung zu beachten, »ich bin kein solcher Dummkopf, daß ich auch nur einen Moment lang wirklich geglaubt hätte, Sie wären vernarrt in unsere liebe Sherry!«

Nicki geriet fast aus dem Takt. »Sie ... Sie haben das nicht gedacht?« fragte er vorsichtig.

»Natürlich nicht. Die Dinge haben sich genauso entwickelt, wie ich es geplant habe.«

»Wie *Sie* es geplant haben?« wiederholte Nicki verblüfft. Er sah sie in einem ganz neuen Licht und wäre am liebsten in schallendes Gelächter ausgebrochen und zugleich aus Verlegenheit über seine eigene Naivität errötet.

»Natürlich«, erwiderte sie stolz und wackelte leicht mit dem Kopf. »Ich möchte mich ja nicht rühmen«, sie deutete mit dem Kopf zu Sherry und Langford, »aber das ist mein Verdienst.«

Unsicher, ob die unglaubliche Erkenntnis, die sich ihm aufdrängte, richtig war, musterte Nicki sie eindringlich aus den Augenwinkeln. »Wie haben Sie, was auch immer Sie getan haben, erreicht?«

»Ein kleiner Schubs hier, ein kleiner Stoß da, mein lieber

Junge. Heute abend habe ich mich allerdings gefragt, ob wir Sherry nicht besser mit Langford alleingelasen hätten. Er war vor Eifersucht auf Makepeace völlig außer sich.« Ihre schmalen Schultern bebten vor fröhlichem Lachen. »Es war das Unterhaltsamste, was ich seit dreißig Jahren erlebt habe! Zumindest glaube ich das ... Ich werde diese ganze Aufregung vermissen. Ich habe mich so nützlich gefühlt von dem Augenblick an, als Hugh Whitticomb mich fragte, ob ich als Anstandsdame fungieren wollte. Ich wußte natürlich, daß ich meine Aufgabe nicht zu gut erfüllen durfte, sonst hätte jemand anderes sie übernehmen müssen.«

Sie sah fragend auf, da Nicholas schon eine Weile nichts mehr gesagt hatte, und stellte fest, daß er sie anstarrte, als hätte er sie noch nie zuvor gesehen. »Möchten Sie etwas sagen, mein lieber Junge?«

»Ich denke ja.«

»Ja?«

»Bitte nehmen Sie meine aufrichtigste Entschuldigung an.«

»Weil Sie mich unterschätzt haben?«

Nicki nickte grinsend, und auch sie lächelte ihn an. »Jeder tut das, wissen Sie.«

35

»Ich komme mir vor wie ein Gast in meinem eigenen Haus«, erklärte Stephen seinem amüsierten Bruder, während sie darauf warteten, daß die Frauen in den Salon kamen, damit sie in die Oper gehen konnten. Seit man gestern abend ihre Verlobung auf dem Ball der Rutherfords bekanntgegeben hatte, war er mit Sherry nicht mehr allein gewesen, und er fand es absurd, daß die Veränderung seines öffentlichen Status als ihr Verlobter vermutlich auch das Ende sämtlicher Möglichkeiten für selbst die kleinste Intimität bedeuten mußte.

Auf den Vorschlag seiner Mutter hin war er in Claytons

Haus und sie in seines gezogen, wo sie mit Sherry in den drei Tagen vor der Hochzeit bleiben wollte – »um jeden möglichen Anlaß für Gerüchte'absolut zu unterbinden. Schließlich wird Sherry hier in London buchstäblich von der ganzen Gesellschaft beobachtet.«

Stephen hatte ihrem Vorschlag gnädig zugestimmt, weil er annahm, Whitticomb würde wieder einwenden, daß Sherry die Sicherheit seiner beruhigenden Gegenwart brauchte, und daß Charity Thornton nur eine unzulängliche Anstandsdame sei.

Statt dessen hatte der unzuverlässige Arzt die Meinung von Stephens Mutter geteilt, daß Sherrys Ruf Schaden nehmen könnte, jetzt, wo die Gesellschaft wußte, daß Stephen persönlich an ihr interessiert war.

Heute abend spielten sein Bruder und seine Schwägerin Anstandsdame und begleiteten Sherry und ihn in die Oper, während seine Mutter ihren eigenen Verpflichtungen nachging. Sie würde jedoch da sein, wenn sie wieder zurückkämen, hatte sie versprochen.

»Du könntest immer noch Sherry bei uns einziehen lassen«, schlug Clayton vor, der sich über Stephens Enttäuschung und seine gesunde Ungeduld, endlich mit seiner Verlobten allein zu sein, freute, »und selbst wieder hier wohnen.«

»Das ist genauso absurd wie die jetzige Regelung. Ich will diese verdammte Hochzeit nicht vorwegnehmen und jetzt schon mit ihr ins Bett gehen, wo ich nur noch drei Tage warten muß ...«

Er brach mitten im Satz ab, weil im Treppenhaus weibliche Stimmen zu hören waren, und beide Männer standen auf. Stephen ergriff seinen schwarzen Mantel und schlüpfte im Gehen herein.

Dabei stolperte er fast über seinen Bruder, der stehengegeblieben war, um zuzusehen, wie die beiden Frauen lachend in die Halle kamen. »Sieh dir das an«, sagte er leise, aber Stephen blickte bereits hin. Er wußte, was Clayton meinte, noch bevor er es aussprach. »Was für ein Porträt die beiden abgeben würden!«

Ihr perlendes Gelächter brachte beide Männer zum Lächeln, während sie beobachteten, wie die Duchess of Claymore und die zukünftige Countess of Langford vor dem Spiegel gegenseitig ihre Umhänge und Hüte anprobierten, während Colfax und Hodgkin unbeweglich hinter ihnen standen und stur geradeaus blickten, als sähen sie die kindischen Mätzchen gar nicht. Hodgkin war nicht ganz so gut wie Colfax darin, seine Gedanken zu verbergen, und ab und zu glitt sein Blick zu Sherry und ein leichtes Lächeln umspielte seine Mundwinkel.

Whitney hatte bei ihrer Ankunft ein hellblaues Kleid getragen, und Sherry hatte ihr mitgeteilt, sie beabsichtige, ein hellgrünes Kleid anzuziehen. Allerdings, hatte sie leise hinzugefügt, während sie auf den riesigen Saphir blickte, den Stephen ihr an diesem Nachmittag als Verlobungsring geschenkt hatte, sei Saphirblau ihre absolute Lieblingsfarbe.

Offensichtlich hatten sie sich nun anders entschieden und ihre Kleider gewechselt, so daß Whitney nun Sherrys grünes Kleid trug und Sherry ein tiefblaues Kleid.

Als die beiden Männer auf sie zutraten, hörten sie, wie Whitney fröhlich prophezeite: »Ich wette mit Ihnen, Clayton merkt gar nicht, daß ich mich umgezogen habe.«

»Und ich bezweifle, daß Lord Westmoreland auch nur im mindesten auf meine Äußerung geachtet hat, welches Kleid am besten zum Ring passen würde«, antwortete Sherry lachend. »Er war viel zu beschäftigt damit, mich zu ...« Sie scheute sich, das Wort »küssen« auszusprechen, und Stephen unterdrückte ein Lachen.

»Sollen wir?« fragte er seinen Bruder.

»Absolut«, stimmte Clayton zu, und ohne weitere Absprache trat Stephen hinter Whitney, während Clayton Sherry seinen Arm bot. Sie lachte hell auf, als er leise scherzte: »Habe ich dir schon einmal gesagt, wie reizend du in Grün aussiehst, meine Liebe?«

Whitney zog gerade ihre Handschuhe an, als männliche Hände sie an den Schultern ergriffen und Stephens Stimme zärtlich »Sherry« in ihr Ohr flüsterte. Unter seinen Händen bebten ihre Schultern vor Lachen, wobei sie sorgfältig ihr Gesicht verbarg, während er wisperte: »Ich habe mit meinem Bruder abgesprochen, daß er uns für eine Weile allein läßt, wenn wir aus der Oper kommen. Er wird Whitney ablenken ...« Sie wirbelte herum und wollte ihm schon ärgerliche Vorwürfe machen, als sie sein wissendes Grinsen sah. »Stephen Westmoreland, wag es bloß nicht ...«

Vor der Nummer vierzehn in der Upper Brook Street fuhren Kutschen in erhabener Pracht vorbei, ihre Lampen leuchteten und flackerten wie eine Prozession goldener Glühwürmchen. Als die Kutsche des Duke und der Duchess of Dranby das Haus passierte, blickte Ihre Gnaden bewundernd auf die prächtige palladianische Fassade und seufzte: »Dranby, an wen sollen wir denn jetzt Juliette verheiraten, wo Langford schon vergeben ist? Wo sollen wir bloß einen Mann hernehmen, der ihm gleichkommt in Geschmack und Eleganz, in Kultur und ...« Sie brach mitten im Satz ab, als sich die Eingangstür des Hauses öffnete und vier lachende Personen herausstürmten – der Earl lief die Vordertreppe hinunter und verfolgte seine frischgebackene Verlobte. »Sherry«, rief er, »ich weiß doch, daß sie nicht du war!«

Das amerikanische Mädchen rief ihm lachend etwas zu, während sie direkt auf die Kutsche des Duke of Claymore zulief, die hinter der des Earls wartete. Der Herzog und die Herzogin drückten sich dichter an das Fenster ihrer Kutsche und sahen ungläubig zu, wie der Earl of Langford seine Verlobte um die Taille faßte, als sie gerade in die Kutsche klettern wollte, sie in die Arme nahm und sie entschlossen zu seiner eigenen Kutsche trug.

»Dranby«, sagte die Herzogin, »wir haben gerade die köstlichste Episode des Jahres miterlebt! Ich kann es gar nicht abwarten, jedem zu erzählen, was wir gesehen haben!«

»Wenn ich dir einen Rat geben darf, solltest du dir die Mühe sparen«, erwiderte der Herzog und lehnte sich in die Polster zurück.

»Und warum?«

»Weil dir kein Mensch glauben wird.«

36

Ein beständiger Strom luxuriöser Kutschen rückte langsam in die Bow Street vor, damit die Passagiere vor der hell erleuchteten Fassade von Covent Garden aussteigen konnten. »Es sieht aus wie ein griechischer Tempel«, rief Sherry entzückt aus, als sie aus dem Fenster ihrer Kutsche lugte. »Wie auf dem Gemälde, das in Ihrer Bibliothek hängt.«

Ihre Begeisterung war so ansteckend, daß sich auch Stephen vorbeugte und gemeinsam mit ihr auf die Fassade der königlichen Oper blickte. »Sie ist nach dem Modell des Minervatempels in Athen erbaut worden.«

Sherry hob sorgfältig ihren wunderschönen Rock an und ergriff Stephens Hand, als sie aus der Kutsche stieg. Dann blieb sie stehen und sah sich um, bevor sie hineingingen. »Es sieht prachtvoll aus«, bemerkte sie. Den amüsierten Blicken, die ihr zugeworfen wurden, schenkte sie keine Beachtung, als sie in das riesige Vestibül traten und über eine große Freitreppe vorbei an mächtigen ionischen Säulen und funkelnden griechischen Lampen nach oben gingen. In London herrschte die Mode, sich jederzeit gelangweilt und blasiert zu geben, aber Sherry kümmerte sich nicht darum. Ihr Gesicht leuchtete vor Vergnügen, und sie blieb in der Vorhalle, die zu den unteren Logen führte, stehen, um sich die anmutigen Säulen und die gewölbten Nischen anzusehen, in denen Gemälde mit Szenen aus Shakespeare-Stücken hingen.

Stephen mochte sie nicht zur Eile antreiben, aber ihm war bewußt, daß sie den anderen Besuchern den Weg versperrten, deshalb ergriff er sie am Ellenbogen und sagte leise: »Wir kommen zu spät, vielleicht sollten Sie sich lieber in der Pause umsehen.«

»Oh, entschuldigen Sie bitte. Aber ich kann mir nur schwer vorstellen, daß die Leute hier an all dem vorbeigehen, ohne ihm auch nur die geringste Aufmerksamkeit zu widmen.«

Stephens Loge hatte den besten Blick, und als sie sie betraten, beobachtete er Sherrys Gesicht, um ihre Reaktion zu sehen, aber sie blickte bewundernd auf die drei eleganten Logen, die ihnen gegenüberlagen. Jede hatte ihren eigenen Leuchter, und die Vorderseite war mit goldenen Blumen und Sternen bemalt.

»Ich hoffe, Sie mögen die Oper«, bemerkte er. Er setzte sich neben sie und nickte beiläufig Freunden zu, die in der Loge zu ihrer Rechten saßen. »Ich versuche, jeden Donnerstag hierherzukommen.«

Sherry blickte zu ihm auf. Sie war so glücklich, daß sie fast Angst hatte, es ihm anzuvertrauen. »Ich glaube ja. Ich bin nämlich ganz aufgeregt, und das ist wohl ein gutes Zeichen.«

Er hatte ihr lächelnd in die Augen geschaut, aber während sie sprach, sah sie, wie sich sein Ausdruck änderte und er die Lider senkte. Sein Blick verweilte lange auf ihren Lippen, dann hob er ihn wieder.

Das war ein Kuß! stellte sie fest. Es war ein Kuß, und er wollte, daß sie ihn spürte und daß sie verstand, was er am liebsten getan hätte. Unbewußt und kaum merklich bewegte sie ihre Hand und suchte seine, wie am ersten Tag, als sie das Bewußtsein wiedererlangt hatte.

Es war nur eine winzige Bewegung, die ihm vielleicht gar nicht aufgefallen wäre, auch wenn er hingesehen hätte, statt die Freunde zu begrüßen, die in die Loge gekommen waren. Doch als Sherry sich umwandte, um sie auch zu begrüßen, umfaßte seine Hand die ihre und starke Finger verschränkten sich mit ihren. Ein Schauer lief über Sherrys Rücken, als sein Daumen sanft über ihre Handfläche rieb. Das war noch ein Kuß, stellte sie fest und hielt den Atem an. Und dieser war langsamer, länger und tiefer.

Ihr Herz weitete sich, und sie blickte auf die schöne männliche Hand, die teilweise von dem Fächer in ihrem Schoß verdeckt wurde. Sie beobachtete seine streichelnden Finger, während sie ihren Körper unter seiner Berührung zerfließen fühlte.

Unten, auf der Galerie und im Parkett, musterte eine lärmende und neugierige Menge offen die Personen, die in den Logen saßen, und Sherry versuchte, völlig gleichgültig auszusehen, während die einfache Berührung eines Fingers in ihrer Handfläche ihren Puls immer weiter zum Rasen brachte.

Als das Streicheln schließlich aufhörte und ihr Pulsschlag sich wieder normalisiert hatte, kam sie sich äußerst albern vor, weil sie so empfänglich für eine von ihm wahrscheinlich nur als beiläufig empfundene Berührung gewesen war. Teils aus Neugier und teils aus Übermut wagte Sherry ein Experiment. Während er mit seinem Bruder plauderte, fuhr sie mit ihrem Daumen über Stephens Fingerknöchel, wobei sie sich darauf weit mehr konzentrierte als auf das Gespräch. Es hatte keine erkennbare Wirkung auf ihn. Er öffnete jedoch seine Hand, und eine Sekunde lang glaubte Sherry, er würde sie wegziehen. Da er sie aber mit der Handfläche nach oben liegenließ, senkte sie den Blick und fuhr gedankenverloren jeden einzelnen langen Finger von der Spitze bis zur Wurzel nach, während er weiter ganz vertieft in das Gespräch mit seinem Bruder war. Sherry berührte seine Handfläche und zeichnete mit der Fingerspitze jede einzelne Linie nach. *Ich liebe dich,* dachte sie hilflos und sagte es ihm mit ihrer Fingerspitze. *Bitte liebe mich auch.* Manchmal, wenn er sie küßte oder sie anlächelte, fühlte sie sich seiner Liebe fast sicher, aber sie wollte die Worte hören, mußte sie hören. *Ich liebe dich,* sagte sie ihm, während sie mit der Fingerspitze über seine Handfläche fuhr.

Stephen gab es auf, so zu tun, als führte er eine intelligente Unterhaltung, und warf einen Blick auf ihren gesenkten Kopf. Er saß mitten in der lärmenden Öffentlichkeit und war erregt, als habe er ein stundenlanges Vorspiel hinter sich, statt mit einer unerfahrenen Jungfrau nur Händchen zu halten. Sein Herz klopfte in schweren, unregelmäßigen Schlägen, weil er sich die Erlösung verbot und so seine Lust steigerte, und doch hielt er sie nicht davon ab, weiterzumachen. Statt dessen öffnete er seine Hand nur noch mehr, spreizte seine Finger und unterwarf sich bewußt seiner eigenen Folterung.

Er konnte nicht glauben, was sie mit ihm machte, und das Wissen, daß sie ihn berühren *wollte,* bereitete ihm fast genauso viel Lust wie ihr Streicheln.

In der glitzernden, kultivierten Welt, in der er lebte, waren die Rollen klar verteilt: Die Ehefrauen zogen einen Erben groß, die Ehemänner stellten eine gesellschaftliche und finanzielle Notwendigkeit dar; Geliebte gaben und empfingen Leidenschaft. Paare, die nichts gemein hatten mit ihren eigenen Gatten, hatten Affären mit den Gatten anderer Leute. Stephen fielen vielleicht zwanzig Paare ein unter den Tausenden, die er kannte, die mehr als nur milde Zuneigung füreinander empfanden. Aber er kannte auch Hunderte von Paaren, die überhaupt nichts füreinander übrig hatten. Die Frauen sehnten sich nicht nach der Berührung ihres Ehemannes, und sie trugen auch nicht freiwillig dazu bei, daß sich ihr Mann nach ihnen sehnte. Aber genau das tat Sherry im Augenblick.

Unter gesenkten Lidern betrachtete er ihr Profil, während sie zart etwas auf seine empfindliche Handfläche zeichnete. Dann fuhr sie die selben Linien noch einmal entlang. Als sie es zum dritten Mal tat, versuchte er, sich von der Lust, die aus den Nervenenden in seiner offenen Handfläche durch seinen Körper floß, abzulenken und sich auf das zu konzentrieren, was sie tat. Mit ihrer Fingerspitze zeichnete sie einen offenen Kreis auf seine Handfläche und dann zwei gerade Linien daneben:

C L

Ihre Initialen.

Stephen zog zitternd die Luft ein und hob seinen Blick wieder zu ihrem Profil. In Gedanken zog er sie in eine dunkle Ecke und bedeckte diesen weichen Mund mit seinen …

Im Geiste küßte er gerade ihre Brüste, als eine Unruhe im Publikum den Beginn der Oper ankündigte. Er wußte nicht sicher, ob er erleichtert war oder es bedauerte, sie erregt zu haben, aber erregt schien sie auf jeden Fall.

Sherry beugte sich erwartungsvoll vor, als unter einem Bogen, auf den Frauen mit Lorbeerbüscheln und Trompeten gemalt waren, die roten Samtvorhänge hochgingen. Und dann begann das Orchester zu spielen, und sie vergaß alles um sich herum.

Auf dem Heimweg hielt Stephen ihre Hand. Er kam sich ein wenig albern vor, weil ihm diese einfache Berührung ein so jungenhaftes Vergnügen bereitete. »Ich nehme an, die Vorstellung hat Ihnen gefallen«, sagte er, als er neben ihr im Mondlicht die Treppe zur Eingangstür seines Hauses hochging.

»Es hat mir sehr gefallen«, erwiderte sie mit glänzenden Augen. »Ich glaube, ich habe die Oper erkannt. Nicht den Text, aber die Musik.«

Dieser guten Nachricht folgte eine weitere: Als Colfax Sherry aus ihrem leichten Umhang half, teilte er ihnen unaufgefordert mit, daß sich Stephens Mutter zur Ruhe begeben habe. »Danke, Colfax, ich schlage vor, Sie tun das auch«, äußerte Stephen entschieden, wobei ihm sofort wieder die Phantasie aus der Oper durch den Kopf ging. Der Butler entfernte sich aus der Halle und blies dabei alle Kerzen aus, außer denen im Eingangsbereich. Stephen blickte auf Sherry hinunter, die ihm gerade gute Nacht wünschen wollte.

»Danke für den wundervollen Abend, Mylo …«

»Ich heiße Stephen«, entgegnete er, wobei er sich fragte, wie in Gottes Namen er bloß vergessen haben konnte, sie zu bitten, ihn so zu nennen.

Sherry probierte es sofort aus. Die seltsame Intimität dabei gefiel ihr. »Danke, Stephen.« Sie hatte jedoch nur kurz Zeit, sich daran zu erfreuen, denn er nahm sie beim Ellenbogen und führte sie entschlossen durch die dunkle Halle in einen vom Mondlicht beleuchteten Salon, schloß die Tür und drehte sich zu ihr um.

Mit der Tür im Rücken und ihm vor sich, blickte Sherry in sein vom Mondlicht beschienenes Gesicht und versuchte sich vorzustellen, was er in der Dunkelheit vorhatte. »Was …?« begann sie.

»Das …!« antwortete er. Er stützte sich mit den Händen zu beiden Seiten ihres Kopfes an der Tür ab, beugte sich vor und senkte den Kopf.

Bevor Sherry reagieren konnte, drückte er seine Lippen auf ihre und raubte ihr den Atem. Sein Körper drückte sich an ihren, und seine Hüften bewegten sich leicht, was eine erstaunliche Wirkung auf ihre Sinne hatte. Leise aufstöhnend schlang sie die Arme um seinen Nacken und gab ihm den Kuß zurück. Sie öffnete bereitwillig den Mund, um seine Zunge einzulassen und genoß seinen rauhen Atem, während er sie immer härter küßte und ihr Körper den beharrlichen Bewegungen seiner Hüften entgegendrängte.

37

Mit der Morgenausgabe der *Post* in der Hand trat Thomas Morrison in sein behagliches Eßzimmer und blickte vorsichtig auf seine frischgebackene Ehefrau, die mißmutig an ihrem Frühstück herumpickte und aus dem Fenster auf die laute Londoner Straße starrte. »Charise, was bereitet dir denn solchen Kummer in den letzten Tagen?«

Charise blickte in das Gesicht, das sie auf dem Schiff so gutaussehend gefunden hatte, und dann in das winzig kleine Eßzimmer in seinem winzig kleinen Haus, und sie war so wütend auf ihn und auf sich selbst, daß sie sich nicht die Mühe machte, zu antworten. Auf dem Schiff hatte er so hinreißend und romantisch gewirkt in seiner Uniform, und er hatte so galante Dinge zu ihr gesagt, aber kaum war das Ehegelübde ausgesprochen, hatte sich alles geändert. Danach hatte er von ihr verlangt, mit ihm diese abscheulichen Dinge im Bett zu tun, und als sie ihm sagte, sie hasse das, war er zum ersten Mal böse auf sie geworden. Nachdem sie ihm klargemacht hatte, daß sie sich weder mit ihm noch mit dieser Sache abfinden würde, verliefen ihre kurzen Flitterwochen in Devonshire doch noch ganz angenehm. Aber als er mit ihr nach London zurückkam und sie sein Haus sah, war sie sprachlos vor Entsetzen gewesen. Er hatte sie angelogen und ihr vorgemacht, er habe ein hübsches Haus und verfüge über ein glänzendes Einkommen, nach ihren Standards jedoch lag er dicht über der Armutsgrenze, und dafür verachtete sie ihn.

Wenn Sie Burleton geheiratet hätte, wäre sie jetzt eine Baronin; sie könnte in den eleganten Geschäften, die sie in der Bond Street und am Picadilly gesehen hatte, einkaufen gehen. Genau jetzt, in dieser Minute, würde sie ein wunderschönes Morgenkleid mit Rüschen tragen und ihre eleganten neuen Freundinnen empfangen, die in diesen prächtigen Häusern an der Brook Street und der Pall Mall wohnten. Statt dessen hatte sie ihr ganzes Geld für ein einziges Kleid ausgegeben und war dann im Green Park spazierengegangen, wo sich nachmittags die feine Gesellschaft aufhielt, und sie hatten sie übersehen, als gäbe es sie gar nicht! Sie hatte nicht gewußt, wie lebensnotwendig ein Adelstitel war, bis sie gestern auf ihrem Spaziergang durch den Park die elitäre, geschlossene Gesellschaft gesehen hatte.

Und als dann ihr widerlicher Ehemann sie nach dem Preis des Kleides gefragt und sie es ihm gesagt hatte, hatte der Mann auch noch dreingeblickt, als wolle er gleich anfangen zu weinen! Statt sie für ihren exzellenten Geschmack und ihre reizende Figur zu bewundern und zu loben, dachte er nur ans Geld.

Sie war diejenige, die Grund zum Weinen hatte, dachte sie wütend und sah ihn verächtlich an, während er Zeitung las. Zu Hause in Richmond wurde sie beneidet und nachgeahmt. Hier zählte sie nichts – weniger als nichts –, und der Neid verzehrte sie jeden Tag, wenn sie in den Park ging und die feine Gesellschaft dort herumspazierte und sie ignorierte.

Das Problem mit Thomas Morrison war, daß er gar nicht merkte, daß sie etwas Besonderes darstellte. Jeder in Richmond hatte das gewußt, sogar ihr Papa, aber der große gutaussehende Klotz, den sie geheiratet hatte, begriff es nicht. Sie hatte versucht, es ihm zu erklären, aber er hatte sie beleidigt, indem er ihr vorwarf, sie habe sich nicht so benommen, als ob sie etwas Besonderes sei! Wütend hatte sie ihm erklärt, daß Menschen sich immer so benehmen, wie sie behandelt werden. Diese Bemerkung hatte so klug geklungen, als käme sie direkt aus dem Mund von Miss Bromleigh, aber er hatte trotzdem nicht entsprechend darauf reagiert.

Aber was konnte sie auch von einem Mann erwarten, dem es so offensichtlich an Kultur und Geschmack mangelte, daß er noch nicht einmal den Unterschied zwischen einer bezahlten Gesellschafterin und einer Erbin kannte?

Zuerst hatte er dieser Bromleigh mehr Aufmerksamkeit als Charise geschenkt, und das war auch kein Wunder – Sheridan Bromleigh kannte offenbar ihren Platz nicht. Sie las romantische Romane über Gouvernanten, die den Hausherrn heirateten, und als Charise sich über diese lächerliche Vorstellung lustig gemacht hatte, hatte sie kühn erwidert, sie glaube nicht, daß Titel oder Reichtum zwischen zwei Menschen, die sich wirklich liebten, eine Rolle spielten.

In Wirklichkeit, dachte Charise bitter, während sie eine Scheibe Schinken mit dem Messer aufspießte, trug allein Sheridan Bromleigh die Schuld daran, daß sie sich in dieser gräßlichen Lage befand! Sie hätte sich nie bewogen gefühlt, Morrison ihrer unterbezahlen Gesellschafterin abspenstig zu machen, als die beiden einander zu mögen schienen, und sie wäre nie mit ihm durchgebrannt, hätte sie nicht jedem auf dem Schiff, und ganz besonders Miss Bromleigh, beweisen wollen, daß Charise Lancaster jeden Mann haben konnte, den sie wollte. Ihr gräßliches Leben war die Schuld dieser rothaarigen Hexe, die ihr diesen ganzen Unsinn über romantische Liebe und märchenhafte Hochzeiten, bei denen Geld und Titel keine Rolle spielten, eingeredet hatte!

»Charise?«

Sie hatte seit zwei Tagen nicht mit ihm geredet, aber etwas in seinem Tonfall ließ sie aufblicken, und als sie seinen ungläubigen Gesichtsausdruck sah, hätte sie ihn fast gefragt, was er denn da gerade las, daß er so entgeistert dreinsah.

»Befand sich jemand auf unserem Schiff, dessen Name zufällig auch Charise Lancaster lautete? Ich meine, so ein außergewöhnlich häufiger Name ist das doch nicht, oder?«

Sie starrte ihn verächtlich an. Dumme Frage. Dummer Mann. An ihr war absolut nichts Gewöhnliches, und schon gar nicht ihr einzigartiger Name.

»In der Zeitung steht«, murmelte er verwirrt, »Charise Lancaster, vor drei Wochen mit der Morning Star in London eingetroffen, hat sich mit dem Earl of Langford verlobt.«

»Das glaube ich nicht!« erwiderte Charise mit aufflammendem Zorn. Sie zerrte ihm die Zeitung aus der Hand, damit sie die Bekanntmachung selbst lesen konnte. »Es gab keine andere Charise Lancaster auf dem Schiff.«

»Lies es doch selbst«, sagte er überflüssigerweise, denn sie hatte ihm die Zeitung bereits entrissen.

Einen Augenblick später warf sie die Zeitung mit wutverzerrtem Gesicht auf den Tisch. »Jemand macht dem Earl vor, sie sei ich. Irgendeine intrigante, gemeine, boshafte ...«

»Wo um Himmels willen gehst du hin?«

»Zu meinem ›frischgebackenen Verlobten‹.«

38

Leise summend nahm Sherry das Kleid heraus, das sie in einer Stunde zu ihrer Hochzeit tragen würde, und legte es über das Bett. Es war noch zu früh, um ihr Morgenkleid gegen das elegantere blaue Kleid auszutauschen, und die Zeiger auf der Kaminuhr schienen nur mit halber Geschwindigkeit vorzurücken.

Da sie unmöglich nur einige ihrer Freunde einladen konnten und andere übergehen, hatten sie die Entscheidung getroffen, die Hochzeitsgesellschaft nur auf die engste Familie zu beschränken. So beleidigten sie die Gefühle der Freunde, die nicht eingeladen waren, nicht, und die Hochzeit wurde zu einer ruhigen, intimen Angelegenheit, was Sheridan auch bevorzugte. Außerdem konnte die Familie so ein paar Wochen warten, bevor sie die Eheschließung offiziell bekanntgab, und das Ganze wirkte nicht so überstürzt.

Die Herzoginwitwe, die Sherry gestern abend liebenswürdigerweise gebeten hatte, sie »Mutter« zu nennen, vertrat die Ansicht, daß hastige Hochzeiten unweigerlich einen wahren Sturm von Gerüchten und Vermutungen hinsichtlich der Gründe auslösten. Sie hatten Miss Charity eingeladen, weil es niemand übers Herz brachte, sie auszuschließen, und sie mußte jeden Moment kommen. Als einziger anderer Familienfremder war Dr. Whitticomb um seine Teilnahme gebeten worden, aber er hatte eine Nachricht geschickt, daß ein Patient seiner dringend bedurfte und er später auf ein Glas Champagner vorbeikommen werde.

Laut Plan sollte der Duke of Claymore in einer Stunde seine Mutter und Whitney hierher bringen, und Stephen würde eine halbe Stunde später kommen, genau um elf Uhr vormittags, wenn die Trauung stattfand. Englische Hochzeiten, hatte Sherry erfahren, fanden traditionell zwischen acht Uhr morgens und zwölf Uhr mittags statt, damit die Brautleute im hellen Tageslicht heiraten konnten und vorher noch eine ganze Nacht geschlafen und zum letzten Mal über den bedeutungsschweren Schritt, den sie taten, nachgedacht hatten. Der Vikar war sich offenbar der Bedeutung seiner Rolle in der Eheschließung des Earl of Langford bewußt, denn er war schon vor einer Stunde gekommen, um absolut sicherzugehen, daß er auch pünktlich war – eine Vorsichtsmaßnahme, die Colfax offenbar ein bißchen erheiternd fand, als er Sherry davon unterrichtete. Dem Anlaß gemäß in die formelle Livree gekleidet, wie übrigens alle anderen Dienstboten, die Sherry bereits unten gesehen hatte, hatte Colfax ihr mitgeteilt, daß das Hauspersonal anläßlich des bedeutenden Ereignisses gerne für sie singen wollte, und zwar ein altes, traditionelles Lied, das sie in der Küche einstudiert hatten. Ganz gerührt über ihre Aufmerksamkeit hatte Sherry sofort entzückt zugestimmt.

Nach allem, was Sherry bis jetzt mitbekommen hatte, behielten nur der Butler und die Braut die Ruhe. Ihre Zofe war so nervös, daß sie den halben Morgen für Sherrys Bad und ihre Frisur gebraucht und überall Nadeln fallengelassen und Handtücher verlegt hatte, bis Sherry sie schließlich weggeschickt hatte, damit sie ihre Vorfreude in Ruhe genießen konnte.

Sherry trat zum Frisiertisch und blickte auf das Collier aus Diamanten und Saphiren, das in einer großen, mit Samt ausgeschlagenen Schatulle lag. Stephen hatte es ihr heute morgen geschickt. Lächelnd berührte sie das Collier, und die dreifache Reihe aus Diamanten und Saphiren schien glücklich zurückzufunkeln, geradeso, wie es ihrer Stimmung entsprach. Das kostbare Stück war formeller, als ihr Kleid es erforderte, aber Sherry wollte es auf jeden Fall anlegen, weil Stephen es ihr geschenkt hatte.

Stephen ... Bald würde er ihr Ehemann sein, und ihre Gedanken schweiften unweigerlich zu den Minuten, die sie mit ihm nach der Oper in dem dunklen Salon verbracht hatte: Er hatte sie bis zur Besinnungslosigkeit geküßt, seinen Körper eng an sie gepreßt, und das Kreisen seiner Hüften, der Vorstoß seiner fordernden Zunge und das besitzergreifende, zärtliche Streicheln seiner Hände auf ihren Brüsten hatten Schauer der Lust bei ihr ausgelöst. Als er sich schließlich schweratmend von ihr lösen wollte, hatte Sherry sich hilflos vor Lust an ihn geklammert. »Weißt du eigentlich«, hatte er rauh geflüstert, »wie leidenschaftlich und wie einzigartig du bist?«

Da sie nicht gewußt hatte, wie sie darauf antworten sollte, hatte sie in ihrem leeren Gedächtnis nach einem Grund für das unbehagliche Schuldgefühl geforscht, das sie empfand, weil sie ihm erlaubte, sie zu küssen und zu berühren. Da ihr aber nichts Besonderes eingefallen war, hatte sie ihm wieder die Arme um den Hals geschlungen und ihre Wange an seine muskulöse Brust gelehnt. Halb lachend, halb stöhnend hatte er ihre Hände weggezogen und war einen Schritt zurück getreten. »Genug jetzt. Wenn du die Flitterwochen nicht schon vor der Hochzeit erleben willst, junge Dame, mußt du dich mit ein paar keuschen Küssen begnügen ...« Anscheinend hatte sie ganz enttäuscht ausgesehen, denn er hatte sie leise lachend an sich gedrückt und sie noch einmal geküßt.

Ein Klopfen an der Tür riß Sherry aus ihren Gedanken, und sie forderte den Klopfenden auf, einzutreten. »Ich bitte um Verzeihung, Mylady«, sagte Hodgkin mit einem so bedrückten und blassen Gesicht, als habe er Schmerzen, »da steht eine junge – ich zögere, das Wort ›Dame‹ zu verwenden angesichts ihrer Ausdrucksweise – Frau unten, die darauf besteht, Sie zu sprechen.«

Sherry sah ihn im Spiegel über dem Frisiertisch an. »Wer ist sie?«

Der alte Unterbutler breitete die Arme aus. Sie zitterten vor lauter Anstrengung. »Sie sagt, sie sei Sie.«

»Wie bitte?«

»Sie sagt, *sie* sei Miss Charise Lancaster.«

»Das ist ja äußerst ...« Sherrys Herz begann ohne ersichtlichen Grund heftig zu pochen, und ihre Stimme versagte bei dem Wort »seltsam«.

Mit einer Stimme, als flehte er sie an, die andere Frau zu einem Gespenst oder einer Betrügerin zu erklären, fügte er hinzu: »Sie ist ... ist im Besitz zahlreicher Beweise, die ihre Behauptung zu stützen scheinen. Ich – ich weiß, daß sie die Wahrheit sagt, weil ich vorher bei Lord Burleton gedient habe.«

Burleton ... Burleton ... Burleton ... Burleton. Der Name heulte wie ein Dämon in ihrem Kopf.

»Sie – sie verlangte den Earl zu sprechen, aber Sie waren immer so gut zu mir ... zu uns allen, und wenn unsere Positionen umgekehrt wären, nicht, daß sie es jemals sein könnten, würde ich hoffen, daß Sie mit jedem unwahren Sachverhalt zu mir kämen, statt ihn gleich dem Earl ... oder jemand anderem ... weiterzutragen. Ich werde ihn natürlich, muß ihn natürlich von dem Wunsch der Frau, ihn zu sehen, unterrichten, wenn er zu den Hochzeitsfeierlichkeiten kommt, aber wenn Sie vielleicht die Möglichkeit sähen, sie zuerst zu empfangen, und wenn sie sich dann beruhigen könnte ...«

Sherry stützte sich mit den Händen auf den Frisiertisch und nickte ihm zu, um ihm zu zeigen, er solle die Frau, die vorgab, sie zu sein, heraufbringen. Dann schloß sie fest die Augen und konzentrierte sich.

Burleton ... BURLETON ... BURLETON.

Bilder und Stimmen blitzten in ihrem Kopf auf, wurden schneller und schneller und begannen sich so rasch zu drehen, daß das nächste Bild schon erschien, bevor das erste wieder verschwunden war.

... Ein Schiff, eine Kabine, eine ängstliche Zofe. »*Wenn der Verlobte von Miss Charise nun denkt, wir hätten sie umgebracht oder sie verkauft oder sonst etwas Schlimmes? Dann stünde das Wort des Barons gegen Ihres, und Sie sind ein Niemand, deshalb wird das Gesetz auf seiner Seite stehen. Wir sind hier in England, nicht in Amerika ...*«

... Fackeln, Matrosen, ein großer, grimmig dreinblickender Mann, der am Ende der Gangway steht. »*Miss Lancaster, es tut mir leid, aber es hat einen Unfall gegeben. Lord Burleton wurde gestern getötet.*«

... Baumwollfelder, Wiesen, ein Wagen voller Waren, ein kleines Mädchen mit rotem Haar ... »*Mein Papa nennt mich ›Karotte‹ wegen meiner Haare, aber mein Name ist Sheridan. Es gibt eine Rose – eine Blume – namens Sheridan, und meine Mama hat mich nach ihr benannt.*«

... Ein unruhiges Pferd, ein Indianer mit unbewegtem Gesicht, der Duft des Sommers. »*Weiße Männer geben nicht so gute Namen wie Indianer. Du nicht Blume. Du Feuer. Flammen. Brennen hell.*«

… Lagerfeuer, Mondschein, ein gutaussehender Spanier mit lächelnden Augen und einer Gitarre in der Hand, Musik, die durch die Nacht klingt. »*Sing mit mir,* querida.«

… Ein winziges, sauberes Haus, ein empörtes kleines Mädchen, eine ärgerliche Frau. »*Patrick Bromleigh, man sollte dich mit der Reitgerte auspeitschen dafür, wie du dieses Kind aufgezogen hast. Sie kann nicht lesen und nicht schreiben, ihre Manieren sind beklagenswert und ihre Haare sind aufreizend. Sie hat mir freimütig und unverschämt erklärt, sie ›fände Gefallen‹ an jemandem namens Raphael Benavente, und wahrscheinlich würde sie ihn eines Tages bitten, sie zu heiraten. Sie beabsichtigt allen Ernstes, einem hergelaufenen spanischen Vagabunden, der falsch spielt, einen Heiratsantrag zu machen. Und dabei habe ich ihren anderen Lieblingsgefährten noch nicht einmal erwähnt – einen Indianer, der mit Hunden schläft! Wenn du auch nur das kleinste bißchen Verantwortungsgefühl und Liebe für sie empfindest, läßt du sie hier bei mir!*«

… Zwei ernste Männer stehen im Hof, ein dritter auf der Türschwelle, mit düsterer Miene. »*Hör auf deine Tante Cornelia, mein Liebling. Ich bin wieder da, noch bevor du überhaupt gemerkt hast, daß ich fort gewesen bin – höchstens ein oder zwei Jahre.*«

… Ein verzweifeltes Kind, das sich an ihn klammert. »*Nein, Papa, bitte nicht. Laß mich nicht hier! Bitte! Bitte! Ich werde Damenschuhe tragen und mein flittchenhaftes Haar feststecken, aber bitte laß mich nicht hier. Ich möchte mit dir und Rafe und Schlafender Hund zusammensein! Ich gehöre zu euch, ganz gleich, was sie sagt! Papa, Papa, warte …*«

… Eine Frau mit strengem Gesicht und grauen Haaren, ein Kind, das »Tante Cornelia« zu ihr sagen sollte. »*Versuch nur nicht, mich mit diesem Blick herauszufordern, mein Kind. Ich beherrsche ihn seit langer Zeit bis zur Vollkommenheit und bin selbst völlig immun dagegen. In England würde er dir gute Dienste leisten, da du dort Squire Faradays anerkannte Enkelin bist, hier jedoch sind wir in Amerika. Hier bringe ich Kindern von Leuten, die ich in England als meine Untergebenen betrachtet habe, Benehmen bei, und ich bin glücklich, daß ich diese Arbeit habe.*«

… Eine andere Frau, untersetzt, freundlich, entschlossen. »*Wir haben möglicherweise eine Stelle für Sie an unserer Schule.*

Ich habe von Ihrer Tante sehr viel Gutes über Sie gehört, Miss Bromleigh.«

... Die Stimmen kleiner Mädchen. »Guten Morgen, Miss Bromleigh.« Miniaturdämchen mit weißen Strümpfen und Schleifen im Haar, die ihre Knickse übten, die Sheridan ihnen vormachte.

Ihre Handflächen wurden feucht auf der Platte des Frisiertischs, und ihre Knie fühlten sich weich an. Hinter ihr öffnete sich die Tür, und ein blondes Mädchen stolzierte herein und rief mit lauter, wütender Stimme: »Sie unglaubliche Betrügerin!«

Sherry löste sich widerwillig von den flüchtigen Bildern und zwang sich, die Augen zu öffnen. Sie hob den Kopf und blickte in den Spiegel über ihrem Frisiertisch. Neben ihrem eigenen Gesicht sah sie ein anderes, ein vertrautes Gesicht. »O mein Gott!« stöhnte sie. Ihre Arme begannen zu zittern und gaben nach, und sie mußte sich aus ihrer gebückten Haltung aufrichten, um nicht zu Boden zu sinken. Langsam hob sie die Hände vom Frisiertisch und drehte sich noch langsamer um. Entsetzen schüttelte sie am ganzen Körper und vertrieb alle Schwäche und Lethargie. Ihr ganzer Körper zitterte vor Panik, als sie Charise Lancaster gegenüberstand. Jedes der wütenden Worte, die diese ihr entgegenschleuderte, traf sie wie ein Schlag auf den Kopf.

»Sie bösartige, verachtenswerte, berechnende *Schlampe*! Sehen Sie sich dieses Zimmer an! Sehen Sie sich an!« Wild blickte sie sich in dem luxuriösen grüngoldenen Raum um. »Sie haben meinen Platz eingenommen!«

»Nein!« brach es aus Sheridan hervor. Sie erkannte ihre eigene Stimme nicht wieder, so brüchig und entsetzt klang sie. »Nein, nicht absichtlich. Lieber Gott, bitte ...«

»Beten wird Ihnen nichts nützen, um Sie vor dem Gefängnis zu bewahren«, schnaubte ihre frühere Schülerin mit wutverzerrtem Gesicht. »Sie haben meinen Platz eingenommen ... Sie haben mich mit Ihrem ganzen Gerede über Romantik in die Ehe mit Morrison getrieben, und dann haben Sie meinen Platz eingenommen. Sie planten von Anfang an, einen Earl zu heiraten.«

»Nein, bitte, hören Sie mir zu. Es war ein Unfall. Ich habe mein Gedächtnis verloren.«

Das machte ihr Gegenüber nur noch wütender. »Ihr Gedächtnis verloren!« schrie sie verächtlich. »Nun, Sie wissen aber ganz genau, wer ich bin!« Ohne ein weiteres Wort drehte sie sich auf dem Absatz um. »Ich komme in ein paar Minuten mit der Polizei zurück, und dann werden wir ja sehen, wie das mit Ihrem Gedächtnisverlust ist, Sie niederträchtige ...!«

Sherry lief auf sie zu, ohne überhaupt zu bemerken, daß sie sich bewegte. Sie packte das andere Mädchen bei den Schultern und versuchte sie dazu zu bewegen, ihr zuzuhören, bevor sie das Undenkbare tat. Ihre Worte überstürzten sich.

»Charise, bitte, hören Sie zu. Ich habe einen Schlag auf den Kopf bekommen – ein Unfall –, und ich wußte nicht mehr, wer ich war. Bitte warten Sie – hören Sie mir doch zu – Sie wissen ja nicht, verstehen ja nicht, was ich allen mit einem solchen Skandal antun würde.«

»Sie werden noch vor Einbruch der Dämmerung im Gefängnis sitzen!« wütete Charise und wand sich aus Sherrys Griff. »Ich werde Ihren kostbaren Earl zum Gespött aller Leute machen ...«

Schwarz stieg vor Sheridans Augen auf. Schwarz auf weiß. Schreiende Titelzeilen. Skandal. Gefängnis. *»Hier sind wir in England, und Sie sind ein Niemand, deshalb wird das Gesetz auf seiner Seite stehen.«*

»Ich gehe fort!« jammerte sie und ging verstört und außer sich auf die Tür zu. »Ich werde nicht zurückkommen. Ich will niemandem Schwierigkeiten machen. Holen Sie nicht die Polizei. Der Skandal wird die anderen umbringen. Sehen Sie mich an – ich gehe schon.« Sherry wirbelte herum und rannte los. Sie floh die Treppe hinunter und fiel fast über einen Lakaien. Tränen traten ihr in die Augen bei dem Gedanken, daß Stephen in einer Stunde in diese Halle treten und denken würde, er dürfte gleich heiraten. Aber dann würde seine Braut ihn schon verlassen haben. Ihr Herz hämmerte, und sie lief in die Bibliothek, kritzelte eine Nachricht für ihn und vertraute sie dem niedergeschlagenen alten Butler an.

Dann riß sie die Tür auf, rannte die Treppe hinunter auf die Straße und verschwand um die Ecke.

Sie rannte und rannte, bis sie nicht mehr konnte, und dann lehnte sie sich an die Wand eines Hauses und lauschte einer Stimme aus ihrer jüngsten Vergangenheit – einer geliebten Stimme –, einer geliebten Stimme, die ihr Dinge erklärte, die einer Frau, die er nie kennengelernt hatte, nie widerfahren waren: *»Als wir das letzte Mal zusammen waren, haben wir uns gestritten. Ich dachte nicht mehr an unseren Streit, solange Sie krank waren, aber als Sie sich an dem Abend wieder auf dem Wege der Besserung befanden, merkte ich, daß es noch noch in mir nagte.«*

»Worüber haben wir uns gestritten?«

»Ich hatte das Gefühl, Sie schenkten einem anderen Mann zuviel Aufmerksamkeit schenkten. Ich war eifersüchtig.«

Ein weiterer Schock durchfuhr Sherry. Langsam wanderte sie die Straße entlang und starrte blind auf eine vorbeifahrende Kutsche. Er war gar nicht eifersüchtig gewesen. Seine Stimmung hatte sich in dem Moment verhärtet, als sie ihn gefragt hatte, ob sie »sehr verliebt ineinander« seien.

Weil sie nie ineinander verliebt gewesen waren.

Vor Verwirrung und Schock wurde sie fast besinnungslos.

39

Stephen grinste Colfax an, als er die Eingangshalle betrat. Er war bereits formell für seine Hochzeit gekleidet. »Ist der Vikar schon da?«

»Ja, Mylord, im blauen Salon«, sagte der Butler mit einem Gesichtsausdruck, der in Anbetracht des festlichen Ereignisses seltsam niedergeschlagen wirkte.

»Ist mein Bruder bei ihm?«

»Nein, er wartet im Wohnzimmer.«

Da er seine Braut nicht vor der Zeremonie sehen durfte, fragte Stephen: »Kann ich hinein?«

»Jawohl.«

Stephen ging beschwingt die Eingangshalle hinunter zum Wohnzimmer. Dort stand Clayton mit dem Rücken zur Tür und blickte auf den leeren Kamin. »Ich bin zu früh«, begann Stephen. »Mutter und Whitney kommen in ein paar Minuten. Hast du Sherry gesehen? Braucht sie noch …«

Clayton wandte sich um, und sein Gesichtsausdruck war so unheilverkündend, daß Stephen mitten im Satz abbrach. »Was ist los?« fragte er.

»Sie ist weg, Stephen.«

Unfähig zu reagieren, starrte Stephen ihn in grenzenlosem Unglauben an.

»Sie hat das hinterlassen«, sagte Clayton und hielt ihm ein gefaltetes Stück Papier hin. »Und eine junge Frau wartet hier und möchte dich sprechen. Sie behauptet, sie sei die echte Charise Lancaster«, fügte Clayton hinzu, und sein Tonfall bei dieser letzten Bemerkung klang so, als hielte er die Behauptung für wahr und nicht für lächerlich.

Stephen entfaltete den kurzen, zusammenhanglosen Brief, der offensichtlich in Eile geschrieben worden war, und jedes einzelne der unglaublichen Worte schien sich mitten in seine Seele zu brennen.

Wie Sie bald von der echten Charise Lancaster erfahren werden, bin ich nicht die, für die Sie mich hielten. Und auch nicht die, die ich selbst zu sein dachte. Bitte glauben Sie mir. Bis zu dem Augenblick, in dem Charise Lancaster heute früh in mein Schlafzimmer trat, konnte ich mich an nichts erinnern, was mich betraf, außer dem, was man mir nach dem Unfall erzählt hatte. Jetzt, wo ich weiß, wer ich bin und was ich bin, sehe ich ein, daß eine Ehe zwischen uns wahrscheinlich unmöglich ist. Ich fürchte auch, daß Charises Darstellung dessen, was ich erreichen wollte, für Sie wahrscheinlich viel glaubwürdiger klingt, als das, was ich Ihnen jetzt schreibe.

Das würde mich mehr verletzen, als Sie sich vorstellen können. Ich weiß nicht, wie ich weiterleben soll mit dem Wissen, daß Sie irgendwo auf dieser Welt Ihr Leben leben und für alle Zeiten glauben, ich sei eine Betrügerin und Intrigantin. Aber Sie werden das nicht glauben, ich weiß, daß Sie es nicht glauben werden.

Sie hatte das letzte Wort durchgestrichen und den Brief einfach nur unterschrieben:

Sheridan Bromleigh

Sheridan Bromleigh.

Sheridan. Im schmerzlichsten Augenblick seines Lebens, mit ihrem Brief in der Hand und den unglaublichen Worten, die ihm nie mehr aus dem Sinn gehen würden, starrte Stephen auf ihren wirklichen Namen, einen starken, wunderschönen – einzigartigen – Namen.

Und er dachte, daß Sheridan viel besser zu ihr paßte als Charise.

»Die Frau, die auf dich wartet, sagt, du seist hereingelegt worden. Absichtlich.«

Stephens Hand schloß sich um den Brief. Er knüllte ihn zu einem Ball zusammen und warf ihn auf den Tisch. »Wo ist sie?« knurrte er.

»Sie wartet in deinem Arbeistzimmer auf dich.«

Mit einem Gesichtsausdruck, der ebenso mörderisch war wie seine Gefühle, stolzierte Stephen aus dem Zimmer, entschlossen zu beweisen, daß es sich bei dieser Charise Lancaster um eine Lügnerin oder eine Betrügerin handelte, oder daß sie sich zumindest irrte, wenn sie annahm, Sherry habe ihn absichtlich hereingelegt.

Aber es war eine schmerzliche, unwiderlegbare Tatsache, die er weder ignorieren noch abstreiten konnte, daß sie vor ihm davongelaufen war statt ihm gegenüberzutreten und ihm alles zu erklären. Und das sah unerträglich nach Schuldbewußtsein aus …

40

Während er rasch zu seinem Arbeitszimmer ging, redete Stephen sich ein, daß Sherry in ein oder zwei Stunden wieder zurückkommen würde. Sie war in ihrer Erregung – und Hysterie – weggelaufen. Whitticomb hatte gesagt, Gedächtnisverlust sei eine Form von Hysterie. Vielleicht wurde man auch hysterisch, wenn man das Gedächtnis wiedererlangte.

Während er zu seinem Arbeitszimmer ging, stellte er sich vor, wie sie alleine und verwirrt durch die Straßen Londons irrte. Mit einem knappen, eisigen Nicken begrüßte er die blonde Frau, die auf ihn wartete, und setzte sich hinter seinen Schreibtisch mit der festen Zielsetzung, die Behauptung, Sherry habe ihn absichtlich getäuscht, zu widerlegen. »Setzen Sie sich«, befahl er barsch, »und lassen Sie hören, was Sie zu sagen haben.«

»Oh, ich habe einiges zu sagen!« brauste sie auf, und flüchtig empfand Stephen verwirrt die Ironie, daß diese Charise Lancaster genauso aussah wie das blondlockige Püppchen, das er am Schiff zu treffen erwartet hatte.

Charise spürte, daß er am liebsten nichts von dem, was sie sagte, glauben wollte, und als sie sich vorstellte, daß dieser gutaussehende, reiche Mann ihr irgendwie hätte gehören können, nahmen ihre Wut und ihre Entschlossenheit ungeheure Ausmaße an. Eingeschüchtert von seinem eisigen Ton überlegte sie noch, wie sie am besten anfangen sollte, als er bereits zornig fortfuhr: »Sie haben eine ungeheure Beschuldigung gegen jemanden vorgebracht, der nicht hier ist, um sich zu verteidigen. Nun, fangen Sie an!«

»Oh, ich sehe schon, daß Sie mir nicht glauben wollen«, brauste sie zornig auf. »Nun, ich wollte es zuerst auch nicht glauben, als ich die Bekanntmachung in der Zeitung las. Sie hat Sie reingelegt, wie sie jeden reingelegt hat.«

»Sie litt an Amnesie – Gedächtnisverlust!«

»Nun, sie fand ihr Gedächtnis schnell wieder, als ich auftauchte – wie erklären Sie sich das?«

Das konnte er nicht, und er wollte ihr auch nicht seine Reaktion darauf und zu den übrigen Dingen, die sie sagte, zeigen.

»Sie ist eine Lügnerin, eine ehrgeizige Intrigantin, und das war sie schon immer! Auf dem Schiff erzählte sie mir, sie beabsichtige, jemanden wie Sie zu heiraten, und das ist ihr ja auch beinahe gelungen, oder? Zuerst versuchte sie, mir meinen Ehemann abspenstig zu machen, und dann warf sie ihre Netze nach Ihnen aus.«

»Bevor sie zurückkommt und Ihnen ins Gesicht antworten kann, werde ich das als Wutanfall einer eifersüchtigen Frau ignorieren.«

»Eifersüchtig!« explodierte Charise und sprang auf. »Wie können Sie es wagen, mir Eifersucht auf diese rothaarige Hexe zu unterstellen! Und zu Ihrer Information, Mylord, sie ist weggelaufen, weil alles herausgekommen ist. Sie wird niemals zurückkommen, verstehen Sie mich? Sie hat damit zugegeben, daß sie Sie angelogen hat.« Stephen kam sich vor, als läge ein Strick um seine Brust, der mit jedem Wort der blonden Frau enger zusammengeschnürt wurde. Sie sagte die Wahrheit – man konnte es an ihrem verächtlichen Gesichtsausdruck sehen, wie sehr sie Sheridan Bromleigh haßte und wie sie ihn verhöhnte.

»Während der Reise hat sie auf mich eingeredet, ich solle Burleton nicht heiraten, und mich statt dessen überredet, mit Mr. Morrison durchzubrennen. Und wo ich jetzt darüber nachdenke, bin ich überrascht, daß sie sich nicht mit meinem eigenen Bräutigam verlobt hat!«

Trotz seines eigenen Gefühlsaufruhrs wurde Stephen schlagartig klar, daß das Mädchen, das ihm mit Tränen in den Augen und mit vor hilfloser Wut geballten Fäusten gegenübersaß, nun zwei äußerst schlechte Nachrichten erfahren mußte. In seiner gegenwärtigen Stimmung fühlte er sich nicht danach, dies aufzuschieben. Er hatte diese ganzen Lügen und seine eigenen unglückseligen Bemühungen, Sherry Nachrichten zu ersparen, die sie noch nicht einmal etwas angingen, satt, und so mäßigte er seine Stimme und sagte lakonisch: »Burleton ist tot.«

»Tot?« stöhnte Charise in echter Verzweiflung auf. Ihre geheime Hoffnung, Burleton könnte sie vielleicht doch noch zur Frau nehmen, wenn sie nur Morrison irgendwie loswürde, zerbrach in tausend Stücke. »Wie?« flüsterte sie entsetzt, holte ein Spitzentaschentuch aus ihrem Retikül und preßte es an die Augen.

Stephen sagte es ihr und konnte sehen, wie ihr Gesicht zusammenfiel. Sie log auch jetzt nicht, stellte er fest. Sie war völlig verzweifelt.

»Mein armer Vater. Ich wußte nicht, wie ich ihm je wieder unter die Augen treten sollte, nachdem diese Bromleigh mir eingeredet hatte, mit Mr. Morrison wegzulaufen. Ich fühlte so große Angst, daß ich ihm bis jetzt noch nicht einmal geschrieben habe. Ich werde nach Hause fahren!« beschloß Charise und dachte sich dabei schon eine plausible Lüge aus, um ihren Vater dazu zu überreden, sie zurückzunehmen und ihr eine Scheidung, eine Eheannullierung, oder was auch immer sie benötigte, zu erkaufen. »Ich werde direkt nach Hause fahren.«

»Miss Lancaster«, sagte Stephen, und es kam ihm so seltsam, so häßlich vor, diese Frau bei einem Namen zu nennen, der doch eigentlich zu Sherry gehörte, »ich besitze einen Brief für Sie vom Anwalt Ihres Vaters. Er wurde von Burletons Vermieter an mich weitergeleitet.« Stephen schob seine eigenen Probleme einen Augenblick lang beiseite, schloß die Schreibtischschublade auf, zog den Brief und den Scheck heraus und hielt ihn ihr zögernd hin. »Leider handelt es sich um keine guten Nachrichten.«

Ihre Hand zitterte, als sie den Brief las und auf den Scheck blickte, dann hob sie langsam den Kopf und sah ihn aus glasigen Augen an. »Ist das alles an Geld, was ich besitze?«

Ihre finanzielle Situation betraf Stephen nicht, da sie Burleton offensichtlich durchgebrannt war und auf der Reise nach England jemand anderen geheiratet hatte, aber es war natürlich seine Aufgabe, sie zum Schweigen zu bringen. »Ohne damit andeuten zu wollen, daß ich glaube, Sheridan Bromleigh habe absichtlich Ihren Platz eingenommen«, erwiderte er, »wäre ich bereit, Ihnen eine größere Summe zu geben, um … sagen wir, Ihre mißliche Lage zu erleichtern …, wenn Sie dafür Schweigen über die ganze Angelegenheit bewahren.«

»Wie groß?«

Stephen verabscheute sie in diesem Moment. Er verabscheute die Vorstellung, sie auszuzahlen, um sie davon abzuhalten, das Ganze überall herumzuerzählen. Aber wenn es herauskäme, würde dies zu einem Skandal führen, der sich über ganz England ausbreiten dürfte. Er verabscheute sich selbst dafür, daß sich leise Zweifel in ihm rührten über Sherrys Absicht, in ein paar Stunden wieder zurückzukehren. Ihr Brief war kein endgültiges Lebewohl, sondern eine flehende Bitte gewesen – eine hysterische Bitte von einem reizenden, erschöpften Mädchen, das Angst hatte, er würde ihr nicht zuhören und ihr nicht glauben. Sie war weggelaufen, um ihm Zeit zu geben, sich wieder zu beruhigen, falls er Charise glauben sollte.

Sie würde zurückkommen, verwirrt, entsetzt und empört; sie würde zurückkommen und ihm gegenübertreten. Sie hatte ein Recht auf seine Antworten und Erklärungen, warum er so getan hatte, als sei er Burleton. Deshalb würde sie zurückkommen. Sie besaß genügend Charakter, um ihm entgegenzutreten. Sie besaß so verdammt viel Charakter.

Das sagte er sich immer und immer wieder, während er zusah, wie Charise Lancaster mit einer riesigen Geldsumme, die er ihr bezahlt hatte, ging. Dann stand er auf und trat ans Fenster. Er starrte auf die Straße und hielt Ausschau nach seiner Braut ... Sie würde zurückkehren und alles erklären. Er sah gerade zu, wie Charise Lancaster in eine Mietdroschke stieg, als sein Bruder eintrat und ihn ruhig fragte: »Was hast du vor?«

»Warten.«

Zum ersten Mal in seinem Leben fühlte sich Clayton Westmoreland völlig hilflos, und zögernd fragte er: »Soll ich den Vikar nach Hause schicken?«

»Nein«, entschied Stephen. »Wir warten.«

41

Nicholas DuVilles oberster Kammerdiener hielt ihm eine weinrote, feine Tuchjacke hin und warf einen zustimmenden Blick über das strahlend weiße Hemd und das Halstuch seines Herrn. »Wie ich schon häufig gesagt habe, Sir«, bemerkte er, als Nicki den letzten Knopf an seiner weinroten Samtweste schloß, »kein Engländer kommt auch nur annähernd an Ihr Geschick beim Binden des Halstuchs heran.«

Nicki warf ihm einen amüsierten Blick zu. »Und wie ich Ihnen schon oft erwidert habe, Vermonde, liegt das daran, daß ich mehr Franzose als Engländer bin und daß Sie etwas gegen die Engländer haben ...« Er hielt inne, als der Kammerdiener zur Tür seines Schlafzimmers ging, an der jemand laut geklopft hatte.

»Ja, was gibt es?» fragte Nicki, überrascht darüber, daß sein Kammerdiener es einem niederen Lakaien gestattete, in seine Privatsphäre einzudringen.

»Ich soll Ihnen sagen, daß eine junge Dame Sie erwartet, Mylord. Sie ist im blauen Salon und völlig außer sich. Sie sagt, Sie kennen sie als Miss Lancaster. Der Butler hat versucht, sie wegzuschicken, als er sah, daß sie in einer Mietdroschke ankam, und da er sie nicht kennt; aber sie war äußerst hartnäckig. Und es geht ihr auch nicht gut, glauben wir, weil ...«

Seine Stimme erstarb, als er den finsteren Ausdruck auf dem Gesicht seines Herrn bemerkte, der rasch zur Tür schritt und dabei vor lauter Eile den überraschten Lakaien fast umrannte.

»Sherry?« fragte Nicki alarmiert, und seine Besorgnis wuchs, als sie ihn verstört und völlig außer sich anblickte. Tränen rannen über ihr Gesicht, das so weiß war, daß ihre silbergrauen Augen fast schwarz darin wirkten. Sie kauerte so dicht auf der Kante des Sofas, als wolle sie entweder aufspringen oder gleich vornübersinken. »Was ist geschehen?«

»Ich ... ich habe mein ... Gedächtnis wieder«, schluchzte Sherry mit erstickter Stimme. »Ich ... ich bin eine Betrügerin. Alle sind ... Betrüger. Charise war mit *Burleton* verlobt. Warum hat Stephen so ... so getan? Nein, ich ... ich habe so getan ...«

»Sprechen Sie nicht weiter«, befahl Nicki scharf und ging zu einem Tablett, auf dem Gläser und Karaffen standen. Er goß reichlich Brandy in ein Glas und brachte es ihr. »Trinken Sie das. Alles«, fügte er hinzu, als sie nur einen kleinen

Schluck nahm, sich schüttelte und ihn beinahe wieder ausgespuckt hätte. »Es wird Ihnen helfen, sich rasch zu beruhigen«, fuhr Nicki fort. Er glaubte, sie sei so hysterisch, weil sie nun wußte, daß sie niemals mit Stephen Westmoreland verlobt gewesen war.

Sie sah ihn an, als sei seine Sorge um sie der reine Wahnsinn, gehorchte aber wie ein Automat und trank hustend den scharfen Schnaps.

»Versuchen Sie, einige Minuten lang nicht zu sprechen«, sagte er, als sie den Mund öffnete, um wieder zu beginnen. Sherry gehorchte hilflos. Sie starrte auf ihre Hände und spürte, wie sich der Schnaps einen Weg zu ihrem Magen brannte. Im ersten Schock, ihr Gedächtnis wiedererlangt zu haben, zu wissen, wer und was sie war, Charise zu sehen und den schrecklichen Anschuldigungen, die sie machte, zuzuhören, war sie wie eine Irre aus dem Haus geflohen. Sie war fast eine Stunde lang herumgeirrt und hatte fieberhaft nach einer Möglichkeit gesucht, wie sie Stephen davon überzeugen konnte, daß sie ihn liebte und daß sie ihn niemals angelogen hätte, ganz gleich, was Charise ihm erzählte, bis sie plötzlich eine andere Erkenntnis wie ein Schlag getroffen hatte: Stephen Westmoreland war nie mit Charise Lancaster verlobt gewesen! Ihr Verlobter hieß Burleton! Alle hatten nur irgendein Spiel gespielt!

Danach waren ihr immer mehr erstaunliche Dinge eingefallen, und sie hatte mit dröhnendem Kopf in einem Park gesessen und ihre Gedanken hatten sich überschlagen. Und nun wollte sie Antworten von jemandem, der keinen einzigen Grund dafür hatte, sie anzulügen, und der Brandy gab ihr das Gefühl, daß sie nun jede Erklärung ertragen konnte.

»Ich schicke jemanden zu Langford«, sagte Nicki. Sie hatte wieder ein bißchen Farbe bekommen, ihre Antwort jedoch klang so panisch, daß er merkte, wie nahe sie immer noch vor einem hysterischen Anfall stand.

»Nein! Nein! Bitte nicht!«

Er setzte sich in einen Sessel ihr gegenüber und sagte beruhigend: »Nun gut. Ich werde dieses Zimmer nicht verlassen, bis Sie es mir erlauben.«

»Ich muß Ihnen einiges erklären«, sagte Sherry und zwang sich zu einem ruhigen und beherrschten Tonfall. Dann jedoch änderte sie ihre Absicht und beschloß, daß es wahrscheinlich besser wäre, Fragen zu stellen, statt Informationen preiszugeben. So hätte sie die beste Chance, aufrichtige Antworten zu bekommen. »Nein, *Sie* müssen *mir* etwas erklären«, stellte sie richtig.

Nicki bemerkte, daß sie ihre Worte sorgfältig abwog und er machte sich klar, daß sie nicht aus einer Laune heraus zu ihm gekommen war, ganz gleich, wie hysterisch sie war, weil man sie getäuscht hatte. Ihr erster Satz bestätigte das und brachte ihn zugleich in eine schwierige Situation.

»Ich bin zu Ihnen gekommen, weil Sie der einzige sind, für den es meiner Meinung nach nichts zu gewinnen gibt, wenn ... wenn er dieses Spiel fortführt ... diesen unglaublichen Betrug, den die ganze Familie Westmoreland angezettelt hat.«

»Wäre es nicht besser, wenn Sie all das mit Ihrem Verlobten besprächen?«

»Mein Verlobter!« Sie lachte nervös auf und schüttelte den Kopf. »Arthur Burleton war mit Charise Lancaster verlobt, nicht Stephen Westmoreland! Wenn ich noch eine weitere Lüge höre, dann ...«

»Sie sollten noch einen Brandy trinken«, unterbrach Nicki sie und beugte sich vor.

»Ich brauche keinen Brandy!« schrie Sherry. »Ich brauche Antworten, können Sie das nicht verstehen?« Da sie merkte, daß sie diese wahrscheinlich nicht bekommen würde, wenn sie sich nicht vernünftiger aufführte, versuchte Sherry, ihre Gefühle in den Griff zu bekommen und ihre Stimme zu mäßigen. Mit flehendem Blick erklärte sie: »Ich bin zu Ihnen gekommen, weil es mir rückblickend so vorkommt, als hätten Sie mit dieser ... dieser ungeheuerlichen Farce nichts zu tun. Sie haben im Gegensatz zu den anderen den Earl nie als meinen Verlobten bezeichnet. Bitte helfen Sie mir jetzt. Sagen Sie mir die Wahrheit. Die ganze Wahrheit. Wenn nicht, fürchte ich, daß ich auf der Stelle verrückt werde.«

Nicki war entsetzt gewesen, als Westmoreland vor zwei

Tagen ihre Verlobung verkündet hatte, aber als Whitney ihn vom Tod von Sherrys Vater unterrichtete, fand er zumindest die Absicht weniger schlimm, die Heirat eilig zu betreiben, bevor sie ihr Gedächtnis wiedererlangt hatte. Whitticomb hatte wiederholt jeden davor gewarnt, ihr etwas zu erzählen, was sie aufregen könnte, nun jedoch war sich Nicki sicher, daß sie die Wahrheit, und zwar die ganze Wahrheit, wissen mußte und wollte.

Froh darüber, daß der Arzt nicht hier war, um diese Entscheidung mit einem entgegengesetzten Rat anzufechten, rang sich Nicki zu der unangenehmen Aufgabe durch, für die Taten anderer Menschen Rede und Antwort zu stehen, weil Charise Lancaster ihm, und nur ihm ganz allein, vertraute.

»Bitte, helfen Sie mir«, bat sie in stiller Verzweiflung. »Ich muß Ihnen auch etwas erklären, wenn Sie fertig sind ... schwierige, beschämende, peinliche Dinge, aber ich werde Ihnen die Wahrheit nicht verschweigen. Ich hasse es, etwas vorzutäuschen.«

Nicki lehnte sich zurück, als stünde ihm ein schwieriges Gespräch bevor, aber er wich ihrem Blick nicht aus, als er sagte: »Ich werde aufrichtig sein, wenn Sie mir garantieren, daß es Ihnen gut genug geht, um die Wahrheit zu hören.«

»Es geht mir gut genug«, erwiderte sie nachdrücklich.

»Womit soll ich beginnen?«

»Beginnen Sie«, lachte sie bitter auf, »am Anfang. Beginnen Sie damit, warum er mich bis gestern in dem Glauben gelassen hat, er sei Lord Burleton. Das letzte, woran ich mich erinnere, bevor ich mit verbundenem Kopf im Haus des Earls erwachte, ist, daß ich ihm am Schiff begegnete und er mir sagte, Lord Burleton sei tot.«

Nicki bemerkte, daß sie bei der Erwähnung von Burletons Tod zwar ernst, aber nicht niedergeschlagen geklungen hatte. Westmoreland hatte offenbar mit seiner Vermutung, sie habe Burleton nicht gut genug gekannt, um eine tiefere Bindung zu ihm entwickeln zu können, recht gehabt. »Burleton starb bei einem Kutschenunfall in der Nacht, bevor Ihr Schiff ankam«, begann er freundlich, aber ohne Umschweife.

»Es tat mir leid, als ich von seinem Tod erfuhr«, antwortete sie im gleichen Tonfall und bestätigte damit Nickis Schlußfolgerung, sie verdiene es, die ganze Wahrheit zu hören, und sie könne besser damit umgehen als mit Verwirrung und Täuschung. »Aber ich verstehe nicht, was der Earl damit zu tun hat.«

»Langford fuhr die Kutsche«, erwiderte Nicki lakonisch. Er sah, wie sie zusammenzuckte, aber dankenswerterweise blieb sie erstaunlich ruhig, und so fügte er hinzu: »Es war neblig und kurz vor dem Morgengrauen. Burleton hatte getrunken, und er lief ihm direkt vor die Pferde, aber Langford gab sich die Schuld am Tod des jungen Mannes, und in seiner Lage hätte ich vermutlich ganz genauso reagiert. Er fuhr mit einem unerfahrenen Gespann, das nicht an die Stadt gewöhnt war, und unter anderen Umständen wäre Burleton vielleicht noch am Leben. Ich weiß es nicht.

Jedenfalls, als Langford ein paar Stunden nach dem Unfall Nachforschungen anstellte, entdeckte er, daß Burletons Verlobte am nächsten Tag aus Amerika ankommen sollte, und daß Burleton weder Familie noch Freunde besaß, denen Langford es zumuten konnte, Sie abzuholen und Ihnen die Nachricht zu überbringen. Und in der Tat, wenn Burletons Butler nicht von Ihnen und Ihrer bevorstehenden Ankunft in London gewußt hätte, hätte Sie überhaupt niemand am Schiff abgeholt. An den Rest erinnern Sie sich wahrscheinlich – Langford kam zum Schiff, um Ihnen die Nachricht zu überbringen und Ihnen jede Hilfe anzubieten, die Sie brauchten. Offenbar war er damit so beschäftigt, daß er nicht bemerkte, daß ein Ladenetz voller Kisten direkt auf sie zuschwang und sie am Kopf traf.«

Nicki beobachtete sie aufmerksam und beugte sich vor, um sich einen Brandy einzugießen, während er das Gesagte auf sie wirken ließ. Sie schien sehr ruhig, wie er bewundernd bemerkte, und so fuhr er fort: »Langford brachte Sie in sein Haus und rief den Arzt seiner Familie. Ein paar Tage lang lagen Sie bewußtlos da, und Whitticomb hatte wenig Hoffnung, daß Sie jemals wieder aufwachen würden. Als Sie dann schließlich doch die Augen aufschlugen, stellte er fest, daß der Schlag auf ihren Kopf einen Gedächtnisverlust bewirkt hatte. Er ordnete sofort an, daß niemand etwas sagen dürfe, was Sie aufregen könnte. Anscheinend glaubten Sie, Langford sei Ihr Verlobter, und deshalb ließ man – ließen wir – Sie in dem Glauben. Das ist so ziemlich alles, was ich weiß, außer«, fügte Nicki aus Fairness Stephen Westmoreland gegenüber hinzu, »daß Langford sich die Schuld daran gab, Sie nicht vor Unheil bewahrt und Ihnen die schlechten Nachrichten so tölpelhaft beigebracht zu haben, daß Sie nicht mehr selbst auf sich aufpassen konnten. Ich weiß auch, daß er sich schuldig fühlte und sich schwere Vorwürfe machte, weil er Ihnen Ihren Verlobten genommen hat.«

Sherry fühlte sich unendlich gedemütigt, als sie ihren offensichtlichen, quälenden Schluß zog: »Und deshalb fühlte er sich *verpflichtet*, mir einen anderen Verlobten zu beschaffen, indem er sich selbst zur Verfügung stellte. So war es doch, oder?«

Nicki zögerte, nickte dann aber: »Genau.«

Sherry wandte den Kopf zur Seite und kämpfte verzweifelt gegen die Tränen an. Sie war so dumm, so leichtgläubig gewesen und hatte sich in einen Mann verliebt, der nichts für sie empfand als Verantwortungsgefühl. Kein Wunder, daß er nie gesagt hatte, daß er sie liebte! Kein Wunder, daß er gewünscht hatte, sie möge jemand anderen zum Heiraten finden! »Eigentlich wollte er mich also nur aus Schuldgefühl und Verantwortungsbewußtsein heiraten.«

»Ich denke nicht, daß dies seine einzigen Beweggründe waren«, erwiderte Nicki vorsichtig. »Ich vermute, er empfindet etwas für Sie.«

»Natürlich tut er das«, entgegnete Sherry verächtlich. Sie fühlte sich schwindlig vor Demütigung. »Man nennt es *Mitleid*.«

»Ich begleite Sie zurück zu den Langfords.«

»Ich kann nicht zurückgehen«, schrie sie.

»Miss Lancaster«, begann Nicki in einem scharfen, autoritären Tonfall, mit dem er normalerweise jeden bezwang. Die fassungslose junge Frau, die ihm gegenübersaß, reagierte jedoch mit hysterischem Gelächter darauf. »Ich bin nicht Charise Lancaster.«

Nicki blickte sie entgeistert an. Er verfluchte sich im stillen, weil sie ihm hatte vormachen können, es ginge ihr gut genug, um die Wahrheit zu hören.

»Ich bin nicht Charise Lancaster«, wiederholte sie, und ihr Lachen ging unvermittelt in Schluchzen über. »Ich war ihre bezahlte Gesellschafterin auf der Reise.« Sie hatte ihre Arme um sich geschlungen und schaukelte weinend vor und zurück. »Ich bin eine bessere Gouvernante, und er wollte mich heiraten. Wie seine Freunde darüber gelacht hätten. Er ertrank in Mitleid wegen einer Gouvernante, die Lord Burleton noch nie in ihrem Leben gesehen hat.«

Nicki starrte sie fassungslos und schockiert an, aber er glaubte ihr. »Mein Gott«, flüsterte er.

»Ich dachte, ich sei Charise Lancaster«, wimmerte sie, und ihre Schultern begannen unter ihrem Schluchzen zu beben. »Ich glaubte es wirklich, ich schwöre es.«

Reichlich spät fiel es Nicki ein, sie in die Arme zu nehmen und ihr einen gewissen Trost anzubieten, und das tat er auch, aber die passenden Worte zu dieser Geste fehlten ihm in diesem Moment völlig. »Ich dachte, ich wäre es«, weinte sie an seiner Brust. »Ich dachte, ich sei sie, bis sie heute ins Haus kam. Ich dachte es wirklich, ich schwöre es!«

»Ich glaube Ihnen«, antwortete Nicki, ein wenig erstaunt darüber, daß das tatsächlich stimmte.

»Sie wollte nicht weggehen. Sie wollte es ihm selbst erzählen. Er ... er bereitete sich gerade für die Hochzeit vor. Eine ge ... geheime Hochzeit. Ich weiß nicht, wo ich hin soll ... nichts zum Anziehen ... kein Geld.«

Um ihr wenigstens einen Lichtblick in dem ganzen Elend zu bieten, sagte er: »Zumindest ist Ihr Vater nicht gestorben.«

Ganz langsam hob sie den Kopf und blickte ihn verständnislos an. »Was?«

»Langford erhielt letzte Woche einen Brief, der von Burletons Vermieter an ihn weitergeleitet worden war. Der Anwalt von Charise Lancasters Vater hatte ihn an sie gerichtet, um ihr mitzuteilen, daß ihr Vater zwei Wochen, nachdem sie nach England aufgebrochen war, gestorben war.«

Sie holte zitternd Luft, um diese Nachricht zu verarbeiten, und sagte düster: »Er war ein strenger Mann, aber nicht unfreundlich. Er hat Charise schrecklich verwöhnt ...« Eine weitere schmerzliche Wahrscheinlichkeit kam ihr in den Sinn, und sie hatte das Gefühl, zu ersticken. »Letzte Woche – war das an dem gleichen Abend, als ich zu Almack's und zu dem Ball der Rutherfords ging?«

»So hat man mir gesagt.«

Sie senkte noch gedemütigter den Kopf und von neuem rannen Tränen über ihre Wangen. »Kein Wunder, daß er auf einmal nicht mehr wollte, daß ich mir einen anderen Verlobten suche, sondern beschloß, wir sollten sofort heiraten.« Sie dachte daran, wie sie in der Oper seine Hand berührt hatte, und wie widerwärtig er das wohl gefunden haben mußte – und wie sehr es ihn abgestoßen haben mußte, so zu tun, als wolle er sie küssen, und ...

»Ich wünschte, ich wäre tot«, flüsterte sie gebrochen.

»Hören Sie auf, so etwas zu sagen«, erwiderte Nicki automatisch. »Sie können heute nacht hierbleiben. Morgen gehe ich mit Ihnen zu den Langfords, und wir erklären ihnen alles.«

»Ich habe es ihm schon in einem Brief erklärt. Ich kann nicht zurückgehen, und ich werde es auch nicht tun, das verspreche ich Ihnen, und wenn Sie ihn benachrichtigen, drehe ich durch. Ganz gewiß tue ich das. Nach allem, was passiert ist, kann ich nie wieder dorthin zurück.«

Sie klang so, als meinte sie das, was sie sagte, auch, und Nicki konnte es ihr noch nicht einmal übelnehmen.

Sherry wußte nicht sicher, wie lange sie in seinen Armen geweint oder wann sie schließlich damit aufgehört hatte, aber als das Schweigen andauerte, überkam sie schließlich eine gnädige Gefühllosigkeit. »Ich kann nicht hierbleiben«, wisperte sie mit einer Stimme, die rauh war von dem vorangegangenen Gefühlsausbruch.

»Wie Sie sagten, wissen Sie nicht, wo Sie sonst hingehen sollten.«

Sie löste sich aus seiner tröstlichen Umarmung und setzte

sich auf. Dann erhob sie sich, leicht schwankend. »Ich hätte gar nicht hierherkommen sollen. Ich wäre nicht überrascht, wenn ein Haftbefehl gegen mich erginge.«

Der Gedanke, daß Langford das tun könnte, erfüllte Nicki mit fast unerträglichem Zorn, aber er konnte diese Möglichkeit und ihre unaussprechlichen Folgen nicht einfach von der Hand weisen. »Hier sind Sie in Sicherheit, zumindest für heute nacht. Und morgen früh besprechen wir, wie ich Ihnen helfen kann.«

Das Gefühl von demütiger Dankbarkeit und Erleichterung, das sie durchflutete, weil er ihr tatsächlich Hilfe anbot, ließ Sherrys mühsam errichtete Fassade der Beherrschung beinahe zusammenbrechen. »Ich ... ich werde mir eine Stellung suchen müssen. Ich habe keinerlei Referenzen. Ich kann nicht in London bleiben. Ich ...«

»Darüber reden wir morgen früh, *chérie*. Ich möchte, daß Sie jetzt zu Bett gehen. Ich werde Ihnen das Abendessen hinaufschicken lassen.«

»Keiner, der ihn oder seine Familie kennt, wird erwägen, mich einzustellen, und er – anscheinend kennt ihn jeder in London.«

»Morgen früh«, ermahnte er sie fest.

Zu erschöpft, um zu protestieren, nickte Sherry. Sie wollte gerade mit einem Dienstboten die Treppe hinaufgehen, als ihr plötzlich etwas einfiel und sie sich umdrehte.

»Monsieur DuVille?«

»Ich habe Ihnen doch erlaubt, mich Nicki zu nennen, Mademoiselle«, versuchte er zu scherzen.

»Bezahlte Gesellschafterinnen reden Höhergestellte nicht mit dem Vornamen an.«

Sie sah aus, als sei sie am Ende ihrer Kräfte, deshalb stritt Nicki nicht mit ihr über ihre Entscheidung, sondern ließ sie ihre Frage stellen.

»Sie sagen doch keinem, wo ich bin – versprechen Sie es, bitte!«

Nicki zögerte, bedachte die Alternativen und Konsequenzen, und sagte schließlich: »Ich gebe Ihnen mein Wort.« Er sah ihr nach, wie sie die Treppe hochstieg, geschlagen und gedemütigt. Sie hatte noch nie wie eine unterwürfige Dienerin ausgesehen, aber in diesem Moment tat sie es, und er wäre am liebsten Westmoreland gegenüber gewalttätig geworden. Und doch hatte er bis heute ehrenhaft gehandelt. Mehr als ehrenhaft, gestand sich Nicki widerstrebend ein.

42

»Wünschen Mylord noch etwas, bevor ich mich zurückziehe?«

Stephen hob den Blick von dem Schnapsglas in seiner Hand und sah den alten Unterbutler an, der auf der Schwelle zu seinem Schlafzimmer stand. »Nein«, erwiderte er kurz.

Er hatte seine Familie und den Vikar bis vor drei Stunden warten lassen, in dem unsinnigen Glauben, Sheridan Bromleigh würde zurückkommen und ihm gegenübertreten. Wenn sie unschuldig gewesen wäre, wenn sie wirklich ihr Gedächtnis verloren hätte, dann hätte sie nicht nur den Wunsch verspürt, ihm alles zu erklären und sich zu entlasten, sondern sie hätte auch Erklärungen von ihm verlangt, warum er ihr eine Verlobung vorgespielt hatte. Da sie diese Erklärungen anscheinend nicht brauchte, gab es nur noch die Möglichkeit, daß sie die Wahrheit immer schon gewußt hatte.

Und nun mußte er der Wahrheit ins Auge sehen, und es gab nicht genug Schnaps auf der Welt, um die Wut zu dämpfen, die wie Höllenqualen in ihm wütete. Sheridan Bromleigh hatte offenbar nie ihr Gedächtnis verloren. Als sie wieder zu Bewußtsein gekommen war, hatte sie einfach einen brillanten Plan entwickelt, um für eine Zeitlang ein besseres Leben zu führen, und er hatte ihr diese Absicht noch um ein Tausendfaches versüßt mit seinem Angebot, sie zu heiraten. Sie hatte sich wahrscheinlich ins Fäustchen gelacht, als er vorgab, er sei Burleton, und sie so tat, als sei sie ihre eigene Arbeitgeberin.

Trotz all seiner Erfahrung und seiner Lebensklugheit,

dachte Stephen, und sein Zorn wuchs, war er auf den ältesten weiblichen Trick der Welt hereingefallen – die hilflose kleine Frau in einer schwierigen Lage! Zweimal! Erst bei Emily und jetzt bei Sheridan Bromleigh.

Mit ihrem Talent hätte Sheridan zur Bühne gehen sollen. Dort gehörte sie hin, zusammen mit all den anderen ehrgeizigen halbseidenen Weibern, die tanzten und umhersprangen und ihre Verse rezitierten. Er nahm einen weiteren Schluck von seinem Drink und dachte an einige ihrer besten Vorstellungen: Die erste war wirklich beeindruckend gewesen. An dem Morgen, an dem er an ihrem Bett geschlafen hatte, war er von ihrem Weinen aufgewacht. *»Ich weiß nicht, wie ich aussehe«,* hatte sie geschluchzt und ihm das Herz abgeschnürt mit ihren Tränen. *»Es bedeutet ja eigentlich nicht viel, aber da Sie schon einmal wach sind, könnten Sie mich bitte ein bißchen beschreiben?«* Und dann war da der Morgen gewesen, an dem sie beschlossen hatte, ihm ihre Haare zu zeigen – für den Fall, daß ihm ihr sirenenhaftes Aussehen noch nicht aufgefallen war, dachte Stephen boshaft: *»Meine Haare sind nicht braun. Sehen Sie doch. Sie sind rot ...«*

Und er hatte wie ein Idiot dagestanden und wie gebannt auf die leuchtende Pracht gestarrt und sie im Geiste mit einer rothaarigen Madonna verglichen. *»Es ist so ... so auffällig!«* hatte sie ihm erklärt, und es war ihr gelungen, ganz unglücklich auszusehen wegen Haaren, die offensichtlich hervorragend zu ihr paßten.

Und dann ihre charmante Verwirrung darüber, wie sie sich zu benehmen hatte. *»Constance – das Mädchen – hat mir gesagt, daß Sie ein Earl sind, und daß ich Sie korrekterweise mit ›Mylord‹ anreden müßte. Ich weiß anscheinend noch, daß man sich in der Gegenwart eines Königs erst dann hinsetzen darf, wenn er einen dazu auffordert.«*

Seine absolute Lieblingsvorstellung jedoch, entschied Stephen zynisch, gab sie am ersten Abend, an dem sie aufgestanden war und ihn so nett gefragt hatte: *»Und meine Familie – wie ist sie?«* Als er ihr erklärt hatte, ihr Vater sei Witwer und sie sein einziges Kind, hatte sie ihn mit ihren großen, flehenden Augen angesehen und ihn gefragt: *»Lieben wir uns sehr?«*

Bei all ihren Gesprächen entschlüpfte ihr nur einmal etwas Entscheidendes, an das er sich erinnern konnte. Er hatte ihr gerade gesagt, sie müsse eine Anstandsdame haben, wenn sie in seinem Haus bliebe, und sie hatte gelacht. *»Ich brauche keine Gesellschafterin, ich bin eine …«* Ihr einziger Ausrutscher, aber im Rückblick ein verdammt ausreichender Beweis.

Sie war so gut mit der Dienerschaft ausgekommen, weil sie selbst dazu gehörte.

»Mein Gott, was für eine intrigante, brillante kleine Opportunistin sie war«, dachte Stephen laut und knirschte mit den Zähnen. Sie hatte wahrscheinlich gehofft, sie könne ihn dazu überreden, ihr seinen Schutz anzubieten und ihr ein Haus zu schenken, und statt dessen bot er ihr seinen Namen an!

Er schüttete den Rest seines Drinks hinunter, als könne er damit seine Selbstverachtung wegspülen, dann stand er auf und ging in sein Ankleidezimmer.

Trotz ihres heftigen Protests in der Kutsche, als sie von Almack's weggefahren waren, hatte diese rothaarige Hexe in weniger als einer Stunde eingewilligt, ihn zu heiraten, und sie hatte es so aussehen lassen, als habe er sie überzeugt.

Er riß sein Hemd herunter und warf es auf den Boden. Ihm dämmerte, daß er vorgehabt hatte, diese Kleider auf seiner Hochzeit zu tragen, und er warf jedes Kleidungsstück, das er auszog, auf den immer größer werdenden Haufen. Gerade als er sich einen Schlafrock anzog, kam Damson herein. Der erschrockene Kammerdiener bückte sich, um die Sachen aufzuheben.

»Verbrennen Sie sie!« knirschte Stephen. »Bringen Sie sie hier weg und gehen Sie ins Bett. Und schicken Sie morgen früh jemanden, der alles wegschafft, was sie hiergelassen hat.«

Er stand am Kamin, mit dem Rest aus der Flasche in seinem Glas, als es noch einmal an der Tür klopfte. »Was zum Teufel ist denn jetzt noch?« fragte er. Burletons Butler stand im Türrahmen und sah so zerquält aus, als habe man ihn aufs Rad geflochten.

»Ich … ich möchte mich in nichts einmischen, was nicht zu

meinen Angelegenheiten zählt, Mylord, aber ich ... ich würde mich ... ich würde es auch nicht richtig finden, wenn ich Ihnen eine Information vorenthielte, die Sie ... Sie vielleicht gerne erfahren möchten.«

Stephen mußte sich sehr zusammenreißen, um seinen Abscheu vor dem alten Diener, der ihn nun an Sheridan Bromleigh erinnerte, zu verbergen. »Haben Sie die Absicht, es mir zu sagen, oder wollen Sie die ganze Nacht hier herumstehen?« zischte er schneidend.

Der alte Mann schien unter seinem scharfen Tonfall zusammenzuschrumpfen. »Dr. Whitticomb sagte mir, ich solle ein Auge auf Miss Lan ... auf die junge Lady haben.«

»Und?« fauchte er wütend.

»Und als sie heute in solch einem Zustand das Haus verließ, fühlte ich mich verpflichtet, ihr einen Lakaien hinterherzuschicken, damit er sie beobachtete. Sie ... sie ging zum Haus von Monsieur DuVille, Mylord. Und dort ist sie nun ...« Seine Stimme erstarb unter dem mörderischen Blick, den ihm der Earl zuwarf, als er die Neuigkeit hörte, und mit einer Verbeugung zog er sich hastig aus dem Zimmer zurück.

DuVille! Sie war zu DuVille gegangen. »Kleines Luder!« knurrte er.

Er erwog nicht, ihr hinterherzulaufen. Für ihn war sie jetzt gestorben, und es kümmerte ihn einen Dreck, wo sie hinging oder in wessen Bett sie lag. Sie besaß einen ausgeprägten Überlebenssinn, und ganz gleich, wo sie hinging, sie würde immer wieder auf den Füßen landen. Mit boshaftem Lächeln überlegte er, welches Ammenmärchen sie wohl DuVille heute aufgetischt hatte, um ihn zu überreden, sie unter seinem Dach aufzunehmen. Wie auch immer, DuVille besaß einen ähnlich ausgeprägten Überlebenssinn, und er hatte sich nie so von ihr behexen lassen wie Stephen.

Wahrscheinlich würde DuVille ihr irgendwo ein nettes kleines Haus einrichten, wenn sie ihn hübsch darum bat und ihm im Bett Vergnügen bereitete.

Die rothaarige Hexe war eine geborene Kurtisane, wenn es je eine gegeben hatte.

In Nicholas DuVilles Haus stand Sherry am Fenster der Gästesuite und starrte hinaus in die Nacht. Sie hielt die Stirn an das kalte Glas gepreßt, und ihre Augen brannten vor ungeweinten Tränen. In den sechs Stunden, seit sie sich auf Nicholas' Drängen hier oben befand, hatten sich ihre Gedanken geordnet, und mit dieser Klarheit kam die Erkenntnis dessen, was sie beinahe besessen hätte – und verloren hatte –, und sie wußte nicht, wie sie es ertragen sollte.

Sie wandte sich vom Fenster ab, ging ruhelos hinüber zum Bett und legte sich nieder, zu erschöpft, um die Erinnerungen zurückzudrängen. Sie schloß die Augen, um zu schlafen, aber sie sah nur sein träges Lächeln und den zärtlichen Blick, mit dem er sie auf dem Ball der Rutherfords angesehen hatte. *»Miss Lancaster … darf ich Sie um das Vergnügen dieses Tanzes bitten?«* Sie schluckte heftig und kniff ihre Augen noch fester zu, aber im Geiste spürte sie seinen Kuß, so wie er sie in der Kutsche geküßt hatte. *»Deswegen werden wir heiraten«*, hatte er heiser geflüstert. Bestimmt, dachte sie schmerzerfüllt, hatte er nicht nur so getan, als ob er sie gerne küßte. Bestimmt hatten sie nicht nur so getan. Sie wollte, sie mußte glauben, daß einiges auch echt gewesen war. Wenn sie daran nicht mehr glauben konnte, wußte sie nicht, wie sie noch weiterleben sollte.

Die Erinnerung daran und an die anderen Male, wo er sie geküßt hatte, gehörten ihr ganz allein. Sie gehörten nicht »Charise Lancaster«. Sie gehörten ihr. Sie rollte sich auf den Bauch und hielt ihre Erinnerungen fest. Und als sie einschlief, träumte sie von starken Armen, die sie umschlungen hielten, und von fordernden Küssen, die ihr den Atem nahmen … von zärtlichen Händen, die sie streichelten und quälten und sie vergessen ließen, daß sie nicht zulassen durfte, daß er sie auf eine so intime Weise berührte. Sie schlief und träumte von Dingen, die sie in Wirklichkeit nie wieder erfahren würde.

Eingewickelt in einen Morgenmantel stand Whitney im Kinderzimmer und blickte auf das engelsgleiche Gesicht ihres schlafenden Sohnes. Als sich die Tür öffnete und ein Lichtstrahl hereinfiel, blickte sie auf. Ihr Mann trat ein, mit einem Gesichtsausdruck, der so finster war, wie sie ihn seit Jahren nicht an ihm gesehen hatte. »Ich konnte nicht schlafen«, flüsterte sie, beugte sich vor und zog das leichte Leintuch über Noels Schultern zurecht. Er hatte bereits das eckige Kinn seines Vaters und sein dunkles Haar.

Hinter ihr schlang Clayton seine Arme um ihre Taille und bot ihr schweigend Trost an. »Habe ich dir in der letzten Zeit eigentlich für meinen Sohn gedankt?« wisperte er in ihr Ohr und lächelte auf den Dreijährigen hinunter.

»Nicht seit gestern nacht«, sagte sie, hob ihm ihr Gesicht entgegen und versuchte zu lächeln.

Er ließ sich durch ihr Lächeln nicht täuschen, ebensowenig wie sie sich dadurch täuschen ließ, daß er das Gespräch über die geplatzte Hochzeit sorgfältig vermied. »Ich fühle mich so schrecklich«, gestand sie ihm.

»Ich weiß«, entgegnete er ruhig.

»Ich werde nie den Ausdruck auf Stephens Gesicht vergessen, als es später und später wurde, und er merkte, daß sie nicht mehr zurückkommen würde.«

»Ich auch nicht«, erwiderte er gepreßt.

»Er hat den Vikar bis ungefähr zehn Uhr abends festgehalten. Wie konnte sie ihm so etwas antun? Wie konnte sie nur?«

»Keiner von uns kannte sie wirklich.«

»Stephen war verrückt nach ihr. Ich konnte es jedes Mal sehen, wenn er sie anblickte und versuchte, es nicht zu tun.«

»Ich weiß«, erwiderte er knapp.

Sie schluckte schwer an dem Kloß in ihrem Hals und sagte: »Wenn Stephen nicht eingegriffen hätte, wärst du jetzt mit Vanessa verheiratet und ich mit irgend jemand anderem, und Noel gäbe es nicht.«

Clayton strich ihr das zerzauste Haar von der Schulter und gab ihr einen beruhigenden Kuß auf die Schläfe, als sie mit schmerzerfüllter Stimme fortfuhr: »Ich wollte ihm das alles schon immer zurückzahlen, aber ich konnte nur immer wünschen, daß er jemanden finden würde, mit dem er so glücklich wäre, wie wir es sind.«

»Komm zu Bett, Liebling«, sagte Clayton, beugte sich vor

und fuhr seinem Sohn leicht über den Kopf. »Stephen ist ein erwachsener Mann«, fügte er hinzu, während er sie zu ihrem gemeinsamen Schlafzimmer führte. »Er wird darüber hinwegkommen, weil er es will.«

»Bist du so leicht darüber hinweggekommen, als wir ...« Sie zögerte, weil sie die gräßliche Nacht nicht erwähnen wollte, die beinahe alle Chancen einer Heirat für sie beide zerstört hätte, »als wir uns so entfremdet hatten?«

»Nein.«

Als sie beide im Bett lagen und sie sich in seine Armen kuschelte, fuhr er fort: »Ich kannte dich aber auch schon länger als Stephen Ch ... Sheridan Bromleigh.«

Sie nickte. Ihre weiche Wange streifte seinen Arm, und er zog sie näher an sich heran, weil auch er an das Ereignis dachte, das sie beinahe auseinandergebracht hätte.

»Zeit spielt bei diesen Dingen keine große Rolle. Weißt du noch, wie lange es noch nach unserem Kennenlernen in England gedauert hat, bis du dich in mich verliebt hast?« fragte sie ins Dunkel.

Clayton lächelte bei der Erinnerung. »Es war an dem Abend, an dem du mir anvertraut hast, daß du immer Pfeffer in die Schnupftabakdose deines Musiklehrers getan hast.«

»Wenn mich mein Gedächtnis nicht trügt, habe ich dir das nur eine oder zwei Wochen, nachdem ich aus Frankreich nach Hause gekommen war, gestanden.«

»So etwas in der Art.«

»Clayton?«

»Was?« flüsterte er.

»Ich glaube nicht, daß Stephen so leicht darüber hinwegkommt, wie du denkst. Er könnte jede Frau haben, die er will, und doch war sie in der ganzen Zeit die einzige Frau, die er wirklich begehrte – abgesehen von Emily, und sieh doch nur, wie zynisch er danach geworden ist.«

»Stephen braucht nur mit dem Finger zu wackeln, und Dutzende von begehrenswerten Frauen werden Schlange stehen, um ihn zu trösten. Und dieses Mal wird er es zulassen, weil sein Stolz und sein Herz mehr gelitten haben als beim letzten Mal«, prophezeite Clayton grimmig. »In der Zwischenzeit wird er sich erst einmal sinnlos betrinken, und das für eine ganze Weile.«

Sie blickte ihn an. »Hast du das auch getan?«

»Genau das habe ich auch getan«, bestätigte er.

»Typisch männlich«, erwiderte sie naserümpfend.

Clayton unterdrückte ein Lachen und hob ihren weichen Mund zu seinem. »Denkst du, du bist darüber erhaben, Madam?« fragte er und hob amüsiert eine Augenbraue.

»Aber sicher«, erwiderte sie selbstgefällig.

»In diesem Fall«, sagte er, rollte sich auf den Rücken und zog sie mit sich, »lasse ich dich vermutlich besser nach oben.«

Ein wenig später zog Clayton sie schläfrig und befriedigt bequemer neben sich und schloß die Augen.

»Clayton?«

Etwas in ihrer Stimme bewog ihn, wachsam die Augen wieder zu öffnen.

»Ich weiß nicht, ob du es bemerkt hast, aber Charity Thornton war heute in Tränen aufgelöst, als Sheridan Bromleigh nicht wieder zurückkam.« Als er keine Antwort gab, sondern sie nur weiter ansah, fuhr sie fort: »Hast du es bemerkt?«

»Ja«, antwortete er vorsichtig. »Warum fragst du?«

»Nun, sie sagte mir auf eine herzzerreißende Weise, daß sie sich zum ersten Mal seit Jahrzehnten wirklich nützlich vorgekommen wäre, weil sie als Anstandsdame gebraucht wurde. Und sie sagte, sie fühle sich wie eine nutzlose alte Versagerin, weil sie keinen anderen Mann für Sheridan Bromleigh gefunden habe als Stephen.«

»Ich habe das gehört und Stephen auch«, erwiderte Clayton, wobei Unbehagen und Mißtrauen in seiner Stimme mitschwangen. »Ich meine allerdings, ihre genauen Worte hätten gelautet, es täte ihr leid, daß sie nicht in der Lage gewesen sei, einen anderen unglücklichen, leichtgläubigen Mann zu finden, den Miss Bromleigh hatte täuschen und verlassen können, außer ihrem lieben Langford.«

»Nun ja, das ist doch fast das gleiche.«

»Nur wenn du Dummheit mit Verstand gleichsetzt. Warum«, fuhr er mit schwersten Vorbehalten hinsichtlich der Antwort fort, »reden wir gerade jetzt darüber?«

»Weil ich ... ich sie eingeladen habe, eine Zeitlang bei uns zu bleiben.«

Whitney schien es, als habe er aufgehört zu atmen. »Ich dachte, sie könnte sich auch ein bißchen um Noel kümmern.«

»Es wäre sinnvoller, Noel zu bitten, sich ein wenig um sie zu kümmern.«

Da sie sich nicht klar darüber war, ob sich hinter seinem spöttischen Tonfall Ärger oder Erheiterung verbarg, sagte Whitney: »Natürlich würde sich eigentlich Noels Gouvernante insgeheim um alles kümmern.«

»Worum kümmern? Um Noel oder Charity Thornton?«

Whitney unterdrückte ein nervöses Lächeln. »Bist du ärgerlich?«

»Nein. Ich habe ... Respekt.«

»Vor was?«

»Vor deinem Gefühl für den richtigen Zeitpunkt. Vor einer Stunde, bevor wir beide uns geliebt haben, hätte ich wahrscheinlich heftiger darauf reagiert, sie in mein Haus zu nehmen, als ich es nun tue – jetzt bin ich zu erschöpft, um die Augen offenzuhalten.«

»Das dachte ich mir schon«, gab sie schuldbewußt zu, als er absichtlich das Schweigen danach in die Länge zog.

»Und ich wußte, daß du dir das denkst.«

Er klang mißbilligend, und sie biß sich auf die Lippen. Vorsichtig sah sie ihn an und forschte in seinem unergründlichen Gesichtsausdruck. »Hast du gefunden, wonach du suchst, meine Liebe?« fragte er sie sanft.

»Ich suchte nach ... Vergebung?« schlug sie vor, und ihre strahlenden Augen machten Claytons Versuch, ungerührt auszusehen, beinahe zunichte. »Männliche Güte gegenüber einem überreizten Weib? Einen gewissen Geistesadel, der sich in Toleranz anderen gegenüber zeigt? Vielleicht Sinn für Humor?«

»All das?« fragte Clayton und ein Lächeln stahl sich in seine Mundwinkel. »Alle diese Eigenschaften bei einem

Mann, der mit einer Frau geschlagen ist, die gerade die älteste lebende Glucke der Welt in sein Haus eingeladen hat?«

Sie biß sich auf die Lippen, um nicht laut aufzulachen, und nickte.

»In diesem Fall«, verkündete er und schloß mit einem Lächeln auf den Lippen die Augen, »kannst du dich glücklich schätzen, mit einem solchen Ausbund an Tugend verheiratet zu sein.«

43

»Ich möchte dich um einen Gefallen bitten«, verkündete Stephen ohne weitere Einleitung, als er zwei Wochen später in das Morgenzimmer im Haus seines Bruders trat, wo Whitney gerade das Anbringen von sonnengelben Vorhängen überwachte.

Verblüfft von seinem plötzlichen Erscheinen und seinem barschen Tonfall ließ Whitney die Näherinnen alleine und ging mit Stephen in das Wohnzimmer. In den drei Wochen, die seit der geplatzten Hochzeit vergangen waren, hatte sie ihn bei verschiedenen gesellschaftlichen Ereignissen gesehen, aber nur abends und immer mit einer anderen Frau an seinem Arm. Es waren auch Gerüchte aufgekommen, man habe ihn mit Helene Devernay im Theater gesehen. Im grellen Tageslicht erkannte Whitney jedoch sofort, daß die Zeit bei ihm keine Wunden geheilt hatte. Sein Gesicht wirkte so hart und kalt wie Granit, sein Verhalten war sogar ihr gegenüber distanziert und kurzangebunden, und tiefe Linien der Erschöpfung hatten sich um seine Augen und seinen Mund eingegraben. Er sah aus, als habe er seit Wochen nicht geschlafen und die ganze Zeit getrunken. »Ich tue alles für dich, worum du mich bittest, das weißt du«, sagte Whitney freundlich. Das Herz tat ihr weh bei seinem Anblick.

»Hast du eine Stelle frei für einen alten Mann – einen Unterbutler? Ich möchte ihn aus meinem Blickfeld haben.«

»Natürlich«, antwortete sie und fügte vorsichtig hinzu:

»Könntest du mir sagen, warum du ihn aus den Augen haben willst?«

»Er war Burletons Butler, und ich möchte niemanden und nichts mehr sehen, das mich an sie erinnert.«

Clayton blickte von den Papieren auf, die er gerade studierte, als Whitney mit niedergeschlagenem Gesicht in sein Arbeitszimmer trat. Alarmiert sprang er auf und kam um seinen Schreibtisch herum. »Was ist passiert?«

»Stephen war gerade hier«, berichtete sie mit erstickter Stimme. »Er sieht schrecklich aus, und er klingt schrecklich. Er möchte noch nicht einmal mehr Burletons Diener um sich haben, weil der Mann ihn an sie erinnert. Als sie ging, hat nicht nur sein Stolz gelitten. Er hat sie geliebt«, sagte sie ungestüm, und in ihren grünen Augen schimmerten Tränen der Hilflosigkeit. »Ich wußte es!«

»Es ist vorbei«, entgegnete Clayton sanft. »Sie ist fort und es ist vorbei. Stephen wird schon darüber hinwegkommen.«

»Nicht so bald.«

»Jeden Abend hängt eine andere Frau an seinem Arm«, sagte er. »Ich kann dir versichern, daß er weit davon entfernt ist, Eremit zu werden.«

»Er hat sich von allen zurückgezogen, selbst von mir«, widersprach sie. »Ich spüre es, und ich kann dir noch etwas sagen. Je mehr ich darüber nachdenke, um so überzeugter bin ich, daß Sheridan Bromleigh nichts vorgetäuscht hat, einschließlich ihrer Gefühle für Stephen.«

»Sie war eine ehrgeizige Intrigantin und eine begabte noch dazu. Nur ein Wunder könnte mich vom Gegenteil überzeugen«, entgegnete er schroff und setzte sich wieder an seinen Schreibtisch.

Hodgkin starrte seinen Brotherrn mit niedergeschlagenem Schweigen an. »Ich ... ich soll entlassen werden, Mylord? Habe ich etwas getan oder nicht getan, oder ...«

»Sie werden im Haus meines Bruders arbeiten. Das ist alles.«

»Habe ich irgendeine meiner Pflichten vernachlässigt, oder …«

»Nein!« knirschte Stephen und wandte sich ab. »Es hat nichts mit Ihrer Arbeit zu tun.« Normalerweise befaßte er sich gar nicht mit der Einstellung, Entlassung oder Bestrafung des Hauspersonals, und er hätte diese unangenehme Aufgabe auch besser seinem Sekretär überlassen, wie er jetzt merkte.

Die Schultern des alten Mannes sanken herab. Stephen sah ihm nach, wie er davonschlurfte. Er sah zehn Jahre älter aus als beim Hereinkommen.

44

Es war ein Fehler, Stephen zu beobachten, selbst aus dieser Entfernung, und Sherry wußte es, aber sie konnte anscheinend nicht anders. Er hatte ihr gesagt, daß er donnerstags meistens in die Oper ginge, und sie wollte – mußte – ihn noch einmal sehen, bevor sie England verließ. Sie hatte vor drei Wochen ihrer Tante geschrieben, gleich am Tag nach der geplatzten Hochzeit, hatte ihr alles erklärt, was geschehen war und Cornelia gebeten, ihr genug Geld für die Heimreise zu schicken. In der Zwischenzeit hatte Sherry eine Stellung als Gouvernante bei einer großen Familie angetreten, die nicht über die Mittel verfügte, eine wünschenswertere ältere Frau einzustellen oder den Empfehlungsbrief zu überprüfen, den Nicholas DuVille ihr geschrieben hatte. Charity Thorntons Name war als zweite Referenz aufgeführt – eine Empfehlung, von der die alte Dame, wie Sherry vermutete, nichts wußte.

Im überfüllten Parkett von Covent Garden wimmelte es von lärmenden, ausgelassenen Menschen, die Sherry auf die Füße traten und ihr ständig gegen die Schulter stießen, aber sie merkte es kaum. Ihr Blick war auf die leere Loge gerichtet, die siebte von vorne, und sie starrte dorthin, bis die vergoldeten Blumen und Sterne auf der Vorderseite der Loge ihr vor den Augen verschwammen. Die Zeit blieb stehen, und das Durcheinander in der Oper schwoll zu einem betäubenden Lärm an. Plötzlich teilten sich die Vorhänge hinter der siebten Loge, und Sherry erstarrte. Ihr Herz raste. Endlich würde sie ihn sehen … und dann war sie völlig niedergeschmettert, weil sie ihn in der Gruppe nicht entdecken konnte.

Vielleicht hatte sie sich verzählt, überlegte sie fieberhaft, und begann, die Logen neu abzuzählen. Sie musterte jedes Gesicht ihrer aristokratischen Insassen. Jede Loge war von der Nachbarloge durch eine schmale Goldsäule getrennt, und an jeder Säule hing ein Kronleuchter. Sherry zählte die Logen wieder und wieder ab, dann blickte sie auf ihre Hände in ihrem Schoß und krampfte sie noch fester zusammen, damit sie aufhörten zu zittern. Er kam heute abend nicht. Er hatte seine Loge anderen Leuten überlassen. Es würde noch eine Woche dauern, bevor es für sie wieder einen Grund gab herzukommen, vorausgesetzt, sie sparte genug Geld, um sich wieder eine Eintrittskarte leisten zu können.

Die ersten Töne der Musik erklangen, die roten Vorhänge schwangen auf, und Sherry zählte im Geiste die Minuten. Sie hörte nicht auf die Musik, die sie früher einmal geliebt hatte, sondern blickte wie unter Zwang immer wieder auf die zwei leeren Logenplätze, in der Hoffnung, ihn doch noch zu Gesicht zu bekommen. Wenn sie nicht hinsah, betete sie, er möge bei ihrem nächsten Blick da sein.

Er kam zwischen dem ersten und zweiten Akt, ohne daß sie bemerkte, wie er die Loge betrat und sich hinsetzte – ein dunkles Gespenst aus den Tiefen ihrer Erinnerung, das auf einmal in ihrer Wirklichkeit erschien und ihr Herz in Flammen setzte. Ihr Blick hing gebannt an seinem harten, gutaussehenden Gesicht, und hinter einem Tränenschleier prägte sie sich jede Linie für die Ewigkeit ein.

Er hatte sie nicht geliebt, rief sie sich in Erinnerung, während sie sich mit seinem Anblick quälte, er hatte sich nur irrtümlich für sie verantwortlich gefühlt. Sie wußte das alles, aber es konnte sie nicht davon abhalten, seine Lippen zu betrachten und daran zu denken, wie sanft sie die ihren berührt hatten, oder sein Profil anzusehen und sich daran zu erinnern, wie sein langsames, verwirrendes Lächeln sein ganzes Gesicht veränderte.

Sheridan war nicht die einzige Frau, die mit ihren Gedanken nicht der Vorstellung folgte. Auf der gegenüberliegenden Seite des Theaters, in der Loge des Duke of Claymore, betrachtete Victoria, Marchioness of Wakefield, aufmerksam die Menge im Parkett. Sie suchte nach der jungen Frau, die sie zufällig gesehen hatte, als sie sich ihren Weg in das Opernhaus bahnte. »Ich weiß, daß die Frau, die ich sah, Charise Lanc ..., ich meine, Sheridan Bromleigh, gewesen ist«, flüsterte Victoria Whitney zu. »Sie stand in der Schlange vor dem Parkett. Warte – da sitzt sie!« rief sie leise aus. »Sie trägt eine dunkelblaue Haube.«

Ohne auf die neugierigen Blicke ihrer Ehemänner zu achten, die hinter ihnen saßen, blickten die beiden Freundinnen auf die betreffende Frau. Ihre Schultern schlossen sich so nahe zusammen, daß Victorias kastanienbraune Haare beinahe Whitneys glänzende dunkle Strähnen berührten.

»Wenn sie nicht diese Haube trüge, dann könnten wir sie sofort an ihrer Haarfarbe erkennen.«

Whitney brauchte jedoch die Haarfarbe nicht zu sehen. In der nächsten halben Stunde sah die in Frage kommende Frau immer nur zu Stephens Loge hinauf, und das galt ihr als Bestätigung genug. »Sie blickt ihn beständig an«, sagte Victoria. Ihre Stimme war erfüllt von der gleichen Verwirrung und Sorge, die Whitney über das plötzliche Verschwinden und das Verhalten von Stephens Verlobter empfand. »Glaubst du, sie wußte, daß er heute abend hier sein würde?«

Whitney nickte. Sie wünschte, die junge Frau würde wenigstens einen Moment lang einmal in ihre Richtung blicken, statt immer nur in die entgegengesetzte. »Sie weiß, daß Stephen jeden Donnerstagabend hierherkommt, und daß er diese Loge hat. Sie war hier mit ihm, ein paar Tage, bevor sie ... verschwand.« Whitney verwendete das Wort »verschwand«, weil es am wenigsten verurteilend schien. Victoria und Jason Fielding, die auch mit Stephen befreundet waren, gehörten zu den seltenen Menschen in der Gesellschaft, die die ganze Geschichte kannten. Sie wären auch nach der kleinen privaten Hochzeitsfeier zu einem Umtrunk eingeladen gewesen.

»Glaubst du, sie will ihm aus irgendeinem Grund ›zufällig‹ begegnen?«

»Ich weiß nicht«, flüsterte Whitney zurück.

Hinter ihnen beobachteten ihre Ehemänner das hübsche Paar, das der hervorragenden Aufführung so gar keine Aufmerksamkeit schenkte. »Was machen die beiden da?« murmelte Clayton zu Jason Fielding und deutete mit dem Kopf auf die beiden Frauen.

»Vielleicht trägt irgend jemand die Robe des Jahrhunderts.«

»Nicht da unten im Parkett«, erklärte Clayton. »Als sich Whitney und Victoria das letzte Mal so benommen haben, saß Stephens Geliebte mit ihm in seiner Loge, und in der Loge daneben befand sich Monica Fitzwaring mit Bakersfield und versuchte so zu tun, als wüßte sie nicht, wer nur eine Handbreit entfernt von ihr saß.«

»Ich erinnere mich«, erwiderte Jason grinsend. »Ich glaube, sie standen an diesem Abend auf Helene Devernays Seite.«

»Whitney hat den ganzen Heimweg über gelacht«, erinnerte sich Clayton.

»Victoria hat es zu den unterhaltsamsten drei Stunden der ganzen Saison erklärt«, fügte Jason hinzu. Er beugte sich vor und flüsterte scherzhaft: »Victoria, du schwebst in Gefahr, aus der Loge zu fallen.«

Sie lächelte ihn verlegen an, ließ aber in ihrer Aufmerksamkeit nicht nach.

»Sie geht!« sagte Whitney auf einmal. Sie empfand Erleichterung und Niedergeschlagenheit zugleich. »Sie wollte nicht warten, bis die Vorführung zu Ende ist, und sie hat auch ihren Platz zwischen den Akten nicht verlassen, was bedeutet, daß sie nicht plant, ihm hier zufällig zu begegnen.«

Verwirrt und amüsiert über ihr mädchenhaftes Geflüster lehnte sich Clayton zur Seite und durchforschte die Reihen im Parkett, aber erst, als sie auf dem Weg zu ihrer nächsten

Verabredung – einem Mitternachtsdinner – waren, schnitt er das Thema bei seiner Frau an. »Worüber habt Victoria und du den ganzen Abend getuschelt?«

Whitney zögerte, da sie wußte, es würde ihm nicht gefallen, daß Sheridan Bromleigh wieder aufgetaucht war, und auch die Gründe würden ihn nicht interessieren. »Victoria dachte, sie hätte heute abend Sheridan Bromleigh gesehen. Ich konnte ihr Gesicht nicht so gut erkennen, um mit Sicherheit sagen zu können, daß Victoria recht hatte.« Bei der Erwähnung des Namens zog Clayton feindselig seine dunklen Brauen zusammen, und Whitney beschloß, das Thema fallenzulassen.

Am folgenden Donnerstag waren ihre Ehemänner anderweitig beschäftigt, und so kamen Whitney und Victoria früh in Covent Garden an. Aus ihrer hochgelegenen Loge suchten sie die Gesichter aller Neuankömmlinge im Parkett und auf der Galerie ab, wobei sie nur nach einem bestimmten Gesicht Ausschau hielten. »Kannst du sie sehen?« fragte Victoria.

»Nein, aber es grenzt auch an ein Wunder, daß sie dir letzte Woche überhaupt in der Menge aufgefallen ist. Von hier aus lassen sich unmöglich alle Gesichter erkennen.«

»Ich weiß nicht, ob ich erleichtert oder enttäuscht sein soll«, sagte Victoria und lehnte sich auf ihrem Platz zurück. Als der Vorhang aufging, hatten sie die Frau, die sie letzte Woche für Sheridan Bromleigh gehalten hatten, immer noch nicht erspäht.

Auch Whitney lehnte sich zurück und dachte schweigend über ihre eigene Reaktion nach.

»Dein Schwager ist gerade gekommen«, sagte Victoria ein paar Minuten später. »Ist das Georgette Porter bei ihm?«

Whitney blickte quer durch das Theater auf Stephens Loge und nickte abwesend.

»Sie ist sehr hübsch«, fügte Victoria hinzu. Ihr Tonfall klang, als bemühe sie sich sehr, jemandem Mut in einer nahezu verzweifelten Situation zuzusprechen. Sie mochte Stephen Westmoreland sehr gern, und er gehörte zu den wenigen Menschen, die ihr Mann als seine engen Freunde betrachtete. Sie hatte auch Sheridan Bromleigh, die wie sie selbst Amerikanerin war, sofort gemocht.

Whitney beobachtete Stephens Verhalten gegenüber der Frau an seiner Seite, die ihn anlächelte und angeregt auf ihn einredete. Er hörte mit starrer Höflichkeit zu, und Whitney bekam den Eindruck, er wüßte weder, daß Georgette Porter redete, noch daß sie ein Gesicht hatte, und noch nicht einmal, daß sie sich in seiner Loge befand. Unbewußt schweifte ihr Blick wieder zu den Plätzen unten im Parkett und durchforschte von neuem die langen Reihen von Köpfen. »Sie ist hier, ich weiß, daß sie hier ist. Ich will sagen, ich habe das Gefühl, daß sie hier ist«, korrigierte sie sich, als Victoria sie scharf musterte.

»Wenn ich sie letzte Woche nicht hätte ankommen sehen und darauf gewartet hätte, daß sie ins Parkett kommt, hätte ich sie nie entdeckt. Wir können sie auch jetzt nicht finden, bei dieser Menschenmenge.«

»Ich weiß eine Methode!« stieß Whitney hervor. »Such nach einem Kopf, der zu Stephens Loge statt auf die Bühne gerichtet ist.« Ein paar Minuten später packte Victoria aufgeregt ihren Arm. »Da sitzt sie!« rief sie aus. »Genau die gleiche Haube! Sie befindet sich genau unter uns, deshalb haben wir sie nicht gesehen.«

Jetzt, wo sie die andere Frau entdeckt hatten, beobachtete Whitney sie ständig, aber erst, als sie aufstand, um zu gehen, konnte sie einen Blick auf ihr Gesicht werfen. »Sie ist es!« sagte Whitney ungestüm. Hilfloses Mitleid durchzuckte sie, weil sie unverhüllten Kummer und Sehnsucht auf Sheridans Gesicht gesehen hatte, als diese sich erhob, um die Oper vor dem Ende der Aufführung zu verlassen.

Es schien unwahrscheinlich, daß ihr Ehemann dieses Mitleid teilen würde – zumindest nicht, bevor er selbst erleben konnte, wie Sheridan Bromleigh schweigend dasaß und Stephen anschaute. Aber wenn er es auch sähe und in seiner Einstellung Sheridan gegenüber vielleicht etwas nachgiebiger würde, dann könnte Whitney ihn vielleicht dazu überreden, mit Stephen zu sprechen und ihn zu drängen, nach ihr zu suchen. Sie wußte, daß Clayton der einzige war, der genug Einfluß auf Stephen besaß, um ihn möglicherweise umzustimmen.

45

»Wir dürfen nicht zu spät kommen.« Whitney warf einen besorgten Blick auf die Uhr, während ihr Mann sich noch bei einem Glas Sherry aufhielt. »Ich glaube, wir sollten jetzt aufbrechen.«

»Warum eigentlich ist mir noch nie aufgefallen, wie außerordentlich interessiert du an der Oper bist?« fragte Clayton und musterte sie neugierig.

»Die ... die Aufführung kürzlich war ziemlich fesselnd«, erwiderte sie. Sie beugte sich herunter und nahm ihren Sohn in die Arme, bevor er schläfrig zwischen seiner Gouvernante und Charity Thornton wegstolperte.

»Soso, fesselnd also?« wiederholte Clayton und blickte sie über den Rand seines Glases amüsiert und verwirrt an.

»Ja. Oh, und ich habe für heute abend unsere Loge mit der der Rutherfords getauscht.«

»Darf ich fragen warum?«

»Die Sicht ist viel besser von Stephens Seite aus.«

»Die Sicht auf was?«

»Auf das Publikum.«

Als er sie fragen wollte, was sie mit dieser verblüffenden Antwort meinte, erwiderte Whitney: »Bitte, vertrau mir einfach, und stell keine Fragen mehr, bis ich dir zeigen kann, was ich meine.«

»Sieh mal«, flüsterte Whitney und umklammerte aufgeregt Claytons Handgelenk, »da ist sie. Nein – paß auf, sie darf nicht merken, daß du sie ansiehst. Dreh einfach nur deine Augen in die Richtung, nicht deinen Kopf.«

Er drehte seinen Kopf tatsächlich nicht, doch statt in die angezeigte Richtung zu schauen, warf Clayton ihr einen Blick zu und sagte: »Es würde mir sehr helfen, wenn ich nur die leiseste Ahnung hätte, wen ich ansehen soll.«

Nervös, weil so viel von seiner Reaktion und seiner Hilfe abhing, gestand Whitney: »Es ist Sheridan Bromleigh. Ich wollte es dir nicht vorher sagen aus Angst, sie würde nicht hier sein oder du würdest nicht kommen wollen.«

Sein Gesichtsausdruck verhärtete sich sofort, als sie den Namen der anderen Frau erwähnte, und sie blickte mit flehenden grünen Augen in seine kühlen grauen. »Bitte, Clayton, verurteile sie nicht ohne Grund. Wir haben niemals ihren Standpunkt in der ganzen Angelegenheit gehört.«

»Weil sie davongelaufen ist, das kleine schuldbewußte Luder. Die Tatsache, daß sie die Oper liebt, was wir schon wußten, ändert daran nichts.«

»Deine Loyalität Stephen gegenüber trübt dein Urteilsvermögen.« Als er darauf nicht reagierte, beharrte Whitney mit freundlicher, aber fester Entschlossenheit. »Sie kommt nicht wegen der Vorstellungen hierher. Sie blickt niemals zur Bühne, sie schaut nur Stephen an, und sie sitzt immer in den Reihen hinter seiner Loge, so daß er sie noch nicht einmal entdecken könnte, wenn seine Aufmerksamkeit von der Bühne abgelenkt würde. Bitte, Liebling, sieh doch selbst.«

Er zögerte einen endlosen Augenblick lang, stimmte dann aber mit einem kurzen, wortlosen Nicken zu und warf einen Blick in die Richtung, die sie ihm gezeigt hatte, nämlich weit rechts. »Einfache dunkelblaue Haube mit einem blauen Band«, fügte Whitney hilfreich hinzu, »und ein dunkelblaues Kleid mit einem weißen Kragen.«

Sie sah sofort, daß Clayton Sheridan in der Menge gefunden hatte, weil seine Kinnmuskeln hart wurden und sein Blick sofort wieder zurück zur Bühne wanderte, wo er auch blieb, bis sich die Vorhänge hoben. Enttäuscht, aber nicht geschlagen, beobachtete sie ihn aus den Augenwinkeln und wartete auf eine winzige Veränderung in seiner Haltung, die ihr anzeigen könnte, daß er einen zweiten Blick riskierte. In dem Moment, als sie das spürte, warf sie ihm einen verstohlenen Blick zu. Er hatte seinen Kopf nur unmerklich nach rechts von der Bühne weggedreht, seine Augen jedoch waren ganz nach rechts gerichtet. Whitney betete, daß Sheridan Bromleigh nicht gerade in diesem Moment zum ersten Mal seit Wochen der Vorstellung zusah. Sie beugte sich leicht vor, um an Claytons Schultern vorbeizuspähen, und lächelte erleichtert.

In den nächsten beiden Stunden überwachte Whitney vorsichtig ihren Mann und Sheridan Bromleigh, sorgfältig darauf bedacht, ihren Körper nicht so auffällig zu bewegen, daß er mißtrauisch wurde. Am Ende des Abends schmerzten ihre Augen, aber sie war voller Triumph. Claytons Blick war während des ganzen Abends immer wieder zu Sheridan zurückgekehrt, aber Whitney sprach das Thema erst zwei Tage später an, als sie glaubte, er habe in der Zwischenzeit seine Einstellung zu Stephens früherer Verlobter vielleicht überdacht.

46

»Erinnerst du dich noch an den Abend in der Oper?« fragte sie vorsichtig, während die Lakaien ihr Frühstücksgeschirr abräumten.

»Ich fand, es war eine ›fesselnde‹ Aufführung, ganz wie du gesagt hast«, erwiderte Clayton mit ausdruckslosem Gesicht. »Der Tenor, der ...«

»Du hast der Aufführung gar nicht zugesehen«, unterbrach sie ihn entschlossen.

»Du hast recht.« Er grinste. »Ich habe dir zugesehen, wie du mich beobachtet hast.«

»Clayton, bitte, sei doch einmal ernst. Das ist wichtig.«

Seine Brauen hoben sich fragend, und er schenkte ihr vollste Aufmerksamkeit, aber er sah erheitert, wachsam und vorbereitet aus.

»Ich möchte Stephen und Sheridan Bromleigh einander gegenüberstellen. Ich habe gestern mit Victoria darüber gesprochen, und sie fand auch, daß man sie zumindest dazu zwingen müßte, miteinander zu reden.«

Sie wappnete sich für einen Streit und starrte ihn fassungslos an, als er beiläufig antwortete: »Ein ähnlicher Gedanke ist mir auch gekommen, und deshalb habe ich gestern abend im Strathmore Stephen darauf angesprochen.«

»Warum hast mir nichts davon erzählt? Was hast du gesagt? Und was hat er geantwortet?«

»Ich sagte«, berichtete Stephen, »daß er meiner Meinung nach mit Sheridan Bromleigh reden sollte. Und ich erzählte ihm, daß sie extra in die Oper geht, um ihn zu sehen.«

»Und was ist dann passiert?«

»Nichts ist passiert. Er stand auf und ging weg.«

»Das war alles? Er hat nichts geantwortet?«

»Doch, eigentlich schon. Er sagte, daß er aus Achtung vor unserer Mutter der Versuchung widerstehen würde, mir gegenüber gewalttätig zu werden, aber wenn ich noch einmal in seiner Gegenwart Sheridan Bromleighs Namen erwähnen würde, sollte ich mich nicht darauf verlassen, daß er ähnlich zurückhaltend reagieren werde.«

»*Das* hat er gesagt?«

»Nicht mit genau den gleichen Worten«, antwortete Clayton mit grimmiger Ironie. »Stephen drückte sich knapper und … farbiger aus.«

»Nun ja, mir kann er nicht drohen. Irgendwas muß ich doch tun können.«

»Hast du schon mal an Beten gedacht? Eine Pilgerfahrt? Hexerei?« Trotz seines unbeschwerten Tonfalls wollte er, daß sie die Dinge ruhen ließ, und sie merkte es ihm an. Als sie nicht lächelte, stellte er seine Tasse auf den Unterteller und lehnte sich mit leisem Stirnrunzeln in seinem Stuhl zurück. »Du bist absolut entschlossen, dich darum zu kümmern, ganz gleich, was Stephen oder ich sagen, nicht wahr?«

Sie nickte zögernd. »Ich muß es einfach versuchen. Ich muß dauernd an den Ausdruck auf Sheridans Gesicht denken, wenn sie ihn in der Oper ansieht, und daran, wie sie ihn auf dem Ball der Rutherfords angeschaut hat. Und Stephen wirkt jedesmal, wenn ich ihn sehe, verhärmter und finsterer, also nützt es wohl keinem von beiden, wenn ich mich heraushalte.«

»Ich verstehe«, sagte er und ein leichtes Lächeln umspielte seine Mundwinkel, als er sie anblickte. »Kann ich irgend etwas sagen, um dich davon zu überzeugen, daß es ein Fehler ist?«

»Leider nein.«

»Das dachte ich mir.«

»Dann kann ich es dir auch gleich gestehen – ich habe Matthew Bennett damit beauftragt, in seiner Kanzlei Nachforschungen darüber anzustellen, wo sie sich aufhält. Ich kann die beiden nicht zusammenbringen, solange ich nicht weiß, wo sie ist.«

»Es überrascht mich, daß du nicht in der Pause einen Lakai angeworben hast, damit er ihr am Ende der Vorstellung nach Hause folgt, und dann erst Bennetts Kanzlei mit den Nachforschungen beauftragt hast.«

»Daran habe ich nicht gedacht.«

»Aber ich.«

Seine Stimme klang so unbeteiligt und sein Gesichtsausdruck schien so gleichgültig, daß es einen Augenblick dauerte, bis sie die wirkliche Tragweite seiner Worte erkannte. Als sie ihr schließlich dämmerte, wurde sie von der vertrauten Woge von Zuneigung überwältigt, die in den vier Jahren ihrer Ehe immer stärker geworden war. »Clayton«, sagte sie, »ich liebe dich.«

»Sie arbeitet als Gouvernante für einen Baronet und seine Familie«, informierte er sie. »Der Nachname ist Skeffington. Drei Kinder. Ich habe noch nie von ihnen gehört. Bennett hat ihre Adresse.«

Whitney stellte ihre Teetasse ab und erhob sich, um der Anwaltskanzlei sofort eine Nachricht zu schicken, in der sie um alle Informationen bitten wollte.

»Whitney?«

Sie drehte sich auf der Schwelle des Morgenzimmers um. »Mylord?«

»Ich liebe dich auch.« Statt einer Antwort lächelte sie ihn an, und er wartete einen Moment lang, bevor er eine ernsthafte Warnung aussprach. »Wenn du auf deinem Plan bestehst, die beiden einander gegenüberzustellen, dann sei bitte vorsichtig dabei und bereite dich auch darauf vor, daß Stephen in dem Moment, wo er sie sieht, geht. Du solltest auch die Möglichkeit bedenken, daß er dir deine Einmischung nicht verzeiht, oder jedenfalls für lange Zeit nicht. Überlege also sorgfältig, bevor du Schritte unternimmst, die du später vielleicht bereust.«

»Das werde ich«, versprach sie.

Clayton sah ihr nach und schüttelte langsam den Kopf. Er wußte nur zu gut, daß sie keine Zeit damit vergeuden würde nachzudenken, bevor sie handelte. Es lag einfach nicht in ihrem Naturell, das Leben verstreichen zu lassen anstatt sich mitten hineinzustürzen. Aber das, überlegte er, war einer der Charakterzüge, die er am meisten an ihr liebte.

Er hatte allerdings nicht erwartet, daß sie so schnell reagieren würde.

»Was schreibst du da?« fragte er, als er am selben Nachmittag in den Salon kam und sie an einem Rosenholzsekretär sitzen sah. Nachdenklich strich sie mit der Schreibfeder über ihre Wange und studierte einen Stapel Papier, den sie in der Hand hielt.

Sie blickte auf, als sei sie in Gedanken ganz weit weg gewesen, und lächelte ihn flüchtig an. »Eine Gästeliste.«

Die hektischen Aktivitäten der Saison gingen langsam dem Ende entgegen, und sie hatten sich beide darauf gefreut, für den Sommer in den Frieden und die Ruhe ihres Landsitzes zurückkehren zu können. Deshalb überraschte es Clayton gewaltig, daß sie offensichtlich ein Fest plante. »Ich dachte, wir würden übermorgen nach Claymore zurückfahren.«

»Das tun wir auch. Dieses Fest findet erst in drei Wochen statt – es ist ein Geburtstagsfest für Noel. Nichts zu Großes, natürlich.«

Clayton blickte über ihre Schulter auf die Liste und mußte ein Lachen unterdrücken, als er den ersten Punkt laut vorlas. »Ein kleiner Elefant, den Kinder gefahrlos anfassen können …«

»Ich dachte an das Motto Zirkus, mit Clowns, Jongleuren und so etwas, und das ganze Fest und das Essen sollten auf dem Rasen stattfinden. Das ist viel entspannter so, und die Kinder können es mit den Erwachsenen zusammen viel besser genießen.«

»Ist Noel nicht noch ein bißchen klein dafür?«

»Er braucht die Gesellschaft anderer Kinder.«

»Ich dachte, aus diesem Grund verbringt er jeden Tag mit

den Kindern der Fieldings und der Thorntons, wenn wir nach London kommen.«

»Ja, natürlich«, antwortete sie und schenkte ihm ein zerstreutes Lächeln. »Stephen hat mir angeboten, Noels Fest in Montclair auszurichten, als ich ihm heute davon erzählt habe.«

»Da wir in den letzten Wochen auf so vielen Festen waren, daß es für ein ganzes Leben reicht, wünschte ich beinahe, du hättest ihn verschont«, scherzte er. »Als Noels Onkel und zudem Taufpate zählt es zu Stephens Privilegien, seinen Landsitz voller Eltern zu haben, die mindestens eine Woche bleiben und unterhalten werden wollen, Kinderfest hin oder her.«

»Ich habe Stephen vorgeschlagen, statt dessen den Ball zum sechzigsten Geburtstag deiner Mutter in Montclair zu geben und uns dafür Noels Geburtstagsfest zu überlassen. Da sie nur drei Tage nach Noel Geburtstag feiert, schien mir das die beste Lösung zu sein.«

»Kluges Mädchen«, erwiderte Clayton, und änderte sofort seine Meinung darüber, wer das Fest ausrichten sollte. »Mutters Ball soll ein riesiges Ereignis werden.«

»Unser Fest wird dagegen nur klein – ein paar sorgfältig ausgewählte Gäste mit Kindern und ihren Gouvernanten.«

Während sie sprach, blickte Clayton beiläufig auf das Blatt Papier, das neben ihrem Handgelenk lag, und sein Auge fiel auf den Namen Skeffington. Er richtete sich auf und bemerkte mit amüsierter Ironie: »Interessante Gästeliste.«

»Nicht wahr?« erwiderte sie lächelnd. »Fünf Paare, auf deren absolute Diskretion wir uns verlassen können, ganz gleich, was sie sehen oder hören, und die die Situation größtenteils schon kennen. Und die Skeffingtons.«

»Und ihre Gouvernante natürlich.«

Whitney nickte. »Natürlich. Und das Schöne an dem Plan ist, daß Sheridan sich nicht drücken kann, auch wenn sie es noch so sehr möchte, weil sie für die Skeffingtons arbeitet.«

»Und wie willst du es verhindern, daß Stephen flüchtet, sobald er sie erblickt?«

»Flüchtet?« wiederholte sie und sah dabei noch erfreuter

aus. »Und seinen Neffen allein läßt, der ihn anbetet? Den Neffen, in den er sichtlich vernarrt ist? Was würde das für eine Wirkung auf Noel haben? Und wie würde es auf die anderen wirken, wenn die Anwesenheit einer einfachen Gouvernante in einem Haus mit über hundert Zimmern ihn so aus der Fassung bringt, daß er es nicht ertragen kann dazubleiben und statt dessen flieht? Mir wäre es lieber, es gäbe einen weniger öffentlichen Weg, sie zusammenzubringen, aber da Stephen ein privates Treffen sicher nicht ertragen würde, mußte ich eben eine Methode finden, ihn dorthin zu bekommen, wo wir ihn hinhaben wollen, und ihn dann daran zu hindern, sich zu entziehen. Selbst wenn er sich einreden könnte, daß Noel seine Abwesenheit gar nicht bemerkt, dann würde er doch immer noch sein Gesicht vor den Fieldings, den Townsendes und allen anderen verlieren. Er besitzt sehr viel Stolz, und Sheridan hat ihn bereits mit Füßen getreten. Ich bezweifle, daß er noch ein Jota mehr davon opfern will, indem er geht, wenn er sie sieht. Und da das Fest draußen stattfindet, halten die Gouvernanten sich ständig im Blickfeld der anderen Gäste auf, deshalb kann Stephen Sherry gar nicht umgehen, auch nicht an den Abenden.«

Sie hielt inne und schaute gedankenverloren auf die Gästeliste. »Ich wage es allerdings nicht, Nicki einzuladen. Er würde mir sowieso von allem abraten, und selbst wenn er es nicht täte, würde er sich unter diesen Umständen weigern zu kommen. Er mißbilligt alles, was Stephen im Hinblick auf Sheridan getan hat, einschließlich der Tatsache, daß Stephen nicht versucht hat, sie zu finden und alles zu erklären. Nicki steht der ganzen Angelegenheit sehr feindselig gegenüber. Am Tag nachdem ich sie zum ersten Mal in der Oper gesehen hatte, gab er mir gegenüber zu, daß er ihren Aufenthaltsort kannte, aber er wollte ihn mir nicht sagen, als ich ihn fragte. Und Nicki hat mir noch nie etwas verweigert. Er meinte ganz entschlossen, sie habe genug unter Stephen gelitten und sie wolle nicht gefunden werden.«

»Sie ist verschwunden, nicht Stephen«, bemerkte Clayton.

»Ich neige auch zu dieser Ansicht, aber Nicki ist da eisern.«

»Dann tust du gut daran, sie nicht in die gleiche Grafschaft, geschweige denn in das gleiche Haus zu holen.«

Whitney hörte ihm mit besorgt gerunzelter Stirn zu. »Warum nicht?«

»Weil Stephen eine ausgesprochene Abneigung gegen DuVille entwickelt hat, seit Sherry verschwunden ist.«

Sie sah so bekümmert aus, daß Clayton seine Gedanken wieder auf den Plan richtete, Sheridan mit Stephen zusammenzubringen. Ihre kleine Intrige barg zahlreiche Möglichkeiten zum Scheitern in sich, aber auch ihm fiel keine bessere Lösung ein. »Was tun wir, wenn die Skeffingtons absagen?« fragte er.

Seine Frau zog diese Möglichkeit nicht in Betracht. Sie klopfte mit dem Finger auf einen gefalteten Briefbogen auf ihrem Schreibtisch. »Nach den Informationen dieses Briefs aus Matthew Bennetts Kanzlei hat Lady Skeffington ihren Mann, Sir John, überredet, während der Saison mit der ganzen Familie nach London zu kommen, und zwar hauptsächlich, um mit den ›richtigen Leuten‹ in Kontakt zu treten. Lady Skeffington hat sehr wenig Geld, aber äußerst große gesellschaftliche Ambitionen, wie es scheint.«

»Das klingt ja entzückend«, bemerkte Clayton ironisch. »Ich kann es kaum erwarten, daß sie sich in meinem Haus breitmachen, und das zweiundsiebzig Stunden, zwölf Mahlzeiten und drei Tees lang …«

Unbeirrt fuhr Whitney fort: »Sie kamen nach London in der Hoffnung, Zutritt zu den höchsten Kreisen zu finden, damit ihre siebzehnjährige Tochter eine Gelegenheit erhält, eine brillante Partie zu machen. Bis gestern ist ihnen weder das eine noch das andere gelungen. Kannst du dir unter diesen Voraussetzungen wirklich vorstellen, daß die Skeffingtons eine persönliche Einladung des Duke of Claymore zu einem Fest auf seinem Landsitz ablehnen würden?«

»Nein«, erwiderte Clayton, »aber Hoffnung gibt es immer.«

»Nein, gibt es nicht«, antwortete seine unverbesserliche Frau und wandte sich lachend wieder ihren Papieren zu. »Zumindest nicht, solange dein Bruder als die beste Partie in ganz England gilt.«

»Vielleicht schneit es an diesem Wochenende«, sagte er und machte bei dem Gedanken an das Fest in seinem Haus ein ganz entsetztes Gesicht. »Es hat doch ganz bestimmt irgendwann einmal in der Weltgeschichte auf dieser Insel im Juni geschneit.«

47

Lady Skeffington hatte ihre schmerzenden Füße auf einen Hocker gelegt und saß glückselig schweigend im Salon ihres kleinen Londoner Mietshauses. Ihr gegenüber saß ihr Mann und las die *Times*, und auch er hatte seinen schlimmen Fuß auf einen Hocker gelegt. »Horch nur, wie still es ist«, sagte sie und neigte glücklich den Kopf zur Seite. »Miss Bromleigh ist mit den Kindern Eis essen gegangen. Sie werden jeden Moment zurückkommen, und ich kann nur daran denken, wie nett es ist, wenn sie einmal fort sind.«

»Ja, mein Täubchen«, erwiderte ihr Mann, ohne von seiner Zeitung aufzublicken.

Sie wollte gerade dieses Thema weiter erörtern, als ihr Lakai, der auch als Kutscher und Butler fungierte, in ihre Einsamkeit einbrach, einen Briefumschlag in seiner ausgestreckten Hand haltend. »Wenn das wieder eine Nachricht wegen unserer Miete ist ...«, begann sie, dann jedoch spürten ihre Finger, wie außergewöhnlich dick das schwere, cremefarbene Papier in ihrer Hand war, und sie drehte den Briefumschlag um, wobei sie fassungslos auf das Wachssiegel starrte. »Skeffington«, stieß sie hervor, »ich glaube – ich bin mir fast sicher – wir haben gerade unsere erste wichtige Einladung erhalten ...«

»Ja, mein Täubchen.«

Sie brach das Siegel, entfaltete den Briefbogen, und ihr Mund blieb offen stehen, als sie das goldene Wappen über dem Schreiben entdeckte. Ihre Hände begannen zu zittern, als sie es durchlas, und erregt und mit zitternden Gliedern stand sie auf. »*Claymore!*« stammelte sie ehrfürchtig und griff sich mit der freien Hand an die Brust, wo ihr Herz heftig zu schlagen angefangen hatte. »Wir sind in *Claymore* eingeladen …«

»Ja, mein Täubchen.«

»Der Duke und die Duchess of Claymore geben sich die Ehre, Sie zu einem kleinen Fest zur Feier des Geburtstages ihres Sohnes einzuladen. Und …« Lady Skeffington hielt inne, um nach ihrem Hirschhornsalz auf dem Tisch zu greifen, bevor sie fortfahren konnte, »die Duchess of Claymore hat eine handschriftliche Notiz hinzugefügt. Sie schreibt, es täte ihr leid, daß sie nicht das Vergnügen gehabt habe, unsere Bekanntschaft während der Saison zu machen, aber sie hoffe, dem in … *Claymore* … Abhilfe schaffen zu können.« Sie brach ab, um eine Prise Hirschhornsalz zu nehmen, bevor sie weiterlas. » …in drei Wochen. Und wir sollen die Kinder mitbringen. Wie findest du das?«

»Äußerst sonderbar.«

Sie drückte die Einladung an ihren ausladenden Busen und senkte ihre Stimme zu einem ehrfürchtigen Flüstern. »Skeffington, weißt du, was das bedeutet?« stieß sie hervor.

»Ja, mein Täubchen. Es bedeutet, daß wir eine Einladung bekommen haben, die für jemand anderen bestimmt ist.«

Lady Skeffington erblaßte bei dieser Möglichkeit, riß das Blatt Papier von ihrer Brust, las es noch einmal und schüttelte den Kopf. »Nein, sie ist an uns gerichtet, hier – sieh selbst.«

Sir John löste endlich seine Aufmerksamkeit von der *Times*, nahm die Einladung aus ihrer ausgestreckten Hand entgegen und las sie. Dabei wechselte sein Gesichtsausdruck von Unglauben zu selbstgefälliger Zufriedenheit. »Ich habe dir doch gesagt, daß es gar nicht nötig ist, wie wild durch London zu rennen und auf Einladungen zu hoffen. Dieser Brief hätte uns auch erreicht, wenn wir zu Hause in Blintonfield geblieben wären, wo wir hingehören.«

»Oh, das ist nicht nur eine Einladung«, antwortete sie, wobei ihre Stimme zusehends an jugendlicher Stärke gewann. »Das bedeutet sehr viel mehr.«

Er blickte noch einmal auf den Briefbogen. »Warum?«

»Dies hat etwas mit Julianna zu tun.«

Er ließ das Blatt ein wenig sinken und blickte sie über den Rand hinweg aus rotgeränderten Augen an, die sich durch seine ausgesprochene Vorliebe für Madeira erklärten. »Julianna? Wie das?«

»Denk einmal nach, Skeffington, denk einfach einmal nach! Julianna hielt sich die ganze Saison über in London auf, und wir haben zwar nie Eintrittskarten zu Almack's oder sonst irgendwohin bekommen, wo sie von den besten Leute hätte gesehen werden können, aber ich habe darauf bestanden, daß sie jeden Tag im Green Park spazierenging. Darin war ich sehr streng, und an einem Tag haben wir *ihn* dort gesehen. Er blickte Julianna direkt an, und ich dachte damals ... ich dachte, ja, er sieht sie. Und *deshalb* haben wir eine Einladung nach Claymore bekommen. Er hat bemerkt, wie reizend sie ist, und hat die ganze Zeit über nach ihr gesucht und sich überlegt, wie er an sie herankommen könnte.«

»Was für eine abgefeimte Methode von ihm – läßt seine eigene Frau für seine Zwecke eine Einladung schicken. Ich kann nicht behaupten, daß ich das sehr schätze. Das riecht nach schlechten Manieren.«

Sie drehte sich ungläubig zu ihm herum. »Was? Von wem redest du da?«

»Von unserer Tochter und Claymore.«

»Dem Herzog?« schrie sie enttäuscht auf. »Ich möchte, daß sie Langford bekommt.«

»Ich wüßte nicht, wie du das erreichen solltest. Wenn Claymore ein Auge auf sie geworfen hat und Langford sie auch haben möchte, dann gibt's Ärger. Du wirst dich schon entscheiden müssen, bevor wir dorthin gehen, meine Teuerste.«

Sie öffnete den Mund, um einen ärgerlichen Wortschwall wegen seiner Begriffsstutzigkeit auf ihn niederprasseln zu lassen, wurde jedoch von fröhlichen Stimmen in der Halle abgelenkt. »Kinder!« rief sie, lief in die Halle hinunter und umarmte das erste Kind, das sie erwischte. »Miss Bromleigh!« keuchte sie, so aufgeregt, daß sie ungewollt auch die Gouvernante umarmte. »Wir werden Tag und Nacht arbeiten müssen, um uns auf eine Reise vorzubereiten. Ich weiß gar nicht, was wir alles brauchen für ein mehrtägiges Fest dieser Größenordnung.«

»Julianna, wo bist du, Liebes«, fiel ihr etwas zu spät ein. Verwirrt blickte sie sich um, sah jedoch nur zwei dunkelhaarige Jungen von sechs und sieben mit frischen Gesichtern.

»Julianna ist nach oben in ihr Zimmer gegangen, Lady Skeffington«, erwiderte Sherry und unterdrückte ein müdes Lächeln angesichts der Aufregung ihrer Herrin. Leichte Furcht überkam sie, als sie über die Art der zusätzlichen Arbeit nachdachte, die »ein mehrtägiges Fest dieser Größenordnung« wohl erforderlich machte. Sie hatte nur einen Abend in der Woche frei, und dafür arbeitete sie vom Morgengrauen bis elf Uhr abends und erledigte eine endlose Reihe zusätzlicher Pflichten, die normalerweise Näherinnen und Zofen statt Gouvernanten aufgetragen wurden. Sherry nutzte den Aufruhr über das Fest, um für eine Weile in ihr Zimmer auf dem Dachboden zu entkommen. Sie beugte sich über die Waschschüssel auf ihrer Kommode, wusch sich das Gesicht und überprüfte, ob ihr Haarknoten noch fest war, dann setzte sie sich an das kleine Dachbodenfenster und griff zu ihrem Nähzeug. Dieses Fest, von dem die Rede gewesen war, würde sicher noch mehr Flicken, Bügeln und Arbeiten bedeuten, aber eigentlich hatte Sherry gar nichts gegen die zusätzliche Beschäftigung. Gouvernante für drei Kinder zu sein, hielt sie den ganzen Tag so auf Trab, daß sie keine Zeit fand, an Stephen und die magischen Tage, in denen sie zu seinem Leben gehört hatte, zu denken. Nachts, wenn das Haus still war und sie bei Kerzenlicht dasaß und nähte, konnte sie ihrer Erinnerung und ihren Träumen nachhängen, obwohl sie manchmal geradezu Angst hatte, daß ihre hoffnungslose Liebe zu ihm sie irgendwann verrückt machen könnte. Sie beugte den Kopf tiefer über ihre Näharbeit, erfand ganze Szenen mit ihm und besserte andere, die wirklich passiert waren, aus.

Manchmal schrieb sie in Gedanken das schreckliche Ende ihrer Verlobung neu. Die meisten dieser ausgedachten Szenen begannen gleich – Charise Lancaster stürmte in ihr Schlafzimmer, aber mitten in ihrem anklagenden Wortschwall über Sherrys Motive und Intrigen betrat Stephen das Zimmer. Von da an hatte Sherry mehrere Lieblinsvarianten für ein mögliches Ende:

... Stephen hörte Charises belastenden Lügen zu, warf Charise aus dem Haus und wandte sich dann Sherry zu. Mitleidig lauschte er ihrer Version der Geschichte, und sie heirateten wie geplant noch am selben Tag.

... Stephen weigerte sich, Charise überhaupt anzuhören, warf sie aus dem Haus, dann lauschte er mitleidig Sherrys Version der Geschichte, und sie heirateten wie geplant noch am selben Tag.

... sie waren schon verheiratet, als Charise auftauchte, deshalb mußte er Sherrys Version der Geschichte lauschen und ihr glauben.

Keine dieser Varianten verdrängte Nicholas DuVilles schmerzliche Enthüllung, daß Stephen sich aus Schuldgefühl und Verantwortungsbewußtsein verpflichtet gesehen hatte, sie zu heiraten, aber Sherry umging diese schreckliche Tatsache durch eine einfache Lösung – Stephen liebte sie auch. Auch für diesen Schluß hatte sie zahlreiche Varianten:

... er hatte sie immer schon geliebt, aber es erst gemerkt, als sie fort war, deshalb suchte er nach ihr, bis er sie fand. Und sie heirateten.

... sie waren schon verheiratet, und er lernte es, sie trotz allem zu lieben.

Sie zog den ersten Schluß bei weitem vor, weil er die einzig mögliche Wahrheit darstellte, und der Traum stand ihr stets so deutlich vor Augen, daß sie sich manchmal dabei ertappte, wie sie aus dem Fenster blickte und halb erwartete, er käme gleich zur Tür hinein. Zusätzlich zu ihren Phantasien hatte sie das reale Vergnügen – oder die Qual –, ihn in der Oper zu sehen.

Sie mußte endlich aufhören, dorthin zu gehen und sich selbst zu foltern, indem sie auf den Augenblick wartete, in dem er sich schließlich der Frau, die bei ihm saß, zuwenden und ihr sein vertrautes träges Lächeln schenken würde. Das, so wußte Sherry, wäre das Ende ihrer Ausflüge in das Parkett von Covent Garden. Das könnte sie niemals ertragen.

Manchmal stellte sie sich sogar vor, daß ihr Verschwinden der Grund dafür war, daß er so ernst und verschlossen aussah, wenn er neben den Frauen saß, die ihn in seine private Loge begleiteten. Er wirkte so erschöpft und kalt, weil er Sherry vermißte … weil es ihm leid tat, sie verloren zu haben …

Es war noch taghell und zu früh für ihre süßen Träume, und so schüttelte Sherry energisch den Kopf, um die Gedanken zu vertreiben. Lächelnd blickte sie auf, als Julianna Skeffington ins Zimmer schlüpfte.

»Miss Bromleigh, darf ich zu Ihnen kommen?« fragte die Siebzehnjährige. Ihr hübsches Gesicht war vor Abscheu verzogen, als sie leise die Tür schloß und zum Bett hinüberging. Vorsichtig, um die Bettdecke nicht in Unordnung zu bringen, setzte sie sich nieder. Sie sah aus wie ein niedergeschlagener Engel. In weniger barmherzigen Augenblicken fragte sich Sherry, wie zwei so schreckliche Menschen wie Sir John und Lady Skeffington dieses süße, empfindsame, intelligente Mädchen hervorgebracht haben konnten. »Das Schlimmste, was man sich nur vorstellen kann, ist geschehen«, sagte Julianna angeekelt.

»Das Allerschlimmste?« neckte Sherry. »Nicht nur etwas Entsetzliches oder Unglückseliges, sondern das Schlimmste, was man sich nur vorstellen kann?«

Julianna verzog die Lippen zu der Andeutung eines Lächelns, das aber wieder verschwand, als sie seufzte: »Mama ist im siebten Himmel. Sie glaubt, irgendein Aristokrat habe eine Neigung zu mir gefaßt, aber in Wahrheit hat er kaum in meine Richtung gesehen und noch nie ein Wort mit mir geredet.«

»Ich verstehe«, erwiderte Sheridan ernst, und sie verstand wirklich. Sie fühlte Mitleid mit dem Mädchen und überlegte gerade, was sie ihr sagen sollte, als Lady Skeffington zur Tür hereingestürmt kam.

»Ich weiß gar nicht, was wir in solch einer illustren Gesellschaft anziehen sollen. Miss Bromleigh, Sie sind doch auf die Empfehlung der Schwester eines Herzogs zu uns gekommen, könnten Sie uns vielleicht einen Rat geben? Wir werden sofort in die Bond Street fahren. Julianna, halt deine Schultern gerade. Herren mögen keine Frauen, die sich hängenlassen. Was sollen wir tun, Miss Bromleigh? Wir müssen Kutschen mieten, und wir müssen natürlich mit der ganzen Dienerschaft, einschließlich Ihnen, fahren.«

Sherry ließ diese Darstellung ihrer Position über sich ergehen, ohne mit der Wimper zu zucken. Es verhielt sich ja wirklich so, vor allem in diesem Haushalt. Da zählte sie eben zur Dienerschaft, und sie konnte sich glücklich schätzen, diese Stelle bekommen zu haben.

»Ich bin keine Expertin darin, wie sich die elegante Gesellschaft kleidet«, erwiderte sie vorsichtig, »aber ich helfe Ihnen natürlich gern, Ma'am. Wo wird das Fest stattfinden?«

Lady Skeffington straffte sich und streckte ihren ausladenden Busen vor. Sie erinnerte Sheridan an einen Herold, der die Ankunft des Königs und der Königin ankündigt. »Auf dem Landsitz des Dukes und der Duchess of Claymore!«

Das Zimmer drehte sich vor Sherrys Augen, ihr wurde schwindlig. Sie mußte sich verhört haben.

»Der Duke und die Duchess of Claymore haben uns zu einem privaten Fest in ihrem Heim eingeladen.«

Sherry griff nach dem Bettpfosten, umklammerte ihn und starrte die andere Frau an. Nach dem, was sie aus erster Hand über die gesellschaftliche Hierarchie wußte, bildeten die Westmorelands die Spitze, während die Skeffingtons sozusagen der Bodensatz waren, so weit unten, daß die Westmorelands sie gar nicht kannten. Selbst ohne die lachhaft großen Unterschiede in Reichtum und Ansehen der beiden Familien, gab es immer noch den Punkt Herkunft und Erziehung. Die Westmorelands besaßen sie, ebenso wie all ihre Bekannten. Sir John und Lady Glenda Skeffington dagegen keineswegs. Das war unmöglich, dachte Sherry. Sie befand sich in einem ihrer Tagträume, und er hatte sich in einen Alptraum verwandelt.

»Miss Bromleigh, Sie werden ganz blaß, und ich muß Sie warnen: Wir haben jetzt keine Zeit für Zustände. Wenn noch nicht einmal ich die Zeit finde, um in eine hübsche kleine Ohnmacht zu sinken«, fügte sie mit einem robusten Lächeln hinzu, »dann haben Sie sie ganz bestimmt nicht, mein gutes Kind.«

Sherry schluckte wiederholt und versuchte, ihre Stimme wiederzufinden. »Sind Sie …«, fragte sie rauh, »sind Sie mit ihnen bekannt, mit dem Herzog und der Herzogin, meine ich.«

Lady Skeffington sprach eine Warnung aus, bevor sie die Wahrheit gestand: »Ich denke, Sie würden kein Geheimnis ausplaudern und damit riskieren, Ihre Stellung bei uns zu verlieren?«

Sherry schluckte noch einmal und schüttelte den Kopf, was Lady Skeffington richtig als Versprechen Sherrys, die Sache vertraulich zu behandeln, deutete. »Sir John und ich sind ihnen in unserem ganzen Leben noch nie begegnet.«

»Wie kommt es dann, ich meine, warum …?«

»Ich habe guten Grund zu der Annahme«, gestand Lady Skeffington stolz, »daß der begehrenswerteste Junggeselle in ganz England ein Auge auf Julianna geworfen hat. Dieses Fest ist meiner Meinung nach nur ein Plan – eine kluge Methode, die der Earl of Langford ersonnen hat –, um Julianna in seine eigenen Kreise zu holen, damit er sie in Ruhe betrachten kann.«

Vor Sheridans Augen flimmerten mittlerweile farbige Blitze.

»Miss Bromleigh?«

Sheridan blinzelte argwöhnisch die Frau an, die ihr offenbar dieses ganze Ammenmärchen nur als eine Art teuflischer Folter aufgetischt hatte, um Sherrys sorgfältige errichtete Fassade der Gelassenheit zu zerstören.

»Miss Bromleigh, das geht so nicht!«

»Mama, gib mir rasch dein Riechsalz«, sagte Julianna, deren Stimme sich immer weiter zu entfernen schien, als ob Sheridan in einen Schacht hinunterstürzte.

»Es geht schon«, gelang es Sherry zu sagen. Sie drehte den Kopf von dem abscheulich riechenden Salz weg, mit dem Lady Skeffington ihr entschlossen vor der Nase herumwedelte. »Mir war nur ein bißchen … schwindlig.«

»Gott sei Dank! Wir rechnen alle darauf, daß Sie uns alles darüber erzählen, wie es in den höchsten Kreisen der Gesellschaft zugeht.«

Sheridan lachte in einer Mischung aus Erheiterung und Hysterie auf. »Woher soll ich das wissen?«

»Weil Miss Charity Thornton in ihrem Empfehlungsbrief geschrieben hat, daß Sie eine Frau von äußerster Vornehmheit seien, die jedem Kind, das ihrer Obhut anvertraut ist, ein Beispiel für die höchsten gesellschaftlichen Standards vermittle. Sie hat diesen Brief doch geschrieben, oder? Den, den Sie uns gezeigt haben?«

Sherry hegte den Verdacht, daß Nicholas DuVille ihn diktiert und Charity Thornton irgendwie dazu gebracht hatte, ihn zu unterschreiben, ohne ihn durchzulesen, da die Empfehlung eines Junggesellen, der dazu auch noch ein stadtbekannter Schürzenjäger war, einer jungen Frau wohl kaum eine respektable Anstellung verschaffen konnte. Entweder hatte er das getan, oder er hatte ihn gleich mit beiden Namen unterschrieben. »Habe ich Ihnen einen Anlaß gegeben, an der Wahrheit dieser Worte zu zweifeln, Ma'am?« wich Sherry aus.

»Gewiß nicht. Sie sind ein gutes Mädchen, trotz Ihrer wilden Haarfarbe, Miss Bromleigh, und ich hoffe, Sie lassen uns nicht im Stich.«

»Ich werde es versuchen«, entgegnete Sherry, erstaunt darüber, daß sie überhaupt sprechen konnte.

»Dann erlaube ich Ihnen, sich für ein paar Minuten hinzulegen und auszuruhen. Es ist recht stickig hier oben.«

Sherry sank auf das Bett wie ein erschöpftes, gehorsames Kind, doch ihr Herz begann wie wild zu schlagen. Kurz nachdem Lady Skeffington die Tür hinter sich geschlossen hatte, steckte sie noch einmal ihren Kopf herein. »Ich möchte, daß sich auch die Jungen von ihrer besten Seite zeigen, wenn wir dort sind. Selbst wenn meine Tochter Julianna Countess of Langford wird, müssen wir immer noch an ihre Zukunft denken, wissen Sie. Üben Sie weiter Singen mit ihnen. Es ist reizend, wie Sie den Kindern beigebracht haben, Sie auf diesem müden alten Instrument zu begleiten, das wir auf Ihren Vorschlag hin angeschafft haben, dieser …«

»Gitarre«, ergänzte Sherry erschöpft.

Als sie gegangen war, blickte Sherry vor sich hin. Nicht

eine Minute lang glaubte sie an diese unsinnige Version von Lady Skeffington, Stephen Westmoreland habe Julianna im Park gesehen und alle Hebel in Bewegung gesetzt, um sie zu ihm zu bringen. Julianna war unbestreitbar reizend anzusehen, ihre besonderen Vorzüge jedoch erschlossen sich erst im Gespräch, und Stephen hatte noch keines mit ihr geführt. Zudem standen ihm nach den Gerüchten, die sie im Almack's gehört hatte, soviele Frauen zur Verfügung, wie er wollte, weil sie alle ganz verrückt nach ihm waren. Er brauchte sich keinen raffinierten Plan auszudenken wie ein Fest.

Deshalb waren die Skeffingtons – und ihre Gouvernante – nicht nach Claymore gebeten worden. Die Einladung hatte überhaupt nichts mit ihnen zu tun, dachte Sheridan, und ein hysterisches, hilfloses Lachen stieg in ihr auf. In Wahrheit hatten sich die Westmorelands – und wahrscheinlich zahlreiche ihrer Freunde, die auch auf Claymore sein würden – die auserlesenste Rache auf der Welt ausgedacht, um Sheridan Bromleigh für ihren hinterlistigen Täuschungsversuch zu bestrafen: Sie wollten sie zwingen, in ihre Gesellschaft zurückzukehren, nur dieses Mal nicht als Gleichgestellte, sondern als die bessere Bedienstete, die sie in Wirklichkeit war.

Und das Schmerzlichste daran – der demütigende, quälende Teil dabei – war, daß sie keine Wahl hatte und dorthin gehen mußte.

Sherrys Kinn zitterte, und ärgerlich erhob sie sich. Sie hatte ein reines Gewissen. Und außerdem war ihre Stellung keine Schande. Sie hatte nie den Ehrgeiz verspürt, eine Gräfin zu werden.

Ihr Gewissen erinnerte sie jedoch daran, daß das nicht ganz stimmte. In Wahrheit hatte sie Stephen Westmorelands Gräfin werden wollen. Und nun bekam sie ihre Strafe für diesen kühnen Traum. Sie hatte es gewagt, nach den Sternen zu greifen, dachte Sherry, und Wut über das Schicksal, das ihr das antat, stieg in ihr auf.

»Ich will nach Hause!« rief sie ungestüm in das leere Zimmer. »Es muß doch eine Möglichkeit geben, nach Hause zu kommen!« Es waren erst fünf Wochen vergangen, seit sie Tante Cornelia geschrieben und ihr alles erklärt hatte, was seit ihrer Abreise mit der *Morning Star* passiert war, und sie hatte ihre Tante gebeten, ihr Geld für die Heimfahrt zu schicken. Das Geld würde kommen, dessen war sich Sheridan sicher, aber es würde mindestens acht bis zehn Wochen dauern, bis ihr Brief ihre Tante erreichte, und sie dann wiederum die Antwort ihrer Tante bekam.

Selbst wenn es keinen Sturm auf dem Atlantik gab und die Schiffe nicht in jedem Hafen zwischen Richmond und Portsmouth anlegten, dauerte es also immer noch drei Wochen, bis sie darauf hoffen konnte, von ihrer Tante zu hören. Drei Wochen, bis das Geld eintraf. Drei Wochen bis zu dem Fest auf Claymore. Wenn das Glück ihr auch nur einmal lächelte, seit sie englischen Boden betreten hatte, dann könnte sie vielleicht doch den kleinlichen Racheplan der Westmorelands vereiteln.

48

Da sie so viel Zeit hatte, um sich geistig auf alle unangenehmen Ereignisse vorzubereiten, die die Westmorelands für sie auf Claymore wohl geplant hatten, fühlte sich Sheridan beinahe sicher, daß sie gut gegen ihr Schicksal gewappnet war. Wochenlang hatte sie sich eingeredet, sie sei völlig unschuldig und deshalb stünden Tugend und Rechtschaffenheit auf ihrer Seite. Um sich zudem noch vor Liebeskummer zu schützen, hatte sie mit ihren Tagträumen über Stephen rigoros aufgehört.

Das versetzte sie in die Lage, die Reise nach Claymore mit, wie sie fand, stoischer Gelassenheit zu ertragen. Statt ständig darüber nachzudenken, wie lange es dauern würde, bevor sie Stephen sah – oder ob sie ihn überhaupt sehen würde –, konzentrierte sie sich auf das fröhliche Geschwätz der Skeffington-Jungen, die mit ihr in der dritten der gemieteten Kutschen in der Kolonne fuhren. Statt darüber nachzudenken, was Stephen tun oder sagen würde, wenn er sie sah, sang sie mit den Kindern auf der zweistündigen Fahrt fröhliche Lieder. Und statt aus dem Fenster der Kutsche zu sehen, um einen ersten Blick auf das Haus zu erhaschen, widmete Sheridan beharrlich all ihre Gedanken und ihre ganze Aufmerksamkeit den beiden Jungen, während sich der Skeffington-Troß durch eine Allee schlängelte und über eine steinerne Brücke fuhr, die zum Landsitz des Duke of Claymore führte. Sie erlaubte sich lediglich einen flüchtigen, gleichgültigen Blick auf die Fassade des riesigen Hauses mit seinen Doppelflügeln, die sich um eine große, gepflasterte Auffahrt schwangen, und achtete nicht auf die Balkone und Fenster an der Front.

Abgesehen von ihrem verräterischen Herzklopfen, das sich beschleunigte, als sie aus der Kutsche stieg, war sie so gegen jede Gefühlsaufwallung gewappnet, daß es ihr gelang, die Dienstboten, die in der braun-goldenen Westmoreland-Livree aus dem Haus eilten, um die Neuankömmlinge zu empfangen, höflich anzulächeln. In ihrem einfachen dunkelblauen Wollkleid, die Haare zu einem strengen Knoten im Nacken geschlungen, und einem weißen Kragen, den sie züchtig bis zum Hals zugeknöpft hatte, sah Sheridan beim Aussteigen aus der Kutsche aus wie eine Gouvernante – und das war sie ja auch. Sie legte den beiden Jungen die Hände auf die Schultern und ging zu der niedrigen Treppe, hinter ihr folgten Sir John, Lady Skeffington und Julianna.

Sie trug ihr Kinn zwar hoch, aber nicht auf angriffslustige Art, und ging ganz aufrecht. Es gab schließlich nichts, dessen sie sich schämen oder weswegen sie sich verteidigen mußte, auch nicht ihre achtbare, wenngleich untergeordnete Stellung als Gouvernante. Zum tausendsten Mal in den letzten drei Wochen rief sie sich fest ins Gedächtnis, daß sie die Westmorelands oder irgend jemand anderen nie wissentlich getäuscht hatte. Dagegen hatte der Earl of Langford *sie* bewußt getäuscht, indem er vorgab, er sei ihr Verlobter und wolle sie heiraten. Und seine Familie hatte das Spiel mitgespielt; deswegen lagen Verantwortung, Schuld und Schande bei ihnen, nicht bei ihr.

Leider erlitt Sheridans harterkämpfte Haltung einen ersten schweren Schlag, als sie ihre Schutzbefohlenen in die dreistöckige, durch eine Lichtkuppel erhellte Halle führte, wo weitere Bedienstete in Livree darauf warteten, die Neuankömmlinge zu ihren Zimmern zu geleiten, sobald der Unterbutler sie begrüßt und angegeben hatte, welcher Raum für jeden Gast vorgesehen war.

»Ihre Gnaden dachten, die besonders schöne Aussicht aus der blauen Suite würde Ihnen zusagen«, teilte er Sir John und Lady Skeffington mit. »Wenn Sie sich von Ihrer Reise erholt haben, würde sie sich freuen, wenn Sie sich ihr und den anderen Gästen im Wohnzimmer anschließen würden.« Als er fertig war, trat ein Lakai aus der ersten Reihe vor, um sie zu der blauen Suite zu geleiten.

»Miss Skeffington, die Suite daneben wurde für Sie vorbereitet.« Er wandte sich zu den Jungen, während auch Julianna, begleitet von einem Lakaien, die breite geschwungene Treppe hinaufstieg.

»Sie, meine jungen Herren«, fuhr Hodgkin fort, »finden im dritten Stockwerk Unterkunft, wo sich auch die Spielzimmer befinden. Und Ihre Gouvernante wird natürlich …« Er wandte sich an Sheridan, und obwohl sie Zeit gehabt hatte, um sich für den Augenblick, in dem er sie sehen würde, zu wappnen, war sie nicht vorbereitet auf das Entsetzen, das über Hodgkins Gesicht glitt. Seine trüben Augen starrten auf ihr Gesicht, glitten über ihr billiges Kleid und wanderten dann wieder zu ihrem Gesicht zurück. »…wird natürlich …«, stammelte er, »ganz in Ihrer Nähe sein … in einem Zimmer direkt … gegenüber.«

Sheridan verspürte das unbändige Verlangen, ihm über die faltige Wange zu streicheln und ihm zu versichern, daß alles in Ordnung sei, daß sie hier als Gouvernante diene, und daß er nicht so dreinschauen solle, als müßte er gleich anfangen zu weinen. Statt dessen gelang ihr die Andeutung eines Lächelns. »Vielen Dank«, sagte sie und fügte leise hinzu, »Hodgkin.«

Ihr Zimmer war klein im Vergleich zu dem der Jungen und einfach eingerichtet mit einem Bett, einem Stuhl und einer kleinen Kommode mit Wasserkrug und Waschschüssel, es wirkte jedoch fürstlich im Vergleich zu dem Mansardenzimmer, das sie bei den Skeffingtons bewohnte. Und der größte Vorteil lag darin, daß das Haus so riesig war, daß sie, wenn sie im dritten Stock blieb, mit Leichtigkeit den Anblick des Besitzers und seiner Familie vermeiden konnte. Um sich beschäftigt zu halten, wusch sie sich Hände und Gesicht, packte ihre Nachtwäsche aus und begab sich zu den Jungen.

Zwei weitere Gouvernanten waren am Ende des Flurs untergebracht, und als Sherry mit den beiden Jungen das Spielzimmer betrat, erschienen auch sie dort mit ihren Zöglingen, zwei kleinen Jungen von vielleicht vier Jahren. Nach freundlicher gegenseitiger Vorstellung bestanden diese Gouvernanten darauf, daß die Skeffington-Kinder mit den beiden kleinen Jungen zusammen spielten, und Sheridan befand sich auf einmal in genau der Lage, die sie hatte vermeiden wollen: Sie hatte viel Zeit.

Da sie sich an dem fröhlichen Durcheinander, das die vier Jungen anrichteten, nicht zu beteiligen brauchte, wanderte sie in dem riesigen, sonnigen Zimmer umher, trat zu einem großen Tisch, der mit einer ganzen Armee von Holzsoldaten bestückt war, und bückte sich, um zwei Bücher aufzuheben, die aus dem Bücherregal gefallen waren. Sie stellte sie wieder zurück, ergriff müßig einen alten Zeichenblock, der auf dem Bücherschrank lag, schlug das Deckblatt auf ... und ihr Herz blieb stehen. Unter einer Kinderzeichnung, die anscheinend ein Pferd auf einer Weide – oder an einem See – darstellte, stand in sorgfältigen, ein wenig krakeligen Buchstaben ein Name: STEPHEN WESTMORELAND.

Sherry klappte den Block zu und wirbelte herum, aber ihre sorgfältig aufgebaute Verteidigung erlitt noch einen weiteren Schlag – dieses Mal eine volle Breitseite: Einige Meter weiter stand auf einem Tisch neben einem hölzernen Schaukelpferd die gerahmte Zeichnung eines kleinen Jungen, der breit grinsend seinen Arm um den Hals eines Pferdes geschlungen hatte. Die Zeichnung war offensichtlich von einem begabten Amateur angefertigt worden, und das Lächeln auf dem Gesicht des dunkelhaarigen Kindes wirkte eher spitzbübisch als zärtlich, aber es war unwiderstehlich und damit ganz unverkennbar Stephens Lächeln.

»Ich glaube, ich möchte mitspielen«, stieß Sherry hervor und drehte dem Bild den Rücken zu. »Was spielen wir denn?« fragte sie Thomas Skeffington, den Siebenjährigen, der bereits ernsthaft zu Übergewicht neigte.

»Es sind schon zu viele Mitspieler, Miss Bromleigh«, antwortete Thomas. »Und der Preis ist eine besondere Süßigkeit, deshalb wäre es nicht richtig, wenn Sie sie gewinnen würden, weil ich sie haben möchte.«

»Nein, ich«, jammerte der Sechsjährige.

Entsetzt über ihre Manieren, die sich erst unter ihrer eigenen Fürsorge leicht gebessert hatten, warf sie den beiden anderen Gouvernanten einen entschuldigenden Blick zu. Die beiden lächelten verständisvoll und mitleidig zurück. »Sie fühlen sich gewiß müde«, sagte eine der Gouvernanten zu ihr. »Wir sind gestern schon angekommen und haben bereits eine Nacht hier geschlafen. Möchten Sie sich nicht ein paar Minuten ausruhen, bevor die Festlichkeiten beginnen, während wir uns solange um diese Gentlemen kümmern?«

Da es schon ihrer ganzen Selbstbeherrschung bedurfte, den Zeichenblock nicht wieder aufzuschlagen oder die Zeichnung des stämmigen dunkelhaarigen kleinen Jungen mit dem herzzerreißend vertrauten Lächeln noch einmal zu betrachten, nahm Sheridan ihr Angebot an und flüchtete über den Flur. Sie ließ ihre Tür offenstehen und setzte sich auf den Stuhl neben dem Bett, während sie sich angestrengt darauf konzentrierte, nicht über die Tatsache nachzudenken, daß Stephen in diesem Haus aufgewachsen war. Die vergangenen drei Wochen voller Angst und harter Arbeit sowie die Ereignisse der letzten halben Stunde jedoch forderten ihren Preis, und zum ersten Mal seit Wochen gab sich Sheridan wieder einem Tagtraum hin: Sie schloß die Augen und stellte sich vor, die Einladung an die Skeffingtons habe nichts mit ihr zu tun, sie könne unentdeckt drei Tage lang hier im dritten Stockwerk bleiben, und Stephen Westmoreland käme gar nicht.

Juliannas Erscheinen kurz darauf nahm ihr nicht nur alle Hoffnung auf diese Möglichkeiten, sondern bestätigte Sheridan auch, daß ihr mehr als eine nur zeitweilige Demütigung zugedacht war. »Ruhen Sie sich aus oder darf ich hereinkommen?« fragte Julianna zögernd und riß Sheridan aus ihrer Gedankenverlorenheit.

»Ich freue mich über deine Gesellschaft«, erwiderte Sheridan wahrheitsgemäß, und weil sie die Worte nicht mehr hinunterschlucken konnte, fügte sie hinzu: »Ist der Earl of Langford hier?«

»Nein, aber er wird jeden Moment erwartet, und Mama ist ganz aufgeregt wegen ihres lächerlichen Vorhabens, uns beide zusammenzubringen. Ich weiß nicht, wie ich dieses Wochenende überstehen soll.« Ihre Augen glitzerten voller Zorn. »Warum tut sie mir das an, Miss Bromleigh? Sagen Sie mir doch, warum sie sich nichts so sehr wünscht, als mich an den reichsten Mann mit dem größten Titel zu verschachern, egal wie alt oder häßlich er ist oder wie widerwärtig ich ihn finden könnte! Sagen Sie mir doch, warum sie sich wie eine ... eine Speichelleckerin aufführt, wenn sie von Leuten umgeben ist, die sie als gesellschaftlich höherstehend empfindet!« Sheridans Herz flog der Siebzehnjährigen entgegen, die krampfhaft versuchte, ihre Scham und ihren Zorn zu beherrschen. »Sie hätten sie eben im Wohnzimmer sehen sollen mit der Duchess of Claymore und ihren Freundinnen. Mama strengte sich so eifrig und aufdringlich an, ihre Gunst zu erringen, daß es peinlich war, ihr zuzusehen.«

Sheridan konnte ihr darauf keine Antwort geben, ohne selbst ihre geheime Abneigung gegen ein solches Verhalten preiszugeben, das Julianna an ihrer ehrgeizigen Mama so abscheulich fand. »Manchmal«, erwiderte sie vorsichtig, »wünschen sich Mütter einfach nur ein besseres Leben für ihre Töchter, als sie es selbst gehabt haben.«

Verächtlich gab Julianna zurück: »Mama kümmert sich gar nicht um mein Leben! Ich würde ein glückliches Leben führen, wenn sie mich einfach nur schreiben ließe. Mein Leben wäre glücklich, wenn sie aufhören würde, mich verheiraten zu wollen, als sei ich eine ...«

»Eine wunderschöne Prinzessin?« schlug Sheridan vor, und das entsprach zumindest teilweise der Wahrheit. In Lady Skeffingtons Augen machten Juliannas Gesicht und ihre Gestalt sie zu einem kostbaren Besitz, der dem Rest der Familie eine gehobenere Stellung in der Gesellschaft verschaffen konnte, und ihre Tochter war empfindsam genug, es zu merken.

»Ich wünschte, ich wäre häßlich«, brach es aus Julianna hervor, und das meinte sie offensichtlich auch so. »Am liebsten wäre ich so häßlich, daß kein Mann mich ansieht. Wissen Sie, wie mein Leben verlief, bevor Sie zu uns kamen? Ich habe immerzu gelesen. Das ist das einzige, was ich je getan habe. Ich durfte niemals irgendwo hingehen, weil Mama in der ständigen Angst lebte, ich könnte irgendeinen Skandal verursachen und dadurch meinen Wert auf dem Heiratsmarkt schmälern. Ich wünschte, das wäre so gekommen«, fügte sie wutentbrannt hinzu, »ich wünschte, mein Ruf wäre ruiniert, dann könnte ich das kleine Erbe antreten, das Großmama mir hinterlassen hat. Ich würde mir ein kleines Haus in London kaufen und Freunde haben. Ich würde in die Oper und das Theater gehen und weiter an meinem Roman schreiben. Freiheit«, sagte sie leise und gedankenverloren, »Freunde. Sie sind meine erste Freundin, Miss Bromleigh. Sie sind die erste Frau meines Alters, die Mama je in meine Nähe gelassen hat. Sie billigt das moderne Benehmen der Frauen in meinem Alter nicht, wissen Sie. Sie hält sie für leichtsinnig, und wenn ich mich mit ihnen anfreunden würde …«

Sheridan fühlte sich aufgefordert, ihr zu zeigen, daß zumindest sie sie verstand. »Dann könnte Ihr Ruf leiden«, fiel sie ihr ins Wort, »und Sie wären …«

» … ruiniert!« rief Julianna aus, die bei dieser Aussicht geradezu fröhlich wirkte. Ihr Blick hellte sich auf und zeigte den Humor und Charakter, den Lady Skeffington so mühsam unterdrücken wollte. Sie beugte sich vor und gestand flüsternd: »Ruiniert! Nicht mehr zu verheiraten … Klingt das nicht göttlich?«

Unter Juliannas besonderen Umständen klang es wie eine Gnade, aber Sheridan wußte, daß Julianna keine Vorstellung von den wirklichen Folgen eines solchen Ereignisses hatte. »Nein, das tut es nicht«, erwiderte sie entschieden, lächelte aber dabei.

»Miss Bromleigh, glauben Sie an die Liebe? Ich meine,

Liebe zwischen einem Mann und einer Frau, so wie man es in den Romanen lesen kann. Ich glaube nicht daran.«

»Ich …« Sheridan zögerte. Sie dachte an die Freude, die sie empfunden hatte, wenn Stephen das Zimmer betrat, an das Entzücken, wenn sie mit ihm redete oder lachte. Und sie erinnerte sich vor allem an das seltsame Gefühl von Richtigkeit, das sie in dem Glauben empfunden hatte, er küsse sie mit großem Vergnügen. Eine Zeitlang hatte sie das Gefühl gehabt, sie spiele ihre Rolle in der natürlichen Ordnung der Dinge. Sie hatte sich … vollständig gefühlt, weil sie ihm gefiel. Oder weil sie dummerweise gedacht hatte, sie gefiele ihm. Als sie merkte, daß Julianna sie auf einmal sehr aufmerksam musterte, sagte sie: »Ich habe früher an Liebe geglaubt.«

»Und?«

»Und sie kann sehr schmerzlich sein, wenn sie einseitig ist«, gestand sie. Sie staunte über sich selbst, daß sie ihre Maske so weit hatte fallen lassen, und das nur, weil sie sich erlaubt hatte, an einen Kuß zu denken.

»Ich verstehe«, erwiderte Julianna. Ihre veilchenblauen Augen waren zu klug, zu wissend für ihr Alter. Sheridan hielt sie für eine begabte Schriftstellerin und für eine exzellente Beobachterin.

»Das glaube ich nicht«, log Sheridan mit heiterem Lächeln.

Julianna bewies ihr mit unverblümter Einfachheit das Gegenteil. »Als Sie zu uns kamen, da spürte ich … eine tiefe Verletzung bei Ihnen. Und Mut und Entschlossenheit. Ich werde Sie nicht fragen, ob es unerwiderte Liebe war, obwohl ich mir dessen beinahe sicher bin, aber darf ich Sie etwas anderes fragen?«

Es lag Sheridan auf der Zunge, sie streng darauf hinzuweisen, daß man sich nicht in das Leben anderer Leute einmischte, aber Julianna war so einsam, so reizend und so mitfühlend, daß sie nicht das Herz dazu hatte. »Nur wenn mir Ihre Frage nicht unangenehm ist«, antwortete Sheridan statt dessen.

»Wie schaffen Sie es, so gelassen zu wirken?«

Sheridan fühlte sich alles andere als gelassen, und sie versuchte, scherzend zu antworten, aber ihr Lachen klang gekünstelt. »Ich bin anscheinend ein Ausbund an Tugend. Mutig – entschlossen. Nein, wir wollen uns über wichtigere Dinge unterhalten. Wie sehen die Pläne für das Wochenende aus, wissen Sie das?«

Julianna reagierte mit einem bewundernden Lächeln, als Sheridan so geschickt das Thema von sich weglenkte, gehorchte ihr jedoch, indem sie die Frage beantwortete. »Wir werden uns das ganze Wochenende über draußen aufhalten, auch während der Mahlzeiten, was mir ziemlich seltsam vorkommt. Jedenfalls sitzen die Kinder und ihre Gouvernanten an Tischen neben uns – ich weiß das zum Teil deshalb, weil ich einen Spaziergang über den Rasen gemacht habe, bevor ich hier heraufkam, und gesehen habe, wie alles aufgebaut wurde.« Sie bückte sich, um einen Kieselstein aus ihrem Schuh zu holen, und deshalb entging ihr, wie sich Sheridans Gesicht vor Entsetzen und Feindseligkeit verschloß. »Oh, und Sie sollen mit den Jungen Gitarre spielen und singen.«

Statt schwer getroffen zu sein, stand Sheridan langsam auf, angetrieben von einer kochenden Wut, die sie bisher noch nie gespürt hatte. Nach dem, was Julianna berichtete, schien das ganze Fest absichtlich so organisiert, um Sheridan ständig im Blickpunkt zu halten. Die Gäste beschränkten sich auf die Paare, die Sheridan am besten kannte. Sie waren auch enge Freunde der Westmorelands, was bedeutete, daß man auf ihre Unterstützung rechnen konnte bei der Demütigung von Stephens früherer Verlobter, der jetzigen Gouvernante. Sie würden schon nichts von dem, was sie erlebt hatten, in London weitererzählen, weil das für den Earl peinlich wäre. Sie durfte noch nicht einmal in Frieden essen. Noch wütender machte sie, daß sie wie ein Hofnarr zur allgemeinen Unterhaltung beitragen sollte. »Diese Ungeheuer!« zischte sie.

Julianna blickte auf und zog ihren Schuh wieder an. »Die Jungen? Die sind auf der anderen Seite der Halle.«

»Nicht *diese* Ungeheuer«, erwiderte Sheridan ohne nachzudenken. »Die erwachsenen Ungeheuer! Haben Sie gesagt, sie seien eben im Wohnzimmer gewesen?«

Ohne darauf zu achten, daß Julianna sie mit offenem Mund anstarrte, marschierte die Frau, die Julianna gerade wegen ihrer Gelassenheit gerühmt hatte, mit einem mörderischen Blick in ihren Augen, der selbst Napoleon Bonaparte zu denken gegeben hätte, los. Sheridan wußte, daß sie wegen ihres Vorhabens ihre Stellung verlieren konnte, aber die Skeffingtons würden sie nach diesem Wochenende sowieso entlassen. Lady Skeffington war ehrgeizig und verschlagen, und sie würde in der ersten Stunde merken, daß die Gouvernante ihrer Kinder das Objekt allgemeiner Verachtung darstellte und daß sie außerdem im Mittelpunkt des Ereignisses stand. Lady Skeffington brannte darauf, ihre einzige Tochter zu opfern, um dadurch in den gesellschaftlichen Kreis der Westmorelands eintreten zu können. Sie würde nicht eine Minute zögern, Sheridan wegzuschicken, wenn sie spürte, daß die Westmorelands gering von ihr dachten.

Das alles interessierte Sheridan nicht, während sie die lange Treppe hinuntermarschierte. Sie würde eher verhungern als zulassen, daß diese hochnäsigen britischen Aristokraten sie aus einem kranken und überdrehten Bedürfnis nach Rache quälten.

49

Blind gegen alles, was sie von ihrer Absicht ablenken könnte, ließ Sheridan sich von einem Lakaien zum Wohnzimmer führen. Dort traf sie auf einen weiteren Bediensteten, der vor der geschlossenen Tür des Wohnzimmers stand.

»Ich möchte sofort die Duchess of Claymore sehen«, teilte sie ihm mit, in der Erwartung, von ihm zu hören, daß dies unmöglich sei – und entschlossen, sich nötigenfalls ihren Weg hinein zu erzwingen. »Mein Name ist Sheridan Bromleigh.«

Zu ihrer Überraschung verbeugte sich der Lakai sofort und sagte, während er die Tür öffnete: »Ihre Gnaden erwarten Sie bereits.«

Diese Mitteilung nahm Sheridan den letzten Zweifel, daß

das Fest aus irgendeinem anderem Grund, als sie zu bestrafen, geplant sein könnte. »Das habe ich mir schon gedacht!« stieß Sheridan verächtlich hervor. Frauengelächter und Gespräche brachen augenblicklich ab, als sie in den riesigen Raum stürmte. Ohne Victoria Seaton und Alexandra Townsende zu beachten ging Sherry an der Herzoginwitwe und Miss Charity ohne ein Nicken vorbei und baute sich direkt vor der Duchess of Claymore auf.

Mit blitzenden Augen blickte sie an ihrer Nase vorbei auf die gutaussehende brünette Frau, die sie schon einmal als Schwester betrachtet hatte, und ihre Stimme zitterte vor Wut und Erregung. »Mangelt es Ihnen so sehr an Unterhaltung, daß Sie Dienstboten quälen müssen?« fragte sie in schneidendem Ton, die Hände zu Fäusten geballt in die Seiten gestemmt. »Wieviel Unterhaltung haben Sie sich denn von mir erhofft, abgesehen von Spielen und Singen? Dachten Sie, ich würde auch für Sie tanzen? Warum ist Stephen noch nicht hier? Er muß doch genauso gespannt wie Sie darauf warten, daß die Vorstellung beginnt.« Ihre Stimme bebte vor Wut, als sie fortfuhr: »Sie haben all Ihre Zeit vergeudet, weil ich gehen werde! Verstehen Sie? Sie haben die Skeffingtons zu Ausgaben veranlaßt, die sie sich kaum leisten können, und sie mit all ihren Hoffnungen hierhergelockt, obwohl Sie sich nur an mir rächen wollten! Was für – Ungeheuer sind Sie eigentlich? Und wagen Sie es ja nicht, mir vorzuheucheln, Sie hätten dieses Wochenende nicht zu dem Zweck geplant, mich hierher zu bekommen.«

Whitney hatte Sheridans Besuch erwartet, aber sie hatte nicht damit gerechnet, daß er mit solch einem heftigen Angriff beginnen würde. Statt freundlich ihre Ziele darzulegen, wie Whitney es ursprünglich vorgehabt hatte, nahm sie das Wortduell auf und zielte direkt auf Sheridan Bromleighs Herz. »Aus bestimmten Gründen«, erklärte sie kühl und zog herausfordernd die Augenbrauen hoch, »dachte ich eher, Sie wüßten unsere Anstrengungen, Sie in Stephens Nähe zu bringen, zu schätzen.«

»Ich habe nicht den Wunsch, in seiner Nähe zu sein«, gab Sheridan zurück.

»Gehen Sie deshalb jeden Donnerstag in die Oper?«

»Jeder kann in die Oper gehen.«

»Sie sehen der Aufführung aber gar nicht zu. Sie beobachten Stephen.«

Sheridan wurde blaß. »Weiß er das? Oh, bitte, sagen Sie nicht, daß Sie es ihm mitgeteilt haben. So grausam können Sie nicht sein.«

»Warum«, erwiderte Whitney sehr, sehr vorsichtig, da sie spürte, daß sie nur noch um Haaresbreite von der Wahrheit über Sheridans Verschwinden entfernt stand, und daß sie, wenn sie jetzt einen Fehler machte, nie den wahren Grund dafür erfahren würde. »Warum wäre es eine Grausamkeit, wenn er wüßte, daß Sie dorthin gehen, um ihn zu sehen?«

»Weiß er es?« beharrte Sheridan, und Whitney biß sich auf die Lippen, um ein bewunderndes Lächeln über die Charakterstärke der anderen Frau zu unterdrücken. Sheridan Bromleigh mochte ja eine Bedienstete in einem Zimmer voller Aristokraten sein, aber sie beugte sich niemandem. Andererseits schufen ihre Vorsicht und ihre Starrköpfigkeit eine unentschiedene Situation. Whitney holte tief Luft. Sie haßte es zwar, eine List anzuwenden, tat es aber in diesem Fall ohne Zögern. »Er weiß es noch nicht, aber er wird es erfahren, wenn Sie mir nicht begreiflich machen können, warum Sie in die Oper gehen, um ihn anzusehen, nachdem Sie ihn am Altar stehengelassen haben.«

»Sie haben nicht das Recht, mir diese Frage zu stellen.«

»Ich habe jedes Recht.«

»Für wen halten Sie sich eigentlich?« fuhr Sheridan auf. »Für die Königin von England?«

»Ich denke, ich bin die Frau, die zu Ihrer Hochzeit kam. Und ich denke, Sie sind die Frau, die nicht dazu erschien.«

»Ich hätte erwartet, daß Sie mir dafür dankbar sind.«

»Dankbar?« stammelte Whitney, und blickte sie mit ungespieltem Erstaunen an. »Für was?«

»Warum fragen Sie mich das alles? Warum reden wir über solche Bagatellen?«

Whitney schaute angelegentlich auf ihre Finger. »Ich würde das Herz und das Leben meines Schwagers nicht als

Bagatelle bezeichnen. Vielleicht hängen wir da unterschiedlichen Meinungen an?«

»Ich mochte Sie sehr viel lieber, als ich noch nicht wußte, wer ich war«, sagte Sherry in einem so bestürzten Tonfall, daß es in einer anderen Situation komisch gewirkt hätte. Sie blickte sich im Zimmer um, als brauche sie Bestätigung, daß die Möbel alle fest auf dem Boden standen und die Vorhänge nicht plötzlich zu Bettlaken geworden waren. »Sie wirkten nicht so ... schwierig und unvernünftig. Nachdem Monsieur DuVille mir am Tag der Hochzeit erklärt hatte, warum Stephen plötzlich beschlossen hatte, mich zu heiraten, tat ich das einzig mögliche. Der arme Mr. Lancaster ... zu sterben, ohne daß Charise da war.«

Im Geiste wünschte Whitney Nicki DuVille ewige Verdammnis für seinen unbeabsichtigten Anteil an diesem Desaster, nach außen jedoch konzentrierte sie sich weiter auf ihren Plan.

»Kann ich jetzt gehen?« fragte Sherry eisig.

»Gewiß«, erwiderte Whitney. Victoria und Miss Charity sahen sie entsetzt an. »Miss Bromleigh«, fügte sie mit freundlicher Stimme hinzu, als Sheridan zur Tür ging, »ich glaube, mein Schwager hat Sie geliebt.«

»Sagen Sie das nicht!« stieß Sherry hervor. Sie stand mit dem Rücken zu den anderen und preßte ihre Hand um den Türknauf. »Tun Sie mir das nicht an. Er hat niemals vorgegeben, mich zu lieben, er hat es noch nicht einmal für nötig befunden, es mir vorzulügen, als wir über die Heirat sprachen.«

»Vielleicht wußte er das Gefühl nicht beim Namen zu nennen, vielleicht kann er es immer noch nicht, aber seit Sie weg sind, ist er nicht mehr derselbe Mann.«

Von Hoffnung und Angst, Ablehnung und Freude überwältigt, geriet Sherry völlig aus dem Gleichgewicht. »Lügen Sie mich nicht an, um Gottes willen!«

»Sherry?«

Bei dem weichen Klang ihrer Stimme drehte Sherry sich um.

»An Ihrem Hochzeitstag wollte Stephen nicht glauben, daß Sie nicht zurückkämen. Selbst nachdem Miss Lancaster ihr Gift verspritzt hatte, glaubte er ihr nicht. Er wartete darauf, daß Sie zurückkämen und ihm alles erklärten.«

Sherry hatte das Gefühl, ihr bräche das Herz, und dann fügte die Herzogin auch noch hinzu: »Er behielt den Priester bis spät am Abend da. Er ließ ihn einfach nicht gehen. Klingt das nach einem Mann, der Sie nicht wollte? Klingt das nach einem Mann, der Sie nur aus Schuldbewußtsein oder Verantwortungsgefühl zu heiraten plante? Da er mittlerweile wußte, daß Sie nicht Charise Lancaster waren, warum sollte er Ihnen gegenüber dann Schuld und Verantwortung empfinden? Ihre Kopfverletzung war geheilt, und Ihr Gedächtnis war zurückgekehrt.«

Sherry fühlte sich ganz zerschmettert bei dem Gedanken, was sie vielleicht hätte haben können ... und was sie verloren hatte.

»Er wollte nicht glauben, daß Sie weggelaufen waren. Er wollte den Priester nicht gehen lassen«, sagte Whitney nachdrücklich. »Der Vikar wies darauf hin, daß die Hochzeit bei Tageslicht stattfinden müsse, weil es so Sitte sei, aber Stephen ließ ihn kaum zu Wort kommen.«

Sherry wandte den Kopf ab, weil Tränen in ihren Augen standen. »Ich dachte nie ... wußte nie ... Er kann nicht bei klarem Verstand gewesen sein«, sagte sie mit festerer Stimme und wandte sich wieder zu Whitney. »Er hätte doch nie in Betracht gezogen, eine einfache Gouvernante zu heiraten.«

»O doch, das hätte er«, erwiderte Whitney mit gerührtem Lachen. »Das kann ich Ihnen aus persönlicher Erfahrung sagen – und aus allem, was ich über die Geschichte der Familie gelesen habe. Die Männer der Westmorelands tun genau das, was ihnen gefällt, und das war schon immer so. Darf ich Sie daran erinnern, daß Stephen, als er den Vikar in seinem Haus festhielt, bereits wußte, daß Sie die bezahlte Gesellschafterin von Charise Lancaster waren? Es kümmerte ihn nicht. Er hatte sich in den Kopf gesetzt, Sie zu heiraten, und nichts konnte ihn aufhalten. Nur Sie.«

Sie hielt inne und beobachtete, wie Sheridans Gesichtsausdruck Freude und Qual ... und dann Hoffnung widerspiegelte. Eine leise, zerbrechliche Hoffnung, aber sie war da, und obwohl Whitney sich sehr darüber freute, fühlte sie sich verpflichtet, eine ernüchternde Warnung auszusprechen. »Leider«, sagte sie, »sind die Westmoreland-Männer äußerst schwierig zu handhaben, wenn sie stärker provoziert werden, als ihnen vernünftig scheint, und ich fürchte, Stephen ist bereits weit über diesen unglückseligen Zustand hinaus.«

»Unvernünftig provoziert?« fragte Sherry vorsichtig.

Whitney nickte. »Leider.« Sie wartete und hoffte auf ein Zeichen des Muts, den Sheridan brauchen würde, um die Dinge ins Lot zu bringen. »Wenn zwischen Ihnen wieder alles in Ordnung kommen soll, dann wird, so fürchte ich, die ganze Mühe bei Ihnen liegen. Im günstigsten Fall können Sie auf Widerstand von Stephen hoffen. Auf kalten, teilsnahmslosen Widerstand. Im schlimmsten Fall wird er Sie seine ungezügelte Wut spüren lassen.«

»Ich verstehe.«

»Er möchte nichts mit Ihnen zu tun haben; er erlaubt uns noch nicht einmal, daß wir Ihren Namen erwähnen.«

»Er ... haßt mich?« fragte sie. Ihre Stimme bebte bei der entsetzlichen Gewißheit, daß es so war – und bei dem Gedanken, daß sie das alles hätte verhindern können.

»Inbrünstig.«

»Aber er ... ich meine, denken Sie, er hat mich vorher nicht gehaßt?«

»Ich glaube, er liebte Sie. Ich habe Ihnen schon einmal gesagt, daß Stephen noch nie eine Frau so behandelt hat, wie er Sie behandelte. Unter anderem war er sehr besitzergreifend, was sonst überhaupt nicht seine Art ist.«

Sheridan blickte auf ihre Hände. Sie fürchtete sich vor der Hoffnung, einige dieser Gefühle wieder in ihm erwecken zu können, aber sie brachte es auch nicht fertig, die Hoffnung aufzugeben. Sie blickte Whitney an und fragte: »Was kann ich tun?«

»Sie können um ihn kämpfen.«

»Aber wie?«

»Das ist der schwierigste Teil des Problems«, erwiderte Whitney und biß sich auf die Lippen, um ihr Lächeln über Sheridans besorgten Gesichtsausdruck zu verbergen.

»Er wird Sie natürlich meiden. Er würde sogar in dem Moment, wo er merkt, daß Sie hier sind, das Haus verlassen, würden wir nicht Noels Geburtstag feiern und er sein Gesicht verlieren, wenn er ginge.«

»Dann sollte ich vermutlich dankbar sein, daß die Angelegenheit so vonstatten geht.«

»Eigentlich geht es nicht ›so vonstatten‹. Sie haben ganz recht mit Ihrer Annahme, daß all dies äußerst sorgfältig geplant war, aber es lag niemals in unserer Absicht, Sie zu beleidigen. Wir wollten lediglich Stephen dazu zwingen, einen Großteil des Wochenendes in Ihrer Gesellschaft zu verbringen. Auch werden die anderen beiden Gouvernanten einspringen und sich um die Skeffington-Jungen kümmern, während Sie hier sind. Deshalb habe ich Lady Skeffington vorgeschlagen, Sie könnten ihr bessere Dienste leisten als Anstandsdame für Julianna – aus der Ferne natürlich. Sie werden also über das Grundstück spazieren, reiten, wenn Sie wollen, und ständig zugegen sein.«

»Ich … ich weiß nicht, wie ich Ihnen danken soll.«

»Vielleicht sollten Sie mir gar nicht danken«, erwiderte Whitney mit nervösem Lächeln. Und in dem verzweifelten Wunsch, der anderen Frau soviel Rückhalt zu geben, daß sie allem standhielt, was Stephen sich für sie ausdachte, gestand sie ihr etwas, was nur die Familie und die engsten Freunde wußten. »Vor einigen Jahren hat mich mein Vater ohne mein Wissen meinem Mann versprochen. Ich … ich hatte irgendwelche albernen Mädchenträume, einen Jungen aus dem Ort zu heiraten, den ich, wie ich dachte, immer lieben würde, und ich … ich tat ein paar Dinge in dem Versuch, diese Heirat zu verhindern, die meinen Bräutigam bewogen, die Verlobung aufzulösen und seinen Antrag zurückzuziehen. Unglücklicherweise merkte ich erst dann, daß meine Schwärmerei für den anderen Mann längst vorüber war. Damals wollte Clayton mir noch nicht einmal zugestehen, mich überhaupt zu kennen.«

»Aber offenbar hat er letztendlich seine Meinung geändert.«

»Nicht ganz«, gab Whitney errötend zu. »Ich habe seine

Meinung geändert. Er wollte schon eine andere heiraten, und ich ... ich kam hierher, um ihn zu sehen und um zu versuchen, ihn doch noch zu gewinnen. Stephen zwang mich damals zu bleiben. Eigentlich habe ich dieses Fest nur arrangiert, weil ein ähnlicher Plan schon bei meinem Mann und mir funktioniert hat.«

»Aber alles regelte sich, sobald er Sie sah?«

Die Herzogin brach in perlendes Gelächter aus und schüttelte nachdrücklich den Kopf. »Er schien schon allein meinen Anblick zu hassen. Ich verlebte den peinlichsten Abend meines Lebens. Aber als alles vorbei war, als ich gewonnen hatte – als wir beide gewonnen hatten – besaß ich keinen Stolz mehr. Ich besaß ihn.«

»Und Sie wollen mich warnen, daß mein Stolz leiden könnte?«

»Er wird schrecklich leiden, wenn ich mich nicht irre.«

»Danke, daß Sie mir das anvertraut haben. Irgendwie hilft es mir zu wissen, daß eine andere Frau einen großen Fehler begangen und ihn selber wieder in Ordnung gebracht hat.«

»Ich habe Ihnen das nicht anvertraut«, sagte Whitney freundlich, »um mein Elend mit Ihnen zu teilen. Entscheidend für meine Erzählung war ein wichtigerer Grund.«

»Ich weiß.«

Sheridan erhob sich zögernd. Ihr Lächeln wirkte noch unsicher, aber ihre Stimme klang fest. »Was soll ich tun?«

»Zunächst einmal müssen Sie sich stets deutlich in seinem Blickfeld aufhalten, damit er gar nicht anders kann, als sie zu bemerken. Und Sie müssen auch ständig verfügbar sein.«

»Verfügbar ... für ihn, meinen Sie?«

»Genau. Da er verlassen und getäuscht wurde, wird Stephen nichts mit Ihnen zu tun haben wollen. Sie werden ihm eine Einladung geben müssen – unmißverständlich und hoffentlich unwiderstehlich –, um ihn wieder anzulocken.«

Sheridan nickte. Ihr Herz klopfte heftig vor Angst, Hoffnung und Ungewißheit. Langsam drehte sie sich zu den anderen Frauen um, die sie alle vorhin noch beleidigt hatte, und die sie nun alle mit liebevollem, freundlichem Verständnis ansahen. Zuerst wandte sie sich an die Herzoginwitwe und Miss Charity. »Ich habe mich unverzeihlich ungezogen benommen«, begann sie, aber Stephens Mutter schüttelte den Kopf und streckte ihre Hand aus.

»Ich bin sicher, meine Liebe, daß ich unter den Umständen nicht anders gehandelt hätte.«

Sherry ergriff die Hand der Herzoginwitwe mit beiden Händen und umschloß sie fest. »Es tut mir so schrecklich leid ...«

Victoria Seaton unterband weitere Gefühlsausbrüche, indem sie aufstand und Sheridan fest umarmte, dann trat sie einen Schritt zurück und sagte lachend: »Wir sind alle hier, um Ihnen zu helfen, und das werden Sie auch brauchen, wenn Stephen kommt.«

»Mach ihr keine Angst«, mischte sich Alexandra Townsende lachend ein. Sie erhob sich und ergriff Sheridans Hände. Mit einem übertriebenen Schaudern fügte sie hinzu: »Überlaß das lieber Stephen.«

Sheridans Lächeln verblaßte ein wenig. »Wissen Ihre Ehemänner über all das Bescheid?«

Alle drei Frauen nickten, und es berührte Sheridan sehr zu wissen, daß auch die Ehemänner ihr Glück wünschten.

Die Aufgabe, die vor ihr lag, beängstigte sie. Es zerriß ihr das Herz, daran zu denken, daß Stephen offensichtlich genug für sie empfunden hatte, um stundenlang mit dem Priester auf sie zu warten, nachdem sie weggelaufen war. Sherry hatte sich noch nie in ihrem ganzen Leben glücklicher gefühlt.

50

Sheridan, Alexandra und Victoria hatten das Wohnzimmer verlassen, und die drei verbleibenden Frauen reagierten mit Unruhe und Anspannung, als sie eine Stunde später das Geräusch einer ankommenden Kutsche hörten – trotz ihrer angestrengten Bemühungen, normal und zuversichtlich zu erscheinen. »Das muß Stephen sein«, sagte die Herzoginwitwe und stellte ihre Teetasse mit einer so nervösen Heftigkeit ab, daß die unbezahlbare Sèvrestasse einen Sprung bekam und ihren Inhalt auf den Unterteller ergoß. Den ganzen Morgen über waren Gäste zu dem Geburtstagsfest eingetroffen, einschließlich der Familie Skeffington, aber Stephen war nicht aufgetaucht, und langsam dämmerte es allen, daß er entweder aufgehalten worden war oder an diesem Tag gar nicht mehr erscheinen würde. »Wenn er keinen Unfall hatte oder von Straßenräubern überfallen wurde«, fuhr sie gereizt fort, »könnte es sehr wohl sein, daß ich ihm selbst etwas antue! Meine Nerven machen das nicht länger mit. Ich bin wahrhaftig zu alt, um eine solche Spannung zu ertragen!«

Da sie nicht warten konnte, bis der Butler die Neuankömmlinge ankündigte, war Whitney bereits ans Fenster geeilt, um einen Blick hinaus zu werfen.

»Ist er es, Liebes?«

»Ja ... O nein!« stöhnte ihre Schwiegertochter auf. Mit einem entsetzten Gesichtsausdruck drehte sie sich um und lehnte sich an die Vorhänge.

»Ist er es jetzt, ja oder nein?« fragte Miss Charity.

»Ja, es ist Stephen.«

»Das ist gut.«

»Mit Monica Fitzwaring.«

»Das ist schlecht«, erwiderte die Herzoginwitwe und reichte ihren dreijährigen Enkel an Charity weiter, die ihn in die Arme nahm. Sie war ohne jede Notwendigkeit in den Plan eingeweiht worden, weil sie und Noel sich so liebgewonnen hatten. Whitney hatte es nicht übers Herz gebracht, die ältere Dame an seinem Geburtstag wegzuschicken, sie hätte es jedoch auch nicht zulassen können, daß Charity dablieb, ohne vor Sheridans Ankunft gewarnt und in die Gründe dafür und den Plan eingeweiht zu werden.

»Er hat auch Georgette Porter mitgebracht.«

»Das ist ja noch schlimmer«, meinte die Herzoginwitwe düster.

»Ich finde das sehr nett«, rief Miss Charity aus und strahlte Lord Noel Westmoreland an, während die beiden anderen ihr ungläubige Blicke zuwarfen. Sie ergriff die Handgelenke des Kindes und schlug die Patschhändchen zusammen, wodurch sie ihn zum Lachen brachte. Dann blickte sie die beiden Herzoginnen an und stellte fest, daß sie sie immer noch ansahen, als ob sie irre geworden sei. »Eine Frau würde seine Zeit in Anspruch nehmen«, erklärte sie fröhlich. »Zwei Frauen jedoch nehmen sich gegenseitig in Anspruch und lassen ihm so genug Zeit für unsere Sheridan.«

»Leider können Monica und Georgette einander nicht ausstehen.«

Das schien für Miss Charity kein Hindernis. »Um sich Langfords gute Meinung zu sichern, werden sie sich die ganze Zeit damit beschäftigen, die andere in Liebenswürdigkeit zu übertreffen. Oder vielleicht«, fügte sie stirnrunzelnd hinzu, »tun sie sich auch zusammen und wenden sich in all ihrer Boshaftigkeit gegen unsere arme Sherry, falls Langford ihr Aufmerksamkeit schenkt.«

Überhaupt nicht erfreut über diese zweite Möglichkeit blickte Whitney ihre Schwiegermutter an. »Was sollen wir bloß tun?«

Charity wollte jedoch keineswegs wieder in den Hintergrund treten, deshalb schlug sie munter vor: »Wir sollten den lieben Monsieur DuVille einladen, um die Anzahl wieder auszugleichen.«

Die Nerven der Herzoginwitwe waren zum Zerreißen gespannt, deshalb wandte sie sich in ihrem Sessel um und musterte Miss Charity finster. »Das ist ja wohl eine vollkommen absurde Idee! Sie wissen doch ganz genau, daß Stephen uns seit dem Tag, an dem Sherry verschwand, sogar verbot, seinen Namen zu erwähnen.«

Aus Angst vor einem plötzlichen Stimmungsumschwung der Herzoginwitwe griff Whitney hastig ein. »Warum gehen Sie nicht mit Noel nach draußen, Ma'am«, schlug sie Charity vor. »Ich habe die Gouvernanten angewiesen, mit den Kindern jetzt zum Teich zu gehen, damit sie sich die Schwäne anschauen und etwas Süßes essen können. Sie sollten ein wenig auf unsere Gouvernante achten, wenn sie dort erscheint.«

Charity nickte sofort, stand auf und ergriff Noels Hand.

»Nun, mein kleiner Lord, sollen wir versuchen, unsere Beute aufzuspüren?« forderte sie ihn auf.

Noel zog seine Hand zurück und schüttelte seinen dunklen Lockenkopf. »Nein, erst Küßchen«, erklärte er und lief auf seinen stämmigen Beinchen quer durch das Zimmer, um seine Großmutter und seine Mutter zu küssen. Er wußte, daß sie das gern hatten. Zufrieden strahlte er Miss Charity an, gab ihr wieder die Hand und ging mit ihr durch die französischen Türen, die auf den Rasenplatz führten, nach draußen.

Es gelang der Herzoginwitwe, so lange zu lächeln, bis Noel verschwunden war, aber sobald er sich außer Sichtweite befand, richtete sie ihren wütenden Blick auf die Tür, die aus der Haupthalle in das Zimmer führte. Die Aufregung hatte letztendlich über ihre Geduld gesiegt. Sie war ärgerlich auf Stephen, weil er ihren sorgfältig entwickelten Plan, eine Versöhnung mit Sherry herbeizuführen, durchkreuzte, indem er nicht nur eine, sondern gleich zwei Frauen mitbrachte, und sie regte sich maßlos, wenn auch nicht ganz gerecht, über die Frauen auf, die mitgekommen waren. Ohne die Angespanntheit seiner Mutter zu bemerken, geleitete Stephen seine Gäste in das Wohnzimmer und kam direkt auf ihren Sessel zu. »Du siehst ein wenig erschöpft aus«, bemerkte er und beugte sich nieder, um ihr einen Kuß auf die Wange zu geben.

»Ich würde nicht erschöpft aussehen, wenn du mir nicht durch dein Zuspätkommen solche Sorgen bereitet hättest.«

Stephen war zu verblüfft über ihren Tonfall, um heftig auf den ungerechten Tadel zu reagieren. »Es war mir nicht bewußt, daß ich zu einer bestimmten Zeit hätte hier sein sollen. Es tut mir leid, wenn du dir Sorgen gemacht hast.«

»Es ist äußerst ungezogen, deine Gastgeberin warten zu lassen«, erwiderte sie schroff.

Stephen richtete sich auf und blickte sie mit überraschtem Ärger an. »Ich bitte aufrichtig um Verzeihung für meine Verspätung, Euer Gnaden.« Mit einer formellen Verbeugung fügte er hinzu: »Zum zweiten Mal.«

Dann ging er mit einem unmerklichen Schulterzucken

über ihr ungewöhnlich strenges Verhalten hinweg und drehte sich um, damit sie seine Gäste begrüßen konnte. »Mutter«, sagte er, »ich glaube, du kennst Miss Fitzwaring bereits ...«

»Wie geht es Ihrem Herrn Papa?« fragte die Herzoginwitwe, während die junge Frau anmutig vor ihr knickste.

»Sehr gut, danke, Euer Gnaden. Ich soll Ihnen seine wärmsten Empfehlungen übermitteln.«

»Ich lasse ihn auch grüßen. Und nun, da Sie ja offensichtlich erschöpft von der Fahrt sind, schlage ich vor, daß Sie direkt nach oben gehen und dort bis zum Essen bleiben, damit Sie sich ausruhen und wieder zu Kräften kommen können.«

»Ich bin nicht im mindesten erschöpft, Euer Gnaden«, erwiderte Miss Fitzwaring steif, beleidigt über den unverblümten Hinweis, sie sähe nicht besonders gut aus.

Die Herzoginwitwe beachtete sie gar nicht und streckte der anderen Frau königlich ihre Hand entgegen. Als Georgette knickste, erklärte sie: »Ich hörte, Sie lagen kürzlich krank zu Bett, Miss Porter. Sie sollten sich am Wochenende besser hinlegen.«

»Oh, aber – das war letztes Jahr, Euer Gnaden. Ich bin wieder vollkommen gesund.«

»Vorbeugung ist das beste Heilmittel«, beharrte sie. »Das sagt mein Arzt immer, und deshalb befinde ich mich bei bester Gesundheit und in stets guter Laune.«

Whitney trat dazu und begrüßte ihre unerwarteten Gäste, bevor sie im Geiste darauf kamen, diese gute Laune auch für sich in Anspruch zu nehmen. »Sie sehen beide vollkommen gesund aus, aber ich bin sicher, daß sie sich ein wenig erfrischen möchten«, sagte sie lächelnd. Sie führte die gekränkte Miss Porter und die beleidigte Miss Fitzwaring zur Tür, damit ein Lakai ihnen ihre Zimmer zeigen konnte.

»Wo ist mein Neffe?« fragte Stephen, nachdem er Whitney einen kurzen Kuß auf die Wange gedrückt hatte. »Und wo«, fügte er zynisch flüsternd hinzu, »ist die angeblich gute Laune meiner Mutter?«

»Noel ist bei Miss Charity ...«, begann Whitney, als ihr

plötzlich kam, daß jetzt der richtige Zeitpunkt war. Genau jetzt. Es gab keinen Weg zurück. »In einer halben Stunde gehen alle zum Teich, wo die Kinder ein kleines Fest feiern. Noel wird auch da sein, zusammen mit ein paar anderen Kindern.«

51

Schwäne glitten anmutig über das spiegelglatte Wasser. Sheridan und die beiden anderen Gouvernanten standen in der Nähe eines majestätischen weißen Aussichtsturms und sahen einigen Kindern zu, die fröhlich am Ufer eines kleinen Sees auf dem vorderen Rasen mit eben erst flügge gewordenen Enten spielten. Ihre munteren Stimmen erklangen hell, als sie versuchten, die hochmütigen Schwäne näher ans Ufer zu locken, und sie vermischten sich mit den dunkleren, zurückhaltenderen Stimmen der Fieldings, Townsendes, Skeffingtons und Westmorelandes.

Sheridan achtete sorgfältig auf die Kinder, aber keines der Geräusche übertönte ihren Herzschlag, als sie Stephen endlich mit zwei Frauen aus dem Haus kommen sah. Whitney hatte ihr schon eine Warnung wegen der beiden Frauen zugeflüstert, bevor sie sich ihren Gästen anschloß, aber Sheridan hatte kaum darauf geachtet. In Gedanken hörte sie nur, was Whitney vorher gesagt hatte: *»Stephen behielt den Priester bis spät am Abend da. Er wollte nicht glauben, daß Sie weggelaufen waren.«*

Zärtlichkeit und Mitleid überwältigten sie, wenn sie daran dachte, und sie gaben ihr den Mut und die Entschlossenheit, ihm gegenüberzutreten und ihm die »Einladung« zu bieten, die nötig war, um ihn zu ihr zurückzubringen.

Stephen lauschte auf etwas, das Monica ihm erzählte, aber sein Lächeln wirkte abwesend und sein Blick galt den Kindern.

Je näher er kam, desto heftiger schlug Sheridans Herz, bis es schließlich in ihren Ohren zu dröhnen schien. Noel kam zusammen mit Charity zu ihr gelaufen und blieb schüchtern vor ihr stehen. »Blume, für dich«, sagte er und hielt ihr eine winzige Wildblume entgegen, die er auf Charitys Aufforderung hin gepflückt hatte.

Charitys Grund dafür klärte sich, als sie sagte: »Langford wird sich nach Noel umsehen, und wenn er bei Ihnen ist, dann werden wir alle schneller von unserer Anspannung erlöst, als wenn wir warten müßten, bis er die Gouvernanten bemerkt.«

Sherry fand diese Idee nicht so glänzend, aber sie beugte sich nieder, um die Blume anzunehmen. Sie lächelten dem stämmigen Dreijährigen, der sie sowohl an seinen Vater als auch an Stephen erinnerte, freundlich an. »Vielen Dank, mein Herr«, erwiderte sie, wobei sie aus den Augenwinkeln Stephen beobachtete, der dem Aussichtsturm näher kam. Hinter ihr, unter einer großen Eiche, verfolgten auch die Erwachsenen aufmerksam die Szene, und ihre Gespräche und ihr Gelächter verstummten.

Noel blickte auf die Sonnenstrahlen, die ihr Haar zum Leuchten brachten. Er wollte danach greifen, hielt aber inne, um Charity fragend anzusehen. »Heiß?«

»Nein«, antwortete Sheridan, die jede Linie in seinem Gesicht liebte, »es ist nicht heiß.«

Er lächelte und griff danach, um es zu berühren, aber in diesem Moment erscholl Stephen Stimme und lenkte ihn sofort ab.

»Noel!«

Noel strahlte auf, und bevor Charity ihn aufhalten konnte, lief er schon zu seinem Onkel, der ihn in seinen Armen auffing und hochhob. »Du bist mindestens einen halben Meter gewachsen«, erklärte ihm Stephen, nahm ihn auf den linken Arm und blickte auf die Gruppe von Erwachsenen unter dem Baum. »Hast du mich vermißt?«

»Ja!« antwortete Noel und nickte nachdrücklich mit dem Kopf, aber als sie an Sheridan vorbeigingen, sah Noel, daß Sherry ihn mit zögerndem Lächeln beobachtete. Kurzentschlossen wand er sich aus dem Arm.

»Was, so schnell willst du mich schon wieder verlassen?« fragte Stephen überrascht und ein bißchen verletzt. »Offensichtlich«, scherzte er mit einem Blick auf die Townsendes, Fieldings, auf Georgette und Monica, während er den zappelnden kleinen Jungen auf den Boden stellte. »Ich werde ihm demnächst verlockendere Geschenke mitbringen müssen. Wohin gehst du, junger Mann?«

Noel schenkte ihm einen liebevollen Blick, wies jedoch mit seinem rundlichen Finger auf eine Frau, die ein paar Schritte entfernt stand und ein unauffälliges dunkelblaues Kleid trug, und erklärte: »Erst Küßchen!«

Ohne zu merken, daß sechs Augenpaare ihn aufmerksam musterten, richtete Stephen sich auf, blickte in die Richtung, in die das Kind gezeigt hatte ... und erstarrte, als sein Blick auf Sheridan fiel, die sich niedergebeugt hatte, um ihren Kuß in Empfang zu nehmen, aber Stephen direkt ansah.

Whitney sah seine Reaktion, sah, wie er seine Kinnmuskeln so fest anspannte, daß seine Wangen zuckten. Sie hatte insgeheim die Hoffnung gehegt, er würde ihr irgendwie glauben, daß die Skeffingtons zu ihrem Bekanntenkreis gehörten und daß Sherrys Erscheinen hier ein Zufall war, aber diese Hoffnung schien vergeblich. Langsam drehte Stephen den Kopf und sah Whitney direkt in die Augen. Mit eisigem Schweigen beschuldigte er seine Schwägerin der Komplizenschaft und des Verrats, und dann drehte er sich um und ging auf das Haus zu.

Voller Angst, er könne abreisen, stellte Whitney ihr Weinglas ab, entschuldigte sich bei ihren Gästen und folgte ihm. Seine Beine waren länger als ihre und er scherte sich nicht um gebührliches Auftreten, deshalb erreichte er das Haus bereits ein paar Minuten vor ihr. Der Butler teilte ihr bei ihrer Ankunft mit, er habe verlangt, seine Kutsche solle vorfahren, und sei in sein Zimmer gegangen.

Whitney lief die Treppe hinauf. Als er auf ihr Klopfen nicht reagierte, klopfte sie nochmals. »Stephen? Stephen, ich weiß, daß du da drin bist ...«

Sie drehte den Türknauf, und da die Tür nicht verschlossen war, trat sie ein. Er kam mit einem frischen Hemd aus seinem Ankleidezimmer, sah sie, und seine Miene wurde noch bedrohlicher als vorher. »Stephen, hör mir zu ...«

»Verschwinde«, warnte er sie, knöpfte rasch das Hemd vorne zu und griff nach seiner Jacke.

»Du willst wegfahren, nicht wahr?«

»Wegfahren?« höhnte er. »Ich kann nicht wegfahren! Dafür hast du schon gesorgt. Mein Kompliment, Euer Gnaden«, betonte er verächtlich, »für Eure Doppelzüngigkeit, Eure Verlogenheit und Eure Treulosigkeit.«

»Stephen, bitte«, flehte sie und trat zögernd ein paar Schritte weiter vor. »Hör mir doch zu. Sherry glaubte, du wolltest sie aus Mitleid heiraten. Ich dachte, wenn du sie noch einmal sehen könntest ...«

Er ging mit drohendem Gesichtsausdruck auf sie zu. »Du hättest besser deinen Freund DuVille gefragt«, entgegnete er sarkastisch. »Sie ist zu ihm gegangen, als sie mich verlassen hat.«

Whitney wich automatisch zurück und begann, schneller zu reden: »Versuch doch einmal, es aus ihrem Blickwinkel zu sehen.«

»Wenn du klug bist«, unterbrach er sie mit leiser, eisiger Stimme und musterte sie feindselig, »dann meidest du mich besser an diesem Wochenende, Whitney. Und wenn dieses Wochenende vorbei ist, wirst du mit mir nur noch über deinen Ehemann kommunizieren. Und jetzt geh mir aus dem Weg.«

»Ich weiß, daß du sie geliebt hast, und ich habe ...«

Er packte sie bei den Schultern, schob sie gewaltsam beiseite und ließ sie allein zurück.

In verblüfftem Schweigen sah Whitney zu, wie er rasch durch die Halle auf die Treppe zuging. »Mein Gott«, flüsterte sie schwach. Sie kannte Stephen Westmoreland nun seit über vier Jahren und hatte sich nicht einmal im Traum vorstellen können, daß er zu einem so gewaltigen Haß, wie sie ihn in seinem Gesicht gesehen hatte, fähig war.

Langsam stieg sie die Treppe hinunter, um sich wieder zu ihren Gästen zu gesellen. Dieses Fest stand von Anfang an unter einem unglücklichen Stern. Als sie zu den anderen stieß, mußte sie feststellen, daß Stephen mit Monica und Georgette zu einem Ausflug in das nahegelegene Dorf aufgebrochen war, was bedeutete, daß er wahrscheinlich einige Stunden lang weg sein würde. Lady Skeffington sah ebenso enttäuscht aus über seinen Aufbruch wie alle anderen, aber natürlich aus einem anderen Grund. Die einzigen beiden Gäste, denen das nichts auszumachen schien, waren Sir John, der schon wieder ein Glas Madeira trank, was ihn – Gott sei Dank – anscheinend eher ruhiger als gesprächiger machte, und Julianna Skeffington, die sich mit Sheridan unterhielt und ihr bei den Kindern half. Lächelnd hob sie Noel hoch und umarmte ihn fest, dann wandte sie sich um und sagte etwas zu Sheridan mit einem deutlich mitfühlenden Ausdruck im Gesicht.

Vom Rand des Rasens aus beobachtete die Herzoginwitwe das blonde Mädchen, und in einem halbherzigen Versuch, ihre Gedanken von Stephens heftiger Reaktion auf Sheridans Anwesenheit abzulenken, bemerkte sie zu Whitney: »Julianna Skeffington ahnt, daß hier etwas vorgeht. Sie hat den mörderischen Blick mitbekommen, den Stephen Sheridan zuwarf, als er sie sah, und sie stand innerhalb von Sekunden an Sheridans Seite. Ich fand sie wirklich entzückend, als ich heute mit ihr geredet habe – reizend und intelligent.«

Whitney richtete ihre Gedanken von den beunruhigenden Dingen, die Stephen zu ihr gesagt hatte, auf Juliannas liebliche Züge. »Und auch sehr schön.«

»Man muß sich schon über die Launenhaftigkeit der Natur wundern, die es diesem Mann ...«, sie wies angewidert mit dem Kopf in die Richtung von Sir John, »und dieser Frau ...«, sie zog eine Grimasse zu Lady Skeffington hinüber, »erlaubte, ein so himmlisches Geschöpf hervorzubringen.«

52

Normalerweise standen immer zahlreiche Lakaien bereit, um ankommenden Gästen aus ihren Kutschen zu helfen und dafür zu sorgen, daß die Fahrzeuge und Pferde wieder zu den Ställen gebracht wurden, aber als Stephen von seinem Ausflug in den Ort zurückkehrte, kam keiner aus dem Haus.

Der einzige sichtbare Bedienstete war ein einsamer Lakai, der in der Auffahrt stand und wie gebannt zu den Hügeln starrte, die hinter den Ställen sanft aufstiegen. Er versuchte so angestrengt etwas zu erkennen, daß er die Kutschenräder nicht zu hören schien, bis Stephen direkt hinter ihm anhielt. Da erst fuhr er schuldbewußt zusammen und kam zur Kutsche, um die Zügel zu übernehmen.

»Wo sind denn alle?« fragte Stephen, der feststellte, daß der Butler ihm immer noch nicht mehr Dienstboten aus dem Haus entgegengeschickt hatte, und auch nicht, wie üblich, die Haustür geöffnet hatte.

»Sie sind bei den Ställen, Mylord. Da findet ein richtiges Spektakel statt, wenn ich so sagen darf, und man sollte es nicht verpassen. Das haben jedenfalls die, die hinter dem Haus zusehen, gesagt.«

Stephen ergriff wieder selbst die Zügel, da er beschlossen hatte, zu den Ställen zu fahren und sich selbst anzusehen, was der Lakai mit »ein richtiges Spektakel« meinte.

Ein Zaun umschloß die Ställe und den großen Rasenplatz vor den Gebäuden, wo die Pferde bewegt und abgekühlt wurden, bevor man sie in den Stall brachte. Auf der einen Seite des Zauns erstreckten sich bis zum Fuß der bewaldeten Hügel Wiesen mit Hecken und Steinwällen, auf denen Claymores Pferde für die Jagd trainiert wurden. Als Stephen mit der Kutsche an den Ställen anhielt, standen den ganzen Zaun entlang Pferdeknechte, Lakaien, Kutscher und Stallknechte. Stephen half Monica und Georgette aus dem Gefährt. Ihm fiel auf, daß alle Gäste außer seiner verräterischen Schwägerin an der anderen Seite des Zauns standen und genauso gebannt wie die Dienstboten einem wie auch immer gearteten Schauspiel zusahen, das sich in Richtung der Hügel abspielte.

Stephen musterte das unergründliche Profil seines Bruders, als er und seine beiden Begleiterinnen sich zu der Gruppe gesellten, und fragte sich, ob Clay sich wohl an Whitneys Intrige beteiligt hatte. Er konnte das zwar nicht glauben, war sich aber nicht ganz sicher, deshalb richtete er seine Frage an Jason und Victoria Fielding. »Was beobachtet ihr da?«

»Warte ab und sieh selbst«, antwortete Jason mit einem seltsamen Grinsen. »Eine Erklärung im voraus würde alles verderben.«

Victoria Fielding schien es schwerzufallen, ihm in die Augen zu sehen, und ihr Lächeln wirkte aufgesetzt. »Das ist wirklich sehr aufregend.«

Stephen fand, daß sich sowohl die Fieldings als auch die Townsendes äußerst seltsam benahmen. Die Frauen wirkten so nervös und die Männer schienen sich in seiner Gegenwart unbehaglich zu fühlen. Entweder betrugen sie sich so, weil sie überrascht und unglücklich über Sheridans Anwesenheit waren – oder aber, sie hatten die ganze Zeit über gewußt, daß sie hier sein würde, und litten nun unter ihrem schlechten Gewissen. Stephen musterte die vier Personen, die er als besonders nahe Freunde betrachtete, und überlegte, ob es mit dieser Freundschaft wohl nun dauerhaft vorbei sei. Die Frauen hatten es auf jeden Fall gewußt, entschied er, als er sah, wie sich Alexandra Townsendes Wangen unter seinem Blick röteten. Nicht einmal in den drei Stunden, seit er aufgeblickt und sich nur wenige Schritte von seiner früheren Verlobten wiedergefunden hatte, hatte Stephen sich gestattet, an sie zu denken. Er konnte es nur ertragen, hierzubleiben, wenn er ihre Anwesenheit einfach ausblendete.

Sie hatte vorgegeben, jemand ganz anderes zu sein, und als alles aufgeflogen war, hatte sie sich zu DuVille geflüchtet und Stephen wie einen verdammten Idioten mit einem Priester und seiner Familie auf sie warten lassen.

In den Wochen seit ihrem Verschwinden hatte er im Geiste alles, was sie gesagt und getan hatte, während sie angeblich unter Amnesie litt, noch einmal rekapituliert, und er konnte sich nur an einen Ausrutscher erinnern – als sie Einwände gegen eine bezahlte Gesellschafterin geäußert hatte. *»Ich brauche keine Gesellschafterin«*, war es ihr herausgerutscht, *»ich bin eine …«*

Sie war eine erstaunlich gute Schauspielerin, so wie sie diesen ganzen Betrug aufgezogen hatte, dachte Stephen und von neuem überkam ihn Abscheu vor seiner eigenen Dummheit.

Eine hervorragende Schauspielerin, überlegte er grimmig,

während er daran dachte, wie sanft ihre Augen gewesen waren in dem kurzen Moment, da sie sich heute morgen angeschaut hatten. Ihr ganzes Herz hatte in diesem Blick gelegen, und sie hatte ihn direkt und ohne zu blinzeln angesehen. Nur, daß sie kein Herz besaß. Und offenbar auch kein Gewissen.

Sie wollte es noch einmal bei ihm versuchen. Das hatte Stephen sofort gemerkt, als er diesen versonnenen Ausdruck auf ihrem lieblichen, betrügerischen Gesicht heute morgen gesehen hatte.

Er nahm an, daß DuVille sie in den letzten Wochen zu seinem eigenen Vergnügen festgehalten hatte, aber offensichtlich war er ihrer binnen erstaunlich kurzer Zeit müde geworden und hatte sie daraufhin fortgeschickt.

Jetzt arbeitete sie als Gouvernante und sehnte sich offenbar nach einem besseren Leben. Nach diesem süßen, flehenden Blick, den sie ihm zugeworfen hatte, zu urteilen, hoffte sie offensichtlich, daß er für ihre Reize, die auf ihn jetzt nicht mehr wirkten, noch genauso empfänglich sein würde wie vorher.

Nachdenklich richtete er seinen Blick auf die Männer, aber Victoria Fieldings Aufschrei unterbrach seinen Gedankengang.

»Da kommen sie«, rief sie aus.

Stephen verbannte energisch Sheridan Bromleigh aus seinem Gehirn und blickte an die Stelle am Fuß der bewaldeten Hügel, wo sie hinzeigte.

Zwei Reiter kamen in voller Geschwindigkeit angaloppiert. Beide waren tief über den Hals ihres Pferdes gebeugt und sprangen in anmutigem Gleichklang über die Hecken. Stephen erkannte Whitney auf den ersten Blick; sie war eine der besten Reiterinnen, die er je gesehen hatte – unter Männern wie Frauen. Ihr Herausforderer war ein schmaler Junge, gekleidet in Hemd, Breeches und Stiefel, und er konnte sogar noch besser reiten als Whitney. In halsbrecherischem Tempo nahm er jede Hürde mit einer mühelosen, forschen Sorglosigkeit, die Stephen noch nie gesehen hatte. Er hatte sein Gesicht nahe an die Mähne des Pferdes gedrückt, und er sprang mit so einer Freude und Leichtigkeit über die Hindernisse, als sei er eins mit dem Pferd – selbstbewußt, voller Vertrauen und Übermut.

»Ich wußte gar nicht, daß das Tier so springen kann!« rief Clayton mit bewunderndem Lachen aus. Ohne sich um Stephens mögliche Zweifel an seiner brüderlichen Integrität zu kümmern, fügte er hinzu: »Stephen, du hast Commander doch bei der Jagd geritten. Er läuft in der Ebene schnell, aber ist er jemals so über Hürden gegangen?«

Stephen blinzelte in die Spätnachmittagssonne und beobachtete, wie die beiden Reiter in vollkommenem Gleichklang über die Hürden setzten, weitergaloppierten und wieder zusammen über die nächste Hecke sprangen. Da er im Augenblick keine Antworten über Sheridan von seinem Bruder verlangen konnte, berichtete er nüchtern, was er von dem Jungen sehen konnte. »Anscheinend hält er Commander zurück, damit er Khan nicht überholt ...«

»Der normalerweise besser als Commander über Hürden geht«, ergänzte Clayton an seine Freunde gewandt.

Die Reiter nahmen den letzten Zaun und strebten dann in vollem Galopp auf das offene Tor des Gatters zu, wo sich die Zuschauer versammelt hatten. Da Clayton im letzten Jahr neue Trainer ausprobiert hatte, nahm Stephen wie selbstverständlich an, sein Bruder habe beschlossen, dem zierlich gebauten Jungen eine Chance für diese Position zu geben. Als die Pferde herandonnerten, wollte er gerade seinem Bruder vorschlagen, den Jungen fest einzustellen, aber dann geschahen zwei Dinge auf einmal, die ihn mitten im Satz abbrechen ließen: ein Stallknecht huschte auf das Feld und warf einen Getreidesack zu Boden – und als der Reiter von Commander sich nach rechts beugte, löste sich sein Haar.

Das schwere, feuerrote Haar flatterte wie eine Fahne um Sheridans Kopf, und während sie sich immer weiter nach rechts beugte, begann sie zu fallen. Monica schrie angstvoll auf, und Stephen trat unbewußt einen Schritt vor, um auf sie zuzulaufen ... da nahm Sheridan den Getreidesack vom Boden auf, und die Bediensteten und die Gäste brachen in wilde Jubelrufe aus.

In Sekundenschnelle verwandelte sich Stephens Angst in

Wut – Wut darüber, daß sie ihn mit ihrem dummen Kunststück in Angst und Schrecken versetzt hatte, und Wut darüber, daß sie überhaupt ein Gefühl in ihm ausgelöst hatte. Und während er noch um Fassung rang, galoppierte sie mit ihrem Pferd direkt auf ihn zu. Monica und Georgette sprangen mit einem entsetzten Aufschrei zurück, aber Stephen verschränkte die Arme und blieb ungerührt stehen, da er genau wußte, daß sie das Pferd unter Kontrolle hatte. Erst als sie genau vor ihm stand, parierte sie Commander durch, schwang ihr Bein über den Rücken des Pferdes und glitt anmutig zu Boden. Während die Bediensteten erneut in Jubelschreie ausbrachen und die Gäste applaudierten, landete Sheridan mit beiden Füßen direkt vor ihm, ein Lächeln auf den weichen Lippen und mit gerötetem Gesicht. Stephen blickte ihr unbewegt entgegen, sah jedoch den Ausdruck in ihren silbern schimmernden Augen. Sie flehten ihn an, ihr entgegenzukommen, sie anzulächeln.

Statt dessen musterte er sie mit einem beleidigenden Blick von ihren zerzausten, flammendroten Haaren bis hin zu den Stiefeln an ihren Füßen. »Hat Ihnen noch nie jemand gesagt, wie man sich ordentlich anzieht?« fragte er verächtlich.

Er sah, wie Sheridan zusammenzuckte, als Georgette auflachte, aber ihr Blick schwankte nicht. Vor aller Augen lächelte sie ihn an und sagte mit ihrer sanften Stimme: »In früheren Zeiten war es Sitte, daß der Sieger eines Turniers einem Zuschauer seine Gunst schenkte als Zeichen seiner – seiner Hochachtung und – und seines tiefsten Respekts.«

Stephen hatte keine Ahnung, wovon sie redete, bis sie ihm den leeren Getreidesack hinhielt und leise sagte: »Meine Gunst, Lord Westmoreland ...«

Ohne weiter nachzudenken, nahm er ihn an.

»So eine unverfrorene, unerhörte ...«, stieß Monica hervor, und Lady Skeffington sah aus, als wolle sie vor lauter Demütigung jeden Moment in Tränen ausbrechen.

»Miss Bromleigh!« schrie sie ärgerlich. »Sie vergessen sich! Entschuldigen Sie sich bei diesen guten Leuten, und dann gehen Sie sofort und fangen an zu pack ...«

»Kommen Sie mit mir!« unterbrach Julianna scharf, schob

ihre Hand unter Sheridans Arm und zog sie zum Haus. »Sie müssen mir unbedingt erzählen, wo Sie so gut reiten gelernt haben, und wie Sie ...«

Victoria löste sich von der Gruppe und blickte die Skeffingtons an. »Miss Bromleigh und ich sind beide Amerikanerinnen«, erklärte sie. »Ich sehne mich danach, mich mit jemandem aus meiner Heimat zu unterhalten. Entschuldigst du mich bis zum Essen?« fügte sie hinzu und sah ihren Ehemann an.

Jason Fielding – der früher häßlichen Klatsch hatte ertragen müssen und von der feinen Gesellschaft wie ein Aussätziger behandelt worden war – grinste die junge Frau an, der er diese Änderung verdankte. Mit zärtlichem Lächeln verbeugte er sich leicht und sagte: »Ich werde untröstlich ohne Ihre Gesellschaft sein, Madam.«

»Ich möchte auch gern mehr über Amerika wissen«, verkündete Alexandra Townsende und trat aus der Gruppe hervor. Auch sie wandte sich an ihren Mann und sagte lächelnd: »Und du, Mylord? Kann ich mich darauf verlassen, daß auch du untröstlich sein wirst ohne meine Gesellschaft?«

Jordan Townsende – der früher seine Heirat mit einer angeblich törichten jungen Alexandra als »obligatorische *Un*vernunftsheirat« angesehen hatte – sah sie mit unverhohlener Wärme an. »Ich bin immer untröstlich ohne dich, das weißt du sehr wohl.«

Whitney wartete, bis ihre Mitverschwörerinnen auf dem Weg zum Haus waren, dann setzte sie ein strahlendes Lächeln auf und wollte gerade ebenfalls eine Entschuldigung erfinden, um gehen zu können, als Lady Skeffington ihr zuvorkam.

»Ich weiß nicht, was in Sheridan Bromleigh gefahren ist«, sagte sie mit zornrotem Gesicht. »Ich pflege immer zu Sir John zu sagen, daß es äußerst schwer ist, gute Bedienstete zu finden. Das sage ich doch immer, nicht wahr?« fragte sie ihn.

Sir John nickte und bekam einen Schluckauf. »Ja, mein Täubchen.«

Befriedigt wandte sie sich an Whitney. »Ich flehe Sie an, mir zu sagen, wie man das bewerkstelligt, Euer Gnaden.«

Whitney löste ihre Gedanken widerstrebend von Stephen, der mit Monica und Georgette plauderte, als sei nichts geschehen – der Getreidesack, den Sherry ihm so liebevoll dargeboten hatte, lag auf dem Boden unter dem Absatz seines Stiefels. »Es tut mir leid, Lady Skeffington, ich war geistig abwesend. Sie wollten etwas wissen?«

»Wie finden Sie passende Dienstboten? Wäre es nicht so schwierig, hätten wir sicherlich nicht diese unverschämte Amerikanerin eingestellt. Ich überlege ernsthaft, ob wir sie auch nur für eine Stunde weiter in unseren Diensten behalten sollten.«

»Ich betrachte eine Gouvernante nicht als Dienstbotin ...«, begann Whitney. Sie hatte gedacht, Stephen höre nicht zu, aber bei dieser Bemerkung blickte er über die Schulter und sagte mit beißendem Spott zu Lady Skeffington: »Meine Schwägerin betrachtet sie als *Familienangehörige*. Man könnte sogar sagen, sie schätzt sie noch mehr als die Familie.« Er durchbohrte Whitney mit seinen Blicken. »Nicht wahr?« knurrte er sarkastisch.

Dies war die erste Bemerkung, die er an Lady Skeffington richtete, seit sie einander vorgestellt worden waren, und Lady Skeffington empfand sie als Ermutigung; der Sarkasmus in seiner Stimme entging ihr völlig. Sie ließ sofort das Thema Gouvernante fallen, eilte an seine Seite und sagte: »Meine liebe Julianna hält es genauso, wie Sie vielleicht bemerkt haben. Sie hat Sheridan Bromleigh gleich verteidigt. Julianna ist so ein wundervolles Mädchen«, fuhr sie fort, wobei es ihr irgendwie gelang, sich zwischen Monica und Stephen zu quetschen, »so aufrichtig, so süß ...«

Als Stephen zum Haus ging, blieb sie an seiner Seite, und Sir John trottete hinter ihnen her.

»Beinahe könnte er mir leid tun«, bemerkte Clayton lässig, während er zusah, wie Lady Skeffington ihren drögen Monolog weiterführte.

»Mir nicht«, erwiderte Whitney, die von seiner schneidenden Bemerkung über ihre Unaufrichtigkeit immer noch verletzt war. Mit einem raschen, entschuldigenden Blick auf die

Männer erklärte sie: »Ich möchte mit Victoria und Alexandra reden.«

Schweigend und nachdenklich sahen ihr alle drei Männer nach, als sie ging. »Entgegen dem, was unsere Frauen denken, war das ein Fehler«, sagte Jason Fielding und sprach damit die Gedanken aller aus. Er blickte Clayton an und fügte hinzu: »Du kennst Stephen besser als Jordan oder ich. Was meinst du?«

»Ich fürchte, du hast recht«, erwiderte Clayton grimmig. Er dachte an Stephens Gesichtsausdruck, als Sherry ihm so süß die »Gunst« dargeboten hatte. »Ich halte es für einen riesigen Fehler, und Sheridan Bromleigh wird darunter zu leiden haben. Stephen hat sie ständig als intrigante Opportunistin abgetan, die aus Angst vor Verfolgung floh, und sich jetzt wieder in seine Nähe traut, um sich erneut einzuschmeicheln, weil er ihr nicht die Polizei auf den Hals gehetzt hat. Nichts, was sie tut oder sagt, spielt eine Rolle, weil sie ihm beweisen muß, daß er unrecht hat. Und das kann sie nicht.«

Die Frauen, die im blauen Salon zusammengekommen waren, um über die Situation zu sprechen, vertraten eine ähnliche Meinung.

Whitney sank in ihren Sessel und starrte düster auf ihre Hände, dann blickte sie ihre Mitverschwörerinnen, einschließlich der Herzoginwitwe, an. »Es war ein Fehler«, sagte sie zu ihrer Schwiegermutter, die sich das »Spektakel« vom Fenster ihres Schlafzimmers aus angesehen hatte.

»Ich hätte weinen können, als er ihre Geste ignorierte«, erklärte Alexandra mit schmerzerfüllter Stimme. »Sherry war so tapfer, so offen und so schrecklich verletzlich.« Sie blickte über die Schulter, um Miss Charity höflich in das Gespräch miteinzubeziehen, aber die ältere Dame hatte nichts zu sagen. Sie saß am Fenster und blickte mit nachdenklich gerunzelter Stirn vor sich hin, wobei sie den Eindruck vermittelte, entweder ganz aufmerksam oder gar nicht zuzuhören.

»Wir haben noch einen ganzen Tag und einen Abend«, sagte Stephens Mutter. »Vielleicht wird er bis dahin nachgiebiger.«

Whitney schüttelte den Kopf. »Bestimmt nicht. Ich dachte, wenn sie da wäre, würde er ihr auch zuhören, aber selbst, wenn er das täte, würde er seine Meinung nicht ändern. Das weiß ich jetzt. Außerdem weiß er, daß sie zu Nicki gegangen ist, als sie ihn verlassen hat, und ihr wißt ja, wie er über Nicki denkt.«

Bei ihren Worten wandte ihr Miss Charity abrupt den Kopf zu. Ihr Stirnrunzeln wurde noch konzentrierter.

»Ohne irgendwelche Beweise würde Stephen Sherry gar nichts mehr glauben. Ihre Taten sprechen für ihn eine so deutliche Sprache, daß nichts sonst mehr zählt. Irgend jemand müßte ihm einen anderen einleuchtenden Grund präsentieren, warum sie weggelaufen ist ...« Sie hielt inne, als Miss Charity aufstand und schweigend das Zimmer verließ. »Ich glaube nicht, daß Miss Charity die ganzen Anstrengungen zu ertragen vermag.«

»Sie sagte mir, sie fände das alles höchst aufregend«, erwiderte die Herzoginwitwe mit einem irritierten Seufzer.

Sheridan stand an ihrem Fenster und sah zu, wie Stephen über etwas, das Monica zu ihm sagte, lachte. Aus ihrer Perspektive schien die Situation sogar noch auswegloser. Es würde ihr nicht gelingen, ihn allein zu sprechen, weil er das sicher nicht zuließe, aber sie konnte auch nicht vor allen anderen mit ihm reden. Das hatte sie versucht, als sie ihm ihre »Gunst« erwiesen hatte, und es war ein Desaster gewesen.

53

Stephens Plan, ihre Anwesenheit einfach zu ignorieren, fiel ihm immer schwerer, als der Abend in die Nacht überging, und er sie am Rand des mit Fackeln erleuchteten Geländes, auf dem die Tische für das Abendessen aufgestellt worden waren, sah. In den ersten Stunden hatte ihn noch der Schock über ihre Anwesenheit gestärkt, aber jetzt wirkte er nicht mehr. Er stand etwas abseits von den anderen Gästen an eine

Eiche gelehnt und beobachtete sie heimlich, während ihn Erinnerungen, die er anscheinend nicht unterdrücken konnte, überkamen.

Er sah sie vor den Türen zu seinem Arbeitszimmer stehen und sich mit dem Unterbutler unterhalten. *»Guten Morgen, Hodgkin. Sie sehen heute ganz besonders gut aus. Ist das ein neuer Anzug?«*

»Ja, Miss. Danke, Miss.«

»Ich habe auch ein neues Kleid«, hatte sie ihm anvertraut und eine Pirouette vor dem Unterbutler gedreht, damit er es begutachten konnte. *»Ist es nicht reizend?«*

Ein paar Minuten später, als Stephen noch Zeit gewinnen wollte, bevor er ihr vorschlug, sich nach einem anderen Ehemann umzusehen, hatte er sie gefragt, warum sie die Magazine, die er eigens für sie hatte kommen lassen, nicht lesen wollte.

»Haben Sie eigentlich schon mal hineingesehen?« hatte sie erwidert, und er mußte schon grinsen, noch bevor sie zu einer Beschreibung angesetzt hatte. *»Eins hieß* Das Monatsmuseum für Damen oder Erbauliche Sammlung der Erheiterung und des Wissens: eine Zusammenstellung dessen, was der Phantasie gefällt, den Geist schult oder den Charakter der britischen Dame erhebt«, hatte sie erklärt. *»In einem Artikel ging es darum, wie man Rouge auf die Wangen aufträgt! Es war ungeheuer aufschlußreich«,* hatte sie mit unwiderstehlichem Lächeln gelogen. *»Was meinen Sie, fällt das unter die Überschrift ›den Geist schulen‹ oder ›den Charakter erheben‹?«*

Aber vor allem erinnerte er sich daran, wie sie in seinen Armen dahingeschmolzen war und an ihre wunderschönen vollen Lippen. Sie war die geborene Verführerin, dachte Stephen. Was ihr an Erfahrung fehlte, machte sie durch bereitwillige Leidenschaft mehr als wett.

Vor ein paar Minuten war sie ins Haus gegangen, um die Skeffington-Jungen zu holen, die offenbar zur Unterhaltung der Gäste singen sollten, und als sie wieder auftauchte, sah er, daß sie ein Instrument bei sich trug. Er mußte seinen Blick gewaltsam von ihr losreißen und sich zwingen, auf das Brandyglas in seiner Hand zu schauen, damit er ihrem Blick nicht begegnete und sie wieder begehrte.

Sie wieder begehrte? dachte er bitter. Er hatte sie begehrt von dem Augenblick an, als sie in seinem Bett in London die Augen aufgeschlagen hatte, und jetzt, wo er sie gerade erst wiedergesehen hatte, begehrte er sie nicht minder. Trotz ihres schlichten Kleides und obwohl sie die Haare aus der Stirn gekämmt und im Nacken zu einem strengen Knoten geschlungen hatte, fühlte sich sein Körper steif an vor Begehren.

Er blickte zu Monica und Georgette hinüber, die sich mit seiner Mutter unterhielten. Beide waren wunderschöne Frauen – wunderschön gekleidet, die eine in gelb und die andere in rosa, wunderschön frisiert und mit wundervollen Manieren. Keine von ihnen wäre je auf die Idee gekommen, sich wie ein Pferdeknecht anzuziehen und auf diesem verdammten Gaul herumzugaloppieren.

Allerdings hätte auch keine von beiden so strahlend ausgesehen, wenn sie es versucht hätten.

Keine von beiden hätte ihm je einen Getreidesack mit verführerischem Lächeln dargeboten und so getan, als gewährte sie ihm damit eine »Gunst«.

Allerdings wäre auch keine von beiden so unverfroren gewesen, ihn dabei direkt anzusehen und ihn mit den Augen aufzufordern – nein geradezu herauszufordern –, sie in die Arme zu nehmen.

Früher hatte er Sheridan Bromleigh als Zauberin betrachtet, und als sie ihrem Instrument die ersten Klänge entlockte, mußte er wieder daran denken. Sie zog jeden in ihren Bann, vor allem ihn. Die Gespräche unter den Gästen hatten vollständig aufgehört, und selbst die Bediensteten blieben stehen, um sie anzusehen und ihr staunend zu lauschen. Stephen blickte finster auf den Brandy in seinem Glas und versuchte, nicht hinzusehen, aber er konnte geradezu spüren, daß sie ihn anblickte. Sie hatte ihn heute abend oft genug angesehen, und deshalb tat sie es wahrscheinlich auch jetzt. Die Blicke waren immer sanft, immer einladend, immer flehend. Sie reizten Monica und Georgette, die sich verwirrt und verächtlich darüber äußerten, wie dreist sie sich anbot, aber Stephen hatte die beiden auch noch nie am ganzen Körper gestreichelt. Sheridan alleine wußte genau, welches Begehren sie in ihm weckte … und welche Erinnerungen.

Wütend über seine Schwäche löste sich Stephen vom Baum und stellte sein Glas auf dem nächstbesten Tisch ab. Er wünschte den anderen Gästen eine gute Nacht und ging zu seinem Zimmer, um sich so zu betrinken, daß er nicht mehr fähig war, zu ihr zu gehen.

54

Sheridans Kopf dröhnte von der Anspannung des Tages, als sie die Tür des kleinen Schlafzimmers gegenüber dem Spielzimmer öffnete. Vorsichtig tastete sie sich in dem dunklen, unbekannten Raum vorwärts, bis sie zum Schreibtisch gelangte und die Zündhölzer fand, mit denen sie die Kerzen des Tischleuchters anzünden konnte. Sie wollte gerade die vierte Kerze anstecken, als eine tiefe Männerstimme sagte: »Ich glaube nicht, daß wir viel Licht brauchen werden.«

Mit einem erstickten Schrei fuhr sie erschrocken herum. Die Hand, die sie an den Mund gepreßt hatte, sank herunter und ihr Herz begann vor Freude heftig zu schlagen. Auf dem einzigen Stuhl im Zimmer saß Stephen Westmoreland, ein Bild entspannter Eleganz mit seinem weißen Hemd, das am Hals offenstand, die Beine lässig übereinandergeschlagen. Selbst sein Gesichtsausdruck wirkte ungezwungen. Zu ungezwungen. Irgendwo in ihrem Gedankensturm merkte sie, daß er diese bedeutsame Begegnung mit einer kühlen Nonchalance behandelte, die unangemessen schien. Aber sie war so glücklich darüber, ihn zu sehen, so begeistert, ihn in ihrer Nähe zu haben, und sie liebte ihn so sehr, daß nichts eine Rolle spielte. Nichts.

»Wenn ich mich recht erinnere«, sagte er in dem gedehnten, sinnlichen Tonfall, der sie immer dahinschmelzen ließ,

»planten wir eine Hochzeit, als ich das letzte Mal auf Sie gewartet habe.«

»Ich weiß, und ich kann alles erklären«, antwortete sie. »Ich …«

»Ich bin nicht hier heraufgekommen, um mich zu unterhalten«, unterbrach er sie. »Unten hatte ich den Eindruck, Sie böten mir sehr viel mehr an als eine Unterhaltung. Oder irre ich mich?«

»Nein«, flüsterte sie.

Stephen blickte sie in ungerührtem Schweigen an und erkannte mit dem Auge des Kenners, nicht des unglaublichen Dummkopfes, der er gewesen war, daß sie genausoso verführerisch und exotisch aussah wie in seiner Erinnerung … abgesehen von ihrer strengen Frisur. Er mochte diesen Anblick nicht, vor allem jetzt nicht, da er von Lust und Rache getrieben mit dieser intriganten, ehrgeizigen Schlampe, die im Augenblick eher wie eine keusche Jungfrau aussah, abrechnen wollte. »Nehmen Sie die Nadeln aus Ihren Haaren«, wies er sie knapp und ungeduldig an.

Verwirrt von diesem Wunsch und seinem Befehlston, gehorchte Sheridan und zog das Dutzend Haarnadeln, die sie benötigt hatte, um ihre schweren Haare sicher in einem Knoten zu befestigen, heraus. Sie drehte sich um, um sie auf den Schreibtisch zu legen, und als sie sich wieder zu ihm umwandte, war er aufgestanden und knöpfte langsam sein Hemd auf.

»Was tun Sie da?« keuchte sie.

Was tue ich eigentlich? fragte sich Stephen wütend. Was zum Teufel tat er hier oben, eingeladen oder nicht, mit der Frau, die ihn ohne ein weiteres Wort an ihrem Hochzeitstag verlassen hatte? Als Antwort auf ihre Frage griff er nach seinem Halstuch. »Ich gehe«, erklärte er und ging bereits Richtung Tür.

»Nein! stieß sie hervor. »Bitte gehen Sie nicht!«

Stephen drehte sich um in der Absicht, ihr die vernichtende Antwort zu geben, die sie verdiente, aber da flog sie schon an seine Brust, eine weiche, verlangende Frau, und betäubte all seine Sinne mit ihrem vertrauten Duft und dem

Gefühl, sie nahe zu haben. »Bitte, gehen Sie nicht!« Sie weinte, ihre Nägel krallten sich in seine Schultern, und noch hingen seine Arme bewegungslos herunter, aber er war dabei, den Kampf zu verlieren, und das wußte er. »Lassen Sie mich doch alles erklären ... Ich liebe Sie ...«

Er ergriff ihr Gesicht mit beiden Händen, um sie zum Schweigen zu bringen, sein Blick ruhte jedoch bereits auf ihren geöffneten Lippen. »Hören Sie mir gut zu. Ich glaube nichts mehr, was Sie mir sagen. Nichts!«

»Dann werde ich es Ihnen zeigen«, erwiderte Sherry leidenschaftlich, umschlang seinen Hals, preßte sich an ihn und küßte ihn mit dieser seltsamen Mischung aus naiver Unerfahrenheit und instinktiver Sinnlichkeit, die ihn früher immer so sehr erregt hatte.

Und es auch jetzt noch tat. Stephen schob seine Hände in die weichen Haare an ihrem Nacken, erwiderte ihren Kuß und zwang sie, ihm das sinnliche Begehren zu offenbaren, das sie ihrerseits in ihm erregte. Mit dem letzten bißchen Vernunft, das ihm noch geblieben war, löste er schließlich seinen Mund von ihrem und gab ihr eine letzte Gelegenheit, den Dingen Einhalt zu gebieten. »Sind Sie sicher?«

»Ich weiß, was ich tue.«

Er nahm, was sie ihm bot, nahm, was er sich vom ersten Moment an, in dem er sie berührt hatte, ersehnt hatte. Er nahm es ohne nachzudenken, getrieben von dem heftigen Verlangen, sie zu besitzen, er nahm sie mit einer Entschlossenheit, einem Drängen und einem Hunger, der ihn erstaunte und erregte. Eine wilde, primitive Paarung, und doch eine, von der er wissen wollte – mußte –, ob sie für sie genauso erregend war. Sein Stolz trieb ihn an, bei ihr ein ebenso verzweifeltes Verlangen nach ihm zu suchen, und er wandte all seine sexuellen Kenntnisse an, um den Widerstand eines unerfahrenen Mädchens zu brechen, das gar nicht wußte, wie sie ihm widerstehen sollte. Er drang mit seinem Finger tief in ihre feuchte Wärme ein und liebkoste ihre steifen Brustwarzen, bis sie sich ihm stöhnend entgegenbog und sich eng an ihn preßte. Erst da nahm er sie, schob ihre Beine mit beiden Händen auseinander und drang in sie ein, so heftig, daß er sie fast bis ans Kopfende des Bettes stieß. Er fühlte, wie ihr Körper unter ihm sich vor Schmerzen wand und sie die Nägel in seinen Rücken schlug. Er hörte ihren erstickten Aufschrei und erstarrte. *»Ich weiß, was ich tue.«*

Entsetzt und verwirrt öffnete er die Augen. Ihre Augen waren naß vor Tränen und ganz frei von Anklage oder Triumph, weil sie ihn dazu gebracht hatte, ihr das anzutun. Ihr geflüstertes Stammeln verstärkte noch den betäubten Ausdruck in ihren Augen, als sie mit den Händen über seine angespannten Schultern fuhr. »Halt mich«, flüsterte sie. »Bitte.«

Stephen hielt sie, und wieder überkam ihn das Verlangen. Er schlang die Arme um sie und nahm ihren Mund in einem stürmisch fordernden Kuß. Ihre Hände glitten sanft über seine Schultern und streichelten ihn, als ihr weicher Körper ihn aufnahm, ihn umhüllte und mit Erlösung für sie beide lockte und lockte und lockte …

Jeder Nerv in seinem Körper schrie nach Erlösung, aber noch hielt er sich zurück, drang tief in sie ein und spannte seinen ganzen Körper an, weil er auch ihr das Vergnügen nicht versagen wollte, das sie ihm gleich schenken würde. Sie wimmerte mit geschlossenen Augen in ihrem verzweifelten Verlangen nach etwas, das sie nicht verstand. Schluchzend vor Lust, nach Bestätigung suchend. Er gab sie ihr mit einem rauhen Flüstern. » …gleich …«

Sie stand in Flammen, noch bevor er das Wort ausgesprochen hatte, ihr Körper bäumte sich auf, und Stephen hörte sich stöhnen vor Lust, die sie ihm schenkte. Und dann ergab er sich ihr, ließ sich treiben … und sein Körper bäumte sich auf, als er sich in sie ergoß.

Alle Gedanken von Rache und verletztem Stolz, die ihn dazu getrieben hatten, mit ihr zu schlafen, waren vergessen, als er seine Arme um ihren Rücken und ihre Hüften schlang und sie an seine Seite zog. Sie war zu großartig, um für Rache benutzt zu werden, zu wunderbar weich in seinen Armen, um irgendwo anders zu liegen. Vom ersten Augenblick, als sein Mund den ihren berührt hatte, hatte er gewußt, daß sie zusammengehörten. Doch was er gerade erlebt hatte, war die erotischste, befriedigendste sexuelle Begegnung in seinem ganzen Leben gewesen. Während sie in seinen Armen schlief, lag er da und dachte bewundernd über ihre ungestüme, ursprüngliche Sinnlichkeit nach. Was immer sie auch während ihres Zusammenseins empfunden hatte, es war echt gewesen – daran zweifelte er keinen Moment. Das zumindest war echt und unverstellt gewesen. Keine Frau auf der Welt könnte eine solche Reaktion vorspielen, jedenfalls nicht ohne langjährige Übung, und er wußte, daß sie überhaupt keine Erfahrung besaß.

Sherry erwachte allein in ihrem Bett, was ihr eigentlich normal erschien, und doch ... auch wieder nicht. Sie schlug die Augen auf, sah ihn in dem Stuhl neben dem Bett sitzen, und Erleichterung durchflutete sie. Er hatte sich bereits angezogen, sein Hemd stand vorne offen, und sein gutaussehendes Gesicht schien undurchdringlich. Verschämt zog sie die Bettdecke über ihre Brüste und setzte sich auf. Ein wenig verzweifelt fragte sie sich, wie er so schrecklich gleichgültig aussehen konnte, nach den Dingen, die sie gerade getan hatten. Tief im Innern dämmerte ihr, daß sie sich deswegen schämen müßte, aber sie verdrängte diese Gedanken. Seine Augen ruhten auf der Decke, die sie an ihre Brüste gepreßt hielt, dann wanderte sein Blick langsam zu ihrem Gesicht und vermittelte ihr so deutlich, als hätte er es ausgesprochen, daß ihre Schüchternheit ihn erheiterte. Sheridan konnte ihm deswegen keinen Vorwurf machen, aber sie wünschte sich, er sähe nicht so gelassen, so erheitert oder so distanziert aus ... wo sie doch darum kämpfte, nach den Dingen, die sie miteinander getan hatten, wenigstens ein bißchen normal auszusehen. Andererseits, dachte sie, sah er nicht mehr so kalt, zynisch oder ärgerlich aus, und das empfand sie als wunderbare Veränderung. Sie klemmte die Decke unter ihren Armen fest, zog die Knie an und schlang ihre Arme darum. »Können wir jetzt miteinander reden?« begann sie.

»Warum lassen Sie mich nicht anfangen?« schlug Stephen vor.

Da Sheridan nicht so begierig darauf war, das Thema Charise Lancaster zur Sprache zu bringen, wo sich alles doch beinahe gemütlich entwickelte, nickte sie.

»Ich möchte Ihnen ein Angebot machen.« Er sah, wie ihre Augen bei dem Wort »Angebot« glücklich aufleuchteten, konnte jedoch nicht glauben, daß sie ihn für so dumm hielt, ihr noch einmal die Heirat anzutragen. »Ein *geschäftliches Angebot*«, betonte er. »Wenn Sie erst einmal darüber nachgedacht haben, werden Sie es bestimmt für uns beide von Vorteil halten. Sicher wird es Ihnen besser gefallen, als weiter für die Skeffingtons zu arbeiten.«

Unbehagen dämpfte Sheridans kurze Freude darüber, daß er von einem Angebot gesprochen hatte. »Was für ein Vorschlag?«

»Offensichtlich verstehen wir uns, trotz zahlreicher Meinungsverschiedenheiten, in sexueller Hinsicht hervorragend.«

Sie konnte kaum glauben, daß er dasaß und die stürmische Intimität, die sie gerade miteinander erlebt hatten, mit solch einer klinischen Ruhe beschrieb. »Wie lautet Ihr Vorschlag?« stammelte sie.

»Sie teilen mein Bett, wenn ich Ihren Körper begehre.

Dafür werde ich Ihnen ein eigenes Haus einrichten, mit Dienstboten, Kleidern, einer Kutsche und der Freiheit, das zu tun, was Ihnen beliebt, solange kein anderer Mann Nutzen zieht aus dem, wofür ich bereits bezahle.«

»Sie schlagen mir vor, ich solle Ihre Geliebte werden«, sagte sie gedämpft.

»Warum nicht? Sie sind ehrgeizig und gewitzt, und es ist wesentlich besser als das, was Sie jetzt tun.« Als sie nicht antwortete, erklärte Stephen gelangweilt: »Sagen Sie jetzt bloß nicht, Sie hätten erwartet, ich würde Ihnen die Heirat anbieten, nach dem, was vorgefallen ist. So naiv oder dumm können Sie doch nicht sein.«

Sherry zuckte bei seinem Tonfall zusammen und blickte in sein hartes, gutaussehendes Gesicht. Sie entdeckte einen Zynismus in seinen Augen, den sie noch nie zuvor gesehen hatte. Heftig schluckend schüttelte sie den Kopf und antwortete aufrichtig: »Ich wußte nicht, was ich erwarten sollte, aber ich erwartete ganz sicher nicht, daß Sie mich bitten würden, Sie zu heiraten.«

»Gut. Es hat bereits genug Täuschung und Mißverständnisse zwischen uns gegeben. Es täte mir leid, wenn Sie sich jetzt auch noch selbst getäuscht hätten.«

Es kam ihm so vor, als sähe er Tränen der Enttäuschung in ihren großen grauen Augen schimmern, also erhob er sich und drückte ihr einen flüchtigen Kuß auf die Stirn. »Zumindest sind Sie so klug, keinen Wutanfall wegen meines Angebots zu bekommen. Denken Sie darüber nach«, sagte er.

Sherry starrte ihn in stummem Elend an, als er eiskalt hinzufügte: »Bevor Sie sich entscheiden, muß ich Sie allerdings warnen. Sollten Sie mich jemals anlügen – nur ein einziges Mal –, dann werde ich Sie auf die Straße werfen.« Er griff nach dem Türknauf und sagte über die Schulter: »Und noch etwas – Sagen Sie nie mehr ›Ich liebe dich‹ zu mir. Ich möchte diese Worte nie mehr von Ihnen hören.«

Ohne ein weiteres Wort oder einen Blick ging er. Sherry legte den Kopf auf die Knie und ließ ihren Tränen freien Lauf, aber sie weinte wegen ihrer eigenen Schwäche, als er sie in den Armen gehalten hatte, und weil sie einen winzigen Moment lang versucht gewesen war, sein unpassendes, kaltherziges Angebot anzunehmen.

55

Die volle Tragweite dessen, was sie letzte Nacht getan hatte, war Sheridan schon lange klar geworden, bevor sie sich am nächsten Morgen aus dem Bett schleppte und ankleidete. Im hellen Tageslicht konnte sie die entsetzliche Wahrheit nicht mehr leugnen: Sie hatte ihre Tugend, ihre Prinzipien und ihre Moral geopfert, und mit dieser Schande würde sie jetzt bis an ihr Lebensende leben müssen.

Und all das hatte sie nur getan in dem verzweifelten Wunsch, seine Liebe wiederzuerlangen – wenn er sie jemals wirklich geliebt hatte –, und wie dankte er ihr ihre Tat? Die niederschmetternde Antwort auf diese Frage lag unter ihrem Schlafzimmerfenster – auf dem Seitenrasen, wo alle frühstückten –, und sie konnte sie in allen demütigenden Einzelheiten sehen: Der Mann, mit dem sie die Nacht verbracht hatte, frühstückte mit Monica, die sich gewaltig anstrengte, um ihn zu unterhalten, und er sah so aus, als genieße er es sehr, diesen Morgen unterhalten zu werden. Als Sheridan ihn von ihrem Fenster aus beobachtete, lehnte er sich gerade in seinem Stuhl zurück, blickte Monica tief in die Augen, dann warf er den Kopf in den Nacken und lachte lauthals über etwas, das sie ihm erzählte.

Sheridan bestand nur noch aus Scham und Angst, während er zufriedener und entspannter denn je wirkte. Letzte Nacht hatte er alles genommen, was sie ihm geben konnte, und ihr dann, um ihre Demütigung noch größer zu machen, das Angebot ins Gesicht geschleudert, seine Geliebte zu werden. Heute plauderte er mit einer Frau, die nie so dumm gewesen wäre, das zu tun, was Sheridan getan hatte ... eine Frau, die seiner übersteigerten Meinung von sich selbst entsprach, dachte sie bitter. Eine Frau, der er die Ehe anbieten würde, nicht irgendeine geheime Liaison im Austausch für ihre Tugend.

All das ging Sheridan durch den Kopf, während sie am Fenster stand und auf ihn hinunterstarrte. Sie wollte nicht weinen. Sie wollte sich diese Szene einprägen, sie wollte sich in jedem einzelnen Moment ihres Lebens daran erinnern können, damit sie niemals wieder bei dem Gedanken an ihn schwach werden würde. Sie stand ganz still da und spürte, wie eisige Taubheit ihren Zorn hinwegschwemmte und all ihre zärtlichen Gefühle für ihn zerstörte. »Bastard!« flüsterte sie laut.

»Darf ich reinkommen?«

Sheridan zuckte zusammen und wandte sich bei dem Klang von Juliannas Stimme rasch um. »Ja, natürlich«, erwiderte sie und versuchte ein fröhliches Lächeln, das genauso gezwungen wirkte, wie ihre Stimme klang.

»Ich habe Sie hier während des Frühstücks stehen sehen. Möchten Sie, daß ich Ihnen etwas nach oben bringe?«

»Nein, ich bin nicht hungrig, aber danke, daß Sie an mich gedacht haben.« Sheridan zögerte, da sie wußte, daß ihr gestriges Verhalten nach dem Pferderennen Stephen gegenüber einer Erklärung bedurfte, aber bis jetzt war ihr noch keine vernünftige Entschuldigung eingefallen.

»Ich habe überlegt, ob Sie gerne von hier wegführen?«

»Weg?« sagte Sheridan und hoffte, daß man ihr ihren verzweifelten Wunsch, genau das zu tun, nicht anhörte. »Wir können erst morgen aufbrechen.«

Julianna kam zum Fenster und stellte sich neben sie. Schweigend blickten sie beide auf die Szene, mit der Sheridan sich selbst gequält hatte. »Julianna, ich schulde Ihnen eine Erklärung wegen dem, was gestern passiert ist, als ich dem Earl of Langford mitteilte, ich hätte die größte Hochachtung vor ihm.«

»Sie brauchen mir nichts zu erklären«, erwiderte Julianna lächelnd. Bei ihrem Lächeln hatte Sheridan das Gefühl, sie sei die Siebzehnjährige und nicht ihre bezahlte Gesellschafterin.

»Doch«, beharrte Sheridan. »Ich weiß, wie sehr Ihre Mutter auf eine Verbindung zwischen Ihnen und Lord Westmoreland gehofft hat, und ich weiß, daß Sie sich fragen, warum ich – warum ich mich ihm gegenüber so direkt und vertraut benommen habe.«

Scheinbar um das Thema zu wechseln, sagte Julianna: »Vor einigen Wochen schien Mama ganz außer sich. Ich glaube sogar, es war nur ein paar Tage, bevor Sie zu uns kamen.«

Aus Feigheit ging Sheridan auf ihren Plauderton ein und fragte fröhlich: »Warum schien Ihre Mama so außer sich?«

»Langfords Verlobung wurde in der Zeitung bekanntgegeben.«

»Oh.«

»Ja. Seine Verlobte war Amerikanerin.«

Sherry fühlte sich unbehaglich unter dem festen Blick der veilchenblauen Augen, aber sie sagte nichts.

»Es gab einige Gerüchte darüber, und Sie wissen, wie begierig Mama jeden Klatsch aus der feinen Gesellschaft aufsaugt. Den Berichten zufolge hatte seine Verlobte rote Haare – sehr rote Haare. Und er nannte sie ›Sherry‹. Es hieß, sie habe ihr Gedächtnis nach einem Schlag auf den Kopf verloren, aber es stünde zu erwarten, daß sie schnell wieder gesund würde.«

Sheridan unternahm einen letzten Versuch, unschuldig zu tun. »Warum erzählen Sie mir das alles?«

»Damit Sie wissen, daß Sie mich jederzeit um Hilfe bitten können. Und weil Sie der wirkliche Grund sind, warum wir hierher eingeladen wurden. Ich wußte, daß etwas sehr Seltsames vorgeht, als ich sah, wie Lord Westmoreland gestern am Teich auf Ihren Anblick reagierte. Es überrascht mich, daß Mama noch nicht weiß, was los ist.«

»Nichts ist los«, rief Sheridan ungestüm. »Die ganze schreckliche Angelegenheit ist aus und vorbei.«

Julianna deutete mit dem Kopf auf Monica und Georgette. »Wissen die beiden, wer Sie sind?«

»Nein. Ich bin ihnen nie begegnet, als ich ...« Sheridan hielt inne, weil sie hatte sagen wollen: *als ich Charise Lancaster war.*

»Als Sie mit ihm verlobt waren?«

Sheridan holte tief Luft und nickte dann zögernd.

»Möchten Sie nach Hause fahren?«

Hysterisches Lachen stieg in Sheridan auf. »Wenn ich die Gelegenheit dazu hätte, täte ich nichts lieber!«

Julianna drehte sich auf dem Absatz um und wandte sich zur Tür. »Fangen Sie an zu packen«, sagte sie mit einem verschwörerischen Lächeln.

»Warten Sie – was haben Sie vor?«

»Ich werde Papa beiseite ziehen und ihm sagen, daß ich mich unwohl fühle und daß Sie mich nach Hause bringen müssen. Wir werden Mama hier nicht früher wegbekommen, aber sie wird nicht wollen, daß ich hierbleibe und Widerwillen bei Langford errege, weil ich in seiner Gegenwart schrecklich krank werde. Würden Sie glauben«, sagte sie fröhlich lachend, »daß sie immer noch die Hoffnung hegt, er könnte sich plötzlich unsterblich in mich verlieben, trotz allem, was doch mittlerweile auch für sie offensichtlich sein müßte?«

Sie wollte gerade die Tür hinter sich schließen, als Sherry sie zurückrief, und so steckte sie noch einmal den Kopf zur

Tür herein. »Würden Sie der Herzogin sagen, ich möchte sie gerne noch einmal sehen, bevor wir fahren?«

»Alle Damen sind vor einer Weile in den Ort aufgebrochen, mit Ausnahme der Langford-Damen und Miss Charity.«

Als Sherry das letzte Mal gegangen war, hatte das schuldbewußt und undankbar gewirkt. Dieses Mal wollte sie nicht im Geheimen fliehen. Sie wollte nur fliehen. »Würden Sie dann Miss Charity bitten, heraufzukommen?« Julianna nickte, und Sheridan fügte hinzu: »Und sagen Sie außer zu ihrem Vater zu keinem ein Wort wegen unserer Abreise. Ich werde es dem Earl selbst sagen – von Angesicht zu Angesicht.«

56

Miss Charity zeigte sich schrecklich enttäuscht, als Sheridan erklärte, sie wolle abreisen.

»Aber Sie haben doch noch gar keine Gelegenheit gehabt, mit Langford allein zu sprechen und ihm zu erklären, warum Sie verschwunden sind«, widersprach sie.

»Die Gelegenheit hatte ich gestern nacht«, erwiderte Sherry bitter. Sie blickte zu ihrem Schlafzimmerfenster, während sie die wenigen Dinge, die sie mitgebracht hatte, in einen Koffer packte. »Das Ergebnis können Sie da draußen sehen.«

Charity trat ans Fenster und blickte auf die beiden Frauen hinunter, die sich mit dem Earl unterhielten. »Männer können einen wirklich ärgern. Er empfindet für keine dieser beiden Frauen etwas, wissen Sie.«

»Für mich empfindet er auch nichts.«

Charity setzte sich auf den Stuhl, und Sheridan mußte daran denken, wie sie sie das erste Mal gesehen hatte, und wie sehr sie sie an eine Porzellanpuppe erinnert hatte. Auch jetzt sah sie wieder so aus – wie eine sehr verwirrte, unglückliche Puppe.

»Haben Sie ihm erklärt, warum Sie weggelaufen sind und nicht wieder zurückkamen?«

»Nein.«

»Warum haben Sie es denn überhaupt getan?«

Die Frage kam so schnell, daß Sheridan zusammenzuckte. »Ich habe Ihnen das meiste gestern schon erzählt. In der einen Minute dachte ich noch, ich sei Charise Lancaster, und in der nächsten Minute stand Charise da und beschuldigte mich, mir absichtlich ihren Namen angeeignet zu haben, und drohte mir, Stephen alles zu erzählen. Ich geriet in Panik und lief davon, aber bevor ich mich noch von dem Schock erholen konnte, zu wissen, wer ich wirklich bin, merkte ich, daß alle anderen mir auch etwas über ihre Identität vorgelogen hatten. Unter anderem erinnerte ich mich daran, daß Charise mit einem Baron verlobt gewesen war, und nicht mit einem Earl, und sein Name hatte Burleton gelautet, nicht Westmoreland. Ich wollte Antworten, ich brauchte sie, und so ging ich zu Nicholas DuVille. Er war aufrichtig genug, mir die Wahrheit zu erzählen.«

»Was für eine Wahrheit erzählte er Ihnen, Liebes?«

Noch immer beschämt über das, was sie damals erfahren hatte, blickte Sheridan weg und tat so, als überprüfe sie Halt ihrer Frisur im Spiegel, während sie antwortete: »Die ganze Wahrheit. Jede beschämende Einzelheit, angefangen bei Lord Burletons Tod und dem Grund für Stephens innere Verpflichtung, einen anderen Verlobten für mich zu suchen – für Charise Lancaster, meine ich. Er klärte mich über alles auf.« Sheridan schwieg und schluckte schwer an den Tränen der Demütigung in ihrer Kehle, weil sie so dumm gewesen war zu glauben, daß Stephen sie wirklich hatte heiraten wollen. Aus der gleichen Naivität heraus hatte sie ihm letzte Nacht ihre Jungfräulichkeit und ihren Stolz geopfert. »Er erklärte mir sogar das größte Geheimnis von allen, obwohl ich gestern Ihnen allen glaubte – wider besseres Wissen.«

»Welches Geheimnis?«

Sheridans Lachen klang gepreßt und bitter. »Stephens plötzlicher Heiratsantrag an dem Abend, als wir uns bei Almack's befanden, paßte genau mit der Nachricht vom Tod von Charises Vater zusammen, die er am gleichen Tag bekommen hatte. Er machte mir aus Mitleid und Verantwortungsgefühl einen Antrag, nicht, weil er mich liebte oder mich gar heiraten wollte.«

»Es war nicht recht von Nicholas, es Ihnen auf diese Art darzustellen.«

»Er hätte es nicht tun müssen. Das liegt nur daran, daß ich bei diesem Mann da draußen immer wie ein Dummkopf reagiere.«

»Und haben Sie über all das letzte Nacht mit Langford gesprochen?«

»Ich versuchte es, aber er sagte, er wäre an einem Gespräch nicht interessiert«, erwiderte Sheridan bitter und ergriff ihren Koffer.

»Woran war er denn dann interessiert?« forschte Charity und neigte den Kopf auf die Seite.

Bei dieser unvermuteten Frage blickte Sheridan sie rasch an. Manchmal schien ihr, als wäre die Schwester des Duke of Stanhope gar nicht wirklich so geistesabwesend, wie sie immer wirkte – jetzt zum Beispiel, wo sie die heiße Röte, die Sheridans Wangen übergoß, mit einem entschieden wissenden Blick betrachtete. »Vermutlich wäre er an einem Beweis meiner Unschuld interessiert, wenn er überhaupt an mir interessiert wäre, und das ist er nicht«, wich sie hastig aus. »Wenn Sie es von seiner Seite aus betrachten, so wie ich es gestern und heute nacht versucht habe, bin ich aus Schuldgefühlen weggelaufen und habe mich versteckt. Welche andere Entschuldigung könnte ich schon haben?«

Charity erhob sich. Sheridan blickte sie an und wußte, daß sie sie nie wieder sehen würde. Tränen brannten in ihren Augen, als sie die zierliche alte Dame umarmte. »Sagen Sie allen auf Wiedersehen von mir und sagen Sie ihnen, ich weiß, daß sie wirklich versucht haben, mir zu helfen.«

»Es muß doch noch etwas geben, was ich tun kann«, sagte Charity. Ihr Gesicht sah noch zerknitterter aus als sonst.

»Ja, da ist noch etwas«, sagte Sheridan mit einem aufgesetzten selbstbewußten Lächeln. »Sagen Sie bitte seiner Lordschaft, ich wollte ihn gern für einen Moment privat sprechen.

Bitten Sie ihn, mich in dem kleinen Salon direkt neben der Eingangshalle zu treffen.«

Als Charity gegangen war, um das auszurichten, holte Sheridan tief Luft und trat zum Fenster. Ein paar Minuten später sah sie, wie Charity zu ihm trat und ihm die Nachricht überbrachte. Er stand so schnell auf und eilte so rasch zum Haus, daß Sheridan die Hoffnung durchzuckte, er würde sie vielleicht – nur vielleicht – doch nicht gehen lassen. Vielleicht würde er sie um Verzeihung bitten für seine Gefühllosigkeit letzte Nacht und sie auffordern zu bleiben.

Während sie die Treppe hinunterging, mußte sie ständig an diese quälend süße Phantasie denken. Die leise Hoffnung ließ ihr Herz schneller schlagen. Sie trat in den Salon und schloß die Tür, aber ihre Hoffnung starb in dem Augenblick, da er sich umdrehte und sie ansah. In Hemd und Reithose gekleidet, die Hände in die Taschen geschoben, wirkte er nicht nur äußerst salopp, sondern auch völlig gleichgültig. »Sie wollten mich sprechen?« fragte er höflich.

Er stand in der Mitte des kleinen Zimmers, und wenige Schritte brachten sie dicht an ihn heran. Mit einer Ruhe, die sie keineswegs empfand, nickte Sheridan und sagte: »Ich wollte Ihnen mitteilen, daß ich abreise. Ich wollte diesmal nur nicht einfach so verschwinden wie bei der letzten Gelegenheit.«

Sie wartete und forschte in dem harten, zynischen Gesicht nach einem Zeichen dafür, daß er etwas für sie empfand und daß ihn ihre Abreise schmerzte, nachdem sie ihm ihren Körper geschenkt hatte. Statt dessen zog er die Brauen hoch, als wolle er sie schweigend fragen, was sie nun von ihm erwartete.

»Ich werde Ihr Angebot nicht annehmen«, erklärte Sheridan. Sie konnte einfach nicht glauben, daß ihm eine Entscheidung, die ihr ganzes Leben veränderte, überhaupt nichts bedeutete – eine Entscheidung, die sie nach einer Nacht in seinen Armen getroffen hatte, in der sie ihm ihre Jungfräulichkeit und ihre Ehre geopfert hatte.

Er zuckte leicht mit den Schultern und erwiderte gleichgültig: »Schön.«

Das war es – dieses einzelne Wort verwandelte ihre tiefe, gedemütigte Verzweiflung in unerträgliche Wut. Sie drehte sich auf dem Absatz um und wollte hinausmarschieren, dann jedoch blieb sie stehen und drehte sich um.

»Ist noch etwas?« fragte er und sah sie ungeduldig und gleichgültig an.

Sheridan war so wütend und zugleich so angetan von ihrer Absicht, daß sie ihn strahlend anlächelte, als sie wieder auf ihn zutrat. »Ja«, sagte sie leichthin, »da ist noch etwas.«

Arrogant fragend hob er eine Augenbraue. »Was?«

»Das!« Sie schlug ihm so fest ins Gesicht, daß sein Kopf zur Seite flog, dann wich sie vor der Wut in seinem Gesicht automatisch einen Schritt zurück und blieb bebend vor Zorn stehen. »Sie sind ein herzloses, böses Ungeheuer, und ich kann es nicht fassen, daß ich Ihnen letzte Nacht erlaubt habe, mich zu berühren! Ich fühle mich schmutzig und benutzt ...« An seinem Kinn begann ein Muskel zu zucken, aber Sheridan hatte noch mehr zu sagen, und sie war zu wütend, um zu merken, wie mörderisch er aussah. »Es war eine Sünde, Sie letzte Nacht tun zu lassen, was Sie getan haben, aber ich kann deswegen um Vergebung beten. Ich werde mir jedoch nie meine Dummheit vergeben, daß ich Ihnen vertraut und Sie geliebt habe!«

Stephen sah zu, wie sie hinter sich die Tür zuschlug. Er stand vollkommen bewegungslos da, unfähig, das Bild einer zornigen Schönheit mit blitzenden silbrigen Augen und einem Gesicht voller Zorn und Abscheu aus seinen Gedanken zu verbannen. Das Bild brannte sich ihm ein, und er hörte immer noch ihre Stimme, die vor Gefühl bebte. *»Ich werde mir jedoch nie meine Dummheit vergeben, daß ich Ihnen vertraut und Sie geliebt habe!«* Sie hatte so ausgesehen und auch geklungen, als meine sie jedes einzelne Wort so, das sie ihm entgegengeschleudert hatte, einschließlich des letzten Satzes. O Gott, sie war eine großartige Schauspielerin! Weit besser als Emily Lathrop. Natürlich hatte Emily nicht Sheridans Unschuld oder ihr Temperament besessen. Emily war kultiviert und zurückhaltend gewesen, deshalb hätte sie ihm eine solche Szene nie gemacht.

Andererseits hätte Emily ihm wahrscheinlich auch nicht sein Angebot vor die Füße geworfen …

Eigentlich hatte er auch nicht erwartet, daß Sheridan es ablehnen würde. Sie war klug und ehrgeizig genug gewesen, den kurzen Gedächtnisverlust nach ihrem Unfall als eine vollständige Amnesie zu nutzen, die wochenlang anzuhalten schien, und sie hätte es beinahe geschafft, ihre gesellschaftliche Stellung von einer Gouvernante zu einer Gräfin anzuheben. Der Vorschlag, den er ihr letzte Nacht gemacht hatte, hätte sie zwar nicht zur Gräfin gemacht, aber ihr doch auf jeden Fall ein wesentlich luxuriöseres Leben beschert, als sie es sonst erwarten konnte.

Entweder war sie nicht so klug, wie Stephen geglaubt hatte …

Oder sie war nicht so ehrgeizig …

Oder sie war nicht an Luxus interessiert …

Oder sie war die ganze Zeit über unschuldig gewesen – so unschuldig, wie sie es in sexueller Hinsicht bis gestern nacht gewesen war.

Stephen zögerte in Unbehagen, verwarf jedoch dann die letzte Möglichkeit wieder. Unschuldige Menschen liefen nicht weg und versteckten sich – jedenfalls nicht, wenn sie Sheridans Mut besaßen.

57

Wegen Noels Geburtstag und in dem vergeblichen Versuch, eine festliche Atmosphäre zu erhalten, verbot Whitney das Thema Sheridan Bromleigh und ihre Abreise für den Rest des Wochenendes, doch der mißlungene Versöhnungsversuch lag wie ein Schatten über den meisten Gästen auf Claymore. Ein paar Stunden, nachdem Sheridan abgereist war, zogen Sturmwolken auf und Regen setzte ein, der alle nach drinnen trieb, was die weiblichen Gemüter noch niedergeschlagener stimmte. Nur Charity Thornton schien für die Atmosphäre unempfindlich und so voller Energie, daß sie es ablehnte, sich den anderen Damen und den meisten Männern anzuschließen, als diese sich auf ihre Zimmer zurückzogen, um sich vor dem Abendessen ein wenig hinzulegen. In Wirklichkeit paßte die Abwesenheit der anderen perfekt in ihre Pläne.

Mit übereinandergeschlagenen Beinen und ihren Händen im Schoß saß sie auf einem Ledersofa im Billardzimmer und sah zu, wie der Duke of Claymore mit Jason Fielding und Stephen Westmoreland eine Partie Billard spielte. »Ich fand Billard schon immer sehr spannend«, log sie, als Clayton gerade seinen Queue auf eine Kugel richtete und ihm sein Stoß völlig mißlang. »War das Ihre Strategie – alle Kugeln auf dem Tisch zu verfehlen, damit Langford jetzt mit ihnen zurechtkommen muß?« fragte sie heiter.

»Das ist eine interessante Sichtweise«, erwiderte Clayton trocken. Er unterdrückte seinen Ärger über ihre Einmischung, durch die ihm sein Stoß mißglückt war.

»Und was geschieht jetzt?«

Jason Fielding antwortete schmunzelnd: »Jetzt ist Stephen an der Reihe, und von uns hat keiner mehr eine Chance in diesem Spiel.«

»Oh, ich verstehe.« Charity lächelte ihr ahnungsloses Opfer unschuldig an, während dieser irgend etwas auf das Ende seines Queues rieb und sich über den Tisch beugte. »Bedeutet das, daß Sie hier der geschickteste Spieler sind, Langford?«

Beim Klang seines Namens blickte er auf, aber Charity hatte das Gefühl, daß er weder zuhörte noch sich auf das Spiel konzentrierte. Seit Sheridan abgereist war, schaute er so finster drein wie der Tod. Aber als er jetzt seinen Stoß ausführte, schlugen die Bälle aneinander und gegen die Banden, und drei von ihnen rollten in die Löcher.

»Netter Stoß, Stephen«, sagte Jason, und Charity sah die Gelegenheit gekommen, auf die sie gewartet hatte.

»Ich genieße die Gesellschaft von Herren so sehr«, verkündete sie plötzlich, während sie zusah, wie Clayton Westmoreland Madeira in die Gläser seiner Gäste goß.

»Warum?« erkundigte er sich höflich.

»Mein eigenes Geschlecht kann recht kleinlich und ohne jeden Grund rachsüchtig sein«, bemerkte sie, während Stephen zielte und seinen nächsten Stoß tat. »Aber Herren sind so treu und loyal ihrem eigenen Geschlecht gegenüber. Nehmen Sie Wakefield zum Beispiel«, führte sie aus und lächelte Jason Fielding, Marquess of Wakefield, zustimmend an. »Wären Sie eine Frau, Wakefield, wären Sie vielleicht auf Langfords hervorragenden Stoß eben eifersüchtig gewesen, aber Sie waren es nicht, oder?«

»Doch«, scherzte Jason, fügte aber, als er sah, wie sie enttäuscht das Gesicht verzog, gleich hinzu: »Nein, natürlich nicht, Ma'am.«

»Wie ich gesagt habe!« frohlockte Charity, während Stephen für seinen nächsten Stoß um den Tisch herumging. »Und wissen Sie, wer mir immer sofort in den Sinn kommt, wenn ich über Loyalität und Freundschaft unter Männern nachdenke?«

»Nein, wer?« fragte Clayton, der zusah, wie Stephen seinen nächsten Stoß vorbereitete und zielte.

»Nicholas DuVille und Langford!«

Die Kugel glitt seitlich weg von Stephens Queue und rollte an die Bande, wo sie die Kugel, die sie eigentlich hätte treffen sollen, nur leicht antippte. Diese Kugel rollte langsam auf das Loch zu, verharrte kurz an der Kante und fiel schließlich hinein. »Das war kein Können, sondern reines Glück«, kommentierte Jason. In einem Versuch, vom Thema abzulenken, fügte er hinzu: »Hast du jemals ausgerechnet, wie oft du ein Spiel durch Glück statt durch Können gewonnen hast? Ich wollte das schon mal versuchen.«

Ohne auf Wakefields Versuch, das Thema zu wechseln, einzugehen, plapperte Charity weiter, wobei sie sorgfältig darauf achtete, sich an Jason Fielding und Clayton Westmoreland zu wenden, ohne den Earl, der für seinen nächsten Stoß um den Tisch herumging, auch nur eines Blickes zu würdigen. »Wissen Sie, wenn Nicholas nicht so ein treuer Freund von Langford gewesen wäre, hätte er Sheridan Bromleigh direkt nach Haus geschickt an dem Tag, als sie weggelaufen war und zu ihm kam und sich die Augen ausweinte, aber hat er es getan? Nein, er tat es natürlich nicht!«

Sie blickte in den Spiegel an der gegenüberliegenden Wand und sah, daß Stephen Westmoreland, der gerade seinen Stoß ausführen wollte, mit zusammengekniffenen Augen auf ihren Hinterkopf starrte. »Sheridan bat ihn darum, ihr die Wahrheit zu sagen, warum Langford sie heiraten wollte, und obwohl es nicht in der Verantwortlichkeit des armen Nicholas lag, ihr alles zu erzählen und ihr das Herz zu brechen, tat er es. Es wäre soviel einfacher für ihn gewesen, sie anzulügen oder sie nach Hause zu schicken, damit sie Langford fragte, aber er nahm es auf sich, seinem lieben Freund und Kameraden zu helfen.«

»Was genau«, fragte Stephen mit leiser, wütender Stimme, während er sich langsam aufrichtete, ohne seinen Stoß ausgeführt zu haben, »hat mein *Freund* DuVille Sheridan erzählt?«

Charity wandte sich zu ihm um und sah ihn völlig verblüfft und unschuldig an: »Die Wahrheit natürlich. Da sie nun wußte, daß sie nicht Charise Lancaster war, erzählte Nicholas ihr von Burletons Tod und wie verantwortlich Sie sich dafür fühlten. Deshalb taten Sie ja schließlich so, als seien Sie Sheridans Verlobter.«

Drei schweigende Männer starrten sie in verschiedenen Zuständen von Schock und Wut an, und Charity schaute heiter zurück. »Und natürlich wollte Sheridan, da sie ein romantisches Mädchen ist, immer noch glauben, daß Sie sie aus einem anderen Grund zu heiraten wünschten, aber der liebe Nicholas mußte ihr hier sehr nachdrücklich klarmachen, daß Sie erst um sie angehalten hatten, nachdem Sie von Mr. Lancasters unglücklichem Tod erfahren hatten – aus Mitleid also. Das war eine entsetzliche Enttäuschung für das arme Mädchen, aber Nicholas tat, was getan werden mußte, aus Selbstlosigkeit und Loyalität seinem eigenen Geschlecht gegenüber.«

Stephen rammte den Queue in das Gestell an der Wand. »Dieser Hurensohn!« zischte er leise, während er rasch aus dem Zimmer ging.

Verwirrt, weil er in ihrer Anwesenheit ein Schimpfwort verwendet hatte, nicht jedoch, weil er weggegangen war, blickte Charity Jason Fielding an. »Wohin geht Langford Ihrer Meinung nach?« fragte sie, wobei sie ihr Lächeln sorgsam hinter verständnislosem Stirnrunzeln verbarg.

Jason Fielding löste seinen Blick langsam von der Tür, durch die der Earl gerade verschwunden war, dann schaute er Clayton Westmoreland an und sagte: »Was denkst du, wohin er geht?«

»Ich würde sagen«, erwiderte der Herzog trocken, »er will sich mit einem guten alten Freund unterhalten.«

»Wie nett!« erklärte Charity fröhlich. »Würden Sie beide es in Erwägung ziehen, mit mir Billard zu spielen, wo Langford jetzt fort ist? Ich bin sicher, ich könnte die Regeln lernen.«

Der Duke of Claymore musterte sie amüsiert schweigend einen Augenblick lang, einen so langen Augenblick allerdings, daß Charity sich beinahe ein wenig unbehaglich zu fühlen begann. »Warum spielen wir statt dessen nicht Schach? Ich habe das Gefühl, Strategie ist Ihre besondere Stärke.«

Charity überlegte einen Moment und wiegte ihren Kopf. »Ich glaube, da haben Sie ganz recht.«

58

Obwohl die Saison vorüber war, hatten die exklusiven Spielzimmer bei White's keinen Mangel an reichen Gästen, die riesige Geldsummen beim Kartenspiel oder beim Roulette einsetzten. White's war der älteste und eleganteste Club an der St. James's Street. Dort ging es weitaus lauter zu als im Strathmore, und die Räume lagen im hellen Licht, aber er besaß auch seine eigenen geheiligten Traditionen. Am großen Erkerfenster, das auf die Straße hinaus ging, hatte Beau Brummell einst Hof gehalten mit seinen Freunden, dem Duke of Argyll, den Lords Sefton, Alvanley und Worcester, und bei gewissen Gelegenheiten auch mit dem damaligen Prinzregenten.

Berühmter als das Erkerfenster jedoch war das Wettbuch von White's, in das die erlauchten Mitglieder seit vielen Jahren Wetten auf alle möglichen Arten von Ereignissen eintrugen. Unter den Einträgen gab es Wetten auf den Ausbruch eines Krieges, Wetten auf das mögliche Todesdatum eines Verwandten, der ein Vermögen zu vererben hatte, Wetten auf die voraussichtlichen Gewinner im Kampf um die Huld einer Frau und sogar Wetten auf ein bevorstehendes Rennen zwischen zwei preisgekrönten Schweinen, die zwei Clubmitgliedern gehörten.

An einem Tisch im hinteren Teil eines Kartenzimmers spielte William Baskerville Whist mit dem Duke of Stanhope und Nicholas DuVille. Aus Kameradschaft hatten die drei Männer zwei blutjungen Gentlemen aus gutem Haus gestattet, sich ihnen anzuschließen. Die beiden Neulinge waren Stutzer ersten Ranges, sportbegeistert und begierig darauf, sich in der Stadt einen Namen zu machen, indem sie sich vor allem in den männlichen Tugenden des Spielens und Trinkens auszeichneten. Das Gespräch am Tisch schleppte sich nur langsam und belanglos dahin, doch um so schneller setzte man gewaltige Wettsummen ein. »Wo wir gerade von Peitschenschwingern sprechen«, bemerkte einer der jungen Herren, der bisher nur wenig gesagt hatte, »ich habe Langford schon seit einer Woche nicht mehr im Hyde Park gesehen.«

William Baskerville, der gerade seine Spielchips zählte, antwortete: »Ich glaube, sein Neffe hat Geburtstag. Die Duchess of Claymore gibt ein kleines Fest deswegen. Nette Frau, die Herzogin«, fügte er hinzu. »Ich sage das jedesmal zu Claymore, wenn ich ihn sehe.« Mit einem Blick auf Nicholas DuVille, der links neben ihm saß, meinte er: »Ich glaube, Sie waren mit der Herzogin in Frankreich befreundet, bevor sie zurück nach England kam, stimmt's?«

Nicki nickte, ohne von seinen Karten aufzublicken, dann fügte er automatisch hinzu, um jeden Klatsch im Keim zu ersticken: »Ich kann mich glücklich schätzen, daß ich mit der ganzen Familie Westmoreland auf freundschaftlichem Fuß stehe.«

Einer der jungen Männer, der zudem noch recht viel getrunken hatte, hörte dies mit sichtlichem Erstaunen und demonstrierte seinen Mangel an Takt – ebenso wie seine mangelnde Trinkfestigkeit –, indem er bemerkte: »Was Sie nicht sagen! Es gibt Gerüchte, Sie und Langford wären bei Almack's beinahe mit den Fäusten aufeinander losgegangen wegen eines rothaarigen Mädchens, das Sie beide umwarben.«

Baskerville schnaubte bei dieser Vorstellung. »Mein lieber junger Freund, wenn Sie sich erst einmal besser in der Stadt auskennen, werden Sie schon noch lernen, Klatsch von der Wahrheit zu unterscheiden, und um das zu schaffen, müssen Sie die betreffenden Personen erst einmal besser kennen. Ich habe die gleiche Geschichte gehört, aber ich kenne sowohl DuVille als auch Langford, deshalb wußte ich gleich, daß die ganze Geschichte erstunken und erlogen ist – noch in dem Augenblick, in dem ich sie überhaupt hörte.«

»Genau wie ich!« ließ sich der nüchternere junge Mann vernehmen.

»Jämmerlicher Unsinn!« bestätigte Nicki, da jeder von ihm eine Antwort zu erwarten schien, »der schon bald vergessen sein wird.«

»Wußte ich's doch«, sagte Miss Charitys Bruder, der ehrenwerte Duke of Stanhope, während er seine aufgehäuften Chips auf den immer größer werdenden Stapel in der Mitte des Tisches schob. »Es überrascht mich nicht im mindesten, daß Sie und Langford die besten Freunde sind. Sie sind beide äußerst liebenswerte Männer.«

»Daran besteht gar kein Zweifel«, sagte der nüchterne junge Mann mit schiefem Grinsen zu Nicki. »Aber sollten Sie und Langford doch einmal eine Auseinandersetzung haben, wäre ich gerne dabei.«

»Warum?« fragte der Duke of Stanhope.

»Weil ich Langford und DuVille bei Gentleman Jackson's habe boxen sehen. Natürlich nicht gegeneinander; aber sie sind die besten Faustkämpfer, die ich je gesehen habe. Ein Kampf zwischen den beiden hätte sogar mich ins Almack's gelockt.«

»Mich auch!« rief sein Begleiter hicksend.

Baskerville war entsetzt über ihre falsche Auffassung von kultivierter Männlichkeit, und er fühlte sich verpflichtet, sie auf ihren Mangel an Verständnis hinzuweisen. »Langford und DuVille würden sich nie dazu herablassen, eine Meinungsverschiedenheit mit Fäusten auszutragen, meine jungen Freunde! Darin liegt der Unterschied zwischen euch unerfahrenen, hitzköpfigen Kerlen und Gentlemen wie DuVille, Langford und uns anderen. Wissen Sie, Sie sollten die feinen Manieren älterer Leute besser studieren und sich etwas von ihren städtischen Umgangsformen aneignen! Statt DuVilles Faustkampffähigkeiten zu bewundern, täten Sie besser daran, seine hervorragenden Umgangsformen und seine Art, ein Halstuch zu binden, zu imitieren.«

»Danke, Baskerville«, murmelte Nicki, weil Baskerville eine bestätigende Antwort von ihm zu erwarten schien.

»Bitte, DuVille. Ich sage nur die Wahrheit. Und was Langford betrifft«, fuhr Baskerville fort, während er auf seinen Einsatz wartete, »so gibt es kein besseres Beispiel für Eleganz und vorbildliches Benehmen. Faustkämpfe wegen einer Meinungsverschiedenheit, also wirklich!« spottete er. »Der bloße Gedanke daran widerstrebt jedem kultivierten Mann.«

»Lächerlich, auch nur darüber zu reden«, stimmte der Duke of Stanhope zu, wobei er die Gesichter der anderen Spieler musterte, um sich darüber klarzuwerden, ob er auf seine ziemlich schlechten Karten setzen sollte.

»Ich bitte um Verzeihung, meine Herren, wenn …«, begann der nüchterne junge Mann, hielt aber mitten im Satz inne. »Ich dachte, Sie meinten, Langford sei auf dem Land«, sagte er so verwirrt, daß offensichtlich der Beweis für das Gegenteil vorliegen mußte.

Alle fünf Männer blickten auf und sahen Stephen Westmoreland, der direkt auf sie zusteuerte. Als er näherkam, wirkte sein Gesichtsausdruck eher gefährlich als liebenswürdig. Ohne die anwesenden Bekannten auch nur eines Nickens zu würdigen, marschierte der Earl of Langford zielbewußt an den anderen Tischen und Spielern vorbei, ging direkt zu den fünf Männern an Baskervilles Tisch und umkreiste ihre Stühle.

Vier der Männer erstarrten und blickten ihm mit dem argwöhnischen Unglauben unschuldiger Männer entgegen, die plötzlich und unvorhergesehen mit einer Bedrohung konfrontiert werden, die sie weder verstehen noch verdienen, und das noch dazu von einem Angreifer, den sie irrtümlich für zahm gehalten haben.

Nur Nicholas DuVille schien sich nichts aus der greifbaren Gefahr, die von Langford ausging, zu machen. Eigentlich kam es den Gästen im White's, die sich alle umdrehten und ungläubig und fasziniert zusahen, sogar so vor, als fordere Nicholas DuVille durch seine aufgesetzte und übertriebene Lässigkeit einen Zusammenstoß geradezu heraus. Als der Earl neben seinem Stuhl stehenblieb, lehnte DuVille sich zurück, schob die Hände tief in seine Taschen und bedachte den Earl, einen Zigarillo zwischen seinen weißen Zähnen, mit einem spöttisch fragenden Blick. »Lust, sich zu uns zu gesellen, Langford?«

»Stehen Sie auf!« stieß der Earl of Langford hervor.

Die Herausforderung war unmißverständlich.

Sie verursachte einen kleineren Aufruhr, da einige junge Leute zum Wettbuch von White's stürmten, um ihre Einsätze auf den Ausgang einzutragen. Bei DuVille jedoch verursachte sie nur ein träges, verständnisloses Lächeln, das sich auf seinem Gesicht ausbreitete, während er noch tiefer in seinen Sessel sank, gedankenvoll auf seinem Zigarillo kaute und die Einladung anscheinend mit beträchtlichem Vergnügen überdachte. Als ob er sichergehen wolle, daß seine Hoffnungen nicht unbegründet waren, zog er amüsiert eine Augenbraue hoch. »Hier?« fragte er breit lächelnd.

»Stehen Sie aus diesem Sessel auf«, schnappte der Earl mit gefährlich leiser Stimme, »Sie Hurens …«

»Tatsächlich, hier«, unterbrach ihn DuVille. Sein Lächeln gefror. Er hievte sich aus seinem Sessel und deutete mit dem Kopf auf eines der Hinterzimmer.

Innerhalb weniger Augenblicke erreichte die Nachricht des bevorstehenden Kampfes auch den Geschäftsführer des White's, und er stürzte aus der Küche. »Nun, nun, meine Herren!« versuchte er die beiden zu beschwichtigen, während er sich durch die Menge drängte, die in gedämpfter Hast aus dem Hinterzimmer kam. »Noch niemals in der Geschichte des White's hat es …«

Die Tür wurde ihm vor der Nase zugeschlagen.

»Denken Sie an Ihre Kleidung, Gentlemen! Denken Sie an die Möbel!« schrie er und öffnete die Tür gerade rechtzeitig, um das krachende Geräusch einer Faust, die auf Knochen trifft, zu hören und um DuVilles Kopf nach hinten fliegen zu sehen.

Der Geschäftsführer warf die Tür wieder zu und wandte sich um. Er war totenbleich, mit den Händen hielt er immer noch den Türknauf fest. Hundert Männergesichter blickten ihn erwartungsvoll an, und alle wollten das gleiche wissen. »Na?« fragte schließlich einer von ihnen.

Das Gesicht des Geschäftsführers verzog sich schmerzvoll, als er an den möglichen Schaden an den teuren, mit grünem Flanell bezogenen Farotischen im Hinterzimmer dachte, aber es gelang ihm, keuchend eine Antwort hervorzustoßen: »Im Moment … würde ich sagen … die Chancen stehen zwei zu drei.«

»Für wen, guter Mann?« fragte ein ungeduldiger, elegant gekleideter Gentleman, der in der langen Schlange derjenigen stand, die ihren Einsatz in das Wettbuch eintragen wollten.

Der Geschäftsführer zögerte, richtete seine Augen gen Himmel, als wolle er um Mut beten, dann drehte er sich wieder um und öffnete die Tür einen Spalt weit. Er blickte genau in dem Augenblick hinein, da ein Körper krachend gegen die Wand prallte. »Für Langford!« rief er über die Schulter, aber gerade als er wieder die Tür zuziehen wollte, erschütterte erneut ein Aufprall die Balken, und er warf noch einmal einen Blick hinein. »Nein – DuVille! Nein – Langford! Nein …« Er zog die Tür gerade noch rechtzeitig zu, bevor ein schwerer Rücken dagegenkrachte, den er sonst an den Kopf bekommen hätte.

Lange nachdem die Geräusche menschlichen Kampfes endlich geendet hatten, blieb der Geschäftsführer noch mit dem Rücken gegen die Tür gelehnt stehen, bis sie plötzlich hinter ihm aufging und er rückwärts in das leere Zimmer taumelte, aus dem der Earl of Langford und Nicholas DuVille heraustraten. Allein im Zimmer und ganz benommen vor Erleichterung drehte sich der Geschäftsführer langsam um und sah einen Raum, der auf den ersten Blick wundersam unbeschädigt wirkte. Er wollte gerade ein glühendes Dankgebet stammeln, als sein Blick auf einen polierten Tisch fiel, der auf drei heilen und einem schlimm zersplitterten Bein stand, und er griff sich ans Herz, als wäre auch dieses zersplittert. Mit zitternden Knien ging er zum Farotisch und entfernte einen Bierkrug, der dort eigentlich nicht stehen durfte. Dabei entdeckte er, daß der Krug einen schrecklichen Riß im grünen Flanellbezug des Tisches verbarg. Mit zusammengekniffenen Augen inspizierte er nun den Raum genauer … In einer Ecke des Zimmers standen vier Stühle ordentlich um einen runden Kartentisch, aber jetzt bemerkte er, daß jeder Stuhl nur noch drei Beine hatte.

Eine ornamentreiche vergoldete Uhr, die normalerweise das Zentrum einer mit Einlegearbeiten versehenen Anrichte bildete, stand nun am äußeren rechten Ende. Mit zitternden Händen ergriff der Geschäftsführer die Uhr, um sie wieder an die richtige Stelle zu rücken, und schrie im gleichen Moment vor Entsetzen auf, da das Zifferblatt der Uhr nach vorne fiel und die Zeiger schlaff hin und her schwangen.

Vor Wut und Empörung zitternd griff der Geschäftsführer nach dem Rücken des nächsten Stuhls, um sich darauf zu stützen.

Und hielt ihn in der Hand.

Auf der anderen Seite der Wand, im Hauptzimmer des White's, entstanden ungewöhnlich lebhafte Gespräche, als DuVille und Langford aus dem Hinterzimmer kamen – Gespräche der Art, wie sie erwachsene Männer als Ablenkungstaktik anwenden, um den Eindruck zu erwecken, die Aufmerksamkeit ruhe auf etwas ganz anderem als dem wirklich Interessanten.

Die beiden Streithähne standen der gezwungenen Atmosphäre und den aufmerksamen Blicken entweder gleichgültig gegenüber oder sie bemerkten sie tatsächlich nicht. In der Mitte des Zimmers gingen sie auseinander, Langford, um nach einem Kellner mit einem Tablett voller Getränke Ausschau zu halten, und DuVille, um an seinen Platz am Kartentisch zurückzukehren. »War ich an der Reihe mit dem Austeilen?« fragte er, setzte sich in seinem Sessel zurecht und griff nach den Karten.

Die beiden jungen Männer bestätigten das einmütig, und der Duke of Stanhope erwiderte höflich, er sei sich nicht absolut sicher. Baskerville jedoch war außer sich, weil er sich vor den jungen Gentlemen lächerlich gemacht hatte, und griff deshalb das Thema noch einmal auf. »Sie könnten vielleicht auch diesen beiden Herren erzählen, was eben passiert ist, denn sie werden sich sowieso nicht konzentrieren, geschweige denn schlafen können, bevor sie es nicht wissen«, sagte er gereizt. »Unmögliches Benehmen, das muß ich Ihnen sagen, DuVille. Auf beiden Seiten.«

»Es gibt nichts zu erzählen«, erklärte Nicki, nahm die Karten von der Mitte des Tisches und mischte sie fachmännisch. »Wir haben uns über eine Hochzeit unterhalten.«

Baskerville sah ihn hoffnungsvoll, aber nicht überzeugt an. Die beiden jüngeren Männer blickten recht erheitert, aber nur der Betrunkene besaß die Frechheit und die schlechten Manieren, über die Erklärung zu spotten.

»Eine Hochzeit?« höhnte er und warf einen vielsagenden Blick auf Nickis zerrissenen Kragen. »Was gibt es unter Männern schon über eine Hochzeit zu bereden?«

»Wer der Bräutigam sein wird«, erwiderte Nicki gelassen.

»Und gab es eine Entscheidung, Sir?« fragte der Höflichere der beiden, warf seinem Gefährten einen warnenden Blick zu und versuchte verzweifelt, so zu tun, als glaube er die ganze Geschichte.

»Ja«, entgegnete Nicki lässig und beugte sich vor, um seine Chips in die Mitte des Tischs zu werfen, »ich werde der Trauzeuge sein.«

Sein sorgloser Freund nahm einen weiteren Schluck Wein zu sich und lachte. »Eine Hochzeit!« schnaubte er.

Nicholas DuVille hob langsam den Kopf und sah ihn abschätzig an. »Wäre Ihnen ein Begräbnis lieber?«

Baskerville, der das Schlimmste befürchtete, sprang in die

Bresche. »Worüber haben Sie und Langford sonst noch geredet? Sie waren eine ganze Weile abwesend.«

»Wir sprachen über kleine alte Damen mit schlechtem Gedächtnis«, entgegnete Nicki ironisch. »Und wir staunten über die Weisheit Gottes, der es aus unverständlichen Gründen gelegentlich zuläßt, daß ihre Zungen noch funktionieren, wenn ihr Gehirn schon längst aufgehört hat zu arbeiten.«

Der Duke of Stanhope blickte scharf auf. »Ich hoffe, Sie meinen damit nicht jemanden, den ich kenne.«

»Kennen Sie jemanden, der ›Charity‹ heißt statt ›Spatzenhirn‹?«

Der Herzog unterdrückte ein entsetztes Lachen über diese unmißverständliche Beschreibung seiner ältesten Schwester. »Vielleicht.« Eine weitere Unterhaltung über dieses peinliche Thema blieb ihm erspart, da sich ein weiterer Spieler zu ihnen gesellte. Er nickte ihm und Baskerville einen beiläufigen, aber freundlichen Gruß zu, zog sich den Stuhl neben DuVille heran und setzte sich.

Der Neuankömmling streckte seine langen Beine unter dem Tisch aus und blickte auf die beiden jungen Herren, die ihm nicht bekannt waren. Offensichtlich wartete er darauf, ihnen vorgestellt zu werden, bevor er sie begrüßte. DuVille war der einzige, der dieses Bedürfnis nach Vorstellung erkannte oder ihm nachkommen konnte. »Diese beiden Männer mit den faltigen Hosen und den tiefen Taschen sind die Lords Banbraten und Isley«, sagte er zu dem Neuankömmling. Zu den jungen Männern gewandt meinte er: »Ich glaube, Sie kennen den Earl of Langford bereits?« Als sie nickten, teilte Nicki die Karten weiter aus und meinte: »Gut. Da dies nun erledigt ist, werden der Earl und ich Sie jetzt vom Rest des Geldes Ihrer Väter befreien.«

Er nahm das Blatt auf, das er sich selbst gegeben hatte, und stöhnte laut, weil ihn seine Rippen schmerzten.

»Schlechte Karten, was?« schmunzelte der Duke of Stanhope, der den Grund für Nickis schmerzverzerrtes Gesicht mißverstand.

In dem irrigen Glauben, die Frage sei an ihn gerichtet gewesen, blickte Stephen auf seine geschwollenen Knöcheln und spannte seine Hand. »Nicht zu schlecht.« Er drehte sich um, als ein Kellner mit zwei Gläsern voll hervorragendem Brandy näherkam und nahm die beiden Gläser entgegen. Eines genehmigte er sich selbst, das andere reichte er DuVille. »Mit meinen besten Empfehlungen«, sagte er verbindlich. Dann hielt er inne, um einen fragenden Blick auf einen der jungen Männer zu werfen, der sein Weinglas umgestoßen hatte beim Versuch, danach zu greifen.

»Man hat dem Gentleman wohl zuviel Wein serviert«, erklärte Nicki, der Stephens Blick gefolgt war.

Stephen schlug die Beine übereinander und blickte mißbilligend auf den rotgesichtigen Jungen mit den glasigen Augen. »Man sollte doch meinen«, sinnierte er, »daß jemand ihnen beibrächte, wie man sich benimmt, bevor sie auf den Rest der Gesellschaft losgelassen werden.«

»Ganz meine Meinung«, stimmte Nicki ihm zu.

59

Die Skeffingtons hatten ihr gemietetes Haus in der Stadt aufgegeben und sich wieder nach Blintonfield zurückgezogen. Deshalb brauchte Nicki drei Stunden mehr als gedacht, bevor er Sheridan erreichte, um den romantischen Plan durchführen zu können, den Langford für die beste – und einzige – Methode hielt, um sie zurückzugewinnen und sie davon zu überzeugen, daß seine Absichten ehrenhaft waren.

Die Tatsache, daß er nun Stephen Westmorelands Gesandter statt sein Gegner war, fand Nicki nicht im mindesten befremdlich. Zum einen tat er nur sein bestes, um eine Beziehung wiederherzustellen, zu deren Schaden er ungewollt beigetragen hatte. Zum anderen genoß er es sehr, Sheridan davon zu überzeugen, sie solle ihre Stellung bei den Skeffingtons aufgeben und ihn zu einem Gespräch wegen »einer neuen Stellung« auf einem ein paar Stunden entfernten Landsitz begleiten.

Deshalb hatte er zwei untadelig qualifizierte Gouvernanten mitgebracht, die ihren Platz einnehmen sollten.

Da Lady Skeffington mit ihrer Tochter nach Devon gefahren war, wo dem Hörensagen nach der zukünftige Duke of Norringham den Juli über seine Junggesellentage verbrachte, mußte Nicki lediglich Sir John dazu zu bringen, zwei Gouvernanten anstelle von einer einzustellen – eine leichte Aufgabe, da Stephen Westmoreland insgeheim über die Hälfte ihres Lohns für das erste Jahr zahlte.

Nachdem das erledigt war, versuchte Nicki, Sheridan von der Logik – und der Notwendigkeit – zu überzeugen, sofort ihre Sachen zu packen und mit ihm zu einem unbekannten Adligen zu fahren, der ihr eine »bessere Stellung« anzubieten hatte. Um sein Ziel zu erreichen, erzählte er ihr soviel von der Wahrheit, wie er konnte, und improvisierte, wenn die Gelegenheit – oder sein Sinn für Humor – es erforderlich machte.

»Viscount Hargrove ist ein bißchen launisch, manchmal sogar unangenehm«, erzählte er ihr, »aber er liebt seinen Neffen über alles, der zur Zeit auch sein Erbe ist, und er will nur das Beste für ihn.«

»Ich verstehe«, erwiderte Sheridan, wobei sie überlegte, wie launisch und unangenehm der Viscount wohl sein mochte.

»Der Lohn ist hervorragend – um Sie für die Launen des Viscounts zu entschädigen.«

»Wie hervorragend?«

Bei der Summe, die er nannte, formten Sherrys Lippen ein stummes O erstaunten Entzückens.

»Mit dieser Stellung hängen auch noch andere Vorteile zusammen.«

»Welcher Art sind diese Vorteile?«

»Eine große Suite für Sie allein, eine Kammerzofe, ein eigenes Pferd …«

Ihre Augen wurden bei jedem Wort größer. »Noch mehr?« fragte sie, als er den Satz nicht zu Ende führte. »Es kann doch nicht noch mehr sein?«

»Doch, es kommt tatsächlich noch etwas dazu. Einer der

verlockendsten Vorteile dieser Stellung ist, na ja, ich würde sagen, ... Grundbesitz.«

»Was meinen Sie damit?«

»Wenn Sie die Stellung annehmen, wird sie – mit allen Vorteilen – lebenslang die Ihre sein.«

»Ich wollte eigentlich nur noch wenige Monate in England bleiben.«

»Eine kleine Komplikation, aber vielleicht können Sie den Viscount davon überzeugen, daß er es Ihnen trotzdem gewährt.«

Sheridan zögerte und versuchte, sich ein klareres Bild von dem Mann zu machen. »Ist er schon älter?«

»Vergleichsweise«, bestätigte Nicki und dachte erheitert daran, daß Langford ein Jahr älter als er selbst war.

»Hat er in der Vergangenheit andere Gouvernanten gehabt?«

Nicki unterdrückte ein paar höchst amüsante, aber unangebrachte Bemerkungen hinsichtlich dieser Frage und antwortete so, wie sie es erwartete: »Ja.«

»Warum sind sie gegangen?«

Weitere unterhaltsame Spekulationen kamen ihm in den Sinn, und er stammelte: »Vielleicht haben sie eine Lebensstellung erwartet, und er hat sie ihnen nicht angeboten?« Um weiteren Fragen zuvorzukommen, fügte er hinzu: »Wie ich eben bereits sagte, hat es der Viscount sehr eilig. Wenn Sie sich also für diese Stellung interessieren, dann packen Sie Ihre Sachen und wir machen uns auf den Weg. Ich habe versprochen, heute um zwei Uhr mit Ihnen anzukommen, und wir sind bereits drei Stunden zu spät.«

Da sie dem ersten Glücksfall, der ihr seit ihrer Ankunft in England begegnete, nicht trauen konnte, zögerte Sheridan, dann aber stand sie auf. »Ich verstehe nicht, warum er jemanden wie mich einstellen möchte, wo er doch sicher seine Wahl unter besser ausgebildeten Gouvernanten treffen könnte.«

»Er besteht auf eine Amerikanerin«, erwiderte Nicki mit erheiterter Bestimmtheit.

»Nun gut, ich werde zu ihm gehen, und wenn wir uns einigermaßen vertragen, werde ich bei ihm bleiben.«

»So hofft auch er«, sagte Nicki. Als sie sich umwandte, um hinaufzugehen und zu packen, fügte er hinzu: »Ich habe Ihnen ein besseres Kleid mitgebracht, eines, das nicht so ...« Er betrachtete ihr äußerst ordentliches, aber sehr dunkles Kleid. » ... so düster aussieht«, schloß er. »Viscount Hargrove mag keine düsteren Dinge um sich herum.«

60

»Ist irgend etwas nicht in Ordnung, *chérie*?« fragte er, als die Sonne zu sinken begann.

Sherry löste ihren Blick von der grünen Hügellandschaft, die am Kutschenfenster vorbeizog, und schüttelte den Kopf. »Ich denke nur über die Veränderung nach – eine neue Stellung, ein märchenhafter Lohn, ein großes Zimmer für mich allein und Reitpferde. Es klingt fast zu gut, um wahr zu sein.«

»Warum sehen Sie dann so unerklärlich ernst aus?«

»Ich fühle mich schlecht, weil ich die Skeffingtons so plötzlich verlassen habe«, gestand Sherry.

»Sie beschäftigen jetzt zwei Gouvernanten statt einer. Skeffington war so aufgeregt, daß er Ihnen am liebsten beim Kofferpacken geholfen hätte.«

»Wenn Sie ihre Tochter kennengelernt hätten, würden Sie mich verstehen. Ich habe ihr einen Brief dagelassen, aber ich habe mich nur sehr ungern von ihr verabschiedet. Eigentlich wollte ich sie alle überhaupt nicht verlassen. Auf jeden Fall«, fügte Sherry hinzu, schüttelte ihr Unbehagen ab und lächelte, »bin ich Ihnen für alles, was Sie getan haben, äußerst dankbar.«

»Ich hoffe, Sie sehen das jetzt gleich auch noch so«, erwiderte Nicki mit leiser Ironie. Er zog seine Uhr heraus und runzelte die Stirn. »Wir sind sehr spät. Hoffentlich glaubt er nicht, daß wir überhaupt nicht mehr kommen.«

»Warum sollte er das denken?«

Er brauchte einen Augenblick länger als nötig, um darauf

zu antworten, aber das entging Sherry völlig, da er schließlich sagte: »Ich konnte dem Viscount nicht garantieren, daß ich Sie von Ihrer gegenwärtigen Stellung würde weglocken können.«

Sie brach in Lachen aus. »Kein Mensch mit Verstand würde ein solches Angebot ablehnen.« Plötzlich fiel ihr jedoch eine weitere Möglichkeit ein, und sie wurde wieder ernst. »Sie wollen mir doch nicht etwa sagen, daß er, bis wir da sind, die Stelle vielleicht schon jemand anderem gegeben hat?«

Aus irgendeinem Grund schien ihn diese Frage zu erheitern. Er lehnte sich mit dem Rücken gegen das Seitenfenster und streckte eines seiner langen Beine über den Sitz. Als er ihren besorgten Blick sah, antwortete er beruhigend: »Ich bin ganz sicher, daß Sie die Stelle bekommen. Wenn Sie sie wollen.«

»Es ist so ein schöner Tag ...«, begann Sherry eine halbe Stunde später. Mitten im Satz brach sie ab und griff nach der Lehne. Die Pferde waren plötzlich langsamer geworden, und die Kutsche begann heftig zu schaukeln. Mit einem lauten Stoß bog sie von der Hauptstraße scharf links ein. »Wir befinden uns wohl in der Nähe seines Hauses«, sagte sie und glättete die breiten, engen Manschetten und bauschigen Ärmel des hübschen blaßblauen Kleides, das Nicki ihr mitgebracht hatte. Dann griff sie nach ihren Haaren, um sich zu vergewissern, daß sie immer noch zu einem ordentlichen Knoten festgesteckt waren.

Nicki beugte sich vor und blickte auf die alten Steingebäude neben dem überwucherten, engen Weg. Er lächelte befriedigt. »Der Landsitz des Viscounts liegt noch ein wenig weiter abseits; er wollte sich jedoch um diese Zeit hier aufhalten und dachte, das sei der geeignetste Ort für Sie beide, um über die Stellung zu sprechen, die er Ihnen anbieten will.«

Neugierig blickte Sheridan aus dem Fenster und zog überrascht ihre feingezeichneten Augenbrauen zusammen. »Ist das eine Kirche?«

»Soweit ich weiß, ist es eine Kapelle, die im sechzehnten

Jahrhundert zu einem schottischen Priorat gehörte. Später wurde sie mit einer Sondergenehmigung abgebaut und hierhergebracht. Sie spielt eine bedeutende Rolle in der Familiengeschichte des Viscounts.«

»Was für eine bedeutende Rolle kann eine Kapelle in einer Familiengeschichte spielen?« fragte Sherry erstaunt.

»Ich glaube, der erste bekannte Vorfahr des Viscounts zwang einen Mönch, seine unwillige Braut mit ihm in den Mauern der Kapelle zu verheiraten.« Als sie schauderte, fügte Nicki trocken hinzu: »Jetzt, wo ich darüber nachdenke, kommt es mir fast so vor, als sei es eine Familientradition.«

»Es klingt unheimlich und – und nicht im mindesten erheiternd oder verlockend! Da drüben stehen zwei weitere Kutschen, aber ohne Insassen. Was für einen Gottesdienst könnte er denn um diese Uhrzeit und an so einem abgelegenen Ort besuchen?«

»Einen privaten. Sehr privat«, sagte Nicki, dann wechselte er das Thema. »Lassen Sie mich prüfen, wie Sie aussehen.«

Sie blickte ihn an, und er runzelte die Stirn. »Ihre Haare rutschen anscheinend aus dem Knoten heraus.« Verwirrt, weil ihre Haare sich ordentlich anfühlten, griff Sherry nach oben, aber er war schneller.

»Nein, lassen Sie mich. Sie haben keinen Spiegel.«

Bevor sie protestieren oder ihn warnen konnte, zog er an den langen Nadeln, anstatt sie fester hineinzuschieben, und die ganze Haarpracht fiel in hoffnungsloser Unordnung über ihre Schultern. »O nein!« schrie sie auf.

»Haben Sie eine Bürste?«

»Ja, natürlich, aber, oh, Sie hätten besser nicht ...«

»Ärgern Sie sich nicht. Sie werden Ihre Einwände besser vorbringen können, wenn Sie wissen, daß Sie – festlicher aussehen«, log er müde.

»Was für Einwände sollte ich gegen ein solches Angebot haben?«

Nicki wartete, bis der Kutscher die Stufen heruntergeklappt hatte, dann kletterte er hinaus und reichte ihr die Hand, bevor er ausweichend antwortete: »Oh, ich glaube, ein oder zwei Einwände könnten Sie schon haben. Zunächst jedenfalls.«

»Haben Sie mir irgend etwas verschwiegen?« fragte Sherry und trat ein wenig zurück. Aber dann sprang sie vor Überraschung einen Schritt zur Seite, als der Kutscher plötzlich die Pferde weitertrieb. Der Wind bauschte ihren Rock und spielte in ihren Haaren, während sie nebeneinander hergingen. Sherry suchte den Seitenhof der malerischen kleinen Kapelle aus den Augenwinkeln ab, um vielleicht einen Blick auf diesen merkwürdigen Mann zu erhaschen, der ein Vermögen zahlen mußte, um eine Gouvernante zu bekommen.

Sie dachte, sie sähe linkerhand jemanden weggehen und griff sich ans Herz. Nicki sah sie scharf an: »Stimmt etwas nicht?«

»Nein. Ich dachte nur, ich sähe jemanden.«

»Das war er wahrscheinlich. Er sagte, er würde dort auf sie warten.«

»Da drüben? Was tut er hier draußen?«

»Meditieren, könnte ich mir vorstellen«, erwiderte Nicki lakonisch, »über seine Sünden. Nun, laufen Sie und hören Sie sich an, was er zu sagen hat. Und, *chérie* …«

Sie blieb stehen. »Ja?« fragte sie über die Schulter.

»Wenn Sie die Stelle, die er Ihnen anbietet, wirklich nicht haben wollen, bleiben Sie bei mir. Sie brauchen sich nicht verpflichtet zu fühlen, hierzubleiben, wenn Sie gehen wollen. Sie werden noch andere Angebote erhalten, wenn auch vielleicht keine so – nun ja, unterhaltsamen – wie dieses. Denken Sie daran«, wiederholte er fest. »Wenn Sie wirklich ablehnen möchten, bleiben Sie bei mir unter meinem Schutz.«

Sherry nickte und ging den Weg entlang, wobei sie darauf achtete, ihre Schuhe nicht staubig zu machen. Sie drückte das Tor an dem niedrigen weißen Zaun auf und blinzelte, um sich an das Dämmerlicht im Wäldchen zu gewöhnen. Vor ihr stand ein Mann im Schatten eines Baumes, die Arme über der Brust verschränkt, die Füße leicht auseinander gestellt. In der einen Hand hielt er seine Handschuhe und klopfte sich damit leicht auf die Hüfte. Es wurde ihr schwach bewußt, daß etwas Vertrautes in seiner Erscheinung lag, und während sie näherging, begann ihr Herz nervös zu hämmern, da sie leise Furcht wegen des bevorstehenden Gesprächs empfand.

Sie trat drei Schritte vor. Er auch. Und dann blieb Sherry wie erstarrt stehen beim Klang seiner ernsten Stimme. »Ich hatte schon Angst, Sie kämen nicht.«

Für den Bruchteil einer Sekunde stand sie wie angewurzelt da, dann wirbelte sie herum und rannte los. Wut und Schock verliehen ihr ungeahnte Schnelligkeit, aber sie konnte ihm nicht davonlaufen. Stephen holte sie kurz vor dem Tor ein und zog sie an den Armen zurück. »Lassen Sie mich los!« warnte ihn Sherry. Ihre Brust hob und senkte sich bei jedem schmerzenden Atemzug.

Ruhig fragte er: »Bleiben Sie dann stehen und hören Sie zu, was ich zu sagen habe?«

Sie nickte, er ließ sie los, und sie wandte sich in einem schnellen Angriff gegen ihn, aber dieses Mal hatte er damit gerechnet und ergriff ihre Arme. Mit einem schmerzerfüllten Ausdruck in den Augen sagte er: »Zwingen Sie mich nicht dazu, Sie einzusperren.«

»Ich zwinge Sie zu überhaupt nichts, Sie abscheulicher – ekelhafter – Wüstling!« tobte sie und versuchte vergeblich, sich aus seinem Griff zu winden. »Und wenn ich mir vorstelle, daß Nicki DuVille daran teilhatte! Er hat mich hierher gebracht – er hat mich überredet, meinen Posten aufzugeben, er ließ mich glauben, Sie hätten mir eine neue Stellung anzubieten …«

»Ich habe Ihnen eine Stellung anzubieten.«

»Ich bin an Ihren Angeboten nicht mehr interessiert«, wütete sie. Sie gab ihren vergeblichen Kampf gegen ihn auf und funkelte ihn in hilflosem Zorn an. »Das letzte schmerzt noch genug!«

Bei der Erwähnung seines letzten Angebots zuckte er zusammen, redete dann aber weiter, als hätte er nichts gehört. »Zu der neuen Stellung gehört ein Haus – einige Häuser.«

»Das habe ich doch alles schon einmal gehört.«

»Nein, das haben Sie nicht!« antwortete er. »Es gehören Dienstboten dazu, die Ihnen jeden Wunsch erfüllen, soviel Geld, wie Sie ausgeben können, Juwelen, Pelze. Und ich gehöre dazu.«

»Ich will Sie nicht!« schrie sie. »Sie haben mich schon einmal benutzt wie eine – eine gemeine Dirne, und jetzt bleiben Sie mir vom Leib! Gott«, sagte sie mit brechender Stimme, »ich schäme mich so – ich war so naiv – die Gouvernante, die sich in den Herrn des Hauses verliebt, nur daß er in den Romanen nicht das mit ihr tut, was Sie mit mir im Bett getan haben. Es war so häßlich ...«

»Sagen Sie das nicht!« fiel er ihr mit rauher Stimme ins Wort. »Bitte sagen Sie das nicht. Es war nicht häßlich. Es war ...«

»Schmutzig!« schrie sie.

»Ich gehöre auch zu der neuen Stellung«, fuhr er fort. Sein Gesicht war weiß vor Anspannung. »Mein Name, meine Hand und alles, was ich besitze, gehören dazu.«

»Ich will nicht ...«

»Doch, Sie wollen«, sagte er und schüttelte sie. Für einen Moment ging Sheridan die volle Bedeutung seiner Worte auf. Sie empfand so etwas wie Freude, bis sie merkte, daß er sicher wieder nur aus einem Anfall von Verantwortungsgefühl und Pflichtbewußtsein handelte, dieses Mal offensichtlich, weil er sie verführt hatte.

»Verdammt noch mal!« stieß sie hervor. »Ich bin kein Findelkind, dem sie jedes Mal einen Antrag machen müssen, wenn Sie Schuldgefühle verspüren. Beim ersten Mal galten Ihre Schuldgefühle sogar der falschen Frau.«

»Schuldgefühle«, wiederholte er mit einem rauhen, bitteren Auflachen. »Das einzige Schuldgefühl, das ich wegen Ihnen jemals empfunden habe, war, daß ich Sie von dem Moment an, wo Sie wieder zu Bewußtsein kamen, begehrte. Sehen Sie mich doch an, um Gottes Willen, und Sie werden sehen, daß ich die Wahrheit sage.« Er legte ihr die Hand unter das Kinn, und sie wehrte sich nicht, tat jedoch ebensowenig, was er verlangte, sondern blickte statt dessen über seine Schulter. »Ich habe einem jungen Mann das Leben gestohlen, und dann sah ich seine Verlobte und wollte auch sie stehlen. Können Sie nicht wenigstens ein bißchen verstehen, wie ich mich fühlte? Ich tötete ihn und dann begehrte ich seine Verlobte, die er nicht haben konnte, weil er tot war. Ich wollte Sie heiraten, Sheridan, von Anfang an.«

»Nein, das stimmt nicht! Erst nachdem Sie erfahren hatten, daß Mr. Lancaster gestorben war und seine arme hilflose Tochter ohne einen Menschen außer Ihnen in der Welt zurückgelassen hatte!«

»Wenn ich nicht nach einer Entschuldigung gesucht hätte, um seine ›arme hilflose Tochter‹ heiraten zu können, hätte ich zwar alles mir mögliche für sie getan, aber eine Hochzeit wäre nicht daruntergefallen. Gott vergebe mir, aber eine Stunde, nachdem ich diesen Brief erhalten hatte, trank ich mit meinem Bruder Champagner auf unsere Hochzeit. Wenn ich Sie nicht hätte heiraten wollen, hätte ich Schierling getrunken.«

Sherry unterdrückte ein tränenfeuchtes Lächeln. Sie fürchtete sich davor, ihm zu glauben, und davor, ihm zu vertrauen, und doch konnte sie nicht anders, weil sie ihn liebte. »Sieh mich an«, bat Stephen und hob wieder ihr Kinn an, und dieses Mal erwiderte sie seinen Blick. »Ich habe einige Gründe, um dich zu bitten, mit mir in diese Kapelle zu gehen, wo der Vikar auf uns wartet, aber Schuldgefühle gehören nicht dazu. Ich möchte dich auch noch um einige Dinge bitten, bevor du zustimmst, mit mir dort einzutreten.«

»Um welche Dinge?«

»Ich möchte, daß du mir Töchter schenkst mit deinem Haar und deinem Temperament«, sagte er, und begann damit, seine Gründe und Bitten aufzuzählen. »Ich möchte, daß meine Söhne deine Augen und deinen Mut haben. Wenn du das nicht willst, dann schenk mir eine beliebige Kombination, die dir gefällt, und ich will dir demütig danken für jedes Kind, das wir machen und das du mir schenkst.«

In Sheridan breitete sich ein Glücksgefühl aus, das so stark wurde, daß es schmerzte. »Ich möchte deinen Namen ändern«, sagte er mit zärtlichem Lächeln, »damit es nie wieder einen Zweifel daran gibt, wer du bist oder zu wem du gehörst.« Er streichelte ihre Arme und sah ihr direkt in die Augen. »Ich möchte das Recht haben, heute nacht das Bett mit dir zu teilen, und von nun an jede Nacht. Ich möchte, daß du in meinen Armen stöhnst, und ich möchte in deinen Armen aufwachen.« Er strich über ihre Wangen und wischte mit seinen Daumen zwei Tränen aus ihren Augenwinkeln. »Und als letztes möchte ich dich an jedem Tag meines Lebens sagen hören ›Ich liebe dich‹. Wenn du zu dieser Forderung jetzt noch nicht bereit bist, dann warte ich gerne bis heute nacht, denn dann, glaube ich, wirst du es sagen. Und für alle diese Zugeständnisse werde ich dir jeden Wunsch erfüllen, soweit es in meiner Macht steht. An dem, was zwischen uns im Bett in Claymore passiert ist, war nichts Schmutziges …«

»Wir haben uns geliebt!« entgegnete sie schamrot.

»Sheridan«, sagte er ruhig, »wir haben uns von dem Augenblick an geliebt, wo dein Mund meinen berührt hat.«

Er wollte nicht, daß sie sich deswegen schämte. Sie sollte stolz darauf sein und es als ein besonderes Geschenk des Schicksals empfinden, aber er merkte, daß er damit Unmögliches von einem jungen, unerfahrenen Mädchen erwartete.

Er war schon bereit, alle Schuld für das Verlangen, das sie beide empfunden hatten, auf sich zu nehmen, aber da beugte sich die Frau, die er liebte, über seine Handfläche und drückte einen Kuß hinein. »Ich weiß«, flüsterte sie einfach.

Diese beiden Worte erfüllten ihn mit so großem Stolz, daß er dachte, er würde platzen. *Ich weiß.* Keine Vorwürfe, keine Ausflüchte, keine Widerstände.

Statt dessen hob sie ihre Augen und blickte ihn an, und in ihren unergründlichen Tiefen sah er nur süße Zustimmung und stille Freude.

»Kommst du jetzt mit mir hinein?«

»Ja.«

61

Seine Ehefrau seit gerade einmal zwei Stunden rührte sich widerstrebend, als die Kutsche plötzlich anhielt, und mit dem gleichen Widerstreben löste Stephen seine Lippen von ihren. »Wo sind wir?« fragte sie matt flüsternd.

»Zu Hause«, erwiderte Stephen, ein wenig erstaunt über den heiseren Klang seiner eigenen Stimme.

»Bei dir?«

»Bei uns«, berichtigte er, und Sherry überlief ein Schauer des Entzückens.

Ein Diener öffnete die Kutschentür und griff hinein, um die Stufen herunterzulassen. Sherry bemühte sich halbherzig, ihre Haare in Ordnung zu bringen, indem sie mit den Fingern hindurchfuhr und sie aus der Stirn schob. Während sie das tat, bemerkte sie, daß sein Blick zu ihrem Haar wanderte und es zärtlich musterte, wobei die winzigen Falten in seinen Augenwinkeln sich zu einem gedankenverlorenen Lächeln zusammenzogen. »Woran denkst du?« fragte sie.

Sein Lächeln vertiefte sich. »An etwas, woran ich gedacht habe, seit du in London aus dem Ankleidezimmer gekommen bist, mit einem Handtuch um den Kopf, und mir mit düsterer Stimme verkündet hast, deine Haare seien so ›auffällig‹.«

»Und woran mußtest du dabei denken?« beharrte sie, während er aufstand und ihr die Hand reichte.

»Ich sage es dir später. Oder besser noch, ich werde es dir *zeigen*«, versprach Stephen.

»Das klingt geheimnisvoll«, neckte Sherry ihn.

Vier Jahre lang hatten sich Frauen Stephen an den Hals geworfen in der Hoffnung, eines Tages Herrin in dem palastartigen Haus zu werden, das er geplant, gebaut und Montclair genannt hatte. Und nun wartete er auf die Reaktion der Frau, die er sich schließlich als Herrin auserkoren hatte.

Sherry schob ihre Hand in seine Armbeuge, lächelte den Lakaien, die herausgekommen waren, um ihnen zu helfen, freundlich zu, trat einen Schritt vor und blickte zu dem majestätischen, weitläufigen Steinbau vor ihr auf. Sie blieb wie gebannt stehen und schaute ungläubig auf die hell erleuchteten Fenster, dann schaute sie über ihre Schulter zurück auf die lange gewundene Einfahrt, an deren Seiten luxuriöse Kutschen standen, soweit sie blicken konnte. Sie warf ihm einen Blick zu und fragte entsetzt: »Feierst du ein Fest?«

Stephen warf den Kopf zurück und lachte aus vollem Hals, dann schlang er die Arme um sie und vergrub sein Gesicht in ihrem Haar. »Ich bin verrückt nach dir, Lady Westmoreland.«

Sie war nicht beeindruckt von dem Palast, aber sie war beeindruckt und erfreut von dem Klang ihres neuen Namens. »Sheridan Westmoreland«, sagte sie laut. »Ich mag das sehr.« Hinter ihnen hielt Nicholas DuVilles Kutsche, und Sherry fiel ihre ursprüngliche Frage wieder ein. »Feierst du denn ein Fest?«

Stephen nickte, blickte zu DuVille hinüber und wartete, bis er zu ihnen gestoßen war. »Heute ist der sechzigste Geburtstag meiner Mutter. Ich gebe ihr zu Ehren einen Ball, deshalb kamen mein Bruder und meine Schwägerin auch nicht zur Kapelle. Sie haben mich als Gastgeber während meiner Abwesenheit vertreten.« Sie sah etwas erschreckt aus, und er erklärte: »Die Einladungen sind schon vor Wochen herausgegangen, aber ich wollte mit unserer Heirat nicht bis nach dem Ball warten. Oder richtiger«, korrigierte er sich mit einem schiefem Grinsen, »ich konnte es nicht aushalten, noch einen Tag in der Unsicherheit zu verbringen, ob es überhaupt eine Hochzeit gibt.«

»Darum geht es nicht«, erwiderte sie ein wenig verzweifelt, während sie die Treppenflucht hinaufgingen, »ich bin nur nicht richtig angezogen ...«

Nicholas hörte das und sah sie verletzt an. »Ich habe dieses Kleid selbst in London ausgesucht.«

»Ja, aber es ist kein Ballkleid«, erklärte Sheridan, als der Butler die Tür öffnete und von allen Seiten lautes Lachen und Musik ertönte. Vor ihr schwang sich eine palladianische Treppe in einem anmutigen U zu beiden Seiten der riesigen

Halle empor. Neben ihr stand ein Butler mit vertrauten Gesichtszügen und einem strahlenden Lächeln auf dem Posten und wartete darauf, daß sie ihn bemerkte. Sheridan vergaß das Kleiderproblem für einen Augenblick. »Colfax!« rief sie freudig aus.

Er verbeugte sich formell. »Willkommen zu Hause, Lady Westmoreland.«

»Sind alle da?« fragte Stephen und richtete seine Gedanken widerwillig von dem großen Bett, das sie oben erwartete, auf das dringlichere Thema des Kleidungswechsels.

»Ja, alle sind da.«

Mit einem Nicken blickte Stephen seinen Trauzeugen an. »Warum gehst du nicht schon vor in den Ballsaal, und Sherry und ich ziehen uns um.«

»Keine Chance. Ich möchte ihre Gesichter sehen.«

»Nun gut, wir ziehen uns um und treffen uns dann in ...« Stephen erwog die Möglichkeit eines Zusammenseins mit seiner Frau, bevor er an einem Ball teilnahm, der sicher bis in die frühen Morgenstunden dauern würde.

»In zwanzig Minuten«, betonte DuVille mit einem wissenden Blick.

Sherry hörte nur mit halber Aufmerksamkeit zu, während sie überlegte, was für ein anderes Kleid sie wohl anziehen sollte. Sie fragte Stephen danach, als sie die Treppe hochgingen, aber bevor er antworten konnte, wurden sie von Nicki DuVille unterbrochen, der ihnen vom Fuß der Treppe aus nachrief: »Zwanzig Minuten, oder ich komme euch holen!«

Diese unschuldige Mahnung veranlaßte ihren frischgebackenen Ehemann, leise etwas zu murmeln. »Wie hast du Nicki gerade genannt?«

»Ich nannte ihn ›Die Pünktlichkeit selbst‹«, log Stephen hilflos grinsend angesichts des zweifelnden Ausdrucks auf ihrem Gesicht.

»Es hat sich aber gar nicht so angehört.«

»Doch, so ähnlich jedenfalls«, sagte er und blieb vor den Zimmern am Ende der Halle stehen. »Es blieb zu wenig Zeit, um dir ein geeignetes Kleid anfertigen zu lassen, deshalb hat

Whitney dir eines mitgebracht, das sie für geeignet hielt – vorausgesetzt, du würdest mit mir zurückkommen.« Mit diesen Worten öffnete er die Tür. Sheridan blickte an ihm vorbei und sah drei Kammerzofen bereitstehen, aber ihre Aufmerksamkeit richtete sich auf ein atemberaubendes elfenbeinfarbenes Satinkleid, das liebevoll auf dem riesigen Bett ausgebreitet lag. Seine lange Schleppe ergoß sich über die Bettdecke bis auf den Boden hinunter. Gebannt trat sie einen Schritt vor, dann blieb sie stehen und blickte von dem hinreißenden Kleid auf das zärtliche Lächeln ihres Gatten. »Was ist das?«

Er legte seine Hand um ihren Nacken, drückte ihre Wange fest an seine Brust und flüsterte: »Whitneys Hochzeitskleid. Sie wollte, daß du es trägst, wenn du mit mir zurückkommst.«

Sheridan beschloß, daß es absurd war, vor lauter Glück zu weinen.

»Wie lange wirst du brauchen?«

»Eine Stunde«, erwiderte Sherry bedauernd, »wenn ich mein Haar frisieren lasse.«

Zum zweiten Mal beugte er sich herunter und flüsterte ihr etwas ins Ohr, damit die Kammerzofen es nicht hörten: »Am besten, du bürstest es nur und läßt es dann so.«

»Oh, aber ...«

»Ich habe eine entschiedene Vorliebe für deine langen, glänzenden, auffälligen roten Haare.«

»In diesem Fall«, sagte sie ein wenig zittrig, als er sie losließ, »werde ich es, glaube ich, heute abend offen tragen.«

»Gut, uns bleiben nämlich nur noch fünfzehn Minuten.«

Die Herzoginwitwe sah Hugh Whitticomb an, als der Unterbutler, der auf dem Balkon stand, den Duke und die Duchess of Hawthorne ankündigte, während diese an ihm vorbei in den vollen Ballsaal traten. »Hugh, wissen Sie, wie spät es ist?« fragte sie.

Clayton, der gerade auf seine eigene Uhr geschaut hatte, antwortete anstelle des Arztes. »Schon zehn Uhr vorbei.«

Die kleine Gruppe von Menschen sah sich verzweifelt an. Whitney brachte ihre Gedanken mit trauriger Resignation zum Ausdruck. »Sherry muß ihn abgelehnt haben, sonst wären sie schon seit drei Stunden hier.«

»Und ich war mir so sicher ...«, begann Miss Charity, sprach aber den Satz nicht zu Ende. Ihre schmalen Schultern sanken voller Verzweiflung herab.

»Vielleicht ist es DuVille nicht gelungen, sie dazu zu bewegen, in die Kapelle zu gehen«, vermutete Jason Fielding, aber seine Frau schüttelte den Kopf und sagte düster: »Wenn Nicki DuVille wollte, daß sie ihn begleitet, dann hat er auch einen Weg gefunden, sie zu überreden.«

Sie hatte gar nicht gemerkt, daß sie so klang, als könne keine Frau Nicki irgend etwas abschlagen, und als sie aufblickte, sah sie, wie ihr Mann stirnrunzelnd zu Clayton Westmoreland schaute. »Besitzt DuVille etwas, das mir noch nicht aufgefallen ist?« fragte er den Herzog. »Irgend etwas, das ihn unwiderstehlich macht?«

»Ich habe keine Probleme, ihm zu widerstehen«, erwiderte Clayton trocken, dann hielt er inne, weil eine seiner Großtanten auf sie zukam, um seiner Mutter zum Geburtstag zu gratulieren.

»Das ist so ein reizender Ball, Alicia. Du bist bestimmt sehr glücklich heute abend.«

»Ich könnte glücklicher sein«, erwiderte die Herzoginwitwe seufzend, dann wandte sie sich um und mischte sich wieder unter die Gäste im Ballsaal.

Auf dem Balkon über ihnen kündigte der Unterbutler weitere Neuankömmlinge an. »Sir Roderick Carstairs, Mr. Nicholas DuVille ...«

Die Herzoginwitwe fuhr herum, wie auch die anderen der kleinen Gruppe, die darauf wartete, vom Ausgang des Unternehmen zu erfahren. Nicki blickte ihnen entgegen, und sein gutaussehendes Gesicht wirkte ernst, als er langsam die Treppe zum Ballsaal herunterkam. »Es hat nicht geklappt!« flüsterte Whitney schmerzerfüllt, als sie seinen Gesichtsausdruck erkannte. »Wir haben versagt.«

Ihr Mann legte ihr den Arm um die Taille und zog sie an sich heran. »Du hast es versucht, Liebling. Du hast alles getan, was man tun konnte.«

»Das haben wir alle«, stimmte Charity Thornton zu. Ihr Kinn zitterte, als sie traurig Hugh Whitticomb ansah und dann zu Nicholas DuVille blickte.

»Der Earl und die Countess of Langford!«

Die Ankündigung verursachte augenblicklich heftige Reaktionen unter den Ballgästen. Sie sahen einander überrascht an und wandten ihre Blicke zum Balkon, aber das war nichts im Vergleich zu der Reaktion innerhalb der kleinen Versammlung von sieben Leuten, die einen Funken Hoffnung aufrechterhalten hatten. Ein Ruck ging durch die ganze Gruppe; Hände wurden blindlings ausgestreckt und von anderen Händen fest ergriffen; Gesichter hoben sich dem Balkon entgegen, freudiges Lächeln breitete sich aus, und Augen füllten sich mit Tränen.

In einem formellen schwarzen Abendanzug mit weißer Weste und einem verzierten weißen Hemd trat Stephen Westmoreland, Earl of Langford, auf den Balkon. An seinem Arm ging eine Prinzessin wie aus dem Mittelalter, gekleidet in eine perlenbestickte, elfenbeinfarbene Satinrobe mit einem tiefausgeschnittenen Mieder, das in der Taille in ein V auslief. Eine Goldkette mit Diamanten und Perlen in jedem Glied lag um ihre Hüften und schwang bei jedem Schritt mit, und ihre Haare flossen in flammenden Wellen und schweren Locken über ihre Schultern und ihren Rücken.

»O mein ...«, seufzte Charity entzückt, aber ihr Ausruf ging unter im donnernden Applaus, der sich über den ganzen Ballsaal ausbreitete und immer lauter wurde, bis er die Säulen zu erschüttern schien.

62

Es war seine Hochzeitsnacht.

Mit einem am Kragen geöffneten Hemd und aufgerollten Ärmeln saß Stephen bei einem Glas Brandy in einem Lehnsessel in seinem Schlafzimmer, die Füße auf einem niedrigen

Tisch, und gab seiner Frau reichlich Zeit, sich auszukleiden und ihre Zofen wegzuschicken.

Seine Hochzeitsnacht …

Seine Frau …

Er blickte sich überrascht um, als sein Kammerdiener in das Zimmer trat. »Darf ich Ihnen heute abend behilflich sein?« bot Damson an, als sein Herr über sein gewohntes Erscheinen verblüfft zu sein schien.

Behilflich? Stephen unterdrückte ein Lächeln. Seine Gedanken wollten sich nicht von der angenehmen Aufgabe, die vor ihm lag, trennen und Damsons Angebot zuwenden, ihm heute abend behilflich zu sein. In Gedanken sah er ein komisches Bild seines gewissenhaften Kammerdieners vor sich, wie er neben Sheridans Bett stand, die Kleiderbürste in der Hand, und darauf wartete, daß Stephen ihm seine Hosen reichte, damit er sie ordentlich aufhängen konnte, um dann wieder zum Bett zurückzueilen und weitere Kleidungsstücke entgegenzunehmen, die Stephen auszog.

»Mylord?« drängte Damson, und Stephen schüttelte leicht den Kopf, als er merkte, daß er anscheinend mit dümmlichem Grinsen durch den Diener hindurchstarrte.

»Nein«, sagte er höflich. »Vielen Dank.«

Damson blickte mißbilligend auf Stephens offenes Hemd und seine aufgerollten Ärmel. »Ihr Morgenmantel vielleicht, Mylord, der aus schwarzem Brokat?«

Stephen versuchte ernsthaft, sich vorzustellen, welche mögliche Verwendung er für einen Morgenmantel haben könnte, und mußte schon wieder lächeln. »Nein, ich glaube nicht.«

»Dann der weinrote aus Seide?« beharrte Damson ungerührt. »Oder vielleicht der dunkelgrüne?« Nun erst erkannte Stephen, daß sein nicht mehr ganz junger Kammerdiener, der nie verheiratet gewesen war, ernsthaft die Besorgnis zeigte, daß sein Herr möglicherweise keinen guten Eindruck auf seine frischgebackene Braut machen würde, wenn er ihr Schlafzimmer so nachlässig bekleidet in Hose und Hemd betrat.

»Keinen.«

»Vielleicht den …«

»Gehen Sie zu Bett, Damson«, erwiderte Stephen und unterband damit jede Diskussion über seidene Halstücher und passende Manschettenknöpfe, die der Kammerdiener bestimmt als nächstes einläuten würde. »Und danke«, fügte er mit einem kurzen Lächeln hinzu, um der Entlassung jeden Stachel zu nehmen.

Damson gehorchte mit einer Verbeugung, warf jedoch noch einen gequälten Blick auf Stephens offenes Hemd und die bloße Brust, die darunter hervorsah.

Fast überzeugt davon, daß der Mann noch einen weiteren Versuch unternehmen würde, ihn vor der unaussprechlichen Peinlichkeit zu bewahren, unpassend angezogen seine Hochzeitsnacht zu begehen, stellte Stephen das Brandyglas auf den Tisch. Dann stand er auf, ging zur Tür und schob den Riegel vor.

Natürlich wußte Damson nicht, daß Stephen seine Hochzeitsnacht mit Sherry bereits vorweggenommen hatte, und als Stephen nun die Verbindungstür zwischen den Gemächern öffnete, empfand er schuldbewußtes Bedauern dafür, wie er die Nacht damals begonnen und beendet hatte, allerdings nicht dafür, wie sie sie in der Zwischenzeit verbracht hatten. Entschlossen, sie für alles zu entschädigen, was bei ihrer letzten Begegnung gefehlt hatte, trat er in ihr Schlafzimmer. Er blieb überrascht stehen, als sie nicht im Bett auf ihn wartete, da er ihr mehr als genug Zeit gelassen hatte, um sich auszukleiden. Dann ging er langsam zum Badezimmer. Er hatte gerade die Hälfte der Strecke zurückgelegt, als sich die Tür zur Halle öffnete und eine Zofe mit einem Stapel flauschiger Handtücher hereingehuscht kam.

Seine Frau nahm ein Bad, stellte Stephen fest.

Seine Frau … Er schwelgte in dem Gedanken und seiner Bedeutung. Er griff nach den Handtüchern und nahm sie der entsetzten Zofe ab. Dann entließ er sie für sie Nacht.

»Aber – aber Mylady wird meine Hilfe brauchen, um sich für das Bett anzukleiden!«

Stephen begann sich zu fragen, ob alle Ehepaare mit Ausnahme von Sherry und ihm voll bekleidet, am besten noch im Festgewand, zu Bett gingen, nur damit die Dienstboten nicht merkten, daß sie sich möglicherweise unbekleidet sehen könnten. Lächelnd ging er in das Badezimmer, wo seine Frau in der im Boden eingelassenen Marmorwanne saß. Ihr Rücken war ihm teilweise zugewandt, ihr Haar hatte sie zu einem losen Knoten auf dem Kopf getürmt, wobei sich reizende Strähnen im Nacken ringelten, und auf ihren Brüsten lag Seifenschaum.

Der Anblick war mehr als entzückend, er war geradezu verführerisch. Seine Frau! Der Duft von Lavendel, der aus dem Badewasser aufstieg, ließ ihn plötzlich an ihr unverblümtes Ultimatum in Bezug auf Helene denken – ein Ultimatum, das er bereits erfüllt hatte. Diese Erinnerung rief ihm ihre ärgerliche Tirade wegen all der anderen Frauen, über die sie in Verbindung mit ihm gehört hatte, ins Gedächtnis. Innerlich lächelnd dachte Stephen, daß sie, obwohl sie seine sexuellen Erfahrungen vor ihrer Ehe nicht billigte, sicher heute nacht Nutzen aus ihnen ziehen würde. Das hatte er jedenfalls vor. Alle seine Kenntnisse und sein Wissen wollte er anwenden, um ihr die Hochzeitsnacht zu verschaffen, die sie verdient hatte, eine Hochzeitsnacht, die sie nie in ihrem Leben wieder vergessen sollte.

Voller Vertrauen in seine Fähigkeiten setzte er sich auf die Ecke der Badewanne, in der Absicht, so zu tun, als sei er die Zofe. Er ließ seine Hand in das warme, duftende Wasser gleiten und fuhr ihr über die Schultern, wobei er mit den Daumen leicht über ihre glatte, nasse Haut streichelte.

»Ich möchte jetzt herauskommen«, sagte sie, ohne sich umzudrehen.

Mit einem leichtem Lächeln über den Streich, den er ihr spielte, stand Stephen auf, entfaltete das Handtuch und hielt es ihr hin. Sherry stieg aus der Wanne, und er wickelte das Handtuch von hinten um sie und umschlang sie mit seinen Armen. Sie erstarrte vor Schreck, als sie statt der Hände des Mädchens, das das Handtuch halten sollte, seine bloßen Unterarme sah. Aber dann lehnte sie sich ganz leicht an ihn, drückte ihren Rücken, ihre Hüften und ihre Beine an seinen Körper und umschlang seine Arme mit den ihren. Sie drehte die Wange zu ihm und rieb sie an seinem Hemd. Es war eine stumme Geste voller Begehren, Zärtlichkeit und Liebe, doch als er sie zu sich umdrehte, zitterte sie leicht und sah ihn mit nervöser Unsicherheit an. »Darf ich meinen Morgenmantel anziehen?«

Es war eine Bitte um Erlaubnis, die er auf unerklärliche Weise seltsam fand, aber da er bereits beschlossen hatte, langsam vorzugehen, antwortete er ohne Zögern und mit einem Lächeln: »Du kannst alles tun, was du möchtest, Lady Westmoreland.« Als sie zögerte und sich weiterhin das Handtuch vorhielt, drehte Stephen sich höflich um und ging ins Schlafzimmer, im Stillen etwas überrascht über ihre Zurückhaltung. Er schwankte innerlich ein wenig.

Als sie jedoch eine Minute später in den Raum kam, brachte ihn ihr Anblick noch viel mehr aus dem Gleichgewicht. Tropfend naß und in ein Handtuch gewickelt, sah sie entzückend aus. Gekleidet in einen weitausgeschnittenen Morgenmantel ganz aus weißer Spitze, die so zart wirkte wie ein Spinnennetz, und durch den ihre Haut von den Spitzen ihrer Brüste bis hinab zu den Fesseln hindurchschimmerte, war sie die betörende Verführerin, von der alle Männer träumen … zart, einladend, nicht ganz nackt, aber auch nicht ganz bedeckt. Eine Sirene. Ein Engel.

Sherry sah das Feuer in seinen Augen, als seine Blicke über sie glitten, und da nur jene eine Nacht, die sie auf Claymore mit ihm verbracht hatte, ihr Anhaltspunkte dafür geben konnte, was geschehen würde, wartete sie darauf, daß er sie bat, sie solle ihre Haare lösen. Sie fühlte sich ungeschickt und hilflos wegen ihres Unwissens – eine Situation, die nicht eingetreten wäre, hätte die Zofe ihr nicht soviel Lavendelduft ins Badewasser geschüttet. Der Gedanke an Helene Devernay wäre auch nicht so schlimm gewesen, wenn Sherry nicht vor zwei Wochen Stephens Geliebte gesehen hätte, als sie in einer silberfarben lackierten Kutsche mit lavendelfarbenen Samtpolstern durch die Bond Street gefahren war. Julianna Skeffington hatte sie ihr gezeigt und ihren Namen genannt, aber den hatte Sheridan schon selbst erraten. Stephens Geliebte – seine *ehemalige* Geliebte, wenn es nach Sheridan ginge – war die Art von Frau, neben der sich jede andere Frau linkisch und gewöhnlich vorkam. So auch Sheridan.

Sie schätzte dieses Gefühl keineswegs. Sie wünschte, Stephen hätte ihr gesagt, daß er sie liebte. Sie wünschte, er hätte ihr gesagt, daß er Helene nicht mehr sehen würde. Jetzt, wo ihr Gedächtnis wieder richtig funktionierte, hatte sie eine lebhafte Kindheitserinnerung an ein amerikanisches Gegenstück zu Helene Devernay – eine Lady in einem erstaunlich tief ausgeschnittenen roten Kleid mit Federn im Haar, die Sheridan eines Nachts, als sie durch die Fenster eines Spielsalons lugte, auf Rafes Schoß hatte sitzen sehen.

Sie wünschte, sie besäße den Mut, jetzt auf der Stelle von ihm zu verlangen, er solle die Beziehung zu der wunderschönen blonden Frau aufgeben, wenn er es nicht schon längst getan hatte. Andererseits sagte ihr ihr gesunder Menschenverstand, daß ein solches Ultimatum viel wirkungsvoller wäre, wenn Sheridan zuerst erreichen könnte, daß ihr Mann sie mehr begehrte als seine faszinierende *chère amie*. Das einzige, was dem im Moment entgegenstand, war, daß sie nicht die leiseste Vorstellung hatte, wie sie das ohne seine Anleitung erreichen sollte. Im Gedanken daran, daß er ihr auf Claymore befohlen hatte, ihr Haar herunterzulassen, hob Sheridan die Hände. »Soll ich?«

Stephen sah, wie ihre Brüste fast aus dem tiefen eckigen Ausschnitt des Spitzengewandes zu fallen drohten. »Sollst du was?« fragte er leise und ging auf sie zu.

»Soll ich jetzt meine Haar herunterlassen?«

Wieder eine Bitte um Erlaubnis. Sie dachte an seine herrische Aufforderung in jener Nacht auf Claymore, ihre Haare zu lösen, merkte er mit erneutem Mitleid. Er legte ihr die Hände auf die Schultern und versuchte, nicht auf ihre rosig schwellenden Brüste zu schauen. »Ich tue es«, sagte er sanft.

Sie trat einen halben Schritt zurück. »Nein, wirklich, wenn du es lieber mich machen läßt, dann tue ich es.«

»Sheridan, was ist los? Was bedrückt dich?«

Helene Devernay bedrückt mich, dachte sie. »Ich weiß nicht, was ich tun soll. Ich kenne die Regeln nicht.«

»Welche Regeln?«

»Ich möchte gerne wissen, wie ich dich zufriedenstellen kann«, preßte sie schließlich heraus. Er sah aus, als wahre er nur mühsam die Fassung, und sie sagte mit flehender Stimme: »O bitte, lach jetzt nicht! Bitte ...«

Stephen blickte auf die Verführerin in seinen Armen und flüsterte andächtig: »Du meine Güte ...« Sie meinte es ernst. Sie war wunderbar, sinnlich, süß und mutig. Und sie war sehr, sehr ernst. So sehr, daß er das entschiedene Gefühl hatte, eine falsche Antwort, eine falsche Reaktion würde sie jetzt über alle Maßen verletzen. »Ich habe nicht gelacht, Liebling«, erwiderte er ernsthaft.

Zufrieden, weil er sie verstand und keine Einwände hatte, begann sie mit dem Thema Kleidung. Ihre Augen suchten seine. »Was ist erlaubt?«

Er legte seine Hand an ihre Wange und streichelte sie. »Alles ist erlaubt.«

»Gibt es ein ... ein Ziel?«

Stephens festes Vertrauen darauf, daß seine Erfahrungen mit Frauen ihn für diesen Abend gerüstet hätten, erlitt einen Knacks. »Ja«, antwortete er, »es gibt eins.«

»Wie lautet es?«

Er legte die Arme um sie und drückte die Hände leicht an ihren Rücken. »Unser Ziel ist, uns so nahe wie möglich zu sein und diese Nähe auf jede nur erdenkliche Art zu genießen.«

»Woher weiß ich, was du genießt?«

Er bekam schon allein von der Unterhaltung eine Erektion. »Im allgemeinen finde ich alles schön, was du auch schön findest.«

»Ich weiß nicht, was ich schön finde.«

»Ich verstehe. Dann solltest du Zeit haben, es herauszubekommen.«

»Wann?« fragte Sheridan, aus Angst, er meine »eines Tages« damit.

Er hob ihr Kinn an, und sie sah, wie seine sinnlichen Lippen ein einziges Wort formten – »Jetzt«.

Sie wartete mit einer Mischung aus Verlegenheit und Vorfreude darauf, daß er irgend etwas tat, daß er ihr irgendwie die Richtung vorgab, aber Stephen sah nur in ihre Augen und hatte das Gefühl, er sei im Himmel. Er beugte seinen Kopf, um sie zu küssen, strich ganz langsam mit seinen Lippen über ihre, ließ seine Hand ihren Hals hinunter auf ihre Brust gleiten, und sie preßte sich enger an ihn, um seinen Kuß zu erwidern. Sie mochte das, das wußte Stephen. Sie mochte auch noch etwas anderes, stellte er fest, als sie zögernd mit ihren Fingern über das schmale V seines offenen Hemdes strich. »Soll ich mein Hemd ausziehen?« hörte er sich selbst fragen.

Sheridan hatte das Gefühl, als solle diese Frage sie nur dazu bringen, ebenfalls ihr Kleid auszuziehen, aber sie wußte sicher, daß das auf jeden Fall noch passieren würde. Sie nickte und Stephen gehorchte. Sie trat einen Schritt zurück und sah ihm zu, wie er sein Hemd aufknöpfte. Als er den letzten Knopf gelöst hatte, legte Stephen sie alle auf den Tisch. Dann öffnete er langsam sein Hemd und zog es aus, überrascht, daß er diesen Akt freiwilligen Ausziehens, während eine Frau zusah, seltsam erotisch fand.

Sheridan blickte voller Bewunderung auf die muskelbepackten breiten Schultern und den Brustkorb mit dunklem, lockigen Haar. Sie hob die Hand, ließ sie aber wieder sinken, als sie seiner Brust nahe kam, und blickte ihn fragend an. Er nickte leicht und lächelte über ihre offenkundige Freude. Sie legte die Hand auf seinen Rippenbogen, spreizte langsam die Finger und schob sie zu seiner Brustwarze, dann legte sie die andere Hand daneben. Er war wunderschön, dachte sie, wie die Statue eines griechischen Gottes, mit modellierten Flächen und Muskeln. Als ihre Hände nach oben glitten und ihre Finger über seine kleinen Brustwarzen fuhren, zuckten die Muskeln unter ihren Fingern, und sie hielt sofort inne. »Magst du das nicht?« fragte sie mit einem Blick in seine glühenden blauen Augen.

»Ich mag es«, erwiderte er fast barsch.

»Ich auch«, gestand sie ohne nachzudenken und lächelte ihn an.

»Gut«, erwiderte er, nahm ihre Hand und zog sie zum

Bett. Er setzte sich, und als sie sich neben ihn setzen wollte, umfaßte er sie und zog sie mit einem erstickten Lachen auf seinen Schoß. »Mach weiter«, lud er sie ein, und Sherry fuhr mit der Erkundung seiner Brust und seiner Arme fort, ein wenig verwirrt darüber, daß er sich freute, wenn sie ihn gerne dort anfaßte. Einen Augenblick später verstand sie, was er meinte. *»Ich finde alles schön, was du auch schön findest«*, hatte er gesagt. Das funktionierte offenbar in beiden Richtungen, denn als er seine große Hand auf ihr Mieder legte und ihre Brust umfaßte, begann Sheridans Puls zu rasen. Sie blickte auf seine langen Finger, die über ihre Brustwarze glitten, so wie sie die seine berührt hatte, und sie fragte sich, ob ihr rascher Pulsschlag seinem Muskelzucken entsprach. Zitternd holte sie Luft und wartete, aber seine Hand bewegte sich nicht mehr, und seine Finger lagen auf dem Verschluß ihres Mieders.

Stephen überlegte, ob sie es aufmachen wollte, oder ob sie wollte, daß er es aufmachte, oder ob er die Hände davon lassen sollte. Halb erwartete er das letztere, doch zu seinem unendlichen Entzücken löste sie das Problem, indem sie beide Hände um seinen Nacken schlang und ihre Brüste an seinen bloßen Oberkörper preßte. Sie wollte, daß er es aufmachte, aber sie wollte nicht darum bitten. In Sekundenschnelle hatte er den komplizierten Verschluß geöffnet, und seine Hand glitt in das offene Mieder, umfaßte ihre Brust, streichelte über ihre Brustwarze und fühlte, wie sie sich zu einer festen Knospe aufrichtete, während die weiche Kugel ihrer Brust sich schwellend in seine Hand drückte ... und zugleich schwoll und verhärtete sich auch sein Glied.

Nun befand Stephen sich auf einem Gebiet, in dem seine Erfahrung für sie beide wertvoll war, deshalb beugte er seinen Kopf herunter und fuhr mit der Zunge über ihre aufgerichtete Brustwarze, dann zog er sie in den Mund und spürte, wie Sheridan scharf die Luft einzog. Sie blickte auf den dunklen Kopf an ihrer Brust, während sich Schauer der Erregung rhythmisch von ihrer Brust bis zu den Knien auszubreiten begannen. Sie fuhr mit ihren Fingern durch das dichte, wundervolle Haar. Er wandte sich der anderen Brust zu und liebkoste sie auf die gleiche Weise. Dann schlossen sich seine Lippen fest um die Brustwarze, und sie keuchte auf und preßte seinen Kopf an ihre Brust. Verzweifelt wünschte sie, er möge genauso heftiges Verlangen empfinden wie sie.

Als ob er das spürte, schob er sie weiter auf das Bett, so daß ihr Kopf auf den Kissen lag, und streckte sich neben ihr aus. Sheridan kuschelte sich in seine Arme und berührte mit ihrer Zunge seine Brustwarze, schloß ihre Lippen darum, und er durchwühlte mit den Fingern ihre Haare, während er ihr seinen Körper darbot.

Stephen hatte das Gefühl, er müßte sterben vor Lust.

Er hatte sie auf das Bett gezogen, weil es bequemer war und er so besser an sie herankommen konnte. Er hatte nicht erwartet, daß sie mit ihm dasselbe tun würde wie er mit ihr. Lust erfüllte seinen ganzen Körper, und er schluckte. Er zog sie fester an sich heran, während sie seinen Oberkörper streichelte und küßte. Als er es nicht mehr länger aushalten konnte, rollte er sie auf den Rücken, öffnete ihr Mieder ganz und schob die Spitze beiseite. Dann schloß er die Augen und holte tief Luft. Das Kleid besaß unter dem Mieder keine Verschlüsse mehr; es hatte sich daher ganz geöffnet. Er wußte nicht, warum ihm das nicht aufgefallen war, und er wußte auch nicht, warum er damit nicht gerechnet hatte. Allerdings war das Gewand ein Geschenk von Whitney. Auf Claymore war das Zimmer ganz dunkel gewesen. Irgendwie hatte er nicht gemerkt, daß seine Frau lange, wohlgeformte Beine, anmutig geschwungene Hüften, eine schmale Taille und herrliche Brüste besaß. Seine Vorstellung von einer wunderbaren Liebesnacht bekam neue Nahrung, und sein Körper drängte ihn zu handeln.

Sheridan schluckte, als sie sah, wie er sich auf einen Ellbogen stützte und sie ansah. Dann schloß er die Augen, und ihr Herz sank. Da sie dachte, es sei besser, ihre Fehler zu kennen, damit sie sie in Zukunft vor ihm verbergen konnte, fragte sie mit zitternder Stimme: »Was stimmt bei mir nicht?«

»Was bei dir nicht stimmt?« wiederholte er ungläubig. Er riß seinen Blick von ihr los und beugte sich über sie, um sie zu küssen. »Was bei dir nicht stimmt«, flüsterte er, umfaßte ihre Taille und zog sie näher an sich heran, »ist, daß du wunderschön bist und daß ich dich so sehr begehre ...«

Die Worte waren ebenso verführerisch wie der Kuß, der auf sie folgte. Er öffnete ihren Mund mit seinem, bewegte seine Lippen beinahe grob, und dann fuhr seine Zunge zwischen ihre geöffneten Lippen in einem ungestümen, erotischen Kuß, zog sich zurück und drängte tiefer, bis Sheridan sich vor Lust aufbäumte. Er küßte sie, bis sie sich selbst leise stöhnen hörte, und dann fuhr sein Mund wieder über ihre verlangenden Brüste, und seine Hand glitt tiefer über ihren Bauch, bis sie den sanften Hügel zwischen ihren Beinen bedeckte. Seine Finger liebkosten und quälten sie, bis Sheridan sich an ihn klammerte, ihre Beine öffnete und ihm den Weg freigab.

Sie war feucht und mehr als bereit für ihn, als er aufstand und sie mit dem Gefühl der Kälte und des Alleinseins liegen ließ. Sie öffnete die Augen und sah ihn neben dem Bett stehen, die Hände am Hosenbund, und dann kam er zu ihr zurück, und das magische Spiel begann von neuem, nur noch erregter, und Sheridan gab sich ihm ganz hin. In zitternder Sehnsucht drehte sie sich zu ihm, packte seine Schultern und ihr Körper bog sich ihm entgegen.

Stephen war halb verrückt vor Verlangen. Er bettete ihren Oberkörper in beide Hände und zog sie nahe an sich heran. Dann schob er sein Knie zwischen ihre Beine, hob die Hüften und drang in sie ein. Sie öffnete sich ihm und umhüllte ihn. Ihre Nägel bohrten sich in seine Schultern. Sie half ihm, hob ihre Knie, damit er tiefer in sie eindringen konnte, und er versuchte ein letztes Mal, sich und sie zurückzuhalten. Er legte einen Arm um ihre Hüften, bettete ihr Gesicht an seine Brust und stieß langsam in sie hinein. Doch jeder Stoß kam schneller und tiefer, und als sie ihre weichen Lippen auf seine preßte und begann, die Hüften zu bewegen, war er verloren.

Sheridan spürte seinen rasenden Herzschlag und seine kräftigen Stöße tief in ihr, und ihr Körper begann sich emporzuschwingen. Sie packte ihn fester. »Ich liebe dich«, schrie sie schluchzend, als die Welt um sie versank, und er drang weiter in sie ein und küßte sie mit ungestümer Leidenschaft. Seine Hand griff nach ihrer, während er tiefer in sie hineinstieß, und seine Finger verflochten sich mit ihren und hielten sie fest.

So hielt er ihre Hand, als die Welt in Lust explodierte. Sie stöhnte auf und spürte, wie er sein Leben in sie hineinpumpte, während sein Körper immer wieder unter der Macht der Explosion erzitterte und seine Hand sich fester um ihre schloß.

Stephen kämpfte sich mühsam aus dem Vergessen zurück, stützte sich auf die Unterarme, um sie von seinem Gewicht zu entlasten, und öffnete die Augen. Ihre seidigen Locken ergossen sich in wilder Unordnung über das Kissen, genau wie er es sich vorgestellt hatte, und seine Hand hielt die ihre.

Seine Hand hielt die ihre …

Mit einer Mischung aus Freude, Befriedigung und Andacht blickte er auf die Frau, die ihn gerade zu ungeahnten Höhen der Lust und zu nie empfundenen Tiefen der Befriedigung geführt hatte. Sie schlug die Augen auf, und er versuchte zu lächeln und ihr zu sagen, daß er sie liebte, aber seine Gefühle schnürten ihm die Kehle zu, und er mußte schlucken, als er ihre verschlungenen Hände auf dem Kopfkissen sah.

Er hatte noch nie in seinem Leben in einem solchen Moment die Hand einer Frau gehalten.

Er hatte noch nie daran gedacht.

Er hatte es nie gewollt.

Bis heute.

Sheridan spürte, wie sein Griff fester wurde, und instinktiv begriff sie, auf was er mit diesem seltsamen Ausdruck auf seinem gutgeschnittenen Gesicht blickte. Noch ganz schwach von der Leidenschaft, die sie beide empfunden hatten, zog sie ihre rechte Hand von seinem Nacken und legte sie auf das Kopfkissen, wo er sie erreichen konnte. Seine langen Finger glitten über ihre Handfläche und verschränkten sich in einem festen Griff mit den ihren.

Stephen beugte sich herunter und küßte sie. Ihre Körper begegneten sich, ihre Hände hielten einander fest. Er schloß die Augen, schluckte und versuchte wieder, ihr zu sagen, was er empfand, ihr zu erklären, daß er solche Gefühle noch nie erfahren hatte, aber er war immer noch zu aufgewühlt und atemlos. Er konnte nur sagen, »Bis du kamst ...«

Sie verstand. Er wußte das, weil sie ihre Hände fest um seine schloß, ihm ihr Gesicht zuwandte und seine Finger küßte.

Epilog

Stephen Westmoreland saß im Wohnzimmer auf Montclair, das mit kostbaren Möbeln eingerichtet war, die früher in europäischen Schlössern gestanden hatten, umgeben von allen Symbolen seines Reichtums und seiner Position, und blickte zu den goldgerahmten Porträts seiner Vorfahren auf, die an den seidenbespannten Wänden hingen. Er fragte sich, ob sie wohl auch solche Schwierigkeiten gehabt hatten wie er, mit der frisch angetrauten Frau alleine zu sein.

Über dem Kaminsims blickte der erste Earl of Langford von einem mächtigen schwarzen Streitroß auf ihn herunter. Er hielt einen Helm mit Visier unter dem Arm, und sein Mantel flatterte hinter ihm im Wind. Er sah aus wie ein Mann, der seine Ritter in den Burggraben gestoßen hätte, um sich ihrer zu entledigen, wenn sie nicht genug Anstand besessen hätten, um ihn mit seiner Frau alleinzulassen.

An der Wand gegenüber von Stephen saß der zweite Earl of Langford mit zwei Rittern vor seinem Kamin. Seine Frau saß nahebei, umgeben von Frauen, die an einem Teppich stickten. Der zweite Earl sah kultivierter aus als sein Vater, dachte Stephen. Dieser Vorfahr hätte seine Ritter wahrscheinlich auf einen erfundenen Botengang geschickt und dann befohlen, die Zugbrücke hochzuziehen.

Gelangweilt von der Betrachtung seiner Vorfahren wandte Stephen leicht den Kopf und gab sich der vergnüglicheren Beschäftigung hin, seine Frau zu begutachten. Sie saß ihm gegenüber, umgeben von seiner Mutter, seinem Bruder, Whitney und Nicholas DuVille. Im Geiste hob er ihr Kinn und küßte sie, während er mit seiner freien Hand über die Schulter ihres zitronengelben Kleides streichelte, es herunterschob, ihre Brust umfaßte und sie leidenschaftlicher küßte. Er hauchte gerade einen Kuß auf ihren Hals, wobei er sich langsam zu der Brustwarze vorarbeitete, die er küssen wollte, als er bemerkte, daß Nicholas DuVille ihn amüsiert und wissend ansah. Die Peinlichkeit, wie ein Schuljunge zu erröten, blieb Stephen erspart, da in diesem Moment Hodgkin, den er gestern aus dem Exil erlöst hatte, eintrat und zu ihm kam. »Verzeihen Sie, Mylord«, sagte Hodgkin, »aber Sie haben Gäste.«

»Wer sind sie?« fragte Stephen irritiert und unterdrückte den Impuls, dem alten Mann zu sagen, er solle die Neuankömmlinge in den See werfen – da er keinen hübschen, tiefen Burggraben für sie hatte – und dann die Tore zum Landbesitz verriegeln.

Hodgkin senkte seine Stimme und flüsterte. Als er die Situation erklärte, wich Stephens Ärger der resignierenden Einsicht, daß er Matthew Bennett, der offenbar gerade aus Amerika zurückgekehrt war, wohl empfangen müsse. Das Gefühl der Hilflosigkeit ging jedoch in Verwirrung über, als er erfuhr, daß Matthew Bennett offenbar Leute mitgebracht hatte. »Entschuldigt mich«, sagte er zu seinen Gästen, die allerdings zu sehr in das Gespräch über Sherrys Pflichten als Hausherrin vertieft waren, um überhaupt zu bemerken, daß er aus dem Zimmer ging. Sie erfuhr gerade, wie man einen großen Haushalt führt und warf ihm lächelnd einen Blick zu, der ihm sagte, daß sie auch lieber mit ihm alleine gewesen wäre.

Matthew Bennett begann bereits mit seiner Erklärung, noch bevor Stephen sein Arbeitszimmer betreten hatte. »Entschuldigen Sie mein formloses Erscheinen, Mylord«, sagte der Anwalt. »Ihr Butler hat mir bereits mitgeteilt, daß Sie frisch verheiratet sind und keine Besucher empfangen, aber als ich nach Amerika abreiste, gaben Sie mir Anweisung, ich solle Miss Lancasters Verwandte aufsuchen und sie sofort nach England bringen. Leider ist Miss Lancasters einziger lebender Verwandter – ihr Vater – gestorben, bevor ich die Kolonien erreichte.«

»Ich weiß«, antwortete Stephen, »ich erhielt einen Brief diesen Inhalts, der an Burleton gerichtet war. Wen bringen Sie denn mit, wenn sie keine anderen Verwandten besaß?«

Der Anwalt sah ihn defensiv und ein wenig gequält an. »Miss Lancaster reiste mit einer bezahlten Gesellschafterin, einer jungen Frau namens Sheridan Bromleigh, die sofort wieder nach Amerika zurückkehren sollte. Niemand hat jedoch etwas von Miss Bromleigh gehört, und ihre Tante –

eine Miss Cornelia Faraday – bestand darauf, daß wir in ganz England Nachforschungen über ihren Verbleib anstellen sollten. Leider war Miss Faraday nicht der Ansicht, daß sie sich zu diesem Zweck auf Sie oder mich verlassen könnte. Sie bestand nachdrücklich darauf, mit mir nach England zurückzureisen, um die Suche selbst zu überwachen.«

In einer ihrer beiden gemeinsamen Nächte hatte Sheridan ihm von ihrer Tante, die sie teilweise aufgezogen hatte, und von ihrem Vater, der ohne ein Wort vor Jahren verschwunden war, erzählt. Und nun sah es so aus, als könne er Sheridan ein unerwartetes »Hochzeitsgeschenk« machen. Die Tatsache, daß er offenbar nun noch einen weiteren Gast hatte, wurmte ihn zwar, aber zu wissen, wie glücklich sie sein würde, entschädigte ihn dafür. »Hervorragend!« sagte Stephen lächelnd.

»Ich hoffe, Sie sind auch noch dieser Meinung, wenn Sie die Dame kennenlernen«, erwiderte Bennett düster. »Sie ist ziemlich – entschlossen – ihre Nichte zu finden.«

»Ich glaube, ich kann den Fall überraschend schnell lösen«, sagte Stephen mit einem Lächeln voller Vorfreude auf die Szene, die sich in ein paar Minuten im Wohnzimmer abspielen würde. »Ich weiß ganz genau, wo Miss Bromleigh ist.«

»Gott sei Dank!« rief Bennett erleichtert aus. »Miss Bromleighs Vater, der seit vier Jahren als verschwunden galt, ist nämlich während meiner Zeit in Amerika zurückgekehrt. Er und seine Freunde waren ebenso besorgt wegen ihr – und genauso wild entschlossen, darauf zu achten, daß Sie das Nötige unternehmen, um sie heil zu ihnen zurückzubringen.«

»Miss Bromleigh geht es ausgezeichnet«, versicherte Stephen ihm grinsend. »Sie wird allerdings nicht zu ihnen zurückkehren.«

»Warum nicht?«

Vor zehn Minuten hatte Stephen nur mit Sherry alleine sein wollen. Jetzt wünschte er nur noch ihr Gesicht zu sehen, wenn sie merkte, wer auf sie wartete, und er freute sich auch auf Matthew Bennetts Gesicht, wenn die Ereignisse sich aufklärten. Bestgelaunt bat er den Anwalt ins Wohnzimmer, schickte Hodgkin zu den Besuchern und trat dann zum Kamin, von wo aus er den besten Blick hatte. Matthew Bennett fand einen Sessel, der ihm zusagte. »Sherry«, sagte er sanft und unterbrach DuVilles lachende Aufzählung der Mätzchen, die er hatte machen müssen, um sie dazu zu bewegen, zu der Kapelle zu kommen, wo Stephen auf sie wartete. »Du hast Gäste.«

»Wen?« fragte sie und schenkte ihm einen Blick, in dem deutlich zu lesen stand, daß sie lieber keine Gäste hätte. Während sie noch von Stephen zu Hodgkin blickte, trat ein gutaussehender Mann mittleren Alters, der vor Ungeduld bebte, ins Wohnzimmer. Hinter ihm sah Stephen eine grauhaarige Frau in einem einfachen, hochgeschlossenen Kleid. »Es tut mir leid, daß wir in Ihre Privatsphäre eindringen«, erklärte der Mann Stephen freiheraus, »aber meine Tochter ist verschwunden.«

Stephen blickte zu Sheridan, die beim Klang seiner Stimme in ihrem Sessel herumgefahren war und nun langsam aufstand. »Papa?« flüsterte sie, und der Kopf ihres Vaters flog zu ihr herum. Sie stand da wie angewurzelt, und ihre Augen hingen liebevoll an dem Mann, als sei er nur eine Erscheinung, die verschwinden würde, wenn sie sich bewegte. »Papa?«

Statt einer Antwort öffnete er die Arme und sie stürzte hinein.

Stephen blickte bei ihrem Gefühlsausbuch taktvoll zur Seite, um ihnen Zeit zu geben, und er stellte fest, daß der Rest der Familie genauso handelte. »Wo bist du gewesen?« fragte sie weinend und umfaßte sein Gesicht mit beiden Händen. »Warum hast du uns nicht geschrieben? Wir dachten, du wärest tot!«

»Ich saß im Gefängnis«, erwiderte er mit mehr Abscheu als Verlegenheit, während er die anderen, die stumm dasaßen, entschuldigend anblickte. »Dein Freund Rafe und ich haben leider geglaubt, es handele sich bei einem Pferd, das wir im Kartenspiel gewonnen hatten, um den rechtmäßigen

Besitz des Diebes, von dem es stammte. Wir konnten von Glück reden, daß man uns nicht hängte, als wir gefaßt wurden. Deine Tante Cornelia hat mich immer gewarnt, daß mich das Kartenspiel einmal in ernsthafte Schwierigkeiten bringen würde.«

»Und ich hatte recht«, sagte die Frau, die auf der Türschwelle stand.

»Glücklicherweise weigert sie sich nicht, einen bekehrten Spieler zu heiraten, der immer noch weiß, wie man eine Farm führt, und der sogar bereit ist, seinen Frieden mit Squire Faraday zu machen wegen ihr«, fuhr er fort, aber niemand hörte ihm zu. Sherry hatte sich schon der Stimme an der Tür zugewandt und umarmte lachend die Frau, die gesprochen hatte.

Dann erinnerte sich Sherry an ihre Umgangsformen und führte ihre Tante und ihren Vater zu Stephen, um sie vorzustellen, aber bevor sie etwas sagen konnte, sagte ihr Vater: »Da ist noch jemand, der dich gerne sehen möchte, Sherry. Allerdings bezweifle ich, daß er dich erkennen wird«, fügte er mit einem stolzen Lächeln hinzu, während sein Blick langsam über sie glitt.

Rafes lachende Stimme kam von der Türschwelle, als er ins Zimmer trat. Er sah noch besser aus als in ihrer Erinnerung, und er bewegte sich in dem englischen Wohnzimmer genauso selbstverständlich wie an einem Lagerfeuer mit einer Gitarre in der Hand. »Hallo, *querida*«, sagte er mit seiner tiefen, zärtlichen Stimme. Stephen erstarrte, und zwar noch bevor seine junge Frau sich in die Arme eines anderen Mannes stürzte, der sie hochhob und herumwirbelte, wobei er sie unverschämt eng an seinen schlanken Körper gepreßt hielt. »Ich bin gekommen, um mein Versprechen, dich zu heiraten, einzulösen«, neckte Rafe.

»Guter Gott!« stieß Miss Charity hervor und warf einen ängstlichen Blick auf Stephens abweisende Miene.

»Guter Gott«, sagte auch die Herzoginwitwe und musterte die gefährlich zusammengekniffenen Augen ihres Sohnes.

»Was meint er damit?« flüsterte Whitney erstickt.

»Ich wage es nicht, darüber nachzudenken«, erwiderte ihr Mann.

Nicholas DuVille dagegen lehnte sich in seinem Sessel zurück, beobachtete die Szene erheitert und wachsam und sagte gar nichts.

»Wann können wir heiraten, *querida*?« witzelte Rafe, stellte sie wieder hin und musterte sie von Kopf bis Fuß. »Ich habe die langen Tage im Gefängnis damit verbracht, an meine kleine Karotte zu denken ...«

Zu jedermanns Verblüffung achtete das Objekt seiner unverhüllten Bewunderung gar nicht auf dieses scheinbar ernste Gespräch über ehrenhafte Absichten, sondern stemmte die Hände in die Hüften und ging auf den Spitznamen ein. »Ich wäre dir sehr verbunden, wenn du mich in der Gegenwart meines Gatten nicht mit einem so unwürdigen Namen belegen würdest. Außerdem«, gestand sie lächelnd, ergriff den Arm des anderen Mannes und führte ihn zu Stephen, »findet mein Gatte, daß meine Haare etwas ganz Besonderes sind.«

Bei dieser Bemerkung drehten sich ihr Vater, ihre Tante und Rafe abrupt zu dem Mann am Kamin um, während Sheridan sie rasch einander vorstellte.

Als sie damit fertig war, sah sich Stephen auf einmal im Mittelpunkt einer gründlichen Musterung durch drei Personen, die es offensichtlich gar nicht beeindruckte, daß ihm das Herrenhaus, in dem sie standen, gehörte, und daß er der Earl of Langford war. Genausowenig schien es sie zu interessieren, daß er versuchsweise überlegte, ob es nötig oder ratsam sei, Rafael Benavente etwas anzutun, der ihm in seiner Aufmerksamkeit Sherry gegenüber zu frei vorkam und der zu männlich auf ihn wirkte, als daß man ihn mit einer Frau unter siebzig im gleichen Raum allein lassen sollte, und zu gutaussehend, um vertrauenswürdig zu wirken.

Er schob die Entscheidung jedoch erst einmal auf. Statt dessen legte er den Arm um Sheridans Taille, zog sie besitzergreifend nahe zu sich heran und ließ die Musterung über sich ergehen. »Bist du glücklich, Liebes?« fragte ihr Vater nach einer Weile. »Ich habe Schlafender Hund versprochen, daß ich dich finde und zu ihm zurückbringe. Er wird wissen wollen, ob du glücklich bist.«

»Ich bin *sehr* glücklich«, erwiderte sie leise.

»Bist du dir ganz sicher?« fragte ihre Tante.

»Ganz sicher«, versicherte Sherry ihr.

Rafael Benavente hielt sich mit seinem Urteil noch eine Weile zurück, aber dann streckte er Stephen die Hand entgegen. »Sie müssen ein guter und außergewöhnlicher Mann sein, wenn Sherry Sie so sehr liebt, wie sie es offenbar tut.«

Stephen beschloß, dem Mann ein Glas seines besten Brandys anzubieten, anstatt ihm die Wahl der Waffen zu überlassen. Rafael Benavente war offensichtlich ein Mann von außerordentlichem Urteilsvermögen und hoher Kultur. Eigentlich bereitete es richtiggehend Vergnügen, ihn für eine Nacht als Gast zu beherbergen.

Das sagte er, viel später an diesem Abend, auch zu Sheridan, als er sie in den Armen hielt, körperlich befriedigt und geistig von stiller Freude erfüllt.

Seine Frau blickte ihn an und spreizte ihre Finger über seiner bloßen Brust in einer Erkundung, die dramatische Auswirkungen auf seinen übrigen Körper hatte. »Ich liebe dich«, flüsterte sie. »Ich liebe deine Stärke und deine Freundlichkeit. Und ich liebe dich, weil du so gut zu meiner Familie bist und so nett zu Rafe.«

Stephen beschloß, daß sie so lange bleiben konnten, wie sie wollten. Und das sagte er ihr mit einem lachenden Aufstöhnen, als ihre Hand tiefer wanderte.

Danksagung

Ich schreibe Romane über ganz besondere, fiktive Personen – über Männer und Frauen voller Mut und Rechtschaffenheit, voller Humor und Anstand, über Menschen, denen an anderen Menschen wirklich etwas liegt.

Ich habe die Ehre, diesen Roman zwei realen Menschen zu widmen, die diesen erfundenen Charakteren ähnlich sind, zwei Menschen, die ich meine Freunde nennen darf …

Pauli Marr, mit Dank und Bewunderung für all das, was du bist und was du mit mir geteilt hast – einschließlich der komischsten und der schwierigsten Momente in meinem Leben. Manchmal zur gleichen Zeit …

und

Keith Spalding, den ich mir immer als Ritter in einer schimmernden Rüstung auf einem Streitroß und mit einer Lanze vorgestellt habe. Wer würde von ihm denken, daß er einen BMW fährt und eine Aktentasche trägt! Aber abgesehen von der Art des Transportmittels oder der Methode zur Verteidigung könnte kein Ritter dich an Anstand, Loyalität, Freundlichkeit und Humor übertreffen. Mein Leben hat gewonnen, weil ich dich kennengelernt habe.

Ich kann diese Widmung nicht abschließen, ohne vier weiteren wundervollen Menschen aus Gründen, die sie kennen und verstehen, zu danken:

Brooke Barhorst, Christopher Fehlig und Tracy Barhorst – mit all meiner Liebe

und

Megan Ferguson, die eine ganz besondere junge Dame ist – mit all meiner Dankbarkeit.